Jürgen Seibold

Der Arme Konrad

1554

Wie das ganze Unglück begann, weiß schon lange keiner mehr.

War's die Lehrstelle, die Josts Vater für dessen Freund Hannes organisierte? War's die Liebe, das Verlangen, das zwei Freunde für dasselbe Mädchen empfanden? Waren's die Umstände von Josts Geburt, oder war's die Schuld, die sein Vater mit sich herumtrug und die er doch nicht tief genug in sich vergraben hatte?

Selbst heute, da ich vieles weiß, mehr jedenfalls als damals, kann ich das nicht entscheiden. Manches sollte ich nicht wissen. Manches wollte ich nicht wissen.

Und dann war sowieso alles egal.

Tote gab's und viele Trauernde.

Unrecht, Rachsucht und – der Herr mag's mir verzeihn – einen heiligen Zorn hatten sie damals. Hatten wir. Ich ja auch, damals, als junges Mädchen.

Jahrzehnte ist das jetzt her, mehr, als manches Menschenleben währt. Damals war das Herzogtum noch katholisch, aber Hunger, Müh und Plag scheren sich nicht um Konfessionen.

Mit vielen habe ich über damals gesprochen, vieles habe ich erfahren, und vieles sehe ich deshalb heute ganz anders als vor all den Jahrzehnten.

Ach, geht es euch denn anders?

Wenn ihr euch jetzt dieses Land anschaut, mit seinem Herzog Christoph, der erst vor vier Jahren unser Land als schweres Erbe von seinem Vater Ulrich übernommen hat und der es hoffentlich wieder zur Blüte kommen lässt …

Was schaut ihr so? Was starrt ihr und feixt? Habt ihr noch nie eine alte Frau fassungslos den Kopf schütteln sehen? Zuhören sollt ihr! Lernen sollt ihr! Was wisst ihr schon, wie's zugeht draußen in der Welt?

Damals waren die Augen der Welt auf uns hier gerichtet. Genau hier in unserem Flecken nahm alles seinen Anfang. Und noch eure Enkel und Urenkel werden sich diese Geschichten erzählen, die ich miterlebt und mit durchlitten habe. Sie werden am Feuer sitzen mit ihren Kindern und Enkeln, die ihre Augen so weit aufreißen wie ihr jetzt, wenn sie sich berichten lassen von den wütenden Beutelsbachern, von den gepeinigten Remstälern, von den unterdrückten Württembergern überall im Land, die sich gegen die ungerechte Herrschaft auflehnten, die für das alte Herkommen stritten, die mit Worten und Waffen kämpften. Und die dafür bluten mussten, vor allem hier im Remstal.

Ich hab die Haare vom Dauteljacob im Wind wehen sehen, dem sie den Kopf auf den mittleren Stadtturm gesteckt haben, zur Abschreckung der anderen … Ich hab die versteinerten Gesichter der Frauen und Männer gesehen, die aus dem ganzen Schorndorfer Amt auf dem Wasen vor der Stadt zusammengeströmt waren … Und ich hab den Herzog hoch erhobenen Hauptes vom Schorndorfer Wasen reiten sehen, als er sein Blutgericht gehalten hatte.

Wackere Männer haben damals ihr Leben gegeben, und ein jedes war mehr wert als das all der Hofschranzen in Stuttgart, mehr als das der Obrigkeit in den Städten … sogar mehr als das des Herzogs selbst!

Alle haben wir ihre Namen gekannt. Jeden einzelnen. Haben sie auf dem Marktplatz und in der Kirche nur leise gemurmelt, weil man nie wissen konnte, ob nicht irgendwo ein Zuträger lauschte. Denn es musste endlich Frieden sein. Teuer erkauft und blutig zwar, aber immerhin Frieden.

Wenn auch nicht für lange, aber das wussten wir damals ja noch nicht.

Wir haben ihre Namen gekannt. Den Gaispeter kennt ihr auch, den Vollmar und den Pregatzer, von denen ist seither immer wieder die Rede. Aber die anderen? Den Jost, die Katharina? Den Hannes? Den Muthans, den Butelin?

Ach, es waren dunkle Zeiten.

Dunkle Zeiten, aus denen viele als helles Licht herüberleuchten könnten, wenn ihr sie nur nicht vergessen hättet. Gerade den Hannes!

Ach, der Hannes …

Mich nennt ihr nur noch die Muhme, als hätte ich gar keinen Namen mehr.

Muhme!

Das klingt ja schon nach faulem Holz, nach dicken Spinnweben!

Nennt mich gefälligst bei meinem richtigen Namen!

Welch eine Plage mit euch aufdringlichen, selten dummen Gören, wie ihr da steht, barfuß auf dem gestampften Boden, und mich anglotzt mit euren großen Augen. Versteht ja eh nicht, was ich euch erzähle!

Doch?

Ha! Darauf will ich's ankommen lassen!

Steht da vor mir, der Rotz läuft euch übers Kinn, und ihr wollt verstehen, was sich damals zugetragen hat?

Ha!

Versteh's ja selbst kaum …

1491

Der Schrei hallte durchs Dorf. Überall in Beutelsbach schraken die Leute in ihren Häusern zusammen, einige erhoben sich von ihren Bänken und traten vor die Tür. Noch zwei weitere Schreie waren zu hören, fast unmenschlich, markerschütternd, langgezogen. Der letzte verebbte rasselnd, und nur Augenblicke später stürzte eine Frau aus Heinrich Huetlins Haus. Sie bewegte sich viel behänder, als man es ihr wegen der gedrungenen Statur zugetraut hätte, und rannte die Straße hinunter.

Die Haustür hatte sie in der Eile hinter sich offen stehen lassen, und kurz darauf trat ein kräftiger Mann über die Schwelle und rief ihr nach: »Und sag ihm, er muss sich beeilen! Am Geld soll's ihm nicht fehlen!«

Heinrich Huetlin war nicht sicher, ob ihn die kleine Linda noch gehört hatte, aber er hatte ihr ja schon drinnen in der Stube eindringlich genug aufgetragen, den Heiler möglichst schnell heranzuschaffen. Gestern war der Mann von Gmünd her die Rems entlang abwärts gekommen, und dass er mit seinem klapprigen Eselskarren nicht in Schorndorf oder Waiblingen Halt machte, sondern in Beutelsbach, war leicht mit den Preisen für den Schlafplatz zu erklären. Die Gastwirte in den Städten ließen sich die geschützte Lage ihrer Unterkünfte bezahlen – für dasselbe Geld konnte man in den Dörfern in der Umgebung nicht nur schlafen, sondern auch noch üppig speisen und zechen.

Huetlin hatte ihm ein Zimmer angeboten, er hatte dem Fremden gegenüber durchaus zu Recht davon geschwärmt, dass seine Schildwirtschaft »Zum Ritter« das erste Haus im Ort sei, und er hatte dem Fremden für seine Verhältnisse auch einen guten Preis für Wein, Abendbrot und Frühstück gemacht – schließlich lag seine Frau schon seit dem Morgen in den Wehen, da konnte es nie verkehrt sein, einen Heiler im Haus zu haben. Aber der Wirt der »Traube« hatte seinen Ältesten geschickt, und der lockte den Fremden mit einem so unverschämt billigen Angebot vom Ritter fort, dass Huetlin nur noch wutschnaubend zurück ins Haus stapfen konnte.

Nun knetete er seine mächtigen Pranken und ging unruhig vor dem Gasthaus auf und ab. Immer wieder lugte er die Straße hinunter, ob die Magd nicht endlich mit dem Heiler herankam. Sein Blick fiel auf die größeren Häuser in der direkten Nachbarschaft, vor denen die Männer und Frauen standen und fragend zu ihm herübersahen. Einer fasste sich ein Herz und kam zu ihm, erkundigte sich nach dem Zustand der Frau, gab sich aber schnell mit Huetlins unwirschem Gebrummel als Antwort zufrieden, ging zurück und scheuchte seine Frau zurück ins Haus.

Das kleine Haus des Tagelöhners stand ein kleines Stück entfernt, der Gaispeter war ebenfalls vor sein Haus getreten und sah zum Gasthaus, beide Hände tief in den Hosentaschen vergraben. Hinter dem kleinen Fenster war im flackernden Licht des offenen Kamins die Silhouette von Anna Gais zu sehen, Peters Frau, die ebenfalls ein Kind erwartete. Huetlin kniff die Augen zusammen, aber er konnte nicht erkennen, ob Anna zu ihm hersah. Und dann wandte er sich auch schon wieder ab, um den Gaispeter nicht gegen sich aufzubringen. Das war ein stolzer Mann, auch wenn er keine Habe hatte, und jeder gab ihm gerne Arbeit, weil er ordentlich zupackte für seinen Lohn. Aber Streit mochte Huetlin keinen mit ihm haben.

»Nicht einmal der«, dachten die Leute im Dorf, die ihrerseits vor dem Ritter-Wirt großen Respekt hatten.

»Ich noch weniger als alle anderen«, dachte Huetlin und schnaubte. »Aber das geht keinen was an.«

In einiger Entfernung waren jetzt schnelle Schritte zu hören, und der Wirt fuhr herum. Linda kam herbeigerannt, ein Stück hinter ihr schleppte der Heiler einen großen Beutel mit sich. Als der Fremde das Gasthaus zum Ritter erreicht hatte und schwer atmend vor Huetlin stehen blieb, war die Magd längst wieder im Haus verschwunden und sah zu, wo sie helfen konnte.

»Ihr müsst meiner Frau helfen«, dröhnte Huetlin und versuchte so trotz aller Sorge seiner Stimme einen festen Klang zu geben. »Unseren Buben hat sie gesund zur Welt gebracht, aber um sie selbst steht's nicht gut, sagt die Hebamme. Könnt Ihr sie retten?«

Der Heiler setzte seinen Beutel ab, es klapperte vernehmlich. Dann sah er Huetlin an und zuckte kaum merklich mit den Schultern.

»Mensch, Heiler, jetzt geht schon rein und helft meiner Frau! Die stirbt mir noch!«

»Und der Preis?«

»Der Preis? Seid Ihr von Sinnen? Natürlich zahl ich Euch! Ich zahl Euch gut und gern, aber rettet meine Frau, um Himmels willen!«

»Ich …«

»Rein mit Euch!«, schrie ihn Huetlin an und hob den rechten Arm, als wolle er ihm gleich eine Maulschelle verpassen. »Ich werd hier nicht mit Euch feilschen, und drinnen stirbt mir die Frau! Rein mit Euch jetzt, sofort!«

Nun schrak der Fremde doch zusammen, schnappte seinen Beutel und stolperte ins Haus, so schnell er konnte. Huetlin folgte ihm und lotste ihn in die Stube, wo seine Frau inzwischen vom Stuhl auf die Bank gebettet worden war. Die Hebamme tupfte ihr immer wieder die Stirn und scheuchte zwischendurch die junge Magd hierhin und dorthin, um ihr bald heißes Wasser, dann wieder trockene Tücher zu holen. Als der Heiler in der Tür stand, warf sie ihm einen skeptischen Blick zu, dann sah sie Huetlin hinter ihm stehen, wie er den Fremden vor sich her auf seine Frau zuschob, und trat widerwillig zur Seite.

Der Heiler drückte den Rücken ein wenig durch und besah sich die Szenerie. Bertha, die ältere Magd der Huetlins, schaukelte das Neugeborene auf ihren Armen, dick verpackt in frischen Tüchern, sie ging auf und ab, murmelte leise vor sich hin und warf der Frau auf der Bank immer wieder sorgenvolle Blicke zu. Die Hebamme stand nun mit dem Rücken zur Wand und ließ den Fremden nicht aus den Augen. Auf der Bank lag Erna Huetlin, über die er von der jungen Magd das Nötigste erfahren hatte, während er drüben in der Traube seine Ausrüstung in den Beutel gepackt hatte.

Seine neue Patientin war vor einigen Wochen vierundzwanzig geworden, und in den ersten Monaten ihrer ersten Schwangerschaft war die hübsche Hausherrin noch zusätzlich erblüht. Doch bald machten ihr Übelkeit und gelegentlich Krämpfe zu schaffen, und nun, da die Geburt vollbracht war, sah sie aus wie eine Greisin. Tief eingefallen lagen ihre Augen, das Haar hing ihr wirr und schweißnass ins Gesicht, neben den blassen, immer wieder zu dünnen Strichen gepressten Lippen hatte sich die fahle Haut in Falten gelegt, auch die Stirn war kraus, und ihr Blick wirkte flackernd und unstet. Wie im Fieber stierte sie im einen Moment stumpf vor sich hin und suchte im nächsten ihre Umgebung nach ihrem Kind ab, um einen Blick auf das Neugeborene zu werfen. Ihr Atem ging schnell und flach. Manchmal verkrampfte sie sich unter Schmerzen, bog ihren schmalen Körper durch und krallte sich so sehr an der Lehne und an der Sitzfläche der Bank fest, dass ihre Knöchel ganz weiß hervortraten und neuer Schweiß auf ihrer Stirn perlte.

»Zieht den Tisch hierher!«, kommandierte der Heiler und ließ den Hausherrn und Linda den großen Holztisch bis auf einen Schritt an die Bank heranwuchten.

»Ich brauche Platz«, sagte er dann und wollte den Hausherrn und die Mägde aus der Stube schicken, aber Huetlin dachte gar nicht daran, den Platz an der Seite seiner Frau aufzugeben, und nach einem kurzen Blick auf den nach wie vor erregten Gastwirt gab der Fremde auch schnell klein bei. »Aber sie muss raus!«, beharrte er noch, um wenigstens einen Teil seiner Autorität zu retten, und deutete auf die Hebamme.

»Gut«, brummte Huetlin und nickte ihr kurz zu. »Warte draußen.«

»Aber ich …«

»Bitte!«

Der Heiler sah verwundert zwischen der Hebamme und Huetlin hin und her, und dass er bemerkte, wie der massige Gastwirt die Geburtshelferin wirklich flehend ansah, anstatt ihr einfach mit der Faust zu drohen oder ihr einen Tritt zu verpassen, machte seine Verwirrung nicht geringer. Die Hebamme ging zögernd hinaus, gefolgt von Bertha, die noch immer das Neugeborene auf dem Arm hatte. Linda blieb auf ein Zeichen Huetlins hin im Raum. Kopfschüttelnd kramte der Heiler seine Gerätschaften aus dem Beutel und breitete sie auf dem Tisch aus.

»Ihr solltet Eure Hebamme nicht so aufkommen lassen«, tadelte er Huetlin. »Einfache Stände sollten nicht vergessen, wo ihr Platz ist.«

»Kümmert Euch um meine Frau!«, donnerte der Wirt, dass es dem Heiler durch Mark und Bein ging. »Franziska hat als Hebamme schon so vielen hier im Dorf geholfen, dass sie meinen Respekt, weiß Gott, verdient!«

Der Heiler räusperte sich, vermied es, sich zu Huetlin umzudrehen, und reihte einige Schröpfgläser nebeneinander auf.

»Einstweilen solltet Ihr, Heiler, nicht vergessen, wo Euer Platz ist – und Respekt müsst Ihr Euch hier im Ort erst noch verdienen!«

»Verzeiht bitte, Herr Huetlin«, antwortete er kleinlaut, »als Fremder bin ich mit den Verhältnissen hier natürlich noch nicht vertraut.«

»Schwatzt nicht herum, sondern helft endlich meiner Frau!«

»Freilich, freilich …« Er hantierte etwas fahrig und sah sich vor seinem nächsten Handgriff kurz zu Huetlin um. »Ich müsste Eurer Frau … nun ja …«

»Jetzt macht schon, los! Tut, was Ihr tun müsst, aber tut es schnell!«

Der Heiler nickte, nahm die teilweise blutverschmierten Tücher vom Schoß der Frau und streifte ihr Kleid nach oben, bis ihre Oberschenkel und ihr Bauch freilagen. Er tastete mit den Fingerspitzen vorsichtig die Muskeln an Oberschenkeln und am Unterbauch ab, dann wiegte er einige Male den Kopf und wandte sich wieder Huetlin zu. »Wie ich vermutet habe«, begann er in wichtigtuerischem Ton: »Eure Frau ist völlig verkrampft von den Mühen der Geburt. Die Muskeln sind angespannt, und das entzieht ihr Kraft. Ich werde hier und hier« – er deutete auf einige Hautstellen – »schröpfen, damit sich die Verspannungen der Muskeln wieder lösen und Eure Frau sich wieder erholen kann.«

»Helft ihr endlich!«

Wieder nickte der Heiler, dann wies er die junge Magd an, ihm erst etwas Schnaps zu bringen und danach die Oberschenkel und den Bauch der Patientin vorsichtig mit Wasser vom Blut zu säubern, das sie bis hinunter zu den Knien beschmutzt hatte. Linda war im Handumdrehen mit einem Glas Obstler zurück, dann tupfte sie mit einem frischen Tuch ihre Herrin vorsichtig sauber und dann trocken. Der Heiler schickte sie zur Seite, tunkte ein kleines Messer in den Schnaps, dann ritzte er Bauch und Oberschenkel von Erna Huetlin an einigen Stellen an. Nun band er einen kleinen Fetzen Stoff, den er vom Tuch der Magd abriss, um einen kurzen Stock, tunkte die so entstandene kleine Fackel in den Obstler und entzündete das Ganze im Kamin.

Nach und nach hielt er seine Schröpfgläser mit der Öffnung nach unten über die brennende Fackel und platzierte sie über den aufgeritzten Hautstellen der Wirtsfrau. Erna Huetlin verzog ein paar Mal das Gesicht, aber sie hielt sich tapfer, und als das letzte Schröpfglas gesetzt war, schloss sie die Augen, ihr Kopf sank zur Seite und sie fiel in einen tiefen Schlaf.

»Seht ihr?« Der Heiler lächelte und wirkte sehr zufrieden. »Es hilft schon, sie kommt zur Ruhe.«

Im Inneren der Schröpfgläser war zu sehen, wie das erste Blut durch die geritzte Haut sickerte, und Huetlin schien es, als sei seine Frau im Gesicht noch etwas blasser geworden als sie ohnehin schon gewesen war.

»Und was passiert jetzt?«, fragte er den Heiler.

»Nichts, das Schröpfen muss erst wirken. Jetzt bezahlt Ihr mich, und ich komme nachher wieder, um die Schröpfgläser abzuholen. Danach lasst Ihr sie schlafen und sorgt dafür, dass sie zu essen und zu trinken hat. Das sollte genügen. Ihr werdet sehen: In ein, zwei Tagen ist Eure Frau wieder putzmunter.«

Der Heiler nannte seinen Preis, und Huetlin war noch immer so sehr in Sorge um seine Frau, dass er ganz vergaß, den Mann wie üblich herunterzuhandeln. Das war wohl auch der Fremde nicht gewohnt, und so sah er zu, dass er das Geld schnell wegsteckte und aus dem Haus huschte.

»Herr Huetlin?« Linda hatte der Hausherrin die Stirn erneut trockengetupft und wandte sich nun zum Wirt um, der mit hängenden Schultern neben der Bank stand und betrübt auf seine Frau hinuntersah. »Herr Huetlin, Ihr müsst Euch ausruhen.«

Es dauerte einen Moment, bis er reagierte. Langsam hob er den Kopf und schien sich besinnen zu müssen, wen er vor sich hatte.

Die Magd ging um ihn herum und zog die Tür auf, Huetlin sah sie nachdenklich an. »Ich bleibe bei Eurer Frau, und ich rufe Euch sofort, wenn irgendetwas ist. Aber Ihr müsst Euch jetzt wirklich ausruhen!«

Er warf einen letzten Blick auf seine schlafende Frau, dann setzte er sich endlich in Bewegung und legte sich in der hinteren Kammer zur Ruhe.

Linda sah ihm nach und wartete, bis die Tür hinter ihm ins Schloss gefallen war, dann huschte sie durch die Küche zum Hintereingang, wo die Hebamme ungeduldig auf Nachricht wartete.

»Er hat sich hingelegt«, teilte ihr die Magd mit, »und die Frau ist im Moment allein in der Stube, ich will gleich wieder hineingehen und nach ihr sehen.«

»Und was hat der Quacksalber mit ihr gemacht?«

»Er hat ihr Schröpfgläser gesetzt, damit sich die Muskelverspannungen lösen. Sie ist dann auch wirklich gleich eingeschlafen, es scheint zu helfen.«

»Dumme Gans!«, zischte Franziska und schob sie beiseite.

Das hübsche runde Gesicht der jungen Magd verzog sich zu einem Schmollen, und einen Moment lang sah es so aus, als würde sie gleich losheulen.

Die Hebamme blieb stehen, legte einen Finger unter das Kinn des Mädchens und hob ihr Gesicht ein wenig an.

»Reiß dich zusammen!«, beschwor sie Linda und knuffte sie aufmunternd gegen die Schulter. »Woher sollst du's auch besser wissen, wenn dieser ›Heiler‹ mit seiner plumpen Tour sogar bei gestandenen Männern wie dem Huetlin durchkommt.«

Linda schniefte und lächelte schon wieder.

»So ist es besser, Mädchen, viel besser.«

Sie strich ihr kurz mit den Fingern über die rosigen runden Wangen.

»Und jetzt geh schnell zu Dora. Wir brauchen hier jemanden, der sich mit dem Heilen wirklich auskennt.«

Augenblicklich erstarrte Linda und sah die Hebamme erschrocken an. »Aber … Herr Huetlin wird sicher nicht einverstanden sein, wenn die Dora … ich meine …«

»Dein Herr Huetlin schläft jetzt erst einmal, das hast du gerade selbst gesagt. Und wenn wir seine Frau diesem Quacksalber überlassen, stirbt sie ihm unter der Hand weg!«

Das Mädchen schluckte und trat von einem Bein aufs andere.

»Willst du das zulassen?«, fragte Franziska streng. »Nach all dem, was sie für dich getan hat, willst du sie sterben lassen?«

»Ich …«

»Hätte sie dich lieber deinem Schicksal überlassen sollen als dich kleines Balg damals in ihren Haushalt zu nehmen? Als Magd, mit sieben … dass ich nicht lache!«

»Ja, das war gut von ihr«, pflichtete Linda ihr bei. »Aber ich hab alles gemacht, was sie mir aufgetragen hat, auch schon, als ich noch klein war!«

»Viel wird's anfangs nicht gewesen sein, was du helfen konntest. Aber dafür hattest du von Anfang an zu essen und zu trinken und einen trockenen Platz zum Schlafen. Fast, als wärst du ihr eigenes Kind!«

Linda sah betreten zu Boden. Sie erinnerte sich noch gut daran, wie ihr die Eltern nach dem Unfall auf der Landstraße weggestorben waren und wie ihre älteren Brüder in Winterbach bei entfernten Verwandten als billige Arbeitskräfte willkommen waren. Nur die Kleinste war nicht willkommen, und niemand im Dorf wollte ihr helfen – und schließlich hatte sich Erna Huetlin ihrer erbarmt und das kleine Mädchen … nun ja: in ihren »Dienst« genommen. Heinrich Huetlin hatte erst protestiert, aber seine junge, schöne Frau hatte ihn schnell um den Finger gewickelt – und seither hatte sich Linda aus Dankbarkeit stets sehr beflissen gezeigt, hatte angepackt, wo es nötig war, und hatte sich inzwischen auch tatsächlich zu einer vollwertigen Bediensteten gemausert. Natürlich hatte sie das nicht vergessen, und natürlich war sie Frau Huetlin dafür auch unendlich dankbar, aber …

»Du hast Angst vor Dora, stimmt's?«

Linda biss sich auf die Lippe, dann nickte sie langsam.

»Weißt du, Mädchen, nur weil Dora in ihrer Hütte für sich allein lebt und dort ihren Sud braut und ihre Hafen mit Salben füllt, musst du dich nicht vor ihr fürchten.«

»Aber die Leute sagen …«

»Die Leute! Hör auf damit – was sagen sie denn, die Leute? Dass die Dora eine Hexe ist? Das sollen sie mal schön bleiben lassen – gottlob gibt es hierzulande nicht dieselben Verrücktheiten wie andernorts. Dora ist keine Hexe, das kannst du mir glauben! Und ›die Leute‹ sollen sich mal lieber um ihren eigenen Kram kümmern!«

Das Mädchen ließ die Tirade der Hebamme schweigend über sich ergehen. Erst als es einen kräftigen Stoß gegen die Schulter abbekam, sah es hoch.

»Und jetzt mach, dass du fortkommst! Hol mir die Dora her und renn schneller als vorhin zu diesem Quacksalber! Es geht um das Leben deiner Herrin, los!«

Endlich setzte sich Linda in Bewegung, und die Hebamme sah ihr noch nach, ob sie auch wirklich den richtigen Weg aus dem Dorf nahm und sich nicht doch noch vor dem ungeliebten Botengang drücken wollte. Danach kehrte sie ins Haus zurück, schlich den Flur entlang, horchte an der Tür zur Schlafkammer und ging, als sie Huetlins Schnarchen hörte, flink in die Stube.

Erna Huetlin lag noch immer reglos auf der Bank. Franziska musterte ihren Oberkörper, dann stellte sie erleichtert fest, dass sich ihr Brustkorb hob und senkte, wenn auch ganz schwach und langsam. Die Beine und der Bauch der Frau waren nach wie vor entblößt, und die Schröpfgläser füllten sich Tropfen um Tropfen mit Blut. Vorsichtig berührte die Hebamme einen Oberschenkel der Wirtsfrau mit den Fingerspitzen: Offenbar hatte das Kaminfeuer für ausreichend Wärme gesorgt, um Erna Huetlin auch ohne Kleidung vor Unterkühlung zu schützen. Die Hebamme setzte sich neben sie, bedeckte den Unterkörper der Frau mit einem dünnen Tuch, um nicht womöglich mit dem groben Stoff des Rocks eines der Schröpfgläser loszureißen. Dora sollte alles genau so vorfinden, wie es dieser »Heiler« angerichtet hatte. Dann wischte sie behutsam Stirn und Gesicht der Schlafenden mit einem feuchten Lappen ab und tupfte ihre Haut hinterher wieder trocken.

Linda rannte mit gerafftem Rock aus dem Dorf und scherte sich nicht um die Nachbarn, die ihr neugierig hinterhersahen, oder um die Hunde, die ihr mit wütendem Kläffen nachsetzten. Sie rannte so schnell sie konnte, um nicht doch noch von ihrer Angst vor der Alten aufgehalten zu werden – aber wenn die Hebamme meinte, dass Dora ihre Herrin heilen konnte, musste sie sich halt überwinden. Ein Stück den Hang hinauf ging der Fußpfad zu Doras Hütte von der Kaiserstraße ab und führte schmal und ungerade zwischen Büschen bis zu dem windschiefen Bau hin.

Keuchend blieb Linda vor der Hütte stehen, stützte sich mit beiden Händen auf den Oberschenkeln ab und sah sich um. Hier war vom dörflichen Getriebe nichts mehr zu hören. Es war still, so still, dass die junge Frau sogar den Wind hören konnte, wie er durch die Ritzen der Hütte pfiff.

Vor allem aber hörte sie ihren eigenen Atem, der sich nur langsam beruhigte. Sie stellte sich gerade hin, fasste sich ein Herz und holte mit der rechten Faust aus, um an Doras Tür zu klopfen. Sie kam nicht dazu.

»Hier«, kam es kurz und schneidend, Lindas Faust verharrte mitten in der Bewegung. »Hier bin ich.«

Die Stimme kam von links, und als Linda den Kopf dorthin wandte, sah sie dünne graue Wölkchen, die der Wind hinter der Hütte hervorwehte und dann in alle Richtung zerstob.

»Frau …« Das Mädchen räusperte sich und setzte noch einmal an. »Frau Dora? Seid Ihr das?«

Das Lachen der anderen klang krächzend, und es ging nahtlos in einen heftigen Husten über. Langsam tastete sich Linda Schritt für Schritt vor, bis sie um die Ecke lugen konnte: Dort lehnte die Frau, die sie holen sollte, mit dem Rücken an der Hüttenwand, lümmelte auf einer krummen Bank und streckte die Beine von sich. Auf ihrem Schoß hatte sie eine flache Schale liegen, die sie mit beiden Händen festhielt und auf der irgendwelche Kräuter verbrannten. Dora beugte sich etwas vor, sah zu dem Mädchen hin, fächelte sich dann etwas von dem Rauch zu und lehnte sich wieder an die Hüttenwand.

»Du hast schlechte Nachrichten?«

Die Alte sah Linda dabei nicht an, sondern fixierte einen Punkt am Himmel, ein gutes Stück oberhalb der bewaldeten Hügel auf der anderen Seite des Remstals. Und ihre Frage war eher eine Feststellung.

»Woher wisst Ihr das?«, fragte Linda leise.

Dora antwortete nicht, sondern streckte ihren linken Arm aus und deutete mit dem Zeigefinger auf den Himmel im Norden. Linda folgte der Geste mit ihrem Blick. Etwa drei Handbreit oberhalb der Baumwipfel am Hang gegenüber war ein helles Licht zu sehen, wie ein Stern, von dem aus eine Art Schweif abstand.

»Was ist das, um Himmels willen?«

Linda starrte das seltsame Licht an und stand mit offenem Mund da. Es ähnelte den Sternschnuppen, zu denen man sich im Sommer heimlich etwas wünschte, aber es verglühte nicht wie diese innerhalb von Augenblicken, sondern es stand klar und deutlich am Himmel.

»Das, mein Kind, ist ein schlechtes Zeichen.«

Das Mädchen kniff die Augen ein wenig zusammen: Das Licht schien sich zu bewegen, wenn auch langsam. Und der fahle Schweif zog nicht hinter dem Licht her, sondern eilte ihm voraus.

»Hat Erna ihr Kind tot geboren?« Die Alte hatte Linda das Gesicht zugewandt und schien in ihrer Miene lesen zu wollen.

»Nein, nein«, beeilte sich das Mädchen. »Dem Kind geht's gut, aber Frau Huetlin braucht Eure Hilfe – sagt Franziska, die Hebamme. Sie schickt mich.«

»Und was ist mit Ernas Mann, diesem großmäuligen Sturkopf?«

Linda räusperte sich verlegen. Der Hausherr war ihr nicht übertrieben sympathisch, er war schon mehrfach wie zufällig mit der Hand über ihren Hintern gestreift und immer wieder hatte sie das Gefühl, dass er sie mit einem Blick bedachte, wie er sich zwischen Herr und Magd nicht gehörte – aber es war trotzdem der Vorstand des Haushalts, in dem sie diente, und er behandelte sie nicht schlecht.

»Was ist nun mit dem Huetlin?« Die Alte herrschte sie an, aber dabei musterte sie Linda amüsiert, und fast sah es so aus, als könne sie die Gedanken der jungen Frau erraten.

»Der Herr schläft. Er war die ganze Zeit bei seiner Frau, und er sah müde aus. Da hab ich ihm vorgeschlagen, dass er sich in die Kammer zurückzieht und dass ich bei Frau Huetlin bleibe.«

»Wollte er dich nicht lieber mitnehmen in die Kammer? Du bist doch schon recht ansehnlich rausgewachsen, und soweit ich den guten Heinrich kenne …«

Linda lief rot an, aber die Alte drehte sich mit einem kehligen Lachen um und schlurfte auf den Eingang ihrer Hütte zu. Als sich das Mädchen wieder gefasst hatte und über die hölzerne Schwelle trat, nahm Dora gerade getrocknete Kräuterzweige von einer Schnur und legte sie zusammen mit zwei kleinen Hafen, zwei krumm gearbeiteten Holzspachteln und einigen kleinen Stoffsäckchen auf ein grobes Tuch.

»Wenn sich Herr Huetlin nicht schlafen gelegt hätte«, versetzte Linda schließlich trotzig, »dann hätte ich die Franziska sicher nicht zu seiner Frau lassen dürfen. Er hatte extra noch verfügt, dass sie in Ruhe gelassen und nur vom Heiler behandelt wird.«

»Vom Heiler?« Dora ließ ein freudloses, krächzendes Lachen hören. »Na dann …«

Sie knotete die Enden des Tuchs zusammen, wandte sich dabei erstaunlich schnell um und warf Linda das Bündel zu.

»Lass es nicht fallen, wenn du ins Dorf rennst! Oder willst du lieber bei mir bleiben und mich ein wenig stützen?«

Dora streckte ihre linke Hand aus, formte mit ihren dürren Fingern eine Klaue, stand plötzlich etwas buckliger da als gerade noch und legte ein unheimliches schiefes Grinsen auf.

Linda schreckte zurück und flitzte zurück ins Dorf.

Die Alte sah ihr lachend nach und freute sich über den kleinen Streich, den sie dem Mädchen gespielt hatte. Dann drückte sie den Rücken durch und marschierte aufs Dorf los. Ab und zu warf sie einen Blick hinauf zum Himmel, wo weiterhin das Licht langsam seine Bahn zog, und jedesmal gruben sich Sorgenfalten in ihre Stirn.

»Hoffentlich überlebt die Erna«, brummte sie schließlich. »Und hoffentlich lässt ihr launischer Bock die kleine Linda noch eine Weile in Ruhe.«

Als Dora das erste Beutelsbacher Haus erreicht hatte, blieb sie kurz stehen und sah sich um. Allzu oft war sie in letzter Zeit nicht mehr im Dorf gewesen. Wer etwas gegen Rückenschmerzen oder unerwünschte Schwangerschaft brauchte, der schlich sich abends zu ihrer Hütte. Und weil die meisten sie mit Naturalien bezahlten, musste sie auch zum Einkaufen kaum hierherkommen. Selbst Fleisch, Wurst und Schmalz wurden ihr gebracht, seit sich der alte Metzger von ihr eine Salbe gegen seine Gelenkschmerzen anrühren ließ.

Verändert hatte sich im Dorf natürlich nichts. Nirgends veränderte sich etwas, nur die Jahreszeiten wechselten, und nach jedem Winter ging alles wieder von vorne los. Meist mit mehr Hunger und manchmal mit weniger. Und irgendwann halt auch ohne sie, wenn der Herrgott sie eines Tages zu sich rufen würde.

Die Straße aus gestampftem Dreck zog sich zwischen den Häusern hin, und hinter dem Pergament oder dem Stoff, mit dem die Fensterhöhlen leidlich gegen den kalten Wind verschlossen waren, konnte man im Schein des Kaminfeuers die Silhouetten der Bewohner sehen. Sie setzte sich wieder in Marsch, und neben dem Häuschen von Gaispeter, dem Tagelöhner, verschnaufte sie erneut und horchte. Auch Peters Frau Anna war schwanger, und wenn er für kargen Lohn irgendwo im Dorf oder auf den Feldern half, schlich sich die Alte zu ihr ins Haus und brachte ihr Kräuter für einen lindernden Sud oder einen kleinen Hafen Salbe. Bezahlen konnte ihr die Tagelöhnerfrau nichts, aber sie deshalb unnötig leiden zu lassen, fiel Dora nicht ein.

Anna war schlank und trotz der schweren Arbeit auch mit ihren dreiundzwanzig Jahren noch sehr ansehnlich – aber etwas drückte sie nieder. Etwas, das mit der Schwangerschaft zu tun hatte, mit dem zweiten Kind, das sie nun unter dem Herzen trug. Und mehr noch mit dem Vater des Ungeborenen. Ein paar Mal hatte Dora versucht, Anna mit Andeutungen klarzumachen, dass sie Bescheid wusste, dass sie von ihr nichts befürchten musste – vor allem nicht, dass ihr Mann irgendetwas von alldem erfahren würde. Aber Anna hatte auf die geringste Andeutung mit einem so ängstlichen Blick reagiert, hatte danach so fahrig und verschreckt gewirkt, dass es die Alte schier zerriss, und inzwischen behielt sie ihr Wissen einfach für sich.

Unwillig schnaufte Dora, dann ging sie weiter auf das stattliche Haus der Huetlins zu. Dass sie nun ausgerechnet dort hinmusste.

Als Franziska nach einer Weile die schnellen Schritte Lindas im Flur hörte, erhob sie sich und nahm das Tuch wieder von Erna Huetlins Unterkörper. Die Tür zur Stube schwang auf und Linda stand schwer atmend vor ihr.

»Dora kommt gleich«, brachte sie hervor und schnappte nach Luft. »Ich bin schnell vorausgerannt, um Euch Bescheid zu sagen. Sie kommt gleich nach, sie hat nur ein paar Sachen zusammengepackt und ist sofort los.«

Franziska musste schmunzeln. Natürlich hatte das Mädchen vor allem so schnell vor der einsam gelegenen Hütte und ihrer unheimlichen Bewohnerin Reißaus genommen, wie es nur ging.

»Hast du ihr geschildert, was mit Frau Huetlin los ist?«

»Nur kurz, aber sie schien schon Bescheid zu wissen.«

Franziska hob eine Augenbraue.

»Nein, nein, Franziska, ich sag ja gar nicht, dass sie eine … egal. Nein, sie hat mich vor ihrer Hütte erwartet, hat mich so komisch angeschaut und dann gefragt, ob ich schlechte Nachrichten hätte. Nein, eher hat sie mir gesagt, dass ich schlechte …«

»Du plapperst einen fürchterlichen Blödsinn zusammen, Linda! Jetzt scher dich raus und warte draußen auf Dora. Und wenn sie da ist, bringst du sie gleich rein zu mir.«

»Aber droben am Himmel …«

»Hast du mich verstanden?«

»Ja, ich geh ja schon. Aber am Himmel …«

Franziska verzog den Mund, hielt den Kopf schief und sah sie genervt an.

»Ich geh ja schon.«

Damit huschte das Mädchen durch die Tür hinaus.

Später am Abend, als Erna Huetlin versorgt war und zwischendurch sogar einmal kurz die Augen aufgeschlagen hatte, packte Dora ihr Bündel wieder und wandte sich zum Gehen.

»Tut mir leid«, sagte Franziska, als sie die Alte vor die Tür begleitete, »dass ich den Heiler nicht von ihr fernhalten konnte.«

»Wenn ihn der Hausherr holen lässt, was willst du machen? Gott sei Dank hat sich Huetlin schlafen gelegt – mich hätte der nie und nimmer ins Haus gelassen.«

»Was hat er denn gegen dich?«

Dora blinzelte kurz und schluckte, sie überlegte einen Augenblick, dann sagte sie lahm: »Na, die Hexe aus der Hütte vor dem Dorf mag halt keiner bei sich haben. Da ist der Huetlin nicht anders als alle anderen in Beutelsbach.«

»Das schon, aber die anderen schicken um Hilfe zu dir und lassen Kräuter und Salben holen. Nur der Huetlin nicht.«

Die Alte zuckte mit den Schultern, und sie sah dabei traurig aus. »Der Huetlin wird schon seine Gründe haben«, brummte sie schließlich und machte sich auf den Heimweg. Sie mochte Franziska, sie war eine tüchtige Hebamme – aber darin, ein Geheimnis für sich zu bewahren, war sie nicht besonders gut. Und so behielt sie auch Franziska gegenüber für sich, was sie über Heinrich Huetlin wusste – und was Huetlin, der wohl von ihrem Wissen ahnte, nicht gerade für die alte Heilerin einnahm.

»Ach, sag mal, Dora …«

Die Alte war schon ein Stück weit gegangen, nun drehte sie sich umständlich um. »Ja?«

»Die Linda ist ja nicht die Hellste, und sie hat eine Heidenangst vor dir. Aber vorhin bin ich doch stutzig geworden. Sie meinte, du hättest schon gewusst, dass sie schlechte Nachrichten bringt. Und dann faselte sie irgendetwas vom Himmel. Weißt du, was sie damit gemeint hat?«

Dora winkte die Hebamme zu sich her. Dann griff sie nach ihrem Oberarm, bugsierte sie direkt neben sich und deutete schließlich mit dem linken Arm hinauf zum Himmel.

Franziska folgte der Geste und erstarrte.

Am Himmel zog der Komet seine Bahn, langsam und unaufhaltsam.

1505

Hart und schnell schlugen die beiden Schwerter aufeinander, und irgendwann brachen die beiden Jungen aus dem Gebüsch hervor, ohne in ihrem ungestümen Duell auch nur für einen Moment innezuhalten. Wuchtig schlug der eine drauflos, geschickt parierte der andere, und dabei machten sie mal einen schnellen Schritt vor und einen schnellen zurück.

Der eine, etwas kleinere Bub hielt sein Holzschwert mit beiden Händen und hatte seine liebe Mühe, den anderen abzuwehren, obwohl der nur mit der Rechten zuhieb und den linken Arm nutzte, um sein Gleichgewicht zu halten. Jetzt stieß der Größere dem anderen die Spitze gegen die Brust, der Kleinere stolperte nach hinten, verfing sich mit der nackten Ferse in einer Wurzel und schlug der Länge nach auf den Boden.

»Hannes, du Depp!«, rief der nun, während er sich mit schmerzverzerrtem Gesicht ein wenig auf die Seite drehte und sich den Hintern rieb. »Ich bin der Herzog, und du bist der Löwensteiner! Also gewinne ich und du liegst am Boden, und nicht umgekehrt!«

Hannes beugte sich vor und reichte dem anderen die Hand, um ihm aufzuhelfen. Der schlug sie aus, sprang auf die Füße und ging sofort wieder zum Angriff über. »Nimm das!«

Hannes wich aus, und die Wucht des Fehlschlags riss den anderen ein Stück nach vorn. Daraufhin klatschte Hannes dem Kleineren die flache Seite seines Holzschwerts kräftig auf den Hintern und brachte ihn aus dem Tritt.

»Ich mag nicht der Löwensteiner sein, Jost! Immer bist du unser junger Herzog und willst gewinnen – dabei kannst du nicht halb so gut mit dem Schwert umgehen wie ich!«

Jost funkelte seinen Freund an und duckte sich, als wolle er gleich wieder auf ihn losstürmen. Aber sein gesenktes Schwert und der schwer gehende Atem zeigten schon, dass er dringend eine Pause brauchte. Kein Wunder: Die beiden Jungen waren schon seit dem Mittag am Hang rund um die Burgruine in ihr Spiel vertieft, auch Hannes war froh, dass er ein wenig verschnaufen konnte.

»Du bist der Löwensteiner, dem ich mit meinen Reitern und Bogenschützen, mit meinen Söldnern und meinen beiden Kanonen die Grafschaft wegnehme! Und ich spiel den Herzog und das wird auch so bleiben, hast du verstanden? Mein Vater ist der Schultes, und deiner ist Tagelöhner. Also bin ich der Herzog und du der besiegte Graf, und nicht umgekehrt!«

Hannes zuckte mit den Schultern. »Meinetwegen, spielst du halt weiter den Sieger.« Er machte einen schnellen Schritt nach vorn und schlug dem überraschten Freund das Holzschwert aus der Hand. »Aber ein bisschen mehr Mühe musst du dir schon geben, wenn du meine Grafschaft haben willst!«, rief er lachend und rannte den Hang hinauf.

Hinter sich hörte er Jost fluchen, dann war um ihn herum nur noch ein Rauschen und Peitschen, als er durch die Büsche und zwischen den Bäumen hindurch auf die Ruine zuhielt. Bis Jost endlich auch die Umfassungsmauer der verfallenen Anlage erreichte, lümmelte Hannes längst oben auf den Steinen, kaute auf einem Apfel und sah ihm mit spitzbübischem Lächeln entgegen.

»Ah, ist der Herzog auch schon da?« Er blieb sitzen, deutete aber mit der Hand, in der er den Apfel hielt, eine gezierte Verbeugung an.

»Ergib dich, Löwensteiner!« Jost stürmte auf den anderen zu.

Hannes empfing ihn lachend, holte einen zweiten Apfel aus der Tasche und warf ihn seinem Freund entgegen.

»Gnade, Herr! Das ist alles, was ich habe! Verschont mich und meine Leute, nehmt meine Grafschaft, aber tut mir kein Leid!«

Jost kraxelte auf den Mauerrest, schnappte den Apfel und setzte sich lachend neben Hannes. »Du bist mir ein schöner Graf! Kein Wunder, dass Herzog Ulrich mit dem Löwensteiner im vergangenen Jahr so leichtes Spiel hatte, als er dessen Grafschaft eroberte!«

»Schon recht, du Held. Schau mal, wer dort unten kommt.«

Hannes deutete den Hang hinunter. Zwei Mädchen kamen auf dem schmalen Fußpfad vom Dorf herauf. Sie schienen sich zu unterhalten und hatten die beiden Jungen auf der Ruine offenbar noch nicht entdeckt.

»Komm, die kriegen wir dran«, sagte Jost, und schon war er von der Mauer gerutscht und hinter einigen Büschen verschwunden, an denen der Pfad dicht vorbeiführte.

Hannes sah noch ein wenig zu den Mädchen hinunter. Er hatte die Schreiner-Schwestern sofort erkannt, und es irritierte ihn ein wenig, dass er sie unbedingt noch etwas beobachten wollte.

Katharina, die Ältere, hatte blondes, gelocktes Haar, durch das der Wind fuhr und das die Sonne zum Leuchten brachte. Neben ihr ging ihre jüngere Schwester Elisabeth, ein dunkelhaariges, dünnes Mädchen, das sich Hannes gegenüber immer seltsam verstockt aufführte. Katharina dagegen war freundlich zu ihm, immer schon, und wenn sie ihn anlächelte und ihn neckte, durchfuhr es ihn ganz seltsam.

»Hannes, jetzt komm doch endlich!« Jost lugte durchs Gebüsch und winkte seinem Freund zu. »Die entdecken dich noch, und dann ist der ganze Spaß verdorben!«

Die beiden Jungen kauerten auf dem Boden und warteten stumm auf die Mädchen. Jost hatte einige kleine Steine aufgesammelt und hielt sie bereit, Hannes hielt einen langen Stecken in der Hand, mit dessen Spitze er das Geäst vor ihnen zum Rascheln bringen wollte.

»Ach, Elisabeth, was du nur immer hast!« Katharina kam um die letzte Biegung, die der Pfad vor dem Versteck der Buben beschrieb, blieb stehen und drehte sich um. Hinter ihr trat nun auch ihre jüngere Schwester ins Blickfeld von Jost und Hannes. »Der Hannes ist nett, und du magst ihn doch auch leiden, gib's nur zu.«

Jost warf seinem Freund einen kurzen Blick zu, und der quittierte dessen breites Grinsen mit einem leisen Schnauben.

»Ja, aber …« Elisabeth stapfte unwillig an ihrer Schwester vorbei und weiter den Pfad hinauf.

Mit ein paar schnellen Schritten hatte Katharina sie wieder eingeholt und hielt sie nun an den Oberarmen fest.

»Was: aber?«

»Ach … lass mich doch mit deinem Hannes in Ruhe!« Elisabeth versuchte die Hände der Schwester abzuschütteln, aber die ließ nicht locker.

»Was: aber?«

Die Jüngere wand sich.

»Was hast du nur gegen Hannes?«

»Ich? Ich hab doch nichts gegen Hannes, ganz sicher nicht, ich …« Die Erwiderung kam wie aus der Pistole geschossen, dann verstummte das Mädchen mitten im Satz.

Katharina sah ihre Schwester überrascht an, dann trat sie einen Schritt zurück und riss die Augen auf. »Bist du womöglich … selbst …?«

»Was redest du da nur!«

Elisabeth war ein wenig rot geworden, das konnte Hannes sogar von seinem Versteck aus erkennen. Und fast schien es, als wolle sie trotzig mit dem Fuß aufstampfen, aber dann wandte sie sich nur ab und marschierte weiter hangaufwärts, die kleinen Fäuste geballt und die Lippen zu einem dünnen Strich zusammengepresst.

Hannes sah sie herankommen, aber er lag untätig in seinem Versteck, noch ganz verwirrt von dem Gespräch, das er soeben belauscht hatte. Jost stieß ihn in die Seite, und kurz musste er sich besinnen, wozu er den hölzernen Stecken in der Hand hielt. Da flogen auch schon die ersten Steine, die Jost eigentlich nur über die Mädchen hinweg in die gegenüberliegenden Büsche hatte werfen wollen. Doch Elisabeth schrie auf, teils aus Schreck, teils aber auch, weil sie getroffen war – Katharina rannte herbei und wurde ebenfalls von Josts Steinchen getroffen: einmal am Oberkörper und einmal an der Stirn.

Hannes hatte gerade mit seinem Holzstab gerüttelt, aber das ging ihm nun doch zu weit. Er zischte Jost an, er solle aufhören, direkt auf die Mädchen zu zielen, dann brach er aus dem Busch hervor.

»Bist du getroffen, Katharina?«

Er stand ganz geknickt vor ihr, und wie sie ihn mit vorwurfsvollem Blick aus feuchten Augen ansah, wie sie tapfer die Tränen zurückhielt, obwohl ihr die Stirn nach dem Treffer ordentlich wehtun musste, wäre Hannes am liebsten im Erdboden versunken.

»Tut dir was weh?«, fragte er noch einmal, bekam aber keine Antwort.

Er hörte Schritte hinter sich: Elisabeth war zu ihm getreten, zugleich bleich vor Schreck und bebend vor Zorn, strich sie sich die Haare aus dem Gesicht und funkelte ihn wütend an. Als es hinter ihr raschelte, drehte sie sich um und sah Jost vor sich stehen, der wegen des gelungenen Streichs bis über beide Ohren strahlte und sich nun, als er die beiden Mädchen so betreten vor sich sah, vor Lachen kaum mehr halten konnte.

»Na, ihr beiden, euch haben wir ordentlich erschreckt, was?« Er lachte lauthals weiter.

»Pfff!«, machte Elisabeth nur, schubste ihn vom Pfad und ging weiter zur Burgruine hinauf.

Katharina stand noch immer wie angewurzelt vor Hannes. Dann holte sie plötzlich aus und verpasste ihm mit der rechten Hand eine schallende Ohrfeige. Dann raffte sie den Rock, lief ihrer kleinen Schwester hinterher und würdigte Jost im Vorbeigehen keines Blickes.

Hedwig Schreiner sah die beiden Jungen ins Dorf zurückkommen, und weil sie wusste, dass ihre Töchter sie auf dem Weg hinauf zur Burgruine vermutlich getroffen hatten, gestattete sie sich ein Lächeln. Oft genug schon hatte ihre Katharina von

Hannes erzählt, und auch wenn sie es verbergen wollte: Dass sie von dem nur ein halbes Jahr älteren Jungen schwärmte, war jedem ihrer Worte anzuhören. Und so biestig, wie ihre kleinere Schwester Elisabeth auf diese Bemerkungen reagierte, mochte offenbar auch ihre jüngere Tochter den fleißigen und freundlichen Buben.

Wie sie nun zwischen die Häuser schlurften, wirkten Hannes Gais und Jost Huetlin wie zwei Brüder. Jost war etwas kleiner als der andere, dabei war er älter als sein Freund, wenn auch nur zwei Monate. Seine Geburt im Februar vor vierzehn Jahren hatte für viel Aufregung im Dorf gesorgt, und nur mit knapper Not hatte seine Mutter überlebt – Kinder allerdings konnte sie seither keine mehr bekommen. Ein ärgerlicher Zug spielte um Hedwigs Mund, als sie an Josts Vater dachte: Heinrich Huetlin hielt große Stücke auf seinen Stammhalter, aber sonst hatte er an der Geburt von Kindern deutlich weniger Interesse als an dem, was Schwangerschaften üblicherweise vorausging. Seine Frau schien ihm nicht mehr zu reichen, ein rechter Hurenbock war er geworden, und seit er vor sieben Jahren zum Schultes von Beutelsbach bestimmt worden war, trieb er es noch ärger – und nicht selten kam ihm dabei sein Amt zupass. Hedwig spie aus, um den sauren Geschmack loszuwerden, der in ihr aufstieg.

Drüben schwang die Tür des Gasthauses zum Ritter auf und eine dralle Frau Ende zwanzig trat auf die Gasse, gefolgt von einem jungen, knochigen Mädchen, das neben ihr schwungvoll einen Eimer mit Spülbrühe ausleerte und sofort wieder nach drinnen huschte. Linda war robust geworden in den vergangenen Jahren. Sie hatte zunächst noch mehr mit anpacken müssen, nachdem Bertha, die ältere Magd, gestorben war. Und die Kraft, die ihr nach einem schweren Arbeitstag noch blieb, strapazierte Huetlin, wann immer er es nach reichlich Wein und Most noch zuwege brachte.

Linda war trotz ihrer gedrungenen Figur recht hübsch und Heinrich Huetlin hatte offenbar eine Schwäche für ihre kräftigen Formen. Obwohl sie von eher einfältigem Wesen war, wusste Linda doch Kapital aus ihrer Lage zu schlagen: In den vergangenen Monaten hatte Huetlin zwei neue Mägde eingestellt, und allmählich stellten sich die beiden so brauchbar an, dass Lindas Los inzwischen merklich leichter wurde. Sie blühte zurzeit förmlich auf, und wer genau hinsah, konnte nun häufiger als zuvor beobachten, wie sie ihren Hausherrn um den Finger wickelte und manchmal auch untertags für einige Zeit mit ihm in der Scheune oder in einem der Gästezimmer verschwand.

Gutes konnte man Huetlin immerhin als Schultes nachsagen. Freilich schusterte er seinen Freunden manch lohnenden Auftrag zu, und auch er selbst hielt gelegentlich die Hand auf, wenn es sich ergab – aber alles in allem kümmerte er sich sehr ordentlich um seine Aufgaben und stellte sich auch gegen die Schorndorfer, wenn es darum ging, angestammte Rechte des Dorfes zu verteidigen. Immer häufiger wollten die Oberen der Amtsstadt den umliegenden Ortschaften auch dort Vorschriften machen, wo seit alters her alles in der Gemeinde geregelt wurde, gemeinsam von den Vollbauern und Handwerkern. Und immer wieder kam es vor, dass solche Ansinnen damit begründet wurden, dass der junge Herzog Ulrich selbst – oder doch wenigstens seine Räte – den zunehmenden Einfluss der Städter beförderten oder guthießen.

Hedwig Schreiner wusste das aus den Versammlungen, die manchmal bei ihnen auf dem Hof stattfanden. Ihr Mann Eberlin wollte es nicht auf sich sitzen lassen, dass immer nur Ritter-Wirt und Schultes Huetlin die Männer bewirtete, wenn Rat zu halten war. Also hatte er in einer windgeschützten Ecke der Scheuer einen wuchtigen Tisch, eine Bank und mehrere Stühle aufstellen lassen, daneben hatten die Knechte ein Fass mit Wein aufgebockt, und Hedwig kam, wenn in der Scheuer die anstehenden Themen besprochen wurden, regelmäßig mit einem Brett Speck, Brot und Käse herbei. Auf diese Weise schnappte sie manches von dem auf, was die Männer ganz wichtigtuerisch unter sich ausmachten. Und nach mehreren Schoppen Wein dachten die meisten auch nicht mehr daran, dass sie eigentlich aus Diskretion verstummen wollten, wenn die Hausfrau mit Nachschub an den Tisch kam.

Nur von Spätherbst bis Februar oder März kam Schreiners Scheuer trotz des guten eigenen Weins nicht gegen das Gasthaus zum Ritter an: Seit kurzem hatte Huetlin für viel Geld Butzenscheiben einbauen lassen, die natürlich viel besser vor Wind schützten als die bis dahin nur mit Pergament verkleideten Fensterhöhlen. Dadurch war der Schankraum heller und vor allem gemütlicher geworden.

Manchmal saßen während der Besprechungen auch Männer mit am Tisch, die eigentlich nicht dazugehörten. Vor allem Peter Gais war häufig mit in der Runde, und er diskutierte nicht selten mit den anderen, als wäre er ein reicher Bauer oder Wengerter und kein Tagelöhner. Aber Gais war trotz seiner niedrigen Stellung im Dorf durchaus geachtet, und er hatte wohl auch schon so manches gesehen von der Welt. Landsknecht sei er früher mal gewesen, munkelte man, bevor er sich in Beutelsbach niedergelassen hatte. Aber genau wusste es keiner.

Gais war fleißig und nicht dumm, und als sich einmal Pfarrer Schefflen in der Hitze der Diskussion mit schwerer Zunge darüber mokiert hatte, dass hier durchaus auch Leute das Wort führten, die eigentlich gar keine Stimme hätten, fuhr ihm Huetlin gehörig übers Maul und verteidigte die Anwesenheit von Peter Gais so nachdrücklich, dass sich seither keiner mehr traute, daran Kritik zu üben.

Ganz klar war Hedwig nicht geworden, warum sich der Schultes so stark für den Tagelöhner ins Zeug gelegt hatte, aber schließlich beschloss sie, diesen guten Zug von Huetlin einfach hinzunehmen, auch ohne den Grund dafür zu kennen. Manchmal war es ihr, als begegne die Frau vom Gaispeter dem Schultes ungern, und dann hatte sie den Verdacht, dass Huetlin wohl auch ihr mal an die Wäsche gegangen war oder es zumindest versucht hatte.

Drüben schlüpfte nun Hannes Gais ins Elternhaus, und Jost schlurfte weiter auf das Gasthaus zu. Als einziger Sohn des Ritter-Wirts war Jost zweifellos die bessere Partie für Katharina.

Aber Hannes war ihr sympathischer, und ihrer Tochter ging es wohl ebenso. Als gut situierte Wengerter waren die Schreiners nicht zwingend auf eine lukrative Verbindung ihrer Töchter angewiesen, und mit ihrer jüngeren Schwester Elisabeth konnten sie immer noch Bande zu einer wohlhabenderen Familie knüpfen. Hannes konnte ordentlich mit anpacken, ihm war es durchaus zuzutrauen, den Betrieb zusammen mit Katharina gewinnbringend zu führen. Und freundlich und gutaussehend war der Junge obendrein. Sie musste unbedingt mit ihrem Mann darüber reden, der vielleicht noch gar nicht mitbekommen hatte, was sich zwischen Hannes und Katharina entwickelt hatte.

Ihr Mann Eberlin kam ihr in den Sinn, wie er damals jung und kräftig vor ihr gestanden und um sie geworben hatte. Eine schöne Zeit war das gewesen, und vielleicht stand so etwas auch ihren Töchtern bald ins Haus. Wohlgewachsen waren sie beide, auch nicht dumm oder garstig im Benehmen. Manchmal erkannte sich Hedwig selbst in ihnen, wie sie als junges Mädchen drüben in Heppach die Buben neckte. Ein Lächeln spielte um ihre Lippen, dann riss sie sich mit einem Seufzen aus ihren Gedanken los und wandte sich wieder ihrer Arbeit zu.

1506

Gerne ging Hannes nicht nach draußen, aber sein älterer Bruder Michel musste heute dem Metzger helfen, sein Vater ging dem Wagner zur Hand, und sonst war heute im Dorf keine Arbeit zu vergeben. Die übrigen Geschwister waren alle erkältet und lagen mit triefenden Nasen und geröteten Augen im Bett, da blieb das Einsammeln der Eier nun mal an ihm hängen. Kalt war es, und der schneidende Wind fuhr ihm von den Feldern her unter die Kleider. Die Finger waren ihm schon klamm geworden, noch bevor er die ersten Eier vorsichtig in den Korb gelegt hatte, und immer wieder musste er die Hände an der Hose reiben, um überhaupt noch etwas in den Fingerspitzen zu spüren und die Eier nicht fallen zu lassen, wenn er sie aus dem schmierig gewordenen Stroh klaubte.

Die Hühner hockten träge in den Ecken und beachteten ihn nicht weiter, nur der Hahn saß auf dem Bretterverschlag, der den kleinen Abfallhaufen einfasste, und folgte Hannes aufmerksam mit dem Blick. Allzu majestätisch sah aber auch er nicht aus, und der kalte Regen tropfte ihm aus dem Gefieder.

Als Hannes schließlich mit dem gut gefüllten Korb zum Haus zurückkehrte, blieb er noch für einen Moment an der Hauswand stehen, dort, wo ihn das überhängende Dach einigermaßen vor dem Nieselregen schützte. Grau und matschig lag der kleine Garten vor ihm, hinter der Umzäunung lagen die Wiesen und Felder, teilweise noch bedeckt vom letzten Schnee, der aber unter dem steten Regen nur noch einen grauen, kümmerlichen Rest der weißen Pracht darstellte, die den Kindern bis vor einer Woche als Spielplatz gedient hatte.

Die Erwachsenen hatten längst keine Freude mehr an dem vielen Schnee gehabt, und sorgenvoll hatten sie hinaus auf die Felder geblickt, wo sich der Dinkel Gott sei Dank recht gut gegen den Frost behauptete und der widrigen Witterung zum Trotz auf eine ausreichende Ernte hoffen ließ. Der Februar und der frühe März hatten einige sonnige Tage gebracht, und das Getreide war in dieser überraschend milden Zeit besser gewachsen als in den Jahren zuvor. Den späten Schnee schien der Dinkel gut auszuhalten, und der alte Vollmar, der einen Narren an Hannes gefressen hatte und ihm immer wieder mal einen Beutel mit Körnern oder ein paar Rüben zusteckte, hatte ihm erklärt, wie schön warm und behaglich es der Dinkel in den kalten Nächten habe, wenn ihn nur der Schnee gut genug zudecke.

Hannes fand Vollmars blumige Aussprüche lustig, auch wenn dessen Sohn Hans dann immer genervt die Augen verdrehte. Eigentlich gefiel es ihm ganz gut, dass der alte Bauer ihn immer noch wie einen kleinen Jungen behandelte – wo er doch sonst schon meist als volle Arbeitskraft betrachtet wurde.

Drinnen gab er den Eierkorb der Mutter, die sich gleich daran machte, Wasser aufzusetzen. In der Fastenzeit aßen sie keine Eier, und gekocht konnte man sie gut einige Wochen lang aufbewahren. Dann kehrte sie wieder auf die Bank zurück, setzte sich schräg vors Fenster und machte mit ihrer Näharbeit weiter. Die Geschwister gaben ab und zu ein leises Stöhnen von sich, dann sah die Mutter kurz nach ihnen, aber meistens war es still im Haus und sie konnte schweigend ihrer Arbeit nachgehen. Hannes hockte sich auf die Ofenbank, kramte sein Messer und das Holzstück hervor, an dem er seit einigen Tagen schnitzte, und schabte die nächsten Späne ab. Ein Lächeln huschte über sein Gesicht, wenn er daran dachte, wie sehr sich Katharina darüber freuen würde, wenn es einmal fertig war. Die grobe Form hatte er schon herausgearbeitet, aber die Oberfläche musste noch glatter werden.

Nach verregneten Wochen hatten sich endlich die letzten Wolken verzogen, und nun, an einem Sonntag im Mai, war der Boden überall trocken genug, dass man für den Tanzboden keine Dielen auslegen musste, und noch nicht so staubig, dass die Gäste um die Sauberkeit ihrer besten Kleider zu fürchten gehabt hätten.

In der schon recht baufälligen Stiftskirche hatte sich die Gemeinde dicht an dicht zusammengedrängt, hatte kräftig mitgesungen und während der Zeremonie vorne am Altar peinlich genau darauf geachtet, ob wohl die Brautleute auch ja alles dem Brauch entsprechend verrichteten. Dann waren die Frischvermählten zum Ausgang marschiert, hatten mit breitem Lächeln stur nach vorne gesehen und traten schließlich durch das steinerne Portal hinaus auf den Kirchplatz.

Die Beutelsbacher Kinder hatten sich in zwei dichten Reihen links und rechts vom Portal aufgestellt, die Buben traten aufgeregt von einem Bein aufs andere und begrüßten das Paar johlend, die Mädchen warfen Blüten in die Luft und widmeten dem Paar einige Hochrufe. Der Bräutigam strahlte über das ganze feiste Gesicht, und mit erkennbarem Stolz führte er seine Braut am Arm, die ebenfalls knallrot glänzte und strahlend in die Sonne blinzelte.

Jost prustete immer wieder los, wenn er die beiden ansah. Hannes stieß ihn an und legte sich grinsend den Zeigefinger auf die Lippen, aber das Paar sah auch wirklich zu ulkig aus. Jerg Beder war ein gedrungener Mittzwanziger mit struppigen Haaren, die in alle Richtungen abstanden. Er hatte sich in seine feinsten Kleider gezwängt, und vor allem sein Wams drohte jeden Augenblick aus den Nähten zu platzen. Margarete dagegen war fast eine Schönheit, wenn auch arg schlank, beinahe dürr, und sie überragte ihren Angetrauten um mehr als einen Kopf. Sie trug ihr langes dunkelblondes Haar zu einem Zopf geschlungen, der wie ein Schal um ihren langen Hals lag. Ihr Hochzeitskleid saß viel zu locker, doch die beginnende Wölbung ihres Bauchs konnte der weit geschnittene Stoff doch nicht verbergen.

Keinem im Dorf war so recht klar, wie der etwas grobe Jerg die hübsche Margarete aus dem Nachbarort Grunbach für sich hatte gewinnen können, doch wann immer die junge Frau zu ihrem untersetzten Bräutigam hinunter- und er zu ihr heraufsah, konnte jeder erkennen, dass sich die beiden wirklich mochten.

Hannes wurde es ganz warm, und als er jenseits der kleinen Hochzeitsprozession Katharinas Blick auffing, wandte er sich gleich wieder ab und tat, als habe er mit Jost etwas ganz Wichtiges zu besprechen. Kurz darauf lugte er noch einmal hinüber zur anderen Straßenseite: Katharina sah noch immer zu ihm her, inzwischen mit einem spöttischen Lächeln auf den Lippen. Sie zwinkerte ihm kurz zu, und Hannes hoffte inständig, dass er nicht rot wurde.

Inzwischen hatten Margarete und Jerg den kleinen Platz vor dem Gasthaus zum Ritter erreicht, der für das Fest hergerichtet war. Bänke und Tische standen überall, dazwischen waren schmale Wege freigehalten worden, und zum Dorfplatz hin waren einige Stecken in den Boden geschlagen und mit bunten Tüchern geschmückt worden – sie markierten die Fläche, auf der später getanzt werden sollte.

Jetzt aber wurden erst einmal die Speisen und Getränke aufgetragen. Die Familien der Brautleute, die Beders aus Beutelsbach und die Bayers aus Schnait, saßen mit der näheren Verwandtschaft beisammen, auch Pfarrer Schefflen und Schultes Huetlin hatten sich zu ihnen gesellt. Alle ließen sich die Suppe schmecken, und das Bratenfleisch, das danach dampfend in die Mitte der groben Holztafeln gestellt wurde, fand ebenfalls kräftigen Zuspruch. Zwar waren die Stücke nicht so schön fett wie im Herbst, wenn sich die Tiere den Bauch mit Eicheln und Bucheckern vollschlagen konnten – aber auch mit den Essensresten aus dem Gasthaus hatten sie sich schon ordentlich Speck anfressen können, obwohl es noch früh im Jahr war.

Das ganze Dorf war eingeladen, auch Peter Gais und seine Frau sowie die anderen Tagelöhner saßen an einem der Tische ganz am Rand der Festgesellschaft und machten sich über Brot und Braten her. Ab und zu hob jemand seinen Humpen und widmete dem Brautpaar einen launigen Trinkspruch. Und schon huschte wieder eine von Huetlins Mägden herbei und tauschte einen leeren Weinkrug gegen einen vollen.

Hannes saß mit den anderen jungen Leuten auf der anderen Seite der Tanzfläche. Jost führte wieder das große Wort, machte sich mal über diesen, mal über jenen lustig und erntete damit immer wieder lautes Gelächter der meisten anderen. Elisabeth warf ihm ab und zu einen missmutigen Blick zu, Katharina dagegen beachtete den großspurigen Gastwirtssohn nicht weiter und unterhielt sich lieber angeregt mit Hannes, der ihr schräg gegenüber saß. Und so bemerkten sie auch nicht, wie Jost aufsprang, einer der Mägde einen vollen Krug entwand und mit seiner Beute zu Hannes herüberkam.

»Na«, tönte er, ließ seine rechte Hand krachend auf der Schulter seines Freundes landen und donnerte den vollen Krug so schwungvoll auf die Tischplatte, dass der Wein nur so auf das Holz schwappte, »bahnt sich hier schon gleich die nächste Hochzeit an?« Er schob Hannes ein Stück zur Seite, drängte sich neben ihn auf die Bank, nahm einen tiefen Schluck direkt aus dem Krug und hielt ihn dann Katharina hin. »Los, trink mit mir, Katharina!«

Sie schüttelte langsam den Kopf und warf Hannes einen genervten Blick zu.

»Jetzt komm schon, meine Süße!« Er stemmte sich wieder auf und ging um den Tisch herum. Neben Katharina angekommen, zog er den Krug zu sich her und machte eine einladende Geste.

»Bittschön, Katharina, lass dir diesen noblen Tropfen aus dem Keller meines Vaters schmecken!«

Er deutete eine Verbeugung an, wirkte dabei aber schon etwas wacklig. »Für die Schönste nur das Beste!«

Einige am Tisch lachten und prosteten Jost zu. Hannes versteifte sich.

Katharina fing seinen Blick auf und fast unmerklich schüttelte sie den Kopf. Dann wandte sie sich leichthin an Jost und legte ihm eine Hand auf den Unterarm. »Ach, Jost, du solltest ein bisschen langsam tun mit dem Wein. Den scheinst du doch nicht so gut zu vertragen, wie du immer glaubst.«

Sie lächelte, und nun johlten die anderen über diesen kleinen Spott auf seine Kosten.

»Blödsinn!«, polterte Jost und rückte den Krug noch etwas näher an Katharina heran. »Los, trink schon mit mir!«

Hannes machte Anstalten aufzustehen und seinen Freund zurückzuhalten.

»Natürlich trink ich mit dir«, versetzte Katharina scheinbar fröhlich. »Aber doch nicht aus dem Krug, mein lieber Jost! Ich bin schließlich eine Dame – da musst du mir schon einen Becher holen.«

Jost sah kurz überrascht auf den Tisch hinunter. Vor ihr stand tatsächlich kein Becher. Dann lachte er und stützte sich schwer auf die Holzplatte. »Stimmt: Eine Dame braucht einen Becher. Ich geh sofort einen holen, meine Dame!«

Eine wacklige Verbeugung später huschte er davon und verschwand im Gasthaus. Katharina sah ihm kurz nach, dann gab sie Hannes ein Zeichen. Unter dem Tisch reichte sie ihm ihren leeren Becher, und Hannes ließ ihn in seiner Hose verschwinden. Dann sah sie zum Gasthaus hinüber, um sich für Josts Rückkehr zu wappnen, aber er blieb verschwunden.

»Wo ist denn Eure Frau Gemahlin?« Pfarrer Bernhard Schefflen griff sich noch ein Stück vom Braten, säbelte einen knusprigen Kanten ab und schob ihn sich in den Mund. Heinrich Huetlin hatte die ganze Zeit über versucht, seine Gespräche mit den Eltern von Braut und Bräutigam in Gang zu halten, weil er nichts weniger mochte als dieses scheinheilige Geplänkel, das der Pfarrer für eine angeregte Unterhaltung hielt. Zumal Schefflen im ganzen Remstal als fürchterliches Tratschweib bekannt war und ihm gegenüber deshalb jedes Wort mit Bedacht gewählt sein wollte.

Auch jetzt hatte er seine scheinbar so unverfängliche Frage mit einem so lauernden Unterton gestellt, dass Huetlin auch dann auf der Hut gewesen wäre, wenn er Schefflens Ruf nicht gekannt hätte.

»Sie müht sich in der Küche, damit wir hier ein so treffliches Mahl genießen können«, antwortete Huetlin und machte Anstalten, weiter mit Jerg Beders Vater zu reden. Doch der alte Beder prostete gerade seinem Gegenschwieger zu und achtete nicht weiter auf den Schultes. Und Pfarrer Schefflen tat so, als bemerke er die abweisende Haltung Huetlins gar nicht.

»Das macht sie natürlich außergewöhnlich gut, wie immer, wenn ich mir dieses Lob erlauben darf.«

Huetlin wandte sich nun doch seinem Sitznachbarn zu. Zwischen den oberen Schneidezähnen klemmte eine widerspenstige Fleischfaser, kleine Brotbröckchen klebten auf Schefflens stockfleckigen Zähnen, und in den Mundwinkeln schimmerte es rötlich feucht vom Wein. Sein Atem roch sauer, und immer wieder spuckte der Pfarrer mit seinen Worten auch kleine Speisereste und Speicheltröpfchen aus. Huetlin war selbst nicht gerade mit fürstlichen Tischmanieren gesegnet, und er fand sich auch nicht besonders zimperlich – Schefflen aber war ihm zuwider wie wenige andere.

»Dürft Ihr, dürft Ihr«, dienerte Huetlin trotzdem, »und wir freuen uns immer, Herr Pfarrer, wenn Ihr unser bescheidenes Gasthaus als Gast beehrt.«

Wobei Schefflen das Gastsein oft sehr wörtlich nahm und sich ohne allzu großes Widerstreben vom Wirt einladen ließ. Und der war gut beraten, dem örtlichen Geistlichen gegenüber großzügig zu sein – schließlich redete der Pfarrer seinen Schäfchen im Gegenzug gerne gut zu, Taufessen und Leichenschmaus doch am besten im Ritter auszurichten, dem ersten Haus am Platz, dort, wo es ihm selbst immer so gut mundete.

Den Geschäften der Traube hatte es jedenfalls das Genick gebrochen, dass sich deren Wirt geiziger zeigte und nicht im Traum daran dachte, den windigen Gottesmann freizuhalten. Inzwischen war Huetlins altem Widersacher nicht viel mehr geblieben als eine heruntergekommene Absteige, die Durchreisende nur noch mit den niedrigeren Preisen anlocken konnte. Als Abendessen gab es essigsauren Wein, altes Brot und dünne Scheiben Speck und Wurst – die Traube war längst keine ernsthafte Konkurrenz mehr für den Ritter, und selbst wer dort als Fremder einmal übernachtet hatte, griff für seinen nächsten Aufenthalt in Beutelsbach lieber etwas tiefer in die Tasche und nahm sich eines von Huetlins Zimmern.

»Ist Eure Frau denn wohlauf?«

Schefflen musterte Huetlin aufmerksam, und der Wirt dachte angestrengt darüber nach, was genau der Pfarrer denn durch seine Fragen zu erfahren hoffte.

»Ja, es geht ihr den Umständen entsprechend gut«, sagte er schließlich. »Nach wie vor ist ihre Gesundheit angegriffen, aber mit ausreichend Schonung kommt sie zurecht. Ich habe alle meine Mägde zu ihr in die Küche geschickt, damit sie ihr zur Hand gehen. Und wenn nachher der größte Trubel vorüber ist, wird sie sich ein wenig zur Ruhe legen.«

Schefflen nickte bedächtig, er ließ Huetlin aber nicht aus den Augen. »Es ist immer gut, wenn die Mägde im Haus zur Hand gehen.« Er machte eine kleine Pause, bevor er fortfuhr. »Wo sie nur können.«

Huetlin sog zischend die Luft ein, aber eine scharfe Erwiderung konnte er sich gerade noch verkneifen. Darauf wartete dieser Pfaffe doch nur. Natürlich wusste der Schultes, worauf Schefflen anspielte, aber auch wenn der Pfarrer es wusste, wenn mancher im Dorf es ahnte oder sogar dessen gewiss zu sein glaubte: Welcher Art die Beziehung Huetlins zu Linda war, ging vor der Hand niemanden etwas an, und er würde einen Teufel tun, sich in dieser Hinsicht irgendwann zu verplappern. Und schon gar nicht vor diesem Wicht, der oft besonders lange hinter seinem Sichtschutz hocken blieb, wenn ihm wieder ein Mädchen oder eine junge Frau ihre sündhaften Gedanken anvertraut und er auffällig neugierig nachgefragt hatte.

Natürlich wird auch Linda ihm alles gebeichtet haben, und ziemlich sicher hat er sie hinterher noch ein wenig genauer ausgeforscht, nach Details, die sicher für etwas ganz anderes wichtig waren als dafür, dass der Herr der drallen Magd ihre Sünden vergab. Am liebsten hätte Huetlin vor dem Pfarrer ausgespuckt oder ihm einen ordentlichen Nasenstüber verpasst. Stattdessen atmete er ein paar Mal ein und aus und versuchte seine Stimme möglichst ruhig und beherrscht klingen zu lassen.

»Ja, das ist immer gut. Und darüber ist auch meine liebe Frau sehr froh, wie Ihr Euch denken könnt. Es ist nicht leicht für sie gewesen in den vergangenen Jahren, seit sie Jost zur Welt gebracht und den Tag der Geburt nur knapp und mit viel Glück überlebt hat.«

Schefflens Kiefer mahlten. Er hatte natürlich erfahren, dass nach dem durchreisenden Heiler auch noch die alte Dora bei der Frau gewesen war und sie mit ihren verteufelten Kräutern behandelt hatte. Er hatte erfahren, dass Huetlin deswegen getobt hatte, sich der Alten aber heute noch für ihren Dienst dankbar zeigte. »Da habt Ihr wohl recht, Schultes«, presste Schefflen schließlich hervor, »dass Eure Frau damals großes Glück hatte.« Er funkelte den anderen an. »Aber sie hat es teuer bezahlt, meint Ihr nicht auch?«

Huetlin schwieg und hielt dem Blick des Pfarrers stand, der nach einer Weile leise weitersprach.

»Es muss doch schwer für Euch sein, dass Eurem Jost keine Geschwister vergönnt sein werden. Ich meine …« Er räusperte sich. »Ich meine, dass Eure Frau keine Kinder mehr bekommen kann seit jener unglückseligen Nacht.«

Huetlin entging die bösartige Spitze nicht, die nächste Anspielung auf ihn und seine Magd. Aber innerlich erstarrt war er wegen etwas anderem: Wusste Schefflen nur von Linda und ihm – oder von mehr? Doch der Pfarrer schien mit seiner letzten Frechheit zufrieden und wollte über die reine Provokation, über das bloße Machtspiel hinaus wohl nichts mehr bezwecken. Ein wenig entspannte sich Huetlin wieder, aber er blieb auf der Hut.

»Wollt Ihr nicht noch einen mit mir trinken?«, fragte er und schenkte Schefflen den Becher voll.

Die beiden Männer prosteten einander zu, plauderten noch über ein paar Belanglosigkeiten und kamen wenig später auf ein ganz anderes Thema zu sprechen.

»Für nächste Woche hat sich Besuch angesagt«, verkündete der Pfarrer und sah nun sehr zufrieden aus.

Er nahm einen tiefen Schluck und beobachtete Heinrich Huetlin über den Becherrand hinweg, ob er wohl auch hinreichend gespannt war, von welchem Besuch er gleich reden würde. Und tatsächlich hob der Schultes die Augenbrauen und sah den Pfarrer erwartungsvoll an.

»Das Stift schickt eine Abordnung von Stuttgart herüber«, teilte Schefflen wichtigtuerisch mit. »Herzog Ulrich hat wohl mit ihnen darüber gesprochen, dass sich die alte Hauskirche seiner Familie nicht mehr in einem Zustand befindet, der ihrer Bedeutung als Wiege Württembergs gemäß ist.«

Das war nun allerdings sehr dezent formuliert. Die Beutelsbacher Kirche, in der sie eben noch Jerg Beders Vermählung begangen hatten, war in einem erbärmlichen Zustand. Die losen Mauersteine, die zerschundene Fassade und die teilweise verfallene Einfassung der alten Kirchenburg wären für jede Dorfkirche eine Schande gewesen – der Geschichte des Beutelsbacher Gotteshauses sprach ihr heutiges Erscheinungsbild mehr als Hohn.

Vor rund zweieinhalb Jahrhunderten erbaut auf Veranlassung von Graf Ulrich dem Stifter, war die Kirche die erste Grablege des Hauses Württemberg gewesen und damit die Bedeutung Beutelsbachs als früherer Herrschaftssitz von Ulrichs Vorfahr Konrad unterstrichen worden. Die prächtige Grabplatte von Ulrich dem Stifter und seiner Frau Agnes, die nun in der Stiftskirche neben der Stuttgarter Stadtburg aufbewahrt wurde, hatte zunächst in Beutelsbach seinen Platz gefunden. Nach mehreren Zerstörungen in den Kämpfen zwischen dem Deutschen Reich sowie der Reichsstadt Esslingen gegen die Grafen von Württemberg zwischen 1291 und 1316 war das Stift zwar nach Stuttgart verlegt worden, aber die Stiftskirche in Beutelsbach blieb bedeutend – und das ganze Dorf verstand sich nach wie vor als ein zentraler Flecken in der Geschichte der württembergischen Grafen.

Da schmerzte natürlich der ständige Blick auf das verfallende Gemäuer, das zwar noch immer erhaben über dem Dorf thronte, umgeben von Wohnhäusern, die sich eng an die Umfassungsmauer schmiegten, und vom Stiftshof, der nördlich der Kirche zwischen dem Gotteshaus und dem Friedhof stand. Aber auf seinem kleinen, nicht ganz haushohen Hügel wirkte es doch schon arg mitgenommen und musste dringend ausgebessert werden. Seit vielen Jahren hatten Schefflen und seine Vorgänger auf der Beutelsbacher Pfarrstelle Eingabe um Eingabe an die Chorherren des Heilig-Kreuz-Stifts in Stuttgart gerichtet – und die vor fünfzehn Jahren in Waiblingen fertiggestellte Äußere Kirche befeuerte den Eifer der Beutelsbacher Seelsorger noch zusätzlich, endlich auch ein neues Gotteshaus zu bekommen.

»Dieses Elend hat unser junger Herzog wohl nicht länger mit ansehen wollen«, fabulierte Schefflen salbungsvoll weiter. »Es ist die Rede davon, dass die hiesige Kirche instand gesetzt und vielleicht sogar in Teilen neu erbaut werden soll.« Schefflen hatte sich für seine letzten Sätze regelrecht in Pose geworfen, als sei das alles sein ganz persönliches Verdienst. Nun saß er – soweit ihm das mit seiner eher kümmerlichen Statur überhaupt möglich war – mit stolzgeschwellter Brust vor Huetlin und triefte vor Selbstzufriedenheit.

»Das sind allerdings gute Nachrichten, Herr Pfarrer!«

Huetlin nickte eifrig, und diesmal war seine Begeisterung nicht geheuchelt. Bauarbeiten an der Kirche würden den hiesigen Handwerkern und Tagelöhnern Arbeit geben und zusätzlich wohl auch auswärtige Arbeiter anlocken – da würde auch für das Gasthaus zum Ritter so manches abfallen. Schließlich mussten die hohen Herren ihren Bau von Zeit zu Zeit inspizieren, und auch die anderen Auswärtigen mussten Speise, Trank und Herberge haben.

»Wann erwartet Ihr den Besuch denn?«

Der Pfarrer zuckte mit den Schultern. »Wie gesagt: Die Abordnung ist für die kommende Woche angekündigt. Genaueres konnte ich noch nicht in Erfahrung bringen.«

»Gut, gut, Herr Pfarrer, sagt mir Bescheid, sobald Ihr mehr wisst. Wir werden uns im Ritter rechtzeitig zu wappnen wissen – und natürlich Euch und die hohen Herren aus der Stadt angemessen bewirten.«

Schefflen nickte erfreut und prostete dem Schultes zu.

Als Jost nicht mehr auftauchte, ließ sich Katharina ihren Becher wiedergeben, Hannes schenkte ihr ein wenig Wein ein und die beiden stießen miteinander an. Die anderen am Tisch beachteten sie nicht weiter, in dem allgemeinen Lachen und Rufen dachte schon keiner mehr an Josts seltsamen Auftritt von vorhin.

»Was ist denn los mit ihm?«, fragte Hannes.

Katharina zuckte nur mit den Schultern. »Er scheint sich einzubilden, ich sei mit ihm zusammen.«

Hannes sah sie gespannt an. »Und wie kommt er darauf?«

»Wenn ich das wüsste …«

Hannes kaute auf der Unterlippe. »Und wenn du …« Er stockte, dann brachte er den Satz doch noch zu Ende. »Und wenn du ihm Grund für seine … Einbildung gegeben hast?«

Ihr Gesicht war ein einziges Fragezeichen. »Wie meinst du das?«

»Na, er wird sich das ja nicht aus den Fingern saugen. Du wirst ihn … was weiß ich … vielleicht irgendwie ermuntert haben.«

»Ermuntert?«

»Ja, irgendwie wirst du ihm Hoffnung gemacht haben, sonst wäre er doch sicher erst gar nicht auf so eine … Idee gekommen.« Hannes gefiel es selbst nicht, dass seine Stimme jetzt einen leicht beleidigten Tonfall bekommen hatte, aber jetzt war es schon passiert.

Sie runzelte die Stirn, ihr Blick wurde stechend. »Spinnt ihr jetzt beide? Der eine bildet sich ein, ich sei mit ihm zusammen – und der andere glaubt, er könne deshalb auf ihn eifersüchtig sein.«

Katharina hatte ihm das alles über den Tisch zugezischt, und jedes ihrer Worte hatte ihn direkt ins Herz geschnitten. Zwar hatte wegen ihrer gesenkten Stimme keiner der anderen etwas mitbekommen, aber schon allein wegen Katharinas wütendem Gesichtsausdruck wäre Hannes nun am liebsten im Erdboden versunken.

»Wir drei sind befreundet, wir haben uns geärgert und wieder vertragen, wir sind zur Burgruine raufgewandert und haben von droben aufs Tal heruntergeschaut. Wir haben uns von unseren Sorgen erzählt, wie das Freunde nun mal tun – und zwar wir alle drei! Wieso glaubt jetzt plötzlich jeder von euch, er hätte mehr Anrecht auf mich als der andere?«

Hannes hatte das Gefühl, er sei unter Katharinas Standpauke puterrot angelaufen. Schnell griff er nach seinem Becher und nahm einen Schluck Wein – vor allem aber wollte er sein Gesicht zum Teil hinter dem Gefäß verbergen.

»Und ohnehin: Jost, pah!« Sie schnaubte, als sei es eine besonders abwegige Vorstellung, dass sie ausgerechnet mit dem Sohn des Schultes zusammen sein könne, mit einem jungen Mann, der beste Aussichten hatte, später einmal als Ritter-Wirt und vielleicht ja auch einmal als Schultes von Beutelsbach ein finanziell sorgenfreies Leben zu führen.

Einen Moment lang dachte Hannes daran, ihr das zu sagen, um nicht mehr als ein dummer Junge dazustehen, der einen völlig absurden Einfall gehabt hatte. Da verkniff er es sich doch lieber und dachte darüber nach, ob Katharina mit ihrer kurzen Bemerkung noch etwas ganz anderes gesagt haben könnte. »Wie meinst du das mit dem Jost? Kommt er denn nicht infrage, weil du ihn nicht magst?«

Sie schwieg und wich seinem Blick aus.

»Oder ist es vielleicht, weil du in Wirklichkeit nicht ihn, sondern …« Hannes verließ der Mut, und er hoffte darauf, dass sie den angefangenen Satz für ihn beenden oder ihn mit einem Lächeln oder einem freundlichen Blick bestätigen würde. Doch Katharina griff nur nach ihrem Becher und nahm einen schnellen Schluck. Hannes war nicht ganz sicher, aber ein wenig gerötet wirkten ihre Wangen schon.

War das schon das erhoffte Zeichen?

Nach einer Weile baute sich der Muthans drüben am Familientisch vor den Brautleuten auf, seine alte Drehleier an Ledergurten vor den Bauch gehängt. Der beleibte Wagner war von Gastgebern wegen seines großen Durstes und seiner Trinkfestigkeit gefürchtet, und wenn er die Zunge mit ausreichend Wein genug gelockert hatte, holte er gern sein Instrument hervor und gab Spottverse auf die Anwesenden zum Besten. Diesmal traf es zunächst Jerg Beder und seine Margarete, und niemand mochte dem angetrunkenen Wagner seine teils derben Scherze übelnehmen – selbst das Ehepaar Bayer lachte etwas gezwungen mit, als der Muthans die ein wenig verfrühte Schwangerschaft ihrer Tochter in holprige Reime fasste.

Schließlich gab er Ruhe und forderte das Brautpaar auf, ihm zum Tanzboden zu folgen, dann hüpfte er von einem Bein aufs andere, drohte mehrmals das Gleichgewicht zu verlieren und leierte unbekümmert drauflos, ohne sich weiter um eine vernünftige Melodie zu scheren. Margarete und Jerg ließen sich von Muthans nicht zweimal bitten, manch andere Frau musste ihren Mann dagegen fast vom Tisch wegzerren, aber wenig später waren alle dem Dicken zum Tanzplatz gefolgt, wo er in der Ecke stand, unermüdlich die Kurbel seines Instruments drehte und mit glühendem Gesicht der wild durcheinandertanzenden Hochzeitsgesellschaft zuschaute. Hans Vollmar hatte seine Trommel geholt und hieb nun halbwegs im Takt mit einem Stock auf das fleckige Fell ein, und bald darauf gesellte sich der alte Vollmar mit seiner verstimmten Fiedel zu ihnen. Doch da jauchzte und sang und tanzte schon alles so laut und fröhlich durcheinander, dass die falschen Töne niemanden mehr störten.

Auch Katharina und Hannes mischten sich eine Weile unter den bunten Haufen, bis Katharina auffiel, dass ihre kleine Schwester etwas abseits auf dem Boden hockte und ab und zu düster zu ihnen herübersah.

»Ich glaube, ich muss mich mal ein bisschen um Elisabeth kümmern«, raunte sie Hannes ins Ohr. »Magst du mich ein wenig an sie abtreten?«

»Ungern«, gab Hannes zurück. »Aber ich wollte ohnehin mal nach Jost sehen. Der scheint gar nicht mehr zurückkommen zu wollen.«

Katharina strahlte ihn an, dann hüpfte sie zu ihrer kleinen Schwester hinüber, zog sie hoch und zerrte sie hinter sich her, bis sie inmitten der Tanzenden verschwunden waren.

Hannes wandte sich dem Gasthaus zu. Im Inneren herrschte noch immer reichlich Betrieb. Mägde flitzten heraus und hinein, und noch immer wurden neue Platten gerichtet, diesmal eher mit Kuchen und Obst, und Krüge wurden gefüllt. Jost war in der Gaststube nicht zu sehen. Linda stand neben dem Durchgang zu den hinteren Räumen und gönnte sich einen Becher Wein, während sie darauf achtete, dass auch ja alle Mägde genug zu schaffen hatten.

Linda war seit dem Winter noch molliger geworden, und Hannes fragte sich schon, ob sie womöglich auch ein Kind erwartete, so wie Margarete. Allerdings war sie ledig, und ihm war nichts davon bekannt, dass sie heimlich einen Freund hätte.

»Suchst du was, Hannes?«

Ihre Stimme war rau und schon etwas unsicher, offenbar hielt sie nicht ihren ersten Becher in der Hand. Hannes wunderte sich, was sich die Magd der Huetlins alles erlauben durfte. Ob sie womöglich bei ihrem Hausherrn einen ganz besonderen Stein im Brett hatte? Sein Blick streifte wieder ihren gewölbten Bauch.

»Na, junger Mann«, sagte sie mit tadelnden Tonfall, doch dabei lächelte sie breit, »gehört sich das denn, einer Dame so auf den Bauch zu starren?«

Hannes lief rot an und räusperte sich. Linda schien seine Verlegenheit zu genießen, sie lehnte sich noch etwas bequemer an die Wand und zwinkerte dem Jungen zu.

»Ich …« Seine Stimme kam ihm krächzend vor und er räusperte sich noch einmal, was Linda mit einem noch breiteren Grinsen quittierte. »Ich suche Jost«, brachte er endlich hervor. »Hast du ihn gesehen?«

»Der ist vorhin hier reingeflitzt, hat sich einen Becher geschnappt und wollte wieder raus zum Fest. Dann hat er es sich anders überlegt, hat den Becher wieder weggestellt und ist wie der Blitz nach hinten raus.« Sie lachte und hielt sich den Zeigefinger vor den offenen Mund. »Es war ihm wohl nicht mehr so besonders.«

»Ich schau mal, wie es ihm jetzt geht«, sagte Hannes schnell und sah zu, dass er aus der Gaststube kam.

Hinter dem Haus schlug ihm muffiger Geruch entgegen, eine Magd hatte gerade einen Holzeimer mit Essensresten auf einen Haufen gekippt und kehrte nun mit schnellen Schritten in den Flur zurück. Jost war nicht zu sehen. Hannes suchte den Hof ab, und schließlich hörte er kräftiges Schnarchen aus der Scheuer. Jost lag dort auf dem Rücken im Stroh, das Hemd befleckt und die Mundwinkel verschmiert. Hannes schnappte sich etwas Stroh und wischte die gröbsten Reste weg, dann bettete er seinen Freund etwas bequemer und ging durchs Haus zurück zum Fest.

»Und, Hannes«, rief ihm Linda hinterher, »hast du ihn gefunden?«

»Ja, der liegt hinten in der Scheuer und schnarcht, als gäb's was dafür!«

Lindas kehliges Lachen fuhr ihm durch Mark und Bein, und er beeilte sich auf den Festplatz zurückzukehren.

Irgendwann war nur noch Vincenz Vollmar mit seiner Fiedel zu hören, wie er sich auf seinem verstimmten Instrument an den Melodien einiger Volksweisen versuchte. Die Trommel seines Sohns lag verwaist neben dem leeren Tanzboden, Hans Vollmar trank drüben am Tisch der Brautfamilien den Männern um Schultes Huetlin zu. Neben Heinrich Huetlin, der noch recht gerade saß, schwankte Pfarrer Schefflen wie ein Blatt im Wind, und den unersättlichen Muthans, dem die Drehleier noch immer vor der Brust baumelte, mussten zwei Handwerker stützen, damit er nicht lallend von der Bank kippte.

Katharina lehnte an der Dorflinde und malte mit dem Fuß Linien in den Dreck. Ihre Schwester Elisabeth spielte mit einigen jüngeren Mädchen Fangen, und das helle Kinderlachen übertönte die krächzende Fiedel immer wieder.

Hannes kam heran. Er hatte einen Krug Most aus dem Gasthaus geholt und kramte Katharinas Becher hervor.

»Magst du mal was anderes als Wein?«, fragte er und hielt ihr den Becher hin.

Sie lächelte ihn an. »Ich würde am liebsten ein Stück gehen.«

»Auch recht, gehen wir ein bisschen spazieren.«

Er deutete mit dem Becher hinter sich. »Das bekommt von denen ohnehin keiner mehr mit.«

Gemächlich spazierten sie aus dem Dorf hinaus, folgten der alten Kaiserstraße und standen schließlich direkt unterhalb der Burgruine. Aus der Ferne sah die Festung noch recht eindrucksvoll aus, und Schultes Huetlin zeigte gerne hinauf auf den Kappelberg, wenn Auswärtige im Ritter speisten und nach einem lohnenden Ziel für einen Verdauungsspaziergang fragten. Aber je näher man dem Gemäuer kam, desto verfallener wirkte es. Noch standen der Palas und viele der Umfassungsmauern, aber die meisten Dächer waren längst eingestürzt, manches auch schon von Bauherren heimlich als Material weggeschafft.

Nur die Nikolauskapelle war noch gut in Schuss, und sie wurde noch genutzt, wenn auch nur eher selten hier oben ein Gottesdienst stattfand. Besonders stimmungsvoll war natürlich in jedem Jahr die Frühmesse zu Ostern, wenn die Beutelsbacher zur Kapelle heraufkamen und erst allmählich die ersten Sonnenstrahlen den Tag brachten. Sonst kam man meistens in der Stiftskirche zusammen. Doch zu feierlichen Anlässen läutete Kaplan Heinsberger auch hier die Glocke, und ohnehin sah er bald täglich danach, ob in der Burgkapelle auch alles in Ordnung und an seinem Platz war.

»Komm, Katharina, wir setzen uns auf die Mauern«, lud Hannes sie ein, und schon marschierte er ihr voran den Kappelberg hinauf.

Mit zwei großen Schritten war er auf einen fast schon ganz eingestürzten Teil der vorderen Mauer geklettert. Oben stellte er den Mostkrug und Katharinas Becher ab, dann half er ihr zu sich herauf.

Nur vereinzelt zogen Wolken über den blauen Himmel, und die Sonne hatte den Mauersteinen der alten Ruine die Kälte des Winters längst genommen. Es saß sich gemütlich hier oben. Katharina und Hannes hatten sich in diesem Frühjahr schon mehrmals auf dem Kappelberg getroffen. Mal war Jost mit dabei, mal Katharinas kleine Schwester, aber am schönsten war es immer, wenn sie nur zu zweit waren. Manchmal schwatzten sie dann miteinander, manchmal saßen sie auch nur ganz still beieinander und sahen auf das Dorf hinunter, das vor ihnen im Remstal lag, eingefasst von Obstbäumen, Wald und Weinreben.

»Mir ist ganz leicht zumute«, sagte Katharina, stützte die Hände hinter sich auf die warmen Mauersteine und lehnte sich etwas zurück.

Hannes lachte. »Dann sollte ich den Most wohl lieber ausleeren und etwas Wasser holen, oder?«

Kurz fiel sie in sein Lachen ein, dann wurde sie wieder ernst und sah träumerisch in den Himmel hinauf. »Das liegt nicht am Wein, Hannes.«

Er sah zu ihr hin. Ihre Stimme war fast zu einem Flüstern geworden.

»Jedenfalls nicht nur«, fügte sie hinzu und lachte kurz auf.

Hannes durchzuckte es ganz warm, aber noch bevor er etwas sagen konnte, hatte sich Katharina schon zu ihm herübergebeugt und ihm einen flüchtigen Kuss auf die Lippen gehaucht. Es war nur ein Augenblick gewesen, dann verharrte sie eine Handbreit vor seinem Gesicht. Sie hatte die Augen geschlossen und lächelte, und noch während Hannes fieberhaft darüber nachdachte, was er denn nun am besten tun sollte, schlug sie die Augen wieder auf, sah ihn unverändert dasitzen und schrak zurück. Ein leichtes Rot überzog ihre Wangen, und sie setzte sich wieder gerade hin, mit stocksteifem Oberkörper, die Hände im Schoß gefaltet, den Blick unsicher in die Ferne gerichtet.

Hannes wagte kaum zu ihr hinüberzusehen.

Inzwischen war sie etwas bleich geworden, kaute auf ihrer Unterlippe herum, und in ihren Augen schimmerte es feucht. Sie knetete ihre Finger, und es schien sie Mühe zu kosten, hier noch länger neben ihm zu sitzen.

»Das war schön«, brachte er schließlich mit belegter Stimme hervor.

Sie sah weiter stur geradeaus, und er war sich nicht ganz sicher, ob sie ihn überhaupt verstanden hatte. Aber ihre Hände kamen zur Ruhe.

»Das war schön, Katharina«, wiederholte er und wandte sich ein wenig zu ihr um.

Ein Zucken spielte um ihre Mundwinkel, und sie wischte sich kurz mit dem Ärmel über die Nase. Die Sonne spiegelte sich auf ihrem Scheitel, und eine kleine Brise schob ihr eine Strähne ins Gesicht. Hannes strich sie ganz vorsichtig wieder zurück. Wie weich sich ihr Haar anfühlte, und wie er mit den Fingern seiner linken Hand durch die blonde Mähne fuhr, wie er mit seinen Fingerspitzen ganz sacht über ihre Kopfhaut streifte, wie er ihr Ohrläppchen berührte und schließlich in ihrem Nacken verharrte, stand er schon lichterloh in Flammen.

Und dann, endlich, fasste er sich ein Herz, legte Zeige- und Mittelfinger seiner Rechten unter Katharinas Kinn und zog ganz vorsichtig und langsam ihr Gesicht zu seinem heran und beugte sich vor. Sie ließ es geschehen, lächelte dabei und sah ihn erleichtert an. Der zweite Kuss war länger als der erste, aber noch immer etwas unsicher, doch von beiden fiel eine gewaltige Last ab: von Katharina die Furcht, sie könne Hannes falsch eingeschätzt und sich seine Zuneigung nur eingebildet haben – und von Hannes die Angst, etwas falsch zu machen und damit alles zu verderben.

Sie blieben noch lange auf dem Kappelberg, an diesem Sonntag. Geredet wurde nicht mehr viel, die meiste Zeit über saßen sie nur nebeneinander und genossen den Moment. Irgendwann griff Katharina nach Hannes' linker Hand und ließ sie nicht mehr los. Auch nicht, als sie schließlich aufstanden und sich auf den Rückweg machten. Als sie die ersten Häuser fast erreicht hatten, warf Katharina Hannes einen kurzen Blick zu und löste ihren Griff ein wenig. Doch er griff nun nur noch fester zu und lächelte sie an.

»Ist dir das nicht unangenehm, vor den anderen im Dorf?«, fragte sie ihn.

Statt einer Antwort hob er seine Linke hoch und deutete einen Handkuss an.

»Oh, wie galant!«, versetzte Katharina spöttisch und nickte ihm übertrieben huldvoll zu.

Dann stoben sie lachend auseinander und rannten das letzte Stück Wegs hinein nach Beutelsbach. Hannes brachte sie bis zur Tür und sah ihr dort noch einmal strahlend in die Augen. Unter dem Blick von Katharinas Mutter, die ihr Grinsen nur mühsam unterdrücken konnte, fühlte er seine Wangen dann aber doch heiß werden, und er war halb enttäuscht, halb froh, als Katharina im Haus verschwunden und er allein auf dem Heimweg war.

Elisabeth hatte den Nachmittag vor dem Haus verbracht. Eine Weile war sie mit einigen jüngeren Nachbarsmädchen dort gehockt und zusammen hatten sie mit den Puppen gespielt, die ihnen ihre Mütter genäht und mit klein gerissenem Stroh gefüllt hatten. Dann waren die Jüngeren nach Hause gegangen, und Elisabeth hatte sich an die Hauswand gelehnt, im wärmenden Sonnenschein gesessen und hatte kleine Kiesel auf den Weg hinausgeworfen. Sie mochte solche Nachmittage, an denen kaum etwas zu tun war und die man deshalb einfach so verstreichen lassen konnte. Und obwohl sie noch satt vom Mittagsmahl auf dem Dorfplatz war, ließ sie sich von der Mutter gern ein Stück Kuchen geben, das sie drinnen am groben Esstisch verputzte, begleitet von einem Becher Milch.

Dort saß sie noch, als ihre ältere Schwester ins Haus hereinschwebte, so offensichtlich glücklich, dass es Elisabeth einen Stich versetzte. Durchs Fenster sah sie Hannes weggehen, auch er leuchtend vor Freude. Sogar die Mutter kam mit einem Lächeln auf den Lippen zurück in die Stube, und das war endgültig zu viel für sie. Ruppig schob sie den leeren Teller von sich, stürzte den Rest Milch hinunter und verschwand in der Kammer, die sie sich mit ihrer Schwester teilte.

Katharina sah ihr erschrocken hinterher, aber ihre Mutter zuckte nur entschuldigend mit den Schultern und stellte einen frischen Teller auf den Tisch, holte ein weiteres Stück Kuchen und noch einen Becher Milch und setzte sich zu ihrer älteren Tochter. Katharina brach sich ein kleines Stück vom Kuchen ab und schob es in den Mund, sie kaute gemächlich und sah dabei zum Fenster hinaus. Ab und zu flog ein leichtes Lächeln über ihr Gesicht, manchmal vergaß sie sogar das Kauen, und wenn sie nach einer Weile wieder damit begann, wirkte es fast, als müsse sie sich erst wieder darauf besinnen, wo sie gerade war.

»Du warst lange weg«, sagte Hedwig Schreiner nach einer längeren Pause.

»Ach, ich war mit Hannes spazieren, und wir haben uns oben auf dem Kappelberg auf die Mauern der Ruine gesetzt. Es ist schön dort oben, und die Mauern sind ganz warm von der Sonne.«

Hedwig lächelte ihre Tochter an, die lächelte kurz etwas unsicher zurück, dann setzte sie ein keckes Grinsen auf, das die Haut auf ihrem Nasenrücken leicht kräuselte.

»Was?«, fragte sie, obwohl sie doch nur zu genau wusste, worauf ihre Mutter anspielte.

»Nichts, nichts«, gab Hedwig gespielt ahnungslos zurück. »Du hast recht: Es ist wirklich schön dort droben.«

Katharina schob sich noch einen Kuchenkrümel in den Mund.

»Ich war früher auch oft auf dem Kappelberg. Man hat einen schönen Blick aufs Tal, man kann die Beine von der Mauer baumeln lassen, und man kann sich in Ruhe unterhalten. Oder auch mal nur so dasitzen, und …«

Sie brach mitten im Satz ab. Katharina hob den Blick, und an dem verträumten Gesichtsausdruck ihrer Mutter erkannte sie, dass sie sich an Nachmittage erinnerte, wie Katharina ihn heute erlebt hatte. Das wehmütige Lächeln machte die Züge ihrer Mutter weicher, und sie konnte sich vorstellen, dass sie als junge Frau recht hübsch gewesen sein musste. Trotzdem fühlte es sich seltsam an, sich ihre Mutter dort droben mit einem jungen Mann vorzustellen, wie sie Händchen hielt und Küsse austauschte.

»Mit wem warst du denn dort?«

Hedwig hatte die Frage nicht gleich verstanden, dann aber tat sie sehr entrüstet.

»Mit deinem Vater natürlich, mit wem denn sonst?«

Dabei blitzte ihr der Schalk so deutlich aus den Augen, dass Katharina laut lachen musste.

»Ach, Mädchen, natürlich war ich auch mal mit anderen Jungs unterwegs, aber von Heppach aus war die Burgruine auf dem Kappelberg nicht gerade unser liebstes Ziel. Da hat's uns eher zu den Hängen im Norden gezogen, zum Kleinheppacher Kopf hinauf oder nach Gundelsbach zu.« Sie zwinkerte ihre Tochter an. »Da waren die lauschigen Ecken unter den Obstbäumen und hinter den Wengerterhäuschen nicht so weit entfernt. Aber mit deinem Vater ...«

Hedwig Schreiner lächelte versonnen, und Katharina lauschte gespannt.

»Er war ja nun mal hier aus Beutelsbach, und einige Wengert seiner Familie lagen zwischen dem Ort und dem Kappelberg. Und wenn er hinausgeschickt wurde, in den Reben zu arbeiten, ließ sich immer wieder mal ein wenig Zeit abzweigen, wenn er sich für den Rest des Vormittags nur ordentlich ranhielt. Wenn ich es einrichten konnte, begleitete ich meinen Onkel auf den Markt nach Schorndorf – und auf dem Heimweg verabschiedete ich mich manchmal hinter Grunbach von ihm und marschierte hinüber über die Rems und zum Kappelberg hin. Ich bin meinem Onkel noch heute dankbar, dass er davon nie meinen Eltern erzählt hat. Bis weit in den Nachmittag hinein hielt er mir den Rücken frei, behauptete, ich habe ihm noch beim Ausladen und Verstauen der übrig gebliebenen Ware geholfen. Und dabei war ich mit deinem Vater droben bei der Burgruine.« Sie seufzte. »War eine schöne Zeit, damals. Und wir haben dann ja auch geheiratet.« Die Mutter zupfte ihren Schurz gerade, stand auf und wandte sich dem Herd zu.

»Wie war der Vater denn so, als junger Mann?«

Hedwig Schreiner legte die Zutaten für das Abendessen bereit und begann Gemüse zu putzen und klein zu schneiden. »Romantisch war er, dein Vater. Richtig romantisch.«

»Wirklich?« Katharina lachte. »Das mag man kaum glauben!«

»Doch, dein Vater hat mich richtig umworben, hat mir Blumen gepflückt und meinen Eltern immer einen Krug vom eigenen Wein mitgebracht, wenn er uns in Heppach besuchen kam.«

»Da schau her!«

»Ja, der Eberlin konnte richtig galant sein, damals.«

Das Knarren einer Holzdiele ließ die beiden Frauen herumfahren. Eberlin Schreiner stand in der Tür, und es war ihm nicht anzumerken, ob er dort schon länger stand und zuhörte.

»So, so, damals konnte ich galant sein, was?« Der schwere Mann stapfte zur Eckbank, ließ sich auf seinen Platz fallen und nahm den Hut ab. »Bin ich heute etwa ein Trampel?«

Seine Stimme klang brummig, aber um seine Augenwinkel zuckte es verräterisch, und Hedwig hatte seine gute Laune ohnehin auf den ersten Blick bemerkt.

»Na ja«, versetzte sie, »gegen schöne Blumen ab und an hätte ich auch heute nichts einzuwenden, lieber Mann!«

»Dummes Zeug!«, maulte Eberlin. »Wann gibt's denn Abendessen?«

Hedwig deutete auf die Zutaten, die vor ihr bereitlagen. »Ein bisschen wird's schon noch dauern.«

»Gut«, sagte Eberlin und erhob sich wieder. »Dann habe ich ja noch ein wenig Zeit.« Er setzte den Hut auf, tippte sich grinsend an die Krempe und tappte aus der Stube.

»Sieht ganz danach aus«, sagte Hedwig und zwinkerte ihrer Tochter zu, »als würden heute Abend mal wieder Blumen auf dem Tisch stehen …«

Jost hatte sich ein wenig in den Schatten des Scheunentors gedrückt, als Katharina und Hannes ins Dorf zurückgekommen waren. Sie waren fröhlich nebeneinander hergelaufen und hatten sich dabei immer wieder einmal strahlend angesehen – da war es gar nicht nötig, sich verliebt an den Händen zu fassen, um jedermann zu zeigen, wie es um die beiden stand.

Er war noch benommen vom Wein und vom unruhigen Schlaf in der Scheuer, und sein leergespiener Magen krampfte sich immer wieder zusammen, seit er auf dem Stroh erwacht war, und ließ ihn sauer aufstoßen – doch Katharina vor Augen, wie sie so glücklich neben Hannes herlief: Das erst ließ das Blut schmerzhaft hinter seinen Schläfen pochen. Trotzdem zwang er sich, sie anzusehen, bis sie im Haus verschwunden war. Er starrte hinüber, Hannes schien ein paar kurze Worte mit Katharinas Mutter zu wechseln. War er denn schon so wohlgelitten als Freund der älteren Schreiner-Tochter? Hatte Katharina ihn denn trotz seiner Bemühungen um sie schon abserviert? War denn er, Jost, als Sohn des Schultes und als künftiger Ritter-Wirt nicht eine weit bessere Partie – während Hannes zusehen musste, ob er später einmal mit Hilfsarbeiten sein Brot verdienen konnte, wie es heute sein Vater tat?

Den Schmerz im Handballen spürte er erst, als er im Unterarm einen Krampf aufsteigen fühlte. Jost sah hinunter auf seine geballte Faust, er lockerte seine Finger und stierte auf die rot unterlaufenen Druckstellen, an denen sich seine Fingernägel in die Handfläche gebohrt hatten.

Dann schaute er wieder hinaus auf die Straße, sah Hannes, wie er sich nun ebenfalls auf den Heimweg machte. Beschwingt wirkte der Schritt des Freundes, wie er mit durchgedrücktem Rücken auf das kümmerliche Häuschen seiner Familie zuhielt, als erwarte ihn das herzogliche Schloss. Er sah Hannes auf dem ganzen Weg nur von hinten, aber er konnte sich sein zufriedenes Gesicht, sein breites Lächeln, die glücklich blitzenden Augen nur zu gut vorstellen. Eine Miene, die seine sein sollte. Und die stattdessen Hannes spazieren trug, der mit Katharina anbandelte, während er, Jost, elend auf dem Stroh in der Scheuer lag.

»Katharina soll mir gehören!«, dachte er und Zorn wallte in ihm auf.

Zorn auf Hannes. Zorn auf Katharina, und für einen Moment auch auf sich selbst, weil er es zugelassen hatte, dass ihn sein Freund so hintergehen konnte, dass er ihm das Mädchen ausspannen konnte, das er mehr wollte als alle anderen im Dorf.

»Katharina soll mir gehören!«, murmelte Jost. »Nur mir!«

Er war nicht ganz sicher, aber für die letzten beiden Worte war er lauter geworden. Nun stand er ganz still, die Augen geschlossen, und horchte, ob jemand seinen kurzen Ausbruch bemerkt hatte. Er hörte die üblichen Geräusche, wie sie von früh bis spät das Gasthaus und den Hof erfüllten. Dann kam ein leises Scharren hinzu, und Jost drehte sich um.

Linda stand vor ihm und sah ihn mit einem traurigen Lächeln an.

»Stehst du schon lange da?«, fragte er sie, und sein Ton geriet ihm barscher, als er gewollt hatte.

»Lange genug, um dich leiden zu sehen wie einen Hund«, gab sie mit fester Stimme zurück, ohne sich weiter um die Zurechtweisung zu scheren.

Jost wusste, dass sich Linda im Haus mehr herausnehmen durfte, als es für eine normale Magd üblich war. Und er wusste auch, warum ihr der Vater das durchgehen ließ. Oft genug hatte er die beiden schon belauscht und manchmal auch beobachtet, in der Scheune oder in einer der Gästekammern im ersten Stock. Einmal, vor einigen Wochen, hatte Linda ihn bemerkt, wie er bei dem Bretterverschlag kauerte, hinter dem Heinrich Huetlin und sie beieinanderlagen. Jost war sofort zurückgezuckt und hatte sich in seiner Kammer verkrochen – aber Lindas kurzer Blick ließ ihn seither nicht mehr los. Sie hatte ihn eher amüsiert als erschrocken oder peinlich berührt angesehen, und seither kam es ihm vor, als würde sie ihm gegenüber immer wieder Andeutungen machen. Und manchmal glaubte er, sie genieße seine Blicke, die er ihr verstohlen zuwarf und die doch immer wieder von ihr bemerkt wurden.

Er träumte inzwischen oft von Linda, von ihrem drallen und etwas untersetzten Körper, der unter ihren Kleidern nur zu erahnen war, von ihrem hübschen Gesicht, und von diesem Blick, den er in der Scheuer aufgefangen hatte.

Linda war näher an ihn herangetreten und sah ihn durchdringend an. Jost schluckte und schlug den Blick nieder. Von dieser Frau nachts zu träumen, war eine Sache – ihr leibhaftig gegenüberzustehen und sie womöglich unzüchtig anzustarren, war eine andere.

Er spürte ihre Fingerspitzen, wie sie sein Kinn anhoben, und ganz langsam wagte er, sie direkt anzusehen.

»Katharina ist eine dumme Gans«, sagte sie jetzt, und ihre Stimme war kaum mehr als ein raues Flüstern.

Jost fühlte seine Knie weich werden, und der etwas weinsaure Atem Lindas hüllte ihn ein.

»Sie bussiert mit diesem Habenichts, dabei könnte sie den Sohn des Schultes haben.« Ihre Stimme wurde drängender, und sie trat noch ein kleines Stück näher an ihn. »So blöd wäre ich sicher nicht, Jost.«

Der Junge stand stocksteif da, die Augen noch immer auf Lindas Gesicht gerichtet. Sie musste etwas zu ihm heraufsehen, aber ihre wässrigen Augen fixierten ihn unverwandt, als wollten sie ihn behexen. Er spürte, wie sie sich ganz leicht mit ihrem Oberkörper gegen ihn lehnte, und seine Fantasie begann Purzelbäume zu schlagen.

»Sicher nicht«, flüsterte sie nun, legte ihm ihre linke Hand auf die Schulter und zog ihn ein wenig zu sich heran.

Im Haus schlug eine Tür und kurz darauf stand Heinrich Huetlin vor den beiden. Er schaute verblüfft zwischen Linda und seinem Sohn hin und her. Die Magd löste sich nur langsam von Jost und deutete Huetlin gegenüber einen leichten Knicks an. Die Geste wirkte ein wenig spöttisch, und Jost befürchtete schon ein Donnerwetter seines Vaters, den der Wein recht jähzornig machen konnte. Doch in die Überraschung auf Heinrich Huetlins Gesicht mischte sich eher ein belustigter Zug, mit dem Jost nicht viel anzufangen wusste.

Schließlich ging ein Ruck durch den Vater, er wandte sich von seinem Sohn ab, packte Linda grob am Arm und schob sie vor sich her auf die Scheune zu.

»Meine Frau hat sich hingelegt«, sagte er zu ihr, »sie muss sich ausruhen nach dem Hochzeitsfest. Komm mit, ich brauch dich hinten zum Helfen.«

Linda machte sich mit einer unwilligen Bewegung los und warf Huetlin einen tadelnden Blick zu, dann ging sie zügig weiter, der Schultes folgte ihr. Im Eingang der Scheune drehte er sich noch einmal um, sah seinen Sohn für einen Moment nachdenklich an, und schließlich verschwand er im Schatten der

Scheuer. Jost dachte kurz daran, den beiden heimlich zu folgen, aber dann ging er doch auf direktem Weg in seine Kammer und legte sich ins Bett.

Er schlief erst spät ein und wachte in den Stunden bis zum Morgengrauen immer wieder auf. Wäre er nicht so sehr mit sich und seinen Gedanken beschäftigt gewesen, hätte er seine Mutter hören können, wie sie in dieser Nacht ein paar Mal an seiner Kammer vorbeischlich, um sich in der Küche Wasser zu holen. Und wie sie manchmal recht lange brauchte, bis sie wieder zurück in die Schlafkammer ging – weil sie in der Küche weinend am Tisch saß, und weil es sie nicht allzu sehr zurück ins Bett neben ihren schnarchenden Mann zog, der noch nach der anderen roch.

Als der Hahn das erste Sonnenlicht mit heiserem Krähen begrüßte, kroch nicht nur Jost wie gerädert unter der Decke hervor.

Am Dienstag schickte Pfarrer Schefflen einen Jungen zu Heinrich Huetlin. Die Gesandten des Stifts hatten sich nun für Donnerstag angekündigt, die Gruppe werde voraussichtlich aus drei bis fünf Personen bestehen. Sie wollten am späten Vormittag eintreffen und noch am frühen Abend wieder den Rückweg nach Stuttgart antreten. Huetlin ließ alles für ein üppiges Mittagsmahl am Donnerstag vorbereiten. Ein weiteres Schwein sollte aus dem Wald herangeschafft und geschlachtet werden, er setzte einige Eimer Wein mit milden Gewürzen an, die dem herben Wein vom Vorjahr die ärgste Schärfe nehmen sollten, und er schickte nach Weizenmehl, damit für die Gäste aus der Residenzstadt helles Brot und Kuchen gebacken werden konnten.

Huetlins Frau Erna sandte die jungen Mägde auf den Markt und in die Gärten, damit sie frische Kräuter besorgten, dann setzte sie mit dem Mehl den Teig an. Linda übernahm das Regiment in der Gaststube, damit die Hausfrau in der Küche ihre Ruhe hatte – und ihr war die Aufgabenteilung so auch am liebsten. Mit den Gästen, vor allem wenn sie frech wurden, kam sie weit besser klar als die Hausherrin, und wenn Erna Huetlin in der Küche viel zu tun hatte, fiel es ihr hoffentlich nicht auf, falls Linda und der Schultes zwischendurch mal kurz verschwanden.

Bis in den Mittwochabend hinein herrschte wegen der Vorbereitungen zusätzlicher Trubel im Huetlin-Haus, und die letzten Zecher wurden früher als sonst hinausgescheucht. Der Donnerstagmorgen blieb zum letzten Ausfegen der Gaststube, für das Eindecken einer Ehrentafel und die letzten Arbeitsgänge in der Küche. Falls sich einer der Gäste aus Stuttgart vielleicht mit einem kurzen Schlummer von der Anreise erholen wollte oder falls sich die Abgesandten kurzfristig doch noch zum Bleiben über Nacht entschließen sollten, ließ Heinrich Huetlin auch alle nicht vermieteten Gästekammern herrichten.

Schließlich war es so weit: Kurz nach dem Elfuhrläuten kündigten das Kläffen der Hunde und die Rufe der jüngeren Kinder von Westen her die Ankunft der Stuttgarter Gesandtschaft an. Eilends kamen alle, die gerade abkömmlich waren, vor die Häuser gelaufen und sahen gespannt zur Straße aus Richtung Endersbach hin.

Es war ein stattlicher Zug, wie ihn Beutelsbach nicht alle Tage sah. Die Spitze bildeten zwei Berittene in den Farben des Herzogs, dahinter kamen zwei geschlossene Kutschen, und das Ende der kleinen Kolonne markierten zwei weitere Reiter in voller Bewaffnung.

Die Dorfbewohner drängten sich dicht an dicht, um eine möglichst gute Sicht auf die Gäste zu erhaschen, aber die Kutschen waren viel zu schnell an den Wartenden vorbeigerollt, als dass man mehr als einen flüchtigen Blick durch die Spalten der zugezogenen Vorhänge in den Kutschenfenstern hätte werfen können. Schon hielt der Zug auf die Stiftskirche zu, vor der sich Schefflen mit allem verfügbaren Personal aufgebaut hatte: mit Lukas Röhm, dem jungen Vikar, einem dünnen Bürschlein mit wirr abstehendem Haarschopf, der sich stets nervös durch den Schopf strich und zum Stottern neigte, und mit Martin Heinsberger, dem Kaplan von der Burgkapelle droben auf dem Kappelberg, der wie immer ruhig wirkte, die langen, knochigen

Finger gefaltet vor sich hielt, mit seiner hageren Figur und seinem scharfen Profil die beiden anderen deutlich überragte und vor allem im Vergleich zum schwammigen Schefflen eine Ehrfurcht gebietende asketische Erscheinung abgab. Dazu waren noch die Ministranten in ihren besten Sonntagsstaat gesteckt worden, sie flankierten die drei örtlichen Würdenträger und traten aufgeregt von einem Bein aufs andere.

Zur Enttäuschung des Publikums rollten die Kutschen so vor dem Pfarrer und seiner Entourage aus, dass die Pferde der Berittenen und die Kutschen selbst die Abgesandten vollständig vor den Blicken der Umstehenden verbargen. Man hörte nur das Schnauben der Reittiere, das Knarzen der Kutschenfedern und dazwischen immer wieder ein paar Fetzen von Scheffiens anbiedernden Begrüßungen. Schließlich tauchten die Gäste oberhalb der Kutschen auf, waren allerdings nur von hinten dabei zu beobachten, wie sie die Treppe zur Stiftskirche erklommen und oben sogleich zum Portal eilten, um im Inneren des Gotteshauses zu verschwinden.

Eine kleine Weile warteten die Dorfbewohner noch, dann schien klar, dass sich in nächster Zeit nichts Neues ereignen würde, und alle gingen zurück an die Arbeit. Heinrich Huetlin schickte Linda zu den Berittenen und ließ fragen, ob die Herren vielleicht zu einer Erfrischung in den Ritter kommen wollten oder ob ihre Pferde versorgt werden sollten. Tatsächlich ließen sich die vier Männer gerne darauf ein und nahmen in der Gaststube eine kleine Mahlzeit zu sich, bedient auch von Jost, der lieber die Männer bestaunte als ihre Pferde zu versorgen. Hannes und sein älterer Bruder Michel sprangen gern für ihn ein und führten die Pferde hinters Haus, um sie dort trockenzureiben und ihnen frisches Wasser und Heu zu bringen.

Auch die beiden Kutscher folgten Linda ins Gasthaus, und als Hannes und Michel mit den vier Reittieren fertig waren, führten sie die Gespanne über den Platz, stellten die Kutschen neben das Gasthaus, spannten die Pferde aus und versorgten sie ebenfalls hinter dem Haus. Dabei stellten sie sich so, dass sie einen guten Blick in die Gaststube hatten und die vier

Männer des Herzogs und die beiden Kutscher gut beobachten konnten.

Einer der Reiter, offenbar der Anführer der kleinen Gruppe, griff ordentlich zu und versetzte der jungen Magd, die ihm zu trinken reichte, einen leichten Klaps auf den Hintern. Das Mädchen lachte kurz auf, der Mann beugte sich zu ihr hin und brachte sie mit einer kurzen Bemerkung zum Erröten, bevor sie eilends mit ihrem Krug wieder hinter dem Tresen verschwand. Von dort aus warf sie dem Reiter immer wieder kurze Blicke zu, doch der kümmerte sich nicht weiter darum und scherzte lauthals mit seinen Gefährten.

Hannes ließ den Mann nicht aus den Augen, während er eines der Kutschpferde abrieb. Der Mann war muskulös und groß gewachsen, dabei verrieten seine Gesten eine Mischung aus Geschmeidigkeit und Kraft, und mit markantem Kinn, einer scharf gezeichneten Nase, funkelnden Augen unter kräftigen Brauen und einem dunkelbraunen vollen Haarschopf kam er dem Bild schon sehr nahe, das sich Jost und Hannes bei ihren Spielen auf der Burgruine von einem Helden im Dienst des Herzogs gemacht hatten – oder gar vom jungen Ulrich selbst.

Als kühne Kämpfer hatten sich die Buben beim Spiel droben auf dem Kappelberg immer gefühlt, und dabei hatten sie in Gedanken vermutlich dem Mann sehr ähnlich gesehen, der jetzt drinnen in der Gaststube saß und mit seinen Kameraden lachte. So ungefähr stellten sie sich auch den wackeren Götz von Berlichingen vor, der neben Herzog Ulrich für den König und die Münchner Bayern gegen ihre Rivalen aus Landshut in die Schlacht gezogen waren.

Er musterte den Mann am Tisch, und tatsächlich entdeckte er eine kleine Narbe auf der rechten Wange. Das war nun nicht gerade eine abgeschlagene Hand wie beim Berlichinger, aber auch diese Wunde deutete auf Kampf hin, auf eine Schlacht, in die sich der Mann mutig gestürzt, in der er einen blutigen Hieb abbekommen, die er aber letztlich siegreich überstanden hatte.

Michel stieß seinen jüngeren Bruder an. »Na, träumst du dich wieder auf die Schlachtfelder?«, rief er ihm zu und setzte ein gutmütiges Grinsen auf. »Kannst ja mal den Vater fragen, wie es da so zugeht. Der hat da einiges erlebt, das kannst du mir glauben.«

»Mir erzählt er davon nichts, Michel, das weißt du doch.«

»Frag ihn halt noch einmal danach, vielleicht tut er's dann doch.«

»Ich weiß nicht recht …« Hannes machte sich wieder daran, das Pferd abzureiben, das nach wie vor geduldig vor ihm stand. »Vater sieht immer so traurig aus, wenn ich ihn nach Geschichten von damals frage. Das zerreißt mich jedesmal schier, ich mag's gar nicht mehr ansprechen.«

Er sah wieder in die Gaststube, wo der Anführer der Reiter aß und trank und sich prächtig mit seinen Kameraden unterhielt.

»Vater wirkt dann ganz anders als der Mann dort drinnen. Schau, Michel: Der dort ist bester Dinge, lässt es sich gutgehen und freut sich vielleicht schon auf den nächsten Strauß, den er für unsern Herzog ausfechten darf. Und Vater …«

Hannes rieb gleichmäßig mit dem Stroh über das Pferdefell und dachte darüber nach, ob er Michel die Frage, die ihm auf der Zunge lag, überhaupt stellen durfte. Der Ältere ließ auf den Vater nichts kommen, und er hatte Hannes schon wegen weniger eine Tracht Prügel verpasst. Hannes warf Michel einen kurzen Blick zu: Zwischen dem Bruder und ihm stand noch ein Kutschpferd, und zur Not konnte sich Hannes mit ein paar schnellen Sätzen hinter dem Gasthaus in Sicherheit bringen. Dann schaute er noch einmal zu den Reitern in der Stube hin.

»Michel … glaubst du, dass der Vater … feige war?«

»Feige?« Michel brauste sofort auf, ganz wie es Hannes erwartet hatte, aber er blieb stehen, wo er war, und rieb das Pferd weiter ab. »Wie kommst du denn auf so was? Natürlich war unser Vater nie feige. Er hat viel gekämpft, und natürlich hat er ehrenvoll gekämpft!«

»Und woher weißt du das? Wenn er doch nie von damals erzählt? Vielleicht schämt er sich ja für irgendetwas.«

Hannes spürte geradezu, auf welch dünnem Eis er sich im Moment befand. Michel hielt mitten in der Bewegung inne und bedachte seinen Bruder mit einem finsteren Blick.

»Er ist nicht feige und er war es nie! Und das weiß ich, weil er unser Vater ist, du Dummkopf! Schau ihn dir doch nur an, den Vater! Der kann arbeiten wie kein Zweiter, und er ist im Dorf angesehen, als ob er ein Bauer oder Handwerker wäre und kein Tagelöhner. Sogar in der Runde sitzt er, wenn Rat gefunden werden muss zu allen Dingen, die Beutelsbach betreffen. Meinst du, da nehmen sie einen Hasenfuß auf und lassen ihn das Wort führen?« Michel schüttelte fassungslos den Kopf. »Mensch, Hannes, du hast Vorstellungen!«

»Aber wenn doch der Vater mir nie von damals erzählt … Müsste er nicht stolz sein auf seine Erlebnisse, müsste er seinen Söhnen nicht von all den Abenteuern erzählen, die er bestanden hat, damit wir an ihm ein leuchtendes Beispiel an Tapferkeit und Wagemut haben? Damit wir uns ihn zum Vorbild nehmen können und seinem Beispiel nacheifern?« Hannes senkte den Kopf und seine Stimme wurde leiser. »Und nicht hier fremder Leute Pferde versorgen, überall helfen und trotz der ganzen Plackerei darauf hoffen müssen, nicht doch noch irgendwann zu verhungern.«

Michel legte das Stroh weg, mit dem er das Tier abgerieben hatte, und kam langsam um das Pferd herum, das zwischen ihm und seinem Bruder stand. Für einen Moment dachte Hannes daran, jetzt schnell Reißaus zu nehmen, aber Michel sah nicht angriffslustig oder wütend aus, sondern eher traurig. Und er packte ihn auch nicht oder versetzte ihm einen Hieb, sondern er stellte sich neben Hannes und deutete in die Gaststube.

»Schau ihn dir an, deinen Helden, wie er da sitzt und große Reden schwingt, wie er sich den Bauch vollschlägt und sich den Würzwein vom Huetlin schmecken lässt. Wirkt das irgendwie tapfer auf dich?«

Der Anführer war inzwischen aufgestanden, und offenbar gab er vor den am Nachbartisch sitzenden Kutschern eine Anekdote zum Besten. Hannes fand den Mann durchaus imposant: Wie er so dastand in seinem bunten Wams, das ihn über Brust und Schultern in schönen Farben kleidete, mit den aufgeworfenen Ärmeln, den oben weit geschnittenen Beinkleidern und den engen Strümpfen vom Knie an abwärts. Alles an ihm war sauber, war aus feinem Tuch gearbeitet und strotzte vor Farbe, kein Fleck und kein Riss war irgendwo an seiner Kleidung zu sehen. Und auf einem leeren Tisch lag der prächtige Federhut neben den Kopfbedeckungen der anderen griffbereit. Und wie er so dastand, den Raum beherrschte mit seiner schlanken Statur, das Schwert umgegürtet und somit stets bereit für den nächsten Kampf um Leben und Tod.

»Ja«, gab Hannes zu, »der sieht für mich schon nach einem tapferen Mann aus. Und so wie er jetzt drinnen in der Stube den anderen von seinen Abenteuern berichtet, würde ich mir den Vater manchmal wünschen. Wenn einer etwas zu erzählen hat, dann erzählt er es doch auch – und wenn er schweigt, hat er entweder nichts erlebt oder er möchte nicht, dass es jemand von ihm weiß. Und dann kann das doch nichts Rechtes gewesen sein, Michel, gibst du mir da nicht recht?«

»Ich hätte gute Lust, dir eine runterzuhauen, kleiner Bruder. Ich glaube, du merkst nicht mal, wie sehr du unsern Vater beleidigst und verhöhnst!«

Hannes schrak zusammen, war er diesmal zu weit gegangen? Aber noch immer wirkte Michel neben ihm eher betrübt als erzürnt.

»Ob der Mann in der Gaststube wirklich der Held ist, für den du ihn offenbar hältst, zeigen dir nicht seine Geschichten, sondern seine Taten. Und da hat er uns bisher nicht mehr vorgeführt, als dass er von Stuttgart her nach Beutelsbach geritten ist und sich jetzt im Ritter bedienen lässt.«

»Hast du seine Narbe nicht gesehen?« Hannes fuhr sich mit dem Finger dort über die Wange, wo der andere vernarbt war.

Michel lachte und schüttelte den Kopf. »Die kann er genauso gut von einem Bauern bekommen haben, weil er seiner Frau an die Wäsche wollte.«

Nun war es an Hannes, eine missmutige Miene aufzusetzen. »Du nimmst mich auf den Arm, Michel. Und wieso machst du den Mann so schlecht, ohne dass du weißt, wer er ist?«

»Du hast recht, das sollte ich lassen. Aber genauso hast auch du allen Grund, nicht schlecht von unserem Vater zu reden, wenn du doch gar nichts weißt über seine Vergangenheit.«

»Die paar Male, die ich gefragt habe, hat er mir nicht geantwortet, sondern ist stumm geworden und schließlich mit finsterer Miene weggegangen.«

Michel nickte.

»Jetzt sag schon«, drängte Hannes, »hat er dir denn etwas erzählt von damals? Von Abenteuern, Kämpfen, Siegen?«

»Du bist ein Kindskopf, Hannes. Und wahrscheinlich hast du einen Schlag zu viel abbekommen, wenn du und dein Freund Jost in den vergangenen Jahren droben auf dem Kappelberg mit euren Holzschwertern Ritterles gespielt habt.« Er grinste. »Aber erzählt hat mir der Vater auch nichts von seiner Zeit als Kämpfer.«

»Und woher willst du dann wissen, wie es war?«, hakte Hannes nach.

»Ich hab gehört, wie er mit der Mutter darüber gesprochen hat.«

Hannes sah seinen Bruder gespannt an, aber der machte keine Anstalten weiterzureden. »Jetzt sag schon!«, drängte er nach einer Weile.

»Das ist jetzt auch schon eine ganze Weile her«, begann Michel schließlich. »Die beiden saßen damals abends immer hinter dem Haus zusammen, wenn wir im Bett lagen. Manchmal noch sehr lange, und manchmal, wenn ich aufgewacht bin, habe ich sie leise miteinander reden hören. Eines Nachts war es mir, als hätte ich ein Schluchzen gehört, da bin ich zum Fenster geschlichen und habe sie draußen gesehen. Sie saßen auf der Bank, Mutter hielt Vater in den Armen und wiegte ihn wie ein kleines Kind, und er … weinte.«

Hannes schüttelte angewidert den Kopf. »Er hat geweint? Aber er ist doch ein Mann!«

Michel ging nicht weiter auf die Bemerkung ein, sondern erzählte nach einer kurzen Pause weiter. »Bald hatte er sich wieder etwas beruhigt und erzählte von den Erinnerungen, die ihn plagten. Von den Toten, die ihm nachts in seinen Träumen erschienen. Von den Kommandeuren, die ganze Abteilungen von Kämpfern ins gegnerische Feuer schickten, nur um von einem anderen Angriff abzulenken. Die den sicheren Tod von Familienvätern, Brüdern und Söhnen in Kauf nahmen, um eine Taktik umzusetzen.«

»Aber wer kämpft, kann doch den Gegner niederringen – der sichere Tod droht doch nur den Feiglingen und den schlechten Kämpfern!«

Michel sah seinen Bruder traurig an.

»Du hast keine Ahnung davon, wie es auf den Schlachtfeldern zugeht, und ich auch nicht, Gott sei Dank. Aber nach dem, was ich den Vater habe erzählen hören, hat es nicht viel mit dem zu tun, was du dir in deinen Träumereien so ritterlich und heldenhaft vorstellst.«

Hannes wollte schon empört widersprechen, aber Michel legte nur eine Hand auf seinen Arm.

»Lass gut sein, Hannes. Mit deinen fünfzehn Jahren sollte es mit den Träumereien nun langsam ein Ende haben. Du scharwenzelst um die schöne Katharina herum, und vielleicht heiratet ihr mal und habt Kinder …«

»Wie kommst du denn …«

Michel lachte und fuhr fort. »Dann musst du zusehen, dass du deine Familie ernähren kannst. Für Flausen bleibt da keine Zeit, auch nicht für Nachmittage droben auf dem Kappelberg mit dem Holzschwert.« Er lachte erneut, dann wurde er wieder ernst. »Und Kriegsdienst ist dann ebenfalls keine gute Wahl für dich. Das hat der Vater damals auch so gesehen, als er nach Beutelsbach kam und sich hier niederließ.«

»Ich weiß, Michel, das hat mir Mutter erzählt: Sie war schwanger mit dir, und so sind sie hier sesshaft geworden. Ihr ist es damals nicht besonders gut gegangen, es war Herbst und der Vater hat Katharinas Großvater im Wengert geholfen. Dabei hat er sich so gut angestellt, dass ihn der alte Schreiner im Altenteil seines Hofs hat einziehen lassen, der seit dem Tod seiner Mutter leerstand. Und im nächsten Frühjahr hat er ihm den Platz überlassen, auf dem heute unser Haus steht.«

Michel nickte zufrieden und ergänzte: »Und dort hat Vater mit eigenen Händen unser heutiges Heim erbaut. Das steht zwar auf Schreiners Grund, aber für uns ist das Haus so gut wie ein eigenes.«

»So klein, wie die Hütte ist«, brummte Hannes, »wird sie uns so schnell auch niemand streitig machen wollen.«

»Aber wir haben ein Dach über dem Kopf, und wir sind im Dorf zuhause und keiner jagt uns fort. Das ist mehr, als du offenbar zu schätzen weißt!«

»Halt mich nicht für dumm, Michel!«

»Dumm nicht, aber naiv – und undankbar, wenn ich dich hier so rummaulen höre.«

Hannes verstummte und schaute schuldbewusst auf den Boden.

»Du darfst im Dorf mit anpacken, du verdienst mit deiner Hände Arbeit Hirse und Wein, manchmal auch noch etwas Fleisch und Wurst, wir halten Hühner für Eier und ab und zu eine kräftige Suppe, und Mutter macht aus allem, was du und ich und Vater nach Hause bringen, genug, um uns auch einen langen Winter überstehen zu lassen, ohne dass wir allzu oft mit knurrendem Magen nachts wach liegen müssen. Das ist mehr, als unsereins eigentlich erwarten darf. Du poussierst mit Katharina, und sie scheint dich wirklich zu mögen. Ihre Eltern lassen es zu, und wir alle werden sogar zu den Festen eingeladen, wie zuletzt zur Hochzeit von Jerg und Margarete, wir dürfen mitessen, mittrinken und mittanzen – obwohl keiner von uns freier Bauer oder Handwerker ist. Wir werden behandelt, als würden wir wirklich zur Gemeinde gehören, obwohl der Vater nicht mehr ist als ein Tagelöhner, und du und ich auch nicht. Und? Bist du froh drum und dankbar? Nein: Du beklagst dich und träumst von Heldentaten als gefeierter Kämpfer!« Michel schnaubte, er hatte sich richtig in Rage geredet. »Wahrscheinlich siehst du dich auf einem edlen Ross für unseren Herzog in die Schlacht reiten, oder? Das blitzende Schwert erhoben, sprengst du über die Auen und schlägst links und rechts die Feinde nieder, die geduldig warten, bis du ihnen im gleißenden Sonnenlicht den Helm vom blöden Schädel schlägst oder ihnen mit der Klinge die Brust aufreißt!«

»Mach du dich ruhig lustig über meine Träume! Was ist denn so falsch daran, draußen in der Welt seinen Heldenmut zu beweisen und unserem jungen Herzog Ulrich den starken Arm zu reichen und mit ihm für die gute Sache zu fechten?«

»Oh, verheb's!« Michel verdrehte genervt die Augen. »Schau dich an: Du reibst das Pferd ab, du reitest es nicht. Wenn viel gut laufen wird in deinem Leben, hat der Eberlin Schreiner ein so großes Herz wie sein Vater und er gibt dir womöglich seine älteste Tochter zur Frau, weil er sich mit dir einen verspricht, der gut zupacken und die schwere Arbeit auf dem Hof und im Wengert schaffen kann. Einen, der seiner Tochter gesunde Buben schenkt und damit dem Schreiner'schen Anwesen männliche Erben, wo es ihm und seiner Frau nur zu zwei Mädchen gereicht hat.«

Hannes lief rot an und presste die Lippen zusammen.

»Und auch das nur, wenn es dem Schreiner egal ist, was andere nach einer solchen Hochzeit über ihn denken werden. Und auch nur, weil er mit seinem Hof schon genug zum Leben hat für sich und die ganze Familie und deshalb nicht drauf angewiesen ist, seine Töchter mit Erben von anderen Höfen oder mit einem Burschen wie dem Jost zu verheiraten, der es als Sohn vom Schultes und vom Ritter-Wirt ganz sicher einmal leichter haben wird als du und ich und alle unseres Standes.«

»Du klingst wie ein alter Mann, Michel, bist aber erst siebzehn. Solltest du dir da nicht noch etwas mehr versprechen vom Leben?«

»Ach was! Ich weiß, dass ich mein Lebtag hart arbeiten werde, aber das machen die meisten anderen im Dorf auch nicht anders. Und solange uns der Schreiner nicht von seinem Grund und Boden jagt, wohnen wir auch im eigenen Haus. Solange Vater das nicht verpfänden muss und solange uns der Schreiner keinen Zins berechnet, macht es keinen Unterschied, ob es uns nun wirklich gehört oder nicht. Ich will alle Tage satt werden, irgendwann eine gute Frau finden und möglichst viele meiner Kinder aufwachsen sehen. Wenn du das mal richtig bedenkst, wirst du merken: So bescheiden ist das gar nicht, was ich mir für mein weiteres Leben vorstelle.«

Er deutete mit einem Nicken zum Gasthaus hin. »Außerdem kannst du dort sehen, wer eher als du zum Helden auf dem Schlachtfeld werden kann – wenn es überhaupt einmal einer aus Beutelsbach werden sollte.«

Hannes folgte dem Blick seines Bruders: Im Ritter stand nun Jost vor den Reitern, die alle wieder beisammen um den Tisch saßen, und er hatte ihren Anführer angesprochen. Der wechselte auch wirklich einige Worte mit dem Jungen, bevor sich Jost mit einer artigen Verbeugung wieder von den Männern verabschiedete. Hannes hatte die kurze Unterhaltung von Jost und dem Berittenen schweigend beobachtet, aber bei Josts Abschied wirkte er so deprimiert, dass Michel ihn aufmunternd in die Seite knuffte.

»Jetzt blas nicht gleich Trübsal, nur weil dein Freund als Sohn vom Wirt und Schultes eher Zugang findet zu diesen Kämpfern als du. Und denk an Vater, der gerne auf viele seiner Erinnerungen verzichten würde.«

Die Worte zeigten keine große Wirkung.

»Nun gut, dann will ich dir mal ein bisschen von dem berichten, was ich in dieser Nacht vom Vater aufgeschnappt habe«, versuchte Michel seinen Bruder abzulenken. Und tatsächlich wandte sich Hannes sofort zu ihm um und sah ihn gespannt an.

»Zumindest habe ich mir das aus dem wenigen, das ich hören konnte, so zusammengereimt, wie ich es dir jetzt schildern werde. Vater war Landsknecht oder Söldner, ich weiß nicht, in welchem Haufen und für welchen Herrn er gekämpft hat, aber eines Tages stand seine Abteilung so schwer unter Feuer, dass sie alle schon dachten, ihr letztes Stündlein habe geschlagen. Mehrere Rotten hatten sich zusammengefunden, es mussten an die sechzig Mann gewesen sein, und bis auf einen waren schon alle Rottmeister umgekommen. Den letzten verbliebenen Kommandanten hatte darüber schon fast der Mut verlassen und er zögerte, den nächsten Befehl zu geben. Vater ging zu ihm und beschwor ihn, er solle doch eine Entscheidung treffen, bevor ihnen allen der Garaus gemacht würde, während sie untätig auf ihr Ende warteten. Der Rottmeister riss sich daraufhin tatsächlich zusammen und rief seine Leute herbei. Er schlug einen waghalsigen Ausbruch vor, der ihnen aber immerhin das Überraschungsmoment bringen und deshalb vielleicht erfolgreich sein würde. Noch bevor er das Signal zum Aufbruch geben konnte, traf ihn eine gegnerische Kugel mitten in die Stirn, und die Männer standen wie gelähmt vor dem niedersinkenden Kommandanten.«

Hannes hörte seinem Bruder gebannt zu, eine so spannende Geschichte hätte er sich für seinen Vater in seinen kühnsten Träumen nicht ausgedacht.

»Vater rüttelte die Umstehenden auf, scheuchte sie in die nächste Deckung, huschte zwischen den einzelnen Gruppen hin und her und schwor sie auf den bevorstehenden Überfall ein – und keiner, der sich ihm widersetzt hätte, obwohl er damals kaum älter als neunzehn gewesen sein kann und es unter den anderen Landsknechten wohl auch viele kampferprobte Männer gegeben haben wird.«

Michel glühte förmlich vor Eifer, wie er das alles schilderte, und Hannes hing an seinen Lippen.

»Und dann sind sie mit großem Hurra aus den Büschen gebrochen und über ihre Gegner gekommen wie das Jüngste Gericht. Vater vorneweg, haben sie sich auf eine Stelle gestürzt, an der die feindliche Linie etwas dünner besetzt war, und sie haben auf die völlig überraschten Widersacher eingehauen, bis ihnen endlich der Durchbruch glückte und sie auf der anderen Seite erst freies Feld und ein Stück weiter ein anderes Fähnlein ihres Regiments erreichten. Dort berichteten Vaters Kameraden dem Hauptmann, was geschehen war, und der Hauptmann ernannte Vater als Auszeichnung für seinen Mut zum Doppelsöldner – er bekam von da an also doppelten Sold und galt als besonders kampferprobter Landsknecht.«

Hannes freute sich, eine solche Geschichte von seinem Vater zu hören – umso weniger verstand er, dass er seinen Söhnen gegenüber von diesen tapferen Taten immer nur geschwiegen hatte.

»Und was soll ihn daran bedrücken, Michel? Das ergibt doch keinen Sinn!«

»Da musst du ihn selbst fragen, aber er hat Mutter von seinen Taten nicht gerade in fröhlichem Ton berichtet. Ich glaube nicht, dass er dir dazu raten würde, selbst ebenfalls Söldner zu werden. Und die Erlebnisse auf einem Schlachtfeld scheinen selbst bei den Siegern nicht nur Stolz und Freude auszulösen, so viel ist mir durch Vaters Geschichte klar geworden.«

Hannes wollte noch etwas sagen, da bemerkte er aus den Augenwinkeln eine Bewegung. Die vier Reiter waren aus dem Gasthaus gekommen, und ihr Anführer stand nur noch gut eine Armlänge von Hannes und Michel entfernt. Gebannt von Michels Erzählung hatten die Brüder sie nicht kommen hören.

»Bravo, Junge!«, sagte der Anführer nun. »Das hast du gut gesagt.«

Michel verbeugte sich und trat wie Hannes einen Schritt zurück.

»Ich hätte nicht gedacht, dass wir in eurem schönen Flecken junge Männer finden, die so klug von Krieg und Kampf zu sprechen wissen. Drinnen im Gasthaus habe ich es gerade ganz anders erlebt: Der Wirtssohn glüht ganz vor Eifer, später einmal im Dienst unseres Herzogs die Waffe zu ziehen. Das ist natürlich zu loben, und ich mache es ja auch gerne – aber im Gegensatz zu euch dürfte dieser Bursche in seinem ersten Gefecht eine böse Überraschung erleben, wenn sich all die ritterliche Romantik in Blut und Schweiß und zerrissene Gedärme auflöst.« Er lachte bitter, wurde aber gleich wieder ernst. »Habt ihr unsere Pferde fertig?«, fragte er dann Michel als den Älteren.

»Sicher, Herr, sie stehen dort drüben und haben zu fressen und zu saufen bekommen.«

»Wie wir«, grinste der Anführer der Reiter, »und das nicht einmal schlecht.« Er drehte sich zu seinen Kameraden um. »So lassen wir uns den Dienst gefallen, was, Männer? Bei schönem Wetter ein bisschen aufs Land hinausreiten und nach einem guten Vesper gemächlich wieder zurück.«

Die anderen lachten und gingen zu ihren Pferden. Der Anführer blieb aber stehen und musterte die beiden Buben. »Wie heißt ihr?«

»Ich bin Michel, und das ist mein Bruder Hannes.«

»Und euer Vater war im Krieg?«

Michel nickte, wollte aber nicht mehr dazu sagen. Wo nicht einmal sein Vater wusste, dass er die Geschichte erlauscht hatte, wollte er nicht einem Fremden noch mehr Einzelheiten dazu einfach so auf die Nase binden. Vater war das sicher nicht recht, wenn er Hannes nicht einmal Fragen nach seiner Vergangenheit beantwortete und er nur nachts seiner Frau gegenüber davon sprach, wenn die Buben zu Bett gegangen waren. Dass der herzogliche Reiter nun einen Teil der Erzählung aufgeschnappt hatte, war aber nicht mehr zu ändern.

»Als Landsknecht?«

Michel nickte widerwillig ein zweites Mal.

»Ich habe deine Geschichte nicht ganz mitbekommen, wir sind eben erst aus dem Gasthaus herausgetreten und dabei habe ich das Ende deiner Erzählung mitangehört. Ich kenne auch eine solche Geschichte. Eine ganz ähnliche übrigens.« Er sah Michel forschend an. »Sag, Junge: Wie heißt denn dein Vater?«

Michel schwieg und presste seine Lippen aufeinander, als müsse er seinen Mund zwingen, nur ja nicht den Namen versehentlich doch zu verraten.

Der Fremde wartete einen Moment, und als Michel langsam den Kopf hob, grinste der Mann ihn an. »Hat dir dein Vater eingeschärft, seinen Namen keinem Fremden zu verraten?«

»Nein, aber …« In Michel arbeitete es. »Er weiß gar nicht, dass ich die Geschichte kenne. Ich hab's nur zufällig aufgeschnappt, als er mit meiner Mutter geredet hat – da wär es ihm sicher nicht recht, wenn ich alles einem …«

Der Fremde lachte. »… einem dahergelaufenen Berittenen erzählen würde, stimmt's?«, vollendete der Mann den Satz.

Michel lief knallrot an und trat unruhig von einem Bein aufs andere. Der Fremde war im Moment offenbar bester Laune, aber das konnte schnell in Ärger umschlagen, das hatte Michel manchmal schon bei Amtsrichtern oder Kaufleuten in Schorndorf beobachtet, und das bedeutete für einfache Leute meistens einen Haufen Ärger. Doch der Fremde blieb guter Laune, er machte mit dem rechten Fuß einen halben Schritt nach hinten, nahm den Federhut ab und vollführte vor dem staunenden Jungen eine formvollendete Verbeugung.

»Lorenz Beltz werde ich genannt, meine Familie stammt aus Winnenden, und ich diene dem Herzog Ulrich im dritten Jahr.«

Die anderen Reiter stießen sich feixend an und sahen zwischen ihrem Vorgesetzten und dem Jungen hin und her. Beltz setzte den Hut wieder auf und verschränkte die Arme vor der Brust.

»So, mein Junge, nun gebietet es die Höflichkeit, mir ebenfalls Euren Namen zu nennen. Euren vollständigen.« Dabei lächelte er und sah Michel durchaus wohlwollend an.

»Michel … Michel Gais.«

Beltz runzelte die Stirn, dann zuckte er mit den Schultern. »Der Name Gais sagt mir nichts.«

Michel war erleichtert. Das wäre was gewesen, wenn Beltz womöglich noch eine Rechnung mit seinem Vater offen gehabt und ausgerechnet sein Sohn die beiden wieder in Kontakt gebracht hätte.

»Aber ich werd ihn mir leicht merken können. Gaisberg heißt euer Vogt, und Gaißer ein Freund aus Fellbach. Da ist Gais ja nicht allzu weit davon entfernt, nicht wahr?«

Er lachte wieder, Beltz schien ohnehin ein recht lustiger und gutmütiger Geselle zu sein, wie Michel erleichtert feststellte.

Nun wandte sich Beltz an seine drei Kameraden. »Geht ihr nur mit euren Pferden schon einmal voraus zur Kirche. Nicht, dass die hohen Herren noch mit ihrer Besprechung fertig werden, bevor wir parat stehen. Ich komme gleich nach, und falls es pressiert, gebt ihr mir kurz Bescheid.«

Die anderen saßen auf und ritten gemächlich zur Kirche hinüber. Den Kutschern, die inzwischen ebenfalls aus dem Ritter gekommen waren, bedeutete er, dass sie sich mit ihren Wagen ebenfalls vor der Kirche postieren sollten. Die beiden Männer beeilten sich, die Pferde wieder einzuspannen, und bald darauf standen nur noch Beltz und Michel beisammen und ein paar Schritte weiter entfernt auch Hannes.

»Die Geschichte, die ich meine, hat mir ein Landsknecht erzählt, als wir im ersten Jahr meines Dienstes Alt-Brettheim belagert haben.«

Kurz huschte ein Schatten über Beltz' Gesicht, und Michel erinnerte sich, dass die Belagerung 1504 trotz eines riesigen Aufgebots erfolglos abgebrochen worden war. Er konnte sich gut vorstellen, dass sich an solche Misserfolge niemand gerne erinnerte.

»Wir lagerten damals direkt neben einem Fähnlein von Landsknechten, und erst gerieten wir fast in Streit miteinander, weil meine Kameraden und ich nach einigen Bechern Wein nicht mehr mit unserer Meinung über die Söldner hinter dem Berg halten wollten. Ich hielt ihnen vor, dass sie für jede Sache streiten, die nur genug Geld verspricht – während wir doch auf Ehr und Gewissen unserem einen Herrn, dem Herzog, verpflichtet sind. Die Landsknechte dagegen hießen uns verweichlichte Nichtskönner, die ihnen im Kriegerhandwerk nicht das Wasser reichen könnten. So ging das hin und her, bis einer der älteren Rottmeister zwischen uns schlichtete. Schließlich bat dieser Rottmeister – er wurde Jakob Fritz genannt – uns zu sich und seinen Männern ans Lagerfeuer. Reihum erzählte bald jeder eine Anekdote oder einen Schwank, und es wurde immer lustiger. Doch der alte Rottmeister wurde irgendwann, als die Reihe an ihm war, ganz ernst und berichtete uns von einem Ereignis, grad so, wie du es vorhin geschildert hast.«

Lorenz Beltz musterte Michel erneut, und dem Jungen wurde es unter dem Blick ganz unbehaglich.

»Er hat mir von einem jungen Söldnerkameraden erzählt, der damals zu seiner Rotte gehört hatte. Sie hatten sich mit einigen anderen Männern aus dem Neckartal und dem Schwarzwald zusammengetan und hatten sich in der Schweiz als Söldner verdingt – die konnten sich damals vor Aufträgen kaum retten, sei es für italienische Städte oder mit der Eidgenossenschaft gegen sie. Und in Italien hat sich dann auch die Geschichte ereignet, die der deines Vaters so gleicht, während einer Schlacht in der Nähe eines Dorfs namens Crevola, im April siebenundachtzig.« Beltz sah Michel noch immer aufmerksam an. »Könnte das stimmen? Ich meine: Könnte dein Vater an dieser Schlacht teilgenommen haben?«

Michel zuckte mit den Schultern. »Das kann ich nicht sagen. So, wie der Landsknecht euch nicht den Namen seines jungen Kameraden nannte, weiß ich nicht, wann mein Vater Söldner war. Ich habe jedenfalls noch nie woanders gelebt als hier in Beutelsbach.«

Beltz nickte langsam. »Und du bist … wie alt?«

»Siebzehn.«

»Na ja, dann könnte es gerade so passen.« Kurz wirkte der Mann noch nachdenklich, dann erhellte sich seine Miene. »Ist ja auch egal, den alten Landsknecht kann ich vermutlich nicht mehr fragen. Ich hab ihn seit unserer gemeinsamen Zeit vor Alt-Brettheim nicht mehr gesehen. Gut möglich, dass ihn sein Beruf schon das Leben gekostet hat.« Lorenz Beltz tippte sich noch einmal kurz an die Hutkrempe. »Gut, dann werde ich mal zu meinen Männern gehen. Und du, Michel, bewahr dir deine Sicht der Dinge, dann wirst du dich später einmal nicht ohne Not auf einen Waffengang einlassen. Wenn Kampf sein muss, muss er sein – aber aus bloßer Abenteuerlust rate ich keinem, sich zu gürten.«

Damit trat er an sein Pferd, schwang sich hinauf, nickte auch Hannes noch kurz zu und ritt dann zu seinen Kameraden hinüber.

Im Ritter beeilten sich die Mägde, die Tische freizuräumen, an denen die Kutscher und die Berittenen gesessen hatten. Linda, die den anderen ordentlich Beine machte, sah draußen Michel und Hannes stehen. Sie hatten die Pferde versorgt, und weil der Anführer der Reiter noch eine Weile bei den beiden gestanden und sich mit ihnen angeregt unterhalten hatte, bevor er gut gelaunt zur Kirche hinübergeritten war, schienen die beiden Gais-Buben ihre Sache gut gemacht zu haben. Sie ließ eine Schüssel mit Fleischresten und einem Kanten Brot herrichten und wollte sie Michel und Hannes als Lohn für die getane Arbeit hinausbringen, da fing Jost sie ab. Er war ganz aufgeregt, seit der herzogliche Reiter mit ihm gesprochen hatte, und nun wollte er die volle Schüssel zusammen mit der unerhörten Neuigkeit zu seinem Freund hinausbringen, dass sich der imposante Fremde sehr für ihn interessiert hatte.

Hannes hörte sich alles artig an und ließ es auch an gespielter Bewunderung nicht fehlen. Davon, dass Lorenz Beltz auch mit seinem Bruder gesprochen und dass er sich dabei nicht gerade lobend über Jost geäußert hatte, schwieg er – Michel hatte ihm entsprechende Zeichen gegeben, aber Hannes hätte es auch von sich aus nicht erwähnt. Er wollte Jost nicht die Freude an seiner vermeintlichen Sonderstellung nehmen.

Die Freude über die volle Schüssel musste er Jost gegenüber dagegen nicht spielen. Das Fleisch war zwar inzwischen kalt, die Stücke nicht schön, und das eine oder andere wirkte auch angebissen – aber satt machte auch ein Reststück, und so üppig hatten sie unter der Woche schon lange nicht mehr gespeist. Vielleicht würde das unverhoffte Festmahl sogar den Vater in eine so gute Laune versetzen, dass Hannes ihn noch einmal nach seiner Zeit als Söldner fragen konnte.

Die beiden Jungen hatten sich gerade nach Hause getrollt, da kam auch schon Bewegung in die unterhalb der Kirche wartenden Männer. Pfarrer Schefflen eilte mit wehendem Rock die Treppe herunter, gefolgt von den würdig einherschreitenden Chorherren sowie dem Vikar und dem Kaplan. Die Ministranten blieben oben vor der Kirche stehen und sahen den anderen etwas wehmütig hinterher, weil sie wussten, dass nun im Ritter getafelt und gezecht würde. Schefflen wandte sich immer wieder zu seinen Gästen um und schien ihnen die Speisen und

Getränke, die sie im ersten Gasthaus am Platz erwarteten, sehr eindringlich anzupreisen – jedenfalls schritten die hohen Herren allmählich ein wenig schneller und weiter aus, bis sie in ansehnlichem Tempo den Eingang zum Ritter erreichten.

Schultes Huetlin wartete vor der Tür und bedachte jeden der Chorherren mit einer Verbeugung, zu der er einladend mit dem Arm ins Haus wies. Der außerordentlich beflissene Schefflen blieb ebenfalls draußen stehen und unterstrich jede Geste Huetlins, indem er sie linkisch wiederholte. Erst nach dem letzten Chorherrn betraten auch Huetlin und Schefflen und nach ihnen wiederum der Vikar und der Kaplan das Gebäude.

Linda stand drinnen vor dem Zugang zur Gaststube, damit auch keiner der Herren fehlging, und in der Stube selbst knicksten die aufgereihten Mägde. Erna Huetlin hatte sich in die Küche zurückgezogen, dort werkelte sie und legte letzte Hand an die Speisen für die Besucher aus Stuttgart.

Die Gäste legten einen beachtlichen Appetit an den Tag, und Huetlin, der sich bei Tisch ein wenig zurückhielt und immer wieder eine der Mägde mit einem neuen Weinkrug herbeiwinkte, staunte nicht schlecht, wie es die Chorherren schafften, so große Mengen Fleisch und Würzwein in sich hineinzubugsieren, ohne sich dabei allzu sehr mit Fett- und Weinflecken zu beschmutzen. Schließlich waren die Platten geleert, und die Gäste lehnten sich zu einem letzten Becher ächzend auf ihren Plätzen zurück.

Pfarrer Schefflen mühte sich, eine Konversation in Gang zu bringen, aber das Interesse der Besucher war überschaubar. Da sie wussten, dass Wirt Huetlin auch der Schultes von Beutelsbach war, rangen sie sich ein paar nichtssagende Freundlichkeiten ab, um der Höflichkeit Genüge zu tun, lobten ihn für das unter ihm so prächtig gedeihende Dorf und die Großzügigkeit ihnen und dem Pfarrer gegenüber und gratulierten ihm zu seinem wichtigen Posten in der Wiege Württembergs. Dann richteten sie aber auch schon allergnädigste Grüße von Herzog Ulrich aus und begaben sich nach draußen, um die Heimreise anzutreten.

Huetlin begleitete sie noch bis zu den Kutschen, die nach wie vor bei der Kirche standen. Er hielt ihnen die Kutschtüren auf und verbeugte sich mehrmals, während Schefflen, der Vikar und der Kaplan den Chorherren zwischendurch ihre wärmsten Grüße an die werten Stiftsbrüder auftrugen. Vor allem der Vikar tat sich dabei hervor, vermutlich sehnte er sich am meisten von den dreien nach dem nächsten Schritt die Karriereleiter hinauf.

Als der kleine Zug das Dorf verlassen hatte und der letzte der begleitenden Reiter außer Sicht geriet, musterte Huetlin den neben ihm stehenden Pfarrer. Die Gäste waren unerwartet schnell wieder abgereist, was nicht unbedingt auf einen guten Verlauf des Besuchs schließen ließ – und Schefflen verabschiedete nun auch recht eilig den Kaplan und den Vikar, weil sie doch sicher ganz dringende Dinge zu erledigen hätten. Doch danach strahlte er über das ganze Gesicht, was dem ersten negativen Eindruck gründlich widersprach.

»Und?«, fragte Huetlin nach einer Weile.

Mehr brauchte es nicht, um Schefflen übersprudeln zu lassen. Noch auf dem Weg zurück zum Ritter – »Die Neuigkeiten verlangen nach einem weiteren Trunk, Herr Schultes!« – skizzierte der Pfarrer den Verlauf der Unterredung in der Kirche, und als Linda noch zwei Krüge mit Würzwein aufgetragen und die Becher erneut vollgeschenkt hatte, berichtete Schefflen haarklein, was mit den Chorherren des Heilig-Kreuz-Stifts zu Stuttgart besprochen worden war.

»Es ist mir gelungen, sie davon zu überzeugen, dass wir hier keine halben Sachen machen dürfen. Meine hohen Glaubensbrüder wissen ja auch von der schmucken Äußeren Kirche, die sich der benachbarte Waiblinger Sprengel gegönnt hat, da soll die Wiege Württembergs und des ehrwürdigen Stuttgarter Heilig-Kreuz-Stifts natürlich nicht zurückstehen.«

Er nahm einen großen Schluck, und Huetlin musste sehr an sich halten, um wegen der Selbstbeweihräucherung des Pfarrers nicht die Augen zu verdrehen. Als ob der windige Schefflen auch nur jemals etwas Vernünftiges zustande gebracht hätte.

»Um es kurz zu machen, Herr Schultes«, sagte er und setzte den Becher schwungvoll ab: »Unsere alte Stiftskirche hat ihre Leidenszeit zum größten Teil hinter sich. Sie wird nicht nur ausgebessert, nicht nur umgebaut, sondern …« Er ließ eine kleine Kunstpause. »Beutelsbach bekommt eine *neue* Kirche!«

Das war allerdings eine gute Nachricht. Und eine überraschende dazu, auch wenn Schefflens Vorrede das schon hatte ahnen lassen.

»Eine neue?«, echote Huetlin. »Das ist ja großartig! Und ab wann wird gebaut? Und wo?«

Der Pfarrer strahlte, die Überraschung des Schultes war ihm eine weitere Genugtuung, nachdem die Chorherren eine so gute Neuigkeit hinterlassen hatten. Er nahm seinen Becher erneut auf, trank ihn bis auf den Grund leer und schob ihn ein Stück zu Huetlin hin, der sofort verstand und nachschenkte.

»Am jetzigen Platz«, gab Schefflen schließlich kund. »Wir werden das alte Gotteshaus abbauen und die Steine für den Bau des neuen verwenden. Und dabei werden wir die Handwerker sehr darauf achten lassen, was vielleicht vom ursprünglichen Gebäude erhalten bleiben kann, Rosetten etwa. Schließlich wollen wir ja nicht jede Verbindung zur ruhmreichen Vergangenheit unserer geliebten Stiftskirche kappen. Auch wenn die Grablege der Württemberger vor bald zweihundert Jahren aus Beutelsbach nach Stuttgart verlegt wurde: Es ist und bleibt doch der ursprüngliche Platz des Heilig-Kreuz-Stifts.« Er beugte sich vor und schlug einen beinahe verschwörerischen Tonfall an. »Und in bester Lage und stets mit Blick auf die imposante Baustelle: Euer Gasthaus zum Ritter! Ein schönes Zimmer, eine gemütliche Gaststube und immer am Puls der Bauarbeiten – das wird sich der eine oder andere sicher gerne etwas kosten lassen.«

Und so, wie Schefflen nun grinste und dem Wirt zuzwinkerte, war Huetlin klar, dass der Pfarrer an diesem Mehrwert des Gasthauses durchaus mitverdienen wollte. Er seufzte innerlich. Es war eine Plage mit diesem Mann.

»Meinetwegen könnte das Stuttgarter Stift alle Tage Reiter zu uns nach Beutelsbach herausschicken«, sagte Peter Gais und schob den leeren Teller von sich weg. »Da haben uns die beiden Buben ein wahres Festmahl verdient, meinst du nicht auch, Anna?«

»Ja, das habt ihr gut gemacht.« Sie stand auf, die neunjährige Klara und ihre um ein Jahr jüngere Schwester Agnes beeilten sich, ihrem Beispiel zu folgen. Die drei stellten die Teller ineinander, trugen sie weg und setzten sich wieder an den Tisch. »Aber wir sollten uns lieber nicht daran gewöhnen«, seufzte Anna Gais, »dass uns ständig jemand zum Hochzeitsmahl einlädt oder dass wir als Lohn eine Schüssel mit Brot und Fleisch bekommen.«

»Oh, schon wieder so trübe Gedanken, Frau?« Peter Gais hatte sich einen Becher Wein eingeschenkt und sah seine Frau über dessen Rand hinweg ein wenig spöttisch an. Die beiden Mädchen sahen sich kurz an, dann verschwanden sie in der Ecke, um mit ihren Puppen zu spielen, die ihnen die Mutter aus Stoffresten genäht hatte. Lennert, mit seinen sechs Jahren das jüngste Kind der Gaisens, hockte eh schon auf seinem Bett und ließ ein kleines Stück Holz über seine Beine hoppeln, als sei es ein edles Schlachtross. Michel und Hannes blieben am Tisch bei den Eltern sitzen und fühlten sich dabei sehr wichtig.

»Mach du dich nur lustig, Peter«, versetzte sie ärgerlich. »Heute haben wir volle Bäuche, und natürlich freue ich mich sehr darüber. Aber …« Sie warf Michel und Hannes einen nachdenklichen Blick zu, bevor sie weitersprach. »… das wird nicht alle Tage so weitergehen. Du, Peter, bist gefragt im Dorf als fleißiger Arbeiter, und solange du nicht krank oder gebrechlich wirst, können wir davon das meiste bestreiten, was fürs Leben nötig ist. Ich bekomme ab und zu Näharbeiten, mit denen ich uns noch ein paar Kreuzer oder etwas Wein, Obst oder Mehl dazuverdienen kann. Und die drei Jüngsten helfen mir einstweilen im Haushalt und im Garten.« Sie wandte sich an ihre Söhne. »Aber was wird mit euch?«

»Ich werde für mein täglich Brot arbeiten«, sagte Michel, ohne zu zögern, »wie der Vater, und wie ich das ja auch schon seit einiger Zeit mache. Die Bauern hier im Dorf nehmen meine Hilfe gern in Anspruch, Vater hat mir schon viel beigebracht, und ich kann ordentlich zupacken.«

»Und mehr willst du nicht erreichen?«, fragte Anna Gais nach einer kurzen Pause.

»Wieso fragst du?«, begehrte Michel auf. »Ist für mich denn nicht gut genug, was Vater erreicht hat?«

Peter Gais senkte den Blick und legte seine rechte Hand auf die linke seiner Frau. Michel bemerkte beides, und im selben Moment tat es ihm schon wieder leid, dass er nicht bedächtiger auf die Frage seiner Mutter reagiert hatte.

»Du solltest nicht so respektlos von deinem Vater reden, Michel. Du weißt längst nicht alles über ihn, sonst würdest du ihn mehr ehren und dich nicht so leichtfertig mit ihm vergleichen. Dein Vater ist mir seit je ein guter Mann und euch ein guter Vater. Und Tagelöhner ist er nicht immer schon gewesen.«

»Lass nur«, unterbrach Peter Gais sie. »Aber deine Mutter hat recht, Michel: Du solltest dich nicht darauf verlassen, dass deine Hilfe immer gefragt sein wird. Und wenn du keine feste Arbeit hast, bist du als Tagelöhner immer der Erste, der leer ausgeht, wenn es für die anderen einmal knapper zugeht. Du wirst immer der Erste im Dorf sein, der Hunger hat, und der Letzte, der wieder etwas auf dem Tisch vorfindet. Es ist nichts Schlechtes daran, Tagelöhner zu sein, das stimmt schon. Und wir Gaisens sind im Dorf mehr geachtet als mancher unfreie Bauer – trotzdem tun sich Leute wie Huetlin oder Schreiner allemal leichter, durchs Leben zu kommen.«

Michel wollte antworten, aber sein Vater hob nur kurz die Hand.

»Jeder steht in der Welt dort, wo ihn der Herrgott hinstellt, und das ist auch gut so. Ich bin zufrieden mit meinem Platz, uns geht es recht gut und wir sind dafür auch dankbar. Aber junge Leute wie ihr sollten sich damit nicht so einfach zufriedengeben. Ihr könntet versuchen, eine Lehre zu machen und euch so einen Beruf erwerben – in der heutigen Zeit ist vieles in Bewegung, da scheint mir eure Zukunft nicht mehr so sehr in Stein gemeißelt wie zur Zeit unserer Vorfahren. Da muss der Sohn eines Tagelöhners nicht mehr unbedingt auch ein Tagelöhner werden. Ihr habt es dabei sicher schwerer als der Jost vom Schultes, dem der Vater den Weg zu einer lohnenden Beschäftigung schon ebnen wird, aber ihr könnt manches schaffen, wenn ihr euch nur genug anstrengt.«

Anna Gais warf ihm ein Lächeln zu.

»Das glaube ich jedenfalls«, fügte er noch hinzu.

»Ich auch«, gab ihm seine Frau recht, dann legte sich ein Schatten auf ihr Gesicht. »Nur wird das mit der Lehre vermutlich an etwas anderem scheitern.«

Peter Gais nickte, und seine Zuversicht schien für einen Moment zerstoben. »Wir können kein Lehrgeld zahlen, damit euch ein Meister nimmt.« Aber er fasste sich gleich wieder und ergänzte: »Ich könnte aber mit den Leuten im Dorf reden, vielleicht hat einer ein Einsehen und erlässt uns das Lehrgeld – und sei es nur zum Teil, und ich kann den Rest abarbeiten. Oder er bekommt kein Lehrgeld, und dafür bekommt ihr in den ersten Jahren als Geselle keinen oder nur wenig Lohn. Da wird sich schon eine Möglichkeit finden.«

»Für mich musst du dir da nichts überlegen«, sagte Michel, »ich bin als Tagelöhner ganz zufrieden, das hab ich euch ja schon gesagt.«

Die Eltern sahen sich missmutig an, sagten aber nichts.

»Und unser kleiner Hannes«, fügte er lachend hinzu, um die Stimmung etwas aufzuhellen, »hat noch einmal ganz andere Pläne.«

Anna Gais lächelte, und ihr Mann nickte.

»Die Katharina gefällt dir, stimmt's?«, hakte Gais nach.

Hannes wurde rot und warf seinem Bruder einen wütenden Blick zu.

»Das ist ein tüchtiges Mädchen«, sagte Peter Gais, dann beugte er sich ein wenig zu den Buben hin und senkte die Stimme. »Und ein hübsches obendrein.«

»Peter!«, rief seine Frau und tadelte ihn grinsend mit dem Zeigefinger.

»Die Schönste für mich bleibst natürlich du, Anna, keine Sorge. Aber im Ernst: Katharinas Vater ist ein redlicher Mann, der nicht so viel auf das Geschwätz anderer gibt. Ich könnte mir durchaus vorstellen, dass er einverstanden wäre, wenn Katharina und du … wenn du, Hannes, sein Schwiegersohn würdest.«

Hannes wusste gar nicht mehr, wohin mit seinem Blick.

»Einen tüchtigen Arbeiter könnte er für den Hof und den Wengert sicher gut gebrauchen, und du stellst dich mit allem recht geschickt an, was dir die Bauern auftragen. Wenn ich mit ihm rede, nimmt er dich vielleicht auf, dann müsstest du dir um dein Essen keine Sorgen mehr machen.«

Er lächelte seinen Jüngsten freundlich an, aber der wirkte nicht sehr begeistert von dieser Aussicht.

»Was hast du denn?«, fragte ihn der Vater. »Magst du die Katharina doch nicht so sehr, wie wir glauben?«

»Doch, ich mag sie sehr«, brachte Hannes schließlich hervor. »Und sie mich auch, wie's scheint. Aber …« Er verstummte.

»Aber?«

Hannes sah seine Eltern lange an, dann brach es nur so aus ihm heraus. »Wenn Katharina und ich zusammen wären, und ihr Vater würde mich daraufhin auf dem Hof aufnehmen … Mir käme das grad so vor, als ob ich mich bei den Schreiners einschleichen wollte, dass ich die Katharina womöglich als Mittel zum Zweck benutzen würde, um nur ja an eine Lehrstelle oder an ein Weingut zu kommen.«

»Du willst keine Almosen, stimmt's?«, sagte Anna Gais nach einer Weile. »Das kann ich schon verstehen, und dein Vater will auch keine, wollte er noch nie.« Sie lächelte ihn an. »Aber wenn Katharina und du wirklich zusammenfinden würden, wäre nicht nur dir geholfen: Eberlin Schreiner hat zwei Töchter, und ob Katharinas kleine Schwester einen Mann findet, der nur halb so tüchtig und fleißig ist wie du, das muss sich erst noch zeigen.«

»Allerdings!«, bekräftigte Peter Gais. »Stell dir nur mal deinen Freund Jost an deiner Stelle vor: Da wären die Schreiners fortan mit dem Schultes und dem Ritter-Wirt verschwägert. Eine richtig gute Partie für Katharina, nicht wahr, Anna?«

Er warf seiner Frau einen kurzen Blick zu, sie nickte und er sprach weiter. Dass sie dazu aber eine überraschend finstere Miene machte, war ihm in der kurzen Zeit nicht aufgefallen.

»Aber dann schau dir Jost mal genauer an. Mit körperlicher Arbeit hat er's nicht so, würde ich sagen, und dann wird ihm auch eher der Sinn nach besseren Posten stehen. Vielleicht verschafft ihm sein Vater einen Posten in Schorndorf, der ihm Möglichkeiten für eine Karriere bietet, oder er kommt über den Dienst bei einem Adligen oder sogar am Hof in Stuttgart irgendwann mal zu einer Pfründe. Wenn die Chorherren aus Stuttgart bald wieder mal im Ritter speisen, wird Heinrich Huetlin die Herrschaften sicher noch darauf ansprechen, dass sie seinem Sohn vielleicht in Stuttgart ein paar Türen öffnen könnten – gut möglich, dass er es schon heute getan hat.«

»Jost hat sich eine Weile mit dem Anführer der herzoglichen Reiter unterhalten«, warf Michel ein.

»Na, siehst du, Hannes, dein Bruder sagt's ja: Da bieten sich Jost eine ganze Reihe von Möglichkeiten an, zu einem guten Leben zu kommen. Wenn Jost also in Schorndorf oder Stuttgart seinen Weg macht: Was passiert dann mit Eberlins Weingut? Gut, Jost könnte mehr Knechte einstellen – aber wenn einer nicht selbst nach seinem Wein sieht, wenn einer sich nicht selbst kümmert und ein Auge auf alles hat ... dann wird oft nichts Gescheites draus, glaub mir.«

Hannes zuckte mit den Schultern.

»Und das weiß einer wie der Eberlin Schreiner auch. Dem würd's das Herz zerreißen, wenn sein Gut nicht mehr so guten Wein hervorbringen würde, wie ihm das immer wieder gelingt. Der Schreiner in Beutelsbach und der Ellwanger in Heppach – die versuchen sich doch seit Jahren gegenseitig zu übertrumpfen. Das lässt sich unser Eberlin doch nicht von seinem Schwiegersohn kaputt machen.« Er lachte.

»Aber ich habe kaum Ahnung von Wein«, protestierte Hannes.

»Das lernst du, der Schreiner bringt dir alles bei – und du bist nicht auf den Kopf gefallen. Da mach ich mir keine Sorgen.

Wenn du als Schwiegersohn von Eberlin Schreiner irgendwann einmal dessen Weingut weiterführen würdest – das wären ganz sicher keine Almosen für dich. Denn schaffen dürftest du dort natürlich für zwei.« Er lachte noch einmal.

»Trotzdem würde ich gern auf eigenen Beinen stehen«, beharrte Hannes. »Ich möchte schon gern etwas lernen, wenn es sich irgendwie machen lässt. Und später kann ich immer noch bei Schreiner mitarbeiten. Falls …« Er zwinkerte seinem Vater zu. »Falls die Katharina mich auch wirklich will.«

»Und was würdest du gern lernen?«

Hannes zuckte mit den Schultern. »Keine Ahnung. Ich würde halt nehmen, was kommt – ich glaube ja eher nicht, dass ich mir das groß raussuchen kann.«

»Na ja, wenn wir ohnehin kein Lehrgeld zahlen können und es deshalb erst einmal gar nicht danach aussieht, als könntest du irgendwo bei einem Meister in die Lehre gehen: Dann könnten wir genauso gut auch darauf hören, was dir Freude machen würde. Wenn wir schon etwas Unmögliches versuchen, sollte es sich doch wenigstens für dich lohnen, oder?«

Peter Gais grinste, und Hannes nickte ihm dankbar zu.

»Und? Hast du an einem Handwerk mehr Interesse als an den anderen?«

Hannes dachte nach.

»Metzger vielleicht?«, hakte Peter Gais nach. »Ich steh gut mit Lukas Hohnecker, hab schon für seinen alten Vater gearbeitet, als der noch der Metzger hier im Ort war. Da kann ich sicher ein gutes Wort einlegen, und du hast dem Lukas auch schon geholfen, er weiß, dass du zupacken kannst. Das könnte etwas werden mit der Lehre.«

»Ich weiß nicht recht. Ich …«

»Du solltest nicht allzu zimperlich sein, Hannes. Metzger ist ein ordentlicher Beruf, und es ist nie ein Fehler, wenn man beruflich mit Essen zu tun hat.«

»Nein, die Arbeit würde mir nichts ausmachen. Ich hab kein Problem mit Blut und Gedärmen. Aber mehr interessieren würde mich ein Handwerk, das mit dem Bauen zu tun hat.«

Peter Gais sah seinen Sohn eine Weile stumm an, dann nickte er. »Du meinst, weil sich die Chorherren aus Stuttgart unsere alte Stiftskirche angesehen haben und weil dort vielleicht bald Leute gebraucht werden, die Mauern flicken oder einen Anbau fertigen können?«

»Ja.«

»Gut gedacht, Hannes, wirklich gut gedacht. Und hast du schon ein bestimmtes Handwerk im Sinn?«

»Nein, ich wüsste im Moment auch niemanden, den ich fragen könnte.«

»Ich überleg mir was, da wird sich schon etwas finden lassen. Und wenn mir nichts einfällt, gehe ich zu Heinrich Huetlin, der überall im Amt Schorndorf Leute kennt und als Wirt auch alles Mögliche aufschnappt. Vielleicht weiß der Rat.«

»Warum musst du denn immer gleich zum Huetlin rennen?« Anna Gais war laut geworden, und die drei anderen sahen sie überrascht an.

»Immer heißt es: Huetlin hier und Huetlin dort – wir müssen doch nicht ständig den Schultes um Hilfe anbetteln!«

»Was ist dir denn für eine Laus über die Leber gelaufen?«, fragte Peter Gais, der sich auf die plötzlich so schlechte Laune seiner Frau keinen Reim machen konnte.

»Du kennst auch viele Leute, da sind doch viele Handwerker drunter und Bauern. Frag doch die erst mal, bevor du zum Schultes rennst.« Sie sah ihren Mann trotzig an, aber ihre Wut schien sie so schnell wieder in den Griff zu bekommen, wie sie aufgeflammt war. Dann räusperte sie sich und fuhr ruhiger fort: »Mehr wollte ich damit nicht sagen.«

Peter Gais musterte sie noch einen Moment lang, dann wandte er sich wieder seinem Becher zu und wirkte sehr nachdenklich.

»Ich hatte vorhin eigentlich etwas ganz anderes gemeint«, meldete sich Michel wieder zu Wort.

Er war offensichtlich nicht glücklich damit, dass sich am Tisch gerade alles um seinen jüngeren Bruder drehte.

»Was denn, Michel?«

Er setzte ein spöttisches Lächeln auf, dann deutete er auf Hannes. »Nicht nur Jost hat sich mit dem Anführer der herzoglichen Reiter unterhalten. Mit mir hat der Mann auch gesprochen, und mein Brüderchen hing die ganze Zeit über an seinen Lippen. Ich glaube, unser Hannes wäre am liebsten ein Held auf dem Schlachtfeld, einer, der an der Seite von Götz von Berlichingen unter den Farben unseres jungen Herzogs Ulrich in die Schlacht zieht und die Feinde das Fürchten lehrt.«

Michel lachte, aber sein Vater war ganz ernst geworden und musterte Hannes. »Wünsch dir das lieber nicht, Hannes. Das ist längst nicht das glorreiche Abenteuer, das du dir darunter vorstellst. Auch der Berlichingen hat das Kämpfen mit dem Verlust seiner rechten Hand bezahlt.«

»Und ist berühmt geworden durch die eiserne Hand, die er sich stattdessen hat machen lassen.«

»Ach, Junge, berühmt war der Berlichingen schon vorher, sonst würde kein Hahn nach seiner Eisenhand krähen. Er ist nicht der Erste, der sich so ein Ding hat machen lassen, ich erinnere mich an einen Hohenloher, der ebenfalls eine Hand aus Eisen hatte. Aber wie auch immer: Die Hand ist weg, und er wird dort, wo sein Arm im Stumpf endet, Tag und Nacht pochende Schmerzen haben. Das ist kein Spaß, Hannes, glaub mir, und ganz gewiss nichts, was man sich wünschen sollte.«

»Hab ich ihm auch gesagt«, warf Michel schnell ein. »Und der Berittene hat mir recht gegeben.«

»So?« Peter Gais sah seinen Ältesten aufmerksam an, der Junge duckte sich sofort ein wenig unter dem scharfen Blick seines Vaters. »Du hast dich also mit dem Mann unterhalten?«

Michel nickte.

»Über das Kämpfen? Was weißt du da zu berichten?«

»Na ja … ich …«, stammelte Michel. Er suchte fieberhaft nach den richtigen Worten, die dem Vater nicht zu viel verrieten und die ihn doch zufriedenstellten. Schließlich wusste er nicht, dass Michel ihn nachts einmal belauscht hatte – und der Sohn wusste nicht, wie er reagieren würde, wenn er es ihm nun sagte. »Ich weiß ja«, setzte Michel neu an, »dass du früher auch mal in die Schlacht gezogen bist …«

Peter Gais wirkte überrascht. »Hab ich dir davon erzählt? Ich glaube nicht.«

»Ich …« Der Junge wand sich. »Das hab ich wohl irgendwann mal aufgeschnappt«, murmelte er schließlich.

»Aha?«

»Ja, wahrscheinlich hast du es mal Mutter gegenüber kurz erwähnt, und ich hab's zufällig mitangehört. Und dann hab ich mir das irgendwie zusammengereimt.«

»So, so.«

Michel versuchte in der Miene seines Vaters zu lesen, aber der schien das fürs Erste auf sich beruhen zu lassen.

»Ist ja auch egal«, sagte er stattdessen, »dann wisst ihr's halt. Ich war Söldner, aber nur für wenige Jahre. Ihr müsst es ja nicht herumerzählen, ich erinnere mich auch nicht so gern daran.«

Peter Gais rieb sich über die Stirn und sah für einen Moment ins Leere. Dann riss er sich wieder zusammen und musterte seinen ältesten Sohn erneut.

»Sag mal: Du hast vorhin von diesem Berittenen erzählt und davon, dass ihr euch unterhalten habt, auch übers Kämpfen.«

Michel nickte langsam.

»Hast du ihm erzählt, dass ich früher mal Landsknecht war?«

»Ich …«

»Nein, Vater«, mischte sich Hannes schnell ein. »Er hat sich nur über mich lustig gemacht, weil ich doch früher immer mit Jost droben auf dem Kappelberg Ritter gespielt habe, weil wir uns in der Ruine Duelle mit den Holzschwertern lieferten. Das hat der Berittene mitbekommen, und er hat uns ordentlich eingeschärft, dass es auf dem Schlachtfeld längst nicht so heldenhaft und glorreich zugeht, wie wir Buben uns das in unseren Spielen vorstellen.«

Michel warf seinem Bruder einen kurzen dankbaren Blick zu, und Peter Gais sah zwischen seinen beiden Söhnen hin und her.

»Sag, Michel«, fragte er dann: »Wie wird der Reiter denn genannt? Hat er dir seinen Namen verraten?«

»Ja. Er erzählte, dass seine Familie in Winnenden lebt, und er heißt Lorenz Beltz.«

Der Vater dachte eine Weile nach, dann schüttelte er den Kopf, und fast wirkte er dabei erleichtert. »Nein, Beltz sagt mir nichts. War er denn eher jung oder alt?«

»Mitte zwanzig vielleicht«, antwortete Michel, und ihm fiel ein Stein vom Herzen, dass sein Verhör offenbar beendet und er so glücklich davongekommen war.

»Und hat er euch erzählt, wo er schon gekämpft hat?«

»Vor Alt-Brettheim lagerten er und seine Leute zusammen mit einem Landsknechthaufen, als unser Herzog die Stadt bezwingen wollte.«

»Daraus ist nichts geworden, Michel, sie mussten unverrichteter Dinge wieder abziehen.«

»Ich weiß, der Beltz hat's mir erzählt.« Michel plapperte drauflos, und in seiner Erleichterung wurde er immer leichtsinniger. »Von einem älteren Rottführer der Landsknechte hörte er eine Geschichte, wie du sie ...«

Hannes gab ihm unter dem Tisch einen Tritt und Michel brach mitten im Satz ab.

»Wie ich sie ...?«, hakte der Vater trotzdem nach und runzelte die Stirn.

Michel schwieg. Ihm war ganz mulmig geworden, und der stechende Blick seines Vaters machte die Sache nicht besser.

Doch wenig später hielt er es nicht mehr aus und gestand seinem Vater, was er vor einiger Zeit mit angehört und dass Beltz die Geschichte wohl mitbekommen hatte, als er sie Hannes erzählte. Eine Zeitlang saßen alle still beisammen. Michel hielt den Blick gesenkt, und als er sich schließlich traute, zum Vater hinzusehen, wirkte der eher besorgt als wütend.

»Und ... hat dir dieser Beltz auch erzählt, wie der alte Rottmeister hieß?«

»Jakob wurde er genannt, Jakob Fritz.«

Peter Gais saß stumm da, starrte Michel an und mahlte mit den Kiefern. Für eine Weile wich die Farbe aus seinem Gesicht, dann räusperte er sich. »Hat der Beltz gefragt, wie ihr heißt?«

»Ja, er hat mich gefragt, aber der Name Gais hat ihm nichts gesagt.«

Anna Gais drückte die Hand ihres Mannes. Der nickte nur, stand auf und ging wortlos nach draußen.

Es dauerte lange, bis Peter Gais wieder zurückkam. Hannes und Michel machten sich gerade vor dem Haus zu schaffen. Ihr Vater steuerte auf die kleine Bank neben der Tür zu und winkte die beiden Söhne zu sich.

»Ich werd euch das alles mal erzählen«, sagte er, als sie nebeneinandersaßen. »Bis dahin müsst ihr mir glauben, dass Kriege und Schlachten eine fürchterliche Sache sind, dass es im Gefecht keine Helden gibt, sondern nur Überlebende und Tote, blutverschmierte Schwerter und Lanzen, aufgerissene Bäuche und zerfetzte Glieder.«

Die Buben saßen da und warteten, ob Peter Gais fortfahren würde, aber er schwieg, und nach einer Weile stand er auf.

»Vater?«

Hannes hatte sehr leise gesprochen, und es dauerte einen Moment, bis sich sein Vater ihm zuwandte.

»Darf ich dich etwas fragen, Vater?«

Peter Gais zuckte mit den Schultern.

»Eins muss ich wissen. Nur dieses eine, wenn du nicht mehr erzählen willst – aber das muss ich unbedingt wissen. Bitte!«

In Peter Gais arbeitete es, schließlich nickte er langsam.

»Hast du …« Hannes schluckte. »Hast du damals etwas Schlimmes getan?«

Peter Gais lachte trocken auf, es klang heiser und von Schmerz durchdrungen. »Jeder hat damals etwas Schlimmes getan. In der Schlacht ist alles, was du tust, etwas Schlimmes. Das ist das Wesen des Krieges.«

»Nein, ich meine: Hast du etwas … Unehrenhaftes getan, etwas Feiges?«

Hannes saß mit angespannten Muskeln da, jederzeit bereit, einer Maulschelle auszuweichen oder vor dem aufbrausenden Vater davonzurennen. Aber Peter Gais blieb ruhig, er schluckte, dann setzte er sich wieder und sah Hannes lange an, bevor er so leise antwortete, wie sein Sohn gefragt hatte.

»Nein, ich war nicht feige. Ich habe nichts getan, was meinem Ruf geschadet hätte. Ich galt meinen Kameraden und Vorgesetzten wohl als tapfer und zuverlässig. Was das angeht, müsst ihr euch nicht für mich schämen, keine Sorge.«

Hannes war erleichtert, und sein Vater sah es ihm an.

»Aber weißt du, Hannes, auf eine Art ist genau das das Schlimmste, was man über diese Zeit sagen kann: Alle waren zufrieden mit mir, ich wurde gelobt und befördert, geehrt und vielleicht von manchen auch bewundert – nur ich selbst komme mit dem, was damals passierte, ums Verrecken nicht zurecht.«

»Das versteh ich nicht«, gab Hannes zu.

»Michel hat diese Geschichte aus Italien aufgeschnappt«, begann Gais nach einer Pause. »Und es stimmt ja alles: die toten Rottmeister, die fast aussichtslose Lage und meine Rolle als … nun ja: Aushilfsrottmeister. Alle haben sich damals meinen Befehlen gefügt, obwohl keiner von ihnen musste. Wahrscheinlich waren sie froh, dass einer die Sache in die Hand nahm. Also bin ich vorneweg gestürmt, als es daranging, durch die gegnerischen Linien zu brechen. Ich habe mit meinem Schwert um mich geschlagen und habe zugestochen und gewütet, als sei ich nicht bei Sinnen. War ich in dem Moment wohl auch nicht … Und hinterher haben mich alle, denen mein Vorschlag das Leben gerettet hatte, hochleben lassen.«

Hannes musterte seinen Vater. Noch immer verstand er nicht, was ihm so sehr daran zu schaffen machte.

»Die Bilder kamen erst später«, fuhr Peter Gais fort. »Erinnerungen. Bruchstücke. Als würden immer wieder Blitze die Dunkelheit in meinem Kopf zerreißen.« Er lehnte sich an die Hauswand und schloss die Augen. »Da war das Gesicht eines Mannes, eigentlich eher noch ein Junge. Nirgends ein Bartflaum, und das ganze glatte Gesicht ein einziges Erstaunen. Ganz langsam senkt der Junge in meiner Erinnerung den Blick, hinunter zu seinem Bauch, in dem mein Schwert steckt.«

Gais schüttelte sich und öffnete die Augen wieder.

»Das ging in Wirklichkeit natürlich alles ganz schnell, und ich habe sicher vier oder fünf Gegner niedergestreckt, bis wir es durch ihre Reihen geschafft hatten und uns in Sicherheit bringen konnten. Aber in meiner Erinnerung …« Er atmete ein paar Mal tief ein und aus. »In den Nächten nach diesem Gefecht war es mir, als hätte ich im Wegrennen hinter mir ein immer lauter werdendes Geschrei und Heulen gehört. Ich habe mich im Rennen für einen Augenblick umgedreht, da habe ich gesehen, wie der Junge beide Hände auf seinen Bauch presste und von zwei Kameraden an einen Baum gelehnt wurde. Wir haben reiche Ernte gehalten damals. Unsere Feinde waren völlig überrumpelt, und keiner von ihnen schien ein besonders geübter Kämpfer zu sein. Die ganze Wiese war übersät mit Verletzten und Toten, überall stöhnten und schrien sie vor Schmerzen – aber mir war es in den Nächten danach, als habe ich einzig und allein den einen Jungen schreien hören, wie er unter dem Schmerz in seinem Bauch zerbricht, wie er vergeblich versucht, seine Gedärme zurück in seinen Körper zu drücken …«

Michel schluckte, Hannes war ganz bleich geworden.

»Und seither träume ich immer wieder von diesem Jungen, den ich auf dem Gewissen habe. Den mein Schwert durchbohrt hat und der mich so verwundert angeschaut hat, als der Stahl durch ihn fuhr.« Peter Gais wandte sich Hannes zu. »Weißt du: Wenn du einmal in solche Augen geblickt, wenn du einmal getötet hast, dann macht dir kein Sieg mehr Freude, so glanzvoll er im Nachhinein auch eingeschätzt werden mag.«

Hannes nickte.

»Und deshalb bete ich zu Gott, dass ich niemals wieder eine Waffe zur Hand nehmen muss.«

»Und wenn nachts einer ins Haus käme und würde uns Böses wollen?«

»Würde ich ihm den Hals umdrehen oder ihm das nächste Messer ins Herz stechen, ohne zu zögern. Das ist mein Zuhause, und ihr seid meine Familie. Mehr habe ich nicht, und das geb ich nicht her.« Er lächelte schmerzlich. »Aber wer sollte uns etwas wegnehmen wollen? Wir haben ja nichts.«

Hannes lächelte zurück.

»Wenn dir jemand was wegnehmen will, Hannes, wenn dir einer Böses will, dann musst du dich wehren, weil sonst auch der Nächste kommt und wieder der Nächste und immer so weiter. Wer sich nicht wehrt, lebt bald vogelfrei, und alle treten nach ihm und spucken ihn an. Ich bin Tagelöhner und kein Schultes oder Schreiber, und ich hab dir schon gesagt, dass das für mich so auch in Ordnung ist. Aber was ich bin, will ich mir auch von keinem wegnehmen oder kaputtmachen lassen. Jeder sollte sein Heim verteidigen und seine Rechte, wenn sie auch noch so gering sind.«

Eine längere Pause entstand. Anna Gais stand in der Küche, durchs Fenster hatte sie alles mit angehört. Gerade als sie sich wieder an die Arbeit machen wollte, hörte sie Michels Stimme.

»Vater, darf ich dich auch noch etwas fragen?«

»Natürlich, Michel«, sagte Peter Gais, ohne aufzusehen. »Ich habe zwar auf die Frage von Hannes geantwortet, aber gesprochen habe ich zu euch beiden. Ihr seid schließlich beide meine Söhne.«

Für einen Moment versteifte sich Anna Gais.

»Also frag halt«, forderte Peter seinen Ältesten auf.

»Du hast vorhin wissen wollen, wie man den alten Rottmeister der Landsknechte nennt, der dem Beltz die Geschichte aus Italien erzählt hat. Und als ich dir den Namen nannte, kam es mir so vor, als würdest du ihn kennen.«

Peter Gais nickte.

»Wer ist dieser Jakob Fritz, Vater?«

»Der Jakob ist einer, der besser mit dem Krieg zurechtkommt als ich.«

»War er … feige?«

»Nein, das war ein mutiger Mann, der keinem Kampf aus dem Weg ging. Auch sein Neffe Joß Fritz, der später zu unserer Rotte stieß, war mutig, wagemutig fast schon, auf jeden Fall tapfer und stets kampfeslustig. Wir alle haben unsere Pflicht getan, haben gekämpft – aber wenn mehrere Männer dasselbe tun, macht es noch lange nicht mit beiden dasselbe.«

»Was hat es mit Jakob und Joß Fritz gemacht?«

Peter Gais sah seinen Sohn lange an, dann zuckte er mit den Schultern, stand auf und verließ das Haus.

Es war ein schöner Sommerabend, droben auf dem Kappelberg. Die Steine der Burgmauern waren noch aufgeheizt von der Sonne, und wie Hannes und Katharina auf einem der Mauerreste saßen und die Beine baumeln ließen, kamen sie sich vor wie die Könige des Remstals.

Jost hatte sie gemeinsam aus dem Dorf spazieren sehen und dabei so getan, als habe er die beiden gar nicht bemerkt. Mit finsterer Miene hatte er sich im Innenhof des Huetlin'schen Anwesens zu schaffen gemacht und hatte den beiden erst wieder aufmerksam nachgeschaut, als sie schon ein Stück entfernt waren.

Den Aufstieg zur alten Burg unternahmen sie in diesem Sommer sehr oft. Es war still hier oben, und gegen Abend vertrieb ein leichter Wind die Hitze des Tages auf dem Kappelberg schneller als drunten im Tal. Dann erzählten sie sich, was seit ihrem letzten Treffen geschehen war, was sie erlebt, gedacht und geträumt hatten.

Manchmal berührten sich wie zufällig ihre Finger, manchmal ließen sie die Hände dann liegen und lächelten sich an, dann wieder zogen sie die Finger schnell zurück und sahen mit geröteten Wangen hinaus in die Landschaft.

Heute hatte Hannes Katharina etwas mitgebracht. Wochenlang hatte er daran geschnitzt, jetzt endlich war er mit dem Ergebnis halbwegs zufrieden. Er hatte das Geschenk in einen Stoffrest eingewickelt, den ihm seine Mutter überlassen hatte. Nun hielt er Katharina das kleine Stoffpaket hin und ermunterte sie lächelnd, es zu öffnen.

»Oh, für mich?«, fragte sie und begann sofort, den Stoff aufzunesteln.

Ein kleines Spielzeug aus Holz kam zum Vorschein: ein gerader, glatt geschmirgelter Stab, der durch eine fingerdicke Scheibe mit sorgfältig abgerundeten Rändern gesteckt war.

»Ein Kreisel!«, rief sie und lachte. »Dafür bin ich zwar schon ein bisschen zu alt, Hannes, aber wenn du den womöglich selbst gemacht hast, nehme ich ihn von Herzen gern!«

»Ja, den hab ich selbst geschnitzt.« Er lachte mit. »War eine Heidenarbeit, den glatt zu bekommen.«

Sie fuhr ganz sanft mit ihren Fingern über die Oberfläche der Scheibe. Nirgendwo war eine Unebenheit oder der Rest eines losen Spreißels zu spüren. Und je mehr Katharina darüberstreichelte, um so wärmer fühlte sich das Holz an.

Hannes schloss die Augen und stellte sich vor, dass sie nicht den Kreisel, sondern sein Gesicht streichelte.

Katharina und Elisabeth gingen zu Bett, und Hedwig Schreiner holte sich und ihrem Mann noch einen Krug Wein.

»Na, was sagst du zu Katharina?«

Hedwig Schreiner schenkte zwei Becher voll und lehnte sich mit einem süffisanten Lächeln zurück. Eberlin Schreiner sah seine Frau mit großen Augen an. »Wie, was soll ich zu ihr sagen?«

Sie lächelte nun noch etwas breiter und sah ihn schweigend an.

»Jetzt mach doch kein Spiel mit mir! Was ist mit Katharina? Worauf spielst du an?«

»Sie ist eine richtige Frau geworden, findest du nicht auch?«

Hedwig sah ihren Mann immer noch belustigt an und ließ ihn weiter zappeln.

»Ja, das habe ich natürlich bemerkt. Auch Elisabeth wächst sich sehr hübsch aus.« Er hob den Becher. »Lass uns darauf trinken! Danken wir Gott für unsere beiden schönen Töchter!«

Sie stießen an.

»Und trinken wir darauf, dass sie wohlgeratene Männer finden, mit denen sie einmal glücklich werden!«

Er hielt seiner Frau den Becher noch einmal hin, aber sie machte keine Anstalten, erneut anzustoßen.

»Was ist denn jetzt los, Frau? Gönnst du unseren Töchtern ihr Glück womöglich nicht? Magst du es noch nicht ertragen, dass sie ihren eigenen Weg gehen und wir beiden Alten hier allein zurückbleiben?« Eberlin Schreiner lachte. »Das sieht dir wieder einmal ähnlich! Ach, ihr Frauen!« Er schüttelte den Kopf und lachte weiter. Hedwig lächelte, und das irritierte ihn dann doch. »Jetzt sag schon: Was ist los?«

»Na ja, ich will's mal so ausdrücken: Katharina muss man dieses Glück wohl nicht mehr erst wünschen.«

»Ach? Und wieso das? Sie ist die Ältere, da wäre es nur recht, wenn sie die Erste wäre, die einen Mann bekommt.«

»Das wird sie beizeiten, da musst du dir keine Sorgen machen.«

»Und woher weißt du das? Natürlich bin auch ich zuversichtlich, dass ein so hübsches Mädchen einen guten Mann findet – aber du bist dir deiner Sache ja schon sehr sicher.«

Nun war es an Hedwig, lauthals aufzulachen.

»Weil sie ihn wohl schon gefunden hat«, sagte sie, dämpfte aber ihre Stimme gleich wieder, stand auf und kam um den Tisch herum, um sich direkt neben ihren Mann zu setzen.

»Katharina ist mit Hannes Gais zusammen«, sagte sie leise zu ihm. »Ist dir das wirklich nicht aufgefallen?«

Eberlin schaute völlig verblüfft drein, Hedwig lachte erneut.

»Das sieht dir wieder einmal ähnlich! Ach, ihr Männer!«

Er nahm einen großen Schluck, bevor er wieder zu seiner Frau hinschaute. »Wirklich?«

Sie nickte nur.

»Mit Hannes?«

Nun wurde er etwas nachdenklicher, und Hedwig beobachtete ihn gespannt.

»Ist dir das nicht recht?«, fragte sie nach einer Weile.

Eberlin ließ sich Zeit mit seiner Antwort, dann erhob er sich. »Komm, Frau, wir gehen mal raus und setzen uns ein bisschen auf die Bank vor dem Haus. Den Wein können wir gerne mitnehmen.«

Draußen war es mild, der Sommer hatte sich lange von seiner schönsten Seite gezeigt, zuletzt hatten aber heftige Regengüsse den Boden aufgeweicht. Wenn die Sonne nicht bald wieder die Oberhand gewann, würde Eberlin für den Wein in diesem Jahr keinen guten Preis erzielen können – und womöglich eine kleinere Ausbeute haben als erhofft. Im Dorf war es schon still geworden, die meisten umliegenden Gebäude lagen schon im Dunkeln, auch durch die Fenster der Familie Gais drang kein Licht mehr nach draußen. Nur im Gasthaus zum Ritter saßen offenbar noch letzte Zecher, die von der resoluten Linda aber vermutlich demnächst vor die Tür gesetzt würden.

»Ist dir der Hannes nicht recht?«, fragte Hedwig Schreiner noch einmal.

»Das ist ein guter Junge«, antwortete Eberlin.

»Danach hab ich dich nicht gefragt.«

Eberlin sah nachdenklich in seinen Becher.

»Er ist der Sohn vom Gaispeter«, sagte sie schließlich, als er nicht weiterreden wollte, »und mit einem Tagelöhner als Vater winkt ihm nicht gerade eine steile Karriere. Ist es das, was dir jetzt gerade durch den Kopf geht?«

Er schwieg noch immer, und Hedwig wurde ein wenig ärgerlich. »Jetzt red endlich, Mann! Stört es dich, dass er ein Habenichts ist und für unsere Tochter keine gute Partie?«

Eberlin wurde noch nachdenklicher, aber er sagte nichts.

»Mich hast du damals doch auch nicht geheiratet, weil mein Vater einen der kleinsten Bauernhöfe in Heppach hatte, lauter altes Glump obendrein. Du hast mich geheiratet, weil du mich geliebt hast!«

Er blieb ernst, aber es zuckte verdächtig um seine Mundwinkel.

»Du hast mich doch geliebt, Eberlin, oder?«

Statt einer Antwort legte er ihr den Arm um die Schulter und zog sie zu sich her, dass sie alle Mühe hatte, keinen Wein aus dem Becher in ihrer Hand zu verschütten.

»Natürlich hab ich dich geliebt, Hedwig, und das tu ich noch immer. Und auf den Hof deines Vaters hab ich gerne verzichtet. Den hat euer Nachbar, der Ellwanger, uns beiden noch viel zu teuer bezahlt, und ich hab ihn nicht nur deshalb gerne hergegeben.«

Eberlin kicherte, und Hedwig musste lächeln: Sie wusste, dass es ihm seit jeher eine diebische Freude bereitete, seinem größten Konkurrenten als Wengerter eins auszuwischen.

»Ich wollte ihn auch loshaben, damit wir uns nicht um den Heppacher Grund kümmern mussten – und damit ich dich ganz und gar hier bei mir auf dem Hof in Beutelsbach hatte.«

Er küsste sie schmatzend auf den Mund und strahlte selig. Sie ließ es geschehen, aber dann wand sie sich wieder aus seiner Umarmung und sah sich um, ob sie nicht jemand beobachtet hatte. Vom Ritter torkelte der Muthans herüber, aber der war so unsicher auf den Beinen und so sehr damit beschäftigt, den Boden vor seinen Füßen im Blick zu behalten, dass er an ihnen vorbeiwankte, ohne sie überhaupt wahrzunehmen.

»Ja was! Schämst du dich, hier mit mir vor dem Haus zu sitzen?«, neckte Eberlin sie. »Wir sind verheiratet, wir schaffen unser Sach – da kann uns ja wohl keiner vorschreiben, wann und wo wir auf unserem eigenen Grund beisammensitzen dürfen, oder?«

Sie lachte und setzte sich demonstrativ etwas weiter von ihm weg. Nun schaute der Muthans kurz auf, nickte den beiden zu und stolperte dann weiter nach Hause.

»Genauso wenig«, fuhr Eberlin fort und deutete zu dem Betrunkenen hin, »sollte jemand dem Muthans vorschreiben, wann er sein Geld versäuft. Wenn der wie jeder andere sein eigenes Haus in Ordnung hält und wenn er sein Handwerk gut versieht, ist alles Nötige getan.«

Hedwig wusste, dass ihr Mann mit solchen Allgemeinplätzen gern auf Umwegen zum eigentlichen Thema eines Gesprächs zurückkam, deshalb blieb sie still sitzen, sah dem Muthans hinterher, wie er zwei Häuser weiter plötzlich hinter einer Ecke verschwand. Auch Eberlin hielt inne, bis der Mann wieder hinter der Mauer hervorkam, sich den Mund mit dem Ärmel abwischte und weiter auf sein Heim zuwankte.

»Prost«, sagte Eberlin und hob seinen Becher.

Sie schüttelte sich angewidert, riss dann aber den Blick von dem Betrunkenen los und stieß mit ihrem Mann an.

»Der Muthans hat sein Handwerk und damit hatte er alle Möglichkeiten, seiner Familie ein Auskommen zu sichern. Und trotzdem hat es ihn aus der Spur gehauen, als ihm seine Frau wegstarb. Der Muthans hat genau gewusst, was ihm seine Agnes bedeutete, auch wenn keines ihrer Kinder älter als drei geworden ist. Und als sie eines Morgens nicht mehr aufwachte, ist er völlig zusammengebrochen und hat sein Werkzeug gar nicht mehr anrühren wollen. Wochenlang ging das so, tagsüber hat er gesoffen, und wenn er in der Nacht dann doch mal rüber in die Werkstatt ist, hat er dort die unfertigen Arbeiten gegen die Mauer geschleudert oder gleich mit dem Hammer zerschlagen.«

»Das weiß ich alles, Eberlin. Und ich weiß auch, dass du und der Huetlin irgendwann zu ihm gegangen seid und ihm ordentlich den Kopf gewaschen habt.«

Eberlin nickte.

»Warum erzählst du mir das also?«

»Der Muthans ist Handwerker, aber das Schicksal hat ihm übel mitgespielt.«

»Und was hat das mit Katharina und Hannes zu tun?«

»Hannes ist der Sohn eines Tagelöhners. Hat er da nicht noch weniger Hoffnung darauf, eine Familie ernähren zu können? Und da mag er ein guter Kerl sein, die Katharina reißt er trotzdem mit sich ins Unglück.«

Hedwig nahm seine Hand und drückte sie. »Ins Unglück? Obwohl sie sich lieben, die beiden?«

Eberlin zuckte mit der Schulter. »Gott hat den Gaispeter auf seinen Platz gestellt, und er füllt ihn gut aus. Er arbeitet viel, die Anna führt den Haushalt und verdient mit dem Nähen noch etwas dazu, und ihre beiden Söhne stellen sich geschickt und fleißig an. Versteh mich nicht falsch: Ich habe die größte Achtung vor Leuten wie dem Gais. Aber …«

Hedwig seufzte.

»Aber ich muss mit ihnen nicht verwandt sein.« Eberlin nahm einen Schluck, dann sah er seine Frau an. »Bist du jetzt enttäuscht, Hedwig?«

»Ein bisschen schon. Ich dachte nicht, dass es dir so wichtig ist, dass unsere Töchter in wohlhabende Familien einheiraten.«

»Ach, jetzt unterstell mir doch nicht, dass ich unsere Töchter fast schon verkaufen will. Darum geht's gar nicht. Geld haben wir genug, aber ich will, dass Katharina einen Mann bekommt, der einmal auf eigenen Beinen stehen kann, der mit seiner Hände Arbeit sie und ihre Kinder ernähren kann, ohne dass ich fürchten muss, unsere Tochter könne vielleicht einen besonders harten Winter nicht überleben.«

»Na ja«, widersprach Hedwig, »wir sind ja auch noch da, wenn sie Hilfe brauchen.«

»Der Gaispeter hat sich auf unserem Grund ein Haus gebaut, er zahlt uns keinen Zins und ich will an diesem Geschenk meines Vaters auch nicht rütteln. Aber ich finde, wir haben für diese Familie schon genug getan, da muss ich dem Hannes nicht auch noch meine älteste Tochter geben.«

»Verdammte Schweine!«

Der Schrei kam von der Wagnerwerkstatt herüber, wo es auch ordentlich schepperte und rumpelte, und kurz darauf rannte Muthans mit einem Hammer in der erhobenen Faust die Straße entlang, vor sich quiekend und im Schweinsgalopp zwei Sauen, ein Eber und zwei Ferkel. Die kuriose Prozession flitzte in hohem Tempo quer durchs Dorf, und aus allen Häusern, die sie passierte, rannten die Bewohner heraus und bestaunten das seltsame Schauspiel.

Als es auf die Kirche zuging, wurden die Schweine etwas langsamer und waren sich offenbar unschlüssig, in welche Richtung sie weiterrennen sollten. Die Treppe von der Kirche herunter eilten der Kaplan und der Vikar herbei, während Pfarrer Schefflen das Spektakel direkt an der Kirche stehend zwar interessiert, aber doch lieber aus sicherer Entfernung verfolgte.

Muthans hatte die Tiere nun bald eingeholt, trieb sie aber mit seinen wüsten Flüchen und seinen schnellen Schritten in alle Richtungen auseinander. Nur eine der Sauen blieb einfach stehen, sah dem auf sie zustürmenden Mann mit wachsender

Panik entgegen und fiel schließlich, als er sie fast erreicht hatte, einfach um.

Das brachte nun auch den Wagner aus dem Konzept. Er ließ die Faust mit dem Hammer sinken und sah bestürzt auf das Tier hinunter, das vor ihm auf der Seite lag und sich nicht mehr regte. Der Vikar rannte zu ihm, der Kaplan folgte etwas gemessener, und während die anderen Tiere sich zerstreut hatten und nur noch die tote Sau auf dem Dorfplatz zurückgeblieben war, stieg auch Schefflen die Treppe herunter.

Inzwischen hüpften und sprangen die ersten Kinder um den Muthans und das tote Tier herum, und immer mehr Erwachsene bildeten eine dichter werdende Traube um die beiden.

»Ist die jetzt wirklich tot?«, stammelte Muthans und sah mit trüben Augen auf die Sau zu seinen Füßen.

Er ging in die Hocke, legte den Hammer weg und betastete die Haut und die Borsten des Tiers vorsichtig. Er legte die Hand auf den Brustkorb des Schweins, fühlte aber keinen Herzschlag mehr und schließlich streichelte er der Sau ganz sachte über den Rüssel, die Stirn und die Ohren. Da kam Bewegung in die Menge, und kurz darauf standen Schultes Huetlin und Metzger Hohnecker neben dem Muthans.

»Du kannst aufhören, sie zu streicheln, Muthans«, brummte Huetlin, »die Sau ist tot.«

Der Wagner zog die Hand zurück und sah die beiden Neuankömmlinge mit flehendem Blick an.

»Das wollte ich nicht, ehrlich nicht!«, sagte er, griff nach seinem Hammer und erhob sich langsam. Da stand er nun mit hängenden Schultern und mit dem schweren Werkzeug am hin- und herschlenkernden Arm und sah abwechselnd zur Sau und den beiden Männern.

»Was ist überhaupt passiert?«, fragte Schultes Huetlin.

»Ich war drüben bei der Arbeit, der Schreiner wartet noch auf seinen neuen Karren, mit dem bin ich etwas spät dran, da achte ich bei der Arbeit nicht drauf, was um mich herum geschieht.«

»Schon recht. Und?«

»Plötzlich gibt es ein wildes Quieken und Trappeln, und dann sind die Viecher auch schon vom Feld her in meine Werkstatt gerannt und auf der anderen Seite wieder raus. Die haben mich umgeworfen und mein Holz und mein Eisen obendrein. In der Werkstatt sieht es aus, als sei ein Landsknechtshaufen durchgesprengt! Der Eberlin Schreiner wird nun wohl noch etwas länger auf seinen Karren warten müssen.«

»Meinetwegen«, versetzte Huetlin, inzwischen schon etwas genervt von der umständlichen Erzählung. »Und dann?«

»Und dann? Nicht mehr viel: Ich hab mich aufgerappelt, hab mir den nächstbesten Hammer geschnappt und bin diesen verdammten Schweinen hinterher, quer durchs Dorf bis hierher auf den Dorfplatz. Na, und da haben sich alle in verschiedene Richtungen davongemacht, nur die eine Sau ist stehengeblieben. Tja, und dann ist die einfach tot umgefallen.«

Er schüttelte betrübt den Kopf.

»Das wollte ich doch nicht!«

»Schon gut, Muthans«, tröstete ihn Huetlin. »Kannst du dem Hohnecker helfen, die Sau zu ihm zu tragen, damit er sie schlachten kann – dann verdirbt uns wenigstens nicht auch noch das Fleisch bei dem warmen Wetter.«

Hohnecker zeigte Muthans, wo er am besten zupacken sollte, und Huetlin wies ihnen von den Umstehenden noch drei weitere Männer zu, damit sie die Sau überhaupt hochheben und wegtragen konnten. Dann sah sich der Schultes um und winkte den Vikar, den Kaplan, den inzwischen ebenfalls bei den Schaulustigen eingetroffenen Pfarrer Schefflen und zwei Nachbarn vom Muthans zu sich.

»Hat denn von euch jemand gesehen, warum die Schweine durch die Wagnerei gerannt sind?«

»Ich hab nur den Radau aus der Werkstatt gehört«, berichtete der eine Nachbar, »dann hab ich den Muthans mit dem Hammer in der Hand hinter den Schweinen herrennen sehen, und da bin ich ebenfalls los, um zu sehen, was das noch wird.«

»Ich war grad hinterm Haus, als ich die Tiere vom Wald her aufs Dorf zuhetzen sah«, erzählte der andere. »Sie rannten, als wär der Teufel hinter ihnen her …« Er deutete eine kleine Verbeugung zu Schefflen hin an, der auf seine Formulierung hin tatsächlich eine tadelnde Miene aufgesetzt hatte. »Verzeiht bitte, Herr Pfarrer! Ich meine: Sie rannten wie verrückt vom Wald weg, quer durchs Feld und dann rein in die Wagnerei.«

»Hm«, machte Huetlin und dachte nach.

»Mir war«, meldete sich Schefflen zu Wort, »als hätte ich oben am Waldrand Bewegung gesehen. So als ob eine Gruppe zu Pferd zwischen den Bäumen hindurchreite. Ich kann es nicht beschwören, aber ich glaube fast, dass ganz leise auch Johlen und ein Knallen wie von einer Peitsche oder einem brechenden Ast zu hören war. Aber das kann ich, wie gesagt, nicht beschwören – die Entfernung war auch einfach zu groß dafür.«

»Aber das stimmt wohl«, besann sich jetzt einer der Nachbarn, »ich glaube mich auch an Rufe und scharfe Geräusche vom Wald her zu erinnern. Der Herr Pfarrer hat da sicher richtig gehört.«

Huetlin sah in Richtung des Waldes, von dem er wegen der umstehenden Häuser nur den Bereich weiter den Hang hinauf sehen konnte.

»Bewegung wie von Reitern …«, murmelte er und wirkte sehr nachdenklich.

»Das würde auch zu dem passen, was mir der Herr Kaplan vorhin berichtet hat«, merkte Pfarrer Schefflen an.

Huetlin wandte sich zu ihm um.

»Bitte, Herr Kaplan«, forderte Schefflen den Kollegen auf, »berichtet selbst.«

Martin Heinsberger nickte und sammelte sich einen Moment, bevor er seine volltönende Stimme hören ließ.

»Nun, Herr Schultheiß«, begann der Mann, wie immer in etwas gespreizter Ausdrucksweise und dem Versuch, sich seinen leicht ins Badische tendierenden Dialekt so wenig wie möglich anhören zu lassen, »seit gestern schon findet die Gegend um den Kappelberg kaum mehr zur Ruhe. Es scheint eine höfische Gesellschaft dort droben … nun ja, ich muss es so drastisch ausdrücken: ihr Unwesen zu treiben.«

Er schien in Schultes Huetlins Gesicht lesen zu wollen, ob er die Formulierung wohl für gelungen hielt, und der tat ihm den Gefallen und nickte aufmunternd.

»Es hat am gestrigen Tag begonnen. Kurz nach der Mittagsstunde brachen einige Reiter durchs Gehölz und preschten in der Nähe der Burgruine vorbei. Sie hetzten in einer langen Reihe aus dem Wald heraus und ein Stück weiter wieder in ihn hinein, dabei riefen sie sich übermütig allerlei Derbheiten zu und schienen ein Wettrennen oder etwas in der Art zu veranstalten.«

Der Kaplan stand ruhig vor Huetlin, die Hände hatte er gefaltet und den hochgewachsenen dünnen Körper hielt er kerzengerade. Doch seine Rede begleitete er mit ausdrucksstarker Miene, die buschigen Augenbrauen hüpften nur so zu seiner Erzählung, und zwischen dem grauen Haarkranz begann nun allmählich die gerötete kahle Haut zu glänzen.

»Das ging so bis zum späten Abend, ob die ganze Zeit oder nur immer wieder, weiß ich nicht zu sagen, aber als ich zur Nacht noch einmal hinaufkam, um mich nach dem langen Tag ein wenig in der Kapelle zu sammeln, hörte ich sie erneut durch den Wald toben. Heute früh habe ich neue Spuren ihrer Tollerei vorgefunden: abgerissene Äste und abgestreiftes Blattwerk, und nur ein paar Schritte von der Kapelle entfernt hatten sie hinter einer Mauer der Burgruine wohl ein Nachtlager eingerichtet. In weitem Rund war das Gras niedergelegen, es glimmte noch ein Lagerfeuer, die Knochen von zwei Hasen oder etwas anderem lagen verstreut, und neben einem dichten Gebüsch hatten sich Pferde … erleichtert. Und nicht weit davon auch einige Menschen, leider an einer etwas versteckten Stelle.«

Heinsberger schüttelte sich, und auf Huetlins fragenden Blick hob er nur leicht das linke Bein. Der Schuh war frisch geputzt, aber der Schultes konnte sich vorstellen, wie der Kaplan auf die unangenehmen Hinterlassenschaften gestoßen war, und gab sich alle Mühe, nicht zu grinsen.

»Später sind sie mir noch einmal begegnet, sind wie die wilde Jagd an mir vorbeigerauscht, ohne ihre Pferde auch nur kurz zu zügeln. Es schien ihnen völlig einerlei, ob sie mich auf dem schmalen Pfad umreiten oder nicht.« Der Kaplan war etwas lauter geworden, nun räusperte er sich, um die Fassung wiederzugewinnen.

»Habt Ihr jemanden erkannt?«, fragte Huetlin.

»Nein, Herr Schultheiß, ich fürchte, solche Leute kenne ich nicht.«

»Also war es niemand aus dem Ort.«

»Natürlich nicht! Wer sollte in unserem Beutelsbach denn auch tagsüber Zeit dafür haben, dort droben sinnlos herumzutollen – und wer hätte hier auch so edle Rösser dafür?«

»Dass es edle Rösser waren, habt Ihr bisher noch nicht erwähnt, Herr Kaplan.«

»Sehr edle sogar, und auch die Kleidung der jungen Herren war vom Allerfeinsten. Das Ganze wirkte wie eine Jagdgesellschaft vom herzoglichen Hof, nur dass eine solche Hatz im Sommer ja eher nicht zu erwarten ist.«

»Stimmt, die Jagdausflüge der hohen Herrschaften werden uns im Herbst noch genug zu schaffen machen«, bruddelte Huetlin. »Aber so, wie Ihr das alles schildert, scheint es sich doch um einen Ausflug zu handeln, welcher Art auch immer. Von Jagd habt Ihr nichts bemerkt, Herr Kaplan?«

»Bis auf die Knochen neben der Feuerstelle: nein.«

Huetlin dachte nach, und alle warteten still, bis er zu einer Entscheidung gelangte. »Gut«, sagte er schließlich, »dann wollen wir das mal angehen.«

Er schickte einen Jungen zum Gasthaus, um zwei seiner Knechte zu holen, die sich mit einigen Beutelsbacher Bauern auf die Suche nach den flüchtigen Schweinen machen sollten. Ein weiterer Bauer sollte von Metzger Hohnecker in Erfahrung bringen, ob er an dem Brandzeichen des Tiers erkennen könne, wem die tote Sau gehöre. Und er selbst wollte sich oben am Waldrand und in der Umgebung der Burgruine nach Spuren der mysteriösen Ausflugsgesellschaft umsehen. Geführt von Kaplan Heinsberger und begleitet von einigen Männern aus dem Dorf, darunter Peter Gais und Eberlin Schreiner, machte er sich auf den Weg.

Zuerst besahen sie sich das Durcheinander, das die rasenden Schweine in der Werkstatt vom Muthans angerichtet hatten. Dessen Wut war gut zu verstehen: Sägen, Hämmer und allerlei anderes Werkzeug lag durcheinander, und im ganzen niedrigen Raum waren Holzteile verstreut, die einmal Speichen von Rädern oder Stiele von Hacken oder Sensen werden sollten, dazwischen blitzte im Schein des nach wie vor prasselnden Feuers hier und da ein Stück Metall. Auch Staub hatten die durchhastenden Tiere reichlich aufgewirbelt: Er lag nun über dem ganzen Durcheinander, Muthans würde viel Arbeit haben, bevor er wieder seinem Handwerk nachgehen konnte.

Die Spuren bestätigten, was die Nachbarn des Wagners beschrieben hatten: Die Säue, der Eber und die Ferkel waren offenbar vom freien Feld herangestürmt, hatten den verwilderten Garten vom Muthans durchquert und waren dann mit der Gartenerde an den Hufen weitergefegt wie ein Unwetter. Darauf deuteten auch die Klauenabdrücke auf dem Boden hin, die Richtung Feld schmutzigere Spuren hinterlassen hatten als vor dem Ausgang zum Dorf hin.

Huetlin sah in die Richtung, aus der die Tiere gekommen waren: Trotz des sommerlichen Wetters mit wenig Regen in den vergangenen Tagen hatten die Schweine in ihrer Panik eine sichtbare Schneise in die Felder geschlagen, die bei der Wagnerei ans Dorf grenzten. Der kleine Garten war von ihnen sogar noch deutlicher umgepflügt worden. Es war eine Sauerei im wahrsten Sinn des Wortes – und Huetlin seufzte, als er an den Herbst dachte, wenn die Herrschaft wieder auf Wildsauen ging und die riesigen Tiere dabei rücksichtslos auch aus dem Wald heraus und über die Felder jagte. Dagegen war der Schaden, den ein paar kümmerliche Hausschweine anrichteten, kaum der Rede wert.

Dennoch musste die Geschichte aufgeklärt werden, die Schuldigen mussten, soweit möglich, gefunden und benannt werden, und die Geschädigten wie die Schweinebesitzer und der Muthans mit seiner demolierten Werkstatt mussten Erstattung erhalten. Keine der angenehmeren Aufgaben eines Schultes, aber Huetlin hatte nicht vor sich zu drücken – also machten sie sich auf den Weg hinauf zum Kappelberg.

Kurz vor der Burgruine kamen sie in der Nähe der kümmerlichen Hütte vorbei, in der die alte Dora hauste. Heinrich Huetlin ließ die anderen am Weg warten und nahm nur Peter Gais mit zu der Alten, um sie zu befragen, ob sie vielleicht etwas von den Reitern bemerkt habe, die sich gestern und heute auf dem Kappelberg herumgetrieben hatten.

Die Heilerin war für viele Bewohner des Dorfs schon immer irgendwie alt gewesen, doch inzwischen krauchte sie nur noch tief gebeugt durch ihre elende Bleibe und direkt um sie herum. Für das Sammeln der Kräuter hatte sie ein paar ältere Mädchen aus dem Dorf angelernt, die ihr das Gewünschte brachten, wenn es auch nicht immer das Richtige war. Die Mädchen wurden dafür mit Salben für ihre Eltern belohnt oder auch mit etwas Mehl oder einem Stückchen Rauchfleisch, das sie selbst für eine erfolgreiche Kur bekommen hatte.

Inzwischen hatte keiner mehr so große Angst vor Dora wie früher, zumindest tagsüber nicht. In der Nacht wagten sich ab und zu ein paar freche Jungs bis an ihre Hütte heran und warfen Kieselsteine gegen die Fensterläden, aber sobald irgendwo ein Licht aufflammte oder die Alte auch nur krächzend etwas Unverständliches in die Dunkelheit hinausrief, nahmen alle die Beine in die Hand und sahen zu, dass sie heil wieder zurück ins Dorf kamen. Dass Dora Zauberkräfte haben könnte, raunten nur noch die Jungen und die Dummen – die Angst, dass eine wie sie eine Hexe sein könnte, war in der Beutelsbacher Gegend zum Glück nie so richtig in Mode gekommen.

Huetlin hatte sie lange nicht mehr besucht. Wenn Linda wieder einmal eine von Doras Kräutermischungen brauchte, um nicht doch noch ein Kind für ihn austragen zu müssen, schickte sie selbst eine der jüngeren Mägde hinaus zu der windschiefen Hütte. Und er selbst hatte Gott sei Dank derzeit keine Leiden, die nicht mit einem kräftigen Schluck Wein oder einem Nickerchen auf der Bank zu kurieren waren.

Das letzte Mal hatte er Dora vor fünf Jahren gesehen, da war es seiner Frau Erna wieder einmal schlecht gegangen. Sie wollte nicht mehr aus dem Bett kommen, mochte nichts mehr essen und auch nicht mit ihm reden, zudem funkelte sie ihn, vermutlich im Fieberwahn, zornig an, wann immer er sich ihrem Lager näherte. Und weil Dora seiner Frau einst nach der Geburt von Jost das Leben gerettet und den Pfusch des reisenden Heilers gerade noch rechtzeitig wieder wettgemacht hatte, ließ Huetlin in ernsthaften Fällen ab und zu nach ihr schicken. Damals hatte er schon gehört, dass sie nicht mehr besonders gut zu Fuß war, und er hatte einen seiner Knechte den Ackergaul vor den Karren spannen und sie damit ins Dorf kutschieren lassen.

Seither war sie fast gänzlich verfallen – ihm kam kein anderer Ausdruck dafür in den Sinn. Sie lehnte schräg und gekrümmt auf ihrer alten Holzbank und stützte sich mit dem Rücken mehr schlecht als recht an den Mauersteinen ihrer Kate ab. Auf ihrem Schoß ruhte eine Schale, aus der dichter Rauch aufstieg, der die alte Frau fast ganz einhüllte. Von diesem Rauch hatte Linda ab und zu erzählt, und davon, dass sich Dora damit irgendwie berauschte – schon damals, als Linda noch selbst zu ihr ging, und die jungen Mägde erzählten seither nichts anderes.

Und wirklich sah die Alte nur sehr langsam auf, als Heinrich Huetlin vor sie hintrat und sie ansprach. Peter Gais stand neben ihm und sah auf Dora hinunter, und auch ihm stand der Schrecken über ihren körperlichen Verfall ins Gesicht geschrieben. Ganz gemächlich wandte sie ihr runzliges Gesicht den beiden Männern zu und musterte sie aus trüben Augen. Dann, nach einer kleinen Weile, huschte ein schwaches Lächeln über das bleiche Antlitz.

»Ach …« Ihre raue Stimme klang hohl und zittrig, trotzdem klang eine gewisse Belustigung durch. »Beide seid ihr gekommen. Beide …« Sie lächelte noch ein wenig, dann schüttelte ein Hustenanfall sie kräftig durch.

Huetlin sah kurz zu, dann packte ihn die Angst, die Alte könne vor seinen Augen von der Bank zu Boden stürzen und sich dabei vielleicht die morschen Knochen brechen. Und so bedeutete er Gais, sie zu stützen, und er selbst riss ihr die Schale von den Knien und stellte das rauchende Ding ein Stück entfernt ins Gras.

Dora schaute der Schale bedauernd hinterher, dann blickte sie wieder matt zwischen den Männern hin und her. »Geht es um den Hannes?«

Die Alte flüsterte mehr, als dass sie sprach, aber die beiden verstanden doch jedes Wort. Gais konnte sich auf die Frage keinen Reim machen, vor allem im Zusammenhang mit ihrer vorigen Bemerkung, dass sie beide gekommen seien – aber als er sich Huetlin zuwandte, stand der wie zu Stein erstarrt und presste die Lippen aufeinander.

»Alles gut, Huetlin?«, fragte er.

Der Schultes reagierte nicht und stierte auf die alte Frau hinunter.

»Huetlin?« Der Schultes war bleich geworden, aber nun reagierte er auf Gaispeters Ruf und nickte kurz. »Ja, alles gut.« Er schluckte und atmete ein paar Mal ein und aus. »Dora, wir müssen dich etwas fragen.«

»Fragt nur, ihr beiden, obwohl gerade ihr …«

»Es geht nicht um Hannes«, schnitt Huetlin ihr schnell das Wort ab und Gais stutzte erneut. Aber dann sprach der Schultes auch schon weiter und befragte sie zu der Gesellschaft, die sich gestern und heute auf dem Kappelberg befunden habe. Dass sie nichts davon mitbekommen hatte, überraschte weder Gais noch Huetlin, aber trotzdem hatte Gais den Eindruck, der Schultes komme mit seinen Fragen ungewöhnlich schnell zu einem Ende und wolle fast schon überstürzt aufbrechen. Sie waren fast schon am Weg, als Huetlin noch einmal umdrehte und der Alten die rauchende Schale zurück auf den Schoß stellte. Dann machten sie sich an den Aufstieg zur Burgruine.

Abends gab es nur altes Brot mit einer dünnen Brühe, in die Anna Gais ein paar Eier geschlagen hatte. Trotzdem machten sich alle mit Heißhunger darüber her, bis der letzte Krümel aufgegessen und der letzte Tropfen Brühe ausgelöffelt war. Danach erzählte Peter Gais von den Ermittlungen droben auf dem Kappelberg und von den Spuren, die sie von der Ausflugsgesellschaft gefunden hatten, die allem Anschein nach in ihrer Sorg- und Rücksichtslosigkeit die im Wald weidenden Schweine aufgeschreckt und einige von ihnen panisch durchs Dorf hatten rennen lassen.

»Weiß man schon, wem die tote Sau gehört hat?«, fragte Anna.

»Dem Hans Vollmar. Huetlin will den Hohnecker aus der Schulteskasse dafür bezahlen, dass er ihm die Sau wurstet, und was der Vollmar selbst nicht lagern kann, will er ihm zu einem anständigen Preis für sein Gasthaus abkaufen.«

»Das ist anständig von ihm«, murmelte sie und nickte.

Er beobachtete sie aufmerksam, denn seit dem seltsamen Verhalten der alten Dora ging ihm vieles durch den Kopf, was mit Huetlin, Hannes und seiner Frau zu tun hatte – und manches, von dem er inständig hoffte, dass er es sich nur einbildete. »Morgen schickt der Huetlin ein paar Männer in den Wald«, erzählte er währenddessen scheinbar völlig entspannt weiter, »damit sie nachsehen, welche Schweine dort noch zu finden sind. Dadurch werden wir hoffentlich erfahren, wessen Tiere abgehauen sind – auch sie sollen zuerst einmal aus Huetlins Kasse entschädigt werden. Hernach will er ans Amt schreiben und den Vorfall anzeigen, um auf diesem Weg eine Erstattung für den gesamten entstandenen Schaden zu erreichen. Mal sehen, was draus wird – wir können die Schuldigen ja nur beschreiben, wirklich benennen kann er sie ja nicht.«

Eine Pause entstand, dann brummte Michel: »Wenigstens können es keine Schweine von uns sein, wir haben ja keins.«

Peter Gais wollte seinen Ältesten schon zurechtweisen, da sah er, wie der ganz erschrak, weil ihm gerade etwas eingefallen war.

»Mein Gott«, ereiferte sich Michel, »stellt euch vor, die Viecher wären bei uns durch den Garten gerannt und jetzt wären unsere Beete verwüstet und die Hühner ausgerissen!«

»Ja«, gab ihm Peter recht, »du siehst: Es kann jeden treffen. Und es ist noch nicht raus, ob unser Schultes wirklich Gerechtigkeit für die Betroffenen erreichen kann.«

»Aber was treiben diese Leute im Sommer droben auf dem Kappelberg?«

»Vielleicht war ihnen fad, und sie wollten einen kleinen Ausflug machen. Der Kaplan meint, es seien feine und vor allem junge Herrschaften gewesen, und sie seien wohl recht übermütig unterwegs gewesen. Im Wald können sie natürlich tun und lassen, was sie wollen – und wenn im Zuge einer Jagd das Wild über bestellte Äcker flieht, hat der Bauer oft genug einfach Pech gehabt.«

»Aber es ist doch gar nicht Jagdzeit!«

»Na und, dann waren sie halt aus anderem Grund dort oben. Es ist eine schöne Gegend, von Stuttgart heraus auf dem Schurwald entlang. Nur ab und zu liegt ihnen ein Weiler auf dem Weg, meistens können sie unbemerkt von jedermann herumtollen und mit den Pferden zwischen den Bäumen dahinfliegen. Das würde uns sicher auch Freude machen, wenn wir die Zeit dazu hätten.« Er lachte freudlos auf. »Und die Reitpferde.«

An diesem Abend gingen Hannes und Michel mit einer Wut ins Bett, in die sich Hilflosigkeit mischte. Peter und Anna blieben noch wach und setzten sich ans Feuer, dem sie beim Herunterbrennen zusahen.

Irgendwann erzählte Peter Gais mit gedämpfter Stimme von Dora, von ihren seltsamen Bemerkungen und von Huetlins eigenartiger Reaktion darauf. Er setzte sich um, als bekomme er einen Krampf im rechten Bein, aber vor allem wollte er sich unauffällig so postieren, dass er seine Frau während des Gesprächs keinen Moment lang aus den Augen lassen musste.

»Was ich nicht verstanden habe, war, dass sie ständig von Hannes anfing«, sagte er langsam.

Anna saß still und sah regungslos ins Feuer.

»Und dann hat sie wieder gesagt, dass wir beide gekommen seien, der Huetlin und ich, und wieder schien es ihr um den Hannes zu gehen.«

Anna bewegte sich nicht. Ein Stück Holz rutschte etwas tiefer ins Feuer, die Flammen loderten für kurze Zeit etwas stärker auf, der sonnenhelle Schein spiegelte sich in den schimmernden Augen der Frau.

»Das hab ich nicht verstanden.«

Obwohl er sehr leise sprach, fast raunte, schnitt Peters Stimme durch die Stille, die sonst nur von dem leisen Knacken des brennenden Holzes unterbrochen wurde. Anna schien wie zur Skulptur erstarrt, nicht einmal ihren Atem konnte er noch wahrnehmen, so genau er auch hinsah.

»Verstehst du, was Dora gemeint hat?«

Anna saß neben ihm, er hätte nach ihr greifen und sie packen und schlagen oder sie streicheln können. Er sah sie im Profil: das noch immer attraktive Gesicht, den schlanken Hals, dem jetzt anzusehen war, wie sie mehrmals schwer schluckte. Er sah ihre Wimpern, die schön geschwungenen Augenbrauen, die zum Zopf geflochtenen Haare, jede Pore ihrer Haut glaubte er zu erkennen. Mein Gott, wie schön sie war, ging es ihm durch den Kopf. Und wie sehr er sie liebte.

Ein Gedanke, der ihn sonst immer wärmte, wann immer er sie betrachtete. Und einer, der ihn jetzt schmerzte, im Herzen und tief unten in der Magengrube, als fuhrwerke dort ein schlecht geschliffenes Messer in ihm herum. Satt war er heute geworden, aber er würde viel darum geben, wenn es der Hunger wäre, der da in ihm grub.

Als Anna nichts zu seinen Fragen sagte, stand er schließlich auf und sah im Stehen auf sie hinunter. Noch immer saß sie stocksteif am Feuer und starrte geradeaus. Ob sie die Flammen überhaupt wahrnahm, hätte er nicht mit Sicherheit sagen können. Nach einer Weile wandte er sich ab und ging ohne ein weiteres Wort zu Bett.

Hannes erwachte als Letzter. Draußen war es noch dunkel, aber es hatte sich bereits ein leichtes Grau in das schiere Schwarz einer bewölkten Nacht geschlichen. Vater und Mutter saßen schweigend am Tisch und löffelten Hirsebrei. Michel aß mit ihnen, auch Klara und Lennert saßen auf ihren Plätzen, nur Agnes sah elend aus und hatte sich wieder hingelegt. Michel zuckte leicht mit den Schultern, als ihm sein Bruder einen fragenden Blick zuwarf. Also schob sich Hannes auf seinen angestammten Platz, murmelte eine leise Begrüßung und begann ebenfalls zu frühstücken. Der Hirsebrei war nicht mehr besonders warm, immerhin war er dick und habhaft, und der Junge schlug sich den knurrenden Magen voll.

Als der Brei verputzt war, lehnte sich Peter Gais auf seinem Platz zurück und blickte Hannes an. Der Junge versuchte aus dem Blick des Vaters schlau zu werden, und vor allem versuchte er herauszulesen, ob er irgendetwas falsch gemacht und nun mit einer Standpauke oder Schlimmerem zu rechnen hatte. Aber Peter Gais wirkte eher müde und enttäuscht, Wut oder besondere Strenge konnte er nicht erkennen.

»Du weißt«, sprach er Hannes mit sanfter Stimme an, und der atmete daraufhin erleichtert auf, »dass ich im Dorf mit allen möglichen Leuten gesprochen habe, aber keiner mochte mir eine Lehrstelle für dich versprechen. Der Hohnecker Lukas hätte dich gern genommen, er hat ja schon erlebt, wie geschickt du dich anstellst, wenn du ihm beim Schlachten und beim Wursten zur Hand gehst. Aber er braucht das Lehrgeld unbedingt, und er braucht es jetzt – also kann er es uns nicht erlassen und auch nicht stunden. Ich hab ihn dann nicht weiter bedrängt, zumal ich ja weiß, dass du lieber Bauhandwerker als Metzger werden willst.«

Hannes nickte.

»Der Muthans nimmt keinen Lehrling auf, und ich glaube auch nicht, dass dir der alte Trunkenbold wirklich viel hätte beibringen können. Er hat seine beste Zeit hinter sich, und in der Wagnerei wärst du kaum mehr gewesen als eine billige Arbeitskraft, die noch Geld mitbringt, statt welches nach Hause zu tragen. Da fährst du besser, wenn du ihm tageweise als Gehilfe beistehst und dafür entlohnt wirst.«

»Ja, Vater.«

»Bis rüber nach Heppach hab ich Leute gefragt, aber der eine wollte uns nicht helfen, der andere konnte nicht – letztlich kam halt überall ein Nein heraus, tut mir leid.«

»Danke, dass du dich so für mich eingesetzt hast«, sagte Hannes. »Aber du musst dich nicht grämen: Dann werde ich eben wie Michel und wie du auch weiterhin arbeiten, wo ich gebraucht werde. Allein die Bauarbeiten an der Kirche, so es welche geben wird, werden auch uns Ungelernten ein gutes Auskommen sichern.« Es war ihm ernst damit. Hannes hatte ohnehin nicht wirklich damit gerechnet, dass er eine Lehrstelle bekommen würde, und war deshalb weniger enttäuscht als dankbar dafür, dass sein Vater es überhaupt versucht hatte.

»Nicht so schnell«, widersprach ihm Peter Gais, und dabei huschte sogar ein dünnes Lächeln über sein Gesicht. »Es gibt schon noch zwei Möglichkeiten.«

Hannes sah ihn überrascht an.

»Du darfst die Lanze nicht so schnell ins Korn werfen! Noch könnte ich unseren Schultes fragen.«

Einen Moment lang schien es Hannes, als habe er aus den Augenwinkeln seine Mutter zusammenzucken sehen, doch als er schnell zu ihr hinsah, saß sie starr wie zuvor und stierte vor sich auf die Tischplatte.

»Aber den Huetlin muss ich vielleicht gar nicht erst behelligen. Ich habe gestern mit Eberlin Schreiner gesprochen.«

Hannes wollte schon protestieren, aber sein Vater brachte ihn mit einer kurzen Geste zum Schweigen.

Wir waren gestern eine Weile zusammen auf dem Kappelberg unterwegs, um nach den Spuren dieser seltsamen Ausflugsgesellschaft zu suchen. Und auf dem Rückweg hat er mich auf dich angesprochen.« Er sah Hannes eindringlich an. »Er hat mich angesprochen, hast du verstanden?«

Hannes nickte.

»Er ist irgendwann stehengeblieben, wir haben gewartet, bis die anderen ein Stück weitergegangen und wir außer Hörweite waren. Da hat er mich gefragt, ob ich denn bemerkt hätte, dass seine Katharina und mein Hannes einander mögen. Ich konnte ja schlecht nein sagen, wenn sogar er es schon herausgefunden hatte. Er verriet mir, dass ihn erst seine Frau mit der Nase draufstoßen musste – da hab ich zugegeben, dass es mir nicht anders ging.« Peter Gais grinste, wurde aber sofort wieder ernst. »Ich hab ihm erzählt, dass ich mich im Moment nach einer Lehrstelle für dich umsehe. Ich glaube, er war angenehm überrascht, dass du ein Handwerk ergreifen willst, und er hat dir Glück dafür gewünscht. Dann hab ich möglichst beiläufig erwähnt, dass es bisher nicht gut aussieht, und ich habe ihn gefragt, ob nicht vielleicht sogar er einen Lehrbuben suche. Und dass das ja ganz gut passen würde, wo doch seine Tochter und mein Sohn …«

Hannes verdrehte die Augen. »Ach, Vater, genau das will ich auf keinen Fall: Dass mich der Schreiner halt in Gottes Namen in die Lehre nimmt, weil er seiner Tochter oder meinetwegen mir einen Gefallen tun will. Das ist keine gute Grundlage, finde ich.«

»Und das kannst du dir leisten?«, fragte Peter Gais, und seine Stimme klang deutlich schärfer als zuvor. »Eberlin Schreiner hat darauf erst einmal gar nichts gesagt, aber wenn er dir ein Angebot machen würde: Könntest du es wirklich ausschlagen, als würden die Lehrmeister nur so um dich Schlange stehen?« Der Vater stand auf und warf seinen Holzlöffel in den Eimer für das schmutzige Geschirr. In der Tür wandte er sich noch einmal um. »Mein Herr Sohn kann sich das nicht leisten, das sag ich dir! Und nur, weil du gut gemeinte Angebote ausschlägst, bist du noch kein ehrenwerter Mann, auch das sag ich dir! Peter Gais bebte vor Wut. »Ein junger Bock kann so stur sein, wie er will, es wird allein dadurch doch kein Schlachtross aus ihm!«

Damit ging er hinaus und warf die Tür hinter sich zu, dass es Hannes nur so in den Ohren dröhnte und die restliche Familie am Tisch unter dem lauten Knall zusammenzuckte. Auch Agnes schreckte hoch, wimmerte leise und schlief dann wieder ein.

»Geh deinem Vater nach«, sagte die Mutter zu Michel, »er hat heute Arbeit bei den Vollmars auf dem Hof, da können sie dich für den Vormittag auch gut brauchen, nach allem, was ich gehört habe. Ihr anderen geht nach den Eiern sehen und bringt Agnes immer wieder etwas Wasser ans Bett.«

Sie bedeutete Hannes, dass er bei ihr am Tisch sitzen bleiben solle, und wartete ruhig ab, bis die anderen das Haus verlassen hatten. Dann sah sie ihn lange an. Ihre Augen lagen tief in den Höhlen, und sie sah aus, als habe sie in der Nacht kaum geschlafen. »Du solltest auf deinen Vater hören«, sagte sie schließlich. »Meinetwegen kannst du dich vorher noch mit Katharina besprechen, kannst sie fragen, wie sie zu dieser Sache steht. Aber falls ihr Vater dir eine Lehrstelle anbietet, will ich, dass du sie auch annimmst.«

Hannes schwieg. Er hatte das Gefühl, dass es ihn beschämen würde, wenn er bei Eberlin Schreiner in die Lehre ginge – aber seine Eltern redeten ihm so sehr zu, dass er sich letztlich doch eher undankbar und so stur fand, wie es ihm sein Vater vorgeworfen hatte.

»Wann immer ich Katharina und dich sehe, wann immer ich sehe, wie sie dich anschaut und wie du in ihrer Gegenwart förmlich aufblühst …« Sie lächelte traurig. »Das erinnert mich jedesmal an deinen Vater und mich, als wir noch jünger …«

Ihre Stimme brach mitten im Satz, und Tränen liefen ihr über die Wangen. Hannes sah sie fragend an, aber sie schüttelte nur den Kopf, rang um Fassung, zog lautstark die Nase hoch und wischte sich mit dem Ärmel das Gesicht leidlich trocken.

»Sieh zu«, fuhr sie dann fort, »dass du dein Glück findest, so wie ich meines gefunden habe. Und dann sieh zu, dass du es besser bewahrst, als es mir vergönnt war.«

Hannes wurde aus ihrem letzten Satz nicht schlau. Er sah natürlich, dass es heute zwischen seinen Eltern nicht zum Besten stand, aber er hatte gestern in der Nacht keinen Streit zwischen ihnen gehört – davon wäre er sicher wach geworden in den beengten Verhältnissen, in denen sie hier alle zusammenlebten. Und auch früher hatte er niemals einen Zwist zwischen ihnen miterlebt. Die beiden machten sich in schwereren Zeiten manchmal Sorgen darum, wo sie für sich und die Kinder genug Essen für die nächsten Tage herbekommen sollten. Sie beteten lange, um Hilfe für den nächsten strengen Winter zu erbitten, weil ihnen da manchmal nichts zu tun blieb, als auf göttlichen

Beistand zu hoffen. Und sie weinten in manchen Nächten, weil sie noch immer um die vor sieben Jahren verstorbene Elsbeth trauerten – wo doch jeder wusste, dass nun mal nicht alle Kinder zu Erwachsenen heranwuchsen. Aber Streit … nein, an Streit zwischen seinen Eltern konnte er sich beim besten Willen nicht erinnern.

»Fehlt dir etwas, Mutter?«, fragte er nach einer Weile.

»Nein, alles gut«, log sie und machte sich an die Hausarbeit. »Aber du solltest dich dem Vater gegenüber nicht so bockig zeigen. Er meint es nur gut, und irgendwann wirst du erkennen, dass er recht hatte.« Sie drehte sich zu ihm um und lächelte ihn an. »Vielleicht kannst du dir ja ein bisschen Mühe geben und es schnell erkennen.« Damit wandte sie sich wieder ab und arbeitete weiter.

»Gut, Mutter, ich werde mit Katharina darüber reden. Und mit Jost werde ich mich auch besprechen – vielleicht weiß er ja Rat oder er fragt für mich seinen Vater, der als Schultes ja noch einmal ganz andere Leute kennt, auch von weiters weg.«

Hannes verabschiedete sich und ging hinaus, um sich ebenfalls Arbeit für den Tag zu suchen. Der Muthans konnte sicher jemanden brauchen, der ihm in der Werkstatt wieder Ordnung zu schaffen half.

Anna Gais werkelte weiter, bis sich hinter Hannes die Tür geschlossen hatte. Dann ließ sie sich auf die Knie sinken und schluchzte hemmungslos. Immer tiefer kauerte sie auf dem Boden, und irgendwann hatte sie sich so sehr verkrampft, dass sie kaum mehr Luft bekam. Die hintere Tür öffnete sich und Lennert und Klara kamen mit den Eiern herein. Anna wischte sich die Nase trocken, raffte den Rock, stand schnell auf und machte sich wieder an die Arbeit.

Muthans jagte Hannes bald wieder aus der Wagnerei. Sie hatten das meiste so weit aufgeräumt, dass er sich wieder an die Arbeit machen konnte. Hannes hatte dem Wagner noch angeboten, ihm beim Zusammenbauen des Karrens für Eberlin Schreiner zu helfen, aber der schlecht gelaunte Muthans überzog ihn mit Schimpfworten, warf ihm Geldgier vor und zeterte, dass er doch schon seinem Vater erklärt habe, dass er sich keinen Lehrling leisten könne. Dann warf er ihm einen Kreuzer zu und scheuchte den Jungen fort.

Katharina war so früh am Tag natürlich nicht zu Hause, aber Hedwig Schreiner beschrieb ihm, wo er sie jetzt finden würde. Sie sah dem Jungen lächelnd hinterher und machte sich dann wieder an die Arbeit. Hannes wanderte aus dem Dorf hinaus und zu dem Wengert hinauf, den ihm Katharinas Mutter genannt hatte – und tatsächlich stand das Mädchen weit oben am Hang und harkte Unkraut und Gras zwischen den Rebenreihen.

Mit dem Rücken zum Tal stand sie da und hackte unermüdlich, wischte sich ab und zu kurz über die Stirn und arbeitete dann sofort weiter. Deshalb konnte sie Hannes weder hören noch sehen, als er hinter ihr zwischen den Reben heraufkam, und entsprechend heftig erschrak sie dann auch, als er sie einfach von hinten umfasste und ihr einen flüchtigen Kuss in den Nacken drückte.

Sie ließ die Hacke fallen und stieß einen kurzen Schrei aus, drehte sich schnell um und hielt, als sie Hannes erkannte, kurz inne, bevor sie ihn mit einem heftigen Stoß den Hang hinunterschubste. Der Junge lachte dabei, aber er fiel rücklings der Länge nach hin und überschlug sich auf dem steilen Stück noch einmal, bevor er wieder auf die Beine kam.

»Erschreck mich doch nicht so, du blöder Kerl!«, schimpfte sie, als er die paar Schritte zu ihr herauf noch einmal machte und sich dabei den Staub vom Kittel klopfte. »Hat's denn wenigstens wehgetan?«

»Kaum, und das war's wert«, antwortete Hannes und nahm sie, als er sie erreicht hatte, wieder in den Arm.

»Dann muss ich nächstes Mal halt etwas heftiger schubs…«

Weiter kam sie nicht, weil er ihr den Mund mit seinen Lippen verschloss. Dieser Kuss währte länger, und allmählich ließen sich die beiden auf den Boden sinken, schlossen die Arme fest umeinander und hörten nicht auf, sich zu küssen.

Eine Weile lagen sie so nebeneinander, dann machte sich Katharina los.

»Hast du denn nichts mehr zu arbeiten, du Tagdieb?« Sie bemühte sich sehr um einen strengen Ton, aber ihr freches Lächeln machte ihn sogleich wieder zunichte.

»Dem Muthans hab ich geholfen, seine Wagnerei aufzuräumen. Jetzt kann er wieder arbeiten – er baut ja gerade einen Karren für deinen Vater. Aber als ich ihm auch dafür meine Hilfe anbot, hat er mich weggescheucht, der alte Geizhals.«

Er kramte die beiden Münzen aus der Tasche.

»Immerhin hat er mir einen Kreuzer dafür gegeben, dass ich seine Werkstatt wieder in Ordnung gebracht habe. Bei zwanzig Kreuzer für den Scheffel Dinkel ist das gar nicht mal so schlecht, oder?«

»Hört, hört: Ich habe einen reichen Freund!« Sie grinste und deutete im Sitzen eine etwas spöttische Verbeugung an.

»Mach dich ruhig lustig über mich!« Auch sein Schmollen war nur gespielt. »Aber das mit dem Freund gefällt mir – kann ich das vor Zeugen noch einmal hören?«

»Brauchst du das noch?« Sie rückte wieder ein bisschen an ihn heran und nahm seine Hand.

»Nein, natürlich nicht«, sagte er und versank in ihren Augen.

Einige Küsse später wurde Hannes dann doch wieder ernst. Es war ihm immer ganz warm und fröhlich zumute, wenn er mit Katharina zusammen war, aber es waren jetzt ernste Dinge zu besprechen. Und er wusste nicht recht, wie er das Gespräch darüber anfangen sollte.

»Was ist mit dir?«, fragte Katharina schließlich, als sie merkte, wie er neben ihr nachdenklich und betrübt wurde.

»Ich …« Hannes vermied es sie anzusehen und ließ seinen Blick vom Wengert hinunter ins Tal schweifen. Das Dorf lag in der Sonne, auf manchen Feldern waren Bauern bei der Arbeit, ein Karren war auf der Straße nach Schorndorf unterwegs.

»Jetzt raus mit der Sprache«, forderte sie ihn auf, »du kannst mit mir über alles reden.«

Er wandte den Kopf zu ihr und forschte in ihrer Miene.

»Natürlich kannst du das«, versicherte sie ihm, als habe sie die Frage in seinen Augen auch erkannt, ohne dass er sie ausgesprochen hatte. »Wir wären ja sonst ein schönes Paar, oder?«

Jetzt lächelte Hannes. »Das sind wir doch auch: ein schönes Paar, ja?«

»Natürlich, oder meinst du, ich wälze mich mit jedem Beutelsbacher Buben hier heroben zwischen den Reben herum?« Sie schnaubte, lächelte ihn dabei aber wieder an. »Was du dir so denkst!«

»Und glaubst du, dass wir auch ein Paar bleiben werden?«

Sie sah ihn fragend an.

»Ich meine: für immer? Als Mann und Frau, bis wir alt sind und sterben?«

Sie wurde ein bisschen rot und senkte den Blick.

»Und?«, fasste er nach, weil sie nicht gleich antwortete.

»Willst du das denn?«, fragte sie, ohne den Kopf zu heben.

Er nahm sie an beiden Schultern und schüttelte sie leicht. »Ob ich das will? Du kannst fragen! Natürlich will ich das! Aber … willst du's auch?«

Nun hob sie den Kopf, lächelte ihn selig an und statt einer Antwort gab sie ihm einen zärtlichen, langen Kuss.

»Noch Fragen?«, fügte sie danach hinzu und lächelte noch immer.

»Nein«, flüsterte er und nahm sie erneut in den Arm. »Dazu nicht.«

Sie machte sich los und sah ihn mit gerunzelter Stirn an. »Wozu denn dann?«

Hannes riss einen Grashalm aus, schob ihn sich in den Mund und ließ sich auf seine Ellbogen zurücksinken. Eine Weile rollte er den Grashalm von einem Mundwinkel in den anderen und schaute geradeaus, als gebe es dort im Himmel über Beutelsbach irgendetwas ganz furchtbar Wichtiges zu sehen. Dann nahm er den Grashalm wieder heraus, rollte sich langsam auf die linke Seite und stützte sich auf dem Ellbogen ab. Katharina saß nun direkt vor ihm und wartete noch immer darauf, dass er endlich erklärte, was ihn umtrieb. Sie sah ihn erwartungsvoll an und umfasste mit beiden Armen ihre angewinkelten Beine.

»Ich möchte nichts lieber als mit dir …« Er stockte kurz, aber ihr Lächeln machte es ihm leicht. »… als mit dir eine Familie zu haben. Viele Kinder, alle so hübsch wie du.« Er lachte übermütig und winkelte den rechten Arm mit angespannten Muskeln an. »Und so stark wie ich.«

Sie fiel in sein Lachen mit ein, dann wurde er wieder ernst.

»Und diese Familie möchte ich ernähren können. Du sollst nach den Kindern und dem Haus und dem Garten sehen, und ich bringe genug nach Hause, damit wir davon einigermaßen sorgenfrei leben können.«

»Das klingt schön«, sagte sie und schloss die Augen, als würde sie sich diese Zukunft gleich jetzt hier im Wengert in den schönsten Farben ausmalen.

»Ja, das klingt schön«, stimmte er ihr zu. »Aber dafür brauche ich Arbeit. Ich könnte wie mein Vater als Tagelöhner arbeiten, aber dafür würdest du von der Tochter des angesehenen Wengerters zur Frau eines Habenichts herabsinken.«

Sie öffnete die Augen wieder und stupste ihm mit dem Finger gegen die Nasenspitze.

»Wenn es so sein muss, um mit dir leben zu können, dann soll es mir recht sein. Du weißt, dass ich mir aus so etwas nicht viel mache. Mir reicht es, wenn ich abends nicht hungernd ins Bett muss, und wenn eins der Kinder mal krank wird, möchte ich genug haben, um mir von der alten Dora eine Paste oder einen Trank machen zu lassen.«

Er nickte.

»Außerdem wird es mein Vater nie zulassen, dass wir nicht genug zu essen haben oder dass einer von unserer Familie ein Elend leiden muss.«

Hannes schluckte. »Das, Katharina, ist genau das Problem.«

Sie sah ihn irritiert an. »Warum sollte das ein Problem sein?«

»Ich möchte uns allein ernähren können«, betonte er. »Ich möchte nicht von Almosen deines Vaters abhängig sein.«

Katharina verdrehte die Augen.

»Ja, ja«, maulte er, als er es bemerkte, »das verstehst du natürlich nicht. Das hätte ich mir denken können!«

»Red nicht immer mit mir, als wäre ich ein dummes, verwöhntes Mädchen!«

Ihre Oberlippe zitterte, offenbar hatte er sie wütend gemacht. Wie sie da so vor ihm saß, mit funkelnden Augen, und wie sie sich in ihrer aufkeimenden Wut immer wieder eine ihrer blonden Strähnen aus dem Gesicht wischte, fand er sie noch schöner als ohnehin schon.

»Du musst nicht glauben, dass du das Leben kennst und ich nicht, nur weil du der Sohn eines Tagelöhners bist und ich die Tochter eines wohlhabenden Wengerters! Weißt du: Armut ist noch keine Tugend an sich!«

Hannes zuckte zusammen, als hätte sie ihn geschlagen.

»Du weißt ganz genau«, fuhr sie schnell fort, »dass es mir nichts ausmacht, wenn wir später einmal keine Reichtümer haben werden – mein Gott, wie oft muss ich dir das noch sagen, bis du es mir endlich glaubst! Und dein Vater ist ein ehrenwerter Mann, der schwer dafür arbeitet, dass er seine Familie ernähren kann – daran ist nichts Schlechtes, und darin ist er nicht weniger wert als irgendein Schultes oder ein Wengerter. Aber er ist halt auch nicht von vornherein besser als ein reicher Mann, nur weil er keinen Besitz hat über das hinaus, was er am Leib trägt.« Sie nahm seine Hand und blickte ihm tief in die Augen. »Aber wenn mein Vater seiner ältesten Tochter unter die Arme greifen will, kann ich daran nichts Falsches sehen. Und wenn du an meiner Seite bist, hilft er dir und mir immer gemeinsam.«

Es klang alles so vernünftig und richtig, wenn sie es aussprach. Trotzdem …

»Außerdem«, redete sie weiter, »außerdem will er dafür immer auch etwas haben – von dir ebenso wie von mir.«

»Aha. Und das wäre?«

»Dass wir uns seiner Unterstützung würdig zeigen, dass wir hart arbeiten für unser Glück und uns nicht ausruhen auf der Gewissheit, dass er notfalls schon alles richten wird. Das wären dann nämlich wirklich Almosen – und solche will ich auch nicht, nicht einmal von meinem Vater.«

Hannes war einerseits erleichtert, andererseits machte sie es ihm mit ihren Beteuerungen immer schwerer, ihr seine eigenen Bedenken verständlich zu machen.

»Du siehst also: Von Almosen kann gar keine Rede sein. Oder meinst du noch etwas anderes?«

»Ich …« Fieberhaft suchte er nach den richtigen Worten, er wollte sie nicht schon wieder gegen sich aufbringen, nur weil er sich vielleicht falsch ausdrückte. »Mir würde es nichts ausmachen, das Geld für unsere Familie wie mein Vater zu verdienen: dort zu helfen, wo gerade Not am Mann ist, und sich dafür von Tag zu Tag entlohnen zu lassen. Aber insgeheim hoffe ich doch, dass ich eine Lehre machen darf, dass ich einen richtigen Beruf erlernen kann, um dir und später unserer ganzen Familie mehr Sicherheit bieten zu können. Ich habe nichts gegen harte Arbeit, und mir geht es genau wie dir: Ich will keinen Hunger leiden und mir, wenn wir krank werden sollten, die Arznei leisten können – mehr brauche ich nicht.«

Sie nickte.

»Aber das ist als Tagelöhner alles andere als gewiss. Nicht jeder Mann bleibt so lange von Verletzungen und Krankheiten verschont wie mein Vater. Und wenn die Zeiten vielleicht einmal härter werden, sind die Tagelöhner die Ersten, die das an leeren Tellern und einer kalten Stube zu spüren bekommen.«

»Und was willst du gerne lernen?«

»Am liebsten wäre mir ein Handwerk, das man auf Baustellen gut brauchen kann. Maurer oder Zimmermann zum Beispiel. Vielleicht hast du schon mitbekommen, dass sich die Stuttgarter Chorherren unsere arg mitgenommene Stiftskirche angeschaut haben. Wenn sie nicht völlig blind sind, müssen sie schon bald Ausbesserungen an dem Gebäude in Auftrag geben – und auch sonst werden immer neue Häuser gebraucht und ältere müssen repariert werden. Da gibt es sicher Arbeit für mein Lebtag, und als angesehener Handwerker könnte ich dir ein Leben bieten …« Sie schien protestieren zu wollen, aber er redete schnell weiter. »… ein Leben bieten, in dem Hunger keine wirkliche Bedrohung mehr ist. Nicht für dich und nicht …« Er grinste sie frech an. »… und nicht für die vielen Kinder, die ich mal von dir haben will.«

»Eins nach dem anderen, mein Lieber«, ermahnte sie ihn mit neckischem Lächeln. »Erst verloben wir uns, dann heiraten wir, und dann kümmern wir uns um Kinder. Ich will zur Trauung nicht einen solchen Bauch vor mir herschieben wie die Margarete Beder. Ich will tanzen auf meiner Hochzeit, tanzen wie der Lump am Stecken – und du wirst mittun, bis du nicht mehr kannst, das sag ich dir!«

Sie lachte und ließ sich ebenfalls auf den Boden zurücksinken, doch Hannes hatte noch keine Lust mit ihr herumzubalgen. Also drehte sie sich auf die Seite und sah ihn fragend an.

»Aber das mit der Lehrstelle …«, fuhr er nach einer Weile fort, »… das scheint schwierig zu sein. Meister wollen Lehrgeld, und Lehrgeld kann mein Vater nicht bezahlen.«

»Und was hast du nun vor?«

Er zuckte mit den Schultern, fuhr dann aber nach einem kurzen Zögern fort: »Ich könnte noch den Schultes fragen – vielleicht kennt der einen Handwerker, mit dem sich wegen des Lehrgelds reden ließe.«

»Wenn dir das so wichtig ist, mach das, Hannes.«

Er drückte sie zum Abschied und machte sich auf den Heimweg ins Tal. Katharina sah ihm noch eine Weile hinterher, dann hob sie die Hacke auf und rückte dem Gras weiter zu Leibe.

Elisabeth war schon nach dem ersten Kuss der beiden wieder ins Dorf hinuntergestürmt. Zumindest nahm Jost das an, den sie hatte zu Katharina führen wollen. Auf halbem Weg sahen sie die beiden oben im Wengert stehen. Sie duckten sich hinter einige Reben und beobachteten das Zusammentreffen von Katharina und Hannes. Als die beiden sich in die Arme sanken, hatte sich Elisabeth wie ein beleidigtes Kind abgewandt und war davongelaufen, den Weg Richtung Beutelsbach hinunter, wo sie hinter der nächsten Biegung aus seiner Sicht verschwunden war.

Jost hätte ohnehin keine Augen für sie gehabt. Er war allein in seiner Deckung geblieben, hatte sich alles angesehen, hatte kein Wort von der Unterhaltung der beiden verstanden, aber auch so ließen seine Beobachtungen keine Fragen dazu offen, wie eng die beiden miteinander waren. Als sein Freund nun den Hang herunterkam, hatte Jost alle Mühe, schnell genug ein paar Rebreihen weiterzuhuschen, um nicht von Hannes entdeckt zu werden.

Danach schaute er noch eine Zeitlang Katharina beim Arbeiten zu, aber so gern er sie auch ansah: Jede Bewegung ihres Körpers unter ihrem Kleid, das weiche Fallen ihrer blonden Locken und die Blicke ins Tal, für die sie sich ab und zu umdrehte – alles schmerzte ihn, seit er Hannes und Katharina so vertraut wie nie zuvor beisammen gesehen hatte. Wütend stapfte er schließlich davon, machte einen großen Bogen und erreichte das Dorf schließlich über die Landstraße von Schorndorf her.

Im Gasthaus zum Ritter war wenig Betrieb, zwei reisende Händler saßen in staubbedeckten Kleidern an einem der Tische, prosteten sich mit ihren Bechern zu, unterhielten sich über ihre Erfolge bei den Schorndorfer Krämern und besprachen, wen sie noch am Nachmittag in Waiblingen aufsuchen wollten, bevor sie sich weiter in Richtung Ludwigsburg, dann ins Strohgäu und schließlich die Enz hinauf wenden wollten.

Eine junge Magd schaute nach den Gästen und hatte damit im Moment fast nichts zu tun. Als sie Jost in die Gaststube kommen sah, griff sie schnell nach einem trockenen Tuch und wischte über einen der freien Tische, um nur ja nicht zu müßig zu wirken. Sie bewegte sich schnell und schenkte Jost zwischendurch ab und zu ein scheues Lächeln. Es war ein hübsches Mädchen, noch keine vierzehn und doch schon recht weiblich gewachsen, wie ihm durch den Kopf ging. Er musterte halbwegs unauffällig ihre schmalen Schultern, ihre schlanke Taille und den ausladenden Hintern, und als sie sich gerade in diesem Moment zu ihm drehte, sah er schnell weg, zum Fenster hinaus, wo sein Blick durch die Butzenscheiben auf Linda fiel, die draußen im Hof stand.

Ob sie ihn beobachtet hatte? Und falls nicht: Auf was sie da draußen wohl wartete?

Da er nichts Besseres zu tun hatte, verließ er den Gastraum wieder, ging durch die hintere Tür aus dem Haus und gesellte sich zu Linda.

»Na, hast du gerade nichts zu arbeiten?«, fragte er die Magd.

Sie machte einen Knicks, sah ihn dabei aber mit einem so frechen Grinsen an, dass er fast rot wurde, weil er sich mit der misslungenen herrischen Bemerkung ganz offensichtlich nur lächerlich gemacht hatte.

»Nein, junger Herr«, sagte sie dann, und sie betonte die Anrede übertrieben, »im Moment habe ich nur zu warten.« Sie deutete nach vorn, und als Jost um die Ecke lugte, sah er neben einer Scheuer Hannes und seinen Vater stehen, die miteinander sprachen.

»Was haben die denn zu bereden?«, fragte Jost ungehalten, und schon wieder ärgerte er sich, dass er sich nicht besser im Griff hatte.

»Du bist nicht gut auf deinen Freund Hannes zu sprechen, was, Jost?« Linda sah ihn immer noch ein wenig spöttisch an.

»Ich weiß auch nicht, was dein Vater so Wichtiges mit ihm zu schaffen hat. Gerade hatte er mich gerufen, damit wir beide … nun … eine kleine Pause einlegen …« Sie grinste nun eher anzüglich, und Jost wurde es heiß und kalt.

»Da kam Hannes daher und bat deinen Vater um eine Unterredung. Es muss wohl um irgendeine Lehrstelle gehen, aber mehr habe ich nicht aufschnappen können.«

Jost behielt die beiden Männer genau im Auge. Linda beugte sich ein wenig zu ihm hin.

»Ich kann ihn ja ganz beiläufig danach fragen, wenn wir nachher …« Sie zwinkerte ihm zu, Jost räusperte sich.

»Ja, äh … nein, das ist nicht nötig. So wichtig wird es schon nicht sein.«

Die Magd sah ihn ruhig an, dann nickte sie und grinste wieder.

»Du hast recht, so wichtig wird's schon nicht sein. Aber du und Hannes – so richtig gut seid ihr nicht mehr miteinander, was?«

»Wie kommst du darauf?«

»Wegen der Katharina.« Sie musterte ihn, dann lächelte sie wissend.

»Was meinst du?«, tat Jost trotzdem ahnungslos.

»Du musst mich nicht für blind halten, nur weil ich eine einfache Magd bin, Jost. Du bist verliebt in die Katharina Schreiner, die hat aber nur Augen für den Hannes – und damit trampelt sie auf den Gefühlen ihrer kleinen Schwester Elisabeth herum, die ebenfalls in deinen Freund verliebt ist. Ist das so weit richtig?«

Jost sah sie mit großen Augen an: Ach, deshalb war Elisabeth vorhin regelrecht vom Wengert geflüchtet, als sie die beiden dort oben miteinander zwischen den Reben gesehen hatten!

»Ah, ich sehe schon: Ich habe recht.« Sie nickte zufrieden, dann zog sie eine übertrieben enttäuschte Schnute. »Und ich weiß gar nicht, was ihr alle mit diesem mageren Mädchen habt! Da ist doch nichts dran.« Sie machte mit den Augen eine kleine Bewegung zum Fenster der Gaststube hin. »So wenig wie an der jungen Magd dort drin.«

Jost lief rot an.

»Meinst du, ich hab's nicht gesehen, wie du ihr auf den Arsch geglotzt und wie du sie dabei wahrscheinlich mit den Augen ausgezogen hast?« Sie trat näher an ihn heran. »Du weißt doch gar nicht, was eine richtige Frau ist.«

Noch ein Schritt und noch einer, und Jost stand mit dem Rücken an der Hauswand, geschützt vor den Blicken von der Straße her und auch im toten Winkel der Butzenscheiben des Gastraums. Linda nestelte mit zwei flinken Bewegungen ihre Bluse ein wenig auf und kam noch ein wenig näher an ihn herangerückt, obwohl sie schon dicht an dicht gestanden waren. Er spürte ihren runden Bauch gegen seinen drücken, und während sie ihm ihre üppigen Brüste gegen den Oberkörper presste, drückte unten ein Knie seine Schenkel ein kleines Stück auseinander.

»Schau nur hin«, flüsterte Linda heiser, und er konnte ihren Atem auf seinem Gesicht spüren.

Seine Augen hatte er geschlossen, nun öffnete er sie langsam und sah in das erhitzte Gesicht der Magd, sah ihre großen, rot unterlaufenen Augen, ihre feisten Wangen und die vollen Lippen direkt vor sich.

»Schau ruhig hin«, raunte sie noch einmal, und die Stimme fuhr ihm durch Mark und Bein.

Zwischen seinen Beinen bemerkte er eine Berührung, die sich von den Knien nach oben arbeitete. Mit ihrer freien linken Hand zog Linda ihre Weste noch ein bisschen weiter auf und bedeutete ihm mit ihren Augen, ihr in den Ausschnitt zu schauen. Langsam tastete sich sein Blick über ihr rundes Kinn, den Hals hinunter bis dorthin, wo sonst Hemd und Weste das meiste verbargen. Linda drückte sich noch etwas näher an ihn heran und er hatte ihren Brustansatz nun noch plastischer vor Augen. Ihm war es, als wolle er in dem wogenden Fleisch versinken, und der warme Duft von Essen und Schweiß, der aus Lindas rund ausgeschnittenem Oberteil aufstieg, machte ihn ganz benommen.

Da packte Lindas rechte Hand zwischen seinen Beinen ein-, zweimal grob zu und Jost spürte, wie seine Beine nachgaben. Die Magd drückte ihn noch etwas fester gegen die Mauer, damit er nicht den Stand verlor, dann strich sie ihm mit ihren Fingern noch einmal über die Hose und löste sich langsam von ihm. Jost war leicht und elend zugleich zumute, ihn schwindelte und er lehnte außer Atem an der Wand. Dann spürte er die Feuchtigkeit zwischen seinen Beinen und bedeckte die Stelle schnell mit beiden Händen.

»Das ist beim ersten Mal normal«, flüsterte Linda ihm zu und lächelte ihn überraschend freundlich an.

Alles Spöttische war aus ihrem Gesicht verschwunden, ihre Wangen hatten eine kräftige Farbe angenommen, und sie kam ihm mit einem Mal so schön vor wie eine Madonna. Er verfolgte jede ihrer Bewegungen, das Heben und Senken ihrer Brust und die Geste, mit der sie ihre Haare wieder richtete. Sie nestelte ihr Oberteil wieder zu, trat noch zwei Schritte zurück und schaute zu Hannes und dem Schultes hin, die sie erst von dort aus wieder sehen konnte und die sich noch immer angeregt unterhielten. Dann kam sie wieder zu ihm heran.

»Du wirst sehen, Jost, das nächste Mal wird es für dich noch schöner.«

Damit wandte sie sich ab und ging hinters Haus. Kurz darauf hörte Jost die Hintertür zuschlagen, und er stand immer noch mit pochendem Herzen an der Hauswand und glaubte, Lindas Geruch hülle ihn vollständig ein.

Heinrich Huetlin saß mit seiner Frau Erna und Jost am Holztisch in der Küchenecke. Von hier aus hatte die Frau des Hauses die Küche auch beim Abendessen im Blick, und noch mehr schätzte sie es, sich fürs Essen nicht nach draußen zu den Gästen bemühen zu müssen. Sie mochte laute Gesellschaften nicht besonders, und auch wenn das für eine Gastwirtin ein großer Makel sein konnte, hatte sie sich damit eingerichtet. Sie war für die Küche zuständig, für die Zubereitung der Speisen und für die Organisation der Vorarbeiten. Linda kümmerte sich dafür in der Gaststube um den Ausschank und die Bewirtung der Gäste.

Beide waren mit ihrer Rolle zufrieden, Linda ohnehin, die vor den Zechern gerne auch mal die Hausherrin spielte und sie an die Luft setzte, wenn sie zu lang saßen oder zu wenig dabei verbrauchten. Und Erna war froh, dass sie durch diese Einteilung nicht ständig die Frau sehen musste, die ihr Mann beschlief, wann immer er die Zeit und die Kraft dazu fand. Seit langem wusste sie Bescheid, und wenn er aus falsch verstandener Pflicht alle Schaltjahr mal zu ihr unter die Decke schlüpfte und sie mit plumpen Berührungen bedrängte, schluckte sie schwer an dem Ekel, dass an ihm manchmal noch der Geruch und weiß der Herrgott was sonst noch alles von Linda haftete.

Dass er es mit der drallen Magd trieb, war ihr inzwischen ganz recht. So hatte sie wenigstens ihre Ruhe, und auch früher schon war er fremden Röcken nachgestiegen. Dass sie nie wusste, ob er womöglich auch die Frau dieses oder jenes Gasts in der Schankstube bestiegen hatte, hatte sie eine Weile irritiert, aber inzwischen ging sie einfach nicht mehr zu den Gästen, wenn sie nicht musste, und auch im Dorf ließ sie sich nicht sehen, wenn es sich vermeiden ließ. Am meisten störte sie noch, dass er wohl ernsthaft glaubte, sie habe von all dem keine Ahnung – dass er sie für so blind und dumm hielt, ging ihr doch an die Ehre. Aber auch damit hatte sie sich fast schon abgefunden.

»Hannes Gais war heute bei mir und hat mich um Rat gefragt.« Heinrich Huetlin verkündete seine Nachricht wie immer während des Essens mit volltönender Stimme, mit der er auch in Ratsbesprechungen gerne seine Wichtigkeit unterstrich. »Er würde gerne eine Lehre machen, aber sein Vater kann keinem Meister ein Lehrgeld zahlen.«

»Und?«, versetzte Erna Huetlin bissig. »Hast du ihm schon angeboten, dass er bei uns anfangen kann? Du weißt schon auch, dass er inzwischen recht alt ist für einen kleinen Lehrbuben? Er ist der Sohn eines Tagelöhners, also kann er doch genauso gut selbst einer werden. Aber nein: Du musst dich ja vor seinen Karren spannen lassen und musst dich um den Jungen kümmern, weil du ja sonst nichts zu tun hast!«

Seit Jahren war es ihr ein Dorn im Auge, dass sich ihr Mann so sehr um den Tagelöhner und seine Familie kümmerte. Sie hatte nichts gegen den Gaispeter, aber Huetlins Sorge galt vor allem dessen Frau und dem jüngeren Sohn. Und während Anna Gais ihm beständig die kalte Schulter zeigte, oft sogar gereizt auf Huetlin reagierte, zeigte der junge Hannes großes Vertrauen in Heinrich Huetlins Möglichkeiten als Schultes.

»Wie einen Sohn behandelt er ihn manchmal«, ging es ihr nicht zum ersten Mal durch den Kopf, und genau das versetzte ihr jedes Mal einen Stich. Ob sie das nur schmerzte, weil sie selbst nach Josts Geburt keine Kinder mehr hatte bekommen können oder weil sie einen Verdacht nicht los wurde, der ihren Mann und Anna Gais betraf, wusste sie nicht zu sagen.

»Ein Schultes muss sich um alles im Dorf kümmern, Erna«, wies er sie zurecht. »Das reicht vom Schlichten zwischen reichen Bauern bis hin zur Hilfe für diejenigen, die nichts haben.«

Sie verdrehte genervt die Augen und stopfte sich einen Bissen Brot in den Mund.

Huetlin räusperte sich. »Wie ihr wisst, wird unsere Stiftskirche erneuert. Da werden auch viele Handwerker von außerhalb herbeikommen. Ich glaube, dass ich dem Hannes deshalb durchaus helfen kann, einen geeigneten Lehrmeister zu finden, der sich dem Gaispeter gegenüber finanziell etwas großzügig zeigt.«

Huetlin sah sehr zufrieden aus mit sich. Seine Frau warf ihm finstere Blicke zu und kaute wütend auf ihrem Brot herum.

»Wann soll es denn losgehen mit dem Kirchenbau?«, fragte Jost.

»Das hat mir Schefflen noch nicht sagen können. Aber sicher nicht mehr in diesem Jahr. Eine Kirche muss ja erst einmal geplant werden, und man muss Handwerker für alle Gewerke herbeischaffen, für die unsere Leute im Dorf nicht hinreichen. Vielleicht geht's schon im kommenden Jahr los, vielleicht auch erst im Jahr drauf.« Er nahm sich ein Stück Wurst und fuhr mit vollem Mund fort. »Auf jeden Fall wünscht sich Schefflen, der Bau möge 1515 abgeschlossen sein. Dann jährt sich der Todestag des Kirchenstifters Graf Ulrich zum zweihundertfünfzigsten Mal. Das wäre ein schönes Datum, findet ihr nicht auch?«

Jost nickte.

»Und mir wäre es zumindest ganz recht, wenn sie nicht vorher fertig werden würden«, fügte Huetlin noch hinzu und grinste dabei verschmitzt. »Dann hätten wir mit unserem Gasthaus sieben oder acht Jahre lang ebenfalls etwas von dem Trubel, den die Bauarbeiten in unser kleines Beutelsbach bringen.«

»Du glaubst also, dass du den Hannes bei einem Meister unterbringst?« Erna Huetlin fixierte ihren Mann, und der wappnete sich schon für eine Strafpredigt, wie er sie sich von Zeit zu Zeit einmal von ihr anhören musste.

»Ja, das glaube ich«, sagte er mit möglichst fester Stimme.

»Dann wäre das Wichtigste ja schon einmal getan«, ätzte sie. »Und was gedenkst du für das weitere Fortkommen unseres eigenen Sohnes zu tun?« Sie nickte zu Jost hin. »Wir zahlen dem Schefflen seit Jahren ein Heidengeld dafür, dass er Jost unterrichtet. Nun wäre es an der Zeit, ihm eine angemessene Position zu verschaffen. Oder hast du das in deiner Sorge um den armen Hannes womöglich ganz vergessen?«

Ihr Ton war schneidend geworden, trotzdem legte sich nun ein überlegenes Lächeln auf Huetlins Gesicht: Da war sie mit ihrem Gezeter schön ins Leere gelaufen. »Ist längst geregelt, meine … Liebe.« Huetlin hatte die Hände links und rechts seines Tellers auf die Tischplatte gestützt und bedachte seine Frau mit einem abschätzigen Blick. »Ich habe mit Schefflen gesprochen, auch mit den Chorherren, die diesen Mai hier gespeist haben. Außerdem habe ich in den vergangenen Wochen die Kontakte spielen lassen, die mir mein Amt als Schultes von Beutelsbach beschert hat.« Er sah Erna noch einmal finster an, dann wandte er sich an seinen Sohn, nun viel freundlicher. »Und deshalb kann ich dir, lieber Jost, Folgendes in Aussicht stellen: Der Vogt in Waiblingen denkt darüber nach, noch einen Hilfsschreiber zu nehmen, und er wird es mit dir versuchen. Wann genau du bei ihm beginnen kannst, weiß ich noch nicht – hoffentlich irgendwann im kommenden Jahr.«

Manchmal war der Schmerz trotz der brennenden Kräuter nicht mehr auszuhalten. Dann wiegte sich Dora auf der Bank vor und zurück, als könne sie damit die verbliebenen Kräfte ihres alten Körpers gegen das Stechen und Ziehen aufstacheln, und sie gönnte sich ein böses Lächeln. Allen konnte sie helfen mit ihren Tinkturen und Salben, nur ihre eigenen Leiden überstiegen seit ein paar Jahren ihre Fähigkeiten als Heilerin.

Sie linderte ihre Schmerzen, soweit sie es vermochte, und den Rest hielt sie eben aus. Nächtelang lag oder hockte sie deswegen wach, versuchte sich auf ein Geräusch von außerhalb ihrer Hütte zu konzentrieren oder, wenn alles still war um sie herum, auf ihren eigenen Atem. Nicht auf das rasselnde Keuchen, mit dem er ihr durch die runzlige Kehle zog, sondern auf das Gefühl, das sich nach einem tiefen Atemzug in ihr ausbreitete. Etwas Friedliches, Warmes war das, und manchmal vergaß sie darüber das Ausatmen, bis ein Kribbeln in der Brust sie wieder daran erinnerte.

Das waren gute Momente. Augenblicke, in denen sie nicht spürte, wie ihre Gelenke knirschend rieben, wo sie sich früher einmal geschmeidig bewegt hatten – statt des steifen Knies spürte sie die Spitzen ihrer Zehen, statt des Zerrens im Ellbogen bemerkte sie das leichte Pulsieren in den Fingerkuppen.

Es hatte viele Nächte gedauert, bis ihr aufgefallen war, was dieses Atmen mit ihr machte, diese Konzentration auf etwas, das für alle anderen offenbar nur nebensächlich und selbstverständlich war: Es steigerte ihre Aufmerksamkeit nicht nur für sich selbst, sondern es übersteigerte sie auch und richtete ihr Augenmerk auf Dinge … sie konnte es nicht wirklich benennen, aber manchmal war es ihr, als habe sie in diesem Zustand eine Art zweites Gesicht.

Sie hütete sich natürlich davor, das irgendjemandem anzuvertrauen – was ihr naturgemäß leicht fiel in ihrer selbstgewählten Einsamkeit. Ab und zu streunte ein Bettler draußen vorbei, aber wenn er die windschiefe Bleibe sah, machte er sich meist schnell davon, um nicht seinerseits angebettelt zu werden. Und die hohen Herrschaften, die gelegentlich durch die Wälder streiften, schienen ihre Hütte nicht einmal wahrzunehmen.

Und so hatte sie fast nur dann Besuch hier draußen, wenn mal wieder einer aus Beutelsbach oder aus den umliegenden Dörfern etwas brauchte, was mit den üblichen Mitteln der Bader und der Heiler nicht zu kurieren war. Sie holten sich Kräutermischungen, die sie in ihren Häusern ins Feuer streuten, um endlich von einem besonders hartnäckigen Keuchhusten zu genesen. Sie ließen sich Salben zubereiten, die sie sich auf Muskeln oder Gelenke schmierten, die allzu sehr unter der harten täglichen Arbeit litten.

Der eine oder andere Mann druckste auch mal herum, er brauche einen Trank gegen nachlassende Manneskraft – natürlich für einen Freund, denn er selbst … Sie gab den Trank lachend heraus, riet zum richtigen Umgang damit und ließ den unbekannten Freund recht herzlich grüßen. Und dann waren da noch die ledigen Mädchen, die sich von ihr Hilfe versprachen, weil sie im Heu nicht genug achtgegeben hatten, oder die Ehefrauen, die nicht noch schwerer schuften wollten, um noch ein weiteres hungriges Maul durchzufüttern.

Sie half ihnen, wo sie konnte, und sie ließ sich von manchen gar nicht entlohnen, von vielen bescheiden und eher unbescheiden von den wenigen, die es sich leisten konnten. So war allen gedient. Sie war satt – und sie war gut genug gelitten in der Gegend, dass sie niemand anschwärzte. Denn auch wenn im Remstal die anderswo so große Hexenhysterie nicht besonders verbreitet war, lag es doch immer im Bereich des Möglichen, dass jemand eine Schuldige suchte, wenn die Frau davongelaufen, der Junge verkrüppelt geboren oder die Kuh tot umgefallen war. Und angeklagt, gefoltert und hingerichtet zu werden, nur weil ihr einer den bösen Blick unterstellte – das wollte Dora sich gern ersparen.

Und so ließ sie die Nächte – denn es kam meistens nur nachts über sie, wenn sie kein Ausblick ins Tal ablenkte – eher über sich ergehen, als dass sie sie herbeigesehnt hätte. Manchmal brachte ihr eine solche Nacht eine Ahnung, dass diese oder jene ungewollt schwanger werden, dass sich Metzger Hohnecker ungeschickt in die Hand schneiden oder der Muthans zu viel von seinem sauren Wein trinken und davon einen schlechten Magen und allzu dünnen Stuhl bekommen könnte.

»Nun gut«, dachte Dora und schmunzelte, »im Fall vom Muthans braucht's dafür noch keine besondere Gabe.«

Aber in anderen Fällen konnte sie sich schon einmal vorbereiten, was die Zukunft möglicherweise bringen würde. Und wenn sie dann, sobald die Erwarteten vor ihrer Kate standen, das gewünschte Mittel zufällig gerade vorrätig hatte oder wenigstens die nötigen Zutaten dafür: Dabei konnte sich keiner etwas Schlimmes denken.

Ganz selten betrafen die Gesichter andere Dinge als Krankheiten und Schmerzen. Eines Nachts hatte sie eine brennende Scheuer drunten in Beutelsbach gesehen, und als sie voller Angst vor die Tür gekrochen war und ins Tal gespäht hatte, lag das Dorf ruhig und dunkel wie immer und sie kehrte mit pochendem Herzen wieder zurück auf ihre Pritsche. Die hübsche Katharina und ihre kleine Schwester Elisabeth erschienen ihr manchmal, vor allem um Katharina hatte sie nach einer durchwachten Nacht große Angst, ohne dass sie erklären konnte, warum. In ihrer seltsam zwischen Wachen und Träumen vibrierenden Zeit rannte und tanzte die älteste Schreiner-Tochter immer nur fröhlich herum und sah so glücklich aus wie keine zweite – und doch löste der Anblick der wohlgewachsenen jungen Frau in ihr jedes Mal eine schlimme Vorahnung aus.

Auch Jost hatte sie schon in diesen Nächten vor ihrem geistigen Auge gesehen, und je häufiger sie ihn in ihren Wachträumen traf, desto unsympathischer wurde ihr der Sohn von Schultes Huetlin. Deshalb verzog sie leicht das Gesicht, als der recht schneidig herausgewachsene junge Mann eines Nachts wieder vom Dorf heraufkam und ungestüm den Kappelberg hinaufstürmte. Für einen Moment blinzelte sie zu einem ihrer Fenster hin: Aber draußen war es finsterste Nacht, während in ihrem Wachtraum ein Vollmond alles in ein kaltes, fahles Licht getaucht hatte. Meist trieb er sich in solchen Gesichtern einfach nur auf dem Kappelberg herum oder er stolzierte in feinen Kleidern in einer Stadt umher, mal sah sie ihn herrisch mit Untergebenen umgehen – nur mit Frauen war er vorsichtiger, sie schienen ihm Respekt, wenn nicht gar Furcht einzuflößen. Einmal sah sie ihn, wenn sie die Augen weit offen hielt und ins Leere starrte, hinter dem Gasthaus, und bei ihm war eine Magd, die der drallen Linda ähnelte.

Einmal aber war es besonders arg gewesen, und als sie wieder zu sich kam, rubbelte sie sich das Gesicht fast blutig mit den Händen und wusch sich trotzdem immer wieder mit kaltem Wasser aus dem Eimer an der Wand, bis sie endlich nicht mehr das Gefühl hatte, Asche von verbrannten Kräutern sei ihr bis in die kleinsten Poren ihrer faltigen Haut gedrungen. Als Wachtraum sah sie diese Szene nur dieses einzige Mal – aber als sie sich später zum Schlafen legte und die Augen schloss, waren die Bilder sofort wieder da, und sie verfolgten sie von nun an immer wieder im Schlaf. Darin streifte Jost draußen durch die Nacht, wieder stand der Vollmond am Himmel, und wenn sich die Augen einmal an das Licht gewöhnt hatten, sah man alles wie am Tag, nur eben so, als habe ein dunkler Geist allem die meiste Farbe genommen. In dieser Szenerie stolperte der junge Mann über Grasbüschel und Steine, sah sich dabei immer wieder um, als würde er gehetzt, gejagt von unsichtbaren Verfolgern, denen er nicht entkommen konnte. Irgendwann kam er den Pfad herunter, der direkt an Doras Häuschen vorbeiführte, er kam ins Stolpern und schlug zwei Schritte später krachend der Länge nach hin. Die Alte hockte auf der Bank neben dem Haus, die Schale mit den rauchenden Kräutern vor sich auf dem Schoß.

Jost rappelte sich hastig auf und wollte gerade weiterrennen, als er Dora bemerkte. Wie vom Donner gerührt blieb er stehen, starrte sie mit hängenden Armen und schwer keuchend an. Seine Hände ballten sich zu Fäusten und er stellte ihr eine Frage, die sie im Traum aber nicht verstehen konnte. Fast war es, als schreie er sie an, wieder und wieder, doch kein Ton kam aus seinem Mund. Alles, was sie hörte, war das leise Knistern der Kräuter und ein rasendes Pochen – ob es ihr Herz war oder seines, vermochte sie nicht zu sagen. Wieder schrie er sie lautlos an, dann trat er vor sie hin und packte sie an den Schultern. Sie schaute langsam zu ihm auf, dann war es ihr, als formten ihre Lippen den Namen einer jungen Frau. Nun wechselte seine Miene von Angst zu Hass, und er schlug sie mehrmals mit der flachen Hand ins Gesicht. Sie spürte nichts, auch nicht als er sich über sie beugte und etwas sie nach unten zu drücken schien. Dann war überall nur noch Rauch und Hitze, dann Stille und Asche – und dann erwachte sie mit fliegendem Puls und ihr Herz pochte schnell und heftig wie gerade eben noch im Traum, und ihr Gesicht fühlte sich an wie über und über bestäubt mit schwarzem Mehl.

Sie verfluchte die Nächte, in denen sie die immer gleiche Szene im Schlaf durchstehen musste. Und wenn sie Glück hatte, suchte sie der Alp erst kurz vor dem Morgengrauen heim, weil nach dem Erwachen von diesen Bildern an Schlaf nicht mehr zu denken war.

Der hochgewachsene Mann in der schwarzen Kluft fiel Heinrich Huetlin gleich auf, als er vor die Tür seines Gasthauses trat. Ein breitkrempiger Hut schützte ihn vor der Sommersonne, und breitbeinig stand er unterhalb der Kirche und maß das Gebäude mit seinen Augen, beide Hände tief in den Taschen vergraben.

»Ihr seid Zimmermann?«, sagte Huetlin, als er neben den Fremden trat.

Der andere nickte nur, sagte aber nichts weiter und sah weiter zur Kirche hinauf.

»Aber Ihr seid nicht von hier, und auch nicht aus einem der Nachbardörfer.«

Der Fremde nickte wieder, musterte noch eine Weile die Stiftskirche und die umstehenden Gebäude, dann drehte er sich zu Huetlin um, der nun gespannt, aber schweigend dastand und wartete. Zufrieden lächelte der Zimmermann, er streckte seine schwielige rechte Hand aus und nickte Huetlin anerkennend zu.

»Rupert Buchner ist mein Name, und meine Werkstatt habe ich in Winterbach.«

»Na, da müsste ich Euch aber eigentlich kennen – das ist keine zwei Wegstunden von hier entfernt, und es liegt direkt vor den Toren von Schorndorf, wo ich gelegentlich zu tun habe.«

Der andere musterte Huetlin nun noch etwas genauer. »Ihr seid der Wirt von dem großen Gasthaus dort drüben?«

»Ja, und der Schultes hier in Beutelsbach.«

»Ah, das trifft sich gut. Mit Euch würde ich gerne etwas bereden.«

»Das können wir machen, am besten drüben bei mir in der Gaststube. Aber mir lässt es keine Ruhe, dass ich Euch nicht kenne.«

»Das ist schnell erklärt. Ursprünglich komme ich aus Ravensburg. Ein Bekannter von mir, Jörg Amann, Doktor der Medizin und Verfasser eines Buches über die Pest, kam vor einigen Jahren nach Esslingen, wo er seither als Stadtarzt arbeitet.«

Huetlin nickte. »Der Name Amann sagt mir etwas, ja. Und einen so berühmten Medicus kennt Ihr persönlich?«

Der Respekt des Schultes vor dem Fremden war sichtlich größer geworden, und Buchner quittierte das mit einem schiefen Grinsen.

»Na ja, auch ein berühmter Medicus muss irgendwo wohnen und geht irgendwo ins Gasthaus. Gewohnt hat er direkt neben mir, und beide zog es uns recht häufig in dieselbe Schenke – ich weiß ja nicht, wie das hier ist, aber in Ravensburg sorgt ein ordentlicher Trunk schon dafür, dass man sich näher kennenlernt.«

Huetlin lachte. »Das ist in Beutelsbach nicht anders, da kann ich Euch beruhigen. Und wie hat es Euch nun von Ravensburg ins Remstal verschlagen?«

»Wir hatten einen Zunftmeister, der mir immer wieder Schwierigkeiten machte. Also habe ich Doktor Amann gebeten, für mich nach einem Betrieb Ausschau zu halten, der irgendwo im Esslinger Umland frei würde. Es hat einige Jahre gedauert, und ganz hat's nicht geklappt, aber nun ist es halt Winterbach geworden. Dort lässt es sich ganz gut leben, wie ich finde, und mit dem Pferd oder dem Karren ist auch die Strecke hinüber nach Esslingen auszuhalten. Jedenfalls hat sich in Winterbach der alte Leonhard Rapp im vergangenen Jahr zur Ruhe gesetzt, und auf Amanns Vermittlung hin hat er mir seinen Betrieb übergeben.«

»Ah, dann seid Ihr das!« Huetlin freute sich, dass er nun doch noch etwas wusste. »Den Rapp kannte ich gut, und dass er seine Werkstatt übergeben hat, habe ich auch mitbekommen. Nun kenne ich also auch seinen Nachfolger.«

Huetlin schüttelte die Hand des Zimmermanns und lud ihn ein, im Ritter sein Gast zu sein.

»Und warum habt Ihr Euch unsere alte Kirche so genau besehen?«, fragte Huetlin, als sie den ersten Becher Wein geleert hatten und er nachschenkte.

Der Schultes ließ den Zimmermann dabei nicht aus den Augen. Dass der Handwerker wusste, dass die Stiftskirche erneuert werden sollte, lag auf der Hand – nun interessierte ihn, wie er davon erfahren hatte.

Buchner grinste und prostete Huetlin zu. »Da ich neu bin hier in der Gegend, bin ich darauf angewiesen, meine Ohren überall zu haben. Und in Schorndorf war es einigen meiner Kollegen so auffällig darum zu tun, dass der Neue aus Winterbach nur ja nicht Wind bekam von dem Bauprojekt, das drüben in Beutelsbach lohnende Arbeit versprach, dass sie mich halt grad draufgestoßen haben.« Er lachte. »Und jetzt bin ich hier, um mir die künftige Baustelle mal genauer anzuschauen.«

»So, so.« Huetlin grinste. »Aber noch ist ja nicht ausgemacht, wer auf dieser Baustelle Arbeit finden wird.«

»Auch deshalb bin ich hier«, antwortete Buchner und nahm noch einen Schluck. »Deshalb wollte ich mit Euch reden, weil ein Schultes da ja immer ein gewichtiges Wort mitzureden hat. Egal, wer nun der Bauherr ist: Der Schultes wird um Rat gefragt, weil er sich gut auskennt mit den Handwerkern in der Gegend. So kenne ich es aus den Dörfern rund um Ravensburg …«

»… und so ist es hier auch«, gab ihm Huetlin recht und sonnte sich in seiner Wichtigkeit.

Buchner bemerkte Huetlins gehobene und nun durch die Bemerkung von eben noch weiter steigende Stimmung, und er war wieder einmal froh, Ravensburg und seiner Zunft den Rücken gekehrt zu haben: Mit diesem großspurigen Dorfschultes sollte er leichteres Spiel haben als mit den ausgefuchsten Bauherren in der Stadt. Mit einigen geschickten Schmeicheleien sollte er sein Ziel mit Huetlins Hilfe erreichen können.

»Dacht ich's mir«, merkte Buchner an und nickte dem Schultes zu.

»Bevor ich Euch als einen der Handwerker auf der Baustelle in Erwägung ziehen und Euch den Chorherren vom Heilig-Kreuz-Stift in Stuttgart vorschlagen kann, muss ich natürlich noch einiges von Euch wissen.«

»Freilich müsst Ihr das. So etwas will ja auch gewissenhaft angegangen werden, nicht wahr?«

Buchner grinste und griff in seine Weste. Kurz darauf lag ein verschnürtes Säckchen zwischen den beiden Männern auf dem Tisch. Huetlin sah prüfend hin, dann warf er dem anderen einen scharfen Blick zu. Dem Zimmermann fuhr der Schreck in die Glieder: Sollte er sich in diesem Dorfschultes getäuscht haben, sollte er ihn mit seinem plumpen Fingerzeig womöglich schon verprellt haben?

»Was ist das?«, fragte Huetlin schließlich.

»Ich … äh … Ihr habt doch sicher Auslagen, wenn Ihr all die Handwerker überprüfen müsst, die für den Bau der Kirche infrage kommen. Dazu will ich einen kleinen Beitrag leisten. Schließlich sollt Ihr …« Er unterbrach sich, bevor er fortfuhr. »Schließlich soll Euer Dorf von der Baustelle profitieren und nicht dafür bluten müssen.«

Buchner versuchte ein unsicheres Lächeln, und er war sehr erleichtert, als Huetlin nun zurücklächelte.

»Das sehe ich genauso«, sagte Huetlin, aber dabei schob er das Säckchen zu seinem Gegenüber hin. »Und das Dorf – und ich als Wirt – werden ganz sicher von der Baustelle profitieren, da müsst Ihr Euch keine Sorgen machen. Auch werdet Ihr – falls Ihr zum Zug kommt – Euren Anteil dazu beitragen, aber darum müssen wir uns jetzt noch nicht kümmern.«

Der Zimmermann sah ihn verdutzt an, Huetlin hatte Mühe ein Grinsen zu unterdrücken. Der Neue aus Winterbach hatte ihn wohl unterschätzt, das machte es ihm leichter.

»Zuerst muss ich andere Dinge wissen.«

»Welche?«

»Wie gut seid Ihr denn? Welche Referenzen könnt Ihr nennen?«

Buchner zählte einige Bauwerke auf, an denen er in Ravensburg und Umgebung mitgearbeitet hatte, und einige Baustellen im Remstal, an denen er ebenfalls beteiligt war. Huetlin kannte keines der Gebäude, aber die Namen klangen beeindruckend genug, um damit im Remstal auftrumpfen zu können.

»Gut«, lobte der Schultes. »Von dieser Seite dürfte es keine Probleme geben.« Er schenkte seinem Gast nach. »Natürlich werdet Ihr Euch mit Eurem Gebot mit den hiesigen Handwerkern messen müssen. Ich nehme an, auch das ist kein Hindernis für Euch?«

Buchner schüttelte den Kopf und wartete gespannt, was nun noch kommen würde.

»Gut, auch das ist gut.« Huetlin nickte gewichtig und nahm einen großen Schluck. Dann stellte er den Becher ab, schenkte sich selbst nach, alles in großer Ruhe. Aus den Augenwinkeln beobachtete er den Zimmermann, der große Mühe hatte, seine Unruhe im Zaum zu halten.

»Wie Ihr schon sagtet«, hob der Wirt schließlich an: »Unser ganzes Dorf soll von dieser Baustelle profitieren. Deshalb ist es uns ein Anliegen, dass vor allem ortsansässige Arbeiter und Handwerker beschäftigt werden.«

Buchner versteifte sich etwas.

»Wir haben allerdings hier in Beutelsbach keinen Zimmermann. In Waiblingen und Schorndorf gibt es dagegen einige Meister, die wir in Erwägung ziehen können, auch in den umliegenden Dörfern gibt es den einen oder anderen.« Er nickte Buchner lächelnd zu. »Wie Euch, zum Beispiel.«

Buchner lächelte zurück, aber noch immer wusste er nicht genau, worauf Huetlin hinauswollte.

»Wie groß ist denn Eure Werkstatt in Winterbach?«

»Ich bin der Meister, ich habe einen Gesellen und drei Helfer – und wenn Not am Mann ist, packt auch der alte Rapp noch mit an.«

Huetlin nickte bedächtig und schien nachzudenken. Buchner griff nach seinem Becher und trank. Der Schultes wartete, bis er seinen Becher wieder abgestellt hatte, dann lehnte er sich zurück und verschränkte beide Arme vor der Brust.

»Dass Ihr hier an der Baustelle mitarbeiten müsst, versteht sich von selbst. Aber Eure Helfer und der Geselle … hm …«

»Na ja, Herr Schultes, allein kann ich meine Arbeit nicht gerade machen. Ich brauche meine Helfer. Und der Geselle ist mein bester Mann – ihn braucht's, wenn ich selbst mal nicht vor Ort bin …«

Huetlin hob eine Augenbraue und Buchner fügte schnell hinzu: »… weil ich mich nach dem besten Bauholz umsehe, das für Eure Kirche zu bekommen ist. Danach schaue ich am liebsten selbst. Ihr wisst ja: ohne gutes Material keine gute Arbeit!«

»Wie wahr!« Der Schultes musterte sein Gegenüber. »Mir gefällt es, wie ernst Ihr Eure Arbeit nehmt, und wie wichtig es für Euch ist, dass Ihr eine zuverlässige Truppe um Euch habt, um alles möglichst schnell und sorgfältig ausführen zu können.« Er nickte. »Doch, Buchner, das gefällt mir wirklich.«

Er sah ihn an und versuchte in seinen Blick eine Mischung aus Bewunderung und Bedauern zu legen. Der Zimmermann wirkte sofort etwas unruhiger, und Huetlin wusste, dass er die gewünschte Miene gut getroffen hatte.

»Aber …«

»Aber?«

»Ich bin von meinen Beutelsbachern gehalten, möglichst viel Arbeit hier im Dorf zu halten. Und unter uns: Das Stift als Bauherr sieht das genauso.«

»Wo Ihr doch aber keinen Zimmermann im Dorf habt? Was spricht dann gegen mich, vor allem da ich meine Werkstatt ja keine zwei Wegstunden von hier entfernt habe?«

»Na ja, da muss man sich doch ordentlich eilen nach Winterbach, scheint mir!« Huetlin grinste. »Aber Ihr habt im Grunde genommen recht: Ihr seid praktisch ein einheimischer Handwerker, und es spricht eigentlich nichts dagegen, Euch mit Arbeiten an der Kirche zu betrauen.«

»Eigentlich?«

»Nun ja, Ihr müsstet es halt irgendwie hinbekommen, dass Ihr auch Beutelsbacher beschäftigt. Wir haben tüchtige und fleißige Leute hier.«

Buchner dachte darüber nach, wie viel er für Hilfskräfte aus dem Dorf ausgeben konnte, ohne einen Verlust zu riskieren. Denn eigentlich war er vor allem darauf aus, seinen Gesellen auszulasten, den er ohnehin schon bezahlen musste – und für alles andere griff er am liebsten auf die Helfer zurück, die sich schon auf anderen Baustellen als nützlich erwiesen hatten. Aber es war klar: Huetlin würde in diesem Punkt nicht mit sich reden lassen.

»Dann stellt mir Eure tüchtigen Leute doch bei Gelegenheit mal vor, und ich seh zu, wie ich sie als Zuarbeiter unterbringe. Das will ich gerne für Euer Dorf tun, schließlich ist Euch und mir ja gleichermaßen daran gelegen, dass möglichst viele etwas von der Baustelle haben, nicht wahr?«

»So ist es, lieber Buchner. Nur …«

Innerlich stöhnte Buchner auf. Welche Zugeständnisse wollte dieser Schultes denn noch von ihm?

»… nur mit Zuarbeitern ist es leider nicht getan.«

Der Zimmermann sah ihn fragend an.

»Wir haben hier im Dorf einen jungen, sehr kräftigen, fleißigen und gescheiten Burschen, der für sein Leben gern das Handwerk des Zimmermanns erlernen möchte.«

Buchner atmete auf: Einen Lehrling sollte er in Dienst nehmen? Na, wenn es weiter nichts war – das war eine kostenlose Arbeitskraft, und vom Vater des Buben würde er obendrein noch ein schönes Lehrgeld bekommen. Warum hatte der Schultes darüber so lange geredet?

»Einen Lehrling? Hier aus Beutelsbach?« Er tat noch so, als müsse er sich besinnen, um es Huetlin nicht allzu leicht zu machen und ihn damit womöglich auf die Idee zu bringen, er könne noch mehr raushandeln, aber dann gab er sich einen Ruck und hielt dem Schultes die rechte Hand hin. »Ach, warum nicht? Gute Lehrlinge kann ein gottesfürchtiger Handwerker immer gut brauchen, und wenn er hier aus dem Dorf ist, umso besser!«

»Dass Ihr dem so offen gegenübersteht, freut mich sehr.« Huetlin schlug ein. »Und es erleichtert mich.«

Buchner stutzte.

»Nun, der Vater dieses tüchtigen Jungen ist Tagelöhner. Ein guter Mann, der Euch auf der Baustelle sicher ebenfalls eine große Hilfe sein kann: stark wie ein Bär und immer zur Stelle, wenn Hilfe gebraucht wird. Nur … leider wird er Euch kein Lehrgeld bezahlen können. Er hat noch vier weitere Kinder, darunter ein Mädchen, das seit Wochen kränkelt. Die bringt er mit Müh und Not und harter Arbeit leidlich durch, aber Lehrgeld … nein, ein Lehrgeld kann er Euch nicht bezahlen.«

Der Zimmermann schüttelte den Kopf. »Wollt Ihr mich ruinieren? Natürlich kann ich auf der Baustelle auch einen Lehrling einsetzen, und wenn Ihr mir einen Beutelsbacher dafür empfehlt, höre ich da auch gerne auf Euren Rat. Aber der Aufwand, den man mit den jungen Leuten hat, ist nicht zu unterschätzen. Das kostet mich ein Gutteil meiner Arbeitskraft oder der meines Gesellen – und das soll das Lehrgeld ja wenigstens zum Teil ausgleichen. Ihr wisst sicher selbst: Die Burschen von heute sind nicht mit uns zu vergleichen, als wir einst im selben Alter waren. Die mucken auf, haben ihren eigenen Kopf und sind viel schwerer zu zügeln als unsereins damals. Ich könnte mir vorstellen, dass Ihr das mit Euren Mägden hier im Gasthaus nicht anders erlebt.«

Huetlin lachte und prostete Buchner zu. »Da habt Ihr sicher recht. Für manches von dem, was sich die Jungen heute rausnehmen, hätten wir früher eine ordentliche Maulschelle gefangen, was?«

Buchner atmete auf, er hatte den Schultes wohl richtig zu nehmen gewusst.

»Trotzdem«, fuhr Huetlin dann aber unbeirrt fort: »Hannes, so heißt der junge Mann, den ich Euch so sehr ans Herz lege, ist da ganz anders. Formbar, willig und ehrgeizig, der wird auf der Baustelle jeden Morgen der Erste und an jedem Abend der Letzte sein, das versichere ich Euch.«

»Aber ohne Lehrgeld …«

»Na, Lehrgeld … Ich kann mir nicht vorstellen, dass Ihr wegen so einer Kleinigkeit auf eine so lukrative Baustelle verzichten wollt.«

Das war deutlich, und Buchner verstand, dass er nun wohl in den sauren Apfel beißen musste. »Ich könnte dem Tagelöhner ein wenig entgegenkommen«, überwand er sich schließlich, »und etwas weniger Lehrgeld fordern.«

»Auch das wird sich der Mann nicht leisten können.«

Am Tisch wurde es still, Buchner trank einen Schluck und schien ernsthaft abzuwägen, ob er unter diesen Umständen überhaupt noch genug verdienen könnte.

»Aber ich«, fügte Huetlin nach einer Pause hinzu, »könnte Euch ein solches ermäßigtes Lehrgeld bezahlen.«

Buchner sah ihn verblüfft an.

»Wie gesagt: Den Jungen kann ich Euch wärmstens empfehlen, er liegt mir sehr am Herzen …«

»Aha«, dachte Buchner und musste ein Grinsen verkneifen, »der gute Schultes versucht seinen Bastard unterzubringen …«

»Wenn wir uns also auf ein ermäßigtes Lehrgeld einigen können …«

Buchner nickte.

»Auf ein sehr ermäßigtes«, merkte Huetlin dann noch an und nannte dem Zimmermann eine Summe. Sie feilschten eine Weile und einigten sich in einer Höhe, die Buchner zähneknirschend akzeptierte.

»Eine Kleinigkeit noch«, sagte der Schultes, und sein Gegenüber hielt für einen Moment den Atem an. »Das Lehrgeld möchte ich Euch nicht bar ausbezahlen, sondern gutschreiben.«

»Wie: gutschreiben?«

»Na, Ihr und Eure Männer müsst doch irgendwo essen und trinken, da werden Euch ja ohnehin meine Mägde Krüge zur Baustelle bringen und Ihr kehrt hier im Ritter ein. Dafür schreibe ich Euch die Summe gut.«

»Aber wir …«, setzte Buchner an, Huetlin hob abwehrend die Hand.

»Ihr bekommt natürlich einen Sonderpreis auf Euer Guthaben angerechnet, das versteht sich. Auch Ihr seid mir ja mit der Höhe des Lehrgelds entgegengekommen.«

Buchner schnaubte, dann hob er den Becher, um mit Huetlin auf ihren Handel anzustoßen.

»Meinetwegen, Schultes, aber jetzt darf wirklich nichts mehr nachkommen, sonst verdiene ich mehr, wenn ich ganz still in Winterbach sitzen bleibe und mir von anderen erzählen lasse, wie hier die Kirche gebaut wird.«

Huetlin lachte dröhnend, und nach kurzem Zögern fiel auch Buchner ein. Sie leerten ihre Becher, und im Hinausgehen drehte sich der Zimmermann noch einmal um.

»Ach, eins noch«, fragte er. »Wann soll's denn losgehen? Das konnte ich bisher noch nicht in Erfahrung bringen. Ich vermute, die Steine des alten Gotteshauses werden noch diesen Herbst abgetragen und Ihr braucht recht schnell das Gerüst dafür.«

Huetlin zuckte mit den Schultern. Er war froh, dass Buchner erst nach ihrer Einigung auf den heikelsten Punkt der ganzen Geschichte zu sprechen kam.

»Da warte ich noch auf unseren Pfarrer Schefflen, der wegen des Kirchenbaus in ständigem Kontakt mit dem Stift in Stuttgart steht. Aber ich hoffe, dass wir schon im kommenden Jahr mit den Arbeiten beginnen können.«

»Erst im nächsten Jahr?« Er schüttelte den Kopf. »Dann schickt Ihr mir den Lehrjungen auch erst im nächsten Jahr.«

»Er ist schon fünfzehn, Meister Buchner.«

»Ach, du meine Güte! Da ist der Bub aber schon recht spät dran. Was habt Ihr mir da nur aufgeschwatzt?«

»Ihr werdet es nicht bereuen, glaubt mir!«

»Um ehrlich zu sein: Ein bisschen bereue ich es jetzt schon.« Er dachte nach. »Und dass es im nächsten Frühjahr losgeht … da seid Ihr Euch sicher?«

»Ziemlich.«

»Gut, dann machen wir es so: Ihr schickt mir den Lehrjungen am Tag nach Lichtmess nach Winterbach. Dann kann er bei den Vorarbeiten für das Baugerüst zeigen, ob er taugt – und wenn ich zufrieden bin, darf er bleiben.«

»Und warum nicht an Martini, wenn Lehre und Anstellung normalerweise beginnen?«

»Weil ich nicht einerseits fast vollständig auf mein Lehrgeld verzichten und dafür auch noch einen jungen hungrigen Esser den Winter über durchfüttern werde!«

Huetlin zögerte, dann schlug er ein. »Abgemacht: Ich schick Euch den Hannes zu Lichtmess nach Winterbach.«

1507

Schon beim Aufwachen hätte er nicht mehr sagen können, was er zuerst gespürt hatte. Die feuchte Kälte, die ihm durch die zerschlissene Decke kroch und ihm die Füße klamm werden ließ. Oder das leichte Stechen ganz unten im Bauch.

Hannes drehte sich auf die Seite und versuchte dabei, seine neben ihm liegenden Geschwister nicht zu wecken. Er zog die Beine an, mummelte sich in die Decke bis unters Kinn und schloss die Augen wieder. Er konzentrierte sich auf die Geräusche um ihn herum, das Schnarchen des Vaters, das leise röchelnde Atmen von Agnes, das Knacken der Holzbalken. Er schnupperte nach dem kalten Rauch, zwang sich ein Lächeln aufs Gesicht und stellte sich mit aller Macht vor, wie das Feuer prasselte und seine Wärme im ganzen Raum ausbreitete.

Doch dann kam das Stechen wieder, etwas stärker als zuvor.

Er schluckte ein paar Mal leer, fuhr sich mit der Zunge über die trockenen Lippen, kuschelte sich noch tiefer ins Bett und legte sich beide Hände auf den Bauch, um ihn ein wenig zu wärmen.

Aus dem Stechen wurde ein Bohren, Hannes spürte den bitteren Geschmack im Mund, und als sich sein leerer Magen zusammenkrampfte, gab er auf. Langsam schob er seine Beine unter der Decke hervor, schlüpfte fröstelnd in seine Kleider und erhob sich. Ganz vorsichtig streckte er seine steifen Glieder, so gut es der enge und niedrige Raum zuließ. Der Rücken und die Knie schmerzten in den klammen Kleidern.

Durch die schmalen Fenster fiel ganz schwach das erste Licht des Tages. Hannes nahm seinen Kittel vom Haken, entriegelte die Tür und schlüpfte hinaus in den düsteren Morgen. Er ging ein paar Schritte, um ihn herum war es noch still, nur im Haus von Metzger Hohnecker war Licht. Der Gedanke an das Schwein, das Hohnecker heute noch schlachten würde, trieb ihm so viel Speichel in den Mund, dass ihm fast übel wurde.

Die Tage seit Weihnachten waren nur sehr zäh vergangen. Es gab nichts zu tun im Dorf, keiner brauchte Hilfe von einem Tagelöhner, und nach der verregneten Ernte im Herbst litten nicht nur Hannes und seine Familie Not. Selbst Wengerter wie Eberlin Schreiner mussten den Gürtel enger schnallen, und Jerg und Margarete Beder, die noch im vorigen Mai so fröhlich Hochzeit gefeiert hatten, beweinten inzwischen den Tod ihres Erstgeborenen. Margarete hatte nicht genug Milch für den Kleinen gehabt, eines Morgens erwachte sie mit dem toten Kind im Arm.

Hannes folgte dem Weg in Richtung Kappelberg, und als er das Dorf hinter sich gelassen hatte, sah er zum Himmel hinauf. Die Wolken lagen wie eine umgestülpte Wolldecke über dem Remstal, erst weiter flussaufwärts, irgendwo hinter Schorndorf, gab es keine Wolken mehr. Dort schimmerte das Schwarzblau des klaren Himmels schon ein wenig, aber vor allem trafen die ersten Strahlen der Sonne, die sich selbst noch nicht zeigte, die Unterseite der Wolken. Ein wenig unnatürlich wirkte es, wie die Wolken ganz allmählich heller wurden, während der klare Himmel dahinter noch im tieferen Dunkel lag. Hannes sah unverwandt hinauf, und das Schauspiel ließ ihn für eine Weile das Graben und Krampfen in seinem Magen leichter ertragen.

Die Wolken nahmen nun eine helle Fliederfarbe an. Hannes lächelte und konnte den Blick nicht abwenden: So ungefähr stellte er sich das Meer vor. Pfarrer Schefflen hatte ihm und Jost, als er seinen Freund einmal vom Unterricht im Pfarrhaus abholte, ein Buch gezeigt, auf das er sehr stolz war und das er in einer lateinischen und einer deutschen Fassung besaß. »Register des Buchs der Chroniken und Geschichten«, hatte Schefflen ihnen das Deckblatt vorgelesen, und dann hatte er das dicke und schwere Werk aufgeblättert. Auf einer Doppelseite, die mit »Das ander Alter der Welt« überschrieben war, wie Jost buchstabiert hatte, zeigten Bilder am linken Rand absonderliche Wesen und leuchtende Farben, und daneben wurde eine Übersicht der Welt ausgebreitet: Die Erdteile umtost vom Wasser der Meere, rundum bestürmt von Windgeistern und bewacht von den biblischen Stammvätern Japhet, Sem und Cham. Das Meer hatte es ihm dabei am meisten angetan, und er träumte oft von den riesigen Wassern, über die waghalsige Seefahrer reisten und Stürmen und Untiefen trotzten, gefährlichen Ungeheuern und Krankheiten wie Scharbock und Aussatz.

Über Hannes wurde es heller, die Wolken wechselten ihre Farbe in ein leichtes Rosa, und als der klare Himmel hinter Schorndorf allmählich in einem luftigen Blau leuchtete, in das sich schon ein wenig vom kräftigen Goldton der aufgehenden Sonne mischte, wirkten die Wolken stumpfer, verloren ihre strahlende Farbe und wurden grau und fahl und nur noch an manchen Stellen wie von einem schwachen, hellen Goldbraun getupft.

Drei Krähen kamen vom Kappelberg herübergeflogen, krächzend drehten sie über Hannes ab und wandten sich zu einer der Baumwiesen remsaufwärts. Vermutlich trieb auch sie der Hunger, aber selbst das wurmstichige und faulige Obst, das der erste Schnee noch verborgen hatte, war inzwischen eingesammelt und irgendwie zu Essbarem verarbeitet worden.

Langsam ließ er seinen Blick vom Flusstal hinauf zum Kappelberg schweifen, zu den Bäumen, die sich hinter der Burgruine zum dichten Wald drängten, der an den Nordhängen teilweise noch im tiefen Dunkel lag. Dort hinauf und auf der anderen Seite des Schurwalds wieder hinunter: Weiter war es nicht zur Reichsstadt Esslingen, die seit Jahrhunderten den Herren von Württemberg trotzte, die reich und mächtig nur dem Kaiser unterstand und trutzig und groß war mit ihren Türmen, den gut bewachten Stadttoren und den im Schutz der Wehranlage dicht an dicht gedrängten Bürgerhäusern.

Ein Knacken wie von einem brechenden Ast ließ Hannes aufhorchen. Das Geräusch war aus der Richtung gekommen, in die er gerade geschaut hatte, aber auch wenn er seine Augen noch so sehr zusammenkniff: Er konnte nicht erkennen, was den Ast hatte brechen lassen. Nun war es auch wieder still, und als er eine kleine Weile gelauscht und geschaut hatte, ließ es Hannes bewenden und er wandte sich zum Heimweg.

Hans Vollmar blieb noch ganz still im Gebüsch stehen, bis Hannes zwischen den Häusern des Dorfes verschwunden war. Dann stieß er seinen Vater an, der hinter ihm kauerte und das Reh umschlungen hielt, als wäre es seine Geliebte.

»Das nächste Mal lass ich dich daheim, du alter Trampel!«, zischte Vollmar seinen Vater an, und Vincenz war viel zu müde, um sich den anmaßenden Ton seines Sohnes zu verbitten. »Zertrittst hier die Äste, als wärst du noch nie auf dem Schurwald gewesen! Es hätte nicht viel gefehlt, und der Hannes hätte uns entdeckt.«

Die beiden Männer schoben sich aus dem Dickicht, das tote Reh zwischen sich.

»Das wär nicht allzu arg gewesen«, brummte Vincenz Vollmar, obwohl er sich den unbedachten Schritt selbst am meisten übelnahm. »Der Hannes hätte uns nicht verraten.«

»Ja, ja, du und dein Hannes.«

Hans Vollmar winkte wütend ab und zog an dem toten Tier. Langsam stolperten sie hintereinander her am Hang entlang, immer um Deckung bemüht und mit den Augen und Ohren überall. Sie hatten zu lange gebraucht für die Jagd, und nun war es viel zu hell, um die Beute noch ins Dorf schaffen zu können. Also ging es zum Versteck, einer mit Ästen und Büscheln abgedeckten Mulde im Wald, ein kleines Stück flussaufwärts. Dort wollten sie das Reh verbergen, bis sie es in der kommenden Nacht ins Dorf tragen konnten.

»Weißt du, Vater«, brachte Hans Vollmar hervor, während sie sich keuchend durch den frühen Morgen arbeiteten, »auch dein Hannes ist kein Heiliger, und Hunger hat schon manchen mürbe gemacht.«

Hannes stocherte in dem dünnen Brei und nahm immer nur ganz wenig davon auf seinen Löffel. Die gräuliche Pampe schob er dann lange im Mund hin und her, bis er sie schließlich hinunterschluckte. Seine Geschwister machten es wie er, der Vater hatte sich mit überkreuzten Armen auf seinem Platz zurückgelehnt, und die Mutter saß drüben bei Agnes am Bett und versuchte, ihr ein wenig von dem Brei einzuflößen. Das Mädchen gab sich Mühe, aber als sie sich verschluckte, schüttelte der Husten den ausgemergelten Körper so heftig durch, dass sie ermattet auf die Pritsche sank. Anna Gais fuhr ihrer Tochter mit den Fingern durchs Haar und redete beruhigend auf sie ein. Eine Weile wimmerte Agnes ganz leise, dann wurde sie still. Ihre Mutter erhob sich, schüttete den Rest Brei zurück in die Schüssel auf dem Tisch und setzte sich.

»Sie ist eingeschlafen. Ich versuch nachher noch einmal, ihr was zu geben. Sag, Peter: Sollen wir Klara zu Dora rausschicken?«

»Du weißt genau, was Agnes braucht. Dazu müssen wir nicht zur Heilerin. Sie braucht etwas auf den Rippen, sie muss essen und zu Kräften kommen.«

Anna nickte, dann fiel ihr der unberührte Löffel ihres Mannes auf. »Und du? Isst du nichts?«

»Ich habe …« Er lächelte sie an. »Ich habe keinen Hunger.«

Sie lächelte zurück und nickte, dann stand er auf.

»Ich geh mal zu Hohnecker rüber und versuche ihm ein paar Schlachtabfälle abzuschwatzen. Vielleicht kannst du daraus Brühe machen, das dürfte Agnes am ehesten helfen.« Er sah auf seine anderen Kinder hinunter. »Und euch auch«, sagte er und fuhr den Buben nacheinander durchs wirre Haar.

Was er wenig später in einem fleckigen Stück Sackleinen brachte, stank so fürchterlich, dass er das kleine Paket gleich hinters Haus brachte, noch einmal dick in einen Sack einpackte und es hinter einer hölzernen Luke unter dem Dach verschloss. So war es vor Tieren geschützt, und in der Kälte war auch der Geruch nicht mehr so aufdringlich.

Anna setzte Wasser auf, und als es zu sieden begann, ging Peter wieder hinaus, holte den gewickelten Sack hervor, packte alles aus und wusch die Schlachtabfälle mit Regenwasser ab.

Danach kam er mit zwei abgehackten Schweinsfußenden, an denen noch die Klauen steckten, mit Darmstücken und einigen formlosen Fetzen von Innereien und Pansen ins Haus und beeilte sich, alles in das siedende Wasser zu geben, bevor die Teile ihren Geruch in der Stube verströmen konnten. Bald war es im Haus trotzdem nicht mehr auszuhalten, und erst, als der faulige und beißende Gestank, der anfangs aus dem großen Topf aufstieg, nachließ und der Raum mehrmals gelüftet worden war, kamen die Kinder wieder herein.

Agnes war zu schwach gewesen, um in dieser Zeit das Bett zu verlassen, und so hielt ihr der Vater, als sie von dem Geruch erwachte, ein paar Kräuter unter die Nase und wedelte mit angekohlten Holzstücken Rauch zu ihr hin. Sie überstand das Schlimmste, ohne sich übergeben zu müssen, und mit der Zeit roch es vom Topf her erst erträglich und dann vergleichsweise appetitlich. Klara hatte aus dem Vorratsraum noch ein paar Krümel von getrockneten Kräutern geholt, die noch vom Herbst übrig waren und die nun als einzige Würze in die Brühe kamen. Anna stand und rührte, als würde sie ein Festmahl für den Herzog persönlich zubereiten, und den anderen lief längst das Wasser im Mund zusammen.

Ausnahmsweise aßen sie an diesem Tag mittags warm, und die Kinder fielen mit so großem Appetit über die Brühe her, dass schließlich auch Anna und Peter die Löffel in die Suppe tunkten. Agnes hatte schon vorab etwas davon bekommen, und mit einem Lächeln auf den Lippen war sie inzwischen wieder eingeschlafen. Peter Gais fischte ein paar Stücke aus der Brühe und schnitt Innereien und Pansen klein. Reihum reichte er jedem am Tisch ein paar Bröckchen, und alle stopften sich die winzige Zuteilung in den Mund. Hannes hatte vorgehabt, seinen Teil besonders lange zu kauen, um möglichst lange etwas davon zu haben, aber als sich im Mund der Geschmack der Brühe allmählich verlor und die Stücke eine ranzige Note bekamen, schluckte er das Essen schnell hinunter, um es noch rechtzeitig in den Magen zu bekommen, bevor er es womöglich im Reflex wieder auswürgen würde.

Es war eine stille Mahlzeit, und als sie sich erhoben, waren sie leidlich satt – und hatten obendrein das beruhigende Gefühl, dass der Topf noch immer halb voll mit Brühe war, und die beiden Schweinsfußreste schwammen auch noch darin. An diesem Abend gingen alle mit vollen Bäuchen zu Bett, sogar Agnes hatte die Brühe bei sich behalten und wirkte tatsächlich schon etwas kräftiger, als sich die Kinder unter der Decke aneinanderschmiegten. Und als Hannes in der Nacht zweimal wach wurde, weil sein Magen mit Krämpfen auf die verdorbenen Suppeneinlagen reagierte, drehte er sich lächelnd um und versuchte wieder einzuschlafen: Immerhin hatte er etwas im Magen, und es war nicht der Hunger, der in ihm grub.

So glücklich war in diesem Winter nicht jeder Tag. Und nicht jeder Tag, der sie satt machte, war ein Anlass zur Freude.

Gleich am Morgen nach der Suppe mit den Schlachtabfällen, die Peter Gais dem jungen Hohnecker hatte abschwatzen können, ging es Agnes wieder schlechter. Sie litt unter Krämpfen – entweder vertrug sie das alte Fleisch nicht, das in der Brühe ausgekocht worden war, oder sie war gar kein so habhaftes Essen mehr gewohnt. Hannes und Michel trugen sie vors Haus und packten sie dort dick ein, dann setzten sie sich links und rechts neben sie und erzählten ihr Geschichten von Rittern und Prinzessinnen, bis sie eingeschlafen war.

Zeit hatten sie dazu, denn Arbeit gab es im Dorf keine. Die Bauern und Handwerker besserten ihre Gerätschaften aus und flickten Säcke und Kleider, sie reparierten Zäune und Dächer, und Eberlin Schreiner machte sich in seinem Weinkeller zu schaffen. Aber dafür brauchten sie keine Tagelöhner, denen sie für ihre Hilfe etwas geben mussten. Da hielten sie ihre kümmerlichen Speck- und Brotreste lieber beisammen und erledigten das, was anfiel, selbst. Manchen von ihnen ging es dabei kaum besser als den Gaisens. Vor allem dem Muthans fehlte es am Nötigsten. Im Spätsommer und im Herbst hatte er seine Arbeit schleifen lassen und entsprechend wenig hatte er verdient.

Im Gasthaus konnte er für Wein und ab und zu ein dürres Vesper bis zum Frühjahr anschreiben lassen – aber davon konnte er nicht alle Tage satt werden.

Auch für sich selbst mussten die Kinder von Anna und Peter Gais nicht allzu viel tun. Sie mussten nach den Eiern sehen, und jeden Tag die Stube fegen. Und manchmal gab ihnen die Mutter irgendwelche kleine Aufgaben oder schickte sie zur Kirche, zu einem Bauern oder einem Handwerker, um nach Essen oder Arbeit zu fragen – natürlich wurden sie fast immer überall wieder fortgeschickt, ohne dass sie etwas nach Hause bringen konnten. Die Mutter war ihnen deswegen nie böse, und Hannes hatte den Verdacht, dass sie ihre Kinder mit diesen Gängen nur beschäftigt halten und vom ständigen Hunger ablenken wollte.

Die eigentlichen Aufgaben erledigten sie frühmorgens, wenn es noch duster war, und vom späten Nachmittag an, wenn es draußen wieder dunkel wurde. Dann gingen die größeren Kinder in den Wald und suchten nach Feuerholz. Die Kleineren streiften die Rems entlang und stöberten auf Wiesen und Feldern nach Essbarem – meist fanden sie nichts, aber mit viel Glück stöberten sie alle paar Tage mal einen toten Fisch auf, der sich im Ufergras verfangen hatte, während er rücklings den Fluss heruntertrieb, oder einen Vogel, der in der klirrenden Kälte umgekommen war und nun hartgefroren auf dem Boden lag.

Nun also hockte Agnes schlafend zwischen ihren beiden großen Brüdern, die ganz nah an sie herangerückt waren, um sie mit ihren Körpern noch etwas wärmen zu können. Da kam Vincenz Vollmar heran. Er hatte sich ein kleines Bündel unter den Arm geklemmt und wandte sich alle paar Schritte um, als wolle er sichergehen, dass ihn niemand aus seiner Familie bei dem beobachtete, was er gerade unternahm. Schließlich hatte er das Haus des Tagelöhners erreicht. Er nickte den beiden Jungen freundlich lächelnd zu, warf einen besorgten Blick auf die schlafende Agnes, aber all das tat er im Vorübergehen wie in großer Eile, und schon war er nach einem letzten Blick zurück im Inneren des Hauses verschwunden.

Anna Gais sah überrascht, wer da zur Tür hereinschlüpfte. »Vincenz! Ja, setz dich doch.«

Sie deutete einladend auf die Bank, und der Alte setzte sich schnell hin.

»Wie kann ich dir denn helfen?«

Er grinste verschmitzt und ließ dabei ein paar verfärbte Zahnstumpen sehen. Dann holte er das Bündel unter seinem Arm hervor, legte es auf den Tisch und breitete würdevoll das Tuch aus, in dem er sein Mitbringsel eingeschlagen hatte.

»Heute bin ich mit dem Helfen dran«, sagte Vollmar dann und präsentierte den Inhalt des Bündels.

Anna Gais sah ungläubig zwischen ihm und dem Bündel hin und her, dann trat sie näher und hob die Stücke, die dort lagen, ein wenig an, um alles besser erkennen zu können.

»Haut, Knochen – daraus lässt sich eine feine Brühe machen. Und das hier ist sogar ein Stück Fleisch.« Sie hob den Blick und sah Vollmar in die Augen. »Vincenz: Wo, um Himmels willen, hast du das her?«

»Muss keiner wissen«, raunte er und freute sich diebisch über ihr Staunen.

»Das ist Wild, richtig? Reh?«

Beide Male war ihm anzusehen, dass sie es getroffen hatte, aber er nickte nicht, sondern sagte scheinheilig: »Keine Ahnung, Anna, ich kenn mich da nicht so aus. Ich hab das gefunden, genau so, und da hab ich es halt mitgenommen, weißt du?« Er zwinkerte ihr zu.

»Du kommst in Teufels Küche, wenn das rauskommt!«

Vollmar zuckte mit den Schultern. »Warum sollte es rauskommen? Willst du mich anzeigen?«

»Natürlich nicht«, protestierte sie. »Ich würde dich auch nicht anschwärzen, wenn du mir nichts bringen würdest – aber ich danke dir natürlich sehr für das hier. Unsere Agnes macht uns Sorgen, da bin ich über jede Gelegenheit froh, ihr eine kräftigende Brühe machen zu können. Erst gestern …«

Vollmar schüttelte missbilligend den Kopf. »Hör auf, Anna! Ich habe gesehen, wie dein Peter hat betteln müssen, bis ihn der

Hohnecker seine verdorbenen Abfälle hat im Hof zusammenlesen lassen. Das lag da noch herum – der Hund wird wohl schon satt gewesen sein.«

Anna presste die Lippen aufeinander.

»Oh, entschuldige«, sagte er schnell, »ich wollte dir nicht nachträglich den Appetit verderben.«

»Mach dir darüber keine Sorgen. Ich halte was aus, und lieber als dieser elende Hunger sind mir solche Schlachtabfälle allemal. Peter hat sie eh gewaschen, bevor ich sie gekocht habe.«

»Du bist eine tapfere Frau, Anna.« Vollmar nickte anerkennend, und er lächelte sie freundlich an. »Das hätte der Peter nicht besser treffen können.«

Sie strahlte ihn an, dann wurde sie wieder ernst. »Und anders geht es ja auch nicht: In diesen Zeiten muss man zusammenhalten, vor allem die Familien. Hast du schon gehört, dass der Hannes an Lichtmess eine Lehre als Zimmermann anfangen darf?«

»Ja, drüben in Winterbach. Ich hab's im Gasthaus mitbekommen. Der Huetlin hat's eingefädelt?«

Anna nickte.

»Das ist gut von ihm, wenn er sich kümmert, als ob …« Vollmar verstummte.

»Ja?« Sie sah ihn lauernd an.

»Ach, nichts. Ich … ich möchte mich auch noch bei dir entschuldigen, dass ich nichts Besseres bringen kann: Mein Sohn wacht mit Argusaugen über das ganze Tier. Aber er ist zu faul, das Fell von der Haut zu schaben, also hat er es weggeworfen. Die Knochen habe ich aus dem Vorratssack genommen, und das Stück Fleisch ist mir irgendwie mit ins Bündel gerutscht.« Er zwinkerte wieder mit den Augen.

»Sieh dich vor, Vincenz«, warnte ihn Anna. »Wenn das einer spitzkriegt, seid ihr dran.«

»Sag einfach niemandem etwas davon.«

»Ich? Wovon denn? Du hast was gefunden, und im Handumdrehen ist alles Verwertbare nachher im Topf, und die Reste brennen im Feuer. Das ist bald vergessen, und die Kinder freuen sich satt zu werden, mehr wollen die schon lange nicht mehr wissen.«

»Dann ist es gut. Ich wünsche guten Appetit, und der kleinen Agnes natürlich baldige Besserung!« Er griff in die Hosentasche und hielt ihr eine kleine Schnitzerei hin. »Meine Mutter hat mir früher mal so einen gemacht.«

Ein kurzes, dickes Stück Ast war so bearbeitet worden, dass es einen kleinen Kobold oder etwas in der Art darstellte. Die Arme und Beine waren nur als Konturen ins Holz eingeritzt. Die Beine endeten in einem besonders sorgfältig glattgeschmirgelten schmalen Stück.

»Das dünne Ende hier kann sie in den Mund nehmen, wenn der Hunger gar zu schlimm wird. Das Holz gibt etwas Geschmack ab, nicht viel, aber es könnte helfen, durch die Nacht zu kommen, wenn ich …« Er nickte zu dem Bündel auf dem Tisch hin und grinste schelmisch. »… wenn ich mal nichts gefunden habe.«

Sie nickte, legte Haut, Fleisch und Knochen in eine flache Schüssel, rollte Vollmars Bündel wieder zusammen und gab es ihm zurück. Dann drückte sie ihm stumm die Hände zum Dank und wandte sich schnell ab, damit er nicht sah, wie in ihren Augen die Tränen aufstiegen. Vollmar murmelte einen unbeholfenen Abschiedsgruß und ging hinaus. Draußen blieb er kurz bei Agnes und den beiden Buben stehen.

»Na«, fragte er Hannes, »geht es deiner Schwester gut?«

»Es ist heute etwas besser, danke.«

»Deine Mutter wird ihr wieder eine Brühe machen können, die tut Agnes sicher gut.« Er fixierte den Jungen. »Sag mal, Hannes: Warst du vorgestern droben auf dem Kappelberg? Ganz früh am Morgen, als es noch dunkel war?«

Hannes zögerte, aber der Alte konnte die Antwort an seiner Miene ablesen. Er nickte, legte kurz den Zeigefinger auf die Lippen, dann nickte er beiden Buben zum Abschied zu und machte sich auf den Heimweg.

Die Stimmung im Gasthaus zum Ritter war gedrückt. Der Winter war hart und setzte vielen im Dorf nach der schlechten Ernte ordentlich zu. Selbst Bauern, die sonst gut über die Runden kamen, war diesmal nach dem Begleichen der jährlichen Abgaben so wenig geblieben, dass sie ihre Familien nur mit Müh und Not durchbrachten.

Doch der Mangel traf nicht alle mit derselben Wucht. Wohlhabende Bauern wie Philipp Keller, der den früheren Fronhof betrieb und über den meisten Grund von allen Beutelsbachern verfügen konnte, hatte zwar weniger verdient als sonst, trotzdem fehlte ihm nichts Lebenswichtiges – er konnte einfach nur etwas weniger auf die Seite legen als in den vorigen Jahren. Der Metzger Hohnecker hatte für das Gasthaus, für den Pfarrer und Leute wie Keller noch genug zu tun, um nicht selbst in Not zu geraten. Heinrich Huetlin verdiente seit Jahren gut mit dem Gasthaus, er hatte vorgesorgt und konnte ohne größere Probleme auch einige schwächere Monate durchstehen.

Auch den Wengerter im Flecken ging es noch verhältnismäßig gut: Sie gaben einen festgelegten Teil ihrer Traubenlese und des daraus gekelterten Weins ab – zu leiden hatten sie vor allem darunter, dass die Preise für Lebensmittel insgesamt verfallen waren und so für den bei ihnen verbleibenden Teil der Ernte weniger Geld erlösten als in früheren Jahren. Wegen der fallenden Preise traf es diejenigen am härtesten, die ihre Abgabe in Geld zu leisten hatten – wobei der Betrag der Abgaben gleich hoch blieb, aber auch sie für ihre Ernte nur niedrigere Erlöse erzielten.

Deswegen sparten die Bauern, wo es nur ging – also wurden Gerätschaften, für die man sonst wohl schon längst Ersatz beim Wagner bestellt hätte, noch so lange benutzt, wie es eben ging. Die baufällige Scheuer besserte man notdürftig selbst aus, um keinen Zimmermann bezahlen zu müssen. Und die auf dem Hof anfallenden Arbeiten erledigte man möglichst selbst, damit nicht auch noch Geld an Hilfskräfte abfloss. Und so mussten Handwerker wie der Muthans und Tagelöhner wie der Gaispeter eben zusehen, wie sie mit wenig, mit sehr wenig oder gar nichts irgendwie durch den Winter kamen.

Ab und zu half einer dem Nachbarn. Wenn es der eigene Vorrat zuließ, wurde mal ein Kanten altes Brot oder etwas

Milch hergeschenkt, aber nie sehr viel und nicht zu oft – man wusste ja nicht, wie lange der Winter noch kalt bleiben würde und wie lange das bisschen, das man selbst besaß, für die drei, vier oder sechs Kinder reichen musste, die das Säuglingsalter überlebt hatten.

Pfarrer Schefflen teilte manchmal mit großer Geste etwas Speck oder ein paar Rüben aus, die er aus der Kirchenkasse gekauft hatte, aber es war weit weniger als gebraucht wurde – und sicher weniger, als es die christliche Nächstenliebe geboten hätte. Eher noch taten sich der Kaplan und der Vikar hervor, indem sie mit kleinen Bettelgängen Sachspenden bei den reicheren Bauern organisierten und diese an die Bedürftigsten verteilten.

Auch Heinrich Huetlin half einigen der Ärmsten im Flecken, zum Beispiel indem er ihnen unter der Hand gestattete, sich ohne Bezahlung kleinere Mengen Brennholz im Wald zu holen, der zur Allmende gehörte. Dieser Grundbesitz konnte nach festen Regeln von allen Mitgliedern der Dorfgemeinde genutzt werden – aber Dorfbewohner wie der Tagelöhner Gais zählten nicht als Mitglieder und hatten an der Allmende dementsprechend auch keine Rechte. Er nahm ihnen das Versprechen ab, über die heimliche Erlaubnis Stillschweigen zu bewahren – zwar wusste jeder im Dorf darüber Bescheid, aber solange nichts offiziell war, konnten alle so tun als sei ihnen nichts davon bekannt. Und Huetlin drückte auch beide Augen zu, wenn sich einer bei dieser Gelegenheit die Freiheit nahm, mal einen Hasen oder einen Marder zu erlegen – solange das nicht ausartete, konnte etwas verschenktes Gemeinderecht durchaus für alle gut sein, weil der Friede im Flecken erhalten werden konnte.

Auch als Wirt half er Gästen, die gerade nicht bezahlen konnten – allerdings weniger aus reiner Menschenliebe, sondern eher aus Geschäftssinn: Arme Schlucker wie der Muthans trugen das ganze Jahr über immer wieder ihre Kreuzer ins Gasthaus, da ließ er sie über den Winter anschreiben. Sein Geld bekam er ja im Frühjahr oder Frühsommer, wenn die

Geschäfte seiner Zecher wieder besser liefen, und durch seine vermeintliche Großzügigkeit sorgte er dafür, dass auch im Winter sein Wein getrunken und die eine oder andere Brotzeit verzehrt wurde.

An diesem Abend aber begnügte sich der Muthans mit Wein, dem er aber wie gewohnt tüchtig zusprach. Der Wagner saß mit Hohnecker zusammen, der ebenfalls keinen Hunger hatte – was in seinem Metier natürlich nicht überraschte. Die beiden hockten am kleinen Tisch in der Ecke, nicht weit von der Eingangstür entfernt, durch deren Ritzen es immer wieder mal kalt durchzog.

Am großen Tisch in der Raummitte saßen heute einige Mitglieder des Dorfgerichts beisammen, allerdings tagten sie nicht, sondern sie ließen sich einfach den einen oder anderen Krug Wein schmecken, und dazu hatte Huetlin ordentlich Griebenschmalz und Brot auftragen lassen. Huetlin saß selbst ebenfalls mit in der Runde, Eberlin Schreiner war gekommen, der Bauer vom früheren Fronhof, Keller, mit seinem tattrigen Vater, und weil der Schultes in solcher Runde immer eine Kleinigkeit zu servieren pflegte, fehlte auch Schefflen nicht. Der Pfarrer langte von allen Anwesenden sogar am eifrigsten zu und setzte zwischendurch immer wieder den Weinbecher an die fettglänzenden Lippen. Huetlin fragte sich nicht zum ersten Mal, warum der Geistliche bei seinem Appetit nicht längst wie ein Fass aussah.

Irgendwann bat Eberlin Schreiner die junge Magd Rose, die den Männern nun schon zum dritten Mal eine Platte mit Brot und Schmalz auftrug, doch bitte auch dem Muthans und dem Hohnecker etwas zu bringen, falls der Gastwirt damit einverstanden sei. Huetlin ließ sich nicht lumpen, nickte dem Mädchen zu und Rose ging mit ihrer Platte zu den beiden Männern am kleinen Tisch hin.

Hohnecker nahm sich zwei dicke Kanten Brot, tunkte sie ins Schmalz und streute ein wenig Salz drauf. Muthans nahm nur ein kleineres Stück und stippte damit etwas Schmalz auf. Die Magd stellte die Platte auf dem großen Tisch ab, und Huetlins

Nebensitzer versorgten sich mit Nachschub. Nach einer Weile stand Huetlin selbst auf und ging mit der Platte noch einmal zu Muthans und Hohnecker. Der Metzger griff noch einmal zu, der Muthans aber lehnte dankend ab.

»Kannst ruhig noch nehmen, Muthans«, redete Huetlin ihm zu, »das gibt's kostenlos zum Trunk dazu. Da seid ihr meine Gäste, genau wie die anderen am großen Tisch.«

Er nickte ihm aufmunternd zu, doch der Wagner schüttelte den Kopf.

»Nein, danke, Schultes, aber wenn du mir noch einen Becher Wein spendieren möchtest, sag ich natürlich nicht nein.«

Huetlin lachte. »Hans, du bist ein rechter Schluckspecht. Du solltest weniger trinken und dafür mehr essen – das würde deiner Gesundheit sicher besser bekommen!«

Der Muthans trank aus, schob den leeren Becher ein kleines Stück auf Huetlin zu und sah den Wirt grinsend an.

»Na, meinetwegen. Linda!«, rief er zum Schank hin. »Hast du bitte für meinen Freund Muthans noch einen Becher Wein?«

Sie griff einen kleinen Krug aus dem Regal und gab ihn Rose, die sofort zum Muthans an den Tisch kam und den Wein vor ihm abstellte.

»Vergelt's Gott, Huetlin«, brummte Muthans zufrieden, und man hörte an seiner schweren Zunge, dass er eigentlich keinen Wein mehr gebraucht hätte. »Und gegessen habe ich heute schon genug, auch Fleisch, da musst du dir für ein, zwei Tage keine großen Sorgen um meine Gesundheit machen.«

»Ach, lass gut sein, Muthans!«, versetzte Huetlin, der nicht genau zugehört hatte. »Von den ein, zwei Schmalzbroten wird ein richtiger Mann doch nicht satt!«

»Na, das war eher der Nachtisch. Sehr gut übrigens, vielen Dank, aber ich krieg wirklich nicht noch mehr runter!«

Stimmt: Hatte Muthans nicht gerade von Fleisch gesprochen?

»Das freut mich zu hören. Was gab's denn Feines?« Er klatschte Muthans seine Pranke auf die Schulter und sah grinsend zu Hohnecker hin. Irritiert bemerkte er, dass auch Hohnecker den Muthans ansah, als wüsste er ebenfalls gern, was seinem Nebensitzer denn heute so gut geschmeckt hatte. Aber wenn der Wagner sein Fleisch nicht vom Metzger hatte …

»Ach, ich will's gar nicht wissen«, sagte Huetlin schnell und bemühte sich um einen besonders munteren Tonfall, »sonst werd ich noch ganz neidisch – wo ich und meine Freunde doch heute mit einfachem Schmalzbrot zufrieden sein müssen.«

Er lachte etwas zu laut, es klang ein wenig aufgesetzt, und dann setzte er sich wieder an den Tisch zu den anderen Gästen und eröffnete ein Gespräch über das nächstbeste Thema, das ihm einfiel.

Muthans nahm einen großen Schluck, dann rief er – nun schon deutlich lallend – zum Tisch mit dem Schultes und dem Pfarrer hinüber: »Ja, Huetlin, da kannst du wohl neidisch sein!«

Er kicherte und trank noch einmal. Huetlin gab Hohnecker schnell ein Zeichen, und der verstand auch sofort, hakte den Muthans unter und wollte dem Betrunkenen beim Hinausgehen helfen.

»Lass mich, Hohnecker!«, rief der Wagner da und riss sich wieder los. »Mich muss keiner hier herausschleifen! Ich geh selber, und ich geh ganz gern – schließlich wartet daheim noch eine kräftige Brühe auf mich!«

Huetlin atmete auf. Also hatte Muthans wohl irgendwo Schlachtreste ergattert.

»Frisches Wild ist einfach unvergleichlich«, schwärmte Muthans, doch dank seiner schweren Zunge hatten ihn nicht alle im Raum verstanden.

Schreiner und Huetlin tauschten besorgte Blicke, der junge Keller hatte wohl auch etwas mitbekommen und beobachtete den Ecktisch aus zusammengekniffenen Augen. Sein Vater dagegen stopfte sich gerade noch ein Schmalzbrot in den Mund, und Schefflen sah verstohlen zu der jungen Magd hinüber, die den Boden vor dem Tresen aufwischte und ihm dabei ihr hin- und herwackelndes Hinterteil entgegenstreckte. Rose war ein hübsches Ding, das seinem Vornamen mit dem schönen Gesicht, mit großen Augen und vollen Lippen, alle Ehre machte. Sie war schlank, aber nicht mager, und mit ihren sechzehn Jahren fand sie es durchaus reizvoll, ihre Wirkung auf Männer auszuprobieren. Auch Huetlin hatte sich schon böse Blicke von Linda eingehandelt, wenn er sie mal zu lange angesehen hatte.

»Linda!«, rief er nun, »bring doch dem Muthans noch einen Wein, und dem Hohnecker auch. Und dann sei so gut und helf dem Metzger, unseren guten Muthans hinauszubringen. Der schläft uns ja noch am Tisch ein, so betrunken, wie er schon wieder ist.«

Dann stand er auf, ging zum Tresen und raunte Linda zu, dass Rose ein bisschen um Pfarrer Schefflen und Philipp Keller herumscharwenzeln solle. Er hoffte, damit deren Aufmerksamkeit von Muthans abzulenken. Linda hatte den Wagner offenbar sehr genau verstanden, und sie nickte nur knapp. Huetlin setzte sich wieder und Linda befahl das Mädchen für einen Moment zu sich hinter den Tresen. Von dort kam Rose kurz darauf mit einem Krug Wein an den Ecktisch und flanierte dann recht langsam und mit ausladendem Hüftschwung zum großen Tisch heran. Sie fing Schefflens Blick auf, der sie die ganze Zeit über nicht aus den Augen gelassen hatte, senkte, als sie ihn scheinbar überraschend beim Glotzen erwischte, gekonnt schamhaft die Augen. Dann kam sie noch näher heran und fragte ihn, ob sie ihm denn noch etwas bringen dürfe. Auch Linda kam nun zum Tisch, stützte sich vor Philipp Keller mit beiden Händen auf der Tischplatte ab und fragte ihn mit rauer Stimme und weit vorgebeugt, ob er noch etwas brauche. Keller schluckte und wusste gar nicht, wohin mit seinen Blicken.

Muthans sackte auf seinem Platz zusammen und ließ den Kopf ein wenig nach vorne sinken. Huetlin räusperte sich, Schreiner wirkte erleichtert und Linda kehrte zum Tresen zurück, um Philipp Keller noch Wein zu holen. Schefflen strahlte Rose an, die neben ihm stand und ihm anvertraute, dass sie sich schon auf den Sonntag freue, wenn sie in der Beichte ihr Gewissen erleichtern könne. Das Leben, raunte sie, bringe gerade für eine junge Frau allerlei Verwirrendes mit sich. Dabei schenkte sie ihm nach und zuckte auch nicht zurück, als der Pfarrer ihr beim Griff nach dem Becher wie versehentlich über die Hand streichelte.

Von Muthans war kurz ein Schnarchen zu hören, das aber sofort abbrach. Der Wagner riss die Augen auf, sah sich um, als müsse er sich besinnen, wo er saß. »Ah, jetzt!«, lallte er wieder los, als er sich erinnerte. »Wild also – Huetlin, ich sag dir: unvergleichlich! Ich kann gut verstehen, dass das die hohen Herrschaften für sich allein haben wollen!« Er lachte scheppernd, verschluckte sich dabei, hustete, trank etwas Wein und hustete wieder.

Davon abgesehen war es in der Gaststube völlig still.

Huetlin und Schreiner sahen vor sich auf die Tischplatte, Philipp Keller starrte den Wagner an und sah dann zu seinem Vater hin, der heftig nickte. Schefflen fiel die plötzlich so angespannte Stimmung als Letztem in der Runde auf. Die beiden Kellers standen auf, traten an den Nebentisch und sahen auf Muthans hinunter, der mit glasigen Augen vor ihnen saß, erst nicht verstand, was sie von ihm wollten, und dann, als es ihm wohl dämmerte, allmählich auf seinem Platz zu einem Häuflein Elend zusammensank.

Hohnecker rückte ein wenig von ihm ab und Linda und Rose hatten sich an den Tresen zurückgezogen und warteten darauf, dass Huetlin ihnen irgendeine Aufgabe übertrug.

»Was hast du gesagt?«, donnerte Keller den betrunkenen Wagner an. »Was hast du gegessen?«

Huetlin stand auf und stellte sich zwischen Keller und den Muthans. »Ach, der alte Suffkopf weiß doch nicht mehr, was er redet. Der hat so viel von meinem Wein in sich, da würde ich schon längst keinen geraden Satz mehr herausbringen!«

Keller warf ihm einen vernichtenden Seitenblick zu, dann fixierte er wieder Muthans. »Du hast Wild gegessen! Wo hast du das her?«

»Ich …« Muthans zitterte vor Angst, er trank seinen Becher leer, dann verdrehte er die Augen und kippte gegen die Wand. Keller beugte sich vor und schüttelte den Mann, aber Muthans wurde nicht wieder wach – oder er stellte sich hartnäckig schlafend.

»Hör auf, Philipp, du siehst doch: Aus dem ist heute nichts mehr herauszubekommen! Lass den Mann, der ist nicht bei Sinnen. Du weißt doch selbst, dass er manchmal schon morgens betrunken durch den Flecken wankt. Was weiß ich, was er sich da alles einbildet.«

Huetlin zog und schob den jungen Keller zurück an den großen Tisch, und sein Vater folgte ihnen widerwillig.

»Wild will er gegessen haben?«, fragte Schefflen, der mit trüben Augen eine Weile gebraucht hatte, bis er alles verstand. »Aber das ist doch gegen das Gesetz! Wild darf nur die Herrschaft jagen, und ganz gewiss keiner wie der Muthans!«

Huetlin gab keine Antwort, Schreiner reichte zur Ablenkung Brot und Schmalz herum, und der alte Keller sah immer wieder zu Muthans in seiner Ecke hin. Der Wagner hatte die Augen fest geschlossen und atmete regelmäßig ein und aus, ab und zu war ein leises Schnarchen aus seiner Richtung zu hören. Hohnecker machte Anstalten, sich aus dem Staub zu machen, aber auf einen bittenden Blick von Huetlin hin blieb er dann doch sitzen. Linda schickte Rose mit noch etwas Wein und Brot zu ihm, und der Metzger hielt sich als Stütze bereit, falls Muthans zur Seite kippen sollte.

»Wenn du, Huetlin, ab und zu Leuten das kleine Jagdrecht zugestehst«, sagte Philipp Keller nach einer Weile, »damit sie nicht verhungern, mag ich dagegen nichts sagen. Das ist das Recht der Gemeinde, du bist unser Schultes, soll's also angehen. So ein Marder fehlt mir nicht, und wenn's einem schmeckt, der sonst gar nichts hätte – meinetwegen.« Er hob abwehrend die Hände. »Und ich weiß ja eigentlich auch gar nichts davon …«

Huetlin nickte.

»Aber das herrschaftliche Jagdrecht darf keiner verletzen. Ich nicht und du nicht. Und der dort …« Er nickte abschätzig zum schlafenden Muthans hinüber. »… schon gar nicht!«

»Recht habt Ihr«, mischte sich Schefflen ein, »das ist gegen das Gesetz, und das Gesetz ist die eherne Grundlage unser aller Zusammenleben! So wie Gott uns die Gebote …«

»Schon recht, Herr Pfarrer«, brummte Keller ungnädig und unterbrach Schefflens Redefluss. »Aber mir geht's hier gar nicht ums Prinzip – sondern darum, dass wir uns womöglich mitschuldig machen, wenn hier einer wildert. Denkt Euch: Der Forstrichter bringt den Fall vors Gericht in Schorndorf, und dann wird natürlich auch danach gefragt werden, wer davon wusste, wer es nicht anzeigte, wer es womöglich sogar duldete.«

Er sah ernst in die Runde. Sein Vater nickte eifrig, auch Schefflen ließ ein »Gut gesprochen!« hören, obwohl er im ersten Moment daran gedacht hatte, wegen der Unterbrechung ein wenig beleidigt zu sein. Aber mit einem wohlhabenden Mann wie Keller, der auch sonntags ordentlich etwas in den Klingelbeutel steckte, verdarb er es sich wegen einer solchen Kleinigkeit lieber doch nicht.

»Dann nämlich, Huetlin«, fuhr Keller fort, »wird auch in allem anderen genauer hingeschaut. Und du weißt ebenso gut wie ich, dass die Schorndorfer schon länger versuchen, überall ihre Finger hineinzustecken. Das ständige Gerede vom Amt, das den Herzog auf dem Land vertrete, das seinen Willen durchsetze und von uns aus den umliegenden Dörfern gefälligst entsprechend respektvoll behandelt zu werden habe – mir wird das allmählich etwas viel. Die sollen uns in Ruhe lassen, und wir zahlen unsere Abgaben. Und …« Er sah noch einmal alle an und hob den Zeigefinger. »Und wir halten uns an die Regeln!«

Huetlin wusste darauf nicht viel zu sagen. Keller hatte recht, und die Schorndorfer würden sich die Gelegenheit wirklich nicht entgehen lassen, die Beutelsbacher einmal so richtig in die Schranken zu verweisen und sie zu schurigeln, wo sie nur konnten. Oft genug war er schon mit dem Gaisberg zusammengerasselt, und jedes Mal hatte ihm der Vogt der Amtsstadt zu verstehen gegeben, dass er sich durchaus deutlich oberhalb eines gewöhnlichen Dorfschultheißen dünke und dass Huetlin sich ihm gegenüber auch entsprechend aufzuführen habe. Wenn Huetlin daran zurückdachte, wie er im letzten Sommer wegen der fliehenden Schweine seine Beschwerde vor den

Schorndorfer Vogt gebracht hatte und wie der ihm hochnäsig beschied, dass es eine solche Lappalie ja wohl nicht wert sei, noch mehr Leute damit zu behelligen, und dass er das gefälligst im Dorfgericht klären und aus dem Gemeindebudget regeln solle, ballte er noch heute die Faust vor Wut.

»Wir hatten«, fuhr Keller unterdessen fort, »schon länger keinen Fall von Wilderei in den hiesigen Wäldern, aber was man so hört, soll es bald nicht mehr mit einer bloßen Geldstrafe abgetan sein. Wer weiß, was den hochlöblichen Vertretern unseres Herzogs da noch alles einfallen wird.«

»Aber Herr Keller«, wandte Schefflen ein, »es stimmt doch auch, dass das Amt den Herzog vertritt – unser edler Herr kann ja nicht überall zugleich sein und sich kümmern. Auch bei uns in der Kirche wende ich mich an die Chorherren im Stift, während uns wiederum die Kirchen in Schnait und Stetten unterstellt sind. Diese Ordnung ist gottgefällig und frommt uns deshalb allen.«

»So ist es«, gab ihm Keller recht, sah dabei aber die anderen mit verdrehten Augen an.

Schefflen, der das nicht gesehen hatte und auch nicht bemerkte, wie Huetlin und Schreiner um eine ernste Miene rangen, nickte zufrieden und nahm einen großen Schluck.

»Wildert also jemand auf Beutelsbacher Gemarkung«, fuhr Keller fort, »oder auch nur jemand, der hier lebt, fällt das auf uns alle zurück. Und ich sehe nicht ein, dass mir der Gaisberg oder seine blasierte Ehrbarkeit in die Suppe spuckt, nur weil der Muthans unbedingt ein Reh fressen muss!«

»Ich gebe dir in allem recht«, sagte Huetlin nach einer längeren Pause, »nur in einem nicht: Dass der Muthans gewildert hat, kann ich mir nicht vorstellen. Da müsste ihm das Reh ja geradewegs in den Topf gesprungen sein, so wacklig und ungeschickt, wie der inzwischen durch die Sauferei geworden ist.« Huetlin lachte trocken, und Schreiner grinste dazu.

Keller und sein Vater dagegen blieben ernst. »Wenn er's nicht war, der das Wild erlegt hat, soll er uns zumindest sagen, wer es getan hat. Und der wird dann vor Gericht gestellt!

Huetlin, du weißt: Mir ist nicht daran gelegen, dass hier jemand bestraft wird, und wär's nicht herausgekommen, würde ich gar nichts davon wissen wollen. Aber jetzt ist es schon mal ruchbar, und da will ich drauf sehen, dass nicht womöglich noch wir anderen im Flecken den Kopf hinhalten müssen.« Damit war für Philipp Keller die Sache besprochen. Er erhob sich und ging an den Tisch von Muthans und Hohnecker. »He, Muthans!« Er stupste den Wagner erst an, und als ihn das nicht aufweckte, boxte er ihn unsanft gegen die Schulter.

»Aua!«, machte der Wagner daraufhin, riss die Augen auf und rieb sich die schmerzende Stelle.

»Mach dein Maul auf, Muthans: Wer hat dir das Wild gegeben?«

Muthans sah ängstlich zu Keller auf, dann schickte er flehende Blicke zu Huetlin und Schreiner. Hohnecker war inzwischen aufgestanden und hatte sich mit seinem Becher an den Tresen gestellt, wo Linda und die junge Magd noch immer darauf warteten, was für sie zu tun wäre.

»Was willst du denn von mir, Keller? Lass mir meine Ruhe, ich bin müde und …« Muthans versuchte sich aufzurappeln. »… und ich geh jetzt nach Hause, meinen Rausch ausschlafen.«

Keller ließ ihn aufstehen, aber nicht weggehen. »Erst sagst du mir, wer bei uns gewildert hat!«

Muthans schwankte und sah ihn aus rot unterlaufenen Augen an.

»Wer hat dir das Wildfleisch gegeben, von dem du uns vorher erzählt hast?« Philipp Keller bebte vor Zorn, und er war laut geworden. Nun rückte er direkt an Muthans heran, sein Gesicht war nur noch eine Handbreit von dem des Wagners entfernt. »Mach's Maul auf, du Suffkopf!«, schrie er nun. »Du bringst uns hier noch alle in Gefahr, kapierst du das denn nicht?«

Muthans zuckte zusammen, dann wischte er sich die Speicheltröpfchen aus dem Gesicht, mit denen ihn Keller in seiner Wut eingedeckt hatte. »Lass mich!«

Der Wagner schubste den Bauern von sich, und der war von dem schnellen Stoß so überrascht, dass er tatsächlich kurz strauchelte und für einen Moment den Weg freigab. Muthans machte ein paar schnelle Schritte und streckte schon die Hand zur Türklinke aus, da hatte sich Keller wieder gefangen und er packte den anderen mit beiden Händen grob von hinten an den Schultern und wirbelte ihn herum. Hohnecker sprang herbei und konnte Muthans gerade noch stützen, bevor er zu Boden ging. Keller war ganz außer sich, stand schwer atmend vor dem Wagner, dann holte er mit der rechten Faust aus. Weiter kam er nicht, weil Huetlin und Schreiner schon aufgesprungen waren und den Bauern nun gemeinsam umklammerten.

»Der soll endlich reden!«, wütete Keller noch immer.

»Muthans«, sagte Huetlin schnell, »du gehst jetzt nach Hause, Hohnecker begleitet dich.«

»Nichts da! Der bleibt!« Keller versuchte sich loszureißen, aber die beiden anderen hielten ihn nur noch fester. »Lasst mich doch endlich los! Der Muthans sagt uns jetzt auf der Stelle, von wem er das Fleisch hat! Auf der Stelle!«

Muthans stand, seit Keller ihn an den Schultern herumgewirbelt hatte, wie angewurzelt vor der Tür. Erst erstarrt vor Angst, jetzt zunehmend ruhiger, weil er sah, dass ihm dank Huetlin und Schreiner im Moment wohl keine Prügel drohten. »Einen Scheißdreck werd ich dir erzählen!«, sagte er. Der Wagner fühlte sich zunehmend sicher, nun schlich sich sogar ein leichtes, höhnisches Lächeln auf sein Gesicht. »Einen Scheißdreck!«, wiederholte er. »Hast du gehört?« Damit spuckte er vor Keller aus, drehte sich um und tappte unsicher durch die Tür. Hohnecker folgte ihm auf dem Fuß.

»Ha, der Keller!«, war der Muthans im Wegtorkeln noch zu hören. »Was der sich einbildet! Ich werd doch den Vincenz nicht verraten!«

Huetlin und Schreiner lockerten ihren Griff, Keller blieb stehen und sah dem Betrunkenen wie vom Donner gerührt hinterher. »Der Vincenz?«, murmelte er. Er drehte sich um und wirkte auf einmal sehr niedergeschlagen. »Der Vincenz Vollmar war's also?« Er schüttelte den Kopf. »Kann es denn nicht irgendeiner sein, der weniger nett zu den Leuten ist?«

Schreiner zuckte mit den Schultern, Huetlin winkte Rose mit einem neuen Krug Wein herbei.

»Ich kann jetzt nichts trinken«, wehrte Philipp Keller ab. »Wir müssen sofort zu den Vollmars rüber, nachsehen, was dran ist an dem Geschwätz vom Muthans.«

Huetlins Lippen waren ein schmaler Strich, aber jetzt war es schon mal geschehen, ein Name war gefallen. Pfarrer Scheff-len hatte alles mitbekommen, und so geschwätzig er war und so gern er sich wichtig machte, würde er ihn als Schultes bald überall angeschwärzt haben, wenn er nun sein Amt nicht aus-übte. »Gut, dann gehen wir rüber. Ich lass den Büttel holen, und von euch kommt mit, wer immer mag.«

Damit nahmen sie alle ihre Jacken und gingen hinaus in die bitterkalte Winternacht.

Die Untersuchung im Vollmar'schen Bauernhof wurde so unangenehm, wie Huetlin es befürchtet hatte. Vincenz Vollmar war ganz verzweifelt und murmelte unverständliches Zeug vor sich hin. Sein Sohn Hans tat erst, als wisse er von nichts, aber als ihm der Schultes die Vorwürfe nannte, die gegen seinen Vater erhoben wurden, und dass der Hinweis vom Muthans kam, der wohl auch etwas von dem Fleisch abbekommen hatte, fuhr Hans Vollmar zu Vincenz herum und hieß ihn alles. Huetlin und Keller mussten ihn mehrmals ermahnen, seinen Vater nicht so derb zu beschimpfen, bis er endlich halbwegs Ruhe gab und ihnen – unablässig bruddelnd – in alle Räume vorausging, die sie zu sehen wünschten.

Am Ende ihres Rundgangs und nach eindringlichen Gesprächen mit Vater und Sohn gab es keinen Zweifel mehr: Hans und Vincenz Vollmar hatten ein Reh gejagt, sie hatten das tote Tier in der ersten Nacht in eine Decke eingeschlagen und im Wald versteckt, in der nächsten Nacht nach Hause getragen und in der Scheuer zerlegt. Einige Knochen lagen in einem Eimer in der Küche, Fleisch war in Tücher eingeschlagen in einem Verschlag in der kalten Scheuer gelagert, aus den fehlenden Innereien und Knochen hatten die Vollmars wohl die Brühe zubereitet, die in mehreren großen, sorgfältig abgedeckten Gefäßen in der Küche und in der Scheuer aufbewahrt war. Etwas Fleisch hatten die Vollmars schon verspeist, einige der Knochen und Fleischstücke hatten sie dem Muthans geschenkt – das Fell des Tieres blieb jedoch verschwunden. Hans Vollmar beteuerte, dass er nicht wusste, wo es abgeblieben war, nachdem er es in den Hof auf den Abfall geworfen habe. Und sein Vater sagte jetzt gar nichts mehr, presste sich die Hände auf die Ohren und stand stumm und starr und mit geschlossenen Augen in der Wohnstube, bis alle gegangen waren.

Hohnecker wartete vor dem Haus der Vollmars und teilte Huetlin mit, dass Muthans daheim liege und seinen Rausch ausschlafe. Vor dem nächsten Morgen sei nicht damit zu rechnen, dass er sich weiter weg begebe als bis zum Abtritt hinterm Haus. Pfarrer Schefflen drängte darauf, dass die Vollmars bewacht würden – und Huetlin gab ihm seinen Willen: Er postierte den Büttel neben der Eingangstür und kündigte ihm an, er werde nachher mit Wein und weiteren Anweisungen zu ihm schicken lassen. Dann schüttelte er dem Pfarrer die Hand, sprach ihm seinen geheuchelten Dank für den hilfreichen Beistand während der Ermittlungen aus – und gab ihm zu verstehen, dass jetzt das Dorfgericht zu einer ersten Beratung zusammenkommen würde und dass er daran ja leider nicht teilnehmen könne.

Schefflen trollte sich, Huetlin und Keller klopften auf dem Weg zum Gasthaus die übrigen Dorfrichter aus ihren Häusern. Im Ritter schickte Huetlin gleich Linda los, die dem Büttel einen Krug Wein bringen und ihm ausrichten solle, den könne er ruhig bei sich daheim austrinken – bei Leuten wie den Vollmars sei nicht ernsthaft zu erwarten, dass sie sich nachts aus dem Staub machen würden. Keller schnappte auf, was der Wirt zu seiner Magd sagte, aber er schwieg dazu und schaute drein, als wäre es auch ihm das Liebste, wenn Vincenz und Hans Vollmar am nächsten Morgen nicht mehr da wären.

Bis spätabends hockten der Schultes und die acht Dorfrichter im Gasthaus beisammen, und es ging hoch her – teils weil es alle ungeheuer umtrieb, dass ausgerechnet dem allseits beliebten Vincenz Vollmar Strafe drohte, und teils weil der großzügig ausgeschenkte Wein die Zungen löste und die Gemüter befeuerte.

Im Grunde genommen war die Sache klar: Die Zuständigkeit für Wilderei lag beim herzoglichen Forstmeister, der den Fall zusammen mit dem Schorndorfer Amtsgericht verhandeln würde. Das würde für die Vollmars aber nicht auf Milde hoffen lassen, und zum Glück ging es nicht nur Huetlin gegen den Strich, dass Beutelsbach auf diese Weise jeden Einfluss auf das Verfahren aus der Hand geben würde. Und trotzdem: Wilderei mussten sie den Schorndorfern anzeigen, so schrieb es das Gesetz vor.

»Und nach dem Gesetz müssen wir natürlich handeln«, sagte Huetlin, als er in einer Rede den Stand der Dinge zusammengefasst hatte. »Nur: Handelt es sich hier wirklich um Wilderei im engsten Sinne? Ich meine: Sind wir uns dessen jetzt schon sicher?«

Er sah sich um und blickte in fragende Gesichter.

»Wir haben Fleisch und Knochen von einem Reh im Haus der Vollmars gefunden, das steht natürlich fest. Aber wenn ihr euch den Vincenz mal vorstellt, wie er nachts auf die Pirsch geht und dort Wild erlegen will … Der schießt sich doch eher in den Fuß, als dass er ein so schnelles Tier auch wirklich erwischt!« Huetlin lachte.

Keller und Schreiner, die wohl ahnten, worauf er hinauswollte, grinsten. Jakob Hohnecker, der wohlhabende Vetter des Metzgers und mit dem Amt des Feuerbeschauers belegt, fiel aus vollem Hals in Huetlins Gelächter ein und gab einige launige Bemerkungen zum Besten, die Vincenz Vollmars Ungeschicktheit noch herausstellten.

Huetlin nickte ihm zu und sagte: »Seht ihr, der Jakob gibt mir recht. Außerdem sind die Vollmars ehrliche Leute …«

Er schnappte einen Blick von Schreiner auf, der die Stirn runzelte, weil er vermutlich gerade daran dachte, wie ihn Hans Vollmar im Herbst beim Weinkauf übers Ohr zu hauen versucht hatte.

»Zumindest Vincenz hat unser aller Vertrauen«, fügte er schnell hinzu, »und ist ein angesehenes Mitglied unserer Gemeinde. Und er ist obendrein immer zur Stelle, wenn Hilfe nötig ist.«

Beipflichtendes Gemurmel am Tisch.

»Wenn wir also fürs Erste mal davon ausgehen, dass wir nur wissen: Im Haus der Vollmars wurde Rehfleisch gefunden.« Er wandte sich an Keller. »Sag mal, Philipp, hat der Pfarrer denn mitbekommen, wie Hans und Vincenz uns den Ablauf der vergangenen beiden Nächte geschildert haben?«

Keller dachte nach, dann schüttelte er langsam den Kopf.

»Gut«, nickte Huetlin zufrieden. »Vor Schefflen, das wisst ihr alle, müssen wir uns nämlich in Acht nehmen. Auf euch alle kann ich mich verlassen, aber unser guter Herr Pfarrer ist mit seinem losen Mundwerk auch schnell mal bei seinen Chorherren oder bei einem der Schorndorfer Amtsrichter.« Er schaute in die Runde. Natürlich konnte er sich nicht immer auf jeden hier am Tisch verlassen, aber allen war daran gelegen, dass sie als Dorfgericht möglichst vieles für den Flecken selbst regeln konnten, ohne dafür vom Amt oder einer anderen höheren Instanz Vorschriften gemacht zu bekommen. Huetlin sah zustimmendes Nicken und das eine oder andere listige Lächeln. »Das heißt also«, schlussfolgerte er für die anderen, »dass wir bisher nur wissen, dass Rehfleisch dort gefunden wurde, wo es nicht hingehört. Ob das jemand irgendwo verloren oder womöglich den Vollmars sogar vors Haus gelegt hat, müssen wir erst noch in Erfahrung bringen. Bisher scheint es noch nicht sicher, dass es sich um Wilderei handelt – das scheint ein klarer Fall fürs Dorfgericht zu sein, meint ihr nicht auch?«

Heinrich Huetlin schlief schlecht in dieser Nacht. Kurz nach Mitternacht kroch er aus dem Bett und ging in Lindas Kammer hinüber, die mit ausgestreckten Gliedern schnarchend auf dem Rücken lag. Langsam zog er die Decke über ihr weg und betrachtete ihren gedrungenen üppigen Körper, aber nichts regte sich in ihm. Er zog sich aus und fuhr sich mit der Hand zwischen die Beine. Linda drehte sich zur Seite und griff ein paar Mal ins Leere, bevor Huetlin die Decke wieder über ihr ausbreitete. Er legte sich sogar noch zu ihr ins Bett und rieb sich eine Zeitlang an ihrem ausladenden Hinterteil, ohne dass sie davon erwacht wäre – aber als ihn auch das noch nicht ausreichend erregte, stand er enttäuscht wieder auf, zog sein Nachthemd über und tappte zurück in seine Schlafkammer.

Lange vor der Zeit war er am Morgen schon wieder auf, und sein erster Weg führte ihn zum Haus der Vollmars. Im Dorf lag noch alles still, in den Häusern war es dunkel, und nur ab und zu hörte er aus einem Stall leise Geräusche vom Vieh. Es war schneidend kalt und der Schmutz der Straße war gefroren. Was tagsüber im direkten Sonnenlicht manchmal zu Pfützen taute, lag nun spiegelglatt. Einmal rutschte Huetlin aus, fing sich aber wieder. Die Erinnerung an seine Jugend kam in ihm auf, als er mit den anderen Buben im Winter auf solchen Eisplatten jauchzend und lachend dahingeglitten war, völlig unbesorgt darüber, ob er sich dabei den Hals oder ein Bein brechen wollte.

Lenz, seinem besten Freund damals, war genau das widerfahren, und bald darauf war er tot, weil niemand den Wundbrand im offen gebrochenen Bein ausreichend versorgt hatte. Er dachte an Dora, die auch damals mit ihren wirren Haaren, dem stets rußverschmierten Gesicht und der schmutzigen, zerrissenen Kleidung schon irgendwie alt gewirkt hatte, obwohl sie … er rechnete in Gedanken nach … obwohl sie damals, als Lenz neunjährig starb, erst Mitte zwanzig gewesen war. Doch der Vater von Lenz hielt nichts von der Kräuterhexe, und als ihm klar wurde, dass er damit einen Fehler gemacht und seinen Erstgeborenen zum Sterben verurteilt hatte, verfolgten ihn die Schuldgefühle Tag und Nacht, bis er zwei Jahre später erhängt an einem krummen Apfelbaum gefunden wurde.

Huetlin schritt vorsichtig aus, um nicht hinzufallen, trotzdem brauchte er nicht lange für seinen Weg. Er kam an der Werkstatt vom Muthans vorbei und stellte sich für einen Moment neben das Fenster von dessen Schlafkammer – von drinnen war gedämpft das Schnarchen des Wagners zu hören. Eberlin Schreiners Hof lag ebenso noch im Dunkeln wie das Haus vom Gaispeter – dort war durch eines der Fenster ein weinendes Kind zu hören, wahrscheinlich die kleine Agnes, der es seit Tagen nicht gut ging. Huetlin sah sich um, ob er beobachtet wurde. Aber niemand war zu sehen, und so schlich er bis dicht ans Haus des Tagelöhners heran, ging dann seitlich am Gebäude entlang und schaute im hinteren Bereich durch ein Fenster ins Innere. Hier stand er selbst in völliger Dunkelheit, während vorne auf der Straße noch die Sterne für einen kleinen Rest von Licht gesorgt hatten.

Es dauerte etwas, bis sich vor seinen Augen allmählich Konturen in dem niedrigen Innenraum aus dem Schatten schälten. So wie es aussah, lagen die Kinder in ihren Betten, die Decken bis zum Kopf hinaufgezogen. Am einen Ende des Lagers bewegte sich ein kleiner Körper in kurzen Krämpfen hin und her und lag dann wieder ganz still – das musste Agnes sein. Neben ihr saß Anna Gais, strich ihr durchs Haar und tunkte einen Lappen immer wieder mit der Spitze in einen Topf, den sie neben sich auf dem Boden stehen hatte. Brühe, vermutete Huetlin, und woher die Zutaten dafür stammten, wollte er gar nicht wissen.

Anna kehrte ihm den Rücken zu, und er sah nicht viel mehr als ihre hängenden Schultern, die der Hunger deutlich knochiger hatte werden lassen, ihr ungekämmtes Haar, die langen Finger im Haar von Agnes und die schlanke Hand, mit der sie den Zipfel des getränkten Tuchs ihrer Tochter auf die Lippen tupfte. Aber schon das weckte Erinnerungen bei ihm, und so lange sie auch zurücklagen, spürte er jetzt, was er sich gestern Nacht in Lindas Kammer gewünscht hätte. Dann tauchte das Gesicht von Hannes vor seinem geistigen Auge auf, und das anregende Gefühl zerstob schlagartig. Langsam schlich er sich wieder zurück auf die Straße, sehr darauf bedacht, nur ja kein Geräusch zu verursachen und sich dadurch womöglich Anna gegenüber zu verraten.

Schließlich war er vor dem Gebäude angekommen, in dem Vincenz Vollmar und sein Sohn Hans wohnten. Außer einer alten Magd war keine Frau im Haus, und für Hans wurde es allmählich Zeit, sich eine Ehefrau zu suchen, wenn er nicht als lediger Mann alt werden wollte. Zwar hatte zuletzt auch Jerg Beder mit seinen dreißig Jahren noch seine Margarete zum Altar geführt – aber der gleichaltrige Hans Vollmar machte bisher noch keine Anstalten, sich in Beutelsbach oder in den Nachbardörfern nach einer möglichen Braut umzutun.

Der kleine Vollmar-Hof lag still wie die anderen, die Vordertür war verschlossen und zwischen Wohnhaus und Scheuer lagen allerlei Gerätschaften herum. Huetlin linste durch einige der Fenster, konnte aber im Inneren nichts erkennen. Vorsichtig ging er durch den Innenhof: In der Scheuer stand noch alles wie gestern Abend, die Gefäße mit der Brühe standen noch am selben Fleck. Huetlin schlich zur Rückseite, doch auch die dortige Tür war zu. Die Fenster nach hinten raus konnte er nur erreichen, indem er mit großen Schritten über die dort liegenden Stangen und eine grob gezimmerte Leiter hinwegstieg. Er schaffte es ohne Krach zu machen, und als er schließlich ins Haus schaute, sah er im einen Zimmer die Magd auf ihrer Pritsche schlafen, in den beiden angrenzenden Kammern lagen Vincenz Vollmar und sein Sohn Hans.

Ganz langsam schlich Huetlin wieder zurück, und machte sich nachdenklich auf den Heimweg zu seinem Gasthaus. Insgeheim hatte er gehofft, dass sich mindestens Hans Vollmar davongemacht hätte – aber nun sah es ganz danach aus, als müsse der Vorfall vor Gericht verhandelt werden. Bis in seinem Haus allmählich das Gesinde aufstand und das Feuer schürte, lag Heinrich Huetlin wach in seinem Bett und dachte fieberhaft darüber nach, wie er das Verfahren so steuern konnte, dass alle möglichst glimpflich aus der Sache herauskamen.

Heinrich Huetlin schlug dreimal mit der Faust auf den großen Tisch, um die Aufmerksamkeit der Anwesenden auf sich zu lenken. Links und rechts von ihm saßen die acht Beutelsbacher Dorfrichter, ganz außen auch noch der Gemeinderechner Meining. Ihnen gegenüber waren zwei Stühle nebeneinandergerückt worden, auf denen Vater und Sohn Vollmar hockten.

Hinter den beiden hatten sich Pfarrer Schefflen, Vikar Röhm und Kaplan Heinsberger in die erste der fürs Publikum aufgestellten Sitzreihen gesetzt. Neben ihnen waren der Muthans als Zeuge und der Dorfbüttel als dessen Bewachung platziert worden. Huetlin ließ seinen Blick über die Sitzreihen schweifen – zum einen wurde es dadurch zügig ruhig im Gastraum, zum anderen wollte der Schultes sehen, ob sich womöglich auch jemand aus der Amtsstadt unter die Zuschauer gemischt hatte. Aber er sah in der umgeräumten Gaststube nur bekannte Gesichter aus dem Dorf und atmete etwas auf.

Die Mägde hatten sich in die Küche verzogen. Nach der Verhandlung würde der eine oder andere etwas essen wollen, da gab es so viel vorzubereiten, dass die Frau des Hauses auch die Hilfe von Linda brauchte, die sie sonst nicht gern um sich hatte.

»Wir sitzen heute zusammen in der Sache von Vincenz Vollmar und seinem Sohn Hans Vollmar, wohnhaft hier in Beutelsbach. Das Dorfgericht ist vollzählig anwesend, Gemeinderechner Meining sitzt uns bei und wird unser Protokoll verfertigen.« Huetlin nickte Meining kurz zu, der schrieb schon eifrig und sah nur kurz auf, als sein Name erwähnt wurde. »Im Haus und in der Scheuer des Vincenz Vollmar«, fuhr Huetlin fort, »wurde gestern am späten Abend Wildfleisch gefunden und Knochen, des Weiteren eine ordentliche Menge Brühe, die vermutlich aus weiteren Knochen desselben Tiers gesiedet wurde. Fleisch und Knochen scheinen von einem Reh zu stammen.«

Er sah streng zu den beiden Männern vor sich hin, die daraufhin noch ein wenig mehr in sich zusammensanken. Am liebsten hätte er vor allem für Vincenz ein paar tröstende und aufmunternde Worte gefunden, aber er musste sich vorsehen: Pfarrer Schefflen beobachtete ihn mit Argusaugen, und er durfte ihm keinen Grund zur Klage über seine Verhandlungsführung geben. Sonst wäre die ganze Strategie vergebens, die er sich zurechtgelegt hatte. »Die Herkunft des Tiers ist noch ungeklärt«, fügte er schließlich hinzu.

Keller und Schreiner sahen ruhig vor sich auf den Tisch hinunter, und in ihren Mundwinkeln zuckte es verräterisch. Meining, der von der Vorgeschichte nichts wusste, schrieb ungerührt alles auf, was er hörte. Schefflen hob eine Augenbraue, und Muthans schaute irritiert zu den Richtern.

»Ungeklärt – habt Ihr das, Meining?«

»Ja, Herr Schultes, ist aufgeschrieben.« Er lehnte sich etwas zurück und wartete, was er als Nächstes zu notieren hatte.

»Gut«, sagte Huetlin. »Ich würde jetzt gern den Zeugen Muthans befragen. Büttel, bringt ihn bitte vor den Tisch.«

Der Dorfbüttel führte Muthans die paar Schritte, und Huetlin wandte sich an ihn, ohne sich weiter um die Vollmars zu kümmern. Er befragte ihn, wie er an seinen Anteil vom Rehfleisch gelangt war, und der Wagner berichtete stockend, wie Vincenz Vollmar zu ihm gekommen war und wie er ihm das Stück Fleisch und einige Knochen zugesteckt habe. Hans Vollmar warf seinem Vater einen finsteren Blick zu, dann senkten beide die Köpfe.

»Gut, Muthans, du kannst dich wieder setzen«, beschloss Huetlin die Befragung. »Wir wissen nun also, dass Vincenz Vollmar Muthans ein Stück Fleisch geschenkt hat – anzunehmen ist, dass es von demselben Tier stammt wie die im Haus Vollmar gefundenen Stücke.«

Meining schrieb und schrieb. Schefflen wunderte sich ein wenig, weil er den Schultes sonst nicht so hölzern kannte – aber es war ihm insofern ganz recht, weil diese Verhandlung ganz offensichtlich sehr korrekt ausgeführt werden sollte. Keller und Schreiner wussten, was ihr Vorsitzender mit seiner kleinlichen und umständlich vorgetragenen Argumentation bezwecken wollte. Aus den Augenwinkeln sah Huetlin die beiden anerkennend nicken.

»Das kann uns möglicherweise einen Hinweis darauf geben, wie Vincenz Vollmar an das tote Reh gekommen ist«, fuhr er fort.

Die beiden Angeklagten hoben den Kopf ein wenig und versuchten in Huetlins Miene zu lesen, aber der saß in der Mitte des Tisches ganz ernst und ohne jede freundliche Regung. Schefflen dagegen fiel die Formulierung des Schultes sofort auf, und er legte den Kopf schief.

»Im schlimmsten Fall müssen wir annehmen, dass hier in unserer Mitte zwei Männer sitzen, die gewildert haben. Das ist dann natürlich ein Fall für das Amtsgericht und für den Forstmeister, und wir werden gegebenenfalls die beiden hier Anwesenden für eine Verhandlung nach Schorndorf überführen. Aber …« Er ließ eine kleine Pause. »Aber deutet nicht gerade das an den Muthans verschenkte Fleisch auf eine ganz andere Herkunft des Tieres hin?«

Das Publikum, einige der Dorfrichter, aber auch die Vollmars, der Muthans und der Büttel sahen Huetlin fragend an.

»Muthans«, wandte Huetlin sich noch einmal direkt an den Wagner, der sofort aufsprang und Anstalten machte, wieder zum Richtertisch zu kommen. »Bleib ruhig sitzen – nur eine kurze Frage habe ich noch: Du hast das Rehfleisch doch nicht vom Vincenz erbeten oder gefordert, oder?«

»Ich? Nein, das habe ich nicht. Ich wusste ja gar nicht, dass er welches hatte. Woher denn auch?«

Huetlin nickte zufrieden. »Es hätte – und damit will ich dir nichts unterstellen, Muthans – ja auch so sein können: Der Muthans hat den Vincenz Vollmar dabei beobachtet, wie er das Reh droben im Wald geschossen oder wie er es nachts oder frühmorgens in sein Haus geschafft hat. Und vom Hunger getrieben hätte der Muthans dem Vincenz daraufhin drohen können, ihn wegen Wilderei anzuzeigen, wenn er ihm nicht ein Stück vom Reh abgibt.«

Muthans fuhr empört auf, doch der Büttel legte ihm eine Hand auf die Schulter.

Huetlin hob sofort beschwichtigend die Hände. »Wie gesagt, Muthans: Ich will dir damit nichts unterstellen. Und du hast ja eben selbst gesagt, wie es wirklich war. Der Vincenz hat dir aus freien Stücken etwas von dem Reh gegeben. Und du hast vorher nicht gewusst, dass sich im Vollmar'schen Hof überhaupt Rehfleisch befand.«

Muthans nickte und setzte sich wieder, der Büttel entspannte sich und nahm seine Hand weg. Die Vollmars sahen Huetlin ratlos an, offensichtlich hatten sie keine Ahnung, was hier gerade gespielt wurde. Schefflen runzelte die Stirn und sah fragend zu Philipp Keller hin, der aber keine Regung zeigte.

»Damit hätte sich der Vincenz Vollmar, wäre er ein Wilderer, durch das Fleischgeschenk überhaupt erst einen Mitwisser geschaffen. Und wer weiß schon, wozu einen der Hunger in diesem strengen Winter noch treiben kann? Müsste der Vincenz da nicht befürchten, dass der Muthans ein, zwei Tage später vor der Tür steht und mehr vom Reh fordert – andernfalls könnte er ihn ja einfach anzeigen.«

Einige Zuschauer nickten beifällig, Schefflen rutschte unruhig auf seinem Platz hin und her, die Vollmars tauschten einen schnellen Blick. Der Muthans stierte mit beleidigter Miene vor sich auf den Boden. Huetlin nahm es hin, den Wagner würde er später mit einem Krug Wein leicht wieder besänftigen können.

»Daraus würde ich schließen, dass Vincenz Vollmar aus seiner Sicht nichts zu befürchten hatte, dass er keinen Grund sah, sich vor Mitwissern im Dorf zu schützen – weil er seiner Ansicht nach nichts Falsches getan hatte, nichts, was gegen das Gesetz ist.«

Einige Richter am Tisch, vor allem Eberlin Schreiner, nickten wohlgefällig dazu. Philipp Keller beobachtete gespannt die Reaktion von Pfarrer Schefflen. Der nahm die unerwartete Wendung nicht besonders gut auf und hatte offensichtlich Mühe, an sich zu halten.

»Bleibt für mich die Frage, wie der Vincenz Vollmar an das tote Reh gelangen konnte.« Huetlin fixierte Schefflen, der seinem Blick mit zornfunkelnden Augen standhielt.

»Das werden wir wahrscheinlich nie mit völliger Sicherheit wissen, und deshalb müssen wir alle Möglichkeiten in Betracht ziehen. Wie ich schon dargelegt habe, erscheint die Annahme, Vincenz Vollmar habe gewildert, durch das Herschenken von Fleisch an den Muthans weniger wahrscheinlich. Andere Möglichkeiten wären: Vincenz hat den Kadaver im Wald gefunden, er hat ihn in der Nähe von einem der Wege gefunden, die hinauf zum Schurwald führen, und schließlich wäre es sogar möglich, dass ihm jemand das tote Tier vor Haus oder Scheuer gelegt hat – sei es aus gutem Willen und in bester Absicht, sei es, um ihn als Wilderer dastehen zu lassen.«

Vincenz Vollmar wollte sich schon zu Wort melden, um Huetlin zu korrigieren, da wandte sich der Schultes direkt an ihn und stellte ihm eine Frage, bevor er sich noch um Kopf und Kragen reden konnte. »Sag mir, Vincenz«, begann er, »hast du Feinde, die dir Böses wollen und von denen dir einer das tote Reh vor die Tür gelegt haben könnte?«

»Ich …« Vollmar starrte Huetlin verblüfft an. »Aber ich …«, stammelte er, wusste aber nicht, was er auf die seltsame Frage des Schultes wirklich sagen sollte.

Hinter ihm sprang Schefflen auf. »Was soll dieses Theater?«, rief er in den Raum und funkelte Huetlin dabei wütend an. »Herr Schultes, Ihr führt hier doch keine Gerichtsverhandlung, das ist alles nur billige Gaukelei!«

»Herr Pfarrer, Ihr vergesst Euch!«, donnerte Huetlin mit mächtiger Stimme zurück und wurde dann gleich wieder ruhiger, blieb aber bestimmt im Tonfall. »Wir unterwerfen uns alle gerne dem göttlichen Recht und wollen gottgefällig leben, um eines Tages das Jüngste Gericht auf der richtigen Seite zu beenden – aber das hier ist eine Verhandlung des Dorfgerichts zu Beutelsbach, dessen Vorsitz ich führe. Und bei allem Respekt für Euer Amt und Eure Person: Hier habt Ihr kein Rederecht.«

Dabei ging es ihm natürlich weniger um seine Autorität als Schultes als darum, dass Schefflen den Finger in die richtige Wunde legte und dass Bemerkungen von ihm, ob zulässig oder nicht, der Verhandlung eine ungute Wendung geben konnten.

Doch der Pfarrer dachte nicht im Traum daran, den Mund zu halten. Im Gegenteil: Er trat vor und stellte sich neben Vincenz Vollmar. »Hier, Ihr Herren, habt Ihr zwei Dorfbewohner«, begann er aus dem Stegreif sein Plädoyer, »in deren Haus ein geschlachtetes Reh gefunden wurde. Diese beiden Männer –

oder meinetwegen ihre alte Magd – haben das Wild ausgenommen, zerlegt und teilweise schon verkocht und verspeist.«

Huetlin fluchte innerlich, aber er wollte Schefflen nicht schon wieder über den Mund fahren.

Der Pfarrer wandte sich nun in ätzendem Ton an den Schultes selbst. »Und wenn wir nicht auch noch annehmen wollen, Herr Vorsitzender, das Reh sei selbst zum Vollmar'schen Hof spaziert und habe sich dort aus Mitleid mit diesen beiden armen, hungernden Männern den Schädel an einer Mauer eingerannt, um sich den Vollmars als rettende Speise darzubieten …« Er sah mit einem bösen Grinsen in die Runde, im Publikum wurde Gelächter laut, und auch zwei der Richter mussten lächeln. »Wenn wir das also nicht auch noch annehmen wollen, meine Herren Richter, dann liegt doch ganz klar auf der Hand, was hier passiert ist: Hans und Vincenz Vollmar haben droben im Wald ein Reh erlegt, haben es zu zweit ins Dorf geschafft, haben es zerlegt und zum Verzehr vorbereitet – und haben sich damit ganz unzweifelhaft der Wilderei schuldig gemacht!« Damit wandte er sich abrupt ab, stolzierte zu seinem Platz zurück und setzte sich.

Seine geistlichen Kollegen nickten beifällig, einige Richter diskutierten mit gedämpfter Stimme, und Huetlin wusste, dass sein Plan krachend gescheitert war. Eberlin Schreiner saß da wie versteinert. Der Muthans musterte Pfarrer Schefflen, vielleicht befürchtete er, der Zorn des Geistlichen könnte auch ihn noch treffen.

»Soll ich das alles aufschreiben?«, raunte Meining dem Schultes zu.

Der schüttelte nur den Kopf. Ins Protokoll musste das nicht auch noch, und tatsächlich hatte der Pfarrer ja auch kein Rederecht – er war nicht Teil des Gerichts und er war nicht direkt vom Fall betroffen. Seine Wirkung würde Schefflens Brandrede natürlich trotz allem nicht verfehlen.

Und wirklich ergriff nun Philipp Keller das Wort. »In einem Punkt will ich mir die Einschätzung unseres Herrn Pfarrer zu eigen machen – auch wenn er kein Rederecht vor diesem Gericht hat: Es spricht tatsächlich mehr für einen Fall von Wilderei als dagegen.« Kellers Blick, den er Huetlin zuwarf, drückte Bedauern aus. »Andererseits besteht, wie schon der Schultes betonte, durchaus die Möglichkeit, dass die Vollmars am Töten des Rehs keine Schuld trifft.« Schefflen wollte schon wieder aufbrausen, aber Keller beschied ihn mit einer knappen Geste zu schweigen. »Wir werden den Forstmeister informieren müssen, und er soll nach gründlicher Anhörung aller Aussagen und Vermutungen, nach Wertung der Tatsachen und Abwägung aller Möglichkeiten entscheiden, ob er den Fall vor das Amtsgericht bringen will.« Er sah Huetlin an. »Das jedenfalls«, fügte er hinzu, »wäre meine Empfehlung für unseren Richtspruch am heutigen Tag.«

Die anderen am Tisch stimmten Keller zu und schließlich verkündete Heinrich Huetlin ganz offiziell den Beschluss: »Hiermit erkläre ich, dass wir den Forstmeister informieren und ihm die Entscheidung überlassen werden, ob er Hans und Vincenz Vollmar wegen des Verdachts auf Wilderei vor das Amtsgericht zu Schorndorf bringen will.« Er schlug zur Bekräftigung mit der Faust auf den Tisch und erhob sich. »Damit ist die Verhandlung geschlossen.«

Linda, die gerade hinter dem Tresen gestanden hatte, um das Ende des Verfahrens mitzuerleben, flitzte in die Küche hinaus und gab Bescheid, dass gleich mit den ersten Bestellungen zu rechnen war. Die Zuschauer erhoben sich von ihren Plätzen, der Büttel gab Muthans zu verstehen, dass er nicht mehr gebraucht werde, und Gemeinderechner Meining schrieb die letzten Worte des Protokolls auf und reichte dann Feder und Papier zum Gegenzeichnen an den Richter neben sich.

Plötzlich war in dem allgemeinen Gemurmel ein Schrei zu hören, und ein Stuhl fiel krachend um. Huetlin, der gerade das Protokoll unterschreiben wollte, sah auf: Vincenz Vollmar stand vor ihm, die Fäuste geballt und das Gesicht knallrot.

»Keiner wird meinen Hans vors Amtsgericht stellen«, rief Vollmar. »Keiner! Weil … weil …«

Er sah noch einmal zu seinem Sohn hin, der erschrocken dreinblickte.

»Weil ich es ganz allein gewesen bin! Ich habe das Reh geschossen, mit meiner eigenen Waffe, die ich bei mir in der Scheune verwahre. Die Büchse kennt ihr alle, es ist das alte Ding, mit dem ich vor zwei Jahren zusammen mit euch allen parat stand für den Fall, dass der Krieg, in dem unser Herzog mitkämpfte, auch hierher ins Remstal kommen würde. Dann hab ich das Reh allein ins Unterholz geschleift und dort bis zur nächsten Nacht versteckt. In der Nacht darauf bin ich mit meinem Karren hinauf in den Wald, hab das tote Reh aufgeladen und hab es zum Haus heruntergebracht. Dann hab ich es ausgeweidet, die Haut abgezogen und hab das Tier zerlegt.« Er trat noch etwas näher an den Richtertisch heran und schlug einen beschwörenden Tonfall an. »Ich allein, Huetlin, ich allein hab das gemacht, glaub mir! Den Hans hat am Morgen schier der Schlag getroffen, als er das Fleisch und die Knochen in der Küche gesehen hat.«

Der Schultes sah Vincenz Vollmar an, und er sah dessen feuchte Augen, den flackernden Blick und die reine Verzweiflung in seiner Miene. Natürlich war er es niemals allein gewesen, das war Huetlin so klar wie den meisten im Dorfgericht. Aber sollte er den Mann vor sich selbst schützen, indem er ihn zusammen mit dem Sohn vors Amtsgericht schickte – im Glauben, ihn dort vor dem Schlimmsten bewahren und mit dem letztlich nicht ganz geklärten Hergang um das tote Reh beide Köpfe aus der Schlinge ziehen zu können? Und damit riskieren, dass nicht nur der Vater, sondern auch der Sohn für etwas bestraft wurde, was in Notzeiten wie diesen eigentlich nicht als Verbrechen gelten sollte?

Huetlin zerriss es fast, aber er verstand den alten Bauern auch, ohne dass der ihm erst alles erklären musste. Denn wenn Vincenz alles auf sich nahm, lieferte er sich zwar der Bestrafung durch das Amtsgericht aus und schlug das angebotene Schlupfloch aus – aber er schützte zugleich seinen Sohn vor einer Verurteilung. Strafe für einen alten Mann von Mitte fünfzig – und im Gegenzug die Freiheit für einen Dreißigjährigen, der einen guten Teil seines Lebens noch vor sich hatte …

»Bitte, glaub mir!«, wiederholte Vollmar. »Ich war's, und ich war's allein!«

Das weitere Verfahren nahm den Verlauf, den man erwarten durfte. Der Forstmeister reagierte geradezu wütend auf die Meldung vom Jagdfrevel des Vincenz Vollmar. Natürlich werde er das sofort vors Amtsgericht bringen, und dem Beutelsbacher Bauer solle mit einem strengen Urteil klar gemacht werden, dass es dem gemeinen Mann nicht zustehe, sich das herrschaftliche Recht anzumaßen, Wild zu schießen. Huetlin, der von Keller und Schreiner zu dem Gespräch mit dem Forstmeister begleitet wurde, konnte wenigstens verhindern, dass Vincenz Vollmar stehenden Fußes von Bütteln abgeholt und bis zur Verhandlung im Gefängnis festgesetzt wurde.

»Ich als Schultes verbürge mich für Vincenz Vollmar, ein geachtetes Mitglied der Gemeinde Beutelsbach. Und meine beiden Kollegen aus dem Dorfgericht …« Keller und Schreiner nickten. »… stehen ebenso wie ich dafür, dass sich Vincenz Vollmar nicht durch Flucht seiner Bestrafung entziehen wird. Ihn kennt bei uns ein jeder als aufrechten Mann, der macht sich nicht durch die Wälder davon – wo soll er denn hin in seinem Alter?«

Es dauerte eine Weile, bis sich der Forstmeister erweichen ließ, und Huetlin hätte gute Lust gehabt, diesem hochnäsigen Pinkel an die Gurgel zu gehen, weil er seine Amtsmacht so überheblich ausspielte. Aber dann gab er's zu, und die Wege trennten sich in leidlich gewahrtem Frieden.

Die Verhandlung war schnell erledigt. Vincenz wiederholte seine Aussage vor den Amtsrichtern, sein Sohn bestätigte die Angaben des Vaters. Und nachdem Huetlin und Schreiner vor der Verhandlung mit Engelszungen auf jene Richter, die sie kannten, eingeredet hatten, sie mögen doch um des Friedens willen die Schilderung des Vincenz Vollmar als wahr akzeptieren, sahen die Schorndorfer davon ab, den Sohn des Angeklagten eindringlicher als nötig zu befragen.

Doch das Urteil fiel härter aus als erwartet: Es gab keine Geldstrafe, sondern dem alten Vollmar sollte durch den Henker die rechte Hand abgeschlagen werden, auf dass er dem Gesetz als Mahnung an seine Nachbarn diene, sich nicht am herrschaftlichen Eigentum zu vergreifen. Im Publikum kam es zu einem kleinen Tumult, aber das Amtsgericht ließ die tobenden Zuschauer aus Beutelsbach kurzerhand von einigen Bütteln hinausschaffen. Der Henker wurde geholt, aber weil draußen vor dem Gebäude noch immer die Beutelsbacher riefen und protestierten, wurde die Vollstreckung des Urteils auf den Nachmittag des nächsten Tages verschoben. Der Verurteilte wurde in Gewahrsam genommen. Huetlin konnte erreichen, dass Vollmar in einer der besseren Zellen untergebracht wurde, aber damit hatte er seine Möglichkeiten ausgeschöpft. Am späten Nachmittag machten sich die Dorfbewohner auf den Heimweg, einige von ihnen diskutierten nach der Rückkehr im Gasthaus zum Ritter weiter, die anderen gingen heim – aber alle verabredeten sich für den nächsten Tag, um gemeinsam erneut nach Schorndorf zu marschieren und dem Vincenz in seiner schweren Zeit beizustehen.

Als die Beutelsbacher, teils zu Fuß, teils dicht an dicht auf mehrere Karren verteilt, am nächsten Tag kurz nach Mittag Winterbach hinter sich hatten und in Richtung Osten schon den Turm der Stadtkirche sehen konnten, wie er sich mit seinen hellen, neuen Steinen in den sonnigen Winterhimmel reckte, kam ihnen in der Ferne von der Stadt her ein einzelner Mann entgegen. Es dauerte eine Weile, aber dann erkannte ihn einer: Vincenz Vollmar humpelte da langsam auf sie zu, das Ende des rechten Arms in blutige Stofffetzen gehüllt.

Sein Sohn Hans erreichte ihn als Erster und stützte ihn, andere kamen hinzu und bald war der alte Vollmar von einer Menschentraube umringt, die mit Fragen auf ihn einstürmte und ihn zu trösten versuchte. Soweit Vollmar, nach der Amputation der Hand von schlimmen Schmerzen geplagt, in dem Durcheinander überhaupt zu verstehen war, hatte das Amtsgericht am frühen Morgen verfügt, das Urteil doch schon vormittags vollstrecken zu lassen, um nicht schon wieder Aufruhr durch die Beutelsbacher Zuschauer zu riskieren, die für die Mittagszeit in großer Zahl erwartet wurden. Die Männer von Vogt Gaisberg hatten Vollmar, als der Henker fertig war, verbunden, so gut sie es vermochten, und sie hatten ihm angeboten, ihn mit einem Karren nach Hause zu fahren, damit er in seinem Zustand keinen so weiten Weg zu Fuß gehen müsse.

»Da hab ich den Arschlöchern vor die Füße gespuckt und bin losgelaufen«, brummte Vollmar und hob den rechten Arm. Ob er damit allen noch einmal sichtbar machen wollte, was ihm die Obrigkeit genommen hatte, oder ob er aus alter Gewohnheit die Faust hatte in den Himmel recken wollen: Die Geste wurde mit großem Hurra aufgenommen. Und während die Beutelsbacher umkehrten und sich auf den Heimweg machten, stießen sie wüste Beschimpfungen gegen die Schorndorfer Ehrbarkeit, den Amtsrichter und den Vogt Gaisberg im Besonderen aus. Huetlin scheuchte drei jüngere Männer von seinem Karren, hob den stöhnenden Vollmar eigenhändig auf den freien Platz und hieß Hans, seinem Vater hinterherzuklettern.

Im Dorf angekommen, kümmerten sich alle rührend um die Vollmars. Vincenz wurde vom Karren ins Haus getragen und dort auf seine Pritsche gebettet. Huetlin schickte einen Knecht mit dem Karren zu Dora, damit die gebrechliche Heilerin schnell nach dem Verletzten sehen konnte. Von Eberlin Schreiner kamen mehrere Krüge vom besten Wein, Metzger Hohnecker brachte Wurst vorbei, die reicheren Bauern stifteten Speck und Fleisch und Brot, und selbst Gemeinderechner Meining fragte nach, wie es dem Vincenz Vollmar gehe, ganz bleich vor Wut wegen der kurzfristig vorgezogenen Urteilsvollstreckung. Pfarrer Schefflen brachte etwas Geld, sichtlich niedergedrückt vom schlechten Gewissen – inzwischen war ihm klargeworden, dass der alte Vollmar seine rechte Hand wohl noch hätte, wenn er sich nicht in die Verhandlung vor dem Dorfgericht eingemischt hätte.

Muthans kam nicht vorbei, aber man konnte ihn durch die offene Tür seiner Werkstatt sehen, wie er zwischen seinen Gerätschaften hockte und bitterlich weinte. Huetlin bekam Mitleid mit dem alten Dummkopf und ließ aus dem Ritter etwas zu essen für ihn holen. Anna Gais kam nach einer Weile zögernd herbeigelaufen. Sie hatte einen Topf bei sich, den sie vorsichtig ausbalancierte, während sie über den in der Sonne matschig werdenden Boden ging. Huetlin musterte sie, aber sie wich seinem Blick aus und ging ohne ein Wort an ihm vorbei und ins Wohnhaus der Vollmars hinein.

Drinnen fand sie nur die alte Magd Edda vor, die schon für die Familie gearbeitet hatte, als Hans noch ein kleiner Junge gewesen war. Sie war damit beschäftigt, die zahlreichen Geschenke der Nachbarn irgendwie in den Regalen und Schränken zu verstauen, und als Anna sie nach Vincenz fragte, nickte sie nur mit dem Kopf in Richtung von dessen Schlafkammer.

Der alte Vollmar sah elend aus. Blass und eingefallen wirkte sein Gesicht inmitten der Kissen, die Hans für ihn aufgetürmt hatte. Der Sohn saß neben ihm auf dem Rand der Pritsche und sah Anna mit tränennassen Augen entgegen. Sie nickte dem Sohn zu, dann betrachtete sie den Vater und stand schweigend am Fußende des Bettes. Vincenz Vollmar hustete, dann schlug er die Augen auf und sah sich erschreckt in der Kammer um. Ein Anflug von Panik lag in seinem Blick, aber als Hans ihm sacht über die stoppelige Wange streichelte und er ihm ganz vorsichtig den rechten Oberarm massierte, beruhigte sich der Alte wieder. Dann fiel ihm Anna auf, die noch immer wortlos zu seinen Füßen stand. Ein Lächeln huschte über sein Gesicht.

»Vincenz«, begann sie, »du kannst dir gar nicht vorstellen, wie leid mir das tut.« Sie nickte zu dem blutverschmierten Verband um den Armstumpf hin. »Soll ich Dora für dich holen gehen?«

»Das ist nicht …« Seine Stimme klang halb erstickt, und er musste sich erst noch freihusten, bevor er weitersprechen konnte. »Das ist nicht nötig. Huetlin hat schon seinen Karren zu ihr hinausfahren lassen, sie müsste jeden Moment hier eintreffen.«

»Gut«, sagte Anna. »Wenn ich oder einer meiner Buben den Hans heute Nacht mal an deinem Bett ablösen können, damit dein Sohn etwas Schlaf bekommt, sag mir bitte Bescheid. Das machen wir gern.«

»Ich weiß, danke, Anna.«

Sie wandte sich an den Sohn. »Bitte, Hans, nimm das Angebot ruhig an.«

Er nickte, sagte aber nichts.

»Ich …« Anna zögerte kurz, dann hob sie den Topf ein wenig an, den sie noch immer mit beiden Händen hielt.

»Ich habe lange überlegt, ob ich dir das wirklich bringen kann. Aber wir haben halt nichts anderes, und wir wollten dir auch gern etwas schenken.«

Sie sah den Alten prüfend an, dessen Mund verzog sich zu einem leichten Grinsen.

»Ist das in Ordnung, Vincenz, oder soll ich's wieder mitnehmen?«

Hans schaute fragend erst zu seinem Vater hin, dann zu Anna und schließlich auf den Suppentopf.

»Normalerweise würde ich das nicht annehmen«, sagte der Alte nach einer Weile. »Ihr braucht alles Essbare, das ihr habt, selbst. Noch hat Agnes den Winter nicht überstanden.«

»Sie schafft das schon«, log Anna und schluckte.

»Aber ich will dich nicht beschämen«, fuhr Vincenz Vollmar fort. »Deshalb weise ich dein Geschenk nicht zurück und nehme es gerne an. Vielen Dank, Anna – und richte das auch bitte deinem Mann so aus.«

Hans schüttelte fassungslos den Kopf. »Ich nehme an, da drin ist Brühe?«

Anna nickte langsam.

»Wildbrühe, vermutlich?«

Sie nickte noch einmal.

Traurig sah er zu seinem Vater. »Vater, du bringst uns noch alle ins Verderben mit deinem guten Herzen!«

»Aber die Anna hat uns nicht verraten, und der Hannes auch nicht. Ich hab's dir doch gesagt!« Er drehte den Kopf ein wenig zur Seite. »Und der Muthans hätte uns auch nicht verraten, wenn er nicht ständig so besoffen wäre. Die Leute, Hans, die Leute sind nicht so schlecht, wie du glaubst. Schau nur raus in die Küche: So viele Beutelsbacher wie inzwischen schon da waren und ihre Geschenke gebracht haben – die Edda wird gar nicht mehr wissen, wo sie das noch alles lagern soll.«

Hans schwieg mit aufeinandergepressten Lippen, Vincenz lag erschöpft von der Unterhaltung und atmete schwer.

»Warum hätte euch der Hannes verraten sollen?«, fragte Anna, die dem Alten nicht hatte ins Wort fallen wollen, als er den Muthans und die Beutelsbacher so energisch verteidigte.

»Dein Sohn«, sagte Hans leise, »hat uns fast erwischt, als wir in der Nacht das Reh droben im Wald erlegt hatten und gerade dabei waren, es ins Versteck zu schleifen. Und ich hatte damals Angst, er habe uns vielleicht entdeckt.«

»Ach?«

Anna Gais dachte noch darüber nach, was ihr Sohn um diese Zeit draußen vor dem Dorf zu suchen hatte. Dann hörte sie einen Karren heranrollen, und wenig später stand Dora in der Kammer, krumm und mit wirren Haaren. Aber ihre Augen blitzten ungemein wach aus den tiefen Höhlen, und sofort ließ sie sich von dem jungen Mann, auf den sie sich stützte, zu Vincenz Vollmar führen. Ein Blick auf den blutgetränkten Verband genügte und schon schickte sie ihren Begleiter mit ein paar knappen Anweisungen zurück zum Karren. Anna verabschiedete sich von den Vollmars und von Dora, stellte den Topf mit der Brühe draußen auf den Küchentisch und ging wieder nach Hause.

Mitten in dieser Nacht wurde sie wach. Sie lag noch einen Moment lang mit offenen Augen unbeweglich auf dem Rücken, dann stand sie auf und schlich zu Agnes hinüber. Das Mädchen atmete flach und starrte mit glasigen Augen an die Decke.

»Peter, wach auf!«, flüsterte sie ihrem Mann ins Ohr, um die anderen Kinder nicht zu wecken.

Peter Gais sprang fast von der Pritsche, als habe er mit diesem Moment schon gerechnet, und hob Agnes aus ihrem Bett. Er trug das abgemagerte Mädchen hinüber zum Feuer und wiegte es in seinen Armen, während Anna einige Decken über Agnes breitete. Lange saßen sie so beisammen, Peter schaukelte das Kind sanft hin und her, Anna streichelte ihr wieder und wieder über die stumpfen Haare. Plötzlich kam wieder Leben in den Blick des Mädchens, sie sah das Gesicht ihres Vaters vor sich und das ihrer Mutter. Ein schwaches Lächeln schimmerte auf der bleichen Haut, dann regte sie sich nicht mehr, und der schlaff in Gaispeters Armen hängende Körper verlor den letzten Rest an Spannung.

Hannes und Michel waren inzwischen ebenfalls wach geworden. Sie deckten ihre schlafenden Geschwister besser zu, dann kamen sie zu den Eltern und setzten sich still neben sie.

Vincenz Vollmar verließ die Welt kurz darauf weniger friedlich. Am Abend hatte er noch lange mit seinem Sohn geredet, Hans hatte ihn mehrfach gebeten, doch endlich Ruhe zu geben und zu schlafen. Das hatte vor allem damit zu tun, dass Dora dem Alten wirklich geraten hatte, viel zu liegen und möglichst viel zu schlafen – zum anderen aber auch mit dem Thema, das Vincenz seinem Sohn gegenüber immer und immer wieder ansprach.

»Hans«, hatte Vincenz ihm ein ums andere Mal ins Gewissen geredet, »nimm dir eine gute Frau, bekomm Kinder und treibe diesen Hof besser um, als es mir gelungen ist. Du wirst es später einmal mit etwas Fleiß selbst in harten Wintern nicht mehr nötig haben, droben im Wald zu wildern.« Er lachte keuchend. »Wobei ... das hast du ja auch nicht getan, das war ja ich allein.«

»Ach, Vater ...«

Vincenz hustete und zuckte zusammen, als er dabei versehentlich mit seinem Armstumpf gegen den Bettkasten stieß.

»Siehst du?«, ermahnte ihn Hans, »du musst dich schonen. Mit der Wunde ist nicht zu spaßen, aber mit Doras Hilfe heilt das schon wieder.«

»Ja, ja, das wird schon wieder«, brummte Vincenz. »Und trotzdem: Such dir eine Frau und ...«

»Ja, Vater, ich such mir eine.«

»Versprochen?«

Hans Vollmar nickte. »Versprochen.«

»Schwör's!«

»Was soll der Unsinn, Vater? Wenn ich nicht mache, was du sagst, gibst du mir doch sowieso jeden Morgen einen Tritt!« Er lächelte gequält, aber als er den flehenden Blick seines Vaters bemerkte, wurde er ernst. »Gut, Vater, ich schwör's«, murmelte er, und er hatte kein gutes Gefühl dabei.

Gegen Morgen schwang Vincenz Vollmar die Beine aus dem Bett, und im Dunkeln tappte er durch das Haus, über den Hof und in die Scheuer. Er kannte hier jeden Stein und jede Pfütze, er fand sich hier mit geschlossenen Augen zurecht und in dieser Nacht auch nur mit einer Hand. Er tastete sich mit der Linken bis zu dem Verschlag, den er suchte, dann klappte er den Holzladen auf und holte das Paket heraus, das er dort verwahrte.

Es war eine dunkle Nacht, aber das Licht der schmalen Mondsichel brach kurz durch eine Lücke in den Wolken und spiegelte sich im Vollmar'schen Hof auf einem länglichen metallenen Gegenstand, der senkrecht auf den Boden gestellt war und vor dem ein Mensch auf der Erde kniete. Vincenz hielt die Büchse mit der Linken am Abzug, der rechte Armstumpf baumelte kraftlos an der Schulter. Er hatte den Oberkörper etwas nach vorne gebeugt und das Kinn auf das vordere Ende des Laufs aufgestützt. So kniete er eine Weile und sah hinüber zum Haus. Hinter dem Fenster, auf das er seinen Blick gerichtet hatte, schlief sein Sohn. Vincenz stellte sich den Buben vor, der er einmal gewesen war. Er rief sich die Sonntagnachmittage in Erinnerung, die sie damals droben auf dem Kappelberg verbracht hatten, die Spaziergänge mit Hans und seiner Mutter an diesen wenigen arbeitsfreien Tagen. Vincenz Vollmar lächelte.

Dann zerriss ein scharfer, lauter Knall die Stille.

Die ersten Schritte aus dem Dorf heraus waren ihm noch sehr schwer gefallen, und er musste sich geradezu zwingen, sich nicht ein letztes Mal und noch ein allerletztes Mal zu Katharina umzudrehen, die ihn bis zu den letzten Häusern begleitet hatte, dort stehen geblieben war und ihm nachsah, bis er aus ihrem Blickfeld verschwand. Mutter und Vater, Michel, Klara und

Lennert hatte er schon im Haus ein letztes Mal gedrückt und geküsst, das musste keiner der Nachbarn mitbekommen. Dann hatte er noch einmal nach dem Grab von Agnes gesehen, und von Jost hatte er sich vor dem Gasthaus zum Ritter mit einem kräftigen Handschlag verabschiedet.

Nun warf er einen letzten Blick hinauf auf den Kappelberg, wo zwischen den Bäumen die alte Burgruine mehr zu erahnen als zu sehen war, und bald schritt er weiter aus und sog die kalte Luft mit tiefen Atemzügen in die Lungen. Es herrschte noch immer strenger Winter, auch wenn die Kälte nicht mehr ganz so schneidend war wie noch im Dezember und im Januar. Und der Hunger bedrohte jetzt, Anfang Februar, kein Leben mehr in Beutelsbach: Schultes Huetlin hatte im Dorfgericht beantragt, dass diejenigen Gemeindemitglieder, die es sich leisten konnten, Geld zum Kauf von Lebensmittel zur Verfügung stellten oder gleich die Lebensmittel selbst. Das Eingesammelte wurde an die Bedürftigsten verteilt, und sobald sich die Lage im Frühjahr wieder entspannte, würden die Empfänger der Hilfe dem Wert der Gaben entsprechend ohne Vergütung für die Spender arbeiten – vor allem die Frondienste würden sie dann wohl übernehmen, zu denen nur die Gemeindemitglieder, nicht aber Tagelöhner oder die Seldner genannten Kleinstbauern verpflichtet waren.

Damit waren beide Seiten zufrieden, zumal der Schultes schon hatte durchblicken lassen, dass die Gemeindekasse in Härtefällen für den Ausgleich der Spenden einspringen würde – womit vor allem die Handvoll Beutelsbacher gemeint waren, die zu alt oder zu schwach zum Arbeiten waren und die keine Kinder im Haus hatten, die sie hätten stattdessen schicken können. Auch Pfarrer Schefflen fand die Lösung gut, weil ihm die ständige Bettelei der Ärmsten vor seiner Kirche allmählich an die Nerven gegangen war.

Besonders erleichtert war Hannes: Durch die Gaben wusste er die Eltern und die Geschwister leidlich versorgt, wenn er wegen seiner Lehre aus dem Haus war. Schreiner hatte ihnen sogar zwei Legehennen bringen lassen. Und wenn er künftig unter der Woche in Winterbach lebte, musste ihn sein Lehrherr verpflegen, und daheim musste ein hungriger Esser weniger versorgt werden.

Südlich von Grunbach, dem ersten Dorf, an dem er auf seinem Weg vorbeikam, verblassten die Gedanken an das Zuhause allmählich. Als er den nächsten Flecken, Geradstetten, jenseits der Rems liegen sah, schritt er noch etwas kräftiger aus. Und als vor ihm der gedrungene Turm der Winterbacher Michaelskirche auftauchte, war er nur noch gespannt, wie es ihm bei seinem Lehrmeister ergehen würde.

Schefflen hatte ihm, als sich Hannes am vergangenen Sonntag nach dem Gottesdienst vom Pfarrer verabschiedet hatte, lang und breit vom Umbau der Winterbacher Kirche anno 1490 erzählt – und ihm dann aber gleich im Tonfall äußerster Wichtigkeit anvertraut, dass die Beutelsbacher Stiftskirche ja im Gegensatz dazu sogar neu erbaut werden sollte.

Nun war er also da. Das Haus, in dem Rupert Buchner wohnte, war mit Fachwerk ausgeführt und die Flächen dazwischen schön verputzt und gestrichen, und zwei Nebengebäude enthielten einen Stall mit Lagermöglichkeiten für Holz sowie die Werkstatt, ebenfalls mit viel Platz für Holz, das hier als unbearbeitete Stämme, als Balken und als Bretter gelagert wurde. Dahinter stand ein kleines Häuschen so nah am Wohngebäude, dass es vermutlich ebenfalls zum Anwesen gehörte. Schultes Huetlin hatte ihm von Buchners Vorgänger Jakob Rapp erzählt, der sich zur Ruhe gesetzt hatte – vermutlich war das kleine Haus eine Art Altenteil, in dem Rapp lebte.

Meister Buchner begrüßte ihn freundlich und stellte ihm in der Werkstatt einen groß gewachsenen jungen Mann namens Urban Heß als seinen Gesellen vor. Urban sah kurz auf, nickte dem Neuen mürrisch zu und beugte sich wieder über seine Arbeit. Buchner beobachtete das erste Zusammentreffen der beiden scheinbar ungerührt und ging dann mit Hannes ins Haus.

In der Küche werkelte Buchners Frau. Als er ihr vorgestellt wurde, musste er sich kurz zwingen, sein Lächeln nicht zu verlieren: Sie trug den gleichen Vornamen wie seine älteste Schwester, die mit sechs Jahren an einer Lungenentzündung gestorben war. Aber Elsbeth Buchner empfing ihn mit solch einer Herzlichkeit, dass der trübe Gedanke schnell wieder verscheucht war. Sie wies ihm für sein Bündel, das er noch immer am Stecken über der Schulter bei sich trug, einen Platz in der Ecke zu, dann bugsierte sie die beiden Männer an den großen Esstisch und trug vor ihnen Wein und Wasser, Brot und Schmalz auf. Erst hielt sich Hannes aus Höflichkeit etwas zurück, aber als ihn sein neuer Lehrherr noch einmal ermunterte, griff er ordentlich zu und hörte erst wieder mit dem Essen auf, als alles bis auf den letzten Krümel vertilgt war.

»Keinen Wein, Hannes?«

»Lieber nicht. Wir werden sicher gleich mit der Arbeit beginnen, da bleibe ich jetzt lieber erst einmal beim Wasser.«

Buchner und seine Frau tauschten einen schnellen Blick, und um den Mund des Zimmermanns spielte ein leichtes Lächeln. Dann tippte er an die leere Platte. »So satt kannst du hier alle Tage werden, Hannes. Uns geht es gut, mein Beruf bringt genug ein, dass wir uns um Hunger und Durst keine Sorgen machen müssen. Aber dafür müssen wir alle hart arbeiten.«

Hannes nickte.

»Ich werde dir nachher ein paar kleinere Aufträge geben, die du auch ohne große Vorkenntnisse bewältigen kannst. Wenn du eine Frage hast, wende dich an Urban. Und jetzt gehst du am besten schon mal raus in die Werkstatt, schaust ihm ein bisschen zu. Ich komme dann gleich nach.«

Der Junge stand auf, gab Buchner und seiner Frau die Hand und bedankte sich artig für die Gelegenheit, hier in die Lehre gehen zu dürfen. Dann ging er hinaus.

»Macht einen guten Eindruck, der Junge«, sagte Elsbeth Buchner vom Herd her.

»Ja, faul scheint er nicht zu sein. Und kräftig sieht er auch aus. Er muss aber auch ordentlich mit anpacken, wenn ich es nicht bereuen soll, dass ich auf das Lehrgeld für ihn verzichtet habe.«

»Jetzt jammer nicht, Mann. Wir haben genug, das hast du Hannes vorhin selbst gesagt. Und mit dem Auftrag für die Beutelsbacher Kirche wird es uns sicher nicht schlechter gehen als bisher.«

Rupert Buchner stand mit einem breiten Lächeln auf, trat hinter seine Frau, die fleißig werkelte, und umarmte sie.

»Wir haben den Auftrag so gut wie sicher«, sagte er ihr ins Ohr. »Ich hab mit Pfarrer Schefflen gesprochen. Es ist noch nicht ganz entschieden, aber es könnte sein, dass es schon in wenigen Monaten losgeht.«

Elsbeth Buchner drehte sich in der Umarmung ihres Mannes halb um und gab ihm einen schmatzenden Kuss. Dann strahlte sie ihn an, schob ihn aber zugleich von sich weg. »Dann, los, Rupert, ab an die Arbeit. Bis ihr in Beutelsbach ans Werk geht, sollte Hannes die nötigsten Handgriffe eines Zimmermanns schon können. Du hast also keine Zeit zu verlieren!«

Hannes bewährte sich in den ersten einfachen Arbeiten, die ihm Rupert Buchner übertrug, und allmählich führte ihn sein Meister auch an die ersten Handgriffe eines Zimmermanns heran. Urban zeigte ihm alles Nötige, blieb dabei aber mürrisch und reserviert. Aber er überzog den Neuen immerhin nicht mit Gemeinheiten oder abschätzigen Bemerkungen – und Hannes war ihm gegenüber so freundlich und respektvoll wie zum Meister. Und so fanden sie recht schnell einen einvernehmlichen Umgang miteinander, auch wenn sich Hannes wünschte, vom Gesellen auch einmal gelobt zu werden.

Rupert Buchner war streng als Lehrherr, aber er sparte nicht mit Anerkennung, wenn Hannes etwas gut gemacht hatte oder vor der veranschlagten Zeit fertig geworden war. Und als sie am Ende der ersten Woche alle um den großen Esstisch zusammensaßen und sich eine Suppe mit eingerührten Eiern und dazu in Fett knusprig ausgebackene Brotscheiben schmecken ließen, taten Hannes zwar alle Knochen weh, aber die Zeit war vergangen wie im Flug.

»Na, Hannes, was wirst du in Beutelsbach über deine neue Arbeit berichten können, wenn du morgen nach Hause wanderst?«, erkundigte sich Buchner, während seine Frau allen noch einmal Suppe nachschöpfte, auch der jungen Magd Hedi und dem alten Rapp, die beide jeden Tag mit am Tisch saßen.

»Natürlich nur das allerbeste, Meister«, sagte Hannes schnell und schaufelte weiter Suppe in sich hinein.

»Mach dich bei deinem Lehrherrn lieber mit guter Arbeit beliebt als mit wohlfeilen Schmeicheleien«, versetzte Urban und schob sich ebenfalls einen weiteren Löffel in den Mund.

»Ach, ihr beiden werdet schon noch miteinander warm werden«, sagte Rupert Buchner und lachte dazu. »Auf jeden Fall hab ich jetzt schon zwei kräftige Burschen in der Werkstatt. Und sei ehrlich, Urban: Hannes stellt sich nicht ungeschickt an.«

»Das geb ich gerne zu, Meister. Aber er muss noch viel lernen, bisher habe ich ihm nur die einfachsten Handgriffe gezeigt.«

»Und: Stellt er sich dabei dümmer an als du damals in deinen ersten Tagen bei mir?«

»Selbstverständlich!«

Urban hatte das mit einem Hauch von Empörung ausgesprochen, und Hannes fürchtete schon, die angenehme Stimmung bei Tisch könnte umschlagen. Aber dann legte Urban die linke Hand aufs Herz, hob die rechte mit dem leeren Suppenlöffel an, als wolle er ein Gedicht deklamieren und sagte in salbungsvollem Tonfall: »Schließlich bin ich, Urban, Geselle des hochwerten Meisters Buchner aus Winterbach, vormals vielgerühmt in Ravensburg, der beste Zimmermannsgeselle überhaupt!« Ein schiefes Grinsen legte sich auf sein markantes Gesicht, und am Tisch brachen alle in gutmütiges Gelächter aus. Dann wurde Urban wieder ernst und sah Hannes durchdringend an. »Vergiss du nur nicht, wo dein Platz ist, und trete mir und vor allem dem Meister mit Respekt entgegen!«

Urban hatte das ohne jedes Lächeln gesagt, und Hannes wusste nicht so recht, woran er bei ihm war. Dann nickte der Geselle knapp und wandte sich wieder seiner Suppe zu. »Und mach deine Sache weiterhin so zufriedenstellend wie bisher«, brummte er dabei.

»Siehst du, Hannes, auch Urban ist mit deiner Arbeit zufrieden. Und ich darf ebenfalls sagen: Bisher habe ich es nicht bereut, dich in die Lehre genommen zu haben. Sag das ruhig deinen Leuten in Beutelsbach.«

»Na«, warf Urban ein, »vielleicht hat es Eure Frau bereut.«

Buchner hob eine Augenbraue.

»Ha!«, erklärte der Geselle nach einer kurzen Pause, »der Junge frisst für zwei, da braucht Ihr, Frau Buchner, bald noch größere Töpfe.«

Sie lachte schallend. »Nein, lieber Urban, die Töpfe reichen noch hin – und dass unser Hannes so gut isst, nehme ich einfach mal als Lob für meine Kochkünste.« Sie zwinkerte ihrem Mann zu und setzte einen übertrieben enttäuschten Gesichtsausdruck auf. »Sonst lobt mich ja keiner!«

Schon überboten sich alle am Tisch mit Lobeshymnen auf die heutige Suppe, auf das knusprige Brot und überhaupt auf das Essen der ganzen Woche.

Elsbeth Buchner stand auf, holte neue Trinkbecher und zwei Krüge Wein. »So, dann dank ich schön für das Lob und kann euch endlich auch etwas Gescheites zu trinken bringen.«

Es wurde eine gemütliche Runde, zu der auch Hedi und die Hausherrin wieder stießen, als sie das Geschirr gespült und die Kochutensilien wieder aufgeräumt hatten. Leonhard Rapp erzählte alte Geschichten, Rupert Buchner schwelgte in Erinnerungen an seine alte Heimat Ravensburg, und Urban und Hannes hörten zu und ließen sich ihren Wein schmecken.

Dann verabschiedete sich der alte Rapp, und Elsbeth Buchner schenkte den Verbliebenen am Tisch noch einmal nach. »Und, Hannes«, fragte sie, »wartet auf dich in Beutelsbach ein Mädchen?«

Hedi sah kurz von ihrem Becher auf, aber dann ging ihr Blick für einen Moment zu Urban hin.

»Ja, Katharina heißt sie, und ihr Vater ist der beste Wengerter im Flecken.«

Hedi lächelte, warf Urban erneut einen schnellen Blick zu und senkte dann wieder den Kopf. Hannes sah ebenfalls kurz zu Urban hinüber, der sah betont unbeteiligt drein, aber ein leichter Hauch von Rot auf seinen Wangen verriet ihn. Hannes nahm einen Schluck Wein, dann fing er Elsbeth Buchners Lächeln auf. Sie zwinkerte ihm zu, dann nahm sie ebenfalls ihren Becher zur Hand.

»Es ist nie schlecht, wenn man einen guten Wengerter kennt«, sagte Rupert Buchner. »Der Wein hier stammt aus Winterbach, und ich bin sehr zufrieden mit ihm. Aber du kannst uns ja mal eine Kostprobe aus Beutelsbach mitbringen, wenn du magst.«

»Das kann ich gerne machen. Katharinas Vater gibt mir sicher etwas für Euch mit. Er wollte mich ebenfalls in die Lehre nehmen, aber ich wollte etwas Eigenes machen.«

Buchner nickte. »Als Zimmermann hast du ein gutes Auskommen, und du bist außerdem nur manchmal den Launen des Wetters ausgeliefert.«

»Warum ›manchmal‹?«

»Na, wenn du für einen Wengerter bauen sollst und dem verhagelt oder verregnet es die Ernte, bevor du bezahlt worden bist …« Er grinste. »Aber jetzt bin ich müde, und du wirst für den Weg nach Beutelsbach morgen auch früh raus wollen. Lasst uns schlafen.« Damit erhob er sich und ging auf den Hof hinaus, wo er im Abtritt verschwand.

Elsbeth Buchner nahm den Weinkrug und ging mit ihm nach hinten, um den Rest zurück ins Fass zu schütten. Hedi schob die Becher zusammen und trug sie weg, dabei berührte sie wie zufällig Urbans Hand, der daraufhin seine Finger schnell zurückzog und sich beeilte, in seine Kammer zu kommen. Hannes wartete, bis der Meister wieder im Haus war, dann ging auch er hinaus, um sich zu erleichtern.

Hannes nahm sich kaum die Zeit zu frühstücken, dann schulterte er sein Bündel und marschierte los. Der Himmel war von grauen Wolken verhangen, aber es blieb trocken. Und als er Beutelsbach erreichte, steuerte er schnurstracks auf den Hof der Schreiners zu. Elisabeth hüpfte vor dem Haus auf einem Bein und achtete dabei sehr darauf, sich nicht die feinen Sonntagskleider schmutzig zu machen. Als sie Hannes bemerkte, zog sie eine Schnute, murmelte »Ich geh sie holen« und verschwand im Haus, noch bevor Hannes ihr ein »Grüß Gott« sagen konnte.

Nur einen Augenblick später kam Katharina heraus, aber Elisabeth blieb in der Stube und beobachtete die beiden durchs Fenster. Katharina strahlte ihn an, und Hannes hätte sie am liebsten in den Arm genommen und geküsst – aber dass sich das vor allen Leuten nicht schickte, solange sie nicht offiziell verlobt waren, hatte sie ihm schon vor Wochen klargemacht. Daran musste er sich einstweilen halten, und an eine Verlobung war erst zu denken, wenn sein erstes Lehrjahr so weit gut gelaufen war, dass er sich Hoffnungen machen durfte, die Lehre auch wirklich fortsetzen zu können und sie als Geselle abzuschließen.

Sie wechselten ein paar belanglose Worte und verabredeten sich für die Zeit zwischen Gottesdienst und Mittagessen. Dann beeilte sich Hannes nach Hause zu kommen, damit er noch rechtzeitig zum Kirchgang seine von der Wanderung verschmutzten Kleider säubern konnte.

Als sie zum Klang der Glocken auf das Kirchenportal zugingen, leuchteten Anna und Peter Gais fast vor Stolz, ihren Hannes zwischen sich und die anderen Kinder wie ein schnatterndes Gefolge hinter sich. Die Dorfbewohner strömten aus allen Richtungen zum Gottesdienst, auch von den umliegenden Gehöften kamen die Leute und freuten sich auf eine Unterbrechung im eintönigen Alltag.

Man konnte Pfarrer Schefflen zuhören und darauf lauern, dass er sich mal wieder in seiner Predigt verhaspelte und sich nach einigen Irrungen in eines seiner Bibelzitate flüchten würde. Man konnte die Nachbarn und Bekannten beobachten, die Älteren, wie sie wachzubleiben versuchten, und die Jüngeren, die sich verstohlene Blicke zuwarfen. Man konnte den wohlhabenderen Bauern zuhören, wie sie sich Angebote für ein zu verkaufendes Wiesle oder die neuesten Preise für Dinkel und Hirse zuraunten. Und man konnte sich darüber amüsieren, wie

Rotraud, die greise Mutter von Jerg Beder, alle Kirchenlieder lautstark, aber grottenfalsch mitsang.

Danach, als Schefflen draußen stand, flankiert von Kaplan Heinsberger und Vikar Röhm, und seine Schäflein mit schlaffem Händedruck und einigen mahnenden Worten in den Rest des Sonntags entließ, bildeten sich überall zwischen der Stiftskirche und dem Gasthaus zum Ritter Gruppen, die sich eine Weile unterhielten. Dann verteilten sich die Männer auf die Gasthäuser im Flecken, und die Frauen gingen nach Hause, um das Mittagessen fertigzukochen.

Nun standen nur noch Jungen und Mädchen herum. Die Jüngeren begannen irgendein Spiel, das sich mit ihren sauberen Kleidern vertrug, und die Älteren neckten sich, besprachen die Erlebnisse der vergangenen Woche oder standen still da, um den anderen zuzuhören. Der Vikar und der Kaplan zogen sich zurück. Schefflen wartete oben noch eine Zeit lang, ob wohl jemand zur Beichte kommen würde, aber niemand löste sich aus den Grüppchen auf dem Platz, und schließlich ging er langsam zum Pfarrhaus, um sich für den Gang in den Ritter umzukleiden.

Hannes spazierte mit Katharina gemächlich durch den Ort, nachdem sie sich bald von den Umstehenden verabschiedet hatten. Dass ihnen Jost enttäuscht nachsah, hatte keiner von ihnen bemerkt. Sie waren so damit beschäftigt, sich von den Tagen seit Lichtmess zu erzählen, dass sie das Dorf schon weit hinter sich hatten, bevor sie zum ersten Mal anhielten und sich lächelnd in die Augen sahen.

»Und?«, fragte Katharina. »Wie gefällt dir das Zimmermannsdasein?«

»Gut, ich glaube, ich stelle mich nicht gar zu ungeschickt an.«

»Das heißt, dein Lehrmeister wird dich behalten?«

»Ich glaube schon.«

Sie sah sich um. Vom Dorf aus waren sie hier nicht mehr zu sehen, und es war auf den Straßen und Wiesen um sie herum niemand sonst unterwegs. Sie trat etwas näher an ihn heran und nahm seine Hände in ihre. »Und das heißt, dass du deine Lehre abschließen kannst?«

»So sieht es aus, und dann …« Er zog sie noch etwas zu sich heran und gab ihr schnell einen flüchtigen Kuss. »… und dann kann ich bei deinem Vater um deine Hand anhalten.«

Sie erwiderte seinen Kuss und legte dazu ihre Arme um seine Schultern.

»Aua«, entfuhr es ihm.

Katharina ließ die Arme sinken und trat einen Schritt zurück. Fragend sah sie ihn an.

»Meine Schultern«, erklärte er. »Mir tun alle Knochen weh von der harten Arbeit in der Werkstatt.«

Sie streichelte sanft über die Stelle.

»Und da«, sagte er und wies auf das linke Handgelenk.

Sie fuhr auch dort sanft über seine Haut.

»Und hier«, nun zeigte er auf seinen Hintern.

»Frechdachs«, schimpfte sie ihn lächelnd und schob ihn etwas von sich weg.

»Schade, gerade da hätte ich deine sanfte Hand besonders gebraucht.«

»Ach du meine Güte«, versetzte Katharina lachend und verdrehte die Augen, »wenn dich dein Lehrmeister immer so zerschunden zu mir zurückschickt, muss ich mir das mit dir und mir vielleicht doch lieber noch einmal überlegen!«

Sie verbrachten einen schönen Tag, unterbrochen nur vom Mittagessen mit der Familie, für das jeder zu sich nach Hause ging. Erst als das Tageslicht allmählich nachließ, gingen sie zu Hannes. Er holte sein Bündel, verabschiedete sich von den Eltern und Geschwistern und brachte dann noch Katharina nach Hause, bevor er sich auf den Marsch nach Winterbach machte.

Durch ein Fenster des Gasthauses zum Ritter beobachtete ihn Jost, wie er sich zur Straße remsaufwärts wandte. Als er dicht am Ritter vorbeikam, drückte sich Jost in den Schatten, um nicht von ihm entdeckt zu werden. Die Schritte verklangen, und Jost ging nach draußen, folgte ihm eine Weile, blieb dann ein Stück außerhalb des Fleckens neben einem Gebüsch stehen und blickte Hannes nach.

Seinem Freund war das Glück selbst von hinten anzusehen, kraftvoll marschierte er voran und in der einsetzenden Dämmerung war das fröhliche Pfeifen von Hannes noch lange zu hören.

Nachdenklich und mit verkrampftem Magen schlenderte Jost schließlich zurück zum Gasthaus. Durch die Butzenscheiben fiel Licht aus der Schankstube, einige Gäste hatten zu singen begonnen und irgendjemand begleitete sie auf der Fiedel. Vincenz Vollmar kam ihm in den Sinn, dessen Instrument sein Sohn Hans ein paar Nächte nach dem Selbstmord mit der Büchse kurz und klein gehauen hatte. Eines der Fenster wurde aufgerissen, und Rauch und Gelächter drangen heraus. Jost trat neben das Fenster und lugte hinein. Niemand sah zu ihm her. Die Gäste aßen und tranken, und Linda flitzte mit Getränken und Speisen zwischen Küche, Tresen und Tischen hin und her. Sie sah müde aus und abgeschafft, aber als sie Jost am Fenster entdeckte, lächelte sie ihn an und zwinkerte ihm zu, bevor sie weitereilte, um die nächste Bestellung aufzunehmen.

Seinen Vater und die Magd Rose konnte er nirgendwo entdecken, hinter der Tür zur Küche sah er kurz Ruth vorbeihuschen, die etwa zur selben Zeit wie Rose in den Dienst der Huetlins getreten war, um Linda zu entlasten. Ruth war ein ruhiges, fleißiges Mädchen, das am liebsten in der Küche half. Rose dagegen machte gern zahlungskräftigen Gästen schöne Augen und dem Hausherrn natürlich auch – kein Wunder, dass sie und Linda sich nicht besonders gut verstanden.

Das Fenster wurde wieder geschlossen, und aus Richtung der Scheuer hörte Jost ein Geräusch, das er nicht zuordnen konnte. Langsam ging er zur Ecke und linste in den Hof, der allmählich fast ganz im Dunkeln lag. Rose kam gerade aus der Scheune, richtete ihre Röcke und verschwand im Haus. Jost wartete kurz, dann sah er auch den Vater aus dem Gebäude kommen und dem Hintereingang zueilen.

Mit einem Mal fühlte er sich elend und einsam.

Es war noch zu früh, ins Bett zu gehen, und in die Gaststube wollte er ebenfalls nicht, also schlenderte er erst ziellos durchs Dorf und fand sich wenig später vor dem Hof der Schreiners wieder. Hinter den Fenstern der Wohnstube war der Lichtschein eines flackernden Feuers zu sehen. Jost schaute sich um, aber außer dem alten Keller, der gerade vom Gasthaus nach Hause wankte und Jost dabei den Rücken zuwandte, war niemand auf der Straße unterwegs.

Mit einigen schnellen Schritten war Jost am Wohnhaus, und vom tiefen Schatten neben dem Gebäude aus lugte er ins Innere. Auch die Schreiners hatten sich inzwischen die modernen Butzenscheiben einsetzen lassen, nur in den Schlafkammern waren die Fenster noch mit Tüchern oder Pergament verkleidet. Verzerrt durch das Glas sah er Familie Schreiner gemütlich beisammensitzen. Vor den Eltern stand ein Krug Wein und ein Teller mit einigen wenigen Brotstückchen. Elisabeth konnte er nicht ausmachen, aber Katharina saß vor dem Feuer und nähte.

Leicht gebückt saß sie da, ihre langen, blonden Locken fielen ihr offen über die schmalen Schultern, und die tanzenden Flammen umspielten ihr Haar mit kleinen Lichtreflexen. Lange stand er einfach nur da und schaute, dann wurde das Bild etwas verschwommen. Er wischte sich mit dem Handrücken übers Gesicht, dann streifte er sich mit den Fingern die Tränen aus den Augen und trat ganz langsam und nachdenklich den Heimweg an.

Elisabeth hatte Jost schon beobachtet, als er noch aufs Haus zugegangen war. In ihrer dunklen Schlafkammer hatte sie sich hinter dem Stoffbehang ihres Fensters versteckt, danach hätte sie direkt neben Jost stehen können und er hätte sie nicht bemerkt. Wie gebannt starrte er durchs Fenster in die Wohnstube – und dass er dabei von ihrer Schwester träumte, war nicht schwer zu erraten. Als er sich umdrehte, konnte sie sich gerade noch rechtzeitig hinter dem Stoff verbergen, damit er sie nicht entdeckte. Dass sie im letzten Moment noch gesehen hatte, wie er sich die Tränen trocknete, zerriss ihr fast das Herz.

»Katharina!«, zischte sie leise, und es klang nicht sehr wohlgesinnt.

Jost tappte da schon durch die Nacht seinem Elternhaus entgegen. An der Scheune bog er in den Innenhof ab, um durch die Hintertür hineinzugehen, sich noch ein Vesper aus der Küche zu holen und sich dann in seine Schlafkammer zu verziehen.

»Na, Jost? Schon wieder so traurig?«

Linda lehnte mit dem Rücken draußen neben der Hintertür des Ritters, und Jost wäre beinahe mit ihr zusammengestoßen, so sehr war er in Gedanken. Sie lächelte ihn an und fuhr sich mit den Fingerspitzen wie zufällig über ihr Oberteil.

»Es ist nicht gut für einen jungen Mann wie dich, wenn du so traurig bist.«

Er blieb stehen, sagte aber nichts.

»Ich weiß, wie ich dich aufmuntern kann.«

Jost schluckte, aber noch war er unschlüssig, ob er nicht doch lieber einfach in seine Kammer gehen und sich dort mit seinen düsteren Gedanken ins Bett legen sollte.

»Katharina, wieder, stimmt's?«

Er zögerte kurz, dann nickte er.

»Die hat nur Augen für deinen Freund Hannes, das weißt du doch.«

»Das muss nicht so bleiben«, sagte Jost mit rauer Stimme. »Hannes ist die ganze Woche über in Winterbach, und ich bin hier. Ich werde Katharina schon noch …«

Linda war vor ihn getreten und legte ihm den Zeigefinger auf die Lippen. »Das führt zu nicht, Jost, das solltest du wissen.«

»Das geht dich nichts an!«

Sie legte den Kopf schief und lächelte ihn an.

»Was ist?«, fragte er sie, als sie nur so dastand und ihn ansah, mit einem zunehmend spöttischen Ausdruck um die vollen Lippen.

»Ach, nichts, nur …«

»Nur?«

»Du willst also Katharina erobern, du willst sie deinem Freund Hannes ausspannen, weil du nicht ohne sie leben willst, weil du sie so sehr begehrst, dass du nicht ruhig schlafen kannst, weil du mit ihr eine Familie gründen und Kinder haben willst.«

»Na, und?«

»Nichts, alles in Ordnung, mach das nur, ich wünsch dir viel Glück dabei, aber …«

»Aber?«

Sie knöpfte ihr Oberteil ein wenig auf und sagte dann: »Aber das alles kann dauern, selbst wenn alles so kommt, wie du es dir erträumst. Und bis dahin wirst du dich noch viele Nächte lang nach deiner Katharina verzehren, wirst dich auf deiner Pritsche wälzen und unglücklich sein, wirst darauf warten müssen, dass sie dir eines Tages endlich gehört.«

Sie öffnete noch einen Knopf. Jost schluckte.

»Ganz gehört, Jost.«

Ihre Stimme war zu einem Raunen geworden und bereitete Jost eine Gänsehaut.

»Und was hast du davon, wenn du das alles abwartest?« Sie kam näher an ihn heran und flüsterte nun fast. »Warum magst du es nicht schon vorher schön haben? Katharina muss das nie erfahren. Ich sag ihr jedenfalls kein Sterbenswörtchen, glaub mir.«

Jost spürte die Wärme ihres Körpers durch den Stoff ihrer und seiner Kleidung hindurch. Er spürte, wie sich sein Puls beschleunigte, sein Gesicht fühlte sich heiß an.

»Ich sehe schon«, sagte Linda lächelnd, »dass ich dich zum Teil bereits überzeugt habe.« Ihre Miene hatte jetzt nichts Spöttisches mehr, sondern sie sah ihn eher freundlich an, aufmunternd, ermutigend. »Und wenn du dann eines Tages deine Katharina erobern solltest, weißt du schon, wie alles geht – während dein Freund Hannes nur Händchen halten kann.«

Jost versank fast in ihren großen Augen, ganz langsam tasteten sich seine Hände an Lindas breiter Hüfte entlang. Ihr Lächeln wurde noch verführerischer.

»Ich hab gerade etwas Zeit. Rose hat vorher Pause gemacht, nun bin ich dran.«

Seine Ohren fühlten sich nun ebenfalls heiß an und er fragte sich, ob Linda von Rose und seinem Vater wusste und ob sie den letzten Satz womöglich genau so gemeint hatte, wie er es sich jetzt in einem wilden Wachtraum vorstellte.

»Komm, in der Scheune gibt es ein weiches, ruhiges Plätzchen.« Linda nahm seine Hand und zog ihn in Richtung des Nebengebäudes über den nachtschwarzen Innenhof. Dabei machte sie im Rückwärtsgehen schnelle, tänzelnde Schritte und löste mit einer einzigen geschickten Bewegung der Linken ihren streng geknüpften Haarknoten. Ihre dunkelbraunen Haare fielen glatt und lang bis über die Schultern und Jost stellte sich die blonden Locken Katharinas vor. Das und der Gedanke, dass sein Vater und Rose erst vor kurzem aus dieser Scheuer herausgekommen waren, ließen ihn fast die Kontrolle verlieren. Ruckartig blieb er stehen, atmete tief ein und aus und schloss die Augen.

Linda ließ seine Hand los und trat näher zu ihm. »Lass dir Zeit, Jost. Ich zeig dir alles, und du lässt es geschehen.«

Josts Atem ging etwas ruhiger.

»Vertrau mir«, flüsterte sie ihm zu, dann ging sie in die dunkle Scheune.

Jost folgte ihr nach und ließ sich von ihrer Stimme, von ihren Hinweisen wie »hier« und »weiter links« durch die fast völlige Dunkelheit lotsen. Schließlich hatte er sie erreicht. Sie nestelte ihm die Beinkleider auf und zog ihn auf sich. Linda war sehr vorsichtig, sehr zärtlich und sehr behutsam. Geduldig korrigierte sie und riet ihm dies und jenes, nichts war vergleichbar mit ihrem ersten kurzen Zusammentreffen damals draußen an der Hauswand.

Er erkundete mit Fingerspitzen und Lippen ihre Haut, und allmählich mischte sich in den Geruch nach Schweiß und Küchendunst auch ein süßlicher Duft wie von warmem Honig. Er spürte Feuchtigkeit auf ihrer Haut, und nach einer Weile half sie ihm dabei, langsam in sie einzudringen. Bald wurde er ungestümer, und sie ermunterte ihn mit leisen Rufen, schob sich ihm noch weiter entgegen und bot ihm ihre Brüste dar. Dabei sah sie ihm fest in die Augen, als beobachte sie ihn. Als Jost schließlich die Augen schloss und er in einen schnelleren Rhythmus fiel, flüsterte sie kurz »Jetzt!« und schob ihn von sich. Sie half ihm, sich auf die Seite zu rollen, legte sich in seinen Rücken und hielt ihn fest umklammert, dann entlud er sich mit einem einzigen lauten Stöhnen ins Stroh.

Jost blieb liegen, wo er war, atmete schwer und tastete mit der rechten Hand nach der Magd. Sie legte ihre Arme um seinen Oberkörper und küsste ihn in den Nacken. Jost ließ seine Hand auf ihrem Oberschenkel liegen, schloss die Augen und schmiegte sich noch etwas enger an sie.

»Das ist schön gewesen«, murmelte er nach einer Weile.

Linda streichelte über seine glatte, junge Haut und lächelte. Ein warmes Gefühl durchflutete sie.

Der März brachte Gaispeter und Michel viel Arbeit und ordentliche Bezahlung. Und nachdem Gais die Fronarbeiten, die ihm der Schultes übertragen hatte, als erledigt meldete, vertraute Huetlin ihm noch einen weiteren Auftrag an.

»Meine Frau hat mich gebeten, jemanden zu ihrem Bruder nach Reichenbach an der Fils zu schicken. Er ist dort Schultes. Sie möchte ihm einige Näharbeiten und Stickereien bringen lassen, ist derzeit aber nicht ganz wohlauf, sonst wäre sie selbst für ein paar Tage hinübergefahren. Könntest du diesen Gang für sie übernehmen?«

Heinrich Huetlin bot ihm einen recht großzügigen Lohn an.

»Du kannst ja auf dem Rückweg noch in Winterbach vorbeisehen und schauen, wie es Hannes bei seinem Meister ergeht.«

Gaispeter überlegte nicht lange, und gleich früh am nächsten Morgen machte er sich auf den Weg. Erna Huetlins Bündel hatte er sich auf den Rücken geschnallt, aber so leicht, wie es war, spürte er es schon kaum mehr, als er den halben Weg nach Schnait hinter sich gebracht hatte. Und oben auf dem Schurwald drückte ihn nur noch seine Wegzehrung, die in einem Stoffbeutel an seinem Gürtel baumelte – und diesem Umstand half er mit einer Vesperpause ab, die er am Waldrand verbrachte, mit dem Rücken an einem knorrigen Baum und vor sich den Blick auf Hohengehren und Baltmannsweiler.

Als er gerade den letzten Kanten Brot zurück in den Beutel packen und das Bündel wieder schultern wollte, hörte er ein Stück weit entfernt Äste knacken und Männer rufen. Schnell hängte er Bündel und Beutel in einen Baum und schob alles soweit zum Stamm hin, dass es etwas verborgen war, dann schnappte er sich seinen Wanderstab und schlich in den Wald hinein.

Bald hörte er die Rufe lauter, und es mischten sich klagende Laute darunter. Gaispeter hatte schon einmal vor Jahren den Raubüberfall auf einen Reisenden miterlebt, doch damals war er zu spät gekommen und als er das Opfer erreicht hatte, waren die Räuber schon über alle Berge. Das sollte ihm heute nicht passieren. Mit großen Schritten huschte er durchs Unterholz, so schnell, dass er nicht viel Lärm machte, und schon nach kurzer Zeit stand er vor drei Männern, die mit Prügeln auf einen vierten einschlugen, der am Boden lag.

Wie ein Donnerwetter war Gais im Handumdrehen bei ihnen, stieß dem Ersten das dünne Ende seines Wanderstabs in den Unterleib, warf den Zweiten mit einem Faustschlag ins Gesicht nach hinten und schwang dem Dritten krachend das dicke Ende seines Steckens gegen die Schläfe. Ein paar Schläge und Tritte später lagen die völlig überraschten Männer betäubt und zerschunden um ihn verteilt und er fand Gelegenheit, nach dem Überfallenen zu sehen.

Der war ein schmächtiges Bürschlein von vielleicht achtzehn, neunzehn Jahren, nicht allzu groß und klapperdürr. Ihm schien jeder Knochen weh zu tun, und als der Gaispeter ihm aufhalf, konnte er nicht selbst stehen und stützte sich mit andauerndem Gejammer schwer auf seinen Retter. Gais trat einen der Angreifer, der sich zu rühren begann, mit dem Fuß zurück in die Besinnungslosigkeit, dann schulterte er den Überfallenen und sah zu, dass er ein Stück Wegs zwischen sich und die drei Räuber brachte. Unterwegs zog er Stoffbeutel und Bündel vom Baum, und schon ging es weiter auf Baltmannsweiler zu, wo

Gais auf Hilfe rechnete und das Dorfgericht über die drei bewusstlosen Männer im Wald informieren wollte.

Der Verletzte auf seinem Rücken regte sich, und als er sich immer heftiger sträubte, rutschte er herunter, schlug der Länge nach im Gras hin und Gaispeter musste sich zu ihm hinunterbücken.

»Hast du gerade etwas gesagt?«, fragte er den Jungen.

»Nicht …« Das Reden schien ihm schwer zu fallen, aber er zwang sich mühsam Wort für Wort aus dem Mund. »Nicht zum Dorf. Zurück in den Wald.«

»Aber du bist überfallen worden, du brauchst Hilfe! Und die drei Räuber müssen gefasst und verurteilt werden! Sonst nehmen sie am nächsten Wanderer brutale Rache für die Schmach, die ich ihnen gerade zugefügt habe!«

»Keine … keine Räuber …«

»Wie meinst du das? Sie haben dich doch überfallen und niedergeschlagen! Das habe ich doch mit eigenen Augen gesehen!«

»Kloster … Fisch… Fischteich …« Der schmächtige Junge verzog sein blutverschmiertes Gesicht zu einem leichten Grinsen und nestelte an seinem Hemd herum. Schließlich hielt er einen kleinen Fisch in der Hand.

»Du hast gefischt?«

Der Junge nickte und ließ seine glitschige Beute wieder im Hemd verschwinden.

»Und das Kloster Adelberg hat hier einen Fischteich?«

Er nickte wieder und deutete mit dem linken Arm vage in die Richtung, aus der sie gekommen waren.

»Dort hinten … ein Stück … im Wald … Die drei haben mich erw… erwischt. Ich bin gleich … davon, aber … sie waren schneller … und dann gab's … halt Dresche …« Der Junge grinste wieder, er schien Schmerzen aushalten zu können. »Danke, guter Mann«, sagte er dann und drückte Gais die Hand. »Aber Ihr habt … habt wohl die … Falschen verprügelt …«

Nun musste Gais lachen. »Nein, das würde ich nun nicht gerade sagen. Wenn das Klosterknechte waren, die sich so derb zu dritt an dir halber Portion vergriffen haben, dann hat es schon die Richtigen getroffen.« Er wurde wieder ernst. »Aber zum Dorfgericht sollte ich dich dann wirklich lieber nicht bringen, da hast du recht.«

Er nahm den Jungen wieder huckepack und ging zurück in den Wald, wo er sich auf Wildwechseln allmählich in Richtung Filstal durchschlug. Von Zeit zu Zeit setzte er den Jungen ab und lauschte, ob sie verfolgt wurden, aber hinter ihnen blieb alles ruhig. Und nach einer Weile konnte der Junge wieder selbst gehen, erst noch gestützt auf Gais, dann mit Hilfe von zwei dicken Stecken, die er im Unterholz aufklaubte, auch allein. Der Junge stellte sich als Martin vor, er arbeite als Knecht für einen Bauern in Hohengehren und sei mit einem Botengang hinüber nach Lobenrot beauftragt. Auf dem Rückweg habe er bei dem klösterlichen Fischteich vorbeigeschaut, um sich ein zusätzliches Abendbrot zu organisieren.

»Dann lässt du dir am besten was einfallen, warum du etwas länger gebraucht hast«, erklärte ihm Gais. »Und fürs Erste kommst du mit mir ein Stück ins Filstal. Ich habe einen Gang nach Reichenbach zu besorgen. Du wartest im Wald oberhalb des Fleckens, da hat es einen Bach, an dem du deine Wunden auswaschen kannst. Und ich bring dir auf dem Rückweg ein Vesper und ein paar Tücher mit, damit du dich leidlich verbinden kannst. Nicht, dass dein Bauer noch dumme Fragen stellt und du noch mehr Ärger bekommst.« Er musterte den Jungen, der neben ihm herhumpelte und ab und zu das Gesicht verzog. »Kennen dich die drei Männer denn?«

»Ich glaube nicht. Ich jedenfalls hab sie noch nie gesehen, und meinen Namen wollten sie nicht wissen. Die haben nicht lange gefragt, die haben mich nur niedergeschlagen.«

Gaispeter ließ Martin in der Nähe des Waldrands an dem Bach zurück, den er ihm beschrieben hatte, und ging das letzte Wegstück zu Schultes Meißner allein. Meißner war erfreut über die Mitbringsel aus Beutelsbach, aber er erkundigte sich auch besorgt, wie es denn um seine Schwester stehe. Gais wusste nur, dass ihr nicht ganz wohl sei, und das berichtete er ihm, worauf Meißner wenig beruhigt die Stirn in Sorgenfalten zog.

Er lud seinen Besucher zu einer herzhaften Brotzeit ein, und Gais nahm es gerne an, obwohl er selbst kaum Hunger hatte. Immer, wenn er sich unbeobachtet glaubte, ließ er ein Stück Brot oder Wurst in der Tasche verschwinden. Und als Meißner kurz das Zimmer verließ, nahm er einen Stofflappen von einem kleinen Stapel in der Ecke und stopfte ihn eilig in den Stoffbeutel an seinem Gürtel.

»Du kannst auch gerne noch einen zweiten Lappen von mir haben«, hörte Gais die Stimme Meißners in seinem Rücken. »Wenn du mir nur sagst, wofür du ihn brauchst!«

Er wäre am liebsten im Boden versunken vor Scham. Da bewirtete ihn der Schultes so großzügig, und zum Dank benahm er sich in dessen Haus wie ein gemeiner Dieb.

»Na?«, forderte Meißner ihn in strengem Ton auf, ihm Antwort zu geben. Schließlich gab sich Gais einen Ruck.

»Droben auf dem Schurwald bin ich einem Jungen beigestanden, der von drei Männern geschlagen und getreten wurde. Er ist übel zerschunden und wäscht sich seine Wunden oberhalb des Dorfs am Bach. Ihm wollte ich etwas zu essen und ein paar saubere Lumpen geben, damit er sich satt und verbunden wieder auf den Heimweg machen kann.«

Meißner riss die Augen auf. »Und den Jungen lässt du dort droben liegen, anstatt ihn in mein Haus zu bringen, wo ihm geholfen werden kann? Ich muss schon sagen: Wenn das die Gepflogenheiten bei euch drüben in Beutelsbach sind, dann muss ich mit meinem Schwager, eurem Schultes, aber bald mal ein ernstes Wort reden!«

»Nein, auch bei uns würde dem Jungen geholfen, aber ich …«

Meißner hob die Augenbrauen.

»Ich wollte Euch nicht in Schwierigkeiten bringen.«

»Wieso in Schwierigkeiten?«

»Er hat droben im Wald ein paar Fische aus einem Klosterteich gezogen. Dabei ist er erwischt worden.«

Meißner nickte kurz und schlug einen versöhnlicheren Ton an. »Deshalb bluten seine Wunden nicht weniger. Du machst dich jetzt wieder auf den Rückweg?«

Gais nickte.

»Dann nimm zwei von meinen Knechten mit und bring sie zu dem Jungen. Die beiden werden ihn zu mir bringen, wir verarzten ihn hier und päppeln ihn auf. Dann kann er wieder nach Hause.«

»Gern, Herr Schultes, und vielen Dank!«

»Dafür braucht's keinen Dank, aber bestehle mich nicht mehr, weil du glaubst, ich würde keinem armen Teufel helfen, ja?«

»Versprochen, Herr Schultes.«

Martin erschrak erst, als sein Retter die beiden Knechte zu ihm führte. Aber als er hörte, dass der Reichenbacher Schultes sie ihm zur Hilfe geschickt habe, obwohl er von dem Klosterteich wusste, war er beruhigt und ging mit den beiden Männern hinunter in den Ort. Gais sah ihnen noch eine Weile nach, dann machte er sich an den Aufstieg. Wenn er sich beeilte, würde er Hannes am späten Nachmittag im Haus seines Meisters in Winterbach antreffen. Dann konnte er noch ein wenig mit ihm plaudern, bevor er die letzten Wegstunden zurück nach Beutelsbach unter die Füße nahm.

Die Arbeit als Zimmermannslehrling machte Hannes jeden Tag mit großer Freude, und jeder neue Handgriff, den er einübte, jeder neue Arbeitsschritt, den er ausführen durfte, machte die Freude größer. Urban blieb in der Werkstatt so brummig wie immer, aber Hannes wusste ihn allmählich besser zu nehmen, und Meister Buchner beobachtete sehr zufrieden, wie gut die beiden inzwischen miteinander auskamen.

Unter der Woche hatte Hannes in Winterbach ein schönes und freundliches Heim gefunden, und auch wenn er manchmal so müde ins Haus kam, dass er kaum noch die Kraft fand, für die Dauer des Abendbrots am Tisch zu sitzen, stand er frühmorgens gerne auf und freute sich auf einen weiteren Tag als Lehrjunge des Zimmermanns.

Ende März, am Tag zuvor war der Meister unterwegs gewesen, rief er Hannes und Urban am frühen Nachmittag ins Haus. Die beiden sägten noch das Stück zu Ende, das sie gerade bearbeiteten, dann eilten sie in die Küche. Ein frisch gebackener Kuchen stand auf dem Tisch, daneben Becher und ein großer Krug mit Milch. Meister Buchner und der alte Rapp saßen schon da, und die beiden sahen sehr zufrieden aus. Die Hausfrau verabschiedete sich gerade mit einem Lächeln von ihrem Mann und ging zu Hedi hinaus, um mit ihr nach den Hühnern zu sehen.

»Setzt euch«, forderte Buchner sie auf und wartete, bis sie Platz genommen hatten. »Nehmt euch Milch und Kuchen.«

Wieder wartete er, dann erklärte er den Grund für die kleine Feier.

»Gestern habe ich die letzten Details für den Auftrag besprochen, der uns in den nächsten Jahren gut versorgen wird.«

Er ließ eine kleine Pause, Rapp strahlte und trank von seiner Milch.

»Bei dir in Beutelsbach, Hannes, wurde sicher schon darüber geredet, dass bald größere Arbeiten an eurer Stiftskirche anstehen.«

Hannes nickte.

»Euer Schultes Huetlin hat mir schon im vergangenen Jahr versprochen, dass ich als Zimmermann für diese Arbeiten in Erwägung gezogen werde. Pfarrer Schefflen und Stiftspfleger Rummel waren ganz angetan von meinen Vorschlägen und dem Preis, den ich ihnen dafür machen will. Aber bisher war noch nichts fest abgemacht – das ist jetzt anders.« Er schob sich ein Stück Kuchen in den Mund, kaute es genüsslich, spülte mit Milch nach, lehnte sich auf seinem Platz zurück und fuhr dann fort: »Wir haben den Auftrag. Wir werden die Zimmermannsarbeiten an der Stiftskirche zu Beutelsbach ausführen. Und wir werden …« Er sah Urban und Hannes noch einmal an, und dabei spielte ein knitzes Lächeln um seinen Mund und seine Augen. »Und wir werden damit noch in diesem Jahr beginnen!«

Urban begann sofort nach den Einzelheiten der anstehenden Arbeiten zu fragen, und je mehr er hörte, desto mehr freute er sich auf die vor ihnen liegende spannende Zeit.

»Die jetzige Kirche soll so abgebaut werden, damit möglichst viele der Steine für den Neubau wieder genutzt werden können. Und dazu brauchen sie in Beutelsbach zuallererst ein passendes Gerüst. Ihr seht also: Wir sind die Ersten, denen der Ab- und Neubau Arbeit beschert.« Er zwinkerte Hannes zu. »Für dich bedeutet das natürlich, dass du es dir nicht mehr jede Nacht hier bei uns behaglich machen kannst. Du wirst leider …«, Buchner versuchte eine betrübte Miene aufzusetzen, was ihm gründlich misslang, »… wieder bei deinen Eltern übernachten müssen. Urban und ich werden uns wohl eine Kammer im Gasthaus zum Ritter nehmen und außer am Sonntag nur noch ein- oder zweimal unter der Woche nach Winterbach wandern, wenn es die Arbeit zulässt.«

»Ich kann auch zusehen, ob ich bei irgendeiner Familie in Beutelsbach unterkomme, Meister«, schlug Urban vor. »Das könnte Euch günstiger kommen als das Zimmer im Gasthaus – und ich könnte dort auch am Wochenende bleiben. Ich hab ja keine Familie und bin dort zuhause, wo meine Arbeit ist.«

Buchner sah ihn mit einem schelmischen Lächeln an. »So, so, du willst während der Arbeit an der Kirche in Beutelsbach wohnen?«

»Vielleicht kann mir Hannes etwas vermitteln, der kennt doch alle im Flecken.«

»Na, lass das aber lieber nicht meine Frau hören!«, sagte Buchner grinsend. »Die glaubt sonst, dir schmeckt ihr Essen nicht.«

»Nein, nein, so ist das natürlich nicht gemeint, Meister! Ich fühle mich wohl hier und ich wohne sehr gern bei Euch im Haus. Das war ja auch nur ein Vorschlag, weil der Ritter sicher keine ganz günstige Unterkunft ist.«

»Mach dir da keine Sorgen: Ich habe dort Rabatt, Huetlin hat mit mir schon eine entsprechende Abmachung getroffen.«

Hannes hob eine Augenbraue. Heinrich Huetlin schien ihm zu sehr Geschäftsmann, als dass er ohne Grund einem ortsfremden Handwerker einen Sonderpreis machte. Da musste also noch etwas anderes dahinterstecken, aber Buchner sagte nichts weiter dazu, sondern schaute noch immer recht belustigt zu Urban hin.

»Gut, das werde ich meiner Frau schon irgendwie schonend beibringen können. Aber …«

Urban sah ihn fragend an.

»Aber wie es Hedi aufnehmen wird, dass du nicht mehr hier wohnen willst …«

»Ach, Meister«, erwiderte der Geselle und winkte ab, aber es wirkte nicht sehr überzeugend, »da bildet Ihr Euch nur was ein.«

»Wenn du meinst.«

Urban senkte den Blick, und Buchner zwinkerte Hannes zu.

»Aber wie dem auch sei, Urban, du sollst wissen: Du kannst jederzeit hier übernachten, deine Kammer bleibt für dich gerichtet, sei es unter der Woche oder am Sonntag.« Dann wandte er sich an Hannes. »Das gilt für dich natürlich genauso, aber ich vermute, dich zieht es dann doch eher nach Beutelsbach – zu deinem Mädchen.«

»Ja, Meister.«

»Gut. Aber damit mir niemand nachsagen kann, ich wollte mich auf diese Weise nur darum drücken, meinen Lehrbuben zu verpflegen, werde ich dir jedes Mal, wenn ich in Winterbach bin, ein ordentliches Bündel mit Lebensmitteln schnüren lassen.«

Nun stand die ganze Arbeit in der Werkstatt im Zeichen des Kirchenbaus. Meister Buchner wanderte immer wieder nach Beutelsbach, mal ging er allein, mal nahm er Hannes oder Urban mit. Er suchte Holz für das Gerüst aus, und sie besorgten auch alle anderen Materialien, die sie in Beutelsbach brauchen würden. Werkzeuge wurden geprüft und, wo nötig, wieder instand gesetzt, neue wurden dazu gekauft oder selbst gebaut.

Buchner achtete darauf, dass Urban immer wieder einmal allein in der Werkstatt war oder zwischendurch Zeit für eine

Pause fand. Hedi war dann oft ganz zufällig gerade im Garten oder bei den Hühnern, und wenn er die Magd und den Gesellen dann gemächlich davonspazieren sah, angeregt in eine Unterhaltung vertieft, blickte er ihnen manchmal lächelnd nach.

Hannes tat so, als bemerke er all das nicht, aber eines Tages fing Buchner doch seinen Blick auf. Er grinste und machte sich wieder an die Arbeit.

»Hedi und Urban«, begann Buchner nach einer Weile, ohne in seiner Tätigkeit innezuhalten, »mögen sich schon länger, und mir wäre es nicht wohl dabei, ihn mit nach Beutelsbach zu nehmen, ohne dass die beiden sich etwas nähergekommen sind.«

Hannes arbeitete ebenfalls weiter und wartete, ob der Meister noch etwas zu dem Thema sagen würde.

»Meine Frau hat mir das so ans Herz gelegt«, fuhr er tatsächlich fort. »Rupert, hat sie zu mir gesagt, das könnte etwas werden mit den beiden, also sieh zu, dass ihnen nicht der Kirchenbau alles verdirbt.« Er zuckte mit den Schultern. »Und auf seine Frau sollte man besser hören.« Buchner sah Hannes an und lächelte. »Das kannst du dir schon mal für deine Katharina merken. Du siehst also: Hier lernst du nicht nur etwas für deinen Beruf.« Lachend beugte er sich wieder über das Holz und arbeitete mit noch mehr Schwung daran als zuvor.

Nach einiger Zeit begann Buchner sogar ein kleines Liedchen zu pfeifen, und auch wenn man die Melodie in dem jämmerlichen Gefiepe kaum erkennen konnte, ließ sich Hannes doch von der guten Laune seines Meisters anstecken und summte mit.

Rupert Buchner kümmerte sich nicht nur um seinen Gesellen, auch Hannes nahm er immer wieder beiseite und erzählte ihm von Aufträgen, die er in seiner Ravensburger Zeit ausgeführt hatte. Er beschrieb ihm die möglichen Schwierigkeiten, die auf großen Baustellen manchmal auftraten, und er nannte ihm Ansätze und Kniffe, wie man solche Probleme lösen konnte. Er setzte sich mit Hannes und dem alten Rapp zusammen und besprach verschiedene Arten, ein Gerüst mit möglichst wenig Holz und trotzdem guter Tragfähigkeit zu bauen. Und bald hatte Hannes das Gefühl, er wisse nun schon vieles, was ihm in einer normalen Lehre erst im zweiten oder gar dritten Jahr anvertraut worden wäre.

»Das ist ganz in meinem eigenen Interesse«, antwortete Buchner, als ihm Hannes eines Abends dafür dankte, dass er sich so gut um ihn kümmerte. »Wenn wir uns in Beutelsbach an die Arbeit machen, mag ich die Leitung für unseren Auftrag haben – aber ich kann nicht überall zugleich sein. Und deshalb muss ich mich darauf verlassen können, dass an der Stiftskirche auch dann alles seinen Gang geht, wenn ich mich zum Beispiel um Nachschub an Bauholz kümmern muss. Was hab ich da von einem bärenstarken Lehrjungen, der nicht mehr weiß, als das, was man halt in den ersten Wochen oder Monaten so lernt? Nichts, oder zumindest nicht genug. Du siehst: Es ist ganz in meinem eigenen Interesse.« Er zwinkerte Hannes zu. »Außerdem hat mir euer Schultes nicht nur einmal zu verstehen gegeben, dass er durchaus ein Auge darauf hat, wie ich deine Lehrzeit gestalte. Der hat Angst, dass ich dich ausnutze, anstatt dir einen Beruf beizubringen.« Buchner wurde nachdenklich, und er zögerte, bevor er seine nächste Frage stellte. »Sag mal, Hannes … der Huetlin und du … was habt ihr eigentlich miteinander zu schaffen?«

»Wie meint Ihr das?«

»Na, er hat sich sehr dafür eingesetzt, dass du bei mir deine Lehre machen kannst. Ich bin ihm dankbar dafür, versteh mich nicht falsch: Du bist gut geeignet für diesen Beruf und hilfst mir schon jetzt mehr, als man das bei einem Lehrjungen im ersten Jahr erwarten kann, aber trotzdem …«

Hannes sah ihn gespannt an.

»Ich weiß gar nicht, ob ich dir das erzählen darf. Aber ich glaube, du solltest es wissen. Und du sagst es bitte nicht weiter?«

Buchner wartete kurz, Hannes nickte.

»Dein Vater konnte ja kein Lehrgeld bezahlen, also hat der Huetlin mit mir verhandelt. Und schließlich hat er mit mir eine Abmachung getroffen: Ich bekomme kein Lehrgeld, aber er schreibt mir einen Betrag gut für die Zeit, in der ich wegen des

Kirchenbaus bei euch in Beutelsbach Unterkunft und Verpflegung brauche. Natürlich nicht so viel, wie ich normalerweise als Lehrgeld bekommen würde, aber immerhin.« Er musterte Hannes nachdenklich und fragte schließlich: »Warum tut er das?«

Hannes zuckte mit den Schultern. »Weil er der Schultes ist?«, versuchte er sich an einer Erklärung. »Er hat sich schon immer um die Leute im Dorf gekümmert.«

»Das mag ein Grund sein.« Besonders überzeugt klang Buchner nicht.

»Und wie Ihr gerade gesagt habt, hat er Euch ja kein Geld gegeben, sondern Ihr dürft für eine Weile umsonst im Ritter essen und schlafen.« Hannes lachte kurz auf. »Lasst Euch lieber die Preise nennen, die er Euch gutschreibt, und schaut, dass Ihr sie mit denen vergleicht, die er den anderen berechnet. Unser Schultes ist ein Schlitzohr, der sorgt schon dafür, dass er nicht zu kurz kommt.«

»Das Gefühl habe ich jedes Mal, wenn ich mit ihm rede. Trotzdem: Huetlin meint es gut mit dir. Der behandelt dich wie …« Er zögerte einen Moment. »Der behandelt dich wie seinen eigenen Sohn.«

Hannes hob eine Augenbraue, und schnell winkte Buchner ab. »Ach, ich rede dummes Zeug.« Er straffte sich und legte die Axt weg. »Vergiss, was ich gesagt habe, und jetzt gehen wir rüber ins Haus. Es wird Zeit für ein ordentliches Vesper, wie es nur meine Frau herrichten kann. Was weiß ich, was mir im Ritter später im Jahr noch aufgetischt wird!«

Im April gab es die ersten warmen Tage, und der Beginn der Arbeiten in Beutelsbach lag nicht mehr weit in der Zukunft. Sobald die Ostergottesdienste vorüber waren, sollte Buchner mit dem Transport von Holz und Gerätschaften nach Beutelsbach beginnen, und in der ersten oder zweiten Maiwoche wollten sie schon damit anfangen, das Gerüst aufzubauen.

Die Vorbereitungen in der Werkstatt waren so gut wie abgeschlossen, sie hatten gut gearbeitet, und der Meister ließ Urban und Hannes noch einige Kleinigkeiten am Wohnhaus und an der Scheune ausbessern. Als auch da nur mehr wenig zu machen war, nahm er Hannes beiseite. »Urban und ich haben dir seit Lichtmess schon ziemlich viel erklärt und beigebracht, nun würde ich dir in den nächsten Tagen noch gern an Beispielen zeigen, was in Beutelsbach auf uns zukommen wird.«

Hannes wartete gespannt ab, worauf Buchner hinauswollte.

»Wir werden uns ein paar Kirchen hier in der Umgebung ansehen. In den vergangenen zwanzig, fünfundzwanzig Jahren sind einige der Gotteshäuser renoviert und umgebaut oder auch gleich ganz neu erbaut worden, da begreifst du manches viel besser, als wenn ich es dir nur erzählen würde. Wir fangen heute mit der Kirche hier im Flecken an, die wurde 1490 erneuert und mit einigen schönen Fresken ausgestattet. Danach geht's nach Schorndorf – die neue Stadtkirche hat erst im vergangenen Jahr eine ganz besondere Ausschmückung bekommen, lass dich überraschen. In Urbach entsteht gerade eine neue Kirche, da siehst du eine Baustelle wie die unsere gleich mit eigenen Augen. Und wenn die Zeit reicht, wandern wir noch rüber nach Grunbach, wo wir uns die Wehrkirche ansehen, die auch erst vor etwa fünfundzwanzig Jahren fertig wurde, und nach Waiblingen in die Äußere Kirche, an der die Arbeiten erst 1490 endeten. Alles schöne, moderne Bauten, die du vor Augen haben solltest, wenn du über die Arbeit des einzelnen Tages hinausblicken willst.«

Es waren schöne Ausflüge, die Hannes mit seinem Meister unternahm. Rupert Buchner wusste zu jedem Detail etwas zu erzählen, und er tat es mit so viel Begeisterung, dass sich seine Freude an Gebälk, Säulenform und vielem anderen bald auch auf Hannes übertrug. Gleich an ihrer ersten Station in Winterbach kam er aus dem Staunen fast nicht mehr heraus, als ihm der Meister die Fresken mit ihren leuchtenden Farben zeigte, in denen die Passionsgeschichte gezeigt wurde. In Urbach war er von dem Trubel beeindruckt, der auf der Baustelle herrschte. In Grunbach zeigte ihm Buchner an der mächtigen Wehrkirche noch viel Neues, obwohl Hannes natürlich schon einige Mal hier gewesen war – das Dorf lag ja keine halbe Wegstunde von Beutelsbach entfernt. Und auch zur Äußeren Kirche in Waiblingen, die sich etwas außerhalb der dicht an dicht gedrängten Häuser der Altstadt erhob und wie über den Remsauen zu thronen schien, wusste der Zimmermann vieles mehr zu erzählen, als mit seinem eigenen Berufsstand zu tun hatte. Die Pfarrer oder Kirchendiener, die sie bei ihren Rundgängen durch die Gotteshäuser begleiteten, hörten sich Buchners Ausführungen immer wohlgefällig und mit einem stolzen Lächeln an. Und es gab kaum einmal die Gelegenheit für sie, den Winterbacher Handwerker auf etwas hinzuweisen, das er noch nicht erwähnt hatte.

Am meisten beeindruckten Hannes die beiden großen Stadtkirchen. In Waiblingen stand er staunend unter der Kanzel mit ihren prachtvollen Schnitzereien. Während Hannes noch mit offenem Mund den eleganten Schwung der Kanzeltreppe bewunderte, mit der sie an einem der mächtigen Stützpfeiler entlang hinaufführte, erklärte ihm Buchner, dass die vier Bilder an den Seiten der Kanzel vier berühmte christliche Prediger und Lehrer zeigten: Augustinus, Gregor, Ambrosius und Hieronymus, jeder in Verbindung mit einem Motiv, das für die Evangelisten Matthäus, Lukas, Markus und Johannes stand. Der Pfarrer war ganz verzückt von Buchners kundigen und schwärmerischen Ausführungen, sodass er die Besucher gerne auch in den Glockenturm hinaufsteigen ließ. Der Ausblick durch die hohen, schmalen Fenster im achteckigen oberen Teil des Turms war atemberaubend: Weit hinaus ins Land ging die Sicht dorthin, wo im nächsten Tal der Neckar floss, alles lag friedlich in der Sonne, und die Wengert, die das Remstal nach Norden hin begrenzten, und der dichte Schurwald im Süden rahmten den Blick gen Osten und führten ihn weit ins Remstal hinauf. Buchner wollte ihm dabei vor allem die Holzkonstruktionen innerhalb des Turms näherbringen und Hannes hörte sich auch brav das Wichtigste an, aber vor dem eindrucksvollen Panorama musste die Arbeit dann doch zurückstehen.

In Schorndorf wartete auf Hannes tatsächlich die Überraschung, die ihm sein Meister versprochen hatte. Erst schritten sie gemächlich durch die drei Schiffe des ausladenden Baus, begleitet und aufmerksam beobachtet vom Kirchendiener. Buchner fasste die Baugeschichte zusammen und listete die Fortschritte auf, die der Bau nach und nach genommen hatte. Dann wies er auf die Höhe des Glockenturms hin und bat den Kirchendiener, seinem Lehrjungen die Marienkapelle zeigen zu dürfen. Und ob es wohl möglich sei, mit dem Buben allein in den Raum zu gehen, damit er die dortige Besonderheit mit der nötigen Sammlung erleben könne. Der Kirchendiener nickte, führte sie zum Untergeschoss des Kirchturms und blieb vor dem Durchgang stehen. Buchner und Hannes gingen in die nun vor ihnen liegende Kapelle.

»Das ist die Marienkapelle«, erläuterte Buchner so laut, dass es der Kirchendiener noch hören musste, und ging mit Hannes weiter in den Raum hinein. »Früher befand sich die Schorndorfer Marienkapelle als Pilgerstation am Unteren Tor, aber es wird heute ja weniger gepilgert als früher. Nun hat sie ihren Platz hier in der neuen Kirche gefunden. Schön, nicht wahr?«

Hannes nickte. Durch schmale hohe Fenster fiel ausreichend Licht herein, trotzdem wirkte die Kapelle im Vergleich mit der riesigen Kirchenhalle selbst recht heimelig. Hier ließ sich gut beten, für sich allein und ganz versunken in Gedanken. Aber was an dieser Kapelle nun so besonders sein sollte, wurde ihm nicht klar. Da sah er Buchner, der vor ihm stand, breit grinste und nach oben zeigte. Hannes hob den Kopf und kniff die Augen zusammen.

»Die Wurzel Jesse«, erklärte der Zimmermann. »Ein Stammbaum, der von Jesse oder Isai, dem Vater König Davids, bis zu Jungfrau Maria mit dem kleinen Jesus auf dem Arm reicht.«

Nun staunte Hannes nicht schlecht. Ein durch kunstvolle Verzweigungen und Schattenwurf fast lebendig wirkendes Netz aus gebogenen Hölzern verband bemalte Gipsfiguren. Das Gebilde füllte die Decke von einer Wand zur nächsten und seine Enden schienen geradezu aus dem Putz des Innenraums herauszuwachsen.

»Welch wunderbare Arbeit!«, rief Hannes aus. Er konnte sich kaum sattsehen.

»Und hoch genug angebracht, dass zwei kleine Scherze von den meisten nicht bemerkt werden«, raunte Buchner seinem Lehrjungen zu.

»Welche Scherze?« Auch Hannes hatte seine Stimme gesenkt.

Buchner sah zum Eingang der Kapelle hin. Der Kirchendiener war nicht zu sehen, aber dass er fast in Hörweite war, stand außer Frage.

»Die Figuren sind etwa eine hiesige Elle lang und stellen 27 berühmte Vorfahren Jesu dar – und zwei haben Gesichter, die man in der Stadt gut kennt.«

Buchner deutete auf zwei der Figuren, aber Hannes konnte die Gesichtszüge nicht besonders gut erkennen.

»Das da stellt König Salomo dar, den Erbauer des ersten Jerusalemer Tempels – er hat das Gesicht von Albrecht Grunbach, dem Bauherrn der Kirche. Und das dort ist die Figur von Serubbabel, der sein Volk im sechsten Jahrhundert vor Christus zurück nach Juda führte und den zerstörten Tempel in Jerusalem wieder aufbaute – und diese Figur trägt die Züge von Jakob von Urach, dem Baumeister dieser Kirche.«

Da konnte Hannes nicht mehr an sich halten, und sein Gelächter hallte in dem hohen Gewölbe laut wider, vermischt mit den schnellen Schritten des Kirchendieners, der herbeistürmte, wie Hannes nach oben schaute, und danach Buchner mit einem tadelnden Blick bedachte. Natürlich wusste er, wer sich da oben verewigt hatte, aber zumindest für den Baumeister fand er diese Anmaßung ungehörig – und auch nicht unbedingt die passende Anekdote für einen Besuch in der erst im vergangenen Jahr eingeweihten neuen Kapelle.

Wenig später standen sie wieder draußen in der Sonne und sahen noch einmal an dem mächtigen Gotteshaus hinauf.

»Zwei Ablässe haben die Herrschaften aufgesetzt, um den Bau zu finanzieren. Wie gut, dass auch wohlhabende Leute sündigen – nur mit uns wäre eine solche Kirche kaum auf die Beine zu stellen. Aber dafür bauen wir sie mit unseren eigenen Händen.« Er hob die Hände mit den Innenflächen nach oben. Seine

Finger waren schon etwas gekrümmt, die Haut war an einigen Stellen aufgerissen und an allen nicht besonders sauber.

Hannes sah hin – so würden seine Hände in einigen Jahren auch aussehen. Immerhin hatte Buchner seine Nägel noch, und keines der Fingerglieder fehlte – das war nicht in jedem Berufsstand eine Selbstverständlichkeit.

»1477 haben sie mit dem Bau angefangen, 1502 kam die Marienkapelle hinzu, und erst jetzt, im vorigen Jahr, ist die Wurzel Jesse fertig geworden«, sagte Buchner jetzt, schüttelte den Kopf und schaute ganz verzückt drein. »Fast dreißig Jahre sichere Arbeit …« Er seufzte. »Na ja, so lange wird uns eure Beutelsbacher Stiftskirche vermutlich nicht ernähren, aber in zwei Jahren ist so etwas auch nicht aufgestellt.« Rupert Buchner straffte sich, dann klatschte er seinem Lehrbuben kräftig auf die Schulter und wandte sich den umstehenden Häusern zu. »Komm, Hannes, wir kehren noch ein, bevor wir uns auf den Rückweg nach Winterbach machen. Ich kenn da eine gute Schänke, nicht allzu fein, aber mit vernünftigen Preisen und einem hinreichend guten Wein.«

In Beutelsbach hatte das Leben seit Lichtmess für die meisten Bewohner den gewohnten Gang genommen. Nur der bevorstehende Bau der neuen Stiftskirche sorgte für Umtrieb. Pfarrer Schefflen saß ständig mit Stiftspfleger Rummel zusammen, und wieder und wieder rechneten sie die Ausgaben zusammen, die sie den Angeboten der angefragten Handwerker entnahmen. Auch Besuche im Stift in Stuttgart waren zu absolvieren, und den einen oder anderen Fortschritt erlaubten sich die beiden geistlichen Herrn hinterher gebührend im Gasthaus zum Ritter zu feiern.

Inzwischen war alles auf den Weg gebracht. Ein Baumeister war gefunden, die Pläne bald fertig, und unter den Dorfbewohnern hatten sich die ersten auswärtigen Handwerker, die man mangels örtlicher Alternativen hatte anlocken müssen, schon Beutelsbacher Gehilfen ausgesucht. Huetlin hatte Schefflen erst lange überreden müssen, den Winterbacher Zimmermann

Rupert Buchner auch wirklich ernsthaft in Erwägung zu ziehen – aber inzwischen hatten Buchners gutes Angebot und sein zugleich fachkundiges und bescheidenes Auftreten den Pfarrer ganz für den Zimmermann eingenommen. Und dass er mit Hannes einen Beutelsbacher zum Lehrjungen genommen hatte, wurde ihm natürlich ebenfalls angerechnet.

Schefflen hatte mit Huetlin darüber gesprochen, dass die Stuttgarter Chorherren natürlich noch Referenzen über Buchner einholen müssten – Huetlin hatte den Pfarrer darauf hingewiesen, dass er wohl nicht ganz im Frieden mit dem dortigen Zunftmeister von Ravensburg weggegangen sei. Aber den Esslinger Stadtarzt Jörg Amann, einen allemal ehrenwerten Mann, könne man über Buchner befragen, und er nannte ihm noch die Bauwerke, an denen der Zimmermann nach eigener Auskunft beteiligt gewesen war – darunter das Dachgebälk einer Dorfkirche und ein neues Pfarrhaus in einem Flecken bei Ravensburg. Das geradezu überschwängliche Lob, das die Stuttgarter Chorherren von ihren geistigen Brüdern bekamen, die beide Bauten in Auftrag gegeben hatten, besiegelte endgültig, dass Rupert Buchner der Zimmermann ihrer Wahl wurde.

Katharina freute sich auf jeden Sonntag, an dem Hannes für einen Tag von Winterbach herüberkam. Sie hatte ihm dann immer viel zu erzählen, leider auch von einem allmählich zudringlicher werdenden Jost.

»Ich glaube, er will es sich zunutze machen, dass du unter der Woche nicht da bist«, klagte Katharina ihm ihr Leid. »Aber sag deswegen nichts zu ihm – sonst wird es noch ärger für mich. Ich halt ihn auf Abstand, und eigentlich sollte er inzwischen längst wissen, dass mich kein anderer interessiert als du.« Sie stupste ihn lachend an die Nasenspitze. »Mein kleiner Zimmermann.«

»Klein?«, rief er, schnappte sie, warf sie sich wie einen großen Sack über die Schulter und rannte ein Stück mit ihr. »Klein? Dir werd ich helfen!«

Es waren schöne Tage, und kostbare obendrein. Und wenn es einmal gar nicht aufhören wollte mit dem Regen, setzten sie sich in die Schreiner'sche Scheuer und schwatzten, während sie auf weichem Stroh beisammensaßen. Ab und zu tauschten sie einen Kuss, aber die meiste Zeit bestand Katharina darauf, dass sie sich mindestens bis zur Verlobung »anständig verhalten« wollten, wie sie es ausdrückte. Hannes hätte es sich durchaus auch anders vorstellen können, aber wenn es Katharina wichtig war, wartete er halt noch so lange.

Ohnehin schien sie ihr guter Ruf sehr umzutreiben. Einmal erzählte sie ihm sogar die gruselige Mär, mit der Mutter Schreiner ihre Töchter wohl ab und zu ermahnte: von einer Barbara erzählte sie, die sich aufgehängt habe, als ihr Ruf ruiniert gewesen sei. Hannes hörte sich die Schauergeschichte schweigend an, sagte auch später nichts dazu, sondern drückte nur Katharinas Hand.

Aber meistens ging es zwischen ihnen fröhlich zu. Und wenn ihre Eltern sie in der Scheuer sitzen sahen, gab es mal ein Augenzwinkern und ein Lächeln von Hedwig Schreiner und mal ein aufmunterndes Schulterklopfen und ein paar neckende Worte von Eberlin, der sich Hannes gegenüber viel freundlicher zeigte, seit er in Winterbach in die Lehre ging.

An einem der Sonntage erzählte Katharina ihm kichernd, was sie unter der Woche eines Abends beobachtet hatte.

»Ich glaube, der Jost tröstet sich jetzt mit Linda, der Magd.«

»Wie kommst du denn darauf?«

»Ich war grad auf dem Weg zum Ritter, um Huetlin einen Krug vom neuen Wein meines Vaters zu bringen. Der hat es immer ganz wichtig, will vorher probieren – und dazu soll ihm der Wein gefälligst ins Gasthaus gebracht werden. Schließlich sei er der zahlende Kunde, und ein guter noch dazu.« Für die letzten Worte hatte sie Huetlins Tonfall nachgeahmt, mit dem er sich ab und zu als besonders wichtig aufspielte.

Hannes lachte.

»Na, egal. Auf jeden Fall war ich unterwegs, und da habe ich die Linda gesehen, wie sie in die Scheune gegangen ist. Sie hat sich vorher noch kurz umgeschaut, aber ich war noch zu weit weg und ging ein wenig im Schatten, sie hat mich wohl nicht bemerkt. Und kurz darauf huschte auch der Jost über den Innenhof, sah sich ebenfalls um und ging ihr nach.«

»Und du meinst wirklich, dass … die beiden?« Er prustete, und Katharinas Gesicht überzog eine leichte Röte.

»Kann doch sein, oder?«, sagte sie dann und zuckte mit den Schultern.

»Kann sein«, gab ihr Hannes recht. »Linda wackelt in der Gaststube manchmal ganz schön mit ihrem Arsch.« Er machte es nach und lachte wieder. »Aber auch Rose ist nicht ohne«, fuhr er fort, setzte einen ganz versonnenen Gesichtsausdruck auf und beobachtete Katharina aus dem Augenwinkel. »Die ist außerdem viel schlanker als Linda, und vor allem jünger. Hast du mal gesehen, wie die den Männern in der Gaststube schöne …«

Weiter kam er nicht, Katharina hatte ihn so kräftig geschubst, dass er im Stroh fast umkippte. Nun sah sie ihn mit wütend funkelnden Augen an, und Hannes lachte, bis er durch den aufgewirbelten Strohstaub husten musste. »Dich kann man ja leicht ärgern!«, brachte er schließlich hervor.

»Na, wenn ihr Männer auch immerzu den Frauen auf den Hintern starren müsst! Da wird man sich als künftige Verlobte doch wohl mal beschweren dürfen, oder?« Sie stieß mit der Faust noch einmal nach ihm, um ihn leicht gegen den Oberarm zu boxen. Aber Hannes wich aus und zog sie an ihrem Handgelenk zu sich heran. So balgten sie lachend, bis sie ganz still wurden und sich zu einem langen zärtlichen Kuss zusammenfanden. Hannes wollte gar nicht mehr damit aufhören, und seine Hände streichelten schon über die Schulter und den Rücken und immer weiter hinab. Da machte sich Katharina los, stand auf und klopfte sich Stroh und Staub von den Kleidern.

»Ich würde ja auch am liebsten weitermachen, Hannes, aber lass uns warten. Bitte!«

Auch Linda gab acht, wenn sie mit Jost zusammen war. Eine Schwangerschaft konnte sie sich nicht leisten, und weil Heinrich Huetlin nicht mehr zu ihr kam, hätte er sich vermutlich auch gewundert, wenn sie Geld für neue Kräuter von Dora brauchte. Und so genoss sie die Zeit mit ihrem jungen Liebhaber, blieb aber immer wachsam und gab Jost jeweils kurz vorher ein Zeichen, sich schnell aus ihr zurückzuziehen.

Er hörte auf sie und war auch sonst ein sehr gelehriger Schüler. Längst nicht so grob wie sein Vater, ließ er sich von ihr in allem unterrichten, und Linda zeigte ihm, was ihr wie gefiel und wie er dafür sorgen konnte, dass sie beide Spaß hatten, wenn sie zusammen waren. Manchmal lagen sie hinterher noch beieinander in ihrer Kammer, auf dem Stroh in der Scheuer oder inzwischen – wenn es das Wetter zuließ und die tägliche Arbeit die Magd dorthin führte – auch einmal oberhalb der Wengert im Gebüsch. Dann unterhielten sie sich, wobei meistens Jost erzählte, und Linda freute sich daran fast noch mehr als an der Zeit davor. Es fühlte sich an, als habe sie endlich einmal einen Freund, einen Gefährten, jemanden, der ihr Dinge anvertraute, die sonst niemand von ihm wusste.

Manchmal fuhr sie mit einem Grashalm oder mit den Fingern langsam durch Josts dichtes Haar oder über sein Gesicht, das noch keine Falten oder Fettpolster aufwies – ein Gesicht, in das sich noch nicht viel vom Leben eingegraben hatte und das so einfach zum Staunen, zum Lachen, zum Begehren gebracht werden konnte.

Immer wieder lag sie am späten Abend wach in ihrer Kammer, hörte Rose leise zurück ins Bett schleichen oder den Schultes auf den Flur hinaus. Dann dachte sie zurück an die Zeit, als Heinrich Huetlin nur Augen für sie gehabt hatte, als sie sich fast schon als die Hausherrin fühlen durfte, als er zu ihrer Entlastung zwei neue junge Mägde einstellte: Ruth und … Rose.

Das Mädchen war sehr hübsch, viel schlanker, jünger und frischer natürlich und etwas Unschuldiges umwehte sie, wenn sie schüchtern tat und freundlich lächelte. Dabei war Rose das durchtriebenste Luder, das ihr je begegnet war. Früher einmal hatte sie ihr kichernd erzählt, wie sie Pfarrer Schefflen in der Beichte mit erfundenen Sauereien ganz scherrig gemacht hatte. Still sei es daraufhin hinter dem Sichtschutz zwischen ihr und dem Pfarrer geworden, und als sie durch ein kleines Loch lugte, das ein Lausbub irgendwann einmal in den schweren Stoff gezupft hatte, sah sie Schefflen sehr mit sich beschäftigt.

Das hatte Rose einfach nur aus Spaß getan, jungen Knechten war sie mal aus freien Stücken und mal für ein, zwei Münzen zu Diensten, aber mit Schultes Huetlin hatte sie sicherlich ganz anderes im Sinn: Erst hatte sie wohl nur Linda zeigen wollen, dass sie ihr den Rang als des Hausherrn liebste Dienstmagd streitig machen konnte – inzwischen ging ihr Ehrgeiz deutlich höher hinaus. Erna Huetlin war mit ihren vierzig Jahren nicht mehr die Jüngste, seit einiger Zeit kränkelte sie immer wieder und konnte die Arbeit in der Küche an manchen Tagen nur noch unter starken Schmerzen bewältigen. Ihrem Mann gegenüber sprach sie nur von leichtem Unwohlsein, aber vor dem Gesinde ließen sich die gesundheitlichen Probleme nicht tagaus, tagein verbergen.

»Und wenn sie dann mal stirbt, braucht Herr Huetlin gar nicht aus dem Haus, um sich eine neue Frau zu suchen«, sagte Rose einmal. Damals war sie mit Linda auf der Pritsche eines Ochsenkarrens in Richtung Schorndorf gefahren, um dort auf dem Markt Kräuter und Gewürze zu kaufen, die sie in Beutelsbach nicht bekommen konnten. »Weißt du, der Herr Huetlin ist ein ganz Lieber.« Ein verträumtes Lächeln spielte um ihren schönen Mund, und sie sah in die Ferne.

Ihre Jugend, ihre Schönheit, ihr schlanker, aber mit allen nötigen Kurven versehener Körper – all das versetzte Linda bei jedem Blick, den sie ihr zuwarf, einen schmerzhaften Stich. Und plötzlich wechselte Roses Miene von einer versonnenen Nachdenklichkeit ins Lauernde, Böse. »War er zu dir auch so lieb, der Herr Huetlin?« Sie grinste spöttisch, und Linda hätte sich nicht gewundert, wenn Rose nun auch noch ausgespuckt hätte. Stattdessen bespie sie sie mit Worten. »Damals, meine ich – falls du dich noch erinnern kannst …« Sie lachte und schlug sich vor Vergnügen auf die Schenkel.

Linda rutschte vom Karren und lief eine Weile neben dem gemächlich dahinzuckelnden Gefährt her. Erst lange Zeit später schwang sie sich wieder hinauf, vermied es aber, Rose anzusehen.

»Natürlich wirst du davon nichts dem Herrn Huetlin oder seiner Frau erzählen«, sagte die Jüngere nach einer Weile leichthin. »Und wenn doch …«, sie ließ eine kleine Pause, bevor sie zischend fortfuhr, »… dann schlag ich dich tot!«

Linda erstarrte und erst nach vielen Augenblicken schaffte sie es, zu der anderen hinzusehen. Rose blickte da schon wieder in die Ferne, lächelnd, als sei nichts gewesen.

Seither beobachtete Linda genau, wie sich Rose im Haus aufführte, wann Huetlin zu ihr ging und ob er sich nicht irgendwann doch auch einmal über seine Gespielin ärgerte. Aber der Schultes schien's zufrieden, und auch wenn er Linda noch immer halbwegs freundlich behandelte: Ihren Reizen erlag er nicht mehr. Wenn sie sich wie früher zufällig etwas zu eng an ihm vorbeidrückte oder wenn sie dafür sorgte, dass seine Hand im Vorübergehen ihren Hintern streifte, ging er weiter, als habe er es nicht bemerkt.

Es sah ganz so aus, als habe Rose tatsächlich gute Chancen, auf absehbare Zeit zumindest unter dem Gesinde das Kommando zu übernehmen – dagegen würde ihr Traum, einmal selbst Frau Huetlin werden zu können, vermutlich eines Tages platzen. Der Schultes würde entweder eine wohlhabende Witwe zur Frau nehmen, um sein Vermögen zu mehren, oder er würde unverheirateter Witwer bleiben. Eine Magd konnte er so oder so als Betthase behalten – sei es nun Rose oder irgendwann einmal eine noch jüngere Nachfolgerin. Trotzdem konnte Rose, solange sie beim Hausherrn einen Stein im Brett hatte und sobald ihr die Hausfrau nicht mehr im Weg sein würde, Linda und den anderen das Leben gehörig schwer machen.

Deshalb begann sich Linda nun besser um Erna Huetlin zu kümmern. Die Hausfrau hatte wohl auch schon mitbekommen, dass sich die Dinge hinter ihrem Rücken verändert hatten, und so wies sie die Hilfe der Magd nicht mehr so brüsk zurück wie früher. Nach einigen Wochen hatten Linda und sie einen recht angenehmen Umgang miteinander gefunden, was sogar Huetlin auffiel und worüber er sich allem Anschein nach auch freute, aber weiter dachte er sich nichts dabei.

Rose dagegen beobachtete das verbesserte Verhältnis zwischen Linda und der Hausherrin mit Argwohn, aber offenbar vertrieben die Zusammenkünfte mit dem Schultes ihre Sorgen hinreichend. Das Mädchen wirbelte meist springlebendig durch Haus und Schankstube, aber hinter ihrer manchmal überschäumenden Fröhlichkeit bemerkte zumindest Linda, dass sie ihr und Frau Huetlin immer wieder finstere Blicke zuwarf und dass sie ab und zu versuchte, ihr ungeliebte Aufgaben zuzuweisen, während doch eigentlich Linda das Kommando über die Mägde im Gasthaus hatte.

Umso mehr freute sie sich auf die Treffen mit Jost, und die wurden zuletzt deutlich häufiger. Jost warb immer noch heftig um Katharina, und so wütend und dann wieder frustriert, wie er von solchen Gesprächen zu ihr kam, holte er sich wohl eine Abfuhr nach der anderen. Dann war er manchmal grob zu ihr, einmal sogar sehr brutal, aber sie hielt es aus, denn hinterher entschuldigte er sich für sein Benehmen, lag bei ihr, streichelte ihr durchs Haar und erzählte ihr die Neuigkeiten, die er erfahren hatte.

Viel hörte sie bei diesen Gelegenheiten vom bevorstehenden Neubau der Kirche und natürlich auch davon, dass das Hannes von Winterbach wieder zurück in den Flecken bringen würde – und dass Jost dann vermutlich gar keine Hoffnung mehr auf Katharina hegen durfte. Richtig trübsinnig drohte er bei dieser Erzählung zu werden, und Linda hatte einige Mühe, ihn wieder halbwegs aufzumuntern.

Die erste schlechte Nachricht für Linda überbrachte er dagegen mit strahlendem Lächeln, und da war Hannes längst wieder in Beutelsbach: Jost erzählte, dass sich sein Vater und der Waiblinger Vogt endlich darauf geeinigt hatten, wann er in Waiblingen als Hilfsschreiber anfangen konnte – schon in wenigen Wochen würde er seinen Posten antreten.

»Damit ist der jahrelange Unterricht bei Vikar Röhm und Pfarrer Schefflen doch endlich zu etwas nutze«, fuhr Jost fort, und die Augen blitzten ihm vor Begeisterung. »Und einen Haufen Geld hat der Schefflen meinem Vater für seine unglaublich faden Schulstunden auch noch abgeknöpft.« Er lachte und stupste Linda übermütig in die Hüfte. »Jetzt freu dich halt mit mir!«

Sie tat ihm den Gefallen und setzte ein dünnes Lächeln auf.

»Und das feiern wir jetzt. Wart kurz hier, Linda!« Er flitzte aus der Scheune, mit heraushängendem Hemd, stürzte die Treppe ins Gewölbe des Weinkellers hinunter und ließ sich kurz darauf mit einem Krug Wein neben ihr ins Stroh fallen, dass die rote Flüssigkeit nur so über den Rand schwappte.

»Auf meine bevorstehende Karriere – und auf dein Wohl, Linda!«

Damit setzte er den Krug an, schluckte und schluckte und hielt den Wein dann ihr hin. Sie trank ebenfalls, und als sie das Gefäß absetzte, nahm er es ihr aus der Hand, stellte den Krug auf den Boden und kroch leicht benommen auf sie. Er plapperte in einem fort, jetzt schon mit etwas schwerer Zunge, schwärmte von dem, was vor ihm lag, lachte manchmal dazu und beschlief sie so ungestüm wie selten zuvor, und Linda lag wie betäubt und spürte die Tränen über ihre Wangen rinnen. Schließlich rollte er sich zur Seite, ließ sich von ihr helfen, seine Kleider wieder in Ordnung zu bringen, küsste sie zum Abschied und trollte sich ins Haus.

Linda blieb noch eine Zeit lang liegen, trank den Krug leer und stand schließlich mit weichen Knien auf. Von der Straße her hörte sie zwei Zecher nach Hause wanken. Sie wartete, bis ihr Grölen kaum mehr zu vernehmen war, und ging dann ebenfalls ins Haus. Im Flur stellte sie den leeren Krug neben die Tür zur Küche, kurz darauf lag sie auf ihrer Pritsche und weinte hemmungslos.

Als sie nach langer Zeit endlich allmählich wegdämmerte, ging ihr das Gespräch mit Jost noch einmal durch den Sinn und das, was danach geschehen war. Erst erschrak sie, als ihr einfiel, dass sie Jost nicht rechtzeitig von sich geschoben hatte, dann dachte sie darüber nach, was ein Kind vom Sohn des Schultes vielleicht für sie bedeuten könnte. Sie malte sich aus, wie es ihr ergehen würde, wenn mit Jost ihr letzter Freund dieses Haus verlassen würde – auch wenn er nur in Waiblingen arbeitete, würde er nicht mehr jede Nacht nach Hause kommen können, und am Tag wäre er ohnehin in der Vogtei beschäftigt. Würde ihr Rose dann noch mehr zusetzen als jetzt schon? Würde es da helfen, wenn sie gewissermaßen fast verwandt wäre mit dem Hausherrn?

Zu einem Lächeln reichte der Gedanke nicht, aber Linda schlief mit trockenen Augen und etwas entspannteren Gesichtszügen ein.

Drei Tage später fühlte sie stechende Schmerzen im Unterleib, bald darauf bekam sie ihre Monatsblutung und der Traum vom Enkel des Schultes, der in ihr wachsen würde, zerstob fürs Erste. Aber die Vorteile, die ihr das bieten konnte, und der Umstand, dass sie ein Kind von Jost vor allem als Mitglied des Huetlin'schen Haushalts einigermaßen absichern sollte, gingen ihr nicht mehr aus dem Sinn.

Die beiden Karren, mit denen Rupert Buchner und seine Leute in Beutelsbach ankamen, waren so hoch beladen, dass sie auf dem Weg von Winterbach her in den besonders tief ausgefahrenen Stellen immer wieder langsam und vorsichtig hatten fahren müssen, damit nichts von der Ladung herunterfiel. Buchner hatte den ersten Karren gelenkt, Urban den zweiten, und Hannes und die drei Hilfsarbeiter waren zu Fuß nebenhermarschiert.

Seit zwei Tagen waren sie zu sechst in der Werkstatt gewesen, und in Beutelsbach würde Jerg Beder noch dazustoßen, den Buchner als weiteren Helfer angeheuert hatte. Zwei der neuen Männer hatten dem Zimmermann schon auf anderen Baustellen zugearbeitet, dem dritten hatte Urban die nötigsten Handgriffe beigebracht, damit er beim Aufbau des Gerüsts nützlich sein konnte. Auch Jerg Beder war für einen Tag nach Winterbach gekommen, um sich zeigen zu lassen, wie er am besten mit anpacken konnte.

Bis auf ein kleines Bündel hatte Hannes alle seine persönlichen Sachen schon an Ostern mit nach Hause genommen. Von Karfreitag bis Ostersonntag ruhte ohnehin alle Arbeit, aber Rupert Buchner hatte seinen Leuten auch noch den Montag freigegeben, erst am Dienstag begann das Packen der Gerätschaften, das Beladen der beiden Karren und die Einweisung der Hilfsarbeiter.

In Beutelsbach zogen sie unter dem Singen und Tanzen einiger kleinerer Kinder ein, die ihren Zug schon in der Ferne ausgemacht und daraufhin gleich ihre Eltern mit der Neuigkeit versorgt hatten. Vor dem Gasthaus zum Ritter stand Heinrich Huetlin inmitten seines Gesindes. Als Buchners Karren auf den Platz vor der Kirche rumpelten, schickte er Rose mit Wein zur Begrüßung und rief Jost aus dem Haus herbei.

Vor der Kirche stand auch Pfarrer Schefflen mit seinen Leuten, und als er sah, dass Huetlin den Neuankömmlingen einen Willkommenstrunk bringen ließ, eilte er ebenfalls zu Buchner hin und bedeutete Vikar, Kaplan und Stiftspfleger mit hastigen Gesten, ihm doch zügig zu folgen. »Meister Buchner«, begann er salbungsvoll und schüttelte dem Zimmermann die Hände. »Herzlich willkommen an Eurer neuen Wirkungsstätte!« Er ließ Buchners Hände nicht los, und erst als der etwas fester zudrückte, schlich sich in Schefflens strahlendes Lächeln ein etwas schmerzlicher Zug und er löste sich von seinem Gegenüber. »Ah, die Rose bringt uns Wein!« Der Pfarrer wandte sich der Magd zu und begann die fünf Becher an Buchner, sich selbst und die drei Mitarbeiter der Kirchengemeinde zu verteilen, die wohl für die Zimmermannstruppe gedacht waren. »Schönes Kind«, sagte er dann zu Rose, »könntest du uns wohl noch weitere Becher holen? Und vielleicht noch ein Krüglein Wein, damit auch jeder mit uns anstoßen kann?«

Die Magd knickste und versuchte dabei, ernst zu bleiben, und wenig später kam sie mit weiteren Bechern und einem zweiten Krug Wein wieder. Inzwischen hatten sich auch Heinrich und Jost Huetlin zu der kleinen Gruppe gesellt, und als alle mit Wein versorgt waren, prostete man sich zu und brachte allerlei Trinksprüche auf das gute Gelingen der anstehenden Bauarbeiten aus.

Hannes freute sich aufrichtig, Jost wiederzusehen. In den vergangenen Wochen war ihm der Sohn des Schultes eher aus dem Weg gegangen, und er vermutete, dass das mit seinem vergeblichen Werben um Katharina zu tun hatte. Trotzdem waren sie Freunde von Kindesbeinen an, und für Hannes hatte sich daran seither wenig geändert. Und so nahm er Jost ein wenig zur Seite und unterhielt sich mit ihm. Allerdings kam das Gespräch nicht leicht in Gang, Jost wirkte reserviert und kühl.

Huetlin wurde seiner Rolle als Schultes gerecht und hielt eine kleine Rede, Pfarrer Schefflen entschuldigte das Fehlen der Chorherren an diesem so wichtigen Tag, der gewissermaßen den Auftakt der Bauarbeiten bedeute. Aber die hohen Herren, versicherte er eifrig, würden sich noch Ende dieser oder spätestens zu Beginn der nächsten Woche in Beutelsbach einfinden, um Meister Buchner persönlich zu begrüßen. Jerg Beder kam heran und begrüßte den Zimmermann, dann bildete er mit den anderen Helfern und dem Gesellen eine Gruppe, die sich über die anstehenden Arbeiten berieten. Urban hatte kurz zu Hannes hingesehen, aber sie hatten auf dem Herweg schon alles Nötige besprochen, da konnte er ihn genauso gut erst einmal mit seinem Freund Jost plaudern lassen.

»Sag schon, Jost«, drängte Hannes schließlich, »was ist das mit deinem Posten, den du bald antreten wirst? Michel hat da was aufgeschnappt, aber er wusste leider nichts Genaues.« Zwar hatte ihm auch Katharina davon erzählt, aber ihren Namen wollte er im Moment lieber nicht erwähnen, um die etwas angespannte Stimmung zwischen ihnen nicht noch zu verschlechtern.

»Na ja, ich muss halt auch einen Beruf ergreifen – wo doch sogar du als Sohn eines Tagelöhners eine Lehre begonnen hast!«

Hannes erschrak fast über die bissige Bemerkung seines Freundes. Litt Jost wirklich so sehr darunter, dass Katharina nicht mit ihm, sondern mit Hannes zusammen war? »Du musst mich nicht so anschnauzen, nur weil Katharina nichts von dir wissen will!«, entfuhr es ihm im gleichen Moment, und fast tat es ihm schon wieder leid, noch bevor er den Satz vollständig ausgesprochen hatte.

»So?« Josts Blick bekam etwas Lauerndes. »Hat sie dir das so erzählt, ja? Dass ich ihr nachlaufen würde wie ein kleines Hündchen, dass sie mich aber jedes Mal davonjagt wie einen Lumpen, weil sie ihr Herz für dich rein halten will?« Er grinste böse, und in seine Stimme schlich sich ein zynischer Ton, als er fortfuhr. »Ihr ach so unschuldiges Herz … und alles andere?« Jost lachte laut auf, einige der Umstehenden sahen sich kurz nach ihm um, führten dann aber ihre Gespräche weiter.

»Sag mal, Jost: Spinnst du jetzt eigentlich?«

»Ich? Ha!« Jost verschränkte die Arme vor der Brust und sah abschätzig zu Hannes hin. »Du spinnst dir da was zusammen: von deiner lieben Katharina, die keinen anderen ansehen mag als nur dich und die …« Sein Grinsen wurde wieder etwas breiter und er sah Hannes spöttisch an. »Habt ihr denn wenigstens schon mal … ? Na, du weißt schon!«

Hannes ballte die Hände zu Fäusten, und seine Muskeln, die unter der harten körperlichen Arbeit seit Lichtmess deutlich größer und fester geworden waren, spannten sich.

»Oh!« Jost tat ganz entsetzt und schlug sich mit gespielter Bestürzung die flache Hand vor den Mund. »Oh, das tut mir jetzt aber leid, mein lieber Hannes!« Er beugte sich ein wenig zu ihm hin und senkte die Stimme. »Hast es ihr wohl noch nie besorgt, was? Dabei bräuchte sie es dringend! Schau sie dir doch nur an, wie sie unruhig durchs Dorf läuft und …«

Der heftige Stoß, den Hannes ihm vor die Brust gab, ließ Jost ein paar Schritte nach hinten torkeln und nahm ihm für einen Moment den Atem. Bleich vor Wut stand er nun da, starrte Hannes mit flackerndem Blick an und ballte ebenfalls die Fäuste. Doch der kampfbereit mit breiten Beinen vor ihm stehende Jugendfreund, der ihn nicht nur an Körpergröße übertraf, sondern inzwischen auch um einiges deutlicher an Muskelkraft, flößte ihm dann wohl doch genug Respekt ein, um von einer Rauferei abzusehen.

»Das wirst du mir büßen, du Sauhund!«, zischte er. »Und frag deine Katharina ruhig mal, ob sie sich wirklich für dich aufgespart hat – oder ob du dir das nur einbildest!« Damit drehte er sich um und stampfte so schnell zum Gasthaus hinüber, wie er konnte, ohne dass der Abgang allzu sehr nach Flucht aussah. Im Ritter traf er auf dem Flur Linda. Er drückte sie grob gegen die Wand, küsste sie und griff ihr zwischen die Beine. Dann ließ er von ihr ab, marschierte in seine Kammer und schob den Riegel vor.

Linda bückte sich nach dem Brett, das ihr durch die kurze stürmische Begegnung heruntergefallen war. Sie sammelte die Brotstücke ein, die auf dem Boden verteilt lagen, und brachte das üppig beladene Brett dann hinüber zu Huetlin, Schefflen und den anderen, die noch immer auf dem Platz beisammenstanden. Heinrich Huetlin atmete auf, als sie kam, und er lud die Umstehenden lautstark ein, sich doch bitte von dem Brot zu bedienen und gerne auch noch etwas Wein zu nehmen.

Der Streit zwischen den beiden jungen Männern war niemandem entgangen, aber nur Buchner und Urban hatten gesehen, dass Hannes seinem alten Freund einen heftigen Stoß vor die Brust verpasst hatte. Der Geselle war daraufhin schon zu ihm geeilt, noch bevor ihn der Meister mit einer Geste hätte darum bitten können, und hatte Hannes in ein Gespräch über das Gerüst verwickelt, das sie hier bauen würden. So geleitete er ihn ein wenig weg von den anderen, und erst als sie sicher außer Hörweite waren, ermahnte er Hannes, dass er sich besser unter Kontrolle haben müsse.

»Du kannst schlecht einen Streit mit dem Sohn des Schultes anfangen, wenn unsere ganze Arbeit davon abhängt, dass hier im Ort alle mit unserem Handwerk zufrieden sind! Fehlt nur noch, dass du dem Pfarrer einen Tritt gibst!« Er redete ernstlich tadelnd auf ihn ein, aber dann spielte schon ein Grinsen um sein Gesicht. »Oder dass du ihm während der Beichte auf die Finger haust …«

Hannes atmete auf, dass Urban schon wieder einen Spaß machte.

»Da musst du nichts befürchten«, erwiderte er, »unser guter Pfarrer hat nur ein Auge auf junge Mädchen.«

»Wenigstens das. Trotzdem: Halt dich besser im Zaum, sonst bekommst du Ärger. Meister Buchner hat deinen Schlag auch mitbekommen, die anderen hoffentlich nur euren Streit.« Er musterte Hannes und fragte dann: »Hat er dich wegen deines Mädchens aufgezogen?«

Hannes nickte.

»Das sollte er wohl besser bleiben lassen, dieser Schwächling.« Urban spuckte aus. »Der sieht aus wie ein kleiner Schreiberling oder ein junger Pfaffe.« Der Geselle schüttelte den Kopf. »Und ihr seid wirklich befreundet?«

»Von Kindesbeinen an. Aber ich glaube …« Hannes schaute nachdenklich zum Gasthaus hinüber. »Ich glaube, dass es mit dieser Freundschaft ein Ende hat.«

»Und das alles wegen eines Mädchens!« Urban schnaubte. »Ist sie wenigstens hübsch?«

»Für mich ist sie die Schönste überhaupt – so wie dir wahrscheinlich Hedi gefällt.« Er grinste, und obwohl er sofort das Kinn angriffslustig nach vorn reckte, konnte auch Urban nicht ganz die ernste Miene bewahren, die er auf diese Bemerkung hin gern gezeigt hätte.

»Obacht, Lehrjunge! Du hast grad selbst bewiesen, wie dünn das Eis wird, wenn man über das Mädchen eines anderen spricht.« Er nickte zum Gasthaus hin, dann lächelte er und klatschte Hannes seine Pranke auf die Schulter.

Buchner entspannte sich, als er sah, wie das Gespräch zwischen Urban und dem Lehrjungen verlief, und er konnte sich wieder etwas besser auf das Gespräch mit Pfarrer Schefflen konzentrieren. Heinrich Huetlin hatte Hannes ebenfalls beobachtet, als der Zimmermannsgeselle ihn von ihnen wegführte, aber vor allem fragte er sich, worüber sich Hannes und sein Sohn wohl so heftig gestritten hatten. Er würde nachher mit Jost reden müssen, doch jetzt ließ er sich erst einmal von Linda etwas Wein nachschenken. Sie sah ihn an, als wolle sie in seiner Miene lesen, und er fand sie einen Moment lang etwas aufdringlich, wie sie da länger vor ihm stand, als es für das Einschenken unbedingt nötig gewesen wäre. Dann lächelte sie ihn kurz an und wandte sich dem nächsten Mann zu, der Platz im Becher hatte.

Jost hatte am Abend noch ein ernstes Gespräch mit seinem Vater, aber dass sich der Streit mit Hannes um Katharina gedreht hatte, kam ihm nicht über die Lippen. Immerhin gab sich Heinrich Huetlin schließlich damit zufrieden, dass es in der Auseinandersetzung um nichts Wichtiges gegangen sei – er und Hannes, versicherte Jost, seien eben inzwischen doch recht verschieden, und durch die Lehre in Winterbach habe sich der Freund noch weiter verändert.

»Außerdem«, gab Jost scheinbar zerknirscht zu, »neide ich ihm wahrscheinlich die Arbeit. Nicht, dass mich das Handwerkliche reizen würde – aber Hannes hat eine Aufgabe, er genießt offensichtlich die Anerkennung und den Respekt seines Meisters, und ich hocke immer noch zuhause und halte Maulaffen feil.« Damit prostete er seinem Vater ein letztes Mal zu. »Aber das hat ja bald ein Ende! Vielen Dank, Vater, dass du mir den Posten in der Waiblinger Vogtei verschafft hast. Darauf lass uns trinken! Und den Streit mit Hannes will ich in den nächsten Tagen beilegen.«

Linda ging inzwischen in der Kammer und anderswo völlig sorglos mit Jost zu Werke, und als es ihm auffiel und er sie fragte, warum er nicht mehr aufpassen müsse, so wie bisher, erzählte sie ihm von Kräutern, die Dora für sie gemischt habe, und die in solchen Fällen zuverlässige Dienste leisteten. Jost fand die veränderte Situation gut, zumal er selbst auch zuvor nie achtgegeben, sondern das immer Linda überlassen hatte. Und wegen der Kräuter hakte er nicht mehr nach, und er fragte sich auch nicht, woher Linda wohl das Geld hernahm, um die alte Dora zu bezahlen.

Als es wieder an der Zeit war für die monatliche Blutung und diese ausblieb, konnte sich Linda nur zwei Tage freuen – bis sie doch wieder dunkle, feuchte Flecken auf ihrem Lager entdeckte. Aus alter Gewohnheit verbarg sie ihren Zustand auch diesmal vor allen anderen Hausbewohnern. Die beschmutzten Tücher wusch sie heimlich sauber, und um ihren Unterkörper schlang sie wie jedes Mal so viel Stoff, dass sie sich leidlich bewegen konnte, ohne sich durch Blutstropfen auf den Dielen zu verraten. Und die Schmerzen auszuhalten, das Ziehen im Unterleib, den gelegentlichen Schwindel, und dabei alle anfallenden Arbeiten klaglos zu erledigen: Das war sie von jeher gewohnt.

Ob sie ihre Blutungen bekommen hatte oder nicht, wusste also niemand im Haus. Treffen mit Jost hatte sie während ihrer Tage vermieden, und da er ohnehin sehr mit den unterschiedlichsten Vorbereitungen für seinen Posten in Waiblingen beschäftigt war, weil er noch einige zusätzliche Stunden bei Vikar Röhm nahm und daheim oft abendelang mit Tinte, Feder und Papier übte, fiel es ihm nicht auf.

Währenddessen lief Linda die Zeit davon, immer schneller schien der Termin näher zu rücken, den Jost ihr als seinen ersten Arbeitstag in der Vogtei genannt hatte. Und schließlich fasste sie einen Entschluss.

Zwei Tage später schickte Heinrich Huetlin eine der Mägde zur Heilerin Dora, und so schnell wie Ruth aus dem Haus flitzte, musste es schlimm stehen um die Frau des Hauses. Erna Huetlin hatte zuletzt nicht mehr das Bett verlassen, ihre Aufgaben in der Küche hatte Linda übernommen. Nun schien sich ihr Zustand dramatisch verschlechtert zu haben, und die Knechte und Mägde standen bald tuschelnd im Flur und im Innenhof beisammen und beobachteten, ob irgendwo der Schultes oder sein Sohn auftauchten oder ob auf andere Art irgendetwas darüber zu erfahren war, wie es nun genau stand.

Einen der Knechte hatte der Schultes auch gleich mit dem Karren losgeschickt, und bald darauf rumpelte das Gefährt wieder vor das Gasthaus, die alte Heilerin neben dem Knecht auf dem Kutschbock, der mit einer Hand die Zügel führte und mit dem freien Arm die klapperdürr gewordene Alte umklammerte, damit sie nicht womöglich von dem rüttelnden Karren purzelte. Die junge Magd saß hinten auf der Ladefläche und umklammerte einen Korb voller Kräuter und sonstiger Utensilien. Die Räder rollten noch aus, da hüpfte sie schon herab und schleifte den Korb zu einem der Knechte, der ihn ihr abnahm und damit nach drinnen eilte. Dann huschte Ruth auch schon wieder zurück und half zusammen mit Linda der gebrechlichen Heilerin vom Kutschbock herunter.

Es war ein schwieriges Unterfangen, obwohl Dora inzwischen so abgemagert war, dass sie kaum mehr etwas wog – aber sie sah eben beinahe so aus, als würde sie bei einem festen Griff an der falschen Stelle einfach entzweibrechen. Kurz bevor sie die Alte auf dem Boden hatten, verzog sie ihr Gesicht vor Schmerz, aber kein Laut entfuhr ihren bleichen zusammengepressten Lippen.

Der Knecht kam wieder heraus und bot Dora recht galant seinen Arm, und die Heilerin packte mit einem schelmischen Grinsen zu, stützte sich mit der Linken auf Linda und stakste mit den beiden ins Haus. In der Kammer der Hausfrau – sie schlief seit einiger Zeit in einem eigenen Zimmer ein Stück vom ehelichen Schlafzimmer entfernt, das ihr Mann nun für sich hatte – roch es säuerlich nach altem Schweiß, und noch ein zweites, ebenfalls sehr unangenehmes Aroma hing in der Luft.

Dora ließ sich einen Hocker direkt ans Bett rücken und sank mit der Hilfe von Linda und dem Knecht auf ihm nieder. Dann beugte sie sich vor, besah und betastete die Haut der Hausfrau, unterhielt sich leise mit Erna Huetlin und knetete dabei mehrere Gelenke vorsichtig mit ihren gichtigen Fingern. Nach einer Weile nickte sie langsam, schob mit Zeigefinger und Daumen beider Hände die Augenlider der Kranken auseinander und studierte sehr aufmerksam die Augäpfel. Und schließlich ließ sie sich die Zunge zeigen, tastete im Mundraum herum und befühlte danach die Wangen- und Kieferknochen.

Linda bemerkte, dass der Knecht alles sehr aufmerksam verfolgte. Als Erna Huetlin krächzend hustete und ihr dabei die Bettdecke so verrutschte, dass die Arme nun nackt und offen vor ihnen lagen, begann sein Blick unruhig zu werden. Ganz verstand sie seine Nervosität nicht: Die Frau des Hauses lag bös darnieder, sie war sicher ernstlich krank, und entsprechend elend lag sie vor ihnen – aber Dora war eine erfahrene Heilerin, das sollte eigentlich auch der Knecht wissen. Der aber schluckte nun ein paar Mal, sein Adamsapfel hüpfte im mageren Hals auf und ab, und er schien seine Augen gar nicht mehr von Erna Huetlins Armen lösen zu können.

Linda folgte seinem Blick, da sah sie es auch: Mehrere rot entzündete Stellen bedeckten beide Arme, aufgekratzt und mit verkrustetem Blut bedeckt. Sie hatte noch bei niemandem Ausschlag gesehen, aber so stellte sie ihn sich vor. Und die Fantasie des Knechts reichte offenbar noch für mehr – für eine ganz besondere tödliche Form von Ausschlag. Die tief eingefallenen, in dunkel umrandeten Höhlen liegenden Augen, die fahle Gesichtsfarbe und der Ausschlag, der weiß Gott wo noch überall am Körper brandete – das kam ihrem Schreckgespenst schon sehr nahe. Und hatte nicht extra die Stadt Esslingen inzwischen einen Arzt aus der Fremde angeworben, der mit einem Buch über den Umgang mit der Pest bekannt geworden war?

Was, wenn der Schwarze Tod nun auch das Remstal, Beutelsbach, das Haus der Familie Huetlin erreicht hatte? Linda bekreuzigte sich.

»Träumt ihr oder wie oft muss ich noch rufen?«

Doras zeternde Stimme schnitt durch den Raum, und Linda besann sich. Offenbar hatte die Heilerin etwas gewollt, und sie hatte es überhört.

»Entschuldigung, Dora, ich war gerade ganz in Gedanken. Ich … wir …«

Mühsam wuchtete sich die Alte auf ihrem Hocker um und sah die Magd und den Knecht an, die da hinter ihr in der Kammer ihrer Herrin standen und kreidebleich auf die Kranke in ihrem Bett starrten. »Vor mir hast du inzwischen doch keine Angst mehr, oder?«

Doras Gesicht war ganz faltig, aber Linda glaubte ein etwas spöttisches, aber gutmütiges Lächeln auf ihrem Antlitz zu erkennen. »Nein, schon lange nicht mehr, Dora. Ihr habt immer allen helfen können, zu denen Ihr gerufen worden seid – oder die zu Euch kamen.« Sie zwinkerte ihr zu, und Dora kicherte leise. Natürlich hatte sie sofort verstanden, welche Besuche die Magd meinte.

»Gut. Und warum steht ihr dann beide hier, als wärt ihr wie Lots Frau zur Salzsäule erstarrt?«

Linda wusste nicht recht, wie sie anfangen sollte. »Ich …« Sie deutete auf den Knecht neben ihr und versuchte es erneut. »Wir fragen uns halt, welche Krankheit unsere Herrin hat. Frau Huetlin scheint es ja wirklich sehr schlecht zu gehen, und …« Fahrig rieb sich Linda über einen Unterarm.

Dora wurde ernst, sah zu Erna Huetlins Armen hin und dann wieder zu Linda. Wieder flackerte ein dünnes Lächeln auf. »Es geht ihr wirklich schlecht, und ich bin nicht ganz sicher, ob ich diesmal noch allzu viel helfen kann. Aber …«

Linda hielt den Atem an, als die Alte eine Pause entstehen ließ.

»Aber die Pest hat sie nicht, da kann ich euch zwei Hasenfüße beruhigen!«

Der Knecht atmete hörbar aus, sah aber betreten zu Boden, weil er sich ein wenig dafür schämte, für die Herrin gleich das Schlimmste angenommen zu haben und sich – das vor allem – um die drohenden Folgen für sich und die eigene Gesundheit gesorgt hatte.

»So, und nun genug geschlottert und getrödelt: Bringt mir meinen Korb, damit ich endlich mit meiner Arbeit anfangen kann. Und dann raus mit euch – Frau Huetlin braucht außer meiner Medizin vor allem viel Ruhe!«

Der Knecht stolperte aus der Kammer, so schnell er konnte, rannte hinaus an die frische Luft und atmete dort ein paar Mal tief ein und aus. Sofort kamen die anderen zu ihm und fragten ihn über das aus, was er drinnen im Haus zu sehen bekommen hatte. Aber alle mussten warten, bis er wieder zu Atem gekommen war.

Linda ging langsamer hinaus und zog die Tür leise hinter sich zu. Im Flur ging sie ein paar Schritte, dann lehnte sie sich an die Wand und legte eine Schläfe gegen den kühlenden Stein. Der Schreck darüber, dass Erna Huetlin womöglich die Pest haben und ihr selbst damit vielleicht auch ein schrecklicher Tod drohen könnte, war ihr in die Glieder gefahren. Noch immer waren ihre Knie ganz weich, aber allmählich beruhigte sie sich wieder.

»Na, kann Dora helfen?«

Heinrich Huetlin stand vor ihr. Sie hatte ihn gar nicht kommen gehört.

»Sie ist nicht ganz sicher, aber sie hat sich die Herrin sehr sorgfältig angesehen und scheint jetzt zu wissen, was sie hat. Im Moment hantiert sie gerade mit ihren Kräutern und Tinkturen. Uns hat sie hinausgeschickt, damit Eure Frau Ruhe findet – aber Ihr könnt sicher rein zu ihr.«

Huetlin nickte, und wie er sie so besorgt ansah, fühlte sie sich ihm wieder sehr nahe. Aber ob das der richtige Moment war, über etwas ganz anderes mit ihm zu reden …? Und dann war die Gelegenheit auch schon wieder vorüber, und Huetlin ging weiter. Vor der Tür schien er sich zu sammeln, und als er die Klinke schon in der Hand hatte, sah er noch einmal zu Linda hin, die noch immer an der Wand lehnte. Er wandte sich ihr zu.

»Sag mal, Linda, dir geht's aber gut, oder?«

Linda, die gar nicht mehr mit einem Fortgang des Gesprächs gerechnet hatte, erstarrte kurz, dann drehte sie sich langsam zu ihm um.

»Ist was mit dir? Bist du krank?« Er kam noch einen Schritt näher. »Hat meine Frau denn etwas Ansteckendes und du hast es dir jetzt auch geholt?«

Sie war nicht sicher, ob er das ihretwegen wissen wollte – oder ob er eher befürchtete, dass sich noch weitere Hausbewohner und am Ende auch er und Jost anstecken könnten. Aber es tat gut, ihn so besorgt zu erleben. Und dann nahm sie ihren ganzen Mut zusammen. »Krank nun nicht gerade, aber …«

Er stutzte. Sie lächelte ihn an und fuhr sich dabei sanft über den Bauch.

»Oh«, machte er dann und wusste nicht recht, wie er nun reagieren sollte. »Und … kenn ich ihn?«

Linda sagte nichts, sondern sah ihn nur eindringlich an.

»Na, den Vater«, erläuterte er ungeduldig. »Von wem ist es denn?«

Nun schlich sich etwas Flehendes in ihren Blick.

»Ich freu mich natürlich, dass du einen jungen Mann für dich gefunden hast, und ich wünsch euch das Allerbeste. Ich hatte schon ein … na ja … ein schlechtes Gewissen, weil wir uns … nicht mehr …« Er druckste herum, aber aus Lindas Miene wurde er nicht recht schlau. »Und: Ist es einer hier aus dem Dorf?«

Linda schluckte, dann nickte sie traurig, blickte ihn aber immer noch unverwandt an. Sie war ja nicht wirklich schwanger, aber dass Heinrich Huetlin gar nicht auf die Idee kam, er könnte der Vater sein, kränkte sie dann doch. Sie war in letzter Zeit noch fülliger geworden, und die Kleidung, die sie trug, war zwar über der Brust eng anliegend und tief ausgeschnitten, aber sonst eher bequem und weit gehalten – es konnte also sein, dass sie schon recht lange guter Hoffnung wäre, und dann käme durchaus auch Huetlin selbst noch als Vater infrage, als Folge seiner letzten Besuche auf ihrem Lager.

Allmählich dämmerte Huetlin dann doch, dass Linda womöglich eine unangenehme Antwort für ihn parat haben könnte, und er musterte ihre Leibesfülle. »Wie lange denn schon?«

»Noch nicht allzu lange«, gab sie zu.

Er wirkte ein wenig erleichtert, aber ihr nach wie vor trauriges Gesicht irritierte ihn. »Jetzt sag schon«, drängte er. »Einer aus dem Dorf?«

Sie nickte.

»Einer der Knechte? Oder einer unserer Gäste?«

Langsam schüttelte sie jedes Mal den Kopf, und Huetlin ging in Gedanken einige mögliche Kandidaten durch, dann fing er Lindas melancholischen Blick auf und wurde bleich.

»Das ist nicht wahr!«, entfuhr es ihm schließlich.

Sie zuckte mit den Schultern, dann nickte sie und lächelte ihn an. Sie liebte Jost ja wirklich, vielleicht konnte ihn das Lächeln erweichen, das ihm früher so gefallen hatte.

Die erste Maulschelle traf sie unerwartet und mit voller Wucht, zwei weitere Treffer mit der flachen Hand musste sie hinnehmen, während sie der Schwung des ersten Schlags an der Wand entlangtaumeln ließ, dann nahm ihr ein wüster Tritt in den Hintern das Gleichgewicht und ließ sie schwer auf den Boden krachen. Mit schmerzendem Rücken und brennenden Wangen setzte sie sich auf, lehnte sich an die Wand und sah zu Huetlin hinauf, der mit breiten Beinen und hängenden Armen vor ihr stand, schier dampfend vor Zorn.

Tränen liefen ihr übers Gesicht, der salzige Geschmack auf ihren Lippen brachte sie noch mehr zum Weinen, und weil ihr vom Sturz, dem Tritt und den Schlägen alles Mögliche wehtat, machte es ihr keine große Mühe, sich den Bauch zu halten, als habe sie dort besonders große Schmerzen.

Nun sah Huetlin nicht mehr wütend auf sie herab, sondern sein Blick wurde unsicher und weich. Linda sah noch immer weinend zu ihm hinauf, ihre Nase lief jetzt auch, und sie musste sich sehr anstrengen, jetzt kein gehässiges Gesicht zu ziehen. Sollte er doch leiden, der Huetlin, dieses Schwein, das sie bei jeder Gelegenheit bestiegen hatte und sie jetzt am liebsten totschlagen würde, weil sie ein Kind von seinem Sohn unter dem Herzen trug. Oder zumindest, weil er das glaubte.

Tatsächlich litt er, der große, massige Mann, der so stark und herrisch und grob sein konnte. Und wie er sich nun zu ihr herunterbeugte, wie er ihr mit einer Hand um die Hüfte fasste und die andere ganz vorsichtig unter ihren Arm schob, wie er ihr behutsam aufhalf und sie dann mit beiden Händen stützte, als er sie gegen die Wand lehnte – da hatte Linda doch wieder etwas Hoffnung, dass noch alles gut werden konnte für sie.

»Danke«, hauchte sie und wischte sich das Gesicht mit dem Ärmel trocken.

So standen sie eine Weile, sahen sich an und schwiegen. Ab und zu schniefte Linda, und allmählich schmerzten Rücken,

Hintern und Gesicht immer weniger und ein wohliges, warmes Gefühl begann sie auszufüllen.

»Liebst du ihn?«, fragte Huetlin mit heiserer Stimme.

»Ja«, sagte Linda, »aber ich weiß natürlich, dass sich das nicht schickt.«

Im Flur war ganz leise ein Knacken wie von einer Holzdiele zu hören, aber sie wollte nicht zu dem Geräusch hinschauen. Der Moment schien ihr zu kostbar, um ihn zu stören. Und Huetlin hatte offenbar nichts bemerkt.

»Ich bin immerhin Magd und Vollwaise«, fuhr sie fort, »und ihr seid der Schultes. Ich habe nichts, bin nichts, da kann ich ja schlecht in eine der wichtigsten Familien hier im Flecken einheiraten.«

Huetlin nickte und dachte nach.

»Aber wenn ich mir etwas wünschen dürfte: Ich würde gerne hierbleiben, weiterhin als Magd für Euch arbeiten und einfach mit meinem Kind und dem Vater unter einem Dach leben.«

»Das wird gehen, ich sorg dafür«, versprach er nach einer kurzen Pause, und Lindas Herz machte einen Sprung.

Sie beugte sich schnell vor und gab ihm einen flüchtigen Kuss auf den Mund, und für einen Moment legte er noch einmal den Arm um ihre Hüfte, wie früher immer, bevor sie …

Er zog sich zurück, senkte den Kopf und strich ihr einmal sanft über die Wange. »Entschuldige bitte«, murmelte er. Dann wandte er sich der Tür zur Kammer seiner Frau zu und ging hinein, ohne sich noch einmal umzusehen.

Linda schaute ihm hinterher, und in ihr jubelte jede Faser. Es hatte geklappt! Und wie Huetlin reagieren würde, wenn sie ihm von der angeblichen Totgeburt seines Enkels berichtete, das würde man sehen. Vielleicht konnte sie die Zeit bis dahin nutzen, mit dem Schultes zumindest so etwas wie eine freundschaftliche Verbundenheit aufzubauen.

Ganz leicht war ihr zumute, als sie sich umdrehte, um sich in der Küche an die drängendsten Arbeiten zu machen. Auf dem Weg dorthin fiel ihr ein, dass gestern einige Gewürze zur Neige gegangen waren, von denen im Gewölbekeller noch weiterer Vorrat lagerte. Und bei dieser Gelegenheit konnte sie auch gleich etwas Wein heraufholen, den sie sich selbst spendieren wollte – sie hatte schließlich Grund zum Feiern.

Die steile Stiege lag halb im Dunkeln, aber hier kannte sie seit Jahren jeden Tritt und jede Unebenheit. Beschwingt nahm sie die ersten beiden Stufen und bückte sich ein wenig nach vorn, um in dem tiefen Tunnel, durch den die Treppe nach unten führte, nicht mit dem Kopf gegen die Decke zu stoßen.

Da spürte sie zwei Hände an ihren Schulterblättern, und eine weibliche Stimme zischte direkt neben ihrem Ohr ein paar kurze Silben, die sie nicht gleich verstand. Als sie mit dem Fuß die nächste Stufe verfehlte, mit dem Oberkörper nach vorne stürzte, mit der linken Hand vergeblich nach Halt an dem wackligen Geländer suchte, als sie mit der Schulter auf der Stufenkante aufschlug und immer weiter nach unten in die Tiefe purzelte, hörte sie die Worte, die zuletzt zu ihr gesagt wurden, in ihrer Erinnerung klar und deutlich. Und wäre alles nicht so schnell gegangen, hätte sie darüber vermutlich sogar noch ein spöttisches Grinsen zustande gebracht.

»Stirb, du Metze!«, hatte sie ihr ins Ohr gezischt.

Und auch die Stimme kannte sie. Natürlich.

Rose war die Einzige, die das hässliche Geräusch noch hörte, mit dem Lindas Genick brach. Dann rollte ihr lebloser Körper auf dem gestampften Kellerboden aus und blieb schließlich liegen. Bewegungslos und grotesk verrenkt wie eine dieser neumodischen Gliederpuppen, von denen ihr ein Reisender wichtigtuerisch in allen Einzelheiten erzählt hatte, um ihr möglichst lange in den Ausschnitt glotzen zu dürfen, während sie vor ihm stand, beide Hände auf die Tischplatte gestützt. In Italien waren diese Puppen wohl üblich, und der Reisende hatte in Nürnberg einige Exemplare gesehen, die dieser Maler und Schnitzer, dieser Dürer, angefertigt hatte.

»Seltsam«, dachte Rose, »was einem in einem solchen Moment alles durch den Kopf geht.«

Jedenfalls würde ihr Linda nicht mehr gefährlich werden. Das ganze Gespräch zwischen ihr und Huetlin hatte sie zwar nicht ganz genau mitbekommen, aber es war offensichtlich, dass Linda ihm erzählt hatte, dass sie schwanger war – und diesen Umstand … Sie lachte trocken: Diese Umstände wollte sie sich ganz offenbar zunutze machen. Hatte Huetlin sie also doch noch beschlafen, obwohl er doch ständig zu ihr, der Jüngeren, Schöneren, kroch!

»Hat sich dieser alte Narr von der welken Schlampe einen Balg anhängen lassen«, ging es ihr durch den Kopf. »Und nun wickelt ihn Linda mit seinem kommenden Nachwuchs um den Finger!« Ein bitterer Geschmack stieg in ihr auf. »Nein«, korrigierte sie sich in Gedanken und grinste böse. »Die wickelt keinen mehr um den Finger! Keinen mehr, nie mehr!« Sie war nicht ganz sicher, ob sie die letzten Worte nicht laut ausgesprochen hatte. Doch als sie sich umsah, war niemand in der Nähe, der sie belauscht haben könnte. Ein letztes Mal schaute sie noch hinunter auf die Rivalin, die nun endlich keine mehr war, dann drückte sie die Tür zu und mischte sich im Schankraum unter das Gesinde. Irgendwann erkundigte sie sich ganz beiläufig, wo eigentlich Linda bleibe und ob nicht jemand mal nachsehen könne.

Dann wartete sie, und als das Kreischen von Ruth allen durch Mark und Bein fuhr, bemühte sie sich, ebenfalls zu Tode erschrocken zu wirken und rannte mit den anderen zur Kellertreppe.

Der Knecht holte Dora anfangs mit dem Karren jeden Morgen und jeden Abend ab, nach drei Tagen stellte Huetlin ihr sogar eines seiner Gästezimmer zur Verfügung, damit sie nicht immer den beschwerlichen Weg zwischen ihrer Hütte und dem Gasthaus auf sich nehmen musste. Aber nach einer Woche war Erna Huetlins Kampf zu Ende.

Der Schultes und Jost saßen an ihrem Lager, als sie zu atmen aufhörte. In den letzten beiden Tagen hatte sie die Augen nicht mehr geöffnet, hatte keine Regung mehr gezeigt, wenn man sie ansprach, hatte nicht einmal mehr die Lippen abgeleckt, wenn man sie mit einem nassen Lappen benetzte. Dora hatte sich aufopferungsvoll um sie gekümmert, hatte immer neue Salben und Sudmischungen angewandt, und an mehr als einem Abend musste Huetlin sie darauf hinweisen, wie spät es schon geworden war, bevor sich die Alte auf ihr Zimmer bringen ließ.

Rose war in dieser Zeit ganz auf sich allein gestellt, was das Gasthaus und den Haushalt anging, und sie war nicht wenig stolz auf sich, dass sie alles tadellos in Gang hielt. Sie kommandierte Knechte und Mägde – schon vor Wochen waren einige junge Mädchen als Verstärkung in den Dienst der Huetlins getreten – und schickte nach Gewürzen und allem anderen, was benötigt wurde, und hielt den ganzen Haushalt auf Trab, damit Heinrich und Jost Huetlin ohne jede Störung der Frau des Hauses beistehen und nach ihrem Tod in Ruhe um sie trauern konnten.

Heinrich Huetlin tappte wie im Nebel durch seine Tage. Erst hatte ihn sein schlechtes Gewissen geplagt, weil er Linda nicht zur Ruhe genötigt hatte, weil er sie weiter hatte arbeiten lassen. So gesehen war es zum Teil auch seine Schuld, dass sie auf der steilen Kellerstiege zu Tode gestürzt war – und mit ihr war auch Josts Kind gestorben. Ein wenig ängstlich war er gewesen, als die Leiche gewaschen und auch sonst für die Beerdigung vorbereitet wurde – aber Linda war schon immer füllig und mit großen Brüsten gesegnet gewesen, da fiel ihre Schwangerschaft offenbar keinem auf. Zumal sie ja selbst gesagt hatte, dass sie noch nicht lange guter Hoffnung gewesen war. Jost gegenüber sprach er das Thema nicht an, sein Sohn war auch so schon bestürzt genug von Lindas plötzlichem Tod. Sie schien ihm wirklich zu fehlen, und vielleicht hatte sie ihren Zustand erst ihm, Heinrich Huetlin, anvertraut und seinem Sohn noch gar nichts davon gesagt.

Der Tod seiner Frau stürzte ihn noch tiefer in Seelenpein. Halbe Tage saß er auf seiner Kammer. Manchmal fand ihn Rose abends, wenn sie vor dem Zubettgehen noch nach ihm sah, auf dem Hocker kauern, von dem aus Dora seine Frau behandelt hatte. Mit hängenden Schultern hockte er regungslos vor dem Bett und starrte auf das grobe Holz der leergeräumten Pritsche.

Einmal hatte sie sich ganz dicht hinter ihn gestellt, hatte ihm sanft die Hände auf die Schultern gelegt. Erst hatte er nicht darauf reagiert, dann hatte er sich zu ihr umgedreht und hatte sie angestiert, als wisse er nicht, wer sie sei. Der Blick fuhr Rose eiskalt durch Mark und Bein, und wenn sie ihn von da an wieder in dieser Kammer entdeckte, schloss sie die Tür ganz leise wieder zu und ließ ihn in Ruhe.

Hannes und Katharina kamen mit der Stimmung im Dorf nicht besonders gut zurecht. Einerseits platzten sie schier vor Glück, weil Hannes endlich wieder jeden Tag im Flecken war, weil Katharina ihn auf der Baustelle besuchen konnte, um ihm mittags ein Vesper zu bringen oder um einen kurzen Schwatz mit ihm zu halten, wenn er kurz Pause machen konnte. Andererseits litten sie mit den Huetlins, die erst den tragischen Unfalltod von Linda und dann vor allem noch den Verlust von Erna Huetlin verkraften mussten.

Die Beerdigung von Linda fiel nicht besonders groß aus. Hannes hatte von seinem Meister die Erlaubnis eingeholt, zum Friedhof gehen zu dürfen, und der Zimmermann ließ die Arbeiten während der Zeremonie selbst natürlich ruhen. Aber außer Hannes wollte niemand der übrigen Handwerker der Magd die letzte Ehre geben. Buchner und Urban hatten sie immer nur flüchtig gesehen, aus der Nähe, wenn sie ihnen zu essen oder zu trinken brachte, und aus der Ferne, wenn sie die Sachen von den anderen Mägden bringen ließ. Von den Hilfsarbeitern kannte sie nur Jerg Beder, und der hatte keine Lust, sich für Linda mitten unter der Woche in seinen Sonntagsstaat zu zwängen.

Es war ein recht kleiner Zug, der dem Sarg zum Grab folgte. Pfarrer Schefflen ließ sich von Vikar Röhm vertreten, Kaplan Heinsberger schritt sehr würdig hinter ihm drein. Zwei ältere Brüder waren von Winterbach herübergekommen, Hannes hatte sie ein paar Mal flüchtig gesehen, wenn ihn Meister Buchner zum Vesperholen zum Metzger geschickt hatte. Sonst war niemand aus Lindas Familie da – er hatte aufgeschnappt, dass ihre Eltern einst durch einen Karrenunfall gestorben waren. Nach den Brüdern folgten schon Vater und Sohn Huetlin und ihre Bediensteten, danach kamen nur noch die Vertreter der Familien Gais und Schreiner, und natürlich Jerg Beders greise Mutter Rotraud und ihre zwei besten Freundinnen – die alten Frauen verpassten keinen Gottesdienst und auch sonst keine Gelegenheit, zu der es Gebet, Gesang und gesetzte Worte gab.

Hannes musterte vor allem seinen Freund aufmerksam, und er hätte es nicht sicher sagen können, aber das ein oder andere Mal kam es ihm so vor, als würden Josts Augen feucht schimmern. Er raunte Katharina eine entsprechende Bemerkung zu, und sie sah ganz gerührt zu ihm hinüber. Inzwischen tat ihm der Spott leid, mit der er seiner Freundin von dem vermuteten Techtelmechtel von Linda und Jost berichtet hatte. Vielleicht hatte es zwischen den beiden ja wirklich mehr gegeben.

Der Streit mit seinem alten Freund kam ihm in den Sinn, der wütende Ausdruck in seinem Gesicht, als er ihm Vergeltung angedroht hatte, auch die Annäherungsversuche, von denen ihm Katharina immer wieder erzählt hatte.

»Seltsam«, ging es Hannes durch den Kopf, »dass man manchen Leuten alles verzeihen will, auch wenn sie nichts mehr für die alte Freundschaft tun.«

Das Begräbnis von Erna Huetlin in der Woche darauf war von ganz anderem Kaliber als die schlichte Bestattung der verunglückten Magd, und natürlich ließ es sich Pfarrer Schefflen diesmal nicht nehmen, die Trauerrede zu halten. Flankiert von Kaplan, Vikar und Stiftspfleger sowie von einigen Ministranten erging er sich in schwelgerischen Lobeshymnen, die er allerdings gewohnt fad vortrug und schon bald die ersten Anwesenden ungeduldig von einem Bein aufs andere treten ließ.

Es war voll auf dem Friedhof. Den letzten Gang der allseits beliebten Ehefrau vom Ritter-Wirt und Schultes verpasste keiner im Dorf, auch Meister Buchner gab seinen Mitarbeitern frei, damit sie auf dem Friedhof dabei sein konnten. Natürlich trugen nicht alle Anwesenden auch wirklich Trauer, bei manchen herrschte eher die Neugier vor – nicht wenige beobachteten Jost und Heinrich Huetlin, ob sie die Beerdigung der Mutter und Ehefrau auch angemessen niedergeschlagen begleiteten. Und vor allem die älteren Weiber im Dorf, Schwertgoschen die meisten von ihnen, tuschelten dabei mehr und lauter, als es sich geschickt hätte. Diesmal hielt sich auch Rotraud Beder nicht mit bissigen Bemerkungen zurück, die meist auf Gerüchte um Heinrich Huetlins außereheliche Aktivitäten anspielten.

Der Schultes hielt sich wacker auf dem Friedhof, besser als sein Amtskollege aus Reichenbach an der Fils, Erna Huetlins Bruder Hans Meißner, der neben ihm stand und mit mäßigem Erfolg gegen seine Tränen kämpfte. Huetlin dagegen schüttelte mit ernstem Gesicht, aber sonst unbewegt die Hände aller, die an ihm und an der offenen Grube vorbeidefilierten. Ob jemand etwas zu ihm sagte, ihm sein Beileid aussprach oder Trost spendete, ob die Leute stumm an ihm vorübergingen oder den Blick betreten gesenkt hatten – allen dankte er mechanisch mit einem knappen Kopfnicken. Er schwieg, hielt die Lippen aufeinandergepresst, mal mehr, mal weniger, und als Anna und Peter Gais und ihre Kinder ihm die Hand drückten, mahlten seine Kiefer, als müsse er sich gerade jetzt sehr beherrschen, nichts zu sagen oder nicht zu weinen.

Sein Blick hob sich während der ganzen Prozedur nur ein einziges Mal. Da reichte ihm Dora ihre leicht zitternde Rechte. Die Alte hatte sich auf den Knecht gestützt, den er ihr immer mit dem Karren geschickt hatte, und auf eine Frau, die er nicht gleich wiedererkannte.

»Ich bin Franziska«, half sie ihm schließlich, als er ihr Gesicht ansah und in seiner Erinnerung fieberhaft nach ihrem Namen suchte. »Die Hebamme, die Jost auf die Welt gebracht hat.«

Älter war sie geworden. Ihre Haare waren ergraut, sie hatte sie zum Dutt gebunden, und unter ihren einfachen Kleidern zeichnete sich ein eher magerer Körper ab. Sie ließ sich ruhig von ihm mustern und lächelte ihn traurig an. Franziska war im Jahr nach Josts dramatischer Geburt von Beutelsbach weggezogen, seither hatten sie keinen Kontakt mehr gehabt. Dass sie jetzt hier auf dem Friedhof war, zeigte aber, dass sie sich noch für das Leben in Beutelsbach interessierte – und dass sie vermutlich irgendwo im Amt Schorndorf oder in der sonstigen Umgebung als Hebamme arbeitete.

»Damals«, fuhr sie mit gesenkter Stimme fort, »hat die Dora Eurer Frau noch einmal das Leben retten können, diesmal leider nicht mehr. Ich wünsche Euch für die nächsten Tage, Wochen und Monate von Herzen alle Kraft, die nötig ist, Herr Huetlin.« Sie warf dem neben ihm stehenden Jost einen kurzen Blick zu. »Und ich sehe, dass aus dem Säugling von damals ein wohlgeratener junger Mann geworden ist, der Euch sicher eine gute Stütze für die kommende Zeit sein wird.«

Hinter Franziska war die Schlange der Wartenden zum Stillstand gekommen, und Jost sah auf, weil niemand mehr nachkam, der ihm die Hand drückte. Den letzten Satz hatte er mitbekommen, aber die Frau an Doras Seite kannte er nicht.

»Deine Mutter war eine gute Frau«, murmelte sie, als sie Jost die Hand drückte und nach einem tiefen Blick in seine Augen weiterging. Dora hatte Jost nur knapp und ernst zugenickt und ließ sich dann von dem Knecht gleich weiterführen. Franziska war die kühle Art aufgefallen, mit der Dora dem jungen Huetlin begegnete, aber so sehr sie die Heilerin auf dem Heimweg auch fragte und bedrängte: Dora mochte nicht darüber reden.

Zum Leichenschmaus waren im Gasthaus zum Ritter alle Stühle besetzt, und auf den Bänken drängten sich mehr hungrige und durstige Nachbarn, als normalerweise darauf Platz fanden. Huetlin hatte eine Sau schlachten lassen, nun bekam jeder Wein, Most und Wasser, Brot und Metzelsuppe, und erst am Abend leerte sich die Schankstube wieder. Vater und Sohn Huetlin hatten die Zusammenkunft gleich nach dem Vesper verlassen, und so mussten sie nicht miterleben, wie einige der Anwesenden mit schwerer Zunge und rotglühenden Wangen lustige Lieder anstimmten, derbe Witze zum Besten gaben und den Mägden auf den Hintern klatschten, wenn die immer neue Krüge zu den Tischen schleppten.

An den nächsten Abenden hockte Heinrich Huetlin nun in der Schankstube an einem Tisch in der Ecke, und er brütete so finster vor sich hin, dass sich niemand zu ihm zu setzen wagte. Rose behielt ihn im Auge, ließ ihm einen neuen Krug Wein bringen, wenn der alte leer war, und sie sorgte dafür, dass er auch immer genug zu essen bekam. Nur selbst traute sie sich nach dem Zusammentreffen in der Kammer seiner Frau nicht zu ihm.

In der Regel setzte er sich so an den Tisch, dass er die Gäste im Rücken hatte und mühelos jedes Gespräch vermeiden konnte. Bald achtete niemand mehr auf ihn, nur Rose bemerkte, dass er manchmal ein wenig mehr nach vorn gebeugt dasaß und dass seine Schultern bebten, als weine er still vor sich hin.

Am dritten Tag nach der Bestattung seiner Frau saß Heinrich Huetlin nicht lange auf seinem Platz. Aus dem zweiten Krug des Abends hatte er sich gerade einen Becher gefüllt und stürzte den Rotwein in einem großen Schluck hinunter. Dann stand er auf, sah sich im Schankraum um, als überlege er, alle Anwesenden auf die Straße hinauszujagen, doch dann wandte er sich nur ab, sah Rose an, nickte ihr zu und stapfte wortlos an ihr vorbei auf den Flur hinaus.

Rose wies Ruth an, ihren Platz für den Rest des Abends einzunehmen und zusammen mit den übrigen Mägden dafür zu sorgen, dass es auch ja keinem Gast an etwas fehlte, das er bezahlen konnte. Dann huschte sie aus der Schankstube und eilte den Flur entlang. Leises Poltern war aus Heinrich Huetlins Schlafkammer zu hören, und als sie in den Raum schlüpfte und die Tür zudrückte, stand der Schultes mit dem Rücken zu ihr im Licht zweier Talgkerzen schon mit bloßen Beinen neben seinen Stiefeln und zerrte sich gerade das Hemd vom massigen Leib.

Die Magd lächelte und begann sich ebenfalls auszuziehen. Offenbar war es richtig gewesen, einfach abzuwarten und ihrem Herrn die Zeit zu geben, die er zur Trauer brauchte. Nun würde sie mit ihm schlafen wie früher, und bald würde er alle anderen vergessen haben und alles würde wieder so werden wie früher. Und besser noch, da war sie sicher. Keine Linda mehr, die ihr den Herrn mit einem untergeschobenen Balg streitig machen konnte. Keine Herrin mehr, auf die sie immer Rücksicht hatten nehmen müssen. Endlich war sie an der Reihe. Sie, Rose …

Sie lächelte noch immer, als sich Huetlin splitternackt zu ihr umdrehte, und ein Blick zwischen seine Beine zeigte ihr, dass sie zuvor noch etwas Mühe mit dem verschrumpelt herunterhängenden Gemächt des Schultes haben würde. Doch als sie seinen flackernden Blick auffing, gefror ihr das Lächeln und ihre Knie drohten nachzugeben. Sie überlegte noch, was sie tun könne, um diese Fratze aus Wut und Trauer aus seinem Gesicht verschwinden zu lassen, da traf sie schon der erste Schlag.

Eine gefühlte Ewigkeit prasselten Fausthiebe, Maulschellen und Fußtritte auf sie ein, sie wusste schon nicht mehr, welche Körperteile sie mit ihren Armen zu schützen versuchen sollte, da hielt er keuchend inne, packte sie kurz darauf grob an den Armen und schleuderte sie auf sein Bett. Ungestüm warf er sich auf sie und drang brutal in sie ein. Er war bald fertig, schlug sie wieder und fiel wieder wie ein wilder Hund über sie her. Er war ein Tier, ein zorniges, tolles, verwundetes Tier, und Rose nahm all ihre Kraft zusammen, um sein Toben über sich ergehen zu lassen.

Irgendwann mitten in der Nacht ließ er von ihr ab, und sie glitt sofort in ein Zwischending aus Schlaf und Bewusstlosigkeit. Er zerrte sie aus dem Bett und weckte sie leidlich sanft, im Vergleich zum Rest des Abends geradezu zärtlich, und sie wankte in ihre Kammer und wälzte sich lange auf ihrer Pritsche, bis sie eine Position gefunden hatte, in der ihr so wenig weh tat, dass sie einschlafen konnte.

Am nächsten Abend ging er ihr wieder in seine Schlafkammer voraus, und Rose dachte einen Moment lang daran, ihm diesmal nicht zu folgen – doch wahrscheinlich hatte er sich inzwischen wieder etwas erholt, und vielleicht würde er sich nun sogar bei ihr entschuldigen.

Die Hoffnung zerstob schnell wieder. Zwar erwartete er sie diesmal bereits im Bett auf dem Rücken liegend und er befahl sie gleich zu sich, ohne sie zuvor zu schlagen. Aber die Prügel bekam sie später doch noch, und zugleich keuchte und stöhnte er Frauennamen, während er sie beschlief wie ein Berserker. Rose ließ es über sich ergehen, so gut sie es vermochte, doch als sie ihn hörte, wie er im Rhythmus ihrer Körper erst »Erna«, dann »Anna« und schließlich »Linda« rief, als sei er von Sinnen, schüttelte sie sich in Weinkrämpfen. Huetlin bemerkte nichts davon, er wütete in einem fort, prügelte in den Pausen auf sie ein und machte dann weiter, bis er sie wieder spät am Abend in die Mägdekammer entließ.

Am dritten Abend ging er erst sanfter zu Werke, und Rose atmete schon auf, weil sie glaubte, das Schlimmste überstanden zu haben, da begann er nach einer Weile, wieder mit seinen Pranken nach ihr auszukeilen. Der erste Schlag traf sie noch, dem zweiten konnte sie ausweichen, und das schien Huetlin endlich zur Besinnung zu bringen: Schwer atmend stand er nackt vor ihr, die Beine breit und die Arme wie vor dem nächsten Angriff angespannt, aber er sah Rose nun weniger wütend an als an den beiden vorangegangenen Abenden.

»Was ist?«, fragte er sie ungehalten, als habe sie etwas Falsches gemacht.

»Ihr müsst aufhören, bitte!«

»Womit?«

»Mit den Schlägen und Tritten. Ich kann nicht mehr.« Sie schluckte. »Und ich will nicht mehr!«

Er sah sie verblüfft an.

»Herr, ich habe alles ertragen und ich will auch künftig manches ertragen – ich will an Eurer Seite bleiben, weil ich Euch liebe. Ich bin Euch ergeben und werde es immer sein, wenn Ihr wollt. Aber bitte schlagt mich nicht!«

Allmählich ließ er die Arme ein wenig sinken.

»Ich liebe Euch, und am liebsten wäre ich Euch eine gute Frau. Und falls sich das nicht schickt, weil ich nur eine Magd bin und Ihr der Schultes, dann werde ich auch das so hinnehmen.«

Die Worte erinnerten ihn an das letzte Gespräch mit Linda, und seine Augen wurden feucht.

»Ich möchte dann gerne in Eurer Nähe sein«, fuhr Rose währenddessen fort, »will mit Euch zusammen sein, für Euch arbeiten und Euch den Haushalt und das Gasthaus führen. Aber nicht, wenn ich Angst haben muss, dass Ihr mich totschlagt.«

Huetlin sah sie an, als begreife er erst langsam, was sie meinte – und als habe er alles nur in einer Art Trance getan, als sei er nicht bei Bewusstsein gewesen, als er sie schlug und trat.

Rose schöpfte neue Hoffnung, dass nun doch wieder alles gut war, und sie trat näher an ihn heran. Sie lächelte, auch wenn es ihr noch schwerfiel, und behutsam legte sie ihre Hände auf seine Schultern und schob ihn mit sanftem Druck ein wenig aufs Bett zu. Da machte sich Huetlin los und packte sie wieder an den Armen. Die Magd schloss die Augen, ihr Lächeln erstarb, und sie erwartete die nächsten Schläge. Tränen liefen ihr übers Gesicht. Eine Weile geschah nichts, und Rose blinzelte durch ihre nassgeweinten Lider. Huetlin sah sie stumm an, dann wirbelte er sie mit einem Ruck herum, warf sie mit Bauch und Gesicht aufs Bett und nahm sie mit Gewalt.

Wieder keuchte er die drei Frauennamen vom vorigen Abend, und Rose versuchte sich ihre Trauer nicht anmerken zu lassen und ließ ihn gewähren. Als er sich von ihr löste und sich neben ihr aufs Bett fallen ließ, ging sein Atem schwer, aber gleichmäßig. Sie blieb noch liegen, um ihn nicht wieder zu neuen Schlägen zu provozieren, aber Huetlin lag einfach da und starrte an die Decke. Sein Gesicht hatte nichts Bedrohliches mehr, auf sie wirkte er jetzt nur noch unsagbar traurig, und trotz der eben noch durchlittenen Qualen bekam sie Mitleid mit ihm – und wie er so dalag und sie im Moment nicht bedrohte, sah sie schon wieder den Mann in ihm, mit dem sie leben wollte, von dem sie sich Sicherheit für den Rest ihres Lebens versprach und den sie … ja: den sie liebte.

Sie legte sich auf die Seite, stützte ihren Kopf auf einer Hand ab und fuhr ihm ganz sacht mit den Fingerspitzen über den Brustkorb, der sich weiter hob und senkte. Seine Haut war feuchtgeschwitzt, und langsam wandte er ihr das Gesicht zu.

»Ich habe vorhin die Frauennamen gehört«, sagte sie leise und zwang sich dabei zu einem schwachen Lächeln. »Ruft nur alle laut heraus, mir macht das nichts.«

Seine Gesichtszüge veränderten sich, aber Rose konnte noch nicht sagen, wie er ihre Worte aufnahm.

»Ich kann Euch jede Frau sein, die ihr nur immer wollt. Und ich bin es gerne für Euch.«

Er setzte sich auf und stützte sich auf den Ellbogen. Sie zog ihre Hand zurück.

»Gerne und immer, glaubt mir bitte.«

Sie hatte all ihre Zärtlichkeit in diese Worte gelegt, hatte ihr Lächeln noch etwas wärmer, herzlicher aufscheinen lassen. Nun hielt sie zwei Fingerspitzen an ihre Lippen, hauchte einen angedeuteten Kuss darauf und drückte ihm die Finger ganz leicht auf den Mund. Sie hatte kaum seine Lippen berührt, da packte er mit der freien Hand ihr Handgelenk und setzte sich vollends auf. Rose setzte sich ebenfalls etwas aufrechter hin, so gut es eben ging, und hielt sich den linken Arm schützend vors Gesicht.

»Du kannst den Arm wieder runterlassen«, sagte er, und es klang ganz ruhig. »Ich werde dich nicht mehr schlagen.«

Langsam sank ihr Arm, er ließ das Handgelenk los, aber sein Blick – ganz ernst und vielleicht auch ein bisschen ungehalten – hielt sie fest. »Du wirst jede Frau für mich sein, die ich will«, fuhr er fort. »Und wann ich es will.«

Sie nickte, lächelte schon wieder ein wenig.

»Ich komm zu dir, wann ich will. Und ich mach mit dir, was ich will. Und wenn ich genug von dir habe, nehme ich mir die Nächste, Jüngere, so wie ich dich in mein Bett geholt habe, als mir die Linda zu alt geworden war. Du magst, wenn du dich gut hältst, meinetwegen danach dein Gnadenbrot bei mir im Haus genießen und von mir aus auch das Regiment in der Küche oder der Schankstube führen, solange es nach meinem Kopf geht.«

Rose war bleich geworden.

»Ich habe mich an drei Frauen gebunden in meinem Leben, zwei sind jetzt tot und die dritte will nichts mehr von mir wissen. Eine vierte wird es nicht geben. Und jetzt pack dich fort in deine Kammer. Für heute habe ich genug, morgen Abend kannst du wiederkommen.«

Sie schluckte, ihr war heiß und kalt zugleich, und als sie sich auf einen unwilligen Wink von ihm erhob, fürchtete sie einen Augenblick lang, ihre Beine würden nachgeben. Doch sie stand, wenn auch recht unsicher, und sah mit feuchten Augen auf Huetlin hinunter, der vor ihr nackt auf dem Bett saß.

»Halt dich an meine Regeln, und du wirst es weiterhin gut haben hier in meinem Haus. Und halt den Mund über alles, was zwischen uns ist – sonst schlag ich dich vielleicht doch noch eines Tages tot.«

Sie taumelte ein wenig, aber er machte keine Anstalten, sie zu stützen, sondern sah ihr zu, wie sie sich allmählich anzog und sich dann zur Tür wandte.

»Ist dir das recht so?«, fragte Huetlin, aber sein Tonfall verriet, dass es ihn herzlich wenig scherte, ob es ihr wirklich recht war – sondern dass er nur wissen wollte, ob ihre Abmachung galt.

Sie blieb stehen, drehte sich langsam zu ihm um. »Ja, Herr«, flüsterte sie dann und huschte mit gesenktem Kopf aus der Kammer.

1509

Die Bauarbeiten an der Stiftskirche veränderten Beutelsbach.

Es herrschte viel mehr Trubel im Flecken als früher, und wenn die reisenden Händler mit ihren vollgepackten Karren zwischen Schorndorf und Waiblingen verkehrten, machten sie nun auch immer Rast auf dem Beutelsbacher Dorfplatz und boten ihre Waren feil. Heinrich Huetlin ließ sie gewähren, aber er legte ihnen nahe, auch eine kleine Rast im Gasthaus zum Ritter einzulegen – das Dorf hatte zwar kein Marktrecht, aber eine Pause zur Stärkung konnte man schließlich auch einem Händler nicht verwehren, und wenn dabei das eine oder andere vor der Weiterfahrt schnell noch an die Umstehenden verkauft würde, müsse man das ja dem Amt gegenüber nicht an die große Glocke hängen.

So waren alle Beteiligten zufrieden, und auch, als mit der Zeit die Händler nicht mehr nur im Ritter einkehrten, sondern einige von ihnen auch in der billigeren Traube, unternahm Huetlin nichts dagegen. Als Schultes musste er ohnehin den ganzen Flecken im Blick haben, und als Gastwirt fiel ohnehin noch genug für ihn ab.

Vor allem seit dem Frühjahr trug Huetlin den Kopf noch höher als ohnehin schon. Ein weltberühmter Künstler hatte da im Ritter logiert, wurde der Schultes nicht müde allen zu erzählen, auch wenn im Dorf keiner jemals zuvor von ihm gehört hatte. Hans Baldung nannte er sich, er war auf der Durchreise das Remstal herunter, und sein Ziel war das ferne Straßburg, wo er sich niederlassen wollte. Am Abend hatte er geradezu Hof gehalten in der Schankstube, als Urban und Meister Buchner gerade zünftig vesperten und Hannes ihnen noch auf einen Krug Wein Gesellschaft leistete. In lautem, selbstbewusstem Ton hatte er davon erzählt, dass er schon recht bekannt sei als Künstler und dass er nur schweren Herzens von seinem noch berühmteren Freund und Meister Albrecht Dürer in Nürnberg Abschied genommen habe, um sich selbstständig zu machen. Und auf dem Weg ins Elsass hatte er noch in Gmünd vorbeigeschaut, seiner Geburtsstadt.

»Vielleicht habt ihr ja bis hier herunter davon gehört«, tönte Baldung, »dass die Glockentürme des dortigen Münsters vor nunmehr zwölf Jahren einstürzten – nun, meine lieben Gmünder haben sich auf originelle Weise beholfen und haben einfach einen alten Wohnturm neben dem Münster zum neuen Glockenturm umgebaut.«

Er lachte dröhnend, ließ sich noch einmal Wein nachschenken und erzählte weiter von seinen Reisen und Erlebnissen draußen in der Welt. Alle in der Schankstube hörten ihm gern zu, auch die Zimmerleute hatten ihre Stühle so gerückt, dass sie Baldung im Blick hatten. Ob er sich alles nur ausdachte, mochte keiner von ihnen sagen – Buchner konnte zwar bestätigen, dass die Gmünder einen Wohnturm wie beschrieben umgewidmet hatten, er hatte sich vor einiger Zeit mit eigenen Augen das Dachgebälk angesehen und zeigte sich beeindruckt.

Aber Städte wie Nürnberg und Straßburg kannte hier kaum jemand vom Hörensagen, auch von einem Maler namens Dürer hatten Hannes und Urban noch nie gehört. Und als der weitgereiste Gast von jüngeren Arbeiten seines Meisters erzählte, darunter einem als Aquarell ausgeführten Porträt eines Feldhasen, kam Hannes das doch etwas närrisch vor. Auch als Baldung mit wichtigem Gesicht seine beiden Hände betend zusammenlegte und erklärte, dass schon allein eine Zeichnung von diesem Motiv die unerreichte Meisterschaft von Herrn Dürer beweise, obwohl es nur eine Skizze für ein Apostelbild sei, schüttelte Hannes lachend den Kopf und nahm einen Schluck vom Wein.

Immerhin schien dieser Dürer von seiner Kunst leben zu können – angeblich trage er sich mit dem Gedanken, einem

Nürnberger Kaufmann ein stattliches Haus in der Altstadt abzukaufen, doch feilsche man noch wegen des Kaufpreises. Derzeit seien fast 300 Gulden aufgerufen.

»Es ist ja eine elende Plage, dass der Gulden noch nicht überall im Reich gleich aufgewogen wird«, plauderte Baldung weiter, »aber ihr rechnet ihn hier, glaube ich, auch mit 60 Kreuzern, oder?«

Alles nickte und lauschte dem Fremden weiter. Ob er log oder nicht, war ihnen einerlei, für Abwechslung sorgte er allemal.

»Außerdem«, fuhr er fort, »kennt ihr meinen Meister sehr wohl, auch wenn ihr es vielleicht nicht wisst.«

Er griff nach einer flachen, aber gut gefüllten Mappe, die er neben seinen Platz gestellt hatte, und zog einige Blätter heraus.

»Das hier habt ihr doch sicher schon einmal gesehen?«

Baldung hielt ein Blatt hoch und zeigte es herum. Zu sehen war ein Mann mit Narrenkappe, der seinem ohnehin schon zusammenbrechenden Esel noch einen weiteren Sack aufpackte. Das kannte hier freilich fast jeder, auch wenn keiner die Spottverse lesen konnte, die über und unter der Abbildung abgedruckt waren. Seit einiger Zeit machten auch auf dem Land solche Drucke die Runde, fliegende Blätter gewissermaßen, die mal erbauliche, meist aber anzügliche oder spöttische Inhalte hatten. Und sobald eines dieser Druckwerke Bilder zeigte, erfreute es sich großer Beliebtheit – wie dieses, das allgemein als Spott auf die Gier der Herrschenden und Reichen aufgefasst wurde.

»Viele Säcke sind des Esels Tod«, las Baldung eine der Zeilen vor, dann nickte er zufrieden in die Runde. »Das ist aus dem ›Narrenschiff‹ vom allseits geachteten Sebastian Brant – und die Illustrationen dazu hat mein Meister Albrecht Dürer geschaffen. Natürlich findet ihr nirgendwo sein Signum …« Er malte zu diesen Worten mit dem Zeigefinger ein D auf den Tisch, über dem ein breitbeiniges A wie ein Dach stand. »… aber ihr könnt euch sicher denken, dass Meister Dürer wenig Lust hatte, als Schöpfer dieser frechen Motive Ärger mit seinen hochgeborenen Auftraggebern zu bekommen.«

Baldung grinste und nahm einen großen Schluck. Er war keine unsympathische Erscheinung. Etwas großspurig vielleicht, aber doch ein recht netter Kerl. Er erzählte spannend, und die Sprachfärbung, die ihm aus seiner Jugend in Gmünd geblieben war, ließ ihn noch als Hiesigen durchgehen. Er trug das Haar eher kurz, sein rotes Barett mit den grün aufgestickten Verzierungen und den grünen Reiseumhang hatte eine von Huetlins Mägden auf der Truhe an der Wand abgelegt. Grün waren auch seine eng anliegenden Beinkleider und sein Wams, alles wirkte sehr fein gearbeitet. Sein Gesicht war bartlos, ein kräftiges Kinn, die gerade Nase und große, wache Augen machten einen vorteilhaften Eindruck, und die sanft geschwungenen Lippen und die kräftigen Augenbrauen rundeten das angenehme Gesamtbild ab.

Huetlins Mägden gefiel der Gast wohl auch, sie stritten sich fast darum, wer ihm Wein und Fleisch bringen durfte. Und als Hannes von seiner Schwester Klara zum Abendessen abgeholt wurde, war die hübsche Zwölfjährige ganz aus dem Häuschen über den aufregenden und eleganten Fremden. Den halben Abend schwärmte sie ihren Eltern von Huetlins Gast vor, und immer wieder musste Hannes von Halle und Nürnberg und Dürer erzählen. Er gab alles wieder, soweit er sich erinnerte, und als Klara schließlich zu Bett ging, wo ihr kleiner Bruder Lennert schon unter der Decke schlummerte, atmeten Hannes, Michel und die Eltern auf, als es endlich um andere Themen gehen konnte.

Eigentlich hatte Baldung nur eine Nacht bleiben wollen, am Ende blieb er vier Tage in Beutelsbach. Von der Baustelle aus sah Hannes ihn mit seinem Skizzenblock durchs Dorf schlendern, er zeichnete Details der größtenteils abgebauten alten Kirche, er warf Holzkonstruktionen und Karrenräder aufs Papier, und wenn Hannes und Katharina zu ihrem Lieblingsplatz hinauf auf die Burgruine unterwegs waren, sahen sie ihn dort sitzen, wie er eifrig ein Bild nach dem anderen aufriss, das Papier auf den übereinandergeschlagenen Beinen ruhend.

Am zweiten Tag entdeckte Hannes den Grund für den längeren Aufenthalt des weitgereisten Malers. Er kam mit einer jungen Magd aus Huetlins Scheune, und während sie sich lachend die Kleider richtete, zupfte er noch etwas Stroh aus seinem Haar. Und als er am dritten Tag in den Ritter kam, ging Baldung gerade an ihm vorbei zum Abtritt. Seine Skizzen hatte er auf dem Tisch liegen lassen, und weil sonst gerade niemand in der Schankstube war, schob Hannes die aufeinanderliegenden Blätter etwas auseinander und sah sich seine Arbeiten an. Die blonde Magd, mit der er den Maler aus der Scheune hatte kommen sehen, war hier gleich mehrfach verewigt, nackt und mit wehenden Haaren und verrenkt in den seltsamsten Posen. Auch eine zweite Frau war auf einem der Blätter zu sehen – sie erinnerte ihn an Rose, war allerdings als greisenhafte Parodie auf sie ausgeführt, nur die im Wind wehenden langen Haare sahen ihren gleich. Auch sie war auf dem Bild unbekleidet, ihr Körper sah grauslich aus, ganz welk und verlebt wie bei einer alten Vettel – der Maler schien keine besonders schmeichelhafte Fantasie zu haben.

»Ah, der junge Zimmermann von der Kirchenbaustelle! Gott zum Gruße!«

Baldung stand direkt hinter ihm, und Hannes trat erschrocken zur Seite und stammelte eine Entschuldigung dafür, dass er ungefragt die Blätter angeschaut hatte.

»Schon recht«, beruhigte ihn der Maler. »Und: Wie gefallen sie dir?« Er deutete auf die Zeichnungen.

»Gut«, sagte Hannes. »Ich meine …« Er wurde ein wenig rot. »Ich meine natürlich: Die Zeichnungen sind gut ausgeführt.«

Baldung lachte laut, und aus der Küche lugte Adelheid, die junge Magd, die er mit ihren blonden Haaren und sonst nichts gezeichnet hatte.

»Alles gut hier«, sagte Baldung fröhlich zu ihr hin.

Sie lächelte ihn an und warf ihm einen Kuss zu, dann fiel ihr auf, dass Hannes und Baldung Zeichnungen betrachteten. Sie konnte die Bilder von ihrem Platz aus nicht richtig erkennen, aber dass der Fremde sie nackt gezeichnet hatte, wusste sie ja – da lief sie plötzlich puterrot an und verschwand in der Küche. Baldung sah ihr versonnen nach, dann beugte er sich ein wenig zu Hannes hin und senkte die Stimme.

»Die Adelheid ist eine richtige kleine Hexe, das sag ich dir. Wenn du noch kein Mädchen hast: Hol sie dir ins Bett, das wirst du dein Lebtag nicht vergessen! Ach, und sie ist noch so jung …«

»Zeichnest du alle Mädchen, mit denen du zusammen bist?«, fragte Hannes.

»Nur, wenn ich sie interessant finde. Außerdem …« Er beugte sich noch ein wenig zu Hannes und gab seiner Stimme einen sehr vertraulichen Tonfall. »Außerdem hast du als Maler sofort einen Schlag bei Frauen, wenn du sie fragst, ob du sie zeichnen darfst.«

»Auch … auch bei Rose?«

Ihr wenig schmeichelhaftes Porträt war zur Hälfte unter den Bildern mit Adelheid versteckt.

»Na ja, Rose«, sagte Baldung und grinste. »Die sieht in Wirklichkeit natürlich viel besser aus als auf meiner Zeichnung. Ich hab mir einfach vorgestellt, wie sie wohl in zehn, fünfzehn Jahren aussehen könnte – mir schwebt da so ein Dreierbild vor, eine junge und eine alte Hexe, aber es ist bisher nur so eine Idee. Und das sind gewissermaßen Studien dafür. Aber verrat mich nicht bei Adelheid: Wenn die wüsste, dass ich sie als Hexe skizziere …« Er kicherte. »Und von Rose sollte sie natürlich auch nichts wissen. Kennst du Rose auch … näher?«

Hannes schüttelte energisch den Kopf.

»Auch sie: ein Wirbelwind, und mit ihren zwanzig Jahren natürlich viel ausgekochter als die kleine Adelheid.« Er schnalzte genießerisch, und Hannes, der fühlte, wie seine Ohrläppchen heiß wurden, verabschiedete sich hastig und ging so schnell nach draußen, wie es gerade noch schicklich war.

Natürlich lernte auch Pfarrer Schefflen den großen Künstler kennen, und ihm schien der Name Albrecht Dürer etwas zu sagen, wobei er wiederum offenbar nicht dessen Verbindung zum »Narrenschiff« kannte. Ganz verzückt ließ sich Schefflen von Baldung die Arbeit mit dem renommierten Meister in Nürnberg schildern, dann sprach er ihn geradewegs darauf an, ob er nicht für das hiesige Gotteshaus einen kleinen Entwurf fertigen wolle. Am Geld solle es nicht scheitern, und bedeutend genug sei die Stiftskirche in der Wiege Württembergs für große Kunst allemal. Baldung hatte wohl keine rechte Lust, er wollte aber nicht einfach absagen – also nannte er einen Preis, der die Ader an Schefflens Schläfe bedrohlich anschwellen ließ, und der Pfarrer musste murmelnd eingestehen, dass es wohl doch am Geld scheitern könne. Unter tiefen Verbeugungen machte sich Schefflen davon.

Als sich Hans Baldung schließlich von einem von Huetlins Knechten nach Waiblingen fahren ließ, wo er sich nach weiterer Beförderung umsehen wollte, stand Adelheid weinend an der Ecke des Gasthauses, halb verborgen durch die Mauer, das Gesicht tränennass, während beide Hände ihren Kittel kneteten. Der Maler winkte ihr noch fröhlich zu, dann ließ er sich auf seinen Platz neben dem Kutscher fallen. Der Karren rumpelte an der Baustelle vorbei, und Baldung winkte kurz zu Hannes hinauf, der gerade mit einem der Hilfsarbeiter neue Bretter am Gerüst befestigte.

Ein paar Kinder rannten dem Reisenden noch hinterher, auch Klara und Lennert Gais waren darunter, und Hannes sah dem fremden Herzensbrecher nach, bis der Karren in einer kleinen Staubwolke verschwand und sich die Kinder wieder zerstreuten.

Aber Baldungs Aufenthalt war nicht die einzige Abwechslung, die Beutelsbach in dieser Zeit erlebte, wenn es auch die spektakulärste war. Ständig kamen Leute aus dem Flecken zur Baustelle, sahen eine Zeitlang zu und wünschten dann Meister Buchner zu sprechen. Offenbar regte der Kirchenbau die Dorfbewohner an, auch selbst über Bauten nachzudenken. Da ging es mal um kleine Anbauten für eine Scheuer, dann wieder um Bänke für die beiden Schänken, die in den vergangenen Monaten zusätzlich zum Ritter und der Traube eröffnet hatten. Es reichte von der Ausbesserung eines morschen Dachgebälks bis hin zu Ideen für Gebäude, wie es sie in Beutelsbach noch nie gegeben hatte.

Ein Armenhaus wurde erwogen, aber fürs Erste wieder verworfen. Über ein Rathaus wurde diskutiert, aber der Bau würde die Gemeinde teuer kommen, und einstweilen musste es deshalb noch das Gasthaus zum Ritter tun – wo Huetlin außerdem auch sicherer sein konnte, dass der Umtrunk nach den Besprechungen die Kreuzer auch wirklich in seine Taschen spülte. Und so ging es in einem fort, und eine der Ideen betraf auch Metzger Hohnecker.

Er hatte im Vorjahr einen Konkurrenten bekommen: Der achtundzwanzigjährige Walther Wonnhart hatte sich mit seiner Frau und den fünf Kindern in Beutelsbach niedergelassen. Er war weitläufig verwandt mit Hans Wonnhart, einem wohlhabenden und einflussreichen Bauern in Grunbach, und der hatte ihm den Kontakt zu Huetlin vermittelt und dafür gesorgt, dass der Schultes seinem künftigen Dorfbewohner die üblichen amtlichen Hindernisse aus dem Weg räumte. Walther Wonnhart hatte ein leerstehendes Bauernhaus gekauft und für seine Zwecke umgebaut, und er war gut genug als Metzger, um ordentlich Zulauf zu haben.

Für Hohnecker gab es trotzdem mehr als genug Arbeit: An manchen Tagen summte Beutelsbach wie ein Bienenstock, und die Einheimischen und die Durchreisenden, die mittlerweile vier hiesigen Wirte sowie die auswärtigen Handwerker hatten ausreichend Bedarf an Fleisch, Speck und Wurst, dass davon auch zwei Metzgersfamilien problemlos leben konnten.

Inzwischen sah man Hohnecker und Wonnhart immer häufiger zusammenhocken, im Ritter schmiedeten sie große Pläne. Der neue Metzger hatte sich eine Weile in Städten zwischen seiner alten Heimat Grüningen und seinem neuen Wohnort umgesehen, und die Idee der Metzig hatte ihm ausnehmend gefallen: Ein solches Haus diente vor allem in Städten als Schlacht- und Verkaufsgebäude für die ortsansässigen Metzger, und wenn die Stadt groß genug war, richtete sich darüber im Obergeschoss die Metzgerzunft ein, um Versammlungen abzuhalten. Zunfträume würde es in Beutelsbach natürlich nicht brauchen, aber künftig nicht mehr daheim schlachten zu müssen, sondern dafür und für den Verkauf der Fleisch- und Wurstwaren eigens hergerichtete Räume zur Verfügung zu haben – das klang auch für Hohnecker verlockend.

Heinrich Huetlin war als Schultes natürlich sofort Feuer und Flamme für den Plan, zumal ihm Wonnhart noch einmal deutlich gemacht hatte, dass er solche Einrichtungen bisher nur aus Städten kannte. Die Vorfreude leuchtete schon aus Huetlins Augen – da würden sie den hochnäsigen Amtsstädtern doch endlich mal zeigen können, dass ihr schönes Beutelsbach alles andere als ein gewöhnliches Dorf war. Als es dann darum ging, was ein solcher Bau der Gemeinde denn wert wäre, wurde Huetlin etwas einsilbiger, aber die Idee hatte sich trotzdem in ihm festgesetzt.

Natürlich ereigneten sich auch Dinge, die dafür sorgten, dass es den Bauern in Beutelsbach in ihrer Freude über die Verbesserungen um sie herum nicht zu wohl wurde. In jedem Frühjahr und in jedem Herbst stoben Jagdgesellschaften droben durch den Schurwald, manchmal forderten sie für ihre Rast großspurig Verpflegung von den Dörfern, in deren Nähe sie sich austobten, und immer wieder ritten sie rücksichtslos über die bestellten Felder, quer durch die frisch ausgebrachte Saat oder sie ließen ihre Pferde oder das von ihnen getriebene Wild das fast reife Korn niedertrampeln.

Besonders arg war es in diesem Jahr. Im März und im April hatte es größere Jagden im Schurwald oberhalb von Schnait und Beutelsbach gegeben, und wenn auch nicht – wie einige Sommer zuvor – wieder Schweine ins Dorf gescheucht wurden, so litten die Felder und Wengert südlich von Beutelsbach doch sehr unter dem wilden Treiben der hohen Herrschaften.

Mancher schwor Stein und Bein, er habe auch den Herzog persönlich gesehen, einige Hochgestellte aus seinem Haushalt mussten jedenfalls mit von der Partie gewesen sein, und sie benahmen sich den einfachen Leuten gegenüber ziemlich rüde. Hans Vollmar, der seit dem Selbstmord seines Vaters vor gut zwei Jahren ohnehin nicht mehr gut auf die Obrigkeit zu sprechen war, hatte irgendwann genug von dem Geschrei, dem Gekläffe und den Schüssen droben auf dem Berg. Er schnappte sich einen dicken Prügel und marschierte hinaus auf dasjenige seiner Felder, das am weitesten vom Flecken entfernt lag: eine schöne, ebene Fläche droben auf dem Schönbühl. Oberhalb der letzten Reben erstreckte sich das Land über den größten Teil der Hochebene zwischen Schnait, Beutelsbach und Grunbach, und im Schutz der umgebenden Wälder gedieh das Getreide dort recht gut – wenn es nicht gerade von rücksichtslosen Jägern niedergeritten wurde.

Und wirklich sah Vollmar, als er oben anlangte, schon eine breite Spur auf dem Feld, die sich über gut dreihundert Schritt vom Waldrand im Norden des Felds hin zum Waldrand im Osten der Freifläche zog. Der Boden war von Hufen aufgerissen, brockenweise war die Erde herumgeschleudert, und dass auf dem breiten verwüsteten Streifen in diesem Jahr nichts mehr zu ernten sein würde, konnte man auf den ersten Blick sehen.

Kochend vor Wut stand Hans Vollmar vor seinem Feld, als vom Wald her schon wieder Hufgetrappel und das Quieken fliehender Wildschweine zu hören war. Die Geräusche kamen schnell näher, und Vollmar blieb wie angewurzelt stehen und sah, wie erst die Tiere und dann ihre Verfolger durch das Dickicht brachen und erneut auf sein Feld stürmten.

Diesmal zogen sie eine breite Schneise von Nordosten her, und die neue Spur musste sich ungefähr dort mit der alten kreuzen, wo Vollmar stand und der wilden Meute entgegensah. Die Wildschweinrotte teilte sich etwa vierzig, fünfzig Schritt vor Vollmar, die Tiere sprengten in verschiedene Richtungen davon. Auch die Schar der Reiter, etwa zehn oder zwölf Männer in farbenprächtigen Kleidern, teilte sich nun in mehrere kleine Gruppen. Hinter den Reitern rannten einige Knechte aus dem Wald heraus und blieben für einen Moment keuchend stehen. Drei der Reiter wandten sich nach Westen, vier nach Osten, die übrigen hielten recht genau auf Vollmar zu, alle fest mit dem Blick auf die von ihnen verfolgten Wildschweine.

Hans Vollmar wich ihnen im letzten Moment aus, und es sah aus, als mache er Anstalten, mit seinem Prügel nach dem vordersten Reiter zu schlagen. Der hatte ohnehin schon sein Schwert in der Hand, mit dem er fuchtelnd seinen Begleitern unsinnige Zeichen gab. Jetzt hieb er blitzschnell auf Vollmar hinunter und erwischte ihn an der rechten Schulter. Der Bauer fiel rücklings zu Boden, aber die Reiter stürmten weiter, ohne sich lange mit ihm aufzuhalten.

Die Knechte teilten sich ebenfalls in drei Gruppen und folgten den Reitern. Die mittlere Abteilung blieb kurz bei dem verwundeten Vollmar stehen, der sich den blutenden Oberarm hielt und mit finsterem Blick auf dem Feld hockte.

»Lasst diesen Trampel, wo er ist!«, rief ihnen einer der Reiter zu, der zurückgeblieben war, um die Knechte zur Eile anzuhalten. »Was hat der sich uns in den Weg zu stellen? Der soll sich davonmachen! Kommt er mir nachher noch einmal unter die Augen, beende ich, was mein Freund begonnen hat!« Damit riss er sein Pferd herum und stürmte den anderen nach, und die Knechte folgten ihm, so schnell sie konnten.

Vollmar blieb noch eine Weile mit pochendem Herzen auf dem Acker sitzen, dann stand er auf und schleppte sich zu Dora, die seine Wunde wusch, einige Kräuter darauflegte und den Oberarm mit sauberen Stofffetzen verband. Als Vollmar wieder zurück im Dorf war, waren neben dem Gasthaus zum Ritter drei Pferde angeleint. Huetlins Knechte rieben die Tiere gerade noch ab, und von ihnen erfuhr Vollmar, dass sie zur Jagdgesellschaft gehörten, die heute droben auf dem Schurwald einen solchen Radau gemacht hatte.

Die Tür zum Gasthaus schwang auf und jener Reiter, der die Knechte vom verletzten Vollmar weggescheucht hatte, kam mit breiten Schritten heraus. Er sah Vollmar bei seinem Pferd stehen. Sofort trat er zu ihm und baute sich drohend vor dem Bauern auf.

»Na«, höhnte er und sah Vollmar so geringschätzig an, wie er konnte, »wenn das mal nicht der Störenfried ist, der uns droben bei der Jagd so blöde im Weg gestanden ist!«

Vollmar presste die Lippen aufeinander, aber er sagte kein Wort. Die linke Hand, in der er seinen Holzprügel hielt, verkrampfte sich. Die Knechte traten ein paar Schritte zurück, um nicht in die Auseinandersetzung verwickelt zu werden, die hier offenbar in der Luft lag.

»Du wirst ja wohl kaum noch einmal so dumm sein, und dich mit deinem Hölzle gegen einen von uns stellen, oder?« Der Herr nickte zum Prügel hin und tippte ganz lässig auf den Knauf seines Schwertes, das an seiner Seite hing. Vollmar blieb still stehen, und auf dem Gesicht des Auswärtigen breitete sich ein hämisches Grinsen aus. »Du!«, fuhr er einen von Huetlins Knechten an. »Geh sofort ins Gasthaus und hol deinen Schultes. Dieser Mann hat einen Freund von mir mit seinem … Prügel angegriffen. Das muss bestraft werden!« Dann schubste er Vollmar mit seiner Rechten ein Stück nach hinten und spuckte vor ihm aus. »Die Strafe überlasse ich deinem Schultes, du Trampel. Aber ich hoffe, es wird dir eine Lehre sein!«

Vollmars Lippen waren ein schmaler Strich, alle Farbe war aus ihnen gewichen, und er musste sich sehr beherrschen, nicht auf den Fremden loszugehen. Gaispeter, der die Szene im Vorübergehen beobachtet hatte, kam herbei, trat hinter Vollmar und zischte ihm nur kurz »Lass es!« ins Ohr.

»Da schau her«, höhnte der Fremde. »Ein Dörfler mit Verstand! Das ist mehr, als ich erwartet habe!« Er lachte, dann versetzte er Vollmar mit seinem Stiefel einen Tritt und ging hinters Haus. »Geh weg, du Trampel, euer Remstäler Wein will wieder an die Sonne!«

Der Fremde marschierte in den Innenhof, bog um die hintere Hausecke und hielt auf den Abtritt zu. Gaispeter gab dem verbliebenen Knecht ein Zeichen, dass er auf Vollmar aufpassen solle, dann folgte er dem Auswärtigen hinters Haus.

Der Hut mit der langen Feder hing an einem Haken außen am Aborthäuschen, und der Mann dazu stand breitbeinig vor dem Loch. Das Plätschern seiner Verrichtung war deutlich zu hören. Gaispeter sah sich um: Außer ihm und dem Fremden war niemand zu sehen. Und mit ein paar schnellen Schritten war er bei dem Fremden, er packte ihn mit dem linken Arm um seinen Bauch und drückte mit der rechten Hand Kopf und Nacken des Mannes so schnell nach vorn, dass der gar nicht wusste, wie ihm geschah. Schon im nächsten Moment trat ihm Gaispeter in die rechte Kniekehle, und schon knickte der Fremde ein, kniete auf dem schmutzigen Boden des Abtritts und wurde nun vom ganzen Gewicht Gaispeters so weit nach vorne gedrückt, dass sein Gesicht nur noch zwei oder drei Handbreit über dem Loch hing.

»Bist du von Sinnen?«, brachte der Fremde noch hervor, da drückte ihn Gaispeter noch ein Stück nach unten.

»Halt dein Maul, du Arschloch! Du musst uns auf dem Land nicht wie Dreck behandeln, nur weil wir es sind, die mit unsrer Hände Arbeit dein faules Dasein überhaupt erst möglich machen!«

»Das wird dich den Kopf kosten! Lass mich sofort los!«

»Einen Teufel tu ich! Ich weiß, wer du bist und wo ich dich notfalls finde!« Das war zwar gelogen, aber woher sollte der Fremde das wissen? »Du aber kennst mich nicht. Und noch bevor du aus diesem Flecken heraus bist, hast du schon mein Messer im Herzen, wenn du auch nur das Maul aufmachst, um irgendjemandem etwas von unserer kleinen Unterredung hier im Abort zu verraten.«

Gaispeters Worte hatten ihre Wirkung nicht verfehlt: Der Fremde schwieg und blieb stumm in seiner unvorteilhaften Position.

»Wo sind die anderen, die mit dir gejagt haben?«

»Auf dem Heimweg.«

»Vorne stehen drei Pferde. Sind außer dir und deinen beiden Begleitern noch andere hier in der Gegend?«

»Nein.«

»Gut. Dann packst du dich jetzt und nimmst deine beiden Kumpane mit. Du sagst kein Wort über das hier, nicht im Flecken und nicht in Stuttgart.«

Der andere schwieg.

»Hast du mich verstanden?« Gaispeter drückte den Oberkörper des anderen noch ein bisschen tiefer.

»Ja, ich hab dich verstanden«, presste der Mann nun hervor.

»Schade eigentlich«, brummte Gais. »Sonst hätte ich dich etwas Scheiße fressen lassen, das hätte dir vielleicht auch einmal gutgetan.« Er ließ etwas nach mit seinem Druck. »Ich geh jetzt, und du wirst dich nicht nach mir umsehen, und du wirst mir nicht folgen. Es kann gut sein, dass ich noch eine Weile direkt bei dir bleibe, ohne dass du mich hörst. Eine falsche Bewegung und ich stech dich ab wie eine Wildsau.« Gais schüttelte den Mann ein wenig. »Wie es denen ergeht, weißt du ja, oder?«

»Ja.«

Damit ließ Gais den anderen los und schlüpfte möglichst leise aus dem Abort, verschwand hinter der Scheune und eilte zu einer Stelle, von wo aus er gut versteckt beobachten konnte, ob der Fremde und seine Begleiter wirklich das Dorf verließen.

Es dauerte lange, bis der Mann wieder vor dem Gasthaus auftauchte. Er klopfte sich seine Beinkleider ab und sah mit finsterer Miene um sich. Die beiden anderen waren schon bei den Pferden angelangt. Sie sahen ihn fragend an, aber er schüttelte nur mürrisch den Kopf, schwang sich ohne ein Wort in den Sattel und galoppierte davon. Die beiden anderen zuckten mit den Schultern und ritten ihm nach.

Als Gaispeter aus seinem Versteck heraustrat, sah Vollmar zu ihm her. Huetlin und seine beiden Knechte standen neben ihm. Vollmar grinste Gaispeter an und nickte ihm kurz zu. Huetlin sah irritiert zwischen den beiden Männern hin und her, ging dann aber zurück in den Schankraum.

Für Vollmar hatte der Zwischenfall natürlich keine Strafe zur Folge. Schultes Huetlin war selbst nicht gut auf die drei Männer zu sprechen, die sich auf seine Kosten den Wanst vollgeschlagen und seinen Mägden nachgestellt hatten. Er war froh, als die drei endlich aus dem Flecken waren, und den verwundeten Vollmar lud er auf einen Schoppen Wein ein, kaum dass die Staubwolke der Reiter verweht war. Ohnehin war, wie sich in den folgenden Wochen herausstellte, Vollmar mehr als genug gestraft: Sein Feld oben auf der Hochebene war zu einem guten

Teil verwüstet und würde keine Ernte abwerfen, und mit seinem verwundeten rechten Arm konnte er kaum die nötigsten Arbeiten bewältigen, was ihm zusätzliche Ausfälle bescherte.

Und Huetlin hatte noch ganz andere Dinge zu regeln. Der Wagner Muthans ließ das Saufen nicht sein, und schwierigere Arbeiten mochten ihm inzwischen nur noch wenige anvertrauen. Vor allem die Weinfässer, die er jahrelang neben seinem eigentlichen Beruf für die örtlichen Wengerter gefertigt hatte, taugten nichts mehr. Und als ein Fass, das er Wochen nach dem vereinbarten Termin an Eberlin Schreiner ausgeliefert hatte, leckte, traf der sich mit dem Schultes zum Gespräch. Die beiden sprachen mit den übrigen Dorfrichtern, man hörte sich um, der eine kannte diesen, der wiederum den nächsten – und schließlich stießen sie durch ihre Nachforschungen auf einen vielversprechenden jungen Mann namens Jörg Butelin, der in Uhlbach am Neckar das Küferhandwerk erlernt hatte und unter der rüden Behandlung durch seinen Lehrherrn und der ungewöhnlich schlechten Bezahlung litt. Butelin kam mit Freuden, als ihn Huetlin durch einen Boten nach Beutelsbach holen ließ.

»Wie Ihr seht«, warb Huetlin um den jungen Handwerker, als sie im Ritter beisammensaßen, »ist Beutelsbach ein aufstrebender Ort. Der Neubau der Kirche sorgt auf Jahre hinaus für Arbeit, und unsere beiden Dörfer haben ja sogar eine gemeinsame Bedeutung für die Geschichte unseres schönen Landes: Bevor Konrad von Württemberg einst seine Stammburg auf dem Rotenberg oberhalb Eures Ortes erbauen ließ, hatte er seinen Herrschaftssitz hier in Beutelsbach!«

Der Uhlbacher hörte sich alles geduldig an, prostete Huetlin zu und gab bereitwillig Auskunft über die Arbeiten, die er bisher ausgeführt hatte. Dann malte sein Gastgeber ihm die Zukunft im Remstal weiter in den buntesten Farben aus.

»Das ist alles schön«, sagte Jörg Butelin nach einer Weile. »Und ich will auch nicht unhöflich erscheinen, aber warum sprecht Ihr als Schultes mit mir und nicht diesem Muthans, bei dem ich als Geselle anfangen soll? Ist das ein ähnlich übler Bursche wie mein Lehrherr in Uhlbach, dem ich lieber heute als morgen entkommen will?«

»Nein, da kann ich Euch beruhigen. Der Muthans ist kein schlechter Kerl, aber er säuft halt zu viel. Wir sind ein Weinort, und wie ihr drüben in Uhlbach brauchen wir hier Fässer – und der Muthans bringt keine guten mehr zustande. Er ist halt auch nur Wagner und kein Küfer. Früher ging das alles noch, aber jetzt …«

»Und warum säuft er so viel?«

»Seine Frau ist ihm gestorben. Das ist zwar schon viele Jahre her, aber es hat ihn aus der Bahn geworfen, und er hat bisher nicht in die Spur zurückgefunden. Und dann …« Huetlin hatte einfach weitererzählt, aber jetzt fürchtete er, mit der letzten Anekdote würde er den jungen Küfergesellen wieder vertreiben.

»Ja? Was wolltet Ihr sagen, Schultes?«

»Vor zwei Jahren wurde droben im Wald über unserem Ort ein Reh erlegt. Es gab eine Verhandlung vor dem Amtsgericht, und einer unserer Bauern wurde wegen Wilderei verurteilt. Und im Suff hat sich der Muthans verquatscht und hat damit den Wilderer letztendlich ans Messer geliefert. Seither ist er als Handwerker zu fast gar nichts mehr zu gebrauchen.«

Butelin nickte und dachte eine Weile nach. »Wenn doch aber der Wagner so am Ende ist, wenn Ihr ihm keine Aufträge mehr geben wollt – wie soll er mich dann bezahlen können?«

Huetlin lächelte. Jetzt war er wieder auf sicherem Boden, das nämlich hatte er genau ausgetüftelt und alles schon im Dorfgericht geklärt. Butelin sollte von allen Winzern am Ort Aufträge für neue Fässer bekommen, auch in den Nachbardörfern Heppach und Grunbach wollte man für den neuen Küfer werben, und wenn die Nachfrage wider Erwarten zwischendurch einmal nachlassen sollte, würde er dem Muthans helfen, dessen Wagneraufträge abzuarbeiten.

»Das klingt vernünftig«, gab Butelin zu.

»Und das ist noch nicht alles. Ihr würdet im Haus des Wagners wohnen, eine Kammer lassen wir von der Gemeinde auch herrichten. Der Muthans kocht lausig, also übernimmt die

Gemeinde die Kosten für Frühstück und Abendbrot hier im Gasthaus. Und wenn die Geschäfte einmal so gut laufen sollten, dass der Muthans sich mit Eurer Hilfe eine Magd leisten kann, dann dürft Ihr Euch am Anfang auf Rechnung der Gemeinde bei einem unserer Metzger Fleisch und Wurst kaufen, bis Ihr vollends auf eigenen Füßen stehen könnt.«

Jörg Butelin sah ihn lange an. »Und wo ist der Haken?«

»Abgesehen davon, dass Ihr nebenbei ein Auge auf einen Säufer werfen sollt?« Huetlin schüttelte den Kopf und lächelte den jungen Mann an. »Kein Haken.« Dann beugte er sich ein wenig vor. »Und, um ganz ehrlich zu sein: Insgeheim hoffen wir Beutelsbacher, dass Eure Gesellschaft auf den Muthans einen guten Einfluss hat und er sich vielleicht so weit fängt, dass er wieder vernünftig seiner Arbeit nachgehen kann.«

»Hm … und ist Muthans einverstanden damit, dass ich für ihn arbeite? Er weiß es doch, oder?«

»Ja, natürlich«, log Heinrich Huetlin schnell.

Butelin überlegte noch einen Moment lang, dann hob er seinen Becher und prostete dem Schultes zu. »Gut, wir sind uns einig: Ich fange beim Wagner an.«

»Das freut mich. Ihr werdet es nicht bereuen, glaubt mir, es ist schön hier im Remstal und …« Er zwinkerte ihm zu. »… und an hübschen Mädchen herrscht auch kein Mangel. Ich werde alles Amtliche für Euch erledigen und lasse Euch Bescheid geben, sobald Ihr nach Beutelsbach ziehen könnt.«

Huetlin regelte alles Nötige zügig, sogar der Muthans war mit allem einverstanden – obwohl der Schultes nicht hätte sagen können, ob er es ihm geschickt genug beigebracht oder ob Muthans sich einfach in sein Schicksal ergeben hatte. Jedenfalls schickte Huetlin einen Boten nach Uhlbach, um Jörg Butelin den Termin mitzuteilen, an dem er nach Beutelsbach ziehen sollte. Am Morgen des genannten Tages ließ er einen seiner Knechte in der Früh den Karren anspannen, damit er den Küfergesellen und sein Gepäck abholen fuhr und ihn in den Flecken brachte.

Trotzdem wäre aus dem schönen Plan beinahe nichts geworden, denn auf der Rückfahrt ins Remstal kam es zu einem gefährlichen Zwischenfall.

Der Schultes hatte seinen Knecht Balthus angewiesen, mit dem Gesellen nicht die weniger steile Strecke den Neckar hinunter- und dann die Rems hinaufzufahren, sondern ihn hinauf zum Schurwald zu kutschieren und oben erst ein Stück in Richtung Esslingen zu fahren und dann die alte Kaiserstraße zu nehmen, um dem jungen Mann den prächtigen Ausblick ins Tal zu zeigen. Der Umweg würde sie außerdem direkt an der Burgruine und Kapelle auf dem Kappelberg vorbeiführen und ihm einen schönen ersten Eindruck von seiner neuen Heimat vermitteln.

Balthus hielt sich nur zu gern an diese Weisung, denn der Umweg bedeutete, dass er länger als sonst einfach nur auf dem Kutschbock hocken konnte, anstatt im Stall oder auf dem Feld hart zu arbeiten. Also blieb er oben im Schurwald immer wieder mal stehen und erklärte Butelin, was man zwischen den Bäumen hindurch im Tal oder auf den gegenüberliegenden Hügeln sehen konnte.

So zog sich die Fahrt gemächlich hin, und bis auf einige Bauern, die mit der Sense oder dem Rechen zu abgelegenen Wiesen und Feldern unterwegs waren, begegneten sie außerhalb der Dörfer und Weiler niemandem. Der Tag war einigermaßen sonnig und sehr mild, und immer wieder lehnte sich Butelin genießerisch auf dem Kutschbock nach hinten und ließ sich das Gesicht von der Sonne wärmen. Nach einer Weile hielt Balthus den Karren an und deutete vor sich in den Wald hinein. Dort standen ein Stück weit vom Weg entfernt zwei Rehe beisammen und ästen, sahen nun aber auf, stellten die Ohren nervös in verschiedene Richtungen und preschten dann los. Der Knecht lachte, zuckte mit den Schultern und wollte gerade losfahren, als weiteres Wild durchs Unterholz brach und in dieselbe Richtung floh wie die beiden Rehe.

Die Tiere nahmen in etwa dieselbe Richtung wie der Karren, und sie stürmten auf beiden Seiten des Waldwegs wie von

Sinnen an Butelin und seinem Kutscher vorüber. Nun hörten die beiden Männer auch Schreie hinter sich, Stöcke schlugen gegen Holz und Hufgetrappel näherte sich. Ein Schuss fiel und noch einer, und nun waren schon einzelne Rufe zu verstehen. Butelin drehte sich auf dem Kutschbock um und sah der Jagdgesellschaft entgegen, die er in den Geräuschen zu erkennen glaubte.

Und wirklich brachen sie nun rund um den Karren herum aus den Büschen und setzten mit waghalsigen Sprüngen über Gräben und abgestorbene Wurzeln. Mit einem Mal war um Butelin herum ein Bellen und Hecheln, dann ein Wuseln und Johlen, ein Gedränge, um dem stehenden Karren auszuweichen, verbunden mit derben Flüchen, was denn dieses verdammte Bauernpack da plötzlich zu suchen habe. Das ging nur wenige Augenblicke, in alle Richtungen wurde dabei geschossen und zwei Stockschläge bekam Butelin ebenfalls noch ab, weil zwei der hohen Herren ernstlich Mühe hatten, ihre Pferde noch vor dem Karren herumzureißen und dabei nicht aus dem Sattel zu rutschen. Dann war der Spuk vorbei. Butelin rieb sich die schmerzende Schulter, wusste aber nach anderen Erfahrungen im Wald oberhalb von Uhlbach, dass solche Begegnungen auch schlechter ausgehen konnten.

Ein letzter Nachzügler kam über den Waldweg gejagt und schoss seine Büchse direkt neben dem Karren ab, das war der gutmütigen Schindmähre, die bisher seelenruhig stehengeblieben war, dann offenbar doch zu viel, und ruckelnd kam der Karren wieder in Fahrt. Zum Durchgehen war der Gaul zu alt, aber immerhin in einen leichten, holprigen Trab fiel das Tier, und es schnaubte unwillig, während es den Kopf verärgert nach links und nach rechts herumwarf.

Jörg Butelin setzte sich wieder gerade auf seinen Platz, da fiel ihm auf, dass der Knecht auf dem Kutschbock zusammengesunken war und die Zügel losgelassen hatte. Butelin schnappte sich die Lederriemen mit der rechten Hand, dann umfasste er Balthus mit der Linken und zog ihn etwas zu sich her, um ihn besser aufzusetzen. In der Hüfte fühlte sich das Hemd des anderen feucht und warm und klebrig an, und als Butelin seine Hand zurückzog, waren die Finger blutverschmiert. Erschrocken zerrte er nun mit beiden Händen an den Zügeln, bis der Gaul endlich zum Stehen kam, dann untersuchte er Balthus genauer.

Sein Gesicht war schmerzverzerrt, er hatte die Augen geschlossen, war aber noch bei Bewusstsein.

»Was ist denn passiert, um Gottes willen?«, fragte Butelin ihn.

»Ich …« Mehr brachte der Knecht nicht heraus, er stöhnte und presste die Zähne vor Schmerz zusammen, dass es knirschte.

»Ist gut, Mann, nicht reden jetzt.«

Butelin zurrte die Zügel fest, dann sprang er vom Bock, redete im Vorübergehen beruhigend auf das Pferd ein, das schon wieder den Kopf hängen ließ und still stand. Mit schnellen Schritten war er bei Balthus und untersuchte seine linke Seite. Das Hemd war nicht nur in der Hüfte blutgetränkt: Die Wunde schien weiter oben zu sitzen. Butelin riss das Hemd auf und entdeckte etwa in Höhe des Herzens ein Loch, direkt unterhalb des Schulterblatts und eher an der Seite als am Rücken des Knechts.

Er war kein Heiler, aber Butelin vermutete, dass der Schuss das Herz verfehlt hatte, weil Balthus sonst sicher längst tot wäre. Aus der Wunde lief noch immer Blut, also riss er sich schnell ein gutes Stück vom linken Ärmel, trennte vom losen Ärmel noch zwei Fetzen ab und formte sie zu kleinen Kugeln. Die beiden Stoffklumpen stopfte er in die Wunde, so gut es ging, dann nahm er den Rest des Ärmels und drückte ihn auf die wüst verschlossene Verletzung.

»Kannst du das mit deinem linken Arm fest auf die Wunde drücken?«, fragte er Balthus, und der legte seinen Arm auf das Ärmelstück und presste den Arm mit der rechten Hand fest.

Das Gesicht des Knechts verzerrte sich noch mehr, es musste höllisch wehtun. Butelin ging zu seinem Gepäck und kramte einen Strick aus seinen Gerätschaften. Den schlang er Balthus um den Oberkörper und band damit auch gleich den linken

Arm fest, weil der Strick direkt auf dem Ärmelstück vermutlich noch mehr schmerzen würde.

»Geht das so?«, fragte er.

Der Knecht nickte mit bleicher Miene und nahm die rechte Hand vom Arm. Dann machte er Anstalten, nach den Zügeln zu greifen.

»Spinnst du, Mann?«, herrschte Butelin ihn an. »Du wirst jetzt mal schön schauen, dass du am Leben bleibst, bis wir Hilfe erreichen. Damit hast du genug zu tun. Kutschieren kann ich selber.« Er sah Balthus an, der langsam vor und zurück schaukelte. »Magst du dich nach hinten auf die Ladefläche legen, damit du nicht vom Bock fällst?«

»Nein«, presste der andere hervor. »Ich will mich … nur etwas bewegen. Das … lenkt mich … ein wenig ab … vom Schmerz.«

Die spektakuläre Aussicht hinunter ins Remstal musste nun zurückstehen, Butelin trieb den alten Gaul immer weiter an, er umkurvte wenn möglich besonders tief ausgefahrene Löcher im Weg, und Balthus gab ihm manchmal mit Gesten der rechten Hand zu verstehen, welche Abbiegung sie nehmen mussten. Auf dem letzten steilen Stück hinunter nach Beutelsbach war der Knecht im Gesicht schon ganz weiß geworden, und auf seiner Stirn standen Schweißperlen. Zum Glück war es nun nur noch ein kurzes Stück bis zum Dorf.

»Da rein … rechts!«

Butelin hatte die raue Stimme des anderen kaum verstanden, deshalb packte Balthus ihn grob am Arm.

»Da: rechts!«

»Willst du nicht so schnell wie möglich zu deinem Herrn, damit dir geholfen wird? Ich glaube nicht, dass wir Zeit haben für eine Rast – und diese verdammte Aussicht kannst du mir auch noch zeigen, wenn du wieder auf den Beinen bist!«

»Dora!«, antwortete Balthus nur und deutete auf ein kleines Häuschen, das jetzt ein Stück vom Weg entfernt zu sehen war.

Es stand recht windschief auf einer kleinen Anhöhe, zu der ein schmaler Pfad führte. Dahinter ging es hinab ins Tal, jenseits der Rems waren Heppach und Grunbach zu sehen, dahinter zogen sich Wengert den Hang hinauf. Die Tür schwang auf und eine alte Frau mühte sich über die steinerne Schwelle, blieb dann gebeugt stehen, hielt sich mit knotigen Fingern am Türstock fest und sah ihnen entgegen.

»Schnell hin zu ihr«, drängte der Knecht und stöhnte wieder.

Butelin sprang vom Bock und half Balthus herunter. Für den Karren war der kurze Weg zum Haus zu schmal, also legte er sich den rechten Arm des anderen über die Schultern, packte mit der Linken dessen Hüfte, und so schleppten sie sich auf die Hütte zu. Dora deutete stumm auf den Tisch, der neben ihrer Behausung stand und den die Sonne beschien, als sei es heute ein besonders friedlicher Tag. Dann verschwand sie im Inneren des Häusleins und kam wenig später mit allerlei Kram wieder heraus, der Butelin deutlich machte, dass er hier eine Heilerin vor sich hatte.

Sie hielt sich nicht erst lange mit einer Begrüßung auf, und die erklärenden Worte des jungen Küfers schnitt sie unwirsch ab, weil sie die Wunde längst selbst gesehen hatte. Die Alte hieß ihn dem Knecht auf den Tisch zu helfen, dann sollte er den Strick um seinen Oberkörper lösen. Balthus begleitete jeden Handgriff, mit dem Dora das Ärmelstück wegnahm und dann die beiden kleinen Stoffklumpen aus der Schusswunde zerrte, mit einem unterdrückten Stöhnen, aber er lag ruhig und ließ sie gewähren, nur sein Gesicht verzerrte sich manchmal.

Dora wischte die Stelle um die Wunde herum sauber, schnitt Balthus mit einem scharfen Messer das Hemd entzwei und legte so seine linke Schulter und die gesamte linke Hälfte des Oberkörpers frei. Dann suchte sie die Brust des Knechts ab, drückte auf verschiedene Stellen und nickte, als Balthus auf eine ihrer Berührungen mit einem heftigen Zucken reagierte, zufrieden mit dem Kopf. Dann deutete sie auf die Bank, auf der sie ihre Gerätschaften ausgebreitet hatte.

»Gib mir den Krug«, brummte sie, und Butelin reichte ihr das gewünschte Gefäß, das mit einer klaren Flüssigkeit gefüllt war. Der stechende Geruch hüllte sie sofort alle drei ein.

»Heb seinen Kopf und stütze ihn«, kommandierte sie.

Butelin stellte sich neben den Kopf des Verletzten und machte, was sie ihn hieß.

»Jetzt, Balthus«, sagte sie zu dem Knecht, »kommt der bessere Teil der Behandlung.«

Damit hielt sie ihm den Krug an den Mund und ließ ihn dort, bis er den Schnaps zur Hälfte geleert hatte. Balthus stieß auf und verdrehte leicht die Augen. Dora gab Butelin ein Zeichen, dass er den Kopf des Knechts nun wieder leicht ablegen könne. Dann griff sie Balthus an die schweißnasse Stirn und drehte seinen Kopf zur Seite.

»Halt ihn so«, wies sie Butelin an. »Und halt ihn fest. Es könnte sein, dass er trotz des Obstlers aufwacht. Denn jetzt kommt der weniger gute Teil der Behandlung.«

Sie nahm das Messer zur Hand, atmete tief ein und aus, dann beugte sie sich vor und begann mit der scharfen Klinge die Wunde zu weiten. Balthus verkrampfte sich etwas, aber Butelin hielt ihn fest. Um seinen Oberkörper leichter fixieren zu können, drückte er nun beide Hände fest auf die Schultern des Knechts.

»Behalt auch seinen Kopf im Blick«, kritisierte ihn Dora, ohne hinzusehen. »Wenn er nicht mehr seitlich liegt, kann er an seiner eigenen Zunge ersticken. Da hilft dann meine ganze Heilkunst nichts mehr.«

Butelin hielt Balthus so fest, dass er sich nicht rühren und dass Dora ruhig und sicher arbeiten konnte, und wann immer der halb Besinnungslose den Kopf wandte, schob er ihn wieder zurück in seine seitliche Lage. Speichel floss aus dem Mundwinkel des Knechts und bildete auf der Tischplatte eine kleine Pfütze, aus der Wunde pulste inzwischen wieder reichlich Blut, aber Dora kümmerte sich nicht weiter drum. Und schließlich hielt sie ein verformtes Stück Metall zwischen ihren blutverschmierten Fingern.

»Wem hat er die denn zu verdanken?«, fragte Dora und hob die blutige Kugel direkt vor ihre Augen.

»Wir sind oben im Wald in eine Jagdgesellschaft geraten«, erzählte Jörg Butelin. »Die haben wie die Verrückten herumgeballert, den Gaul haben sie erschreckt, und eine Kugel hat den Balthus getroffen. Er hat drauf bestanden, dass ich zu Euch komme.«

Die Alte hörte ihm aufmerksam zu, allmählich legten sich ihre Runzeln in ein schelmisches Lächeln, und am Ende wiegte sie den Kopf hin und her.

»Das hast du gut gemacht. Wenn du ihn nicht hierhergebracht hättest, hätte mich sein Herr vermutlich sofort holen lassen – aber wer weiß schon, ob es dann nicht zu spät gewesen wäre. Der Balthus ist ein kräftiger Kerl, der kann was aushalten, aber irgendwann ist bei jedem mal die Kraft zu Ende.«

Sie sah Butelin noch immer lächelnd an, und er begann sich schon ein wenig unbehaglich zu fühlen, weil er nicht recht wusste, was jetzt zu sagen oder zu machen war. Dann fiel ihm etwas ein und er kramte seinen kleinen Geldbeutel unter dem Hemd hervor und nestelte die Schnur auf, mit der er verschlossen war.

»Entschuldigt bitte, dass ich nicht früher gefragt habe – ich war ganz in Gedanken: Was bekommt Ihr denn für Eure Mühe?«

Schlagartig verschwand das Lächeln aus ihrem Gesicht. »Willst du mich beleidigen, du Rotzlöffel? Der Balthus war in Not, natürlich hab ich da geholfen, und natürlich will ich dafür nichts haben, als dass dieser Kerl überlebt!«

Butelin erschrak ganz wegen des unerwarteten Ausbruchs, was sie sofort wieder milde und freundlicher stimmte.

»Außerdem ist sein Herr der Schultes hier im Flecken, und Gastwirt ist der Huetlin noch dazu – wenn ich also etwas zu kriegen hätte, dann ganz gewiss aus Huetlins dicker Geldkatze und nicht aus deinem kümmerlichen Säckle, mit dem du wahrscheinlich selbst mehr schlecht als recht dahinkommst.«

Sie legte ihm eine Hand auf den Arm. Butelin fühlte die Berührung kaum, und als er hinsah, wirkte die faltige Haut der Hand beinahe durchsichtig. Die kurzen, brüchigen Nägel waren schwarzbraun umrandet, und auch sonst wirkte diese Dora nicht sehr sauber.

»Das hast du übrigens sehr gut gemacht, das mit dem Notverband.«

»Ich weiß nicht … ich hab mir halt gedacht, dass die Wunde auf jeden Fall nicht mehr so stark bluten darf.«

»Gut gemacht, wirklich.« Sie deutete auf Butelins nackten linken Unterarm. »Aber dein Hemd ist jetzt nicht mehr ganz nach der neuesten Mode.«

»Ach, heute ist es ja recht mild«, versetzte er und lachte dabei. »Und in Beutelsbach wird es schon jemanden geben, der mir das wieder richten kann. Das kann ich mir gerade noch leisten.« Er steckte den Geldbeutel wieder weg. »Und mit dem Lohn dafür mach ich's wie Ihr, Frau Dora: Wenn's der Balthus überlebt, stimmt der Preis.«

»Sag einfach Dora, wie alle hier. Und wie wirst du genannt?«

»Jörg Butelin, der Balthus hat mich gerade aus Uhlbach herübergeholt.«

»Meine Augen sind nicht mehr die besten, aber das Zeug auf dem Karren sieht so aus, als hättest du mit Holz zu schaffen. Kommst du wegen der Kirchenbaustelle?«

»Nein, Schultes Huetlin hat mich als Helfer für den Muthans angeworben, den Wagner drunten im Flecken. Ich selbst bin zwar Küfer und soll vor allem neue Fässer für eure Wengerter machen, aber zur Hand gehen kann ich einem Wagner allemal.«

»Das ist gut, der Muthans braucht dringend Gesellschaft.« Sie unterbrach sich und sah ihn fragend an. »Weißt du, dass dein neuer Meister säuft wie ein Loch?«

»Das hat mir der Schultes gesagt, ja.«

Sie lächelte, zwischen ihren schmalen Lippen wurden Zahnlücken sichtbar. »Ich glaube, du bist ein feiner Kerl, Jörg Butelin. Du wirst dem Muthans guttun, und vielleicht auch noch manch anderem im Dorf.« Sie streckte ihm ihre knochige Hand hin. »Herzlich willkommen im schönen Remstal!« Sie kicherte, als er die Hand ergriff und sie nur ganz vorsichtig drückte. »Kannst ruhig ordentlich zupacken, Junge, ich bin erst zweiundsechzig, wenn mich meine Mutter nicht angeschwindelt hat.«

Ihr Lachen klang rau und ein wenig unheimlich, aber Butelin sah das Funkeln in ihren Augen und die offene Freundlichkeit in ihrer Miene. Er fand Dora sehr sympathisch, und dass sie trotz ihres biblischen Alters überhaupt noch vom Lager aufstehen konnte und ihr Greisendasein offensichtlich mit Humor nahm, imponierte ihm.

»Und was machen wir jetzt mit dem Balthus?«, fragte er schließlich.

»Den lädst du am besten hinten auf den Karren und bringst ihn runter in Huetlins Gasthaus. Dort hat es Mägde genug, die sich um ihn kümmern können. Und so betrunken, wie der jetzt ist, bekommst du ihn sicher besser auf den Karren und wieder herunter als nachher, wenn er die Schmerzen wieder deutlicher spürt.«

Butelin trug Balthus zum Karren zurück, packte ihn vorsichtig auf die Ladefläche und lehnte ihn mit dem Rücken so gegen den Kutschbock und die Seitenplanke, dass er halbwegs stabil saß. Die langen Beine des Knechts ragten aus seinen zerschlissenen Hosen und hingen bloß und schmutzig über den hinteren Rand des Karrens hinaus. Als Butelin mit seinem Reisegepäck und dem schnarchenden Balthus auf dem Karren auf den Platz vor dem Gasthaus zum Ritter rumpelte, liefen schnell von überallher die Leute zusammen.

Huetlin ließ Balthus ins Haus schaffen und wies eine Magd an, gut auf den Knecht acht zu geben, Brot und Wasser bereitzuhalten und ihm sofort Bescheid zu geben, sobald Balthus aufwachte. Dann ließ er sich von Jörg Butelin berichten, was geschehen war. Und als der junge Küfer mit seiner Schilderung ans Ende kam, bedankte er sich überschwänglich für dessen Hilfe, schickte eine Magd mit Speck und Brot zu Dora hinauf und lud Butelin auf einen Willkommenstrunk und ein zünftiges Vesper in die Schankstube ein.

»Und hol mir jemand den Muthans her!«, rief er in die Runde, bevor sie im Haus verschwanden. »Der soll sich auch dazusetzen und erfahren, was für einen redlichen Kerl ich ihm da beschafft habe!«

Der junge Küfergeselle führte sich prächtig ein im Flecken. Gerne saß er mit anderen jungen Männern abends auf dem Dorfplatz, immer wieder besuchte er die Kirchenbaustelle und hielt auch mit den dortigen Helfern und Handwerkern einen Schwatz, und nicht wenige Beutelsbacher Mädchen grüßten den hübschen Neuankömmling besonders freundlich. Aber obwohl er für jeden ein freundliches Wort fand und als neuer Nachbar natürlich auch das eine oder andere über seine alte Heimat im Neckartal zu erzählen hatte: Ein Schwätzer war er nicht, und seine Rolle nach der Verwundung von Balthus droben im Schurwald beschrieb er eher zu klein als zu groß.

Anna Gais nähte ihm einen neuen Ärmel an sein Hemd, und sie machte ihm einen Preis dafür, wie er ihn so günstig von Uhlbach her nicht kannte. Als die Arbeit getan war, brachte ihm Annas Tochter Klara das fertige Hemd – und schwärmte hinterher beim Abendbrot unter dem amüsierten Lächeln ihrer Eltern davon, wie nett und zuvorkommend der neue Nachbar doch war.

Auch Muthans hatte allen Grund mit ihm zufrieden zu sein. Die kleine Kammer, die der Wagner seinem neuen Mitarbeiter zuwies, nahm er ohne Widerwort hin, und er hielt die Stube sauber und aufgeräumt, obwohl er seine mitgebrachten Siebensachen kaum darin unterbrachte.

Als Handwerker schließlich war er über jeden Zweifel erhaben. Seine Fässer waren tadellos, und Eberlin Schreiner schwärmte bei einem Wengerterstammtisch, der abwechselnd in Grunbach, Heppach und Beutelsbach stattfand, so mitreißend von Butelins Arbeit, dass zwei Tage später Schreiners ärgster Konkurrent Ellwanger aus Heppach herüberkam und sich einige der für Schreiner gefertigten Fässer zeigen ließ. Als sich Ellwanger wieder auf den Heimweg machte, lagen Butelin drei weitere Bestellungen vor.

»Herzlichen Dank, Herr Schreiner, dass Ihr mir die Kundschaft zutreibt!«

Butelin war ehrlich erfreut und schüttelte dem anderen die Hand, aber der winkte nur ab.

»Ach, lass gut sein, mein Junge! Dass der Ellwanger extra hier herüberkommt zu uns nach Beutelsbach, um Fässer zu bestellen, wie ich sie schon habe, ist mir den Aufwand mehr als wert!«

Er lachte.

»Der Ellwanger und ich, weißt du, wir vergeben uns nichts. Da will jeder den besten Wein machen, die besten Fässer haben, und wenn einer einen Wengert hat, aber keinen Nachfolger dafür, dann sind es für die besten Lagen immer wir beide, die sich gegenseitig zu überbieten versuchen.«

Muthans stand neben Jörg Butelin in der Tür, als der noch immer lachende Schreiner davonging.

»Das mit dem Nachfolger kenn ich«, sagte Muthans auf dem Weg zurück in die Werkstatt. »Ich hab ja auch keinen.«

Er steckte die Speiche in das für sie vorgesehene Loch in der Nabe und machte sie mit ein paar Hammerschlägen fest.

»Wenn du dich weiter so gut machst«, fuhr er dann fort, »kannst du die Werkstatt vielleicht eines Tages mal übernehmen. Wenn ich nicht mehr bin. Vielleicht dauert das ja gar nicht mehr so lange. Mein Magen zwickt, ich sehe schlechter, und morgens komme ich kaum aus dem Bett.«

Butelin hielt mit seiner Arbeit inne und sah seinen Meister überrascht an.

»Und das sagt Ihr jetzt schon? Ich bin doch erst gerade hier angekommen!«

Dann lachte er und trieb den Eisenring mit schnellen Schlägen ein Stück weiter über die Fassdauben.

»Wartet lieber noch etwas ab. Nicht, dass ich mich noch als liederlicher Lump entpuppe!«

Muthans lachte ebenfalls.

»Und Ihr seid gesünder, als Ihr denkt, Meister Muthans. Wahrscheinlich werdet Ihr steinalt, wie die alte Dora droben in ihrem Häusle.«

Die Schläge der beiden Hämmer hallten durch den Raum, und Butelin ging durch den Kopf, dass sein Meister dafür nur ein paar Becher weniger Wein am Tag leeren musste. Gesagt hätte er ihm das nie, das verbot der Respekt, den er Muthans als dessen Geselle schuldete. Als er einen neuen Eisenreifen für das Fass zur Hand nahm und ihn vorsichtig über die Dauben legte, sah er zu Muthans hinüber. Der Wagner arbeitete konzentriert und zügig, und ein leichtes Lächeln spielte um seine Lippen.

Vielleicht hatte der Schultes ja recht, dass er sich in Gesellschaft wieder fangen konnte.

Heinrich Huetlin hatte einen Boten nach Schorndorf geschickt, der dem dortigen Vogt einen Beschwerdebrief übergab. Ausführlich und nicht allzu zimperlich hatte er den Gemeinderechner Meining aufschreiben lassen, was dem Knecht Balthus widerfahren war, und er hatte Meining in harschen Worten Fragen dazu diktiert, was der Vogt in dieser Sache für Balthus und für ihn, den durch Ausfall seines besten Knechts Geschädigten, zu tun gedenke.

Als nach einer Woche noch keine Antwort gekommen war, verabredete sich der Schultes mit den Dorfrichtern, die am kommenden Tag abkömmlich waren, um in der Angelegenheit persönlich in der Amtsstadt vorzusprechen. Auf einem zweiachsigen Karren ließ sich Schultes Huetlin am nächsten Morgen von einem seiner Knechte das Remstal hinaufkutschieren, neben ihm saßen auf den beiden Sitzbänken die Dorfrichter Schreiner und Keller, der Gemeinderechner Meining sowie Hans Vollmar, der erst im Vorjahr ins Dorfgericht nachgerückt war.

Schnaubend vor Wut musste es Huetlin über sich ergehen lassen, dass ihn der Wächter vor dem Haus des Vogts umständlich nach Name, Stand und Begehr fragte, obwohl der schlaksige Kerl ihn, den Schultes von Beutelsbach, eigentlich kennen musste. Aber der Mann ging unbeeindruckt von den scharfen Worten des Besuchers nach drinnen, um zu fragen, ob der Herr Vogt die Delegation empfangen könne. Huetlin platzte schier der Kragen, weil der Kerl sie währenddessen doch tatsächlich vor verschlossener Tür auf der Straße stehen ließ und einige Passanten – Frauen mit Körben und Handwerker mit fertigen

Werkstücken – neugierig zu ihnen herschauten, als sie vorübereilten.

Schließlich durften sie eintreten und in den ersten Stock hinaufgehen, wurden aber zum Warten auf dem Flur aufgefordert. Keller und Schreiner hatten einige Mühe, ihren Schultes davon abzuhalten, dass er mit erhobenen Fäusten durch die Tür in die Arbeitsstube des Vogts stürmte. Und so marschierte er stattdessen mit finsterer Miene im Flur auf und ab, und dass er dabei etwas lauter aufstampfte, als es nötig gewesen wäre, war sicher kein Zufall.

Viel zu lang ließ der Vogt sie schmoren, bis sich endlich die Tür zu seinem Zimmer öffnete und ein blasser Hänfling auf den Flur herausschlich. Er erschrak ein wenig, als er das gerötete Gesicht Huetlins sah, dann wedelte er mit einer fahrigen Geste ins Zimmer hinein und verbeugte sich.

Jerg Gaisberg saß an seinem Schreibtisch und schob einige Papiere von sich, als die Männer eintraten. Er musterte spöttisch Huetlins erregte Miene und schien zufrieden mit der Wirkung der Wartezeit. Gemächlich stand er auf, breitete die Arme aus und kam mit einem aufgesetzt wirkenden Lächeln um den riesigen Tisch herum auf seine Besucher zu.

»Werter Huetlin!«, rief er aus, und um seine Mundwinkel zuckte es verräterisch. »Hat man Euch warten lassen? Ich hoffe doch nicht allzu lange?«

»Fast den halben Tag!«, polterte Huetlin los.

»Oh, das tut mir leid. Ich werde meinen Schreiber gleich nachher dafür tadeln.«

Der Hänfling stand im Eck, sah zu Boden, als würde er sich schämen, aber den Kopf hatte er vor allem gesenkt, um sein hämisches Grinsen zu verbergen. Vogt Gaisberg hatte ihn ja eigens angewiesen, die Beutelsbacher noch nicht einzulassen.

»Wie kann ich Euch helfen, werter Huetlin?« Gaisberg wies auf zwei Stühle, die vor dem Tisch für Besucher bereitstanden. Er ging wieder hinter den Schreibtisch, ließ sich auf seinen Sessel fallen und beobachtete gespannt, wer sich außer Huetlin noch setzen durfte und wer stehen musste. Er liebte solche

Spiele, und sie gaben ihm oft sehr nützliche Aufschlüsse über die Hierarchien in den Gruppen, die ihn hier aufsuchten – nicht selten, um Beschwerden oder Forderungen loszuwerden. Das ließ sich manchmal ausnützen, um die Einigkeit der Leute aufzuweichen und ihren Anliegen so ein wenig den Schwung zu nehmen.

Doch die Beutelsbacher Delegation verdarb ihm den Spaß: Alle blieben stehen, und Huetlin, den es sichtlich Mühe kostete, seinen Zorn halbwegs im Zaum zu halten, wischte einen der Stühle mit einem kräftigen Stoß beiseite, damit er auf dem Platz genau Vogt Gaisberg gegenüber Aufstellung nehmen konnte. »Ihr wisst in der Angelegenheit, deretwegen wir uns heute eigens zu Euch bemühen mussten, ja schon seit Tagen durch mein Schreiben Bescheid«, fiel Huetlin gleich mit der Tür ins Haus.

Gaisberg hob die Augenbrauen, schob einige Papiere hin und her, zog den Brief dann heraus und hob ihn hoch. »Ja, natürlich, werter Huetlin. Geht es Eurem Knecht denn wieder besser?«

»Es geht so, arbeiten kann er noch nicht.«

»Nun, so hoffen wir doch wenigstens, dass alles wieder heilt und der gute Mann Euch bald wieder eine richtige Hilfe sein kann, nicht wahr?«

»Und was, sehr verehrter Herr Vogt, gedenkt Ihr in dieser Angelegenheit zu unternehmen?«

Huetlin hatte denselben scheinheiligen Ton angeschlagen wie der Vogt, und Gaisberg quittierte das mit einem leichten Grinsen.

»Nichts, werter Huetlin. Ich bin ja nun kein Heiler oder Bader.«

Er streckte seine fein manikürten Hände vor sich aus und zuckte mit den Schultern. Huetlin erstarrte einen Moment lang, dann donnerte seine geballte Faust krachend auf die Tischplatte.

»Wollt Ihr mich verarschen? Ihr wisst genau, was ich meine! Was wollt Ihr unternehmen, damit mir und der Gemeinde der entstandene Schaden ersetzt wird? Damit mein Knecht nicht auf unsere Kosten gesund gepflegt werden muss, sondern dass uns die Verantwortlichen dieses Geld erstatten!«

Gaisberg war aufgesprungen, sein schwerer Sessel war mit einem lauten Knall gegen die Wand geschleudert, nun starrte der Vogt den vor ihm wütenden Schultes mit zornblitzenden Augen an. Die Tür zur Stube schwang auf und zwei Bewaffnete kamen herein. Gaisberg gab ihnen mit einem Wink zu verstehen, dass sie einstweilen noch nicht eingreifen mussten. Die Bewaffneten schlossen die Tür wieder und postierten sich hinter der Beutelsbacher Delegation.

»Ihr vergesst Euch, Huetlin!«, fuhr der Vogt seinem Gegenüber nun ins Wort. Er hatte einen scharfen Tonfall angeschlagen, war aber längst nicht so laut geworden wie Huetlin. »So könnt Ihr mit Euern Bauern reden, meinetwegen auch mit den Leuten in Eurem Dorfgericht.« Er machte eine abfällige Geste zu Huetlins Begleitern, die das nicht gut aufnahmen, aber nicht auch noch mit Bemerkungen die gespannte Atmosphäre belasten wollten. »Aber hier steht Ihr vor dem Vogt von Schorndorf, und da habt Ihr Euch gefälligst auch so zu benehmen!«

Huetlin schluckte. Er wirkte nicht besonders eingeschüchtert, aber ihm war auch klar, dass er sich Gaisberg gegenüber notgedrungen wirklich etwas respektvoller zu verhalten hatte.

»Ich bin hier in der Amtsstadt der Statthalter unseres Herzogs Ulrich von Württemberg und Teck und Graf von Mömpelgard«, fuhr Gaisberg fort und wurde nun doch noch etwas lauter, »und als solcher bin ich dafür verantwortlich, dass hier im Amt die Wünsche und Weisungen unseres Herrschers beachtet werden! Ich bin nicht in erster Linie der Trittbock für Euch Dörfler, die Ihr es Euch bei uns im Amt gut sein lasst, für Euch Bauern, die sich beklagen, dass ein Knecht nicht mehr arbeiten kann, und die doch so wenig zu tun haben, dass sie hier am helllichten Werktag nach Schorndorf kommen können wegen dieser … dieser Kleinigkeit!«

»Bei allem Respekt, Vogt Gaisberg, aber …«

»Packt Euch, Huetlin! Euren Besuch und sogar schon Euren Brief hättet Ihr Euch sparen können. Ich werde dieses unverschämt formulierte Schreiben aufbewahren, falls es einmal wieder zu solchen Entgleisungen Eurerseits kommt, das sag ich Euch. Dieses Schreiben kommt in die Akten, versteht das ruhig als Warnung. Euer Beutelsbach mag florieren und es mag gerade eine neue Kirche bekommen und was weiß ich noch alles – aber Schorndorf ist die Amtsstadt, und ich bin der Vogt! Ihr seid mir unterstellt. Als Schultes solltet Ihr eigentlich dem Willen des Herzogs in Eurem Flecken Geltung verschaffen, anstatt Euch zum Anwalt eines Knechts zu machen und Euch hier in meinem Haus aufzuführen wie … wie …« Er schüttelte verärgert den Kopf und überflog den Brief noch einmal. »Balthus!«, schnaubte er dann. »Ihr nennt mir den Namen des Knechts – das muss man sich mal vorstellen! Glaubt Ihr denn, dass ich hier den ganzen Tag unnütz herumsitze und nichts zu tun habe, dass mich der Name eines Knechts interessiert?« Gaisberg zog seinen Sessel heran und setzte sich wieder.

»Herr Vogt, ich möchte offiziell Beschwerde einreichen«, unternahm Huetlin einen neuen Anlauf.

»Ach. Wegen dieses …« Er sah noch einmal auf den Brief. »Wegen Balthus?«

»Ein Bewohner von Beutelsbach ist durch eine Kugel verletzt worden, als er sich mit einem Karren auf einem Waldweg im Schurwald befand. Die Kugel wurde vom Mitglied einer Jagdgesellschaft abgefeuert, die dort oben den Weg des Karrens kreuzte. Der Mann hätte tot sein können, er ist verletzt, seine Behandlung kostet Geld und der Ausfall seiner Arbeitskraft stellt ebenfalls eine Schädigung dar.«

»So, so.« Gaisberg sah den Schultes an. »Wenigstens mäßigt Ihr Euch jetzt in Eurem Ton, das ist ja schon einmal ein kleiner Schritt in die richtige Richtung. Eine Beschwerde also. Damit die Verantwortlichen für den entstandenen Schaden aufkommen, richtig?«

Huetlin nickte.

»Eine Jagdgesellschaft, sagt Ihr?«

Er nickte wieder.

»Gut. Da das Jagdrecht dem Herzog vorbehalten ist, werden es wohl Mitglieder seines Hofs gewesen sein, stimmt Ihr mir da so weit zu?«

»Ja.«

»Dann lasst mal überlegen … Ihr wisst nicht namentlich die Teilnehmer der Jagdgesellschaft zu benennen, nehme ich an? Oder gar den Namen des fraglichen Schützen?«

»Nein.«

»Hm. Dann wird es wohl das Beste sein, die Beschwerde direkt an den Herzog zu richten. Am besten führen wir nicht nur *bei* ihm Beschwerde, sondern auch gleich gegen ihn.« Gaisberg war leiser geworden, sein Tonfall eisiger. »Soll ich das so weitergeben? In Eurem Namen, Huetlin, Schultes von Beutelsbach?«

Huetlin presste die Lippen zusammen und schwieg.

Gaisberg wartete kurz, dann nickte er. »Nein? Lassen wir das lieber bleiben?« Er lehnte sich in seinem Sessel zurück. »Dacht ich's mir.« Gaisberg sah Huetlin noch einen Moment lang an, dann setzte er sich wieder gerade hin und nahm ein anderes Schreiben zur Hand. Nach einiger Zeit hob er den Kopf und tat, als sei er überrascht, Huetlin und seine Begleitung noch immer vor sich zu sehen. »Ist noch etwas, Schultes?«

Huetlin war weiß wie die Wand, seine Lippen zum Strich zusammengepresst, und an Hals und Schläfen pochte es in seinen Adern. »Sollte mein Knecht an der Kugel doch noch sterben«, knurrte Huetlin, »hätte das Jagdrecht im Schurwald sein zweites Beutelsbacher Opfer.«

Gaisberg hob die Augenbrauen.

»Der alte Vollmar, den Ihr im vorletzten Winter mit dem Verlust seiner rechten Hand für die Wilderei bestraft habt, hat sich erschossen, noch bevor sein Armstumpf verheilt war.«

»Huetlin, Ihr geht jetzt besser. Wenn Ihr auch noch gegen vollstrecktes Recht protestieren wollt, kann ich das nicht durchgehen lassen. Ihr zweifelt in mir und dem hiesigen Amtsgericht die Obrigkeit an, letztlich geht das gegen unseren Herzog. Führt solche Reden meinetwegen in Eurem Gasthaus, wenn es kein Fremder hört – aber nicht hier in meiner Vogtei!«

Dann wedelte Gaisberg mit der Hand, und endlich wandte sich Huetlin zum Gehen, dicht gefolgt von seinen Begleitern. Den beiden Bewaffneten, die sie dabei aufmerksam beobachteten, warfen sie wütende Blicke zu, dann stampften sie hinaus und machten sich auf den Heimweg.

»Geht ihnen nach bis ans Stadttor«, sagte Gaisberg zu den beiden Männern, »aber haltet ein wenig Abstand – diese Dorftrampel sind offensichtlich gereizt, ich will keinen Streit in meinen Mauern haben.«

Er stellte sich ans Fenster und sah Huetlin und seinen Begleitern nach. Der Schreiber eilte herbei und begann die Papiere auf dem Schreibtisch zu ordnen.

»Dieses Beutelsbach«, sagte Gaisberg halb zu sich und halb zu seinem Schreiber, »trägt die Nase viel zu hoch für ein normales Dorf.« Er drehte sich um und seufzte. »Hätte Konrad von Württemberg seine erste Burg nicht hier in Schorndorf bauen können?«

1510

Die Sonne hatte den Morgennebel an diesem Freitag im März bald aufgelöst und tauchte das Remstal in ein Licht, das alles freundlicher und farbenfroher wirken ließ. Zwar wärmten die Strahlen noch nicht allzu sehr, aber schon seit Wochen lag nicht mehr der Duft von Schnee in der Luft, in den vergangenen Tagen waren die Felder und Wiesen getrocknet, und Gras und Getreide wirkten schon etwas kräftiger als noch Ende Februar, als Jost zur Feier seines neunzehnten Geburtstags zuletzt nach Beutelsbach gekommen war.

Diesmal ließ er seinen braunen Hengst in gemächlichem Trab der Rems folgen, ab und zu lehnte er sich im Sattel nach hinten und hielt sein Gesicht mit geschlossenen Augen genau in die Sonne. Das Pferd war ein geduldiges Tier, das zuverlässig dem Weg folgte und das nicht für jeden Tritt ein Zeichen seines Reiters brauchte. Das machte einen Ritt wie an diesem Morgen zu einem entspannten Unternehmen, allerdings musste der Hengst andererseits schon mit straffen Zügeln dazu gebracht werden, eine einmal eingeschlagene Richtung wieder zu ändern. Dafür war das Tier nicht besonders teuer gewesen, und zum Renommieren daheim in Beutelsbach reichte der Hengst allemal.

Entsprechend viele Kinder rannten denn auch vor dem Gasthaus zum Ritter zusammen, als Jost vom Pferd stieg und die Zügel einem der Knechte übergab. Balthus nahm das Tier in Empfang, deutete Jost gegenüber eine kurze Verbeugung an und ging dann in Richtung Scheuer davon, um das Pferd zu versorgen. Jost kramte aus seiner Tasche einen Kreuzer hervor und schnippte ihn zu den johlenden Kindern.

»Da, holt euch dafür was vom Metzger – aber teilt es euch auch auf!«

Aus den Augenwinkeln sah er Hannes auf dem Gerüst der Kirchenbaustelle stehen. Er hatte beim Vorbeireiten nicht hingesehen, als sei ihm sein alter Freund gar nicht aufgefallen, und auch jetzt hatte er zu nichts weniger Lust, als mit ihm zu reden. Jost ging auf den Eingang des Gasthauses zu und strich sich dabei die Kleider glatt. Drüben auf der Baustelle nahm Hannes die Arbeit wieder auf, und Jost ging grinsend ins Haus.

Rose wischte gerade die Tische ab, begrüßte ihn herzlich und befahl Adelheid, dem jungen Herrn ein ordentliches Vesper zu richten. Sein Vater, teilte sie ihm dann noch mit, sei mit einer größeren Gruppe von Beutelsbachern droben im Wald, um Bau- und Brennholz zu schlagen. Mit seiner Rückkehr sei erst am Nachmittag zu rechnen, was aber nicht weiter störte: Jost wollte über Nacht bleiben und erst am Sonntag wieder nach Waiblingen zurückkehren.

Er ließ sich einen Becher Wein schmecken, so früh am Morgen noch verdünnt mit etwas Wasser, und sah sich um. Zu seinem Geburtstag war der Schankraum rappelvoll gewesen, jetzt lag alles noch in morgendlicher Ruhe. Nur von draußen, von der Scheuer und dem Hof sowie von den umliegenden Gehöften und natürlich von der Baustelle her, waren die üblichen Geräusche zu hören.

Es roch vertraut im Schankraum. In der Küche brodelte offenbar schon Brühe, der appetitanregende Geruch legte sich zusammen mit dem milden Duft eines frischen Hirsebreis über das Aroma, das seit seiner Kindheit die Atmosphäre im Ritter ausmachte: eine Mischung aus altem Schweiß, den immer wieder geschrubbten und feucht abgewischten Tischplatten, den getünchten Wänden und dem Leinöl, mit dem die Wand- und Deckenbalken vor Schädlingen geschützt wurden.

Alles war blitzblank geputzt und aufgeräumt, auf einem Regal hinter dem Tresen standen Becher und Krüge aufgereiht, und daneben stapelten sich ordentlich gefaltete Trockentücher. Von der Küche her war nun das Klappern einer Pfanne zu hören, und Jost schnupperte genießerisch in die Luft, als es kurz darauf nach gebratenem Speck duftete.

Adelheid kam mit einer üppig beladenen Holzplatte in den Schankraum und stellte sie vor Jost auf den Tisch. Dann knickste sie kurz, lächelte ihn an und huschte wieder in die Küche hinaus. Jost nahm sich die Schüssel mit dem Hirsebrei, tropfte etwas Honig darüber und begann mit großem Appetit zu essen.

»Wollt Ihr auch ein bisschen Quittengelee?«, fragte Rose vom Tresen her. »Wir haben noch ein paar Töpfchen da, ich kann gern eines für Euch holen.«

»Nein, Rose, vielen Dank. Du sollst mich bitte auch nicht so anreden, als wäre ich der Herr im Haus. Wir kennen uns nun schon so lange – ich bin und bleibe für dich einfach der Jost, ja? Und wenn du kurz Zeit hättest, wäre es schön, wenn du dich ein wenig zu mir hersetzen könntest.«

Sie stellte den Krug weg, den sie gerade spülte, und wischte sich die Hände am Kittel trocken. Jost schob ihr einen Stuhl hin, und die Magd setzte sich ihm gegenüber.

»Du drückst dich so gewählt aus«, sagte sie. »Man merkt deutlich, dass du für die hohen Herren arbeitest.«

»Ach, das geht einem schnell in Fleisch und Blut über. Und Höflichkeit ist ja auch eine schöne Sache. Da muss ich nicht zum Herrn Vogt mit der einen und zu unserer Magd mit einer anderen Zunge reden. Aber glaub mir, Rose: Mein Vater mag pampig und geradeheraus mit dir reden, aber er meint's doch gut mit dir.«

Ein Schatten huschte über ihr Gesicht.

»Er behandelt dich doch gut, oder?«

Rose nickte, aber sie sah dabei nicht allzu glücklich aus.

»Ihr …« Er druckste ein wenig herum und sah zur Küche hin. Adelheid flitzte gerade an der Tür vorbei, schaute aber nicht zu ihnen her. »Ihr seid doch noch … zusammen?«

Rose wurde rot. »Das weißt du?«, fragte sie nach kurzem Erschrecken.

»Ja, natürlich. Er scheint dich zu mögen. Und du bist ja auch eine hübsche Frau, das hörst du sicher nicht zum ersten Mal.«

Sie schluckte, dann wurden ihre Augen feucht und sie wandte sich etwas ab.

»Was ist denn, Rose?«

»Ach, nichts.« Sie schniefte und straffte ihren Rücken.

»Jetzt red schon. Ich wusste bisher schon über euch Bescheid, da werde ich die Neuigkeiten irgendwann sowieso hören. Sag's mir also lieber selbst.«

Sie sah ihn zweifelnd an.

»Ich erzähl meinem Vater nichts, keine Sorge.«

»Er kommt schon noch zu mir, aber ...« Rose musste offenbar mit sich ringen.

»Aber?«

»Seit dem Tod deiner Mutter ist er verändert. Und weil er jetzt keine Frau mehr im Haus hat, ich meine: als Ehefrau, nimmt er auch auf niemanden im Haushalt mehr Rücksicht. Er kommt zu mir, aber auch Adelheid besucht er – und inzwischen habe ich den Eindruck, dass er immer häufiger zu ihr und immer seltener zu mir kommt. Wahrscheinlich werde ich ihm langsam zu alt.«

Sie sah so trübsinnig aus, dass Jost sie gerne aufmuntern wollte. Er beugte sich ein wenig vor, legte einen Zeigefinger unter Roses Kinn und hob ihren Kopf ein wenig an. »Mein Vater muss blind sein«, raunte er ihr dann zu.

Rose heulte sofort los, diesmal wohl aus Rührung und Dankbarkeit. Sie griff nach Josts Hand, bedeckte sie mit Küssen, dann wischte sie sich mit dem Ärmel übers Gesicht und ging zum Tresen zurück. Jost war ganz verdattert. Er hatte in der Waiblinger Vogtei so viel zu tun und war zusätzlich vom Ehrgeiz getrieben, die nächste Stufe seiner Laufbahn zu erklimmen, dass er bisher noch gar nicht die Zeit gefunden hatte, ein Mädchen aus der Waiblinger Bürgerschaft kennenzulernen.

Und sonst ... Einmal hatte er sich spätabends auf den Weg zu einer Schänke nahe der Stadtmauer gemacht, von der erzählt wurde, dass sich ein Mann dort für ein paar Kreuzer Erleichterung verschaffen konnte. Aber das Haus hatte so schäbig ausgesehen, allein schon der Weg zur Tür war mit Matsch und Unrat bedeckt, dass er lange zögerte. Und als dann ein Betrunkener zusammen mit einer abgrundtief hässlichen, mageren Vettel aus einer dunklen Ecke heraustorkelte und ihr zwei Münzen zusteckte, machte Jost, dass er davonkam.

Jetzt saß er da, sah auf seine tränenfeuchte Hand und dachte an Linda. Er sah zu Rose hinüber, die sich sehr auf ihre Arbeit konzentrierte, ihm aber doch von Zeit zu Zeit einen schnellen Blick zuwarf. Und in der Küche sah er Adelheid mit Töpfen hantieren. Die Magd musste sechzehn oder siebzehn sein, er konnte sich nicht mehr genau auf ihr Alter besinnen – aber schön war sie und wohlgeformt längst auch. Und die Art, wie sie ihn vorhin beim Servieren angesehen hatte, ging ihm jetzt, da er sie sich in Erinnerung rief, durch Mark und Bein.

Jost schaute auf das Vesper vor sich und langte tüchtig zu. Er sollte künftig wohl häufiger sein Elternhaus besuchen.

Heinrich Huetlin war schon mittags durchgeschwitzt, aber nach einer kurzen Rast trieb er die Männer wieder zur Arbeit an. Karren um Karren wurde mit Stämmen und Ästen beladen und hinunter ins Tal geschafft, und oben sägten sie noch einige weitere Bäume um. Der Tag verlief bisher prächtig: Der Ertrag war ordentlich, und bis auf zwei kleine Verletzungen beim Entasten, als den Arbeitern die Axt abgerutscht war, waren alle Männer bisher von Unfällen und Wunden verschont worden.

Hans Vollmar, Jerg Beder und der Muthans hatten sich gleich am frühen Morgen von den anderen gelöst und waren erst gegen Mittag wieder zurückgekehrt. Jeder von ihnen hatte seine Büchse dabei und ein großes Messer einstecken. Die groben Tücher, die sie am Morgen noch bei sich getragen hatten, fehlten nun allerdings. Schnurstracks gingen sie zu Huetlin und unterhielten sich eine Weile mit gesenkter Stimme, dann legten sie ihre Waffen beiseite und halfen den anderen beim Aufladen des Holzes. Einen der Karren lenkte Beder ein wenig von den anderen weg, als gerade eine erste Lage Stämme und einige Äste darauf gepackt waren. Vollmar und Muthans folgten ihm, und als die drei einige Zeit später mit dem Karren zurückkamen, lugte zwischen einigen der Äste, die obenauf lagen, hier und da ein wenig von dem groben Stoff der Tücher durch. Vollmar schichtete schnell noch weitere Äste darüber, und als das Gefährt leidlich voll beladen war, schwang er sich auf den Kutschbock und nahm die Zügel. Muthans und Beder gingen neben dem Wagen her, jeder einen dicken Stock in der Hand, um ihn notfalls auf besonders steilen Gefällstrecken als zusätzliche Bremse vor die Räder wuchten oder in die Speichen stechen zu können.

Huetlin setzte sich auf dem Bock des nächsten Karrens neben den Kutscher und wies die übrigen Leute an, nun nur noch die geschlagenen Bäume fertig zu entasten und ins Dorf zu bringen. Damit sei es für heute genug, sagte er zum Abschied, und alle waren froh, nach der Plackerei jetzt bald wieder nach Hause zu kommen.

In Beutelsbach rumpelte der von Beder gelenkte Karren zuerst zu Vollmars Hof, wo ihn Beder rückwärts so dicht wie möglich an die Scheuer bugsierte, dann begannen die drei Männer, die Äste abzuladen und neben dem Karren aufzuschichten. Das Gefährt mit Heinrich Huetlin erreichte gerade das Dorf, als der Schultes auch schon Schefflen herankommen sah. Der Pfarrer hatte wohl gerade nichts zu tun, da war ihm beim Herumgaffen sicher aufgefallen, dass Beder seinen Wagen nicht zum Dorfplatz gelenkt hatte, wo sie die Äste und Stämme den ganzen Tag über zur weiteren Verteilung aufstapeln wollten. Und tatsächlich erreichten Huetlin und Schefflen den Vollmar'schen Hof zur selben Zeit, und Huetlin verwickelte den Pfarrer sofort in ein Gespräch.

Doch Schefflen ließ sich davon nicht beirren und ging, während er mit dem Schultes plauderte, zu Beders Karren hin und trat dann direkt neben den Haufen mit den Ästen. Vollmar, Beder und Muthans hatten die beiden Männer nicht kommen hören, weil sie gerade damit beschäftigt waren, einen von mehreren länglichen Gegenständen, die in die groben Tücher eingeschlagen waren, zur Scheuer zu schleppen.

»Gott zum Gruße, die Herren«, rief Schefflen, und Beder erschrak dadurch so sehr, dass er seinen Zipfel, an dem er das Tuch gehalten hatte, aus den Fingern rutschen ließ und mit aufgerissenen Augen den Pfarrer anstarrte.

Huetlin sah zu dem Tuch hin und hielt den Atem an. Die Enden klafften auf und gaben den Blick auf die Hinterläufe eines Rehs frei. Schefflen packte den Schultes am Ärmel und deutete ganz aufgeregt auf das tote Tier.

»Herr Schultes, seht Ihr das?«

Der nickte nur.

»Ihr müsst etwas unternehmen!«, zeterte Schefflen los. »Ihr müsst diesen ungeheuren Vorgang sofort dem Forstmeister melden!« Der Pfarrer sah seine verirrten Schäflein mit Leidensmiene an. »Um Gottes willen, was habt ihr nur getan? Gerade dir, Hans Vollmar, sollte doch das Urteil gegen deinen Vater mit seinen furchtbaren Folgen Warnung und Abschreckung genug gewesen sein!« Er schüttelte fassungslos den Kopf. »Herr Schultes«, brummte er dann, »ich stehe Euch natürlich als Zeuge zur Verfügung. Jederzeit, wie es meine Pflicht ist.«

»Aber Herr Pfarrer …«, setzte Huetlin an. Er legte ihm einen Arm um die Schulter, um ihn von den anderen weg und zurück in Richtung Kirche zu führen. Noch während er sich mit Schefflen wegdrehte, gab er den drei Männern mit Blicken und einem schnellen Kopfnicken zu verstehen, dass sie mit dem Ausladen und Verbergen der übrigen Beute kurz warten sollten, bis er und der Pfarrer außer Sichtweite waren.

»Herr Pfarrer, diese Leute haben nackten Hunger, wir leiden wie in jedem Winter große Not, und auf dem Schurwald gibt es so viel Wild, dass der Forstmeister ihm kaum Herr wird.«

»Ihr wollt doch wohl dieses Verbrechen, diesen schändlichen Verstoß gegen das herzogliche Jagdrecht, nicht auch noch entschuldigen?«

Schefflen versuchte sich aus Huetlins Umarmung frei zu machen, aber der packte stattdessen noch ein wenig fester zu und schaffte es auf diese Weise, den Pfarrer um das nächste Hauseck und außer Sichtweite des Vollmar'schen Hofes zu bringen.

Muthans, Vollmar und Beder beeilten sich nun, alle erlegten Tiere in die Scheune zu bringen, im vorbereiteten Versteck zu verstauen und gleich auch die Tücher vom Blut des Rehs und der beiden Wildschweine zu reinigen. Wenig später hingen die Tücher zum Trocknen hinter dem Haus, und die drei gingen zum ebenfalls eingeweihten Hohnecker, um mit ihm zu besprechen, wann er die Tiere ausweiden und zerlegen könne.

Heinrich Huetlin war weniger erfolgreich. Mit Engelszungen sprach er auf den Pfarrer ein, schilderte ihm die Notlage der Bevölkerung, die er trotz seines eigenen, jederzeit abgesicherten und wohlversorgten Lebens eigentlich kennen müsste, aber Schefflen ließ sich nicht erweichen.

»Herr Pfarrer, ich bitte Euch inständig: Drückt beide Augen zu, ich würde das auch machen. Ihr habt gesehen, wie überhart Vincenz Vollmar für seine Tat bestraft wurde und wie er daran zerbrach! Die Leute haben Hunger, die wissen sich halt nicht mehr anders zu behelfen!«

Ein ums andere Mal brachte er dieselben Argumente vor, aber Schefflen blieb hart.

»Die Not ist in diesem Winter nicht schlimmer als sonst. Mir kommt es sogar so vor, dass es diesmal weniger schwer war für die Leute, durch die Kälte zu kommen.«

»Der Metzger Wonnhart hat einen seiner Buben verloren, und auch Rotraud, die Mutter vom Bederjerg, hat's nicht über den Winter geschafft.«

»Nun, Herr Schultes, die Bederin war alt und schwach, da hat's den Hunger wohl nicht mehr zum Sterben gebraucht. Und dass nicht alle Säuglinge auch das Erwachsenenalter erreichen, nötigt mir immer wieder die eifrigsten Gebete ab – nur ist es halt ein Bestandteil dieser Welt, dagegen kann man sich nicht auflehnen. Gebete, Demut und Gottergebenheit ist alles, was dem aufrechten Christenmenschen durch schwere Zeit hilft – nicht Wilderei!« Er machte eine große, alles umfassende Geste. »Außerdem: Ihr redet von Kälte und Hungersnot – und jetzt haben wir doch schon einen recht schönen Frühling und stehen hier in der allerliebsten Sonne!« Er schüttelte den Kopf. »Nein,

Herr Huetlin, Ihr müsst diesen Vorfall melden. Und wenn Ihr Euch deswegen nicht an den Forstmeister oder den Vogt wendet, muss ich das machen.«

Huetlin knirschte hörbar mit den Zähnen, aber er gab sich scheinbar geschlagen. »Gut, Herr Pfarrer, und eigentlich habt Ihr ja auch recht – das Gesetz muss gewahrt und Verstöße müssen bestraft werden, darauf fußt unsere Ordnung. Ich werde noch heute das Dorfgericht einberufen und wir werden über die Angelegenheit beraten, damit wir das weitere Vorgehen abstimmen können.«

Schefflen nickte dem Schultes zufrieden zu. »Macht das.« Damit wandte er sich ab und marschierte zur Baustelle, um dort die neuesten Fortschritte zu bestaunen.

Huetlin sah ihm wütend nach, aber dann schlich sich ein verschlagenes Grinsen auf sein Gesicht. Und *wie* er sich mit dem Dorfgericht beraten würde, der Pfaffe würde sich noch wundern!

In Abwesenheit seines Vaters hatte Jost die Zeit vom späten Vormittag an für einen kleinen Ausritt das Remstal hinauf genutzt. Er trabte im Sonnenschein an den benachbarten Dörfern vorüber, streifte mit seinem Hengst durch den schattigen Schurwald und kam schließlich in den Wengert oberhalb von Schnait wieder an die Sonne. Hier legte er eine Pause ein, ließ sein Pferd grasen und streckte sich dort der Länge nach hin, wo das Hochplateau des Schönbühl an die obersten Wengert grenzte.

Vom gegenüberliegenden Hügel her, der sich zwischen Schnait und Strümpfelbach schob und wo hohe Bäume die Sicht auf das dort oben liegende Dorf Aichelberg verdeckten, schallten harte Schläge, manchmal klang es beinahe wie Schüsse, aber da narrte ihn sicher der weitreichende Nachhall der Baumfällarbeiten. Dort oben war sein Vater also zugange. Jost blinzelte müde hinüber: Sie machten ihr Holz sicher keine halbe Wegstunde von ihm entfernt, aber er hatte keine große Lust, noch einen Abstecher zu den Männern zu machen, bevor er sich nachher in seiner Kammer zu einem kleinen Schläfchen hinlegen würde.

Also hörte er den Schlägen noch ein wenig zu, dann saß er wieder auf und ritt nach Schnait hinunter und durch das kleine Seitental bis Beutelsbach. Vor dem Gasthaus stieg er ab, Adelheid war ihm schon entgegengelaufen und übernahm nun sein Pferd. Er sah ihr einen Moment nach und bewunderte ihren kleinen, runden Hintern, der in ihrem Kleid schön zur Geltung kam. Adelheid schien seine Blicke zu spüren, denn sie schwang ihre Hüften nun etwas weiter und drehte sich wie zufällig auf halbem Weg zu ihm um. Als sie seinen Blick auffing, lächelte sie ihn an und ging dann weiter nach hinten.

Schnell wandte er sich ab und schaute sehr interessiert zur Baustelle hinüber. Das alte Kirchenschiff war schon völlig abgetragen, und der Maurer hatte die erste Reihe der neuen Mauersteine schon gesetzt. Dem Turm fehlte inzwischen das Dach und etwa ein Drittel seiner ursprünglichen Höhe. Pfarrer Schefflen, das hatte ihm der Vater erzählt, hatte darauf bestanden, dass der Turm als Allerletztes abgetragen wurde. Schließlich weise er als Stein gewordener Finger gewissermaßen zu Gott und gebe damit den Gläubigen auf Erden die wahre Richtung vor.

Jost schmunzelte. Schefflen konnte sich manchmal sehr wichtigmachen, und man war dann oft am besten beraten, ihm seinen Willen zu lassen und seine Spinnereien möglichst noch als besonders kluge Gedanken zu preisen. Darin war sein Vater recht gut, was als Schultes natürlich eine überaus nützliche Gabe war. Und weil er ebenso gut poltern wie schmeicheln konnte, wurde er von den meisten im Ort respektiert – und auch aus seiner neuen Perspektive als Schreiber des Waiblinger Vogts musste er anerkennen, dass sein Vater für ein Dorf wie Beutelsbach in seiner Amtszeit überdurchschnittlich viel erreicht hatte. Doch wie in Waiblingen ging der Zug der Zeit sicher auch in Schorndorf dahin, dass die Ehrbarkeit der Amtsstädte immer mehr Rechte an sich zog und dass das Netz der Vorschriften, das sie den Dörfern in ihrem Amt machten, immer engmaschiger geknüpft wurde.

Kräne, Gerüste und die unterschiedlichsten Überdachungen: Der Zimmermann Rupert Buchner und seine Leute schienen an allen Ecken und Enden gebraucht zu werden, und es gab Jost einen Stich, als er sah, wie selbstverständlich Hannes die Hilfsarbeiter anleitete und sich mit seinem Meister oder dem Gesellen beriet. Es sah ganz danach aus, als habe Hannes Gais den passenden Beruf gefunden – und als würde er sich darin so auszeichnen, dass er einem Leben als geachteter Handwerker entgegensah.

Katharina kam mit einem Korb über den Dorfplatz. Sie hatte Jost nicht bemerkt, weil sie offenbar nur Augen für Hannes hatte. Sie ging leichten Schrittes, und es fehlte nicht viel, dann hätte sie aus lauter Fröhlichkeit kleine Hüpfer vollführt. Schön war sie nach wie vor, schlank und groß, und in ihrem Kleid hielt sie sich so gerade wie eine Prinzessin. Hannes sah sie nicht gleich, aber als sie ihm auffiel, legte er gleich sein Werkzeug weg, strahlte über das ganze Gesicht und schwang sich geschickt Etage um Etage vom Gerüst herunter. Er trug sein Hemd vorne offen, und selbst vom Gasthaus aus konnte Jost sehen, wie sich die gewaltigen Muskeln seines Oberkörpers mit jeder geschmeidigen Bewegung in der Sonne anspannten und wieder lösten.

Die beiden gingen ein paar Schritte abseits, wo Katharina ihren Korb öffnete und Hannes im Schatten eines Holzdachs ein kleines Mittagsvesper richtete. Sie setzten sich auf eine Decke, die Katharina ebenfalls mitgebracht hatte, und aßen lachend und schwatzend miteinander. Jost konnte sich von dem idyllischen Bild kaum losreißen, aber dann drehte er sich doch abrupt um. Adelheid, die nur wenige Schritte hinter ihm stand, erschrak über die schnelle Bewegung. Sie musterte seine finstere Miene, dann lächelte sie ihn an, machte erst rückwärts ein paar Schritte in den Innenhof des Gasthauses hinein, dann drehte sie sich um und hielt mit trippelnden, tänzelnden Schritten auf die Scheuer zu. Dabei blickte sie sich alle paar Schritte lächelnd zu Jost um, bis der endlich einen Schritt in ihre Richtung machte und noch einen und ihr schließlich ins Halbdunkel des hintersten Scheunenecks folgte.

Hannes schob sich noch einen Brocken Brot in den Mund und spülte mit einem kräftigen Schluck Most nach. Dann lächelte er Katharina an und sah über ihre Schulter zum Gasthaus hinüber. »Ah, jetzt ist er weg«, sagte er mit vollem Mund.

»Wer?«

»Jost. Der stand die ganze Zeit dort drüben vor dem Ritter, mal sah er der kleinen Adelheid hinterher, die sein Pferd hinters Haus brachte, dann hat er dich beobachtet, wie du mit deinem Korb zu mir herübergekommen bist. Und schließlich hat er uns zugesehen, wie wir uns hier für unsere Brotzeit eingerichtet haben. Ich hab gar nicht mitbekommen, wie er gegangen ist.«

Katharina drehte sich um. Vor dem Ritter war niemand zu sehen. »Stand er denn wirklich schon dort, als ich dir den Korb gebracht habe?«

Hannes nickte.

»Ich hab ihn vorhin gar nicht bemerkt.«

»Na, das will ich doch auch hoffen – schließlich sollst du auch nur Augen für mich haben!«

Sie lachten, dann wurde Hannes wieder ernst.

»Jost ist immer noch eifersüchtig auf unser Glück. Und als er heute früh von Waiblingen her ins Dorf geritten kam, trabte er unterhalb der Kirche vorbei, als habe er so gar keine Augen für die Baustelle und für mich.«

Sie drückte ihm die Hand. »Nimm's nicht so schwer. Der Jost wird sich schon wieder besinnen. Und wenn er von sich aus nicht den Mut zum ersten Schritt hat, kenne ich da ja noch einen ganz besonders mutigen jungen Mann …« Sie zwinkerte ihm zu.

»Na, ich hab schon auch meinen Stolz. Und ich hab ihm schließlich nichts getan. Wenn er nur zu mir hersehen würde, wollte ich ihn auch grüßen – aber so …?«

Katharina lachte, der helle Klang umfing Hannes und hüllte ihn warm ein.

»Ach, ihr Männer seid doch immer noch Kindsköpfe!« Damit kramte sie die Reste der kleinen Mahlzeit zusammen, packte alles wieder in den Korb und erhob sich. »Ich muss wieder los, Hannes. Und ich würde mich wirklich freuen, wenn ihr beiden euch wieder gut wärt. Vielleicht nimmst du dir ja mal ein Herz und sprichst ihn an, ja?«

Hannes zuckte mit den Schultern. Sie warf ihm eine Kusshand zu und ging mit wehendem Kleid nach Hause. Er sah ihr lächelnd nach, bis Urban von oben seinen Namen rief.

»Na, du Herzensbrecher!«, setzte der Geselle noch hinzu. »Kannst du es wohl bald wieder einrichten, ein bisschen mit Hand anzulegen?«

Hannes lachte, Urban war inzwischen fast schon ein Freund geworden, und an seine mit ernster Miene vorgebrachten Scherze und Neckereien hatte er sich längst gewöhnt. Außerdem hatte er ja recht: Es war höchste Zeit, an die Arbeit zurückzukehren.

Auf der Baustelle der Beutelsbacher Stiftskirche hatte er nicht nur viel über den Beruf des Zimmermanns gelernt, sondern auch mitbekommen, dass er später einmal als Geselle oder womöglich sogar als Meister ein allseits geachteter Handwerker sein würde. In einem Metier, das für viel mehr gebraucht wurde als nur für das Errichten eines Gerüsts oder später des Dachgebälks.

Als das Dach des Kirchenschiffs abgedeckt und danach das Gebälk abgebaut wurde, wurde Buchner gebraucht, damit möglichst viel von dem ursprünglichen Dachholz noch für das neue Gebälk oder für andere Zwecke verwendet werden konnte. Die Zimmerleute bauten die Gerüste oder leiteten andere Arbeiter an, die ihnen dabei halfen. Sie bauten vor dem ersten Winter eine provisorische Überdachung für das Kirchenschiff, das zu diesem Zeitpunkt schon zu einem guten Drittel abgetragen war. Und sie bauten weitere Dächer – unter einem fanden die Gottesdienste statt, unter einem anderen wurde besonders empfindliches Holz gelagert, und ein drittes schützte die Werkzeuge der anderen Handwerker vor der Witterung. Steinmetze bearbeiteten ihr Material unter einem Dach, und unter einem anderen hatte der Baumeister ein Stehpult und jene zwei Tische aufstellen lassen, an denen er sich mit den Handwerkern oder auch mit den regelmäßig vorbeischauenden Chorherren aus Stuttgart über die Pläne beugte.

Buchner und seine Leute mussten auch die Kräne in Schuss halten, wenn auch unterstützt vom Wagner Muthans und seinem Gesellen, dem jungen Küfer Butelin. Doch die wurden auch immer wieder abgezogen, um Fronarbeiten zu erledigen oder – wie in diesen Tagen – um droben im Wald Holz zu schlagen. Drei Lastenaufzüge waren im Einsatz, um die gelockerten Steine des alten Kirchturms schnell nach unten zu befördern und sie gereinigt und notfalls nachbearbeitet wieder hinauf auf die schnell wachsenden Mauern des Kirchenschiffs zu transportieren.

Zwei der Aufzüge hatten Buchner und seine Leute zusammen mit dem Muthans mit Haspeln ausgestattet, nun standen dort je Drehrad immer zwei Helfer bereit, um abwechselnd die aufgeladenen Lasten mit Hilfe zweier kräftiger Stöcke, die sie in die Löcher außen auf der Haspel steckten und dann ein wenig weiterdrehten, Stück für Stück nach oben zu wuchten. Der dritte wurde über einen Göpel betrieben und war für größere Lasten gedacht. Manchmal stand Hannes auf dem Gerüst und sah staunend auf die Apparatur hinunter, an der er ebenfalls mitgebaut hatte: Ein Esel war an einem dicken Pfahl angeschirrt und lief im Kreis, der Pfahl drehte den dicken Balken, durch den er gesteckt war, und über Räder und kunstvoll wirkende Verzahnungen wurde die Kreisbewegung unten so umgesetzt, dass sich der Lastenaufzug hob oder senkte.

Ohnehin hatte Hannes das Gefühl, dass auf ihrer Baustelle nur das modernste Gerät und die neuartigsten Arbeitsweisen eingesetzt wurden, und immer wieder besprach sich Rupert Buchner mit dem Baumeister und berichtete hinterher seinem Gesellen und seinem Lehrjungen in allen Details von den technischen Neuerungen, die als Nächstes anstanden.

Mit frohem Herzen kletterte er das Gerüst weiter hinauf, sah zu, wie sich ein junger Helfer lachend mit einem der Lastenaufzüge bis zur Mauerkrone des Kirchenschiffs emporziehen ließ, und machte sich pfeifend wieder an die Arbeit.

»Und? Seid ihr einverstanden?«, fragte Heinrich Huetlin, als er den beiden anderen seinen Plan erklärt hatte.

Eberlin Schreiner hatte inzwischen so viel gelacht, dass ihm die Seite stach, und auch Philipp Keller fand die Idee recht amüsant. »Aber wir müssen alle dichthalten«, gab dieser zu bedenken, »sonst kommen wir in Teufels Küche.«

»Ich sag kein Wort«, versprach Heinrich Huetlin und hob die Hand wie zum Schwur.

»Und ich lache höchstens«, prustete Schreiner und keuchte ganz erschöpft.

»Und du bist dir sicher, Huetlin, dass dein Plan aufgehen wird?«

»Todsicher, Philipp, in dieser Hinsicht ist absolut Verlass auf unseren lieben Herrn Pfarrer.«

Kurz zögerte der größte Bauer am Ort noch, dann nickte er. »Gut, wir machen das. Und wann gehen wir's an?«

»Gleich nachher, wir haben jetzt späten Nachmittag, das könnte noch vor dem Abend erledigt sein«, sagte Huetlin und erhob sich. »Einverstanden?«

»Ja, lieber gleich als später«, brummte Keller, »sonst überleg ich's mir womöglich noch anders. Außerdem drängt die Zeit – nicht, dass sich Schefflen noch selbst an den Forstmeister wendet. Also mach, Huetlin!«

Der Schultes ging in die Küche hinaus. Auf der Baustelle wurden die Werkzeuge aufgeräumt und viele der Arbeiter waren schon nach Hause gegangen. Im Gasthaus zum Ritter schwoll allmählich der Geräuschpegel an, und Rose hatte mit den anderen Mägden alle Hände voll zu tun, die hungrig und durstig hereinströmenden Gäste zu bedienen. Erst war sie wenig begeistert, dass sie all die Arbeit nun auch noch ohne Adelheid bewältigen solle, aber als Huetlin sie zusammen mit der Jüngeren beiseite nahm und ihnen erklärte, was er mit ihr vorhatte und zu welchem Zweck, prustete Rose los und bestand nur darauf, dass sie hinterher auch wirklich haarklein alles erzählt bekommen würde.

Wenig später war Adelheid auf dem Weg zur hölzernen Behelfskirche. Pfarrer Schefflen hatte sich einen Bereich vom großen Kirchenprovisorium abtrennen und die geräumige Kammer rundherum recht hübsch mit Holzwänden versehen lassen. Hier zog er sich vor und nach den Gottesdiensten um, und hier hatte er in einer Ecke auch einen bequemen Stuhl für sich und eine Kniebank für die Beichtenden aufstellen und dazwischen den schweren Vorhang aufhängen lassen, der ihm schon in der alten Stiftskirche als Sichtschutz gedient hatte.

Adelheid ging zügig an den Gerüsten vorbei und hielt auf die kleine Tür an der Rückseite des Behelfsbaus zu, durch die man Schefflens Nebenkammer betreten konnte. Sie klopfte an die Tür und wartete. Als sich drinnen nichts regte, klopfte sie erneut, und wenig später schwang die Tür auf. Adelheid hatte schon die nahenden Schritte gehört und sich rechtzeitig mit gesenktem Kopf, hängenden Schultern und gefalteten Händen so vor dem Hintereingang aufgebaut, dass sie möglichst bußfertig wirkte.

»Na, mein Kind, wie kann ich helfen?« Schefflens Stimme klang schon etwas schleppend und seinem Atem war anzumerken, dass er sich näher mit dem Messwein beschäftigt hatte.

»Vater, ich habe gesündigt«, murmelte Adelheid, hob den Kopf ein wenig und zwang sich, ernst und traurig dreinzuschauen.

Ein leichtes Lächeln umspielte die Lippen des Pfarrers und er trat schnell einen Schritt zurück, um das Mädchen einzulassen. »Und nun möchtest du dein Gewissen erleichtern?«

»Ja, Vater«, sagte sie und ging langsam auf die Kniebank zu, um sich dort für die Beichte niederzulassen.

»Warte kurz, Adelheid.«

Sie blieb stehen und drehte sich mit fragender Miene zu Schefflen um.

»Setz dich doch erst noch eine kleine Weile zu mir und lass uns reden. Und sobald du dich etwas beruhigt hast, nehme ich dir die Beichte ab.«

Adelheid war kein bisschen unruhig, aber sie setzte sich auf den angebotenen Schemel, drückte ihren Rücken etwas durch und schlug die Beine übereinander. Dann faltete sie die Hände im Schoß und zog dadurch den Saum ihres Kleides wie unabsichtlich ein Stück nach oben. Schefflen schluckte, plauderte irgendwelche Belanglosigkeiten und verschlang die junge Frau dabei fast mit seinen Blicken.

»Vater«, sagte Adelheid nach einer Weile und stand auf, »ich möchte nicht unhöflich sein, aber drüben im Gasthaus ist jetzt Hochbetrieb und ich kann nicht zu lange wegbleiben. Vielleicht sollte ich lieber morgen noch einmal …?«

»Nein, nein, mein Kind«, beeilte sich Schefflen da und erhob sich ebenfalls. »Du sollst heute nicht ins Bett gehen müssen, ohne dein Gewissen erleichtert zu haben. Und wenn du jetzt ruhig genug bist, um alles in der gebotenen Gründlichkeit zu bekennen, dann soll es mir recht sein.«

Sie gingen in die Ecke, Adelheid ließ sich auf der Kniebank nieder und streifte den Rock über ihrem Hintern mit beiden Händen glatt. Schefflen betrachtete die Bewegung mit einem genießerischen Lächeln, dann huschte er hinter den Sichtschutz und setzte sich bequem auf seinen Platz. Adelheid rückte ganz nah an den schweren Stoff des Vorhangs. So konnte sie leiser reden, was ihre Stimme etwas kehliger klingen ließ. Und sie konnte durch das Loch, das Schefflen noch immer nicht entdeckt hatte, halbwegs beobachten, was sich auf der anderen Seite tat. Adelheid war beileibe nicht die einzige, die sich mit der Fantasie des Pfarrers immer wieder einen Spaß erlaubte. Ab und zu tauschten die jungen Mägde im Ort ihre Geschichten auch aus und berichteten, auf welche Details Schefflen am schnellsten und heftigsten zu reagieren pflegte. Sie alle wussten das Keuchen und das bald schneller werdende Rascheln von Kleidern hinter dem Sichtschutz zu deuten, lange bevor sie selbst mit einem Jungen zusammen gewesen waren. So wie die Buben im Flecken den griesgrämigsten Bauern die Zügel ihrer Karren anschnitten und den bissigsten Bauersfrauen in einem unbeobachteten Moment in den Milcheimer pinkelten, so heckten die Mädchen eben ihre eigenen Streiche aus. Und Pfarrer Schefflen war bei ihnen allen ein beliebtes Ziel und ein dankbares obendrein.

Und so berichtete die junge Magd in betont unschuldigem Tonfall und mit allerlei pikanten Details von erfundenen Verfehlungen. Denn auch wenn sie in Wirklichkeit genug zu beichten gehabt hätte: Das ging den alten Bock nun wirklich nichts an. Nebenan war es noch ganz still, nur ab und zu räusperte sich Schefflen leise. Als sie ein leises Knarren vernahm, redete sie schnell weiter und wurde etwas lauter. Der Pfarrer durfte nicht wissen, dass sie jetzt nicht mehr allein waren. Sie sprach nun ein paar Themen an, von denen sie wusste, dass sie ihm sehr … nun ja: am Herzen lagen. Und sie schmückte alles bis in die letzte Kleinigkeit aus.

Wenn sie nun eine kleine Pause machte, um sich die nächsten Beschreibungen auszudenken, hörte sie Schefflen bereits etwas lauter atmen. Sie lugte durch das Loch: Der Pfarrer saß nun mit geschlossenen Augen in seinem bequemen Stuhl zurückgelehnt, und sein Oberarm und der Oberkörper bewegten sich rhythmisch hin und her.

Adelheid gab ihrer Fantasie noch ein wenig die Sporen, und Schefflen war nun doch sehr in Anspruch genommen davon, die Beichte der jungen Frau angemessen zu verfolgen. Neben ihr knarrten nun die behelfsmäßig über dem Erdboden befestigten Dielen, und aus den Augenwinkeln beobachtete sie, was sich neben ihr jetzt anbahnte. Schefflen bekam nichts mit, zu beschäftigt war er mit Adelheids immer drastischeren Schilderungen und mit sich selbst. Eine Weile ging das noch so, dann riss Heinrich Huetlin den schweren Sichtschutz mit einem Ruck zur Seite.

Der Pfarrer brauchte einen Moment, bis er aus dem Geräusch des aufgerissenen Vorhangs und aus dem plötzlichen Luftzug die richtigen Schlüsse zog. Er verharrte mitten in der Bewegung und öffnete die Augen. Vor ihm stand Schultes Huetlin, flankiert von Philipp Keller und Eberlin Schreiner, und alle drei Männer sahen mit einem geradezu diabolischen Grinsen auf ihn herunter.

So saß Schefflen wie zu Stein erstarrt, wobei sicher in keiner Kirche der Welt ein solches Bildnis Platz finden würde:

den Priesterrock bis zur Hüfte hochgeschoben, die Beine verkrampft mit nach außen gedrückten Knien und beide Hände tief im eigenen Schoß vergraben.

»Vielleicht könntet Ihr der armen jungen Frau noch die Absolution für ihre Sünden erteilen, Herr Pfarrer«, sagte Huetlin mit beißendem Spott in der Stimme. »Und dann wäre es schön, wenn Ihr einen Moment Zeit für mich finden würdet. Ich habe mit Euch zu reden.«

Schefflen zog mit einer Hand seinen Rock herunter, dann murmelte er mit aschfahlem Gesicht die Absolutionsformel für Adelheid, die noch einmal breit grinsend den Pfarrer musterte, bevor sie sich von der Kniebank erhob und nach einem belustigten Blick auf Schultes Huetlin und die beiden Dorfrichter die Kammer verließ und in den Ritter zurückkehrte.

Huetlin bat Keller und Schreiner, draußen auf ihn zu warten. Als sie die Tür hinter sich geschlossen hatten, nahm er ein Tuch von einem Stapel in der Ecke und reichte es Schefflen. »Macht Euch wenigstens ordentlich sauber«, brummte er. Alle Freundlichkeit, aller Spott war aus seiner Miene und aus seiner Stimme verschwunden. Er sah Schefflen angewidert zu, wie er sich notdürftig von den auffälligsten Spuren reinigte. Dann zog er sich den Schemel heran, auf dem vorhin Adelheid gesessen hatte, und obwohl der Pfarrer noch immer auf dem Stuhl saß, auf dem er die Beichte entgegengenommen hatte, wirkten die Rollen nun vertauscht. Schefflen saß ihm mit nun hochrotem Kopf gegenüber. Er hatte das beschmutzte Tuch beiseitegelegt und tupfte sich nun mit einem frischen den Schweiß von der Stirn.

»Mein lieber Herr Schultes, das ist alles ein großes …«

Huetlin schnitt ihm mit einer knappen Geste das Wort ab. »Seid still, Schefflen. Und auch wenn Ihr Euch hier rausreden könntet: Ich kann eine ganze Reihe von Beutelsbacher Mädchen und Frauen aufmarschieren lassen, die Euch alle im Chor derselben …« Er spie auf dem Boden. »… derselben Schweinerei bezichtigen könnten. Erzählt mir also nichts, sondern haltet den Mund!«

Huetlin musterte Schefflen, während er das sagte. Er selbst hatte bisher nur Gerüchte über Schefflens Umtriebe während der Beichte aufgeschnappt, sie allerdings für sehr glaubhaft gehalten. Aber genau genommen hatte er für diese Behauptung nur das Wort von Rose und Adelheid, die ihm Stein und Bein geschworen hatten, dass alles, was er gehört habe, wahr sei – und noch vieles mehr. Schefflen sank mit jedem Wort noch ein wenig mehr in sich zusammen, das war Bestätigung genug.

»Und dass Ihr den Mund halten sollt, meine ich wörtlich – und nicht nur auf unser jetziges Gespräch bezogen!«

Schefflen sah ihn fragend an.

»Uns wird seit langem immer übler mitgespielt vom Schorndorfer Vogt, und auch wenn es uns Beutelsbachern im Vergleich zu anderen Dörfern des Amts noch recht gut geht: Dass uns die Ehrbarkeit in der Stadt immer stärker ins Werk pfuscht und immer mehr unsere althergebrachten Rechte beschneidet, das macht uns das Leben immer schwerer.«

Dem Pfarrer war seine Verwirrung anzusehen. Worauf wollte Huetlin hinaus, jetzt, wo er und die beiden Richter ihn ertappt hatten?

»Ich werde Vollmar, Beder und Muthans nicht dem Forstmeister melden und auch nicht dem Vogt. Die Männer haben ein Reh geschossen aus blanker Not und aus Hunger.«

Huetlin hoffte, dass Schefflen von den anderen Tieren wirklich nichts mitbekommen hatte. Und wirklich regte sich im Pfarrer auch kein Widerspruch.

»Und nachdem das Hans Vollmars Vater gemacht hat, wurde ihm die Hand abgehackt und er hat sich den Kopf weggeschossen – so, Schefflen, kann das nicht weitergehen.«

Allmählich dämmerte es dem Pfarrer, dass ihm heute eine Falle gestellt worden war.

»Die Männer handeln aus Sorge um ihr nacktes Leben und das ihrer Familien. Und ich werde sie dafür nicht ans Messer liefern, da seid gewiss!«

Schefflen ließ den Kopf sinken.

»Und Ihr werdet kein Sterbenswörtchen zu irgendjemandem sagen, habt Ihr verstanden?« Huetlin beugte sich vor. »Ihr werdet Euer Maul halten über alles, was Ihr heute gesehen habt. Nehmt es meinetwegen in Euer Beichtgeheimnis mit auf, wie die Geschichten von Adelheid, die Euch heute Nacht wahrscheinlich noch einmal wilde Träume bereiten werden. Lasst Eure Hände nur immer da, wo Ihr sie bei der Beichte junger Frauen haben wollt – mir ist es gleich, und die Mädchen hier im Ort wissen eh Bescheid. Aber sagt nur ein falsches Wort über einen meiner Dorfbewohner, und ich sorge dafür, dass Ihr die Hölle auf Erden erleben werdet.« Huetlins Stimme wurde zu einem bösartigen Zischen. »Und wenn das nicht reicht, drehe ich Euch höchstpersönlich jenen Hals um, den Ihr nicht vollbekommen könnt. Habt Ihr mich verstanden?«

Schefflen sah auf und wollte schon protestieren, um einen letzten Rest seiner Amtswürde zu retten – aber er fing den funkelnden Blick von Schultes Huetlin auf und schwieg. Der Schultes fixierte ihn einige Momente lang, dann lehnte er sich auf seinem Stuhl zurück und klang gerade so, als habe er mit dem Pfarrer bei zwei Schoppen Wein einen gemütlichen Plausch gehalten. »Am besten vergesst Ihr alles – alles! – was Ihr heute gesehen habt. Und *ich* vergesse alles, was *ich* heute gesehen habe.«

Schefflen schluckte.

»Und wenn Euch das gelingt, werden auch Keller und Schreiner bald vergessen haben, was sie heute gesehen haben. Und Adelheid.«

Der Pfarrer nickte.

»Und keiner der Chorherren in Stuttgart, die so gerne bei mir im Ritter einkehren, wenn sie Eure schöne Baustelle inspizieren, muss etwas davon erfahren, wie Ihr die jungen weiblichen Schäfchen Eurer Gemeinde hütet.«

Schefflen nickte erneut und presste die Lippen zu einem schmalen Strich zusammen. Dann sah er erleichtert, wie Huetlin aufstand und ohne ein weiteres Wort die Kammer verließ. Eine Zeitlang saß Schefflen starr auf seinem Platz und sah zur

Tür hin, ob nicht womöglich noch jemand hereinkommen würde. Dann, als alles still und verlassen blieb, ließ er sich nach vorne sinken, vergrub den Kopf in seinen Händen und weinte hemmungslos.

Der Pfarrer hielt still, aber Vollmar war deswegen noch nicht alle seine Sorgen los. Im Vorjahr hatte sein Feld droben auf dem Berg, so verwüstet wie es durch die Wildschweine und ihre Jäger war, kaum Ernte abgeworfen. Die anderen Felder hatte er bis weit in den Sommer hinein wegen seines verletzten rechten Arms mehr schlecht als recht bestellen können, und für die anfallenden Fronarbeiten hatte er sich von Gaispeter und einigen anderen vertreten lassen müssen, was ihm weitere Löcher in den Säckel riss.

Anfang Mai war es dann so weit: Er musste zwei seiner Felder zu Geld machen, die seit Generationen in der Familie gewesen waren, um wenigstens die ärgsten Verpflichtungen erfüllen zu können. Und weil kein anderer als Leonhard, Abt des Klosters Adelberg, auf das Land bot, fiel der Kaufpreis entsprechend lumpig aus.

Besonders frohgemut trank Hans Vollmar dem Schreiber dann auch nicht zu, der ihn auf Geheiß des Abts nach Unterzeichnung der Kaufverträge im Gasthaus zum Ritter noch auf einen Krug Rotwein einlud. Gemeinderechner Meining hatte den Vertrag vorgelesen, Schultes Huetlin war Vollmar für die Verhandlung beigestanden – aber als sie mit Vollmar noch eine Zeitlang beisammensaßen, als der Adelberger Schreiber schon wieder auf dem Heimweg war, herrschte trübe Stimmung am Tisch. Denn von einer wirklichen Verhandlung konnte nicht die Rede sein. Abt Leonhard hatte seinem Gesandten den fertigen Vertrag mitgegeben, und der Kaufpreis, den der Schreiber schließlich eintrug, war nur unwesentlich höher als das erste Gebot des Klosters.

»Ich weiß nicht, ob's dir ein Trost ist, Vollmar«, sagte Huetlin nach einer Weile, »aber der Abt kauft überall in der Gegend Felder, Wald und Wengert zusammen. Und wo er noch nicht die Hand drauf hat, zettelt er ein Verfahren nach dem anderen an, da kommt vom Vogt bis zum Bauern keiner ungeschoren davon. Der klagt jährliche Zahlung für abgetretene Pfründe ein, sichert sich Häuser als Pfand für Geldansprüche und streitet sich selbst mit unserem Pfarrer um die ihm zustehenden Eimer Wein. Der Leonhard kriegt den Hals nicht voll, und jetzt hat er sich halt zwei deiner Felder unter den Nagel gerissen.«

Besonders getröstet wirkte Vollmar nicht, aber als er später am Abend ordentlich angetrunken nach Hause wankte, sah er zum klaren Sternenhimmel hinauf. Es war warm und kein Lüftchen regte sich, aber in der Nacht heulte der Wind um die Ecken, und als er am Morgen aus dem Bett kroch, hörte er es schon in der Ferne leise und tief grollen. Am frühen Vormittag hatten sich die Wolken zu riesigen Türmen aufgehäuft, aus denen erst ein paar große Regentropfen fielen – und dann ein Hagelschauer, wie ihn Beutelsbach lange nicht erlebt hatte.

Bis in den Nachmittag hinein wütete das Unwetter, dann klarte der Himmel auf und die Sonne schien, als sei nichts gewesen. Ihr wärmendes Licht fiel allerdings auf ein fürchterliches Durcheinander. Die Kräutergärten waren verwüstet und schon vom Dorf aus konnte man erkennen, dass die Reben in manchem Wengert geradezu in Stücke gehauen waren. Die Bauern flickten die Löcher, die der Hagel in dünne Scheunendächer geschossen hatte, und sahen dann nach ihren Obstbäumen und Äckern. Einige Felder hatte es besonders schlimm erwischt, darunter auch die beiden, die Vollmar noch tags zuvor ans Kloster Adelberg verkauft hatte.

Voller Schadenfreude machte sich Hans Vollmar daran, die ärgsten Hagelschäden ums Haus herum zu reparieren. Er ging bester Dinge zu Bett und stand frohgemut auf. Kurz vor Mittag war ihm der Tag allerdings verdorben. Vor seiner Tür stand der Schreiber des Adelberger Abts und bat, für eine Besprechung eingelassen zu werden.

Auf dem groben Holztisch in der Stube breitete der Schreiber einige Unterlagen aus, nahm sein Schreibzeug zur Hand und ließ sich auf der Bank nieder.

»Setz Er sich«, sprach er Vollmar geziert an. »Mein Herr schickt mich. Leonhard von Adelberg ist in Sorge wegen des jüngsten Hagelsturms und seiner Auswirkungen.«

»Guter Mann«, brummte Vollmar und er musste sich sehr beherrschen, dass er nicht auch noch hämisch grinste, »das ist gottlob nicht mehr mein Problem.«

»Ach?« Der Schreiber hob die Augenbrauen, drehte eines der Dokumente um und schob es Vollmar hin. Dann tippte er mit seinem dünnen Finger auf eine Stelle des Vertragstextes.

»Ich kann das nicht lesen«, maulte Vollmar, »und das wisst Ihr genau. Was steht da?«

»Dass der Kaufpreis für die Felder nach ihrem Zustand zu Vertragsschluss festgesetzt wurde und dass Ihr bei Verschlechterung an dem Tage haftet, an dem der zuständige Vogt den Kaufvertrag beurkundet.«

»Hä?«

»Nun, Herr Vollmar, das bedeutet: Wenn der Hagel den Zustand der verkauften Felder in Mitleidenschaft gezogen hat, muss das natürlich im endgültigen Preis berücksichtigt werden. Denn der Vogt hat den Kaufvertrag bisher noch nicht beurkundet.«

Der Schreiber tippte auf eine andere Stelle des Vertrags, die noch unbeschrieben war. Vollmar wurde blass.

»Ich habe auf meinem Weg hierher gesehen, dass die Ernte praktisch vollständig verloren ist. Damit sind die beiden Felder für meinen Herrn in diesem Jahr absolut wertlos. Abt Leonhard hat mir mitgeteilt, dass er unter diesen Umständen vom Verkauf zurücktreten möchte. Vielleicht bekundet er im nächsten Jahr erneut sein Interesse, aber jetzt … tut mir leid, Herr Vollmar.«

»Aber: Wir haben doch diesen Vertrag!«

»Nun ja, wie gesagt: Er ist noch nicht beurkundet.«

»Aber ich brauche doch das Geld! Himmel Herrgott, Ihr könnt mich doch nicht in den Ruin treiben, nur weil der Vogt seine Unterschrift zu spät setzt!«

»Lasst bitte den Namen des Allmächtigen aus dem Spiel und versündigt Euch nicht, Herr Vollmar!«

»Scheiß drauf! Ich lass mir das nicht gefallen! Ich hab dem Abt das Land verkauft, und dafür will ich Geld haben!«

»Mäßigt Euren Ton. Und versteht doch bitte auch meinen Herrn. Was will er mit einem Feld, das in diesem Jahr nur Arbeit macht und keine Ernte abwirft? Wie gesagt: vielleicht im nächsten Jahr.«

»Aber ich brauche das Geld jetzt!«

»Dann sucht Euch einen anderen Käufer.«

»Ihr wisst genauso gut wie ich, dass niemand sonst ein Angebot für die Felder abgegeben hat.«

Ein leichtes Lächeln spielte um den Mund des Schreibers. »Ja, das weiß ich.« Er zog das Schriftstück wieder zu sich her und sah Vollmar an, als müsse er über etwas nachdenken. Dann überflog er noch einmal das Schreiben, sah wieder zu Vollmar hin und nickte nach einer Weile. »Es sind schlimme Zeiten, Herr Vollmar, nicht?«

»Allerdings!«

»Und wir vom Kloster sind ja auch stets bereit, den Menschen in den Dörfern zu helfen, soweit es in unserer Macht steht. Ich …«

Vollmar sah ihn gespannt an.

»Ich … ich hätte Euch einen Vorschlag zu machen. Das müsste Euch aus der gröbsten Not heraushelfen, und ich bin zuversichtlich, dass ich unseren guten Herrn Abt überreden kann, Euch auf diese Weise beizustehen.« Er hob schnell abwehrend die Hände. »Aber Ihr habt das nicht von mir! Es muss so aussehen, dass Ihr besonders hart mit mir verhandelt hättet, und ich letztendlich nicht anders konnte, als Euch den Willen zu lassen.«

Vollmar war ganz Ohr. Der Schreiber machte eine ernste Miene, die ihn aber einige Mühe kostete.

»Wenn also der Herr Abt Euer Land im nächsten Jahr möglicherweise kaufen würde, Ihr aber das Geld unbedingt jetzt schon braucht … dann könnte man darüber reden, dass man den Handel doch schon jetzt abschließt, Ihr auch jetzt schon Euer Geld bekommt und das Kloster die Felder übernimmt – aber dass man … wie soll ich sagen … im Kaufpreis berücksichtigt, dass vor dem kommenden Jahr mit dem vom Unwetter verwüsteten Land ja nun nichts mehr anzufangen ist.«

Dass Vollmar kein Wort verstand, war ihm deutlich anzusehen.

»Ach, entschuldigt«, gab sich der Schreiber zerknirscht, »ich vergesse immer, dass Männer wie Ihr, Herr Vollmar, vor lauter ehrlicher Hände Arbeit praktisch nie mit komplizierten Handelsregelungen zu tun habt. Verzeiht bitte meine Fachsprache. Was ich sagen will ist: Sollte unser Herr Abt Euer verwüstetes Land doch schon jetzt kaufen, müsste man eben den Preis entsprechend niedriger ansetzen.«

»Aber das Geld würde ich dann jetzt bekommen?«

»Natürlich, Herr Vollmar, das ist ja dann Euer gutes Recht, nicht wahr?«

Er schrieb unter den Vertragstext zwei weitere Zeilen und machte Anstalten, sie Vollmar hinzuschieben. Dann besann er sich aber eines Besseren und las ihm den neuen Text vor. »Im Einvernehmen«, leierte der Schreiber herunter, »wird für den Kauf der oben beschriebenen Flächen als neuer Kaufpreis festgesetzt …« Dann kam der neue Betrag.

»Aber …«, setzte Vollmar an und schnappte nach Luft. »Aber das ist ja kaum die Hälfte des Kaufpreises, den wir im Vertrag festgesetzt haben!«

»Nun ja … genau genommen besitzt das Land im Moment für unseren Herrn Abt auch keinen Wert. Und trotzdem ist er bereit, Euch diesen Betrag zu bezahlen.« Der Schreiber hob erneut beide Hände. »Wenn Ihr nicht wollt …« Er schob die Papiere zusammen und nahm die Tasche zur Hand, in der er sie auf dem Weg hierher verstaut hatte.

»Und das Geld bekomme ich jetzt?«

»Natürlich«, sagte der Schreiber. »Ihr seid ja auch jetzt in Not, nicht wahr?«

Vollmar musterte ihn, der Schreiber lächelte, griff in die Tasche und holte ein Säckchen hervor. »Und damit Ihr nicht noch länger warten müsst, habe ich den betreffenden Betrag auch gleich bei mir. Hier, zählt nach, wenn Ihr wollt.«

Vollmar tat sich nicht leicht mit dem Zählen, aber er schüttete trotzdem den Inhalt des Beutels auf den Tisch und schaute die Münzen prüfend an.

»Ich sehe«, fuhr der Schreiber nach einer Pause fort, »dass Ihr das großzügige Angebot des Klosters annehmen wollt. Dann holt jetzt bitte Eure Ausfertigung des Kaufvertrags, ich schreibe auch dort den neuen Text dazu, wir beide unterzeichnen, und Ihr habt Euer Geld.«

Wenig später verabschiedete sich der Schreiber von Vollmar. An der Tür drehte er sich noch einmal um. »Ich hoffe sehr, dass unser Kloster Euch damit aus der schlimmsten Notlage hat befreien können.«

Er drückte Vollmar noch einmal die Hand, dann wandte er sich ab und machte sich auf den Weg nach Osten. Vollmar klemmte sich seine Ausfertigung des geänderten Vertrags unter den Arm, steckte einige der Münzen in die Tasche und marschierte zum Gasthaus hinüber. Huetlin war fassungslos, als Vollmar von dem Besuch aus dem Kloster erzählte.

»Meining«, rief er zu einem der Tische hinüber, »komm mal her und schau dir den Vertrag an. Die Adelberger haben Vollmar wegen des Hagelschadens nur noch knapp die Hälfte des vereinbarten Preises bezahlt!«

Der Gemeinderechner kam zu ihnen geeilt, überflog die neuen Zeilen und schob das Schriftstück kopfschüttelnd zu Vollmar zurück. »Warum hast du das unterschrieben, Vollmar? Warum verzichtest du auf mehr als die Hälfte des Geldes, das dir zusteht?«

»Der Vertrag war doch noch nicht gültig, weil er noch nicht vom Vogt beurkundet war«, wiederholte Vollmar, was ihm der Gesandte des Klosters erklärt hatte.

»Was sagst du da?« Meining sah ihn entgeistert an. »Das ist doch Blödsinn! Du hast unterschrieben, und der Adelberger hat unterschrieben – mehr braucht es nicht für den Vertrag!«

»Aber der Abt hat ausrichten lassen, dass der Hagel ja die ganze Ernte für dieses Jahr zerstört hat und dass das Land deshalb in diesem Jahr keinen Wert mehr fürs Kloster hat.«

»Das mag stimmen, aber das ist doch nicht dein Problem, Vollmar! Du hast das Land dem Kloster verkauft, dafür bekommst du das verabredete Geld und fertig!«

»Aber der Klosterschreiber hat …«

»Der hat dich reingelegt!«, donnerte Huetlin dazwischen.

»Das kann man wohl sagen«, pflichtete Meining ihm bei. »Aber hier steht nun mal ein neuer Kaufpreis, und Vollmar hat unterschrieben. Da ist nichts mehr zu machen.«

Anfangs kam sich Muthans noch etwas albern vor, wie er mit dem frisch geschnittenen Weidenstecken über der Schulter dahinwanderte. Aber Jörg Butelin wirkte so fröhlich, dass er ihm die Freude nicht verderben wollte. Der junge Küfer hatte zwei Stöcke beschafft und zurechtgeschnitzt, und nun hatte jeder der beiden Männer an der Astgabel, die das obere Ende bildete, ein zum Beutel geknotetes Tuch hängen, in dem sie etwas Wegzehrung mit sich trugen.

Zum Glück herrschten Ende Mai schon vor Sonnenaufgang recht angenehme Temperaturen, und so schritten sie kräftig aus und kamen gut voran. Auf dem Weg zum Dorfrand war ihnen der Scharwächter entgegengekommen, und als Jörg Butelin ihm erklärte, wo es für die beiden hinging, hatte er ihnen eine gute Reise und ein schönes Fest gewünscht, bevor er langsam nach Hause geschlurft war, um nach dem letzten seiner nächtlichen Rundgänge durch Beutelsbach noch ein wenig zu schlafen.

»Und wie lange werden wir brauchen, was meinst du?«

Muthans war das Wandern nicht mehr gewohnt, und vor allem während des langen Aufstiegs hinauf auf den Schurwald musste er immer wieder mal verschnaufen.

»Keine Ahnung. Von Beutelsbach aus mach ich den Weg zum ersten Mal. Aber das ist mir auch gleich: Bis zum Gottesdienst sollten wir es allemal schaffen, und falls doch nicht … das Fest selbst verpassen wir auf keinen Fall!« Butelin lachte und marschierte munter weiter. »Du wirst sehen: die Kirchweih in Untertürkheim ist ein toller Spaß! Es gibt die besten Spezereien, überall wird Wein ausgeschenkt, und die Mädchen im

Neckartal …« Er schnalzte mit der Zunge und rollte lustig mit den Augen.

»Mein lieber Jörg«, protestierte Muthans mit breitem Grinsen, »du wirst doch jetzt nichts gegen unsere Beutelsbacher Mädchen sagen wollen? Ich denk da nur mal an eine gewisse Elisabeth …«

Butelin wurde tatsächlich ein wenig rot und sagte erst einmal nichts mehr.

»War nur Spaß, Junge«, beschwichtigte ihn der Ältere. »Aber falls das was werden sollte mit euch beiden: Geschmack hast du, das kann dir keiner absprechen. Der Eberlin Schreiner hat zwei ausnehmend schöne Töchter, und seine Jüngere hat sich zuletzt hübsch ausgewachsen.« Muthans schnaufte und blieb, als sie aus dem Wald heraustraten und vor sich eine Wiese liegen sahen, breitbeinig stehen. »Jetzt wart halt mal, du Springinsfeld! Ich muss einen Moment verschnaufen, du rennst mir noch davon!«

Jörg Butelin drehte sich zu ihm um, kam die paar Schritte zurück, die er vorausgeeilt war, und grinste seinen Begleiter an. »Na, warst früher wohl besser zu Fuß, Meister Muthans?«

Er nahm seinen Stock herunter, setzte sich ins Gras und nestelte sein Tuch auf. »Aber wenn wir schon auf deine müden Knochen Rücksicht nehmen müssen, können wir genauso gut eine Vesperpause einlegen.«

Sie langten tüchtig zu, getrunken hatten sie unterwegs schon an zwei Quellen, an denen sie vorbeigekommen waren. Und als sie satt waren, legten sie sich auf den Rücken und ließen ihren Blick über den blauen Himmel schweifen, an dem einzelne weiße Wolken hingen.

»Wo werden wir heute nacht eigentlich schlafen?«, fragte Muthans nach einer Weile. »Du hast gesagt, wir könnten nach der Kirchweih ein Nachtlager in Uhlbach bekommen – aber wenn ich mich recht erinnere, hast du dich mit deinem alten Meister doch nicht gut verstanden?«

»Zu dem gehen wir natürlich nicht. Das fehlte mir gerade noch! Nein, ich habe einen Freund in Uhlbach, der Sohn eines Wengerts. Bei ihm können wir übernachten.«

Jörg Butelin erzählte von seinem Leben in Uhlbach, von seinem Freund dort, von lustigen oder auch von unangenehmen Erlebnissen, und Muthans hörte ihm lächelnd zu, schloss die Augen und genoss die Anwesenheit des jungen Mannes. Butelin war ihm schnell ans Herz gewachsen, und mit seiner angenehmen und freundlichen Art machte er es einem auch leicht, ihn zu mögen. Wenn sich der junge Küfer also nicht mit seinem früheren Meister vertragen hatte, sprach das wohl eher gegen den Meister.

Muthans war Butelin fast schon so etwas wie ein Sohn geworden, wie er ihm und seiner Frau nie vergönnt gewesen war. Er rechnete nach, wie viele Jahre seine Agnes nun schon tot war, und sah sie wieder vor sich: mit kräftig roten Wangen, immer ein lustiges Lächeln um die Augen. Butelin erinnerte ihn mit seiner fröhlichen Art manchmal an sie.

Und so, wie er das Saufen angefangen hatte, als seine Agnes starb, so hatte er sich wieder in den Griff bekommen, als der junge Küfer bei ihm eingezogen war. Nicht, dass er keinen Wein mehr trank, aber er musste ihn nicht mehr in sich hineinschütten, bis ihm Hören und Sehen verging, bis er betäubt in einen tiefen Schlaf fiel, der keine schlechten Träume zuließ. Deshalb kam er morgens wieder besser aus dem Bett, die Arbeit ging ihm wieder fast so leicht von der Hand wie damals, als er es zum Meister gebracht und sich selbstständig gemacht hatte. Was war er damals jung gewesen! Jung und glücklich – und gesegnet mit einer Frau, die er liebte …

»Was rührt dich denn so an meiner Geschichte?«

Muthans machte die Augen auf und sah Jörg Butelin direkt neben sich. Der junge Mann hatte sich auf die Seite gerollt und stützte nun den Oberkörper auf den angewinkelten Arm.

»Ach, ich hab an meine tote Frau denken müssen.«

»Oh, tut mir leid, das wollte ich nicht. Ich meine: Wir gehen zu einem Fest, das seinesgleichen sucht, und ich bring dich bei der Rast zum Heulen …«

»Nein, nein«, beruhigte ihn Muthans und wischte sich die Augen trocken, »das ist schon recht so. Ich denke gerne an Agnes und an die schöne Zeit, die wir hatten. Und …« Er blinzelte im Sonnenlicht und sah lächelnd zu dem anderen hin. »Und ein bisschen ist es jetzt wieder so schön wie früher.«

Mit gespieltem Entsetzen sprang Jörg Butelin auf und hielt abwehrend die Hände vor sich. »Um Himmels willen! Meister, lasst ab von mir! Ich will Euch doch nicht die Frau ersetzen!«

Muthans lachte lauthals, Butelin stimmte mit ein und half seinem Meister beim Aufstehen.

»Du weißt schon, wie ich das meine.« Er schwang sich den Weidenstecken wieder über die Schulter und marschierte los. »Aber bevor ich jetzt noch rührseliger werde«, rief er nach hinten, »und dir vorschwärme, dass du fast schon wie ein Sohn für mich bist, wandern wir lieber weiter. Ich will doch mal sehen, ob es im Neckartal wirklich so schöne Frauen gibt, wie du immer erzählst!«

Sie saßen oben auf der Burgruine, genossen die wärmenden Sonnenstrahlen und sahen ins Remstal hinunter.

»Und, Hannes: war gar nicht so schwer, oder?«

Er hatte Katharina erzählt, wie er am gestrigen Samstagabend ins Gasthaus zum Ritter gegangen war, wie er Jost zu sprechen verlangt hatte, den er am späten Nachmittag an der Baustelle vorbei nach Hause hatte reiten sehen, und wie die beiden alten Freunde erst etwas stockend, dann aber bald frei und friedlich miteinander ins Gespräch gekommen waren.

»Nein, es war wirklich nicht schwer, wenn ich jetzt so zurückdenke«, gab Hannes zu. »Aber ich hab mich schon überwinden müssen. Der Jost wohl auch, das war ihm vor allem anfangs anzumerken. Dann ging's, und wir sind noch spät zusammengesessen. Sehr spät, Rose hat schon etwas genervt gewirkt. Außer uns hockten nur noch der Jerg Beder und der Hans Vollmar im Schankraum, die waren voll wie eine Haussnitz.«

Er lachte schallend, und Katharina grinste.

»Ihr nicht, nehme ich an?«

»Natürlich nicht, Katharina, wo denkst du hin?« Er tat so übertrieben entrüstet, dass sie nun auch laut lachen musste.

»Aber für ein ordentliches Kopfweh heute früh hat es allemal gereicht«, fügte er dann noch hinzu und rieb sich den Schädel.

»Mein Held!«, spottete sie. »Was du alles auf dich nimmst, um mir einen Gefallen zu tun.«

»Da kannst du mal sehen!«

»Danke, dass du mit Jost gesprochen hast. Ich kann es nicht haben, wenn um mich herum Unfrieden herrscht. Und ihr wart so eng befreundet, früher, ach, eigentlich wir alle drei … Diese Spannungen zwischen euch, das musste ein Ende haben.«

Er griff nach ihrer Hand. »Dann ist ja jetzt alles vorbereitet.« Mehr sagte er nicht, dann blickte er mit einem leichten Lächeln hinaus in die Weite. Über Beutelsbach und Endersbach hinweg, das Remstal hinunter, nach Waiblingen zu und noch weiter. Katharina hatte sich langsam ein wenig zu ihm hingedreht. Er hörte es am Rascheln ihres Kleids und er spürte es, weil sich ihre Hand, die er noch immer fest in seiner hielt, ein wenig verdrehte.

»Vorbereitet? Wofür?«

Er sah sie an, gespannt musterte sie ihn.

»Gestern früh habe ich mit Meister Buchner gesprochen. Ich bin ja nun seit Lichtmess 1507 bei ihm in der Lehre, und allzu dumm habe ich mich, glaube ich, nicht angestellt. Inzwischen sind mehr als drei Jahre um, die eine Lehre mindestens dauern sollte, und schon seit einem Jahr lässt er mich praktisch dieselbe Arbeit tun wie Urban. Er überträgt mir immer mehr Verantwortung, gerade in diesem Frühjahr war es schon mehrfach so, dass er Urban mitgenommen hat, um nach neuem Bauholz oder Nachschub an Werkzeugen zu sehen. Ich blieb dann allein auf der Baustelle zurück, du hast das ja selbst mitbekommen, gerade so, als wäre ich schon Geselle. Und wenn der Meister danach zurückkam und alles genauestens inspiziert hat, wirkte er immer sehr zufrieden. Fast kam es mir vor, dass er mich bei diesen Gelegenheiten einer Prüfung unterzogen hat – denn unbedingt nötig war es sicher nicht, dass Urban ihn begleitete.«

Katharina glühte geradezu vor Stolz auf ihren Hannes und strahlte ihn an.

»Wie gesagt: Gestern früh hab ich mit dem Meister gesprochen – und er hat mir verraten, dass er meine Lehre für beendet hält. Der Kirchenbau gibt uns noch ein paar Jahre Lohn und Brot, davon, meinte er, könne er es sich durchaus leisten, auch noch einen zweiten Gesellen zu bezahlen. Und dann …« Er ließ eine kleine Pause.

»Und dann?«, fragte sie, als es ihr zu lange dauerte.

»Und dann könnte ich dich fragen, ob du dir vorstellen könntest …« Hannes rutschte von der Mauer und stellte sich vor sie hin, dann nahm er seinen Hut ab und ließ sich langsam vor ihr auf ein Knie sinken. Sie hielt die Luft an. »… meine Frau zu werden, Katharina?«

Erst hellte pure Freude ihr Gesicht auf, dann setzte sie mühsam eine ernste Miene auf, drückte die Knie aneinander, legte ihre gefalteten Hände darauf und schob ihre Knie geziert nach links, als sitze sie im Damensattel. Mit hochgezogenen Augenbrauen sah sie nun prüfend auf den Knienden vor ihr hinunter und schien ihn von oben bis unten zu mustern, ob er ihrer wohl würdig sei.

»Und was hätte Er mir zu bieten?«, fragte sie dann in einem sehr hochnäsigen Tonfall.

Hannes erhob sich wieder, stellte sich nun seinerseits etwas gespreizt auf und schwang mit seinem Hut.

»Einen allseits geachteten Handwerker, meine Dame, ein gesichertes Einkommen auf Jahre, ein schönes, wenn vielleicht auch bescheidenes Haus, alle Tage genug zu essen auf dem Tisch und ein Fässchen feinen Wein im Keller.« Er verbeugte sich wie ein Edelmann, und als ihm dabei die Ritterspiele seiner Jugend in den Sinn kamen, die er hier auf dem Kappelberg mit Jost betrieben hatte, musste er lächeln. Dann stellte er sich wieder gerade hin und sah Katharina mit funkelnden Augen an. »Und außerdem …«

»Ja?«

»Und außerdem mindestens ein Dutzend Kinder, meinetwegen auch Mädchen darunter.«

»Ach?«, protestierte sie lachend. »Deinetwegen dürften sogar auch Mädchen darunter sein? Herr im Himmel, du musst mich ja wirklich lieben, wenn du sogar das ertragen könntest!« Dann schaute sie ihn keck an. »Aber ein Dutzend ...«

»Mindestens!«

»Also: mindestens ein Dutzend Kinder – ist das nicht etwas viel?«

»Nein, das nicht, aber ...« Er setzte sich dicht neben sie, nahm wieder ihre Hand und sah ihr tief in die Augen. »... aber wir müssten dann halt auch bald damit anfangen ...«

Sie drückte ihm sanft eine symbolische Ohrfeige auf die Wange und schüttelte lachend den Kopf. »Junger Mann, halt Er an sich!«

»Nicht mehr lange, Katharina, ich will mit dir zusammenleben, will mit dir einschlafen und mit dir aufwachen, will mit dir den Tag verbringen und die Nacht, will mit dir am Esstisch sitzen und auf der Bank hinter unserem Haus und ...«

Er hatte sie bei diesen Worten in den Arm genommen und sie etwas näher an sich herangezogen. Jetzt verschloss sie ihm den Mund mit einem langen Kuss, dem noch viele andere folgten. Oben auf dem Kappelberg, auf dem Heimweg ins Dorf und zum ersten Mal auch vor der Schwelle ihres Elternhauses, wohin Hannes sie noch begleitet hatte. Mit einem seligen Lächeln verbeugte er sich noch einmal vor ihr und ließ den Hut fast bis auf den Boden schwingen. Dann blieb er stehen und wartete, bis sie durch die Tür gegangen war. Gerade wollte er sich abwenden, da ging die Haustür noch einmal auf und Katharina lugte noch einmal heraus.

»Ach so«, sagte sie leichthin, »zu deiner Frage ...«

Einen Moment lang ließ sie ihn noch zappeln, dann hauchte sie: »Ja!«

Hannes glühte vor Freude, als er sich an die letzten Schritte bis nach Hause machte, und er musste sich sehr beherrschen, dass er nicht über die Straße tanzte oder Sprünge vom einen Bein aufs andere machte.

Jost war ihnen vom Dorfrand her gefolgt. Er war eigentlich auch auf dem Weg zu ihrem alten Lieblingsplatz gewesen, als die beiden ihm entgegenkamen. Schnell hatte er sich in die Büsche neben dem Weg gedrückt, aber Katharina und Hannes hätten ihn vielleicht nicht einmal bemerkt, wenn er direkt vor ihnen herumgesprungen wäre. Sie sahen sich die ganze Zeit tief in die Augen, wie Schlafwandler tappten sie zum Dorf hinunter, und erst nach den ersten Häusern senkten sie ab und zu den Blick, bevor sie sich wieder anlächelten.

Den Abschied vor dem Schreiner'schen Hof hatte er aus der Deckung einer benachbarten Scheune beobachtet, deren Bretter sich so verzogen hatten, dass man zwischen ihnen bequem hindurchsehen konnte, ohne selbst entdeckt zu werden. Niemals hatte Katharina ihn so angesehen, nicht einmal so ähnlich, und all ihre Freundlichkeit ihm gegenüber kam ihm nun wie Heuchelei vor, wie bloße Spiegelei, um ihn zum Narren zu halten. Was fand sie nur an Hannes? Sicher, er war kein schlechter Zimmermann, er würde irgendwann Geselle und vielleicht sogar eines Tages Meister sein – aber was war das im Vergleich mit dem Leben, das er ihr bieten konnte?

Der Vogt hielt große Stücke auf ihn, und er diente in Waiblingen, das nach allem, was er gehört hatte, der künftigen Herzogin von Württemberg als Wittum übergeben werden sollte. Das sollte ihm doch eigentlich weitere, noch bessere Aufstiegschancen bieten. Und Hannes? Der würde bis ans Ende seiner Tage mit Holzspreißeln in der Haut und Dreck unter den Fingernägeln nach Hause kommen, zerschunden von der schweren körperlichen Arbeit und stinkend nach Schweiß. Er dagegen … Jost schüttelte sich. Und nach allem, was er sich aus dem Gesehenen zusammenreimen konnte, hatte Hannes ihr heute einen Heiratsantrag gemacht – die beiden waren im Grunde genommen verlobt. War sie damit für ihn vollends verloren?

Wie konnte er ihr nur deutlich machen, dass er viel besser für sie war als Hannes, dieser grobe Klotz? Dass er ihr ungleich mehr bieten, sie mehr verwöhnen, ihr ein viel angenehmeres Leben bereiten könnte?

Über diese quälenden Gedanken war er irgendwie vor dem Innenhof des Gasthauses angekommen. Er sah seinen Vater in die Scheune eilen, und in der Gaststube stand Rose und sah zu ihm heraus. Er lächelte ihr zu und ging ins Haus.

Und in ihm reifte das Gefühl, dass ihm gerade eine gute Idee gekommen war.

Der Sommer kam und ging, und bis weit in den September hinein reihten sich die sonnigen Tage zu einem einzigen Fest. Selbst die älteren Dorfbewohner konnten sich nicht erinnern, wann es zuletzt so lange so schönes Wetter gegeben hatte – zumal es zwischendurch und meistens nachts immer gerade genug regnete, dass auch das Getreide und das Gras gut gediehen.

Jost hatte es sich über die warme Jahreszeit fast jedes zweite Wochenende einrichten können, aus Waiblingen herüberzureiten. Und weil der Vogt seine Bezüge erhöht hatte, konnte er den bisherigen gutmütigen Klepper gegen einen neuen Hengst eintauschen, der schön anzusehen und fast schon feurig zu nennen war.

Die Sonntage verbrachte Jost viel mit Katharina und Hannes, manchmal gesellten sich auch Elisabeth und Jörg Butelin zu ihnen, wenn sie durch die Talauen oder die Wengert spazierten. Es war eine herrliche, unbeschwerte Zeit. Elisabeth schien ernsthaft verliebt in den jungen Küfer, und Katharina war glücklich darüber, dass es zwischen Hannes und ihr auf der einen und Jost auf der anderen Seite endlich keine Spannungen mehr gab. Manchmal, wenn sie zu dritt oben an der Burgruine saßen, nachdem der Kaplan die Kapelle längst verlassen hatte und ins Dorf zurückgekehrt war, malten sie sich ihr künftiges Leben aus. Hannes hielt sich in solchen Gesprächen zurück und überließ Katharina das Wort, und so fiel es nicht auf, dass Jost bei diesem Thema sehr wortkarg wurde und nachdenklich in die Weite sah. Nur wenn die Sprache auf seine beruflichen Perspektiven kam, wurde er gesprächiger, schwelgte in nicht selten hochfahrenden Plänen und träumte lauthals von einer Karriere am herzoglichen Hof in Stuttgart.

Wenn Katharina ihn dann damit neckte, dass er sich dafür doch ein hübsches und nettes Mädchen suchen solle, der er mit solch prächtigen Aussichten die Welt zu Füßen legen könne, gab er ihr lachend recht – und beobachtete sie aufmerksam. Aber er konnte nicht entscheiden, ob sie ihn damit auf den Arm nahm – oder ob ihr ein solches Leben womöglich auch gefallen konnte.

Hannes saß in solchen Momenten lächelnd neben ihr und ließ den beiden ihre harmlosen Neckereien, ohne sich etwas dabei zu denken. Jost sah ihn dann oft an und dachte grimmig, dass sich sein Jugendfreund doch seiner Sache sehr sicher war. Vielleicht sogar zu sicher.

Aber nie gab er den beiden einen Grund, ihm zu misstrauen. Und wenn sie sich vor seinen Augen küssten oder an den Händen haltend über die Wege schlenderten, machte er gute Miene zu diesem aus seiner Sicht so bösen Spiel. Er zwang sich zu Fröhlichkeit, zumindest zu gleichmütigem Ertragen – und wenn er nach solchen Tagen abends das Pferd zäumte und sich zum Ritt zurück nach Waiblingen rüstete, war es ihm einerlei, ob Rose oder Adelheid zu ihm kam.

Beide, die junge Magd und die etwas ältere, gaben ihm ein Gefühl von Macht, wie sie sich ihm anboten und zu Diensten waren. Er achtete darauf, dass die jeweils andere nichts von den Treffen mitbekam, und er wusste natürlich, dass er allein in seiner Kammer liegen würde und in der Scheune lange auf Gesellschaft warten könnte, wenn er nicht der Sohn des Hausherrn und ein zu Hoffnungen Anlass gebender junger Schreiber des Vogts wäre. Sehr genau achtete er darauf, was Rose und was Adelheid besonders gut gefiel, und wenn er etwas Neues ausprobierte, registrierte er jede ihrer Regungen. Das nahm seine Aufmerksamkeit sehr in Anspruch und verlängerte die heimlichen Zusammenkünfte zunehmend. Erst wenn er sich an seiner Wirkung auf Rose oder Adelheid berauschte, wenn er es genoss, wie gut er sie mit Bewegungen und Berührungen beeinflussen, ja: lenken konnte, ging es vollends schnell vorüber.

Eines späten Nachmittags, es war ein wiederum sonniger Samstag Ende September, und droben im Wald färbten sich die Blätter in immer schöneren Farben, war Hannes nirgendwo zu sehen. Jost holte seinen Hengst aus dem Stall und ritt in langsamem Schritt zum Schreiner'schen Hof hinüber. Elisabeth und Katharina legten gerade Bettlaken zusammen und stapelten sie auf einer Holzbank.

»Hallo, ihr beiden«, grüßte er die Mädchen fröhlich. »Bist du bald fertig, Katharina? Hannes hat mich gebeten, dich mit hinauf zur Burgruine zu nehmen. Er selbst wartet schon oben, und ich hatte heute Nachmittag noch keine Zeit, meinen Hengst zu bewegen. Na, was hältst du davon, wie eine Prinzessin auf dem Pferd zur Ruine hinaufgebracht zu werden?«

Sie zuckte mit den Schultern, trug mit ihrer Schwester die Bettlaken nach innen und kam kurz darauf wieder heraus. Jost packte mit seinem rechten Arm Katharinas linken und nickte ihr auffordern zu.

»Und jetzt mit Schwung einfach heraufspringen – ich zieh dich, du wirst sehen, das macht mehr Spaß, als sich gemächlich wie eine alte Jungfer von mir hinaufschieben zu lassen.«

»Und du hältst mich fest?«

»Felsenfest, verlass dich drauf!«

Kurz zögerte sie noch, dann brach ihr Lächeln durch und Jost durchflutete ein so warmes Gefühl, dass er sich sehr beherrschen musste, um sie nach ihrem kräftigen Sprung auch wirklich im richtigen Bogen hinter sich auf den Pferderücken zu bringen.

»Und jetzt?«, fragte sie.

»Jetzt legst du einfach deine Arme um meine Hüfte, und los geht's!«

Sie hatte sich kaum festgeklammert, noch ein wenig unsicher, weil sie das Reiten nicht besonders gewöhnt war, da ließ Jost den Hengst auch schon in einen leichten Trab fallen. Allerdings hielt er nicht auf den Weg zum Kappelberg zu, sondern ritt den Talweg remsaufwärts in Richtung Schorndorf davon.

»Ist es dir recht«, fragte er, als sie die letzten Häuser von Beutelsbach passierten, »dass wir noch einen kleinen Umweg machen? Das Wetter ist einfach zu schön, um nicht einen kleinen Ausritt zu genießen.«

»Ja, das können wir machen, aber nicht lange, bitte, wo doch Hannes schon oben auf uns wartet.«

Nur für einen Moment erstarrte Jost, dann entspannte er sich wieder und trieb den Hengst in den Galopp. Das Tier hatte einen eleganten Stil, es flog förmlich dahin auf dem ebenen Weg, und als Jost den Hengst quer über die erst sanft und dann steiler ansteigenden Obstwiesen jagte und sie sich ein ums andere Mal ducken mussten, um nicht von einem der unteren Äste aus dem Sattel gewischt zu werden, hörte er Katharina hinter sich immer wieder vor Freude aufjauchzen.

Als sie die Burgruine erreichten, war die Zeit wie im Flug vergangen. Jost schlang die Zügel um einen Mauerstein und setzte sich, Katharina fuhr sich mit den Fingern durch ihre langen, vom Wind herrlich zerzausten Haare, um sie wenigstens einigermaßen zu ordnen. Dann sah sie sich um, konnte Hannes aber nirgendwo entdecken. Jost bemerkte ihren Blick.

»Der wird gleich wiederkommen. Wahrscheinlich ist er nur kurz dort hinten zwischen den Bäumen verschwunden.« Er lächelte sie an und legte seine Hand auf den Stein neben sich. »Setz dich doch so lange zu mir.«

Katharina zögerte nicht lange, und so saßen sie auf ihrem alten Lieblingsplatz und unterhielten sich über belanglose Kleinigkeiten. Dann stand sie doch wieder auf und sah sich um.

»Wo bleibt er denn?«, fragte sie. »Ist er vielleicht wieder heimgegangen, weil wir zu lange gebraucht haben? Was meinst du?«

»Vielleicht«, antwortete Jost. »Aber kannst du nicht auch einmal eine Weile bei mir sitzen? Bin ich dir denn so zuwider?«

»Nein, natürlich nicht, Jost, aber du hast halt gesagt, der Hannes warte schon hier oben auf uns und …« Sie lächelte ihn an und Jost verging beinahe unter ihrem Strahlen. »Ich liebe ihn doch so, das weißt du doch.«

Er presste die Lippen zusammen und sah zu Boden. »Und Liebe macht blind«, murmelte er.

Katharina war nicht ganz sicher, ob sie ihn richtig verstanden hatte, und sie sah ihn irritiert an. Jost stand auf und kam auf sie zu. In ihre Augen mischte sich ein Ausdruck, den er noch nicht recht benennen konnte.

»Hör, Katharina, du hast immer nur Augen für Hannes. Aber ich … ich liebe dich auch. Ach was: Wahrscheinlich liebe ich dich viel mehr als er!«

Sie machte einen Schritt rückwärts, und dann noch einen, immer nur so, dass sie ihn ein wenig auf Abstand hielt, aber er kam ihr jedes Mal wieder so nahe wie zuvor.

»Ich habe dir doch schon erzählt, welches Leben vor mir liegt – und vor der Frau, die mich heiraten wird! Und diese Frau sollst du sein, Katharina!«

Sie schluckte und machte wieder einen Schritt nach hinten.

»Diese Frau kannst nur du sein, Katharina!« Er hatte die Stimme erhoben und sah sie flehend an, er streckte die Hände aus und streichelte ganz behutsam ihre Arme. Sie trat einen weiteren Schritt nach hinten und Jost folgte ihr wieder. Er versuchte in ihren Augen zu lesen, versuchte irgendwo ein Leuchten zu erkennen, das ihm Hoffnung geben konnte, ein Zeichen ihrer Liebe für sie. Er versank fast in ihrem Blick, aber was er entdeckte, war vor allem Furcht. Ihre Augen flackerten, und er hatte das Gefühl, dass sie ihm jetzt endgültig entglitt, dass sie ihn mit ihrer Ablehnung für alle Zeiten in ein irdisches Jammertal stoßen würde.

Da ging ihr nächster Tritt fehl, sie strauchelte, und hätte er sie nicht plötzlich fest gepackt und gehalten, wäre sie rücklings die Stufen in den Eingang zu jenem Teil der Ruine hinuntergestürzt, von dem noch die Außenmauern mehr als mannshoch standen. So hing sie wie eine Puppe in seinen Händen, und Jost lächelte sie an.

»Siehst du, Katharina, ich halte dich. Jetzt und, wenn du willst, dein ganzes Leben lang.«

Er lächelte noch immer, doch auf ihrem Gesicht spiegelte sich sein Lächeln nicht. Ihre Augen waren schreckgeweitet, sie füllten sich mit Tränen und sie sah ihn an mit einer Mischung aus Abscheu und Panik. Das hielt er einige Augenblicke aus, dann stieß er sie die drei Stufen hinunter, weidete sich an dem Blick, wie sie der Länge nach auf den gestampften Boden stürzte, die Arme nach hinten gestützt und die Beine breit, um schnell wieder auf die Füße kommen und davonrennen zu können.

Doch so weit kam es nicht mehr.

Jost konnte hinterher nicht sagen, wie lange es gedauert hatte, bis er von ihr ließ. Wie lange insgesamt und wie lange von dem Moment an, als sie sich nicht mehr wehrte, als sie nur noch schluchzend alles über sich ergehen ließ. Er tobte und würgte, schlug und klammerte, bis er nicht mehr konnte und bis er sich endlich in ihr verströmte bis zum letzten Tropfen. Dann blieb er schwer atmend auf ihr liegen, da wurde das Triumphgefühl bereits schal und ein bitterer Geschmack schnürte ihm Rachen und Kehle zusammen. Er rappelte sich auf, richtete seine Kleider, dann ihre, soweit das mit all den Rissen und Flecken überhaupt noch möglich war. Geradezu liebevoll legte er ihren Rock über die Beine und zog ihn straff, um möglichst viel von ihren Beinen zu bedecken.

Katharina reagierte nicht. Sie hatte den Kopf zur Seite gedreht, einige Strähnen ihres blonden Haares verdeckten Stirn und Mund, den Rest bedeckte sie mit ihren Händen. Ihr schlanker Körper wurde von Weinkrämpfen geschüttelt, aber sie blieb liegen, wo sie war. Jost stand auf und sah sie vor sich liegen. Ihr stummes Weinen schien in seinen Ohren zu dröhnen, als wolle sein Trommelfell bersten, sein Kopf, sein Herz.

Langsam machte er einen Schritt weg von ihr, dann noch einen, behielt sie aber im Blick. Sein Puls hämmerte immer schneller, und in den Hände fühlte er ein Kribbeln. Dann verschwamm Katharinas Bild vor seinen Augen und er bemerkte, wie ihm Rotz und Tränen über Mund und Kinn liefen. Mit einem beinahe tierischen Heulen, das nun sogar Katharina aufschauen ließ, rannte er an ihr vorbei, kletterte auf eine der Mauern und stürzte sich auf der anderen Seite hinab.

Katharina hörte den dumpfen Aufprall jenseits der Ruine, aber danach hörte sie auch Schritte, wenn auch humpelnd – Jost schien den Sturz halbwegs heil überstanden zu haben, und: Er war weg. Sie ächzte, setzte sich auf, wuchtete sich auf die Knie und kam umständlich und langsam zum Stehen. Alles tat ihr weh, die Beine wurden ihr fast weich, und sie musste sich für den kurzen Weg aus der Ruine heraus an der Mauer abstützen, um nicht hinzufallen. Vor dem Eingang stand noch Josts Pferd. Es sah aufmerksam zu ihr hin, blieb aber ruhig stehen. Einen Augenblick lang dachte sie daran, auf dem Hengst ins Dorf zu reiten, so schwach auf den Beinen, wie sie war. Aber dann wurde ihr allein von dem Gedanken daran, dass es Josts Pferd war, übel und sie erbrach sich direkt auf den Stufen.

Als sich ihr Magen wieder beruhigt hatte, horchte sie, konnte aber keine Schritte oder sonst irgendwelche Geräusche hören, die auf Josts Rückkehr hindeuteten. Aber dass er wiederkommen würde, war klar. Sein Pferd stand hier, und vielleicht verstieg er sich sogar in den Wahn, er müsse Katharina daran hindern, den Zwischenfall in der Ruine jemandem zu erzählen. Mit zitternden Beinen ging sie um die Ruine herum, jeden Moment darauf gefasst, ihrem Peiniger gegenüberzustehen, und schließlich kroch sie zwischen den Reben den Hang hinauf, um sich oben im Wald so lange zu verstecken, bis sie sich den Fußmarsch zurück in den Flecken zutrauen konnte.

Jost irrte eine ganze Weile durch den Wald, die Wengert und Wiesen, die sich oberhalb der Burgruine und weiter in Richtung Grunbach erstreckten. Niemand begegnete ihm, zumindest sah er keinen, und so hetzte er von einem Versteck zum nächsten, kauerte sich in ein Gebüsch oder in eine Kuhle im Unterholz, fand keine Ruhe und eilte weiter. Lange war er unterwegs, und als er endlich stehen blieb und etwas zu sich kam, sank die Sonne im Westen schon hinter den Horizont. Er sah sich um, versuchte sich zu orientieren und machte sich dann allmählich auf den Weg zurück zur Ruine. Und mit jedem Schritt jagte sein Puls wieder etwas mehr, wenn er daran dachte, was ihn dort vielleicht erwartete. War Katharina noch da? Hatte sie sein Pferd genommen und den Leuten im Dorf alles erzählt? Welche Blicke würden ihm begegnen, wenn er heute durch Beutelsbach gehen würde?

Rechter Hand sah er Doras elende Behausung ein Stück unterhalb stehen. Er sah zwischen dem Häuschen und der Burgruine hin und her, die er auch schon von hier aus erblicken konnte. Nachdenklich hielt er weiter auf den Platz zu, an dem er vorhin sein Pferd angebunden hatte, dabei schaute er immer wieder zu Doras Hütte hin, drehte sich, als er schon lange an dem Bau vorüber war, immer wieder zu ihm um und versuchte abzuschätzen, was man dort von den Ereignissen in der Burgruine mitbekommen konnte.

Schließlich blieb er auf dem Pfad stehen, der zur Ruine hinaufführte. Hinter Doras Hütte stand schon der Vollmond am Himmel, auch wenn der Himmel noch vom letzten Licht des Tages widerschien. Vermutlich lag sie längst auf ihrer Pritsche und schlief, und taub und blind war sie ja auch schon halb. Also kehrte er dem Haus den Rücken zu und ging das letzte Stück bis zur Burgruine.

Sein Pferd stand noch am selben Platz, aber als es jetzt seine Schritte hörte, riss es sich los und kam zu ihm hergelaufen. Direkt vor ihm blieb es stehen, sah ihn an und schnaubte leise. Jost nahm die Zügel und wollte sich gerade hinaufschwingen, da fiel sein Blick auf den Sattel, auf dem vorhin Katharina dicht hinter ihm gesessen hatte, die Arme um seine Hüfte geschlungen und …

Mit hängendem Kopf drehte er sich um und ging zu Fuß neben dem Pferd her. Bald konnte er vor sich Beutelsbach liegen sehen. In einigen Häusern brannten schon die Feuer und die Talglichter, und vor seinem Haus machte sich der Scharwächter bereit für seinen ersten Rundgang. Lange stand Jost unbeweglich und betrachtete die friedliche Szenerie, dann band er sein Pferd an einem Baum fest und ging wieder den Berg hinauf.

In seinem Kopf begann erneut das Blut zu rauschen, und die Angst grub in seinen Eingeweiden. Immer schneller marschierte er, und etwa vierzig Schritt vor Doras Hütte fing er das Rennen an, bis er direkt vor dem Häuschen ins Straucheln kam, sich mehr oder weniger gut fangen konnte, erneut stolperte und dann der Länge nach auf den Boden schlug.

Inzwischen war es schon recht duster geworden, und als er Dora bemerkte, wie sie auf der Bank hinter ihrem Haus saß, die Schale mit den brennenden Kräutern vor sich auf dem Schoß, den krummen Oberkörper nach vorne gebeugt und die Augen leicht verdreht, ging ihm alles wieder durch den Sinn, was heute geschehen war. Was er getan hatte. Womit ihm Katharina ein letztes Mal entglitten war. Und was diese Alte vielleicht mitangehört hatte.

Er stand wieder auf und stellte sich mit breiten Beinen und geballten Fäusten vor sie hin.

»Dora!«, sagte er, und seine Stimme zitterte vor Wut und Scham. »Wie lange hockst du hier schon?«

Die Heilerin reagierte nicht, sondern sog weiter den Rauch der Kräuter in tiefen Atemzügen ein.

»Dora!« Er war nun lauter geworden, und es kam etwas Bewegung in den ausgemergelten Körper der Frau. »Dora, sag mir sofort, was du gehört hast!«

Sie sah ihn blöde an, ihre Augen waren gerötet vom Rauch und schimmerten, als habe sie geweint.

»Du hast das alles mitbekommen, stimmt's?«

Dora blieb stumm, sie wirkte, als würde sie gern verstehen, was Jost sie fragte, aber als könne sie den Sinn nicht erfassen. Jost trat direkt an sie heran, packte sie an den Oberarmen und schüttelte sie, dass ihrbeinahe die Kräuterschale vom Schoß rutschte.

»Hast du mich gesehen? Und Katharina?«

»Hm?«, krächzte Dora, aber Jost war sich nicht sicher, ob wirklich ein Laut über ihre Lippen gekommen war.

»Katharina?« Er schüttelte sie erneut. »Katharina? Los, sag!«

»Ich …«

Sie wiegte den Kopf leicht hin und her, für Jost sah es aus wie ein leichtes Nicken. Was, wenn diese alte Vettel alles verriet, was sie beobachtet hatte? Und Katharina vielleicht gar nicht darüber sprechen mochte, aus Scham vielleicht, oder weil sie doch einmal Freunde gewesen waren? Weil er sie doch liebte? Dann würde diese Alte alles verderben und ihn für alle Zeiten der Schande preisgeben.

Hass stieg in ihm auf.

Dann nahm er all seine Kraft zusammen, riss die Oberarme der Heilerin nach vorn, ließ los und stemmte sofort seine Hände auf den Hinterkopf und auf den Rücken der Frau. Er drückte sie in die qualmenden Kräuter, allzu lange zuckte sie nicht mehr, und er versuchte das leise Knistern ebenso zu ignorieren wie den Gestank nach versengter Haut, der sich allmählich in das herbe Kräuteraroma mischte.

Erst spät wagte sich Katharina an den Heimweg. Zwischendurch musste sie eingenickt sein, denn eben noch war die Sonne untergegangen und nun stand schon der Vollmond am Nachthimmel. Sie kroch aus ihrem Versteck, das sie zwischen einigen dichten Büschen gefunden hatte, und streckte sich. Noch immer schmerzte ihr Körper überall, aber nach Hause müsste sie es schaffen. Vorsichtig schlich sie am Waldrand entlang auf die unter ihr liegende Burgruine zu. Das Pferd war weg, wahrscheinlich lag Jost längst daheim in seinem Bett und schlief.

Doras Haus lag still im Dunkeln, ein Geruch wie von einem erstickten Feuer lag in der Luft, aber vom Weg aus konnte Katharina keinen Flammenschein erkennen, die Heilerin hatte nichts brennen lassen, alles schien in Ordnung.

Als sie nicht mehr weit von den ersten Häusern des Dorfes entfernt war, sah sie gerade den Scharwächter nach Hause kommen. Sie drückte sich in den Schatten eines Gebäudes und wartete, bis er die Tür hinter sich geschlossen hatte. Dann ging sie langsam weiter, immer auf der Hut, dass ihr niemand begegnete. Die herunterhängenden Fetzen ihres zerrissenen Kleids hielt sie mit ihren Fingern fest umklammert, und die Arme um ihren Körper geschlungen, sollte sie in der Dunkelheit das meiste verbergen können, wenn ein Nachbar vorbeikam und nicht allzu aufmerksam war.

Ihr erster Weg – immer dicht an den Häusern entlang und vor erleuchteten Fenstern auch schon mal gebückt – führte zum Haus von Hannes. Er war nicht mehr wach, aber am Esstisch saß sein Vater mit einem fremden Mann. Im Hintergrund hörte sie Anna Gais am Feuer hantieren. Und als sie sich neben das Fenster drückte, konnte sie die beiden Männer leise miteinander reden hören.

»So, so, da bekommst du also eine Schwiegertochter«, sagte der Fremde und grinste.

Sein Gesicht war von einem struppigen Bart bedeckt, und er hatte tiefe Falten im Gesicht.

»Ja, Fritz, da staunst du, was? Hier ist es so friedlich, da ist so eine Hochzeit schnell mal das größte Spektakel im Jahr.«

Katharina barg ihr zerschundenes Gesicht in den Händen und weinte.

»Das wird nicht so bleiben, glaub mir, Peter. Unser allerliebster Herzog hat kein Händchen fürs Geld – oder genauer gesagt: Er hat zwei Hände, mit denen er es ganz wunderbar zum Fenster hinauswerfen kann. Er spielt noch immer für sein Leben gern Krieg.«

»Na, doch eher für *unser* Leben, was, Fritz?«

Die beiden lachten rau und stießen mit den Bechern an.

»Nein, im Ernst: Er will den Helden herauskehren, und jetzt soll endlich auch die lange geplante Hochzeit mit der bayrischen Prinzessin stattfinden. Der Kaiser wird sich nicht mehr lange hinhalten lassen. Vermutlich zählt Ulrich im Geiste schon die Wildsauen und Hirsche in seinen Wäldern – und in unseren. Die werden sich vollfressen, bis sie kotzen, und ihr hier werdet auch künftig im Winter hungers sterben, so, wie es schon immer war und wie es auch andernorts im ganzen Land das Gewohnte ist.«

»Du bist verbittert, Fritz. Das steht dir nicht. Das stand dir schon damals nicht, als wir von Italien nach Hause marschierten.«

»Ach, da scheiß ich drauf, ob mir das steht!«

Der Fremde war laut geworden, und Katharina zuckte kurz zusammen.

»Dieser Herzog ist unser Unglück, und dass er und seine Vögte und Forstmeister, und was er uns sonst noch für Pack auf den Hals schickt, uns einfachen Leuten immer mehr die Luft zum Atmen nehmen, immer neue Frondienste ersinnen und sich einen Dreck um das scheren, was von alters her die Regel war – das ist ein Pulverfass, das sehr nah am Feuer steht!«

»Ach, lass mich mit deinen Reden in Ruhe, Fritz! Hier haben wir Frieden, und Anna und ich sind geachtete Leute im Flecken, auch wenn ich nur Tagelöhner bin. Hannes zum Beispiel, der auf Freiersfüßen wandelt, hat eben erst seine Lehre als Zimmermann abgeschlossen. Er arbeitet hier im Flecken am Bau der neuen Stiftskirche mit, und sein Meister ist sehr zufrieden mit ihm. Da brauch ich keinen Pulverdampf und Büchsenknall mehr, das kannst du mir glauben! Das habe ich lange genug gehabt.«

»Könnt ihr euch etwas leiser ereifern?«, fragte Anna Gais vom Feuer her, und die beiden senkten wirklich auch sofort ihre Stimmen.

»Auf jeden Fall hat sich Hannes ein blitzsauberes Mädchen ausgesucht«, fuhr Peter Gais fort. »Und ein grundanständiges obendrein. Dem steht ein glückliches Leben bevor, ein glücklicheres, als du mit deinen bösen Reden je erwerben wirst, Fritz. Und der Stoffel, dieser Hitzkopf, ist auch nicht gerade dazu geschaffen, dich im Zaum zu halten. Das wird noch böse mit euch enden, wenn du nicht endlich aufhörst mit deinem Wettern gegen die Obrigkeit!« Er schenkte seinem Gast und sich nach, dann hob er den Becher und stieß mit ihm an. »Und jetzt genug davon. Lass den Hannes heiraten, lass ihn glücklich werden und mit seinem feinen Mädchen einen Stall voller Kinder haben – da setze ich mich gern als Greis sabbernd auf die Bank am Haus und schau den spielenden Kleinen zu.«

Die beiden lachten, aber Katharina war elender denn je zumute. Die Szene droben in der Ruine schoss Katharina durch den Kopf, ihr ganzer Körper zitterte und ihre Beine drohten nachzugeben. Schnell huschte sie davon, bevor sie sich mit ihrem lauten Schluchzen noch verraten würde.

Was konnte sie nur tun? Wäre Hannes von ihr enttäuscht, wenn er nun doch nicht der Erste sein konnte? Obwohl es ihm so schwer gefallen war, so lange zu warten?

Diese und viele andere Fragen stellte sie wenig später ihrer Mutter.

Sie war von einem Schatten zum nächsten gerannt und schließlich ungesehen zuhause angekommen. Der Vater saß mit Elisabeth am Tisch, die Mutter stand gerade auf und verließ die Stube. Katharina schlich zur Hintertür und erwartete dort die Mutter, die vermutlich hinausging, um noch etwas Wein zu holen. Und tatsächlich standen sie sich kurz darauf gegenüber.

Hedwig fiel vor Schreck der Krug auf den Boden, die Tonscherben tanzten vor Katharinas Augen so langsam, als habe jemand der Zeit einen Bremsstab in die Speichen gesteckt.

»Was ist denn mit dir passiert?«, brachte die Mutter schließlich hervor. Sie kam näher, wischte ihr die Tränen aus dem Gesicht, bemerkte die aufgeplatzte Lippe, die zerschundene Nase und den Dreck, der ihre Wangen und die Schläfen bedeckte. Dann trat Hedwig Schreiner einen Schritt zurück und musterte ihre Tochter von Kopf bis Fuß. »Deine Kleider sind zerrissen?«

Katharina ließ die Fetzen los und hob die Arme. Der Stoff klaffte auf, gab den Blick auf die Brüste und auf einen Oberschenkel frei. Blaue Flecken waren zu sehen, Striemen und Kratzer bis hinauf unter die letzten Kleiderreste, die Katharina noch bedeckten. Hedwig Schreiner wurde bleich und taumelte gegen die Hintertür. Unter ihren Schuhen knirschten Tonscherben.

»Was … was ist passiert?«

Sie keuchte die Frage mehr, als dass sie sie aussprach. Und Katharina brachte keine Antwort zustande, sondern weinte nur.

»Wer war das?«, fragte sie schließlich.

Katharina weinte noch immer und sah die Mutter aus tränennassen Augen an. Sie wünschte sich mehr als alles andere, sich jetzt in ihren Armen geborgen und geliebt zu fühlen, sich an sie lehnen und ihr Gesicht am Hals der Mutter vergraben zu können. Sie bettelte mit Blicken darum, doch Hedwig Schreiner blieb stehen, wo sie war, und auch Katharina stand deshalb wie angewurzelt auf ihrem Platz.

Dann begann sie ihre Sorgen hervorzupressen, ob Hannes sie noch liebe, wenn er davon erfahren würde. Wo sie doch jetzt beschmutzt war, obwohl sie nichts dafür konnte. Ihre Mutter hörte sich alles still an, aber keine Regung war auf ihrem bleichen Gesicht zu erkennen. Katharina konnte nur sehen, wie sie ihre ganze Kraft zusammennahm, um die tragische Nachricht und die drängenden Fragen irgendwie auszuhalten, ohne zusammenzubrechen.

Sie fragte ab und zu dazwischen, aber immer betraf es die Punkte, wer es gewesen sei und wo sich das alles ereignet habe. Katharina brachte zwar noch hervor, dass sie oben auf dem Kappelberg geschändet worden sei, aber Josts Namen nannte sie nicht. Und als sie einen Schritt auf ihre Mutter zumachte, weil sie es nicht mehr aushielt, dieses schmerzliche Gespräch ohne jede Umarmung immer weiterzutreiben, machte Hedwig Schreiner eine kleine Bewegung. Katharina hätte nicht einmal genau sagen können, ob die Mutter sie nun endlich umarmen, sie tröstend streicheln oder gar abwehren wollte – aber die Geste bestand nur einen Augenblick lang, dann ließ sie die Hände wieder sinken und stand da wie zuvor, leidend, in einem kaum mehr als einen Schritt messenden Abstand zu ihrer Tochter, der aber ungeheuer schmerzhaft zwischen ihnen lag.

Beide hätten jetzt nur die Arme ausstrecken müssen. Und keine von ihnen tat es.

Dann, nach einer unendlich lange scheinenden Zeit, kam wieder Bewegung in Katharina. Ganz langsam griff sie mit zitternden Fingern nach den losen Enden der Kleiderfetzen, zog alles so gut zusammen, wie es eben ging, und schlang ihre Arme wieder um ihren Oberkörper. Sie nickte ihrer Mutter ernst zu und wandte sich ab. Durch den Innenhof ging sie hinaus auf die Straße. Sie schlug den Weg in Richtung Heppach ein und kümmerte sich nicht mehr darum, ob sie jemand sah.

Niemand begegnete ihr, zumindest bemerkte sie niemanden, wie sie stoisch immer weiterging, den Blick leer auf den Boden vor ihren Füßen gerichtet, den Kopf gesenkt, die Schultern hängend. Wie durch einen dichten Vorhang hörte sie irgendwann ein Pferd wiehern, es klang wie Josts Hengst. Sie beschleunigte ihre Schritte, um endlich dieses verdammte Dorf hinter sich zu haben, das Gasthaus und das Pferd.

Sie tappte wie eine Schlafwandlerin dahin, wandte sich mal dem Fluss zu, dann wieder den Hängen hinauf zum Schurwald. Sie dachte nicht weiter darüber nach, wohin sie ihr Weg führte, aber sobald ihr auffiel, dass sie sich dem Kappelberg ein wenig genähert hatte, machte sie kehrt und hielt wieder auf die Rems zu.

Manchmal blieb sie stehen, mal mitten in der Wiese, dann wieder lehnte sie sich an einen Baum. Sie schloss die Augen, rief sich das Gespräch mit der Mutter in Erinnerung, dachte daran, wie Peter Gais sie seinem Gast als Braut von Hannes aufs Vorteilhafteste geschildert hatte. Und jedes Wort, an das sie sich erinnerte, stach ihr wie ein vergifteter Pfeil tief ins Herz – vor allem schmerzte sie, wie die Mutter ihr gegenüber jeden Trost vermieden hatte.

Ihr Vater war schon bisher gegen ihre Verbindung mit Hannes gewesen, wandte sich nun auch noch die Mutter von ihr ab, nachdem sie Schande über die Familie gebracht hatte? Würde sich auch Peter Gais für sie schämen, wenn er von dem erfuhr, was sich oben in der Burgruine zugetragen hatte? Und Hannes … würde er sie noch lieben können, wenn er hörte, was ihr geschehen war?

Ab und zu ging ein Ruck durch sie und sie hielt aufs Dorf zu, um sich mit ihrem Vater, mit der Mutter, mit Hannes auszusprechen. Doch nach ein paar Schritten sah sie deren Mienen vor sich, mit denen sie ihr womöglich gegenübertreten würden: entsetzt, beschämt, abweisend … Dann verließ sie wieder all ihr Mut und sie irrte weiter ziellos durchs Tal.

Ein leichter Wind wehte ihr durchs Haar, es war recht mild für die späte Stunde, und zwischen ihr und dem Nachbardorf waren nun nur noch Wiesen und Bäume … und der Fluss.

Inzwischen hatte sie sich flussabwärts gewandt. An den Schleifen, in denen sich die Rems zwischen Beutelsbach und Heppach hin- und herschlängelte, war sie schon vorbei, auch die Einmündung des Schweizerbachs, der westlich von Beutelsbach auf den Fluss zustrebte, lag nicht mehr weit vor ihr. Sie drehte sich um und ließ ihren Blick erst übers Tal, dann über den Schurwald schweifen.

Die Geschichte von Barbara, einer Jugendfreundin ihrer Mutter, kam Katharina in den Sinn. Wenn Hedwig Schreiner ihre beiden Töchter besonders eindringlich vor einem unziemlichen Verhalten hatte warnen wollen, garnierte sie ihre Ermahnungen mit Barbaras tragischem Ende. Das Mädchen war verlobt gewesen und sah einer glücklichen Zukunft entgegen, als sie ein Knecht aus einem der Nachbardörfer in den Wald gelockt und dort vergewaltigt hatte. Zerschunden kam Barbara mitten in der Nacht nach Hause, und als sie am nächsten Tag allen Mut zusammennahm und den Knecht vor dem Heppacher Schultes anklagte, schenkte ihr niemand Glauben.

Eine Zeit lang hielt sie es noch aus, dass hinter ihrem Rücken über sie getuschelt wurde und dass mancher Mann im Flecken sie anstierte, als sei sie wirklich die Hure, für die sie von vielen im Dorf gehalten wurde, ohne dass sie etwas dafür konnte. Dann schnitt man sie eines Morgens von dem Strick, den sie um einen Eichenast geschlungen hatte. In jenem Wald, in dem ihr junges Leben ohne eigenes Zutun vom einen auf den anderen Moment verdorben war.

Der Schurwald verschwamm vor Katharinas Augen, mit dem Ärmel wischte sie sich die Tränen aus dem Gesicht. In ihren Träumen war ihr die am Ast baumelnde Barbara manchmal erschienen, nun sah sie das tote Mädchen wieder vor sich. Sie spürte erneut den milden Nachtwind, es schnürte ihr die Kehle zu und der Blick blieb an der Burgruine hängen. Eine Weile stand sie so da, stumm und immer wieder von Weinkrämpfen geschüttelt. Als schließlich die enttäuschten Gesichter von Mutter und Vater und von Hannes vor ihrem geistigen Auge auftauchten, gab sie auf und wandte sich dem Fluss zu.

Das kalte Wasser ging ihr schon nach dem ersten Schritt bis zur Wade, weil sie mit den Füßen ein wenig in den morastigen Uferstreifen eingesunken war. Unbeirrt ging sie weiter, und als ihr das Wasser bis zur Hüfte reichte und die Rems die losen Fetzen ihrer Kleider in Richtung Waiblingen zog, breitete sie die Arme aus, sah zum Nachthimmel hinauf und flüsterte im Weitergehen, dann im Stolpern und schließlich im Fallen denselben Namen immer wieder, nur unterbrochen von ihrem Schluchzen, bis ihr das Wasser Mund und Nase verschloss und sie in völliger Dunkelheit versank.

»Hannes.«

Hedwig Schreiner hatte Katharina nachgesehen, und erst als ihre Tochter um die Hausecke verschwunden war, kam sie wieder zu sich. Im ersten Moment dachte sie daran, ihr nachzulaufen, sie in die Arme zu schließen und nach Hause zu bringen. Doch sicher musste Katharina jetzt erst einmal allein sein, trösten konnte sie sie auch morgen noch oder später in der Nacht, wenn sie wieder heimkommen würde.

In der Wohnstube setzte sie sich bedrückt zu Elisabeth und Eberlin an den Tisch. Ihr Mann wunderte sich zwar, warum sie ohne Krug zurückgekommen war und nun völlig apathisch bei ihnen hockte, aber offenbar wollte sie erst mit ihm sprechen, wenn Elisabeth ins Bett gegangen war. Also wartete er mit seinen Fragen so lange.

Als sie ihm endlich alles erzählte, sprang er entsetzt hoch, rannte zur Tür, kam zurück und machte Anstalten, seine Frau zu schlagen, weil sie ihn nicht sofort alarmiert hatte. Aber dann winkte er nur wütend ab. Also stürmte er hinaus, trommelte wie verrückt an der Tür von Peter Gais, aber Hannes war schon zu Bett gegangen und niemand wusste etwas von Katharinas Verbleib. Er suchte im Dorf, und immer mehr Männer schlossen sich ihm an.

Der Scharwächter hatte nichts gesehen, aber nun teilte er die Helfer in mehrere Gruppen ein und schickte sie in alle Richtungen aus. Eberlin Schreiner selbst rannte mit Hannes und zwei anderen zum Kappelberg hinauf. Sie hatten sich ein paar Fackeln geschnappt und leuchteten nun links und rechts des Weges mögliche Verstecke aus, Eberlin Schreiner wiederum stürmte den anderen voraus bis zur Burgruine. Dort sah er sich um, konnte aber bis auf zwei kleine Stofffetzen und einige Schleifspuren auf dem Boden nichts entdecken. Ob das von dem herrührte, was Katharina heute hier widerfahren war, war nicht mit Sicherheit zu sagen, aber Eberlin Schreiner schnürte es die Kehle zu, als er zwischen den Mauern der Ruine herumtappte.

»Was ist eigentlich passiert?«, fragte Hannes, als er ebenfalls die Ruine erreicht hatte.

»Ich weiß es nicht«, log Schreiner, »ich weiß nur, dass es Katharina völlig aus der Bahn geworfen hat. Und dann ist sie weinend weggerannt, und nun habe ich Angst, dass sie …« Er unterbrach sich und sah den jungen Mann, der sie bald heiraten wollte, traurig an. Hannes wurde noch bleicher, als er es ohnehin schon war.

»Zum Fluss, Eberlin! Schnell!«

Auf dem Weg hinab wurden sie noch von Rufen aufgehalten, die von Doras Hütte her kamen. Einer der Männer hatte die tote Heilerin auf der Bank neben ihrem Häuschen entdeckt. Sie sahen den vornübergebeugt in der Kräuterschale lehnenden Leichnam, Hannes steckte den Finger in die Asche neben Doras Gesicht, die Asche war kalt. Eberlin Schreiner stellte einen der Männer als Wache für die Tote ab, die anderen rannten ins Dorf. Heinrich Huetlin wurde informiert, dass Dora oben tot neben ihrer Hütte hockte.

»Mein Sohn hat mir am frühen Abend erzählt, dass er am Nachmittag mit seinem Pferd oben in Wald und Wengert ausgeritten ist«, berichtete Huetlin. »Dabei hat er Geräusche gehört, die auf eine Jagdgesellschaft hindeuten, und er glaubt sogar zwei Reiter in den herzoglichen Farben in der Ferne gesehen zu haben. Aber ganz sicher war er sich nicht.«

»Verdammte Saubande!«, schimpfte Eberlin Schreiner und spuckte auf den Boden. Er blickte finster drein. Nur zu gern hätte er dem Schultes jetzt erzählt, was diese feinen Herren mit seiner ältesten Tochter oben auf dem Kappelberg angestellt hatten, aber noch bestand Hoffnung, dass er sie rechtzeitig fand –

da musste er den tragischen Zwischenfall nicht noch öffentlich breittreten. Vielleicht ließ sich ja alles zumindest zwischen Hannes und Katharina und zwischen den beiden und den anderen Dorfbewohnern ohne viel Aufsehen regeln.

Hannes war mit den anderen schon weiter zum Fluss gerannt, auch sein Vater und der Fremde, den er seit gestern zu Gast hatte, waren unter den Männern. Huetlin und Schreiner folgten ihnen nun, und kurz darauf machten sich auch Jost und die Huetlin'schen Knechte auf den Weg.

Mit Fackeln und Stecken suchten sie das Ufer ab, eine Gruppe war über die Holzbrücke hinüber auf die andere Seite gegangen, und irgendwann kam der Heppacher Scharwächter herbei und fragte, was hier eigentlich los sei. Als er unterrichtet war, stürmte er zurück ins Dorf und weckte dort einige Bewohner, die sich ebenfalls der Suche anschlossen.

Die restliche Nacht lag die Rems im Widerschein zahlreicher Fackeln, die Männer riefen es sich über das Wasser hinweg zu, wenn sie wieder etwas entdeckt hatten – und wenn es sich doch als Fehlalarm entpuppte. Als die Dunkelheit dem Morgen wich und einer nach dem anderen seine Fackel im Fluss löschte, ging die Suche weiter.

Kurz vor Beinstein, wo die Rems eine Kurve auf den Flecken hin beschrieb, fielen die ersten Sonnenstrahlen auf Katharinas Leichnam. Sie lag auf dem Rücken, ihre Haare und die Fetzen ihrer Kleider hatten sich im Ufergebüsch verfangen, und die Strömung versuchte, ihre Beine und Arme vergeblich weiterzuziehen. Sie lag wie aufgebahrt im Wasser, ihr blasses Gesicht war mit einem leichten Blau überzogen, und die Sonne hüllte sie mit ihrem wärmenden Licht ein, als wolle sie das Mädchen wieder zum Leben erwecken.

Der Suchtrupp, der sie fand, informierte Eberlin und Hannes sofort, und sie konnten den Vater nicht davon abhalten, zu der Toten ins Wasser zu steigen und seine Tochter in den Armen heulend und unablässig auf sie einmurmelnd zu wiegen. Hannes stand hinter ihm am Ufer, die Füße ebenfalls im Wasser. Er starrte auf die Leiche seiner Braut, er sah die zerrissene Kleidung und die geschundenen Glieder, und allmählich begriff er, warum Katharina ihrem Leben ein Ende gesetzt hatte.

In Beinstein und Endersbach, noch bis hinüber zur Wachmannschaft des Beinsteiner Torturms in Waiblingen lief es den Leuten zu den lauten, klagenden, fast unmenschlichen Schreien aus den Remsauen eiskalt den Rücken hinunter.

In einer großen, schweigenden Prozession wurde die Tote zurück nach Beutelsbach gebracht. Man hatte aus Weidenruten eine provisorische Trage gebaut, und Hannes und Eberlin hatten es sich nicht nehmen lassen, den Leichnam selbst zu tragen. Sie kamen mit schleppenden, schweren Schritten auf der Straße von Waiblingen her, einen langen Zug von Männern aus Beutelsbach, Heppach und Beinstein hinter sich, und wie sie die Baustelle der Stiftskirche passierten, legten dort Meister Buchner, der Geselle Urban und alle Helfer, die von der nächtlichen Suche nichts mitbekommen hatten, ihr Werkzeug nieder, zogen den Hut und standen mit gesenkten Köpfen auf den Gerüsten und unter den Bretterdächern.

Pfarrer Schefflen kam herbeigeeilt, dicht gefolgt von Vikar Röhm und Stiftspfleger Rummel, den er, sobald er den Grund des traurigen Zugs erfahren hatte, zu Kaplan Heinsberger hinauf zur Nikolauskapelle schickte, wo Heinsberger täglich nach dem Rechten sah und von Zeit zu Zeit die Glocke schlug.

Als der Zug am Gasthaus zum Ritter vorüberführte, traten auch die Mägde aus dem Haus, tuschelten und schlugen weinend die Hände vors Gesicht, als sie hörten, was geschehen war. Vor dem Hof der Familie Schreiner blieben alle außer Hannes und Eberlin zurück. Hedwig stand totenbleich, aber mit halbwegs gefasster Miene vor der offenen Tür, neben ihr klammerte sich Elisabeth an ihren Schurz und beugte sich immer wieder leicht nach vorn, wenn sie ein neuer Weinkrampf packte.

Eberlin würdigte seine Frau keines Blickes, und sie trat schluckend einen Schritt zur Seite, damit er und Hannes den

Leichnam ins Haus tragen konnten. Hedwig und ihre verbliebene Tochter folgten ihnen und zogen die Tür hinter sich zu.

Die Menschenmenge, die vor dem Schreiner'schen Hof einen Halbkreis bildete, wollte sich gerade mit hängenden Köpfen zerstreuen, da rief von irgendwoher eine Stimme: »Stimmt es, Schultes, dass wir das einer Jagdgesellschaft oben auf dem Kappelberg zu verdanken haben?«

Alle blieben wie vom Donner gerührt stehen, und nicht wenige erinnerten sich bei diesen Worten daran, was ihnen solche Jagden in den vergangenen Jahren schon eingebrockt hatten. Die Schweine, die dem Muthans durch die Werkstatt gescheucht worden waren, der unbedachte Büchsenschuss, der den Knecht Balthus fast das Leben gekostet hatte – und jetzt war dieses adlige Pack womöglich auch schuld am Tod der allseits beliebten Katharina, dieser jungen, freundlichen Frau, die bald hatte heiraten wollen?

Zwar war vielen bisher nur klar, dass Eberlin Schreiners Tochter tot war, aber ihre Verletzungen und die zerrissenen Kleider: Das konnte die Rems allein kaum bewerkstelligt haben. Gemurmel kam ringsum auf, und alle steckten die Köpfe zusammen und stellten allerlei Vermutungen an, was mit Katharina wirklich geschehen sein könnte – und was eine Jagdgesellschaft auf dem Kappelberg mit einer Wasserleiche im Fluss zu tun hatte.

»Die Dora ist auch tot«, rief ein anderer, und der Geräuschpegel der Gespräche stieg schnell. »Sie sitzt noch immer leblos neben ihrer Hütte, einer von uns ist oben bei ihr und hält die Totenwache.«

Eine Tote am Kappelberg, eine Leiche im Wasser – und oben im Wald war eine Jagdgesellschaft gesehen worden? Da trat der Besucher von Peter Gais vor die anderen und erhob seine Stimme.

»Hört mich an, ihr Leute! Ihr habt heute eine Heilerin verloren, und eine junge Frau ist aus eurer Mitte gerissen worden – und zur gleichen Zeit treiben sich auf den Hügeln oberhalb eures schönen Fleckens hohe Herrschaften herum!«

Seine Stimme war volltönend, und wer ihn nicht sehen konnte, stellte sich auf die Zehenspitzen, um den Mann zu Gesicht zu bekommen, der das Wort ergriffen hatte.

»Ich habe beide nicht persönlich gekannt, aber mein alter Freund Gaispeter hat mir von ihnen erzählt. Von der alten Dora, die draußen in ihrer Hütte hauste und zu der ihr immer kommen konntet, wenn ihr einen Trank oder Kräuter gegen eure Leiden brauchtet! Und von der beliebten Katharina, älteste Tochter eines geehrten Bürgers eurer Gemeinschaft und eine junge, schöne Frau, die schon Pläne für ihre anstehende Hochzeit schmiedete. Mit einem Zimmerergesellen aus eurer Mitte, dem Sohn meines alten Freundes Gaispeter.«

Der Fremde sah während seiner Ansprache von einem zum anderen, versuchte möglichst vielen der neugierigen Blicke zu begegnen. Offensichtlich war er es gewohnt, vor größeren Versammlungen zu reden.

»Wer seid Ihr, Fremder, dass Ihr Euch berufen fühlt, hier zu uns zu sprechen? Hier, wo Ihr meinetwegen ein willkommener Gast, aber doch nicht unser Wortführer seid?« Heinrich Huetlin war neben den Mann getreten und sah ihn wütend an. Die Stimmung im Dorf war schon aufgeheizt genug, da konnte er ein anmaßendes Großmaul, das eben mal in den Flecken kam und sich anschickte, ihm die Autorität streitig zu machen, gerade noch brauchen.

»Getauft wurde ich auf Jodocus, aber genannt werde ich allgemein Joß Fritz!«, rief er aus und sah sich um, als erwarte er beifälliges Nicken.

Doch die Leute wiederholten nur murmelnd seinen Namen, der niemandem etwas zu sagen schien. Peter Gais dagegen war ganz blass geworden und er beobachtete Huetlin genau, ob er seinen Gast wohl kenne.

»Und? Woher kommt Ihr?«, fragte Huetlin stattdessen, und Gais atmete ein wenig auf. »Euer Zungenschlag lässt vermuten, dass Ihr einen weiten Weg hattet.«

»O ja!«, antwortete Fritz und lachte dazu – es klang nicht fröhlich. »Das kann man wohl sagen. Ich habe weite Wege seit ich achtzehn bin. Ursprünglich stamme ich aus der Bruchsaler Gegend, dann bin ich zu den Landsknechten gegangen, und danach habe ich in meiner alten Heimat vor nun auch schon bald zehn Jahren dafür sorgen wollen, dass sich der Adel und die Pfaffen« – er warf Schefflen, der mit seinem Vikar in einer der vorderen Reihe des Publikums stand, einen vernichtenden Blick zu – »nicht weiter auf dem Rücken des Landvolks gütlich tun!«

Gais schickte seinem Freund flehende Blicke, doch der nahm sie nicht wahr. Huetlin bekam nun eine Ahnung, mit welcher Art Gast er es hier zu tun hatte. Und Schefflen sah ängstlich zwischen Joß und seinem Vikar hin und her. Die ersten unter den Zuhörern sprachen nun vom Bundschuh, denn davon hatten sie schon gehört.

»Aber unsere Sache wurde verraten«, fuhr Fritz fort, »ich weiß heute noch nicht, wer uns damals verpfiffen hat.« Er schüttelte den Kopf, dann funkelten seine Augen vor Zorn und die buschigen Augenbrauen zogen sich zusammen. Dazu ließ er reichlich Spott in seinen Tonfall einfließen. »Unser ehrwürdiger Bischof zu Speyer ließ einen Prachtbau nach dem anderen errichten, und das Geld dafür presste er Hinz und Kunz ab, indem er die Abgaben erhöhte. Und indem er die Rechte der einfachen Bevölkerung an Fisch und Wild beschnitt und sie nicht mehr wie von alters her ihr Vieh im Wald und auf den Wiesen weiden ließ.« Er sah sich triumphierend um. »Wie mein Freund Gaispeter mir gestern Abend erzählt hat, kommt euch das alles wohl bekannt vor? Eurem Herzog Ulrich sitzt das Geld recht locker – und dafür zieht er euch Dörflern die Zügel immer fester. Und dass er neue Abgaben einführt und euch für Dinge zahlen lasst, die ihr seit der Zeit eurer Vorfahren selbstverständlich kostenlos nutzen durftet: Darauf braucht ihr sicher nicht mehr lange zu warten!«

Einige Zuhörer murrten schon und begannen ihm recht zu geben.

»Bald wird der gute Ulrich seine bayrische Prinzessin heiraten, damit er mit seinem neuen Gespons noch einen Stein mehr im Brett des Kaisers Maximilian hat, dessen Nichte sie ist. Gesehen habe ich diese Sabina noch nicht, aber sie muss eine recht bucklige Ziege sein, wenn Maximilian sie ausgerechnet einem so armen Schlucker wie dem Herzog von Württemberg andient!«

Schefflen protestierte wütend, aber sein Einwurf ging im aufbrandenden Gelächter unter.

»Und um die angeheiratete Verwandtschaft, den Kaiser und die Bayern, angemessen zu beeindrucken«, fuhr Joß Fritz fort und hob nun beide Hände in immer wilder werdenden Gesten, »wird er ein rauschendes Fest abhalten müssen, um nicht nackt und bloß vor den anderen Hochgeborenen dazustehen. Und wer wird dafür bezahlen?«

»Wir natürlich!«

»Der arme Konrad, wie immer!«

Wüst und laut gingen die Rufe jetzt durcheinander, und Fritz sonnte sich im Erfolg seiner Brandrede. Da wurde es Huetlin zu bunt. Er packte den Fremden und schob ihn kurzerhand auf seinen Gastgeber zu. »Hier, Peter, nimm deinen Hitzkopf und schau zu, dass er verschwindet, bevor der Vogt in Schorndorf von der Sache Wind bekommt! Wenn ich das richtig verstanden habe, wird dein Freund von der Obrigkeit gesucht – das ist kein Ärger, den wir hier gebrauchen können!«

Peter Gais nickte nur kurz, versetzte Joß einen Klaps auf den Hinterkopf und geleitete ihn unter heftigen Flüchen zu seinem Haus, wo er sofort seine Siebensachen zu packen und sich davonzumachen hatte.

»Peter, was bist du für ein Hasenfuß geworden, dass du so vor eurer dörflichen Obrigkeit kuschst?« Joß verließ offensichtlich nur sehr ungern seine Bühne. »Ich hätte euch Beutelsbacher schon nicht gleich zum neuen Bundschuh versammelt.« Er lachte heiser. »Obwohl … wenn ihr irgendwann mal die Fron satt habt, kramt alle mal eure Büchsen und Lanzen hervor, ich und der Stoffel nehmen euch gern. Wir werben seit Längerem wieder überall im Land neue Mitstreiter. Ich war zuletzt viel im Oberschwäbischen unterwegs, und jetzt geht's nach Nenzingen, nicht weit vom Bodensee entfernt. Dort wartet meine kleine Else auf mich, und wenn alles läuft wie erhofft, werden wir bald heiraten.« Er warf sich sein Bündel auf den Rücken und sah

Peter finster an. »Ich sag dir eins: Wenn mir einer die Braut in den Tod treiben würde, dem würde ich den Kopf spalten bis hinunter zum Arschloch!«

»Lass bloß Hannes in Ruhe«, knurrte Peter Gais und schlug zum Abschied in die Hand seines alten Freundes ein. »Und schau, dass du das Wort Bundschuh nicht in den Mund nimmst, solange du dich so nahe an Stuttgart herumtreibst. Ihr seid unter den Vögten nicht wohl gelitten, und wo eure Fahne flattert, zücken des Herzogs Männer schon aus bloßer Gewohnheit die Schwerter.«

»Na, wenn das keine Ehrerbietung ist!«, rief Joß Fritz noch, dann marschierte er auf dem kürzesten Weg aus dem Dorf hinaus.

Peter Gais sah ihm noch nach, dann kehrte er zu den Leuten zurück, die immer noch vor dem Hof der Schreiners versammelt waren. Huetlin hatte inzwischen mit Schefflen und Röhm gesprochen, dass sie bitte über das Erlebte Schweigen bewahren sollten, um kein Unheil über das Dorf zu bringen.

»Es war ja ohnehin nur ein Fremder auf der Durchreise«, fügte er hinzu. »Der wird uns nie wieder Scherereien machen, glaubt mir.«

Schefflen wirkte nicht überzeugt, da nahm Huetlin ihn zur Seite.

»Denkt immer an unser Gespräch nach Adelheids Beichte«, raunte er ihm warnend zu, »und an die süße, unschuldige Magd natürlich.«

Schefflen lief knallrot an und trippelte so schnell zur Behelfskirche hinüber, dass ihm der Vikar kaum folgen konnte. Huetlin kehrte lachend im selben Moment zu den Leuten vor dem Schreiner-Hof zurück, in dem auch Peter Gais eintraf. Ein fragender Blick von Gais, ein bestätigendes Nicken vom Schultes, dann machten sie sich daran, die Menge wieder zu zerstreuen und jeden zurück an seine Arbeit zu schicken.

Hannes verließ das Haus von Hedwig und Eberlin Schreiner erst spät am Abend. Gesprochen hatten sie die ganze Zeit über kein Wort, nun saß die Frau des Hauses stumm und gebeugt am Tisch in der Stube, und ihr Mann machte sich auf den Weg zum Gewölbekeller, um sich einen Krug Wein zu holen. Beim Hinausgehen trat er auf die Tonscherben, und wie er sie unter seinen Füßen zerbersten hörte, erstarrte er.

»Hier«, ging es ihm durch den Kopf, »hier wird sie ihre Mutter um Hilfe gebeten haben, hat sie vielleicht angefleht – und wurde abgewiesen.« Sonst, dachte er, hätte er Hedwig und Katharina eng umschlungen hier hinten auf dem Hof gefunden und nicht seine Frau schweigend in der Stube und Katharina tot am Ufer der Rems.

Den Wein trank er gleich unten im Keller, danach tappte er unbeholfen die Stiege herauf und ging in die Scheuer. Er nahm einen Strick vom Wandhaken und versuchte ein Ende über den hohen Balken in der Mitte des Gebäudes zu werfen. Als er das nicht hinbekam, versuchte er sich an einem Wurf über einen der etwas niedriger angebrachten, kleineren Balken. Auch das klappte nicht, und so baumelte das Seil schließlich über einem schmalen Holzbrett in der Nähe des Scheunentors. Mit einiger Mühe brachte er so etwas wie eine Schlinge zusammen. Dann ging er zurück ins Haus, entzündete im Feuer in der Stube eine Fackel und ging wieder nach draußen. Hedwig sah ihn hantieren, traute sich aber nicht, ihn anzusprechen.

Draußen schwankte Eberlin Schreiner erst in die linke hintere Ecke der Scheune und dann in die rechte. Mit der Fackel setzte er die dortigen Strohhaufen in Brand, dann schleuderte er sie auf einen Holzhaufen nicht weit vom Tor entfernt. Und schließlich stellte er einen wackligen Weidenkorb unter das Seil. Er steckte den Kopf durch die Schlinge, stieg vorsichtig auf den Korb und sprang.

Der Scharwächter entdeckte das Feuer als Erster, und bis Feuerbeschauer Jakob Hohnecker, ein Vetter des Metzgers, endlich aus dem Bett kam, waren seine Knechte und alle Nachbarn bereits mit Wassereimern zusammengelaufen und versuchten zu retten, was zu retten war.

Etwas abseits hockte Hedwig Schreiner auf dem bloßen Erdboden, hielt den Kopf ihres Mannes im Schoß und strich ihm ein ums andere Mal durchs Haar. Einige Strähnen waren angesengt und die Knie schmerzten ihm, sonst ging es ihm gut. Er hatte sein Seil über das morscheste Stück Holz im ganzen Gebäude geschlungen. Nach seinem Sprung war das Brett auf den geringsten Widerstand hin zerbrochen und Eberlin Schreiner landete hart auf seinen Knien, weil er – um sich auch wirklich erhängen zu können – die Unterschenkel angewinkelt hatte.

Nun lag er da und heulte Rotz und Wasser, während halb Beutelsbach gegen das Feuer kämpfte, das er gelegt hatte. Es war ein aussichtsloser Kampf, und im Morgengrauen lagen die Reste der einst stolzen Scheuer auf einem schwarzen, schwelenden Haufen vor ihm. Immerhin hatten die Helfer erreicht, dass die Flammen auf kein anderes Gebäude übergesprungen waren, und Vorwürfe mochte Eberlin Schreiner niemand machen. Wer wusste schon, wie man selbst auf einen Schicksalsschlag reagieren würde, wie er Schreiner getroffen hatte.

Hannes half mit Schreiners Knechten, mit Michel und seinem Vater, für den Mann, der beinahe sein Schwiegervater geworden wäre, eine neue Scheune zu bauen. Meister Buchner gab ihm dafür immer wieder ein wenig frei, und Hannes nutzte die Zeit, seine Helfer so gut anzuweisen, dass sie für den Rest des Tages ohne ihn weiterarbeiten konnten.

»Du machst das gut«, lobte ihn Buchner, als die Scheune schon fast fertig war. »Dir fehlt nicht viel zum Meister, so gut, wie du deine Leute anleitest. Auch Urban hat mir schon gesagt, dass dir das besser liegt als ihm. Und du weißt, wie schwer er sich mit Lob tut.«

Hannes nickte.

»Und was wird jetzt werden?«

»Ich werde gehen, Meister.«

»Aber wir haben hier noch für Jahre Arbeit. Du musst unter dem schrecklichen Verlust leiden wie ein Hund, und vielleicht ist es schwerer, mit allem fertig zu werden, wenn du das Dorf hier, die Rems, den Kappelberg und auch die Familie deiner

Braut immer wieder vor Augen hast. Aber hier hast du dein Auskommen. Ich bezahle dich nicht schlecht, du bekommst Verantwortung übertragen, und der Bau eurer Stiftskirche ist eine reizvolle Aufgabe für Zimmerleute.«

»Das weiß ich alles, Meister Buchner. Aber ...« Er seufzte. »Ich werde auf die Walz gehen. Drei Jahre und ein Tag, vielleicht auch etwas mehr. Dann hätte ich sogar die Berechtigung, selbst Meister zu werden. Und vielleicht ist die Wunde wieder verheilt, wenn ich dann in mein Dorf zurückkomme.«

»Da muss ich dich enttäuschen, Hannes. Diesen Schmerz wirst du nie ganz loswerden, irgendwann kommst du vielleicht zurecht mit ihm. Aber völlig verheilen wird diese Wunde wohl niemals.«

Hannes nickte und ging zu Schreiners Scheune hinüber, um den Männern neue Anweisungen zu geben.

Jost war am Tag nach der Beerdigung von Katharina abgereist, und Hannes blieb nur eine Woche länger, nur sieben Tage, an denen er morgens und abends Katharinas Grab besuchte und wie im Zwiegespräch mit ihr lange dort stand. Eberlin Schreiner hatte dem Pfarrer gegenüber darauf bestanden, dass seine Tochter auf dem Kirchhof begraben wurde, und als Schefflen zum wiederholten Male darauf beharrt hatte, dass sie doch offensichtlich Selbstmord begangen und damit das Recht verwirkt habe, in geheiligtem Boden zu ruhen, brachte Huetlin ihn mit einem erneuten Hinweis auf Adelheid und ihre folgenreiche Beichte zum Nachgeben.

»Außerdem, Herr Pfarrer«, betonte der Schultes schließlich, »weiß nur unser Herrgott, wie Katharina wirklich in den Fluss geraten ist.«

Nun lag Katharina nahe der Friedhofsmauer, und vom frühen Nachmittag an legte sich der Schatten der steinernen Umfassung wie ein leichtes Tuch auf ihr Grab.

Rupert Buchner hatte Hannes ein glänzendes Zeugnis ausgestellt, und Schultes Huetlin beglaubigte seinen Status als wandernder Geselle. Dann verabschiedete sich Hannes von den

Schreiners, von Urban und Meister Buchner und schließlich lange und innig von seiner eigenen Familie.

»Hier hab ich ein Geschenk für dich«, sagte Peter Gais, als sie zu zweit vors Haus gegangen waren.

Die Mutter war mit Klara und Lennert in der Stube geblieben, und Michel tröstete sie so gut es ging.

Hannes sah seinen Vater an, und der holte seine rechte Hand hinter dem Rücken hervor. Er hielt ihm einen nagelneuen Hut mit breiter Krempe hin, aus so tiefschwarzem, neuem Stoff, dass er eher für einen noblen Bürger als für ihn, den Zimmermannsgesellen auf der Walz, gedacht sein musste.

»Hier, nimm«, sagte Peter Gais, zog ihm den alten, staubigen Hut vom Kopf und setzte ihm den neuen auf. »So sollst du auf Wanderschaft gehen, mein Sohn. Als stolzer Handwerker mit neuem, schwarzem Hut mit breiter Krempe.«

»Und als stolzer Sohn einer ehrbaren Familie«, gab Hannes gerührt zurück und verdrückte sich eine Träne.

»Einen Stenz hab ich dir auch geschnitzt«, sagte Peter Gais dann noch und holte unter der Bank am Haus noch einen etwa hüfthohen, in der Mitte etwas verdrehten, geschwungenen Wanderstock hervor. »So solltest du ausgerüstet sein für deine Reise.«

»Danke, Vater«, murmelte Hannes und nahm ihn in den Arm.

So standen sie eine Weile, ohne ein Wort zu sagen, dann lösten sie sich voneinander und Hannes reichte dem Vater seinen alten Hut.

»Kannst du ihn für mich aufbewahren?«

»Aufbewahren? Von wegen!« Er setzte sich den breitkrempigen, schon etwas abgewetzten Hut auf und rückte ihn verwegen nach hinten. »Den werd ich tragen zu deinen Ehren. Ich bin zwar kein Zimmermann, aber …« Er lachte und hob drohend die rechte Faust. »… den möcht ich sehen, der mir verbieten will, den Hut meines Sohnes zu tragen!«

Beide umarmten sich noch ein letztes Mal, dann winkte Hannes durchs Fenster den anderen zu und machte sich auf den

Weg. Er marschierte aus dem Dorf hinaus, remsabwärts an der Stelle vorbei, an der sie Katharina gefunden hatten. Dann weiter an Waiblingen vorbei, wo Jost in seiner Schreibstube über irgendwelchen Akten saß. Hannes stellte sich vor, wie staubig und stickig die Luft in solchen Räumen sein musste. Er sog die würzige Luft des trüben Tages tief ein und schritt weiter aus.

Drei Jahre und ein Tag.

Er war gespannt, was die Zeit mit seinen Schmerzen machen würde.

1513

Hannes war im Morgengrauen aufgebrochen. Am späten Vormittag erreichte er Neckargröningen und besah aus beruflichem Interesse den Stand der Bauarbeiten an der Martinskirche, der gerade ein neuer Chor angebaut wurde. Hinter dem Dorf ließ er sich zu einer Rast nieder. Er lagerte sich im sattgrünen Gras der Uferwiese und sah über den Neckar hinweg auf die Mündung jenes Flusses, dessen Tal ihm Heimat bedeutete.

Unter den ausladenden Ästen einiger Bäume, deren Blätter sich in allen Schattierungen des Herbstes färbten, ergoss sich die Rems gemächlich in den größeren Strom. Ein Stück entfernt sah er am jenseitigen Neckarufer eine Fähre liegen. Der Fährmann lag in der Herbstsonne und hatte sich den Hut tief ins Gesicht geschoben, vermutlich schlief er, bis er von jemandem gerufen wurde, der übersetzen wollte.

Und tatsächlich näherte sich drüben eine kleine Gruppe von Reitern dem Boot, und so, wie der Fährmann nun plötzlich aufspritzte und sich mehrmals vor den Neuankömmlingen verbeugte, musste ihn der Sprecher der Gruppe ordentlich angeherrscht haben. Die Männer führten ihre Pferde vorsichtig auf die Fähre, dann legte das Boot auch schon ab und arbeitete sich durch den Neckar.

Hannes stand auf und ging zur Anlegestelle hinüber. Vielleicht konnte er von den Reitern erfahren, ob es im Remstal etwas Besonderes gab. Mehr als drei Jahre lang hatte er keinen Kontakt nach Beutelsbach gehabt, ganz so, wie es die Walzordnung vorschrieb. Natürlich hatte er überall von den wachsenden Unruhen gehört, von denen in ganz Württemberg berichtet wurde. Überall regte sich Unmut über zusätzliche Fronarbeiten, über strengere Regeln für die Nutzung der Wälder und Fischgründe und vieles mehr. Die Wilderei war zur Landplage geworden, und die Vögte reagierten mit immer drastischeren Strafen.

Auch die schwierige finanzielle Lage des herzoglichen Hofs erhöhte den Druck auf die Bevölkerung in Stadt und Land. Überall gab es böse Reden und auch Spottlieder auf den klammen Herzog und seine bayrische Prinzessin, die er vor zwei Jahren mit so großem Pomp geheiratet hatte, dass in seinen Kassen kaum mehr ein Gulden klappern konnte. Und zu allem Überfluss wurden nun auch die wichtigsten Nahrungsmittel immer teurer – längst musste man für einen Scheffel Dinkel nicht mehr zwanzig Kreuzer bezahlen wie noch vor wenigen Jahren, sondern mehr als dreimal so viel. Auch deshalb gab es überall Protest, mal unter der Hand geflüstert, mal lautstark vorgetragen.

Doch die meisten Neuigkeiten hatten ihn aus dem Amt Urach erreicht und aus der Freiburger Gegend, wo sich offenbar wieder Männer zu einem neuen Bundschuh-Aufstand zusammenrotteten. In Grüningen, wo er gerade herkam, warf der neue Stadtpfarrer in seinen Predigten dem Herzog und seinen Statthaltern vor, sich nicht angemessen um ihr Volk zu kümmern.

Hannes hatte in der Stadt gewohnt, und die Werkstatt seines Meisters lag nicht weit vom Pfarrhaus des eifrigen Doktor Gaißer entfernt. Abends hatten sich der Meister, sein fester Geselle und er als Wandergeselle oft ins Wirtshaus gesetzt, und ab und zu war Gaißer zu ihnen gestoßen. Sobald er seinen zweiten Becher Wein getrunken hatte, kam der Pfarrer ordentlich in Schwung. Er war wohl zuvor an der Universität zu Tübingen gewesen, hatte dort auch an der Stiftskirche gepredigt und zu einem theologischen Gesprächskreis gehört, der den Ablasshandel ebenso scharf verurteilte wie die zunehmende Ausbeutung und Benachteiligung der armen Leute durch reiche und mächtige Familien.

Kaum ein Abend verging, an dem er nicht im dramatischen Ton auf den Grafen Hartmann von Grüningen hingewiesen hätte, der vor gut zweihundert Jahren der erste Gefangene auf dem Hohenasperg gewesen war und der in der Grüninger Bartholomäuskirche seine letzte Ruhe gefunden hatte. Hannes' Meister hatte immer viel Spaß daran, dass sich der Doktor aus Tübingen, der einmal Verwandtschaft in Fellbach erwähnt hatte, dabei hiesiger aufführte als die Hiesigen. Dann trat der Pfarrer meistens ans Fenster und deutete mit großer Geste in Richtung der trutzigen Festung, die man aber wegen der umstehenden Häuser und der Stadtmauer nicht sehen konnte, und stimmte ein Kirchenlied an.

Es war immer lustig zugegangen mit Doktor Gaißer im Wirtshaus, aber wenn er auf die Kanzel trat, war der Spaß zu Ende. Dort oben, hinter der mit Schnitzereien verzierten Umrandung und unter dem kunstvoll gearbeiteten, spitz aufragenden Kanzeldach, steigerte sich der Pfarrer schnell in einen wahren Furor hinein, dass vor allem Vogt Volland und seinen Amtsleuten Hören und Sehen verging. Manchmal hatte Hannes befürchtet, jetzt habe der Prediger den Bogen überspannt, aber bisher hatte ihn niemand aus dem Verkehr gezogen.

Ein lautes Geräusch am Neckarufer brachte Hannes wieder zurück in die Gegenwart. Die Fähre schlug ans Ufer, und die Fahrgäste mussten sich kurz ausbalancieren, weil sie der Stoß härter traf, als sie erwartet hatten. Dann schnippte einer der Berittenen dem Fährmann eine Münze zu, alle führten ihre Pferde ans Land und machten Anstalten, in die Sättel zu steigen. Hannes erreichte die Gruppe, als gerade der Erste seinen Stiefel über den Pferderücken schwang und das Tier hart am Zügel herumriss. Hannes sah zu ihm hinauf und musste kurz blinzeln, weil direkt hinter dem Gesicht des Reiters die Sonne stand und ihn im ersten Moment blendete.

Doch sobald er seine Gesichtszüge erkennen konnte, wusste er, wen er da vor sich hatte. Das markante Kinn, die scharf gezeichnete Nase, die funkelnden Augen unter kräftigen Brauen, der dunkelbraune volle Haarschopf, in den sich schon einzelne graue Strähnen geschlichen hatten – und die kleine Narbe auf der rechten Wange.

»Herr Beltz!«, rief Hannes aus, als der Mann gerade sein Pferd antreiben wollte.

Er zog sofort wieder die Zügel an und schaute auf den jungen Mann hinunter, der da in der schwarzen Tracht der Wandergesellen vor ihm stand, unter dem breitkrempigen schwarzen Hut ein breites Grinsen im offenen Gesicht.

»Kennen wir uns?«, fragte er nach einer Weile.

»Ihr mich vermutlich nicht mehr, aber ich Euch«, antwortete Hannes und nahm den Hut ab, um dem Reiter seinen Respekt anzuzeigen – und auch, um vielleicht doch noch erkannt zu werden. »Ich werde Hannes Gais genannt.«

Die anderen drei Reiter waren aufgestiegen und warteten auf das Zeichen zum Aufbruch. Gespannt sahen sie zu, wie sich ihr Anführer mit dem Handwerksburschen unterhielt.

»Es muss so an die sieben Jahre her sein, da habt Ihr mit Euren Kameraden einige Chorherren aus Stuttgart nach Beutelsbach geleitet. Ihr wart im Gasthaus zum Ritter und mein Bruder Michel und ich haben Eure Pferde versorgt.«

Ein Grinsen breitete sich auf dem Gesicht des Reiters aus. »So, so, dann ist aus dem kriegslüsternen Bübchen von damals jetzt ein gestandener Zimmermann geworden! Ich gratuliere – da hast du keine schlechte Wahl getroffen.« Er beugte sich ein wenig zu Hannes herunter, der jetzt ein wenig betreten dreinschaute. »Vielleicht sogar eine bessere als ich …« Dann setzte er sich wieder gerade, wies seine Begleiter an, schon einmal ins Dorf vorzureiten und für sie alle eine gescheite Mahlzeit zu bestellen. Er komme gleich nach. Die drei anderen zuckten mit den Schultern und stoben davon.

»Und was, mein Junge, verschlägt dich hierher an den Neckar? Bist wohl auf der Walz, was?«

»Ja, aber jetzt schon wieder auf dem Weg nach Hause. Habt Ihr Neuigkeiten für mich aus dem Remstal?«

»Neuigkeiten gibt's überall, und ich muss zugeben: Es sind selten die besten, zurzeit.«

»Ich war eine Zeitlang in Grüningen, da ging es bisweilen recht ruppig zu.«

Lorenz Beltz lachte. »Das hast du aber schön gesagt! Ruppig …« Er schüttelte den Kopf. »Im ganzen Land geht's derzeit etwas ruppig zu. Vor allem die Bauern in den Dörfern sind mit den Verhältnissen, die sich gerade entwickeln, nicht mehr recht zufrieden. Überall wird Wild gejagt, werden Fische aus den Klosterteichen geholt, und nicht selten gibt es wütende Reden gegen die Obrigkeit.« Beltz wurde ernst und sah etwas betrübt aus. »Damals in Beutelsbach habe ich dir ja davon abgeraten, in den Kampf zu ziehen und das Schicksal des Landsknechts zu wählen. Aber ganz ehrlich: Im Moment sehne ich mich nach meinen Kriegserlebnissen zurück. Viel lieber würde ich unter dem Knallen und Rauchen der Büchsen und dem Klirren der Schwerter auf Leben und Tod ins Gefecht stürzen, als Tag für Tag durchs Land zu patrouillieren und den Leuten auf die Finger zu schauen, ob sie auch ja nichts Verbotenes tun.« Der Reiter wirkte nun noch missmutiger. »Im Remstal ist es da nicht ruhiger und angenehmer als anderswo, überall Misstrauen und Wut, und was ich in den vergangenen Wochen und Monaten so auf dem Feld gesehen habe … nach einer guten Ernte schaut das nicht aus. Und trotzdem sollen wir zeigen, dass unser Herzog seine Augen überall hat, dass er überall auf Statthalter und auf Männer wie mich bauen kann, die in seinen Diensten stehen und seine Interessen wahren.« Beltz schnaubte. »Ich kann mich mit anderen Bewaffneten schlagen, und ich kann im Kampf auch gegen eine Übermacht bestehen – aber jetzt soll ich Bauern streng ansehen und Hungernde in ihre Schranken weisen. Du kannst dir sicher vorstellen, Hannes, dass sich das nicht sehr ruhmreich anfühlt.«

»Habt Ihr auch in Beutelsbach jemanden in die Schranken weisen müssen?«

»Nein, das nicht … wobei mir dein Dorf allmählich vorkommt wie ein Pulverfass. Der Schultes scheint noch alles im Griff zu haben – ich vermute sogar, dass er bei den kleinen Vergehen, die sich ab und zu im weiten Rund um Beutelsbach ereignen, die Finger mit drin hat oder zumindest von ihnen weiß.

Aber …« Er hob abwehrend die Hände. »Aber davon will ich nichts wissen. Ich hab so schon genug zu tun. Manchmal reicht es, wenn man einem ordentlich Bescheid stößt, wenn's geht unter vier Augen. Meine Männer sind es schon gewohnt, dass ich sie vorschicke, und ich habe den Eindruck, es ist ihnen ganz recht so. Wer nichts weiß, klemmt sich nirgendwo die Finger, verstehst du? Aber ab und zu muss ich einen besonders renitenten Zeitgenossen auch seinem Vogt oder dem Schultes melden. Wenn nichts anderes hilft, muss halt Strafe sein – aber die werden immer ärger. In Winnenden, wo meine Familie herkommt, konnte ich Schlimmeres nur im letzten Moment verhindern. Mein Onkel Jörg ist unzufrieden mit dem Amt, er hatte schon ein paar Mal hitzige Wortgefechte mit Vogt Gaisberg.«

»Wieso streitet er sich mit dem Schorndorfer Vogt? Habt Ihr nicht gesagt, er lebt in Winnenden?«

Lorenz Beltz lachte. »Mit einem Gaisberg kannst du überall streiten, wenn du willst: Die Vögte in Schorndorf, Winnenden und Stuttgart gehören alle zur selben Sippe, und auch andere Familien haben sich die Ämter im Land in ordentlicher Zahl unter den Nagel gerissen – du kommst doch direkt aus Grüningen, da hast du mit der hochwohlgeborenen und mit allerlei Handel sehr wohlhabend gewordenen Familie Volland ja das beste Beispiel erlebt: Einer ist Vogt in Grüningen, der andere des Herzogs Berater und so weiter. Meine Familie gehört da leider nicht dazu. Es gibt zwei Vögte, die Bältz heißen – aber sollte ich mit denen irgendwie verwandt sein, müssen ziemlich viele Ecken zwischen uns liegen.« Er zuckte mit den Schultern. »Mein Onkel jedenfalls zählt sich nicht gerade zur Obrigkeit. Zuletzt musste ich ihm wirklich ernsthaft zureden, dass er endlich Ruhe gab.« Beltz machte eine Pause und sah Hannes nachdenklich an. »Auch du solltest deine Familie im Blick behalten, Hannes Gais.«

»Wie meint Ihr das?«

Beltz sah sich um, aber niemand war in der Nähe. »Hab ich dir damals nicht von einem Landsknecht namens Jakob Fritz erzählt, mit dem ich einst vor Alt-Brettheim lag?«

Hannes dachte kurz nach, dann nickte er.

»Dessen Neffe Jodocus hat zuletzt im Süden einige Bekanntheit erlangt, er wird Joß Fritz genannt und soll schon bei Bruchsal mal einen Aufstand unter der Bundschuhfahne angezettelt haben. Ein wilder Bursche, redegewandt und immer auf Ärger aus. Zuletzt habe ich Jakob Fritz zufällig mal wieder getroffen und mit ihm über die alten Zeiten geplaudert. Ich hab ihm ein paar Becher Wein spendiert, und irgendwann hatte er mir alles Mögliche erzählt. Neben vielen anderen Geschichten auch noch die, wie er zusammen mit seinem Neffen Joß Fritz, dessen Kumpan Stoffel Veltlin und einem gewissen Peter Gais mal in einer Landsknechtsrotte gekämpft hatte.« Während er das sagte, musterte er Hannes genau. »Sollte dir also mal ein Joß Fritz oder ein Stoffel Veltlin über den Weg laufen, lass dich lieber nicht mit denen ein.«

»Ist gut, werd ich mir merken«, sagte Hannes leichthin.

Beltz sah ihn noch immer prüfend an. »Dein Vater hat keinen Kontakt mehr zu diesem Stoffel oder diesem Joß?«

»Nein«, antwortete Hannes ohne zu zögern.

Der Reiter war ein netter Kerl, aber er stand in den Diensten des Herzogs. Da musste er ihm nicht verraten, dass eben dieser Joß Fritz bei ihnen zu Gast gewesen war, als Katharina tot am Remsufer gefunden worden war. Die Erinnerung an damals verdüsterte schlagartig seine Miene.

»Was ist mit dir? Sagen dir die Namen doch etwas?«

»Nein, nein«, murmelte Hannes und sah traurig zu Boden. »Als Ihr von meinem Vater gesprochen habt, kam mir wieder die Zeit in den Sinn, als ich auf die Walz ging. Direkt davor wurde meine Braut tot aus dem Fluss gezogen.«

»Oh, das tut mir leid. Was ist passiert?«

»Eine Jagdgesellschaft war oberhalb vom Dorf im Wald unterwegs, wahrscheinlich hat sie einer der Teilnehmer …« Hannes räusperte sich. »Und mit dieser Schande wollte sie wohl nicht mehr weiterleben.«

Betreten sah Beltz zur Seite, dann setzte er sich im Sattel auf und verabschiedete sich von Hannes.

»Und pass auf deinen Vater auf!«, sagte er noch, dann ritt er davon.

Die Rast am Ufer und die Überfahrt mit der Fähre hatten ihn genug erfrischt, dass er den Rest des Weges in einer erfreulich kurzen Zeit bewältigte. Außerdem beflügelte ihn noch sein Verhandlungserfolg mit dem Fährmann. Dessen erste viel zu hohe Forderung für die Überfahrt hatte er lachend ausgeschlagen und war in Richtung der ein kurzes Stück neckaraufwärts liegenden Furt gegangen. Als drüben zwei Damen zu Pferd auftauchten und ihre beiden männlichen Begleiter die Fähre mit ungeduldigen Gesten heranwinkten, rief der Fährmann Hannes zurück und gab sich mit einem erfreulich bescheidenen Fährgeld zufrieden.

So kam Hannes trocken und ausgeruht vor Waiblingen an. Eine letzte Rast wurde nötig, als er einen Trauerzug aus dem Beinsteiner Tor kommen sah. Auf einem Karren lag eine menschliche Gestalt in ein weißes Leichentuch eingewickelt, aber der oder die »Tote« bewegte sich noch. Also setzte sich Hannes in ausreichender Entfernung nieder, bekreuzigte sich, betete für die betroffene Familie und bat Gott für die Seinen um Schutz vor dem tödlichen Aussatz.

Meister Buchner hatte ihm vom Waiblinger Siechenhaus erzählt, das eine eigene Kapelle, einen eigenen Garten und natürlich auch einen eigenen Friedhof unterhielt. Dorthin würde der Trauerzug vor ihm jetzt ziehen, das Sterbeamt war wohl schon abgehalten worden. Schließlich würden die Verwandten das ausgesetzte Mitglied der Familie auf dem Siechenfriedhof ablegen, und die anderen Aussätzigen würden ihren neuen Mitbewohner zu sich ins Haus holen und in ihre Gemeinschaft aufnehmen, sobald der Trauerzug wieder auf dem Weg zurück in die Stadt war.

Auf der übrigen Strecke bis Beutelsbach ging ihm der Zwischenfall nicht mehr aus dem Sinn, aber als er das Wuseln der Kinder auf der Straße und das Getriebe auf der Kirchenbaustelle sah, waren alle Gedanken an Tod und Krankheit wie weggeblasen, und die Freude über die Heimkehr nach Jahren der Wanderschaft erfüllte ihn ganz und gar.

Meister Buchner war nicht auf der Baustelle, aber Urban grüßte ihn vom Gerüst herunter – er vertröstete ihn auf später, weil er zuerst nach der Familie sehen wollte. Heinrich Huetlin saß neben Balthus auf dem Kutschbock und rumpelte gerade in Richtung Schorndorf davon – Hannes sah ihn nur noch aus der Ferne. Daheim waren die Mutter und seine Schwester Klara mit Vorbereitungen für eine Gemüsesuppe beschäftigt, und als Hannes über die Schwelle trat, ließen sie alles stehen und liegen und flogen ihm in die Arme.

Den Vater und seine Brüder würde er erst am frühen Abend sehen können: Sie waren zusammen mit einigen Knechten auf einem der Felder von Philipp Keller. Mit Mutter und Schwester saß er gut eine Weile zusammen, dann packte er ein dickes Stoffbündel aus, das einen großen Brocken Speck, einen Laib Brot und gerauchtes Fleisch enthielt – ein Abschiedsgeschenk seines Grüninger Meisters.

Dann verabschiedete sich Hannes für einen Gang durchs Dorf. Der erste Weg führte ihn jetzt zur Baustelle, wo Urban gerade mit Vikar Röhm einige Details besprach. Hannes wartete unter dem Dach, unter dem die Baupläne ausgebreitet und an jedem Eck mit einem faustgroßen Stein beschwert waren.

»Ach, Hannes, bist du endlich wieder da!« Urban kam mit großen Schritten auf ihn zu, blieb vor ihm stehen, musterte ihn aufmerksam von Kopf bis Fuß, dann nickte er zufrieden, trat noch einen Schritt vor und riss ihn ohne große Umstände in seine langen Arme.

»So«, sagte Urban dann, als sie die ersten Sätze gewechselt hatten, »genug gestanden, Hannes! Wir beide gehen jetzt hinüber in den Ritter und du erzählst mir in aller Ruhe, wie es dir ergangen ist!«

»Am helllichten Nachmittag?«, staunte Hannes und lachte. »Geht euch die Arbeit aus, dass ihr jetzt schon untertags Pausen einlegen müsst?«

»Das nun ganz gewiss nicht! Im Gegenteil: Seit dem Frühjahr treibt uns Pfarrer Schefflen regelmäßig an. Er hatte sich wohl gedacht, die Kirche bis 1515 pünktlich zum zweihundertfünfzigsten Todestag des Kirchenstifters Graf Ulrich fertig zu bekommen – den Zahn habe ich ihm allerdings gezogen.« Urban lachte. »Jetzt wälzt der arme Schefflen seine Folianten, ob er vielleicht ein anderes würdiges Datum aus dem Hause Württemberg ausfindig machen kann, das später liegt und zu dem wir vielleicht wirklich mit der Kirche zu Ende kommen können.«

Hannes schüttelte grinsend den Kopf.

»Wir haben also genug Arbeit – und wenn du willst, nimmt dich der Meister sicher mit Kusshand. Zuletzt wurde ihm alles ein bisschen zu viel. Heute hat er frei genommen und ist nach Winterbach gewandert. Verschnaufen muss aber auch ich einmal, und erst vorhin hab ich den Helfern alles erklärt, was heute noch ansteht – also kommen die auch mal eine Weile ohne mich zurecht. Auf geht's!«

Im Gasthaus zum Ritter war noch wenig Betrieb. Eine blutjunge Magd, die Hannes nicht kannte, bediente sie und verschwand danach sofort wieder hinter dem Tresen, um Becher trocken zu reiben und Krüge auszuspülen. Zwei Bauern saßen am kleinen Tisch in der Ecke und verhandelten über zwei Kühe. Wenn Hannes das Angebot des einen und die Forderung des anderen richtig aufgeschnappt hatte, würden sie damit nicht mehr zu Ende kommen, bevor der Krug zwischen ihnen geleert war.

Urban ließ sich alles erzählen, und auch wenn Hannes seine gut dreijährige Wanderschaft nur in groben Zügen beschrieb, war die Zeit wie im Flug vergangen, als er bei der Begegnung mit dem Trauerzug vor Waiblingen anlangte.

»Gab's hier in Beutelsbach auch Aussätzige, seit ich weg bin?«

»Nein«, sagte Urban und bekreuzigte sich schnell, »Gott sei Dank nicht.«

Sie plauderten noch ein wenig, und vor allem die Hochzeit von Herzog Ulrich mit Sabina von Bayern musste er bis ins letzte Detail schildern – Hannes war Ende Februar 1511 auf seiner Wanderschaft durch Stuttgart gekommen, und als er von den bevorstehenden Feierlichkeiten hörte, hatte er den Schaugesellen der Stadt gebeten, ob er sich bei einem Zimmermann in der Stadt für ein paar Tage Unterkunft und Essen erarbeiten könne. Er fand einen Meister, der damit einverstanden war und der ihm sogar noch für einige Tage des insgesamt zwei Wochen andauernden Spektakels freigab, damit sich der junge Mann am Prunk der Residenzstadt sattsehen konnte.

Nun war Stuttgart nicht in allen Punkten eindrucksvoll, aber was die Feier für das einfache Volk mit sich brachte, konnte sich sehen lassen: In immer neuen Zügen ließen sich farbenprächtig geschmückte Gäste aus dem ganzen Reich von den Stuttgartern bestaunen und bejubeln, und um das trutzige Stadtschloss waren Stände aufgebaut, an denen sich die Einwohner kostenlos mit Essen und Trinken eindecken konnten. Hannes griff natürlich kräftig zu, und mehr als einmal stand er vor dem Brunnen Schlange, aus dessen Rohren in diesen Tagen ohne Unterlass Wein floss, den sich manche in Krügen nach Hause holten und wieder andere direkt aus dem Rohr tranken, indem sie sich mit großem Hallo und weit aufgesperrtem Mund unter den Auslass legten.

Dann wurde Hannes von Urban über die Dorfbewohner aufs Laufende gebracht, soweit Urban sie näher kannte. Schließlich schaute Adelheid in die Schankstube, erkannte Hannes und kam auf ihn zu, um ihn zu begrüßen. Dabei wechselte sie mit Urban einen kurzen Blick, woraufhin der schnell zu Boden schaute. Hannes sah Adelheid fragend an, aber sie zwinkerte nur, setzte sich zu ihnen, kümmerte sich nicht weiter um Urban und begann Hannes nach seiner Zeit auf der Walz auszufragen. Irgendwann verabschiedete sich Urban und kehrte zur Baustelle zurück.

»Was war das denn vorher, zwischen euch?«, raunte Hannes ihr zu, als Urban gegangen war.

»Na ja«, antwortete Adelheid mit gesenkter Stimme, »er ist halt ein schmucker Kerl, er war einsam …« Sie zuckte mit den Schultern. »War schön, aber da wird nichts draus. Er hat wohl ein Mädchen in Winterbach, die Magd seines Meisters, glaube ich. Deshalb: pscht!« Sie machte eine Schnute und legte den Zeigefinger auf ihre gespitzten Lippen.

Im Durchgang zur Küche tauchte jetzt Rose auf, sie sah kurz missbilligend zu Adelheid hin, die da bei einem Gast in Zimmermannsmontur saß, dann erkannte sie Hannes, ihr Gesicht wurde freundlicher und sie winkte ihm kurz zur Begrüßung zu. Dann war sie wieder verschwunden, und das Klappern von Töpfen war zu hören.

Adelheid erzählte ihm von weiteren Dorfbewohnern, wie es ihnen ergangen war, und bald hatte Hannes einen Überblick über den Stand der Dinge in seinem Heimatflecken.

Den Heimweg unterbrach er noch für seinen Antrittsbesuch bei den Schreiners. Eberlin leitete gerade seine Knechte dabei an, die Fässer für die bevorstehende Traubenernte außen und innen zu säubern und auszuspülen. Zwei kleine Nachbarsjungen waren durch das Spundloch in Fässer geklettert und machten sich jetzt nackt an das Schrubben der Fassdauben von innen. Ab und zu schleppte eine Magd einen neuen Eimer mit warmem Wasser heran und schüttete ihn in das Fass, und von drinnen war dann immer fröhliches Jauchzen zu hören, weil die Buben sonst nicht mit so angenehm warmem Bade verwöhnt wurden.

Eberlin ging mit Hannes ins Haus. In der Stube saß Hedwig Schreiner und besserte einen Kittel aus. Sie sah auf, als die beiden Männer den Raum betraten. Dann, als sie erkannte, wer da zum ersten Mal seit langer Zeit vor ihr stand, legte sie ihr Nähzeug weg, stand auf und drückte Hannes an sich. Eberlin rief Elisabeth dazu, und wenig später saßen sie zu viert um den großen Tisch, jeder einen vollen Becher Wein vor sich.

Wieder musste Hannes von seiner Wanderschaft erzählen, bevor er selbst nachfragen durfte, wie es seinen Gastgebern ergangen war. Sie erzählten munter, aber manchmal hörte er nur halb hin und stierte in seinen Becher. Fast war es ihm, als müsse Katharina jeden Moment hereinwehen und in seine Arme fliegen, dann wieder sah er ihren Leichnam in Gedanken vor sich und es zerriss ihn schier.

Immerhin war es Katharinas Familie ganz gut ergangen. Eberlins Wein war gefragter denn je, und erst in diesem Jahr hatte er zwei weitere Wengert von einem Nachbarn übernehmen können, der seinen Betrieb altershalber aufgab. Mit spitzbübischem Grinsen beschrieb er die Lage der Parzellen – die Größte lag an einem Hang oberhalb von Heppach.

»Stell dir vor«, rief er lachend, »wenn ich oben zwischen den Reben stehe, kann ich dem Ellwanger fast aufs Dach spucken!«

Der Streich, den er damit seinem schärfsten Konkurrenten gespielt hatte, begeisterte Eberlin Schreiner offenbar noch immer wie am ersten Tag.

Hedwig sah deutlich älter aus als vor drei Jahren, sie wirkte gebeugt wie unter einer schweren Last, und ihr Haar war völlig ergraut. Aber ihre Augen blitzten recht vergnügt aus ihrem vor der Zeit faltig gewordenen Gesicht und sie und Eberlin warfen sich ab und zu freundliche Blicke zu – das Ehepaar schien nach Katharinas Tod wieder seinen Frieden gemacht zu haben.

Elisabeth war zu einer richtigen Schönheit geworden, auch wenn sie viel dafür tat, ihr strahlendes Aussehen zu verstecken. Die dunklen Haare hatte sie zu einem strengen Dutt geknotet, ihr Gesicht war blass und mit kleinen Flecken aus Ruß oder Schmutz übersät. Sie trug einen formlosen Kittel, und ihre Fingernägel waren eingerissen und schmutzig. Und doch musste man geradezu blind sein, wenn man nicht bemerkte, was diese betont unvorteilhafte Aufmachung verbergen sollte: Beim Hereinkommen hatte sie sich geschmeidig bewegt, auch jetzt saß sie in einer sehr anmutigen Haltung am Tisch. Ihre Stimme war wohlklingend, nicht zu weich und nicht schneidend, aber man hörte heraus, dass sie auch über einen wirkungsvollen Tonfall für Streit und Tadel verfügte, wenn es sein musste. Ihre Lippen, so blass und rissig sie waren, schwangen sich kühn und breit unter ihrer kleinen Nase, und ihre Augen funkelten wie …

Hannes rief sich zur Ordnung. Er saß hier mit der kleinen Schwester seiner verstorbenen Braut zusammen, und er konnte sich nur zu gut erinnern, wie kratzbürstig und schnippisch sie immer zu ihm gewesen war. Jetzt allerdings begegnete sie seinem Blick ruhig und nicht unfreundlich, und während er sie gemustert hatte, huschte erst ein fragender, dann ein amüsierter Zug über ihr ebenmäßiges Gesicht.

Schließlich verabschiedete er sich, wünschte den Schreiners eine gute Nacht und ging nach Hause. Michel und Lennert saßen jetzt mit Mutter und Klara am Esstisch, auf der Bank vor dem Haus hockte Peter Gais und sah seinem heimkehrenden Sohn strahlend entgegen. Er nahm den alten Hut, den ihm sein Sohn zum Abschied geschenkt hatte, von der Bank und legte ihn sich auf den Schoß.

»Komm, Hannes, setz dich zu mir und erzähl.«

Also berichtete er alles noch einmal, und es machte ihm nichts. Er war wieder daheim, und es fühlte sich gut an.

Peter Gais hätte gern ein Fest zu Ehren der Rückkehr seines Sohnes gefeiert, doch es zeichnete sich eine schlechte Ernte ab und alle schnallten schon jetzt den Gürtel enger, um für einen möglichen harten Winter vorzusorgen. Meister Buchner nahm Hannes gern wieder in Dienst, aber auch er traute sich nicht, das Ende von dessen Wanderschaft mit mehr als ein paar Krügen Wein im Ritter zu feiern. Arbeit war genug da, aber die Chorherren hatten durchblicken lassen, dass sich die nächste anstehende Zahlung möglicherweise ein wenig verschieben konnte – es klang ganz so, als wirke sich Herzog Ulrichs finanzielle Schieflage auch auf das Stift in Stuttgart aus.

Meister Buchner ging dem Stift mit seinen Leuten dennoch nicht von der Fahne, weil sich die Finanzmisere überall im Land auswirken konnte und weil er durchaus die Mittel angespart hatte, auch eine etwas längere Durststrecke zu überstehen. Große Sprünge waren da aber doch nicht drin.

Hannes war es fürs Erste gleich. Er arbeitete gern mit Buchner und Urban, die meisten Helfer kannte er ebenfalls und wusste ihre Arbeit zu schätzen, er konnte in seinem Heimatdorf leben und arbeiten, und der Bau der Stiftskirche war für ihn nach wie vor eine lohnende Aufgabe. Auf der Wanderschaft hatte er sehr genügsam gelebt, und so war auch ein schöner

Beutel Münzen zusammengekommen, den er als Reserve für karge Zeiten mit nach Beutelsbach gebracht hatte.

Diese kargen Zeiten kamen allerdings schneller und heftiger als gedacht. Schon im Sommer hatte es lange geregnet, zweimal sogar schwer gehagelt, und niemand rechnete mit einer Ernte, die auch nur einigermaßen hinreichen würde. Aber das Wetter im Spätsommer und im Herbst gab dem Wein und dem Getreide den Rest, die Ernteausfälle waren beängstigend.

Für seine Besuche an Katharinas Grab war ihm das schlechte Wetter nur recht. So verirrte sich wenigstens am Abend keiner auf den Kirchhof, wenn er an dem Platz in der Nähe der Mauer stand, die Hände gefaltet, den Kopf gesenkt, und einfach nur auf die Erde starrte, in der sie vergraben war. Er spürte nicht die Feuchtigkeit, die durch seinen Kittel drang, er sah nicht das Wasser, das vor seinen Augen von der breiten Krempe seines Hutes rann, er hörte nicht das beständige Rauschen, mit dem der Regen alles um ihn herum in tropfendes Grau tauchte, und wenn er gegen Ende den Kopf hob, leise Katharinas Namen murmelte und zum Himmel hinaufsah, vermochte er nicht zu sagen, ob seine Lippen nass waren vom Regen oder von seinen Tränen.

»Ein so schlechtes Wetter hatten wir schon vor zwei Jahren«, sagte Peter Gais, als sie abends noch in der Stube zusammenhockten und Hannes seine durchweichten Kleider in der Nähe des Feuers zum Trocknen aufgehängt hatte. »Verfaultes Getreide, wenig Wein – wenigstens war der folgende Winter leidlich mild und wir kamen halbwegs unbeschadet damit hin, wenn auch bis Frühjahr bei den meisten von uns auch die letzten Hühner geschlachtet waren. Aber es reichte, gerade so. Hoffen wir halt, dass es auch dieser Winter gnädig macht.«

Diese Hoffnung wurde enttäuscht.

1514

Während im Stadtschloss zu Stuttgart der wütende Herzog auf und ab stapfte und seinen Kanzler anherrschte, dass er gefälligst zusehen solle, wie er das Geld für den nächsten Feldzug zusammenbekomme, gingen in Beutelsbach wie in vielen anderen Dörfern draußen im Land die Vorräte zur Neige. Schultes Huetlin und das Dorfgericht gaben die letzten Reserven frei, und keiner von ihnen sah hin, wenn in der Nacht Karren in den Flecken rumpelten, auf denen sich unter fleckigen Decken die Körper toter Rehe, Wildschweine und Hirsche abzeichneten. Der Scharwächter war zwar noch draußen und hielt die Augen offen – allerdings achtete er mehr darauf, dass Pfarrer Schefflen nichts von den heimlichen Transporten mitbekam, und dass nicht womöglich jemand von Schorndorf her zum Spionieren kam, der alles dem Vogt oder dem Forstmeister hätte hinterbringen können.

In solchen Nächten bewährte sich die schöne Metzig, die sich Hohnecker und Wonnhart mit Unterstützung der Gemeinde gebaut hatten. Nach vorne hin konnten sie nun ihr Fleisch und ihre Wurst ansehnlich zum Verkauf anbieten, als sei man nicht auf dem Land, sondern in der Amtsstadt – und das Schlachten von Tieren aller Größe konnte im hinteren Bereich des Gebäudes besorgt werden. Hier wurde manches Wildbret hergerichtet, und die Knochen wurden gleich nach dem Schlachten in den großen Wurstkesseln ausgekocht und zu einer gehaltvollen Grundbrühe verkocht.

In Beutelsbach wie anderswo erzählten sich die Leute Geschichten, um sich von ihren knurrenden und schmerzenden Mägen abzulenken. Märchen wurden wieder und wieder aufgesagt, wer welche kannte, gab Sagen zum Besten. Und wer immer in Schorndorf, Waiblingen oder von durchreisenden Krämern etwas vom Geschehen draußen in der Welt aufschnappte, gab die Nachrichten bis ins Kleinste ausgeschmückt weiter.

So hatte jemand gehört, dass Herzog Ulrich angeordnet habe, dass die Ehrbarkeit und die Bürger der Städte ihr gesamtes Vermögen auflisten und beziffern sollten. Das fand allgemeine Zustimmung, und nicht nur einer nickte befriedigt und meinte lautstark: »So ist's recht! Sollen doch endlich mal die Großkopfeten für des Herzogs Hof und für seine Feldzüge bezahlen, nicht immer nur wir, der arme Konrad!«

So hielten die Beutelsbacher bis Mitte Januar leidlich durch, und dass bei der anhaltenden klirrenden Kälte keine weiteren Verluste als ein zu früh geborener Junge, der nach wenigen Tagen starb, zu beklagen war und nur drei ältere Dorfbewohner an Lungenentzündung erkrankten, wurde von allen dankbar als Wunder gepriesen. Pfarrer Schefflens Kirche war auch außerhalb der Gottesdienste gut besucht, fast durchgehend knieten Männer und Frauen zwischen den Bänken und murmelten ihre inbrünstigen Gebete.

Doch ab Ende Januar starben die Leute wie die Fliegen.

Schultes Huetlin schickte eine Eingabe nach der anderen zum Schorndorfer Vogt, aber es kam keine Hilfe – in einem einzigen Schreiben beschied ihn Jerg Gaisberg in dürren Worten, dass sie alle Hunger leiden mussten und deshalb nicht Getreide zum einen Flecken geschickt werden könne, wenn es dadurch dann dem anderen fehle. Mehr Raum nahm in dem Antwortbrief die anschließende Frage des Vogts ein, ob Huetlin Kunde davon habe, wer droben im Schurwald sein Unwesen als Wilderer treibe – und ob er als Schultes seine Gemeinde auch hinreichend auf die Verwerflichkeit dieser Taten hinweise. Huetlin ließ den Brief im Gasthaus von Meining laut vorlesen. Seine Gäste, alles Nachbarn, saßen mager und bleich um den Gemeinderechner versammelt und versuchten mit einem spendierten halben Becher Wein das nagende Hungergefühl wenigstens ein wenig abzumildern. Dann zerknüllte Huetlin das

Schreiben und warf es ins Feuer. Alle im Schankraum erhoben sich und applaudierten ihm dafür.

Die Dorfrichter hatten nichts mehr zu verteilen, wenn sie nicht ihre eigenen Familien dem Hungertod preisgeben wollten, sogar Pfarrer Schefflen hatte sein Vorratslager geöffnet und Speckseiten, harte Wurst und säckeweise Getreide ausgegeben. Dann war nichts mehr da, und selbst Familien wie die Huetlins, die Kellers und die Schreiners mussten hungrig zu Bett gehen und kauten zwischendurch ganz vorsichtig auf Holzstücken, damit ihnen nicht auch noch die Zähne locker wurden.

Das Schlimmste und Beste zugleich war in der letzten Woche des Januar und im ganzen Februar die bittere Kälte. Zwar froren die Lebenden vor ihren immer kümmerlicher werdenden Feuern bis ins Mark, aber die Toten konnten wenigstens einfach in ihre eiskalten Schlafkammern gelegt werden, ohne dass sie dort zu riechen begannen.

Bald lagen in beinahe jedem Haus eine oder mehrere Leichen. Jerg Beder bahrte seine Frau Margarete auf, und daneben das neugeborene Kind, das keine zwei Tage alt geworden war. Hans Vollmar richtete der treuen Magd Edda, die in seinen Armen hustend verschieden war, einen Platz in der Kammer seines Vaters. Balthus, der schon so viel überstanden hatte, wachte eines Dienstagmorgens nicht mehr auf, und Huetlins Magd Ruth, die zusammen mit Adelheid einst als kleines Mädchen bei ihm in Dienst gegangen war, bekam Fieber und wurde davon in nur einer einzigen Nacht dahingerafft.

Trauerfeiern wurden nur noch mit Gebet, Rede und Gesang begangen, dann gingen die Leute heim, um sich bald darauf zum nächsten Sterbeamt wieder zu versammeln. Die Menge der Hinterbliebenen wurde kleiner, man hatte fast das Gefühl, man könne dem Dorf beim Schrumpfen zusehen. Und die Leute wankten mit hohlen Wangen, strähnigen Haaren und leerem Blick zu Schefflens Kirche, an der inzwischen die Bauarbeiten ruhten. Kraft hatte ohnehin keiner mehr, und Meister Buchner und sein Geselle Urban waren nach Winterbach geeilt, um nach Elsbeth Buchner zu sehen – und um der Magd Hedi beizustehen. Hedi erwartete ein Kind von Urban, das in diesem Winter aber keine Chance hatte. Immerhin überstand Hedi selbst die Fehlgeburt recht gut, und schon nach einer Woche war sie wieder in der Lage, aufzustehen.

Als im März endlich die Temperaturen stiegen, wurden die Toten aus den Häusern geschafft und auf dem Friedhof begraben, sobald es der weicher werdende Boden zuließ. Die Freude über das mildere Wetter war groß – und kurz: Mit dem Tauwetter schwollen die Bäche an, und je mehr Wasser sich über den Gundelsbach, den Zehntbach, den Mönchsklingenbach, den Lehnenbach, den Ramsbach, die Wieslauf, den Bärenbach und all die anderen Zuflüsse bis hinauf hinter Gmünd in die Rems ergoss, desto heftiger schäumte und gurgelte es auch im Fluss. Und als sich der Himmel dann auch noch für eine wahre Sintflut öffnete, war es für alles und alle zu viel.

Die Rems trat schon vor Lorch über die Ufer, wo der Fluss sonst fast noch ein Bach war, und mit jedem Stück flussabwärts wurde der Strom reißender und weniger zu bändigen. Überall wurde Alarm geläutet, und zwischen Schorndorf und Waiblingen, wo die Wiesen ohnehin schon zu einem einzigen Morast verregnet waren, ragten mancherorts nur noch die Bäume aus den schlammbraunen Fluten.

Die Rems riss eine Brücke nach der anderen mit sich, und so sehr sich Schultes Huetlin mit Nachbarn und Knechten mühte: Auch der Übergang zwischen Beutelsbach und Heppach war nicht zu retten. Mit hängenden Schultern und durchnässt bis auf die Knochen mussten sie und die Heppacher mitansehen, wie der Fluss den ersten Stützpfeiler mit sich riss, wie die Trittbretter des Überwegs splitterten, zusammen mit den weiteren Pfeilern allmählich dem ständigen Ziehen des mächtigen Wassers nachgaben und schließlich in Stücke zerrissen gen Waiblingen davontrieben.

Die Holzräder der Mühlen wurden durch das Treibgut zerstört, und in mancher Biegung des Flusses bäumten sich die Äste, Brückenteile, ertrunkene Tiere und was die Rems sonst noch mitgerissen hatte zu Haufen, die riesenhaften Biberburgen glichen. Wo solche Sperren die benachbarten Ortschaften mit weiterem Hochwasser bedrohten, rückten sofort alle gesunden Männer aus und schafften das Treibgut beiseite – auch die Beutelsbacher, deren Dorf ein Stück vom Fluss entfernt lag und weniger durch die Rems selbst als durch das Wasser des auf sie zuströmenden Schweizerbachs bedroht war, halfen natürlich bei den Arbeiten. Die Brücken und Mühlenräder zu reparieren hatte dagegen in dieser Zeit niemand die Kraft.

Die Menschen saßen in den Stuben beisammen, teilten sich die wenigen Essensreste ein, so sie noch welche hatten, und kochten sich Brühen aus Löwenzahn, Brennnessel und allen Wurzeln, die sie noch irgendwo auf den Wiesen oder am Waldrand fanden und jetzt endlich aus dem feuchten Erdboden ziehen konnten. Der Hunger konnte so zumindest ein bisschen bekämpft werden, und als der Regen irgendwann endlich nachließ, trafen sich die Ersten bei Schultes Huetlin, um sich für die anstehenden Reparaturarbeiten zu melden.

Die Straßen und einige Häuser waren in Mitleidenschaft gezogen worden, und wer das Stroh in seiner Scheune nicht beizeiten auf einen Karren oder auf einen Zwischenboden geschafft hatte, konnte die faulende Masse jetzt wegwerfen. Meister Buchner rief seine Leute zusammen und teilte sie auf, um in der Umgebung von Beutelsbach und in Winterbach den Wiederaufbau zerstörter Brücken zu leiten und den Wagnern und Küfern zu helfen, die beschädigten Mühlenräder zu reparieren. Alle arbeiteten von früh bis spät, und aus allen Familien brachten die Töchter oder Mägde Töpfe mit Gemüsebrühe, aus denen im Gasthaus zum Ritter die Helfer in großer Runde verköstigt wurden.

Als der Regen vollends aufhörte, richtete man unter einem der Dächer auf der Kirchenbaustelle eine große Tafel ein und aß und vesperte künftig dort. Die Arbeiten gingen voran, den Menschen begann es ganz langsam wieder besser zu gehen, und das Erlebnis der zusammenhaltenden Gemeinschaft hob die allgemeine Stimmung ebenfalls. Dazu der leichte Wind, der morgens und abends mild und würzig zugleich durch die Straßen und über die Felder wehte und dabei manch trüben Gedanken mit sich zu nehmen schien.

Bald kamen auch die ersten Scherenschleifer und die reisenden Krämer mit ihren beladenen Karren durchs Dorf, und wie in den Jahren zuvor hielten viele von ihnen zwischen Kirchenbaustelle und Huetlins Gasthaus an und verkauften ihre Dienste und Waren an die herbeiströmenden Dorfbewohner, immer mit einem Auge zum Ritter hin, ob nicht gleich der Schultes komme und sie mit dem Hinweis weitertreibe, dass Beutelsbach kein Marktrecht habe.

Doch Heinrich Huetlin, der sie auch bisher schon oft hatte gewähren lassen, stand nicht der Sinn nach solchen Kleinlichkeiten. Immer wieder saß er mit Gemeinderechner Meining, mit Keller und Schreiner und den anderen Dorfrichtern beisammen und besprach die eintreffenden Neuigkeiten. Es waren keine guten Nachrichten, die sie erreichten.

Huetlin hatte mit den Chorherren gesprochen, als sie mal wieder zur Inspektion im Dorf und zur Brotzeit im Ritter gewesen waren. Natürlich hatten sie keine Veranlassung, einem einfachen Dorfschultes Details aus der Residenzstadt zu erzählen, aber als genug Wein geflossen war, entschlüpfte ihnen durchaus das eine oder andere Detail. Und aus dem und allem, was er sonst aufgeschnappt hatte, ergab sich ein bedrohliches Bild.

Herzog Ulrichs Vorgänger hatten schon schlecht gehaushaltet, und der jetzige Herrscher trieb es noch ärger. Die protzige Hochzeit mit der bayrischen Prinzessin und die verschwenderische Hofhaltung waren nur das eine – die hohen Kriegskosten drückten den Säckel noch mehr. Bisher hatte der Herzog vieles den Landständen aufbürden können, also den von Vögten und Stadtgerichten beherrschten Ämtern, die sich zwar von den Bewohnern und Amtsleuten der Dörfer ihres Amtes nicht in ihre Entscheidungen reinreden ließen, die sich aber bei den umliegenden Flecken durchaus bedienten, wo immer es ging. Erst war das Land für die Kosten des Bayrischen Erbfolgekriegs aufgekommen, danach hatten Städte und Dörfer sechs Jahre lang darunter zu leiden, dass sie trotz schlechter Ernten und steigender Preise zusätzliches Geld an den Hof zu Stuttgart abführen mussten – die Rede war unter der Hand von mehr als hunderttausend Gulden. Trotzdem war der Herzog nach wie vor bis über die Hutkrempe verschuldet, trotzdem hatte er sich im vorigen Jahr an der Seite von Kaiser Maximilian zu einem Feldzug nach Burgund hinreißen lassen – und nachdem diesem kein Erfolg beschieden war, sah es mit den württembergischen Finanzen jetzt noch schlimmer aus.

Im vergangenen Oktober hatte der Herzog eine Vermögenssteuer festsetzen lassen. Vogt Gaisberg hatte ihn und die anderen Schultheißen damals gleich über die Details informiert und angewiesen, sich auf die Erstellung von Vermögenslisten vorzubereiten – allerdings hatte er auch durchblicken lassen, dass in diesem Punkt noch nicht das letzte Wort gesprochen sei und dass sie mit der tatsächlichen Erhebung noch zuwarten sollten, bis er ihnen Bescheid gebe.

Nach Gaisbergs Angaben war über eine Zeit von zwölf Jahren vorgesehen, dass jeder von seinem Vermögen jedes Jahr einen Pfennig auf den Gulden Vermögen abgeben sollte, was über den gesamten Zeitraum etwas mehr als einen halben Zehnten bedeutet hätte. Huetlin gab zwar so wenig gern von seiner Habe ab wie alle anderen – aber die Steuer hätte wohl niemandem das Genick gebrochen. Und im Gegenzug versprach der Herzog den Landständen mehr Rechte, und Huetlin hoffte, dass die Amtsstädte davon auch den Dörfern etwas abgaben.

Doch gegen die Vermögenssteuer hatte sich sofort der Widerspruch der Reichen geregt, und der Schorndorfer Vogt musste nie eine Anweisung herausgeben, jetzt mit der Erfassung der Vermögen im Amt zu beginnen. Stattdessen wurde nun davon gesprochen, ein Umgeld auf Wein und Fleisch einzuführen, selbst von Hausschlachtungen wollte sich der Herzog künftig eine Scheibe für sich abschneiden. Noch war nicht klar, wie und in welcher Höhe diese Steuer erhoben und eingesammelt werden sollte, aber es gab schon Protest. Blaubeuren und einige andere Ämter wiesen die geplante Steuer zurück, weil die Herrschaft damit unberechtigt in ihre Befugnisse eingreife, und mancherorts wurde davor gewarnt, dass mit einem Umgeld vor allem die Ärmsten im Land die herzögliche Kasse füllen müssten.

Daran bestand in Huetlins Augen kein Zweifel, und weil auch die Kleinbauern und ihre Frauen, alle Dorfbewohner bis hinunter zu den Knechten, Mägden und Tagelöhnern davon Wind bekamen, begann es im Dorf bereits zu gären. Die durch das trockenere Wetter und die fortschreitenden Reparaturarbeiten verbesserte Stimmung schien bereits wieder zu kippen, und an manchen Tagen hatte Huetlin das Gefühl, auf einem Pulverfass zu sitzen.

Auch mit den Schultheißen der umliegenden Dörfer besprach er sich regelmäßig. Mit Ellwanger zum Beispiel: Als Wengerter war er der härteste Konkurrent von Eberlin Schreiner, und als Schultes von Heppach versah er sein Amt nicht wirklich im Sinn der Obrigkeit. Ziemlich offen gab er jenen recht, die sich gegen die ständigen Schurigeleien aus der Amtsstadt verwahrten, gegen die hochnäsige Behandlung der Dorfbewohner durch Forstmeister und die Helfer des Vogts – und nicht zuletzt gegen die neuen Belastungen, die sich die Berater des Herzogs allem Anschein nach für das einfache Volk ausdachten. Zwar sah Huetlin das kaum anders als Ellwanger, aber er und die Vorsteher von Grunbach, Geradstetten und den anderen Dörfern rundum wollten sich zumindest nicht offen gegen die Obrigkeit stellen.

»Was«, fragte Huetlin immer wieder, »haben unsere Leute von einem Schultes, der wegen offenen Widerstands von seinem Amt abgesetzt wird? Ich bin ja deiner Meinung, Ellwanger, aber ich kann durchaus meinen Leuten helfen – und zugleich gegenüber dem Vogt den Schein wahren. Und du kannst mir glauben: Wenn ich mit dem Gaisberg allein in seinem Amtszimmer bin, schenke ich ihm ordentlich ein!«

Von diesem einen Punkt abgesehen, waren sich alle Schultheißen einig: Ihren Dörfern wurde zu viel aufgebürdet, und es fehlte nur wenig, bis die Leute sich wütend zusammenrotten und lautstark gegen die Lasten protestieren würden.

Dieses Wenige wurde im April bekannt.

Der Herzog ließ bekannt geben, dass er Maße und Gewichte in seinem Land vereinheitlichen wolle, und er schrieb für die Woche nach Ostern neue Verhältnisse der verschiedenen Maßeinheiten untereinander aus. Das mochte für Kaufleute wie die Fugger in Augsburg, die Welser in Augsburg und Nürnberg, die Vöhlins in Memmingen oder die Große Ravensburger Handelsgesellschaft eine nützliche Sache sein, denn der Wildwuchs im Reich war schon arg – in jedem Landstrich und jeder Grafschaft konnte ein Gulden einen anderen Wert und ein Pfund ein anderes Gewicht haben als im nächsten. Es gab Pfund, Mark und Unze, Pfennig- und Hellergewichte, Lot, Quentchen und Gran, und im Badischen war etwa das Lot den sechzehnten, in Bayern sogar den fünften Teil schwerer als in Württemberg. Aber den Bauern und Handwerkern, die ohnehin kaum jemals aus ihrem Rems- oder Murr- oder Neckartal herauskamen, konnte das herzlich einerlei sein, solange nur die Verhältnisse der Maße innerhalb ihres Gebiets gleich blieben.

Daran legte Herzog Ulrich nun die Axt. Das Pfund beispielsweise wurde um zweieinhalb Lot verringert – das war mehr als eine Unze und entsprach etwa dem zwölften Teil des alten Pfunds. Auf diesem Umweg sollte natürlich das geplante Umgeld eingetrieben werden, und die Metzger bekamen neue Gewichte – und hatten nun dem Herzog gegenüber mit dem alten Pfund, den Bauern und Handwerkern gegenüber mit dem neuen Pfund zu wiegen. Weniger Fleisch zum selben Preis – und was übrig blieb, sollte an den herzöglichen Hof abgeführt werden.

Schnell machte sich Wut unter den Leuten breit, und mancher verstieg sich an den Tischen auch im Gasthaus zum Ritter zu Spottliedern und bissigen Versen. Der Vollmar etwa sprang eines Abends recht weinselig auf die Bank, hob seinen Becher und deklamierte mit schwerer Zunge ein Tischgebet, das so endete: »Und möcht auch für den Herzog bitten, der frisst und sauft hier all inmitten!«

Der ganze Schankraum war von Johlen und Gelächter erfüllt, nicht einmal Pfarrer Schefflen traute sich mehr, als dem

Vollmar einen finsteren Blick zuzuwerfen. Und bald hockten die Beutelsbacher wieder beisammen und bruddelten über die neuen Vorgaben und die auf diese Weise abermals steigenden Preise.

»Sogar wenn ich den Metzger brauche«, maulte einer, »weil ich mein eigenes Schwein schlachten will, schneidet sich der Herzog den zwölften Teil von allem ab, und mir bleibt nur der Rest. Und davon zahl ich noch den Zehnten und was weiß ich noch alles!«

Die Stimmung wurde immer schlechter, und allmählich taten sich einige Männer im Dorf besonders lautstark als Kritiker des Umgelds hervor. Hans Vollmar war einer von ihnen, Muthans und sein Geselle Jörg Butelin wetterten ebenfalls gegen die neuen Gewichte, aber auch angesehene Gemeindemitglieder wie der Feuerbeschauer Jakob Hohnecker hielten mit aufmüpfigen Reden nicht hinter dem Berg.

Dann erinnerte sich irgendjemand an den Fremden, der vor Jahren nach Katharina Schreiners tragischem Tod eine so flammende Ansprache gehalten hatte – und war dieser Fremde nicht Gast im Haus von Peter Gais gewesen? Wie war noch sein Name? Hatte der nicht Joß Fritz geheißen? Und war auf Flugschriften, wie sie im Land herumgingen, nicht von genau einem solchen Joß Fritz die Rede?

Peter Gais wurde ordentlich ins Gebet genommen, ob er noch Kontakt zu seinem Freund habe und ob er ihn nicht herbeirufen könne, damit er einen Protestzug der Hiesigen anführe und so ihrer Sache Aufmerksamkeit verschaffe.

»Wünscht euch das lieber nicht«, warnte Gais sie. »Der Joß ist ein wackerer Mann, aber immer ein bisschen zu wütend. Überall dort, wo er bisher einen Aufruhr angezettelt hat, ging das blutig aus – und zwar für den armen Konrad, nicht für die hohen Herrschaften. Joß Fritz lässt alle auf die Bundschuhfahne schwören, die ist dem Herzog und den Seinen inzwischen gründlich verhasst.«

Diese Fahne kannte jeder, auch wenn sie im Original noch niemand zu sehen bekommen hatte. Auf Flugblättern kursierten unzählige Varianten von ihr, aber alle hatten als Motiv ein weißes Kreuz und einen Bundschuh gemeinsam.

»Wer immer sich Joß und seinen Kameraden anschließt, wird von der Obrigkeit blutig verfolgt«, mahnte Gais weiter. »Bei Bruchsal, das hat er mir selbst erzählt, wurden zehn Männer hingerichtet, man ließ sie vierteilen oder köpfen, und ihre Schädel wurden entlang der Landstraße zur Abschreckung aufgehängt. Und erst im vorigen Herbst hat er wieder einen Aufruhr nahe Freiburg angeführt – auch der wurde blutig niedergeschlagen, es gab wieder Hinrichtungen, der Joß Fritz aber und einige andere Anführer konnten entkommen. Aber ihre Sache ist verloren. Und das ist sie schon jetzt auch für das nächste Mal, und jedes Mal zieht der Bundschuh einen noch größeren Zorn der Obrigkeit auf sich!«

Ein Raunen ging durch die Schankstube, Peter Gais nahm es zufrieden zur Kenntnis.

»Damit«, schloss er, »würde ich mich an eurer Stelle nicht gemeinmachen.«

Eine Weile war es still, dann lehnte sich der Muthans auf seiner Bank nach hinten und ließ seinen rechten Fuß so heftig auf die Tischplatte krachen, dass sein Becher und der seines Nachbarn umfielen. Die Lederriemen, mit denen sein Schuh geschnürt war, sahen schon abgewetzt und fleckig aus. »Hier habt ihr einen Bundschuh! Ich trag zwei davon, und jeder von euch ebenso. Warum also nicht auf die passende Fahne schwören?«

»Weil ihr euch damit von vornherein ins Unrecht setzt!«, rief Gais in den Raum und sah die anderen beschwörend an. »Wenn ihr euch gemeinmacht mit Leuten, die vom Herzog zu Tode verurteilt wurden – wie wollt ihr dann für euch in Anspruch nehmen, dass ihr ein Recht vertretet, von dem es nur billig ist, dass es der Herzog euch zugesteht?«

Huetlin erhob sich und ergriff das Wort. Aus den Augenwinkeln behielt er dabei Schefflen im Blick, der alles genau beobachtete, was sich im Ritter tat. »Hört auf den Gais, Leute! Der weiß, wie es seinem alten Freund Joß Fritz ergangen ist, der hat es aus dessen eigenem Mund gehört, also weiß er es besser und genauer als wir alle miteinander!«

»Aber wollt ihr euch denn alles gefallen lassen?«, rief Hans Vollmar in die Runde. Dann setzte er ein knitzes Lächeln auf und fasste sich in den Schritt. »Ich hab ja noch kein Eheweib, aber hätt ich eins, dann würde der Herzog bald wohl auch noch mit in die Schlafkammer kommen und sich dort ebenfalls den zwölften Teil von allem nehmen, was ich habe, glaubt mir! Für einen wie unseren Metzger Wonnhart mag das angehen, weil seine Ursula groß und rund für zwei ist, aber wenn ich mir Gaispeters dünne Anna so vorstelle …«

Alles lachte und johlte durcheinander, selbst Wonnhart und Gais nahmen Vollmar den derben Scherz nicht übel und grinsten.

»Und wenn der Gaispeter gegen die Bundschuhfahne ist, dann machen wir uns halt eine eigene!«, rief Vollmar noch hinterher, jetzt wieder ernst geworden. »Ich finde, wir sollten uns wehren und nicht alles einfach nur hinnehmen, was uns von Vogt und Pfaffe vor die Brust geknallt wird!«

Das war zu viel für den Pfarrer. Er sprang auf und rief Vollmar mit hochrotem Kopf zur Ordnung. Kurze Zeit später purzelte Bernhard Schefflen mit blutender Nase, zerschundenem Gesicht und heftigen Schmerzen in den Armen, im Brustkorb und im Bauch auf die Straße. Huetlin hatte die aufgebrachte Meute nicht zurückhalten können, nun schickte er drei Männer hinaus, die dem Pfarrer aufhelfen und ihn nach Hause bringen sollten. Dort sollten zwei von ihnen bleiben, um dafür zu sorgen, dass Schefflen das Pfarrhaus nicht verließ und niemandem von dem Tumult berichten konnte. Außerdem schickte er Rose zu ihm. Eine Heilerin hatten sie seit Doras Tod nicht mehr, aber das Nötigste zur Versorgung seiner blauen Flecken konnte auch die Magd übernehmen.

Dann scheuchte Huetlin die meisten seiner Gäste nach Hause und forderte sie in strengem Tonfall auf, nur ja endlich Ruhe zu geben. Zurück blieb er mit Keller, Meining und Schreiner. Vollmar hatte er eigentlich rausgeworfen, aber der wollte an der Besprechung teilnehmen, und aufgrund dessen Amts als Dorfrichter konnte er es ihm trotz seines vorigen Auftritts auch schlecht verbieten. Peter Gais dagegen wollte nach Hause, aber Huetlin bat ihn zu bleiben.

»Was machen wir jetzt?«, fragte der Schultes schließlich, als alle um einen Tisch versammelt saßen. »Geheimhalten können wir den heutigen Abend nicht mehr lange – bei nächster Gelegenheit rennt der Pfarrer zum Vogt oder zu seinen Chorherren, dann macht das die Runde.«

»Dann schlagen wir ihn halt tot«, brummte Vollmar.

»Und du landest dafür auf dem Richtplatz«, fuhr ihn Huetlin an. »Wie dumm kann man sein? Und wenn du dich nicht am Riemen reißt, schmeiß ich dich raus. Der Ritter ist immer noch *mein* Gasthaus, also benimm dich!«

»Aber wir müssen was unternehmen«, sagte Schreiner. »Wir müssen protestieren, wir müssen denen da oben Druck machen, wir müssen zeigen, dass sie nicht alles mit uns machen können!«

»Ja, wir müssen es ihnen zeigen!«, meldete sich Meining überraschend schneidig zu Wort, senkte aber gleich wieder den Kopf, als ihm Keller einen strengen Seitenblick zuwarf.

»Und, Vollmar, wie willst du das machen?«, fragte Huetlin nach.

»Wir gehen heim«, meldete sich Vollmar schon wieder zu Wort, »und holen unsere Waffen. Jeder von euch hat eine Büchse oder Lanze oder ein Schwert daheim, damit wir das Landesaufgebot beschicken können – und es geht ja um nichts anderes, als unser Land zu verteidigen. Notfalls halt gegen seinen Herzog!«

»Ach, unser Herzog wird davon gar nichts wissen«, wandte Keller ein. »Der hat die falschen Berater, denen müssten wir an die Gurgel!«

»Fängst du jetzt auch schon mit solchen Reden an?«, brauste Huetlin auf. »Ihr seid alle toll geworden! Habt ihr nicht die Berittenen gesehen, die der Herzog seit vorigem Jahr in Gruppen durchs Land streifen lässt? Allein die vier, die im Herbst bei uns waren, würden locker mit zehn oder gar fünfzehn von uns fertig.«

»Aber nicht mit hundert oder zweihundert!«, beharrte Vollmar und handelte sich einen strafenden Blick von Huetlin ein. »Und wenn wir nur im ganzen Remstal werben würden, bekämen wir sicher noch viel mehr Leute zusammen!«

»So, du willst werben?« Huetlin schüttelte den Kopf. Er klang ein wenig resigniert. »Und dann? Marschierst du dann auf Schorndorf, eroberst vielleicht sogar gleich Stuttgart, wo du doch schon mal die Schuhe geschnürt und die alte Büchse geladen hast?« Er stand auf und sah in die Runde. »Leute, kommt zu euch! Wenn auch nur einer von euch eine Waffe zur Hand nimmt und damit auf einen Wächter losgeht, zerrt ihn der Vogt vors Landgericht und dann …« Er zog in einer schnellen Bewegung die flache rechte Hand an seinem Hals vorüber. Dann sah er Vollmar an. »Und wenn du fünfzig oder hundert zusammenbekommst und ihr stürmt auf die Stadttore los, lässt euch der Herzog mit seinen Berittenen zusammenhauen, noch bevor ihr auf dem ersten Turm auch nur eine Fahne gehisst habt – welche immer das sein soll.« Vollmar öffnete den Mund zum Protest, aber Huetlin brachte ihn mit einer knappen Handbewegung zum Schweigen. »Und wenn du zweihundert, dreihundert, meinetwegen sogar tausend Männer versammeln kannst und damit gegen die Herrschaft ziehst, heuert Herzog Ulrich ein paar Fähnlein Landsknechte an und macht euch nieder.«

Vollmar sah betreten auf die Tischplatte.

»Gais, was sagst du denn zu all dem?«

»Warum ich? Ich bin Tagelöhner, habe kein Amt im Flecken, und eigentlich weiß ich gar nicht so recht, warum du mich vorhin nicht hast heimgehen lassen.«

»Weil du gut reden kannst, und weil du nicht so ein Hitzkopf bist wie unser Hans Vollmar hier.«

Gais schwieg.

»Du hast vorhin den Leuten klargemacht, dass sie sich besser nicht unter der Bundschuhfahne versammeln sollten, weil dieses Symbol schon vorbelastet ist.«

»Den Muthans hat das nicht sehr beeindruckt«, erinnerte Gais ihn an die Einlage des Wagners.

»Lass den seine Späße treiben – alle anderen hast du zum Nachdenken gebracht, und den Muthans wahrscheinlich auch. Außerdem achten dich die Leute. Hier im Flecken wissen sie, dass du auch als Tagelöhner ein ehrenwerter und aufrechter Mann bist, und alle anderen könnte beeindrucken, dass du den Joß Fritz kennst, der mit seinen Aufständen offenbar schon eine gewisse Berühmtheit im Land erreicht hat.«

»Diese Berühmtheit hat ihn zu einem Gejagten werden lassen, der sich verbergen muss wie ein Hase, und irgendwann werden sie ihn doch erwischen. Darauf kann ich verzichten.«

»Aber wenn du nun für etwas ganz anderes berühmt werden würdest als dein alter Kumpan? Wenn es hieße, dass der Gaispeter aus Beutelsbach dafür steht, dass die Bauern im Flecken das Recht einfordern, endlich mehr sein zu dürfen als die Melkkuh von Obrigkeit und Landständen, von Vögten, Forstmeistern und Geistlichkeit? Dass die Leute in Beutelsbach dieses Recht aber friedlich einfordern – und dass sie das womöglich im ganzen Remstal tun, denn der Vollmar sagt richtig, dass es nicht nur uns immer mehr den Hals zudreht. Auch die anderen ächzen ja unter den zunehmenden Lasten, die uns aufgebürdet werden!«

»Wohl gesprochen! Und du lobst mich dafür, wie ich reden kann?«

Gais wandte sich an die anderen am Tisch. »Hier habt ihr euren Schultes, den hat der Vogt auf euren Vorschlag hin eingesetzt, der wahrt eure Rechte gegen die Obrigkeit und der kann reden und begründen, dass du ihm Hemd und Hose gibst, weil er sie dir als sein Eigentum begründet hat!«

Die anderen lachten, auch Huetlin grinste.

»Vernünftig, schlau und geschäftstüchtig: unserem Schultes fehlt nichts, was man für ein solches Ansinnen braucht. Hier« – Peter Gais deutete auf Huetlin – »habt ihr euren Anführer!«

»Davon halte ich nicht viel. Meine Aufgabe wird sein, dass ich zwischen euch und dem Vogt vermitteln kann, wenn eure

Sache ins Rollen kommt. Dafür sollte ich keiner Seite eindeutig zuzurechnen sein – so, wie ich es ja all die Jahre schon gehalten habe, und damit sind wir, glaube ich, alle nicht schlecht gefahren.«

Dem konnte Gais nicht widersprechen.

»Außerdem«, fuhr Huetlin fort, »kann es durchaus sein, dass wir auch militärische Erfahrung brauchen. In diesem Punkt muss ich erneut dem Hans Vollmar recht geben.«

»Militärische Erfahrung?«

»Ich nehme an, dass du den Joß Fritz, der früher Landsknecht war, wie er uns damals bei seiner Rede selbst erzählt hat, deshalb kennst, weil du mal selbst ein Söldner warst.«

Keller, Meining und Vollmar sahen Gais gespannt an. Auf diese Idee waren sie noch gar nicht gekommen, aber es klang einleuchtend – und tatsächlich wusste niemand von ihnen, was und wo Peter Gais gewesen war, bevor er sich im Spätsommer 1489 in Beutelsbach niedergelassen hatte.

»Und?«, fasste Huetlin nach, als Gais nichts sagte.

»Ja, ich war Söldner, und Joß Fritz war mit mir in derselben Rotte. Von daher kenne ich ihn, aber bis auf den Besuch, den ihr mitbekommen habt, haben wir uns seither nicht mehr gesehen. Ich hab euch ja schon gesagt, dass er für meinen Geschmack immer ein bisschen zu wütend ist. In solcher Gesellschaft hat man mehr Ärger, als den meisten guttut.« Er sah Huetlin fragend an. »Aber sag, Schultes, du willst doch jetzt nicht allen Ernstes vorschlagen, dass wir uns zum Kampf gegen herzögliche Truppen rüsten sollen? Hast du vorhin unseren Hans hier nicht für genau diese Idee noch zusammengestaucht?«

»Na, wenn wir uns vor den Toren von Schorndorf bloß zum Würfeln treffen, wird das vermutlich keinen großen Eindruck auf den Vogt machen, was? Ich will nicht, dass wir kämpfen – aber ich halte es schon für sinnvoll, wenn wir uns bewaffnen, wenn wir uns auf militärische Weise organisieren und wenn wir dann als geschlossene Einheit zum Beispiel vor die Stadttore marschieren und eine Delegation nach Schorndorf hineinschicken, die unsere Forderungen überbringt.«

»Meinetwegen«, stimmte ihm Vollmar zu, »dann marschieren wir halt friedlich – aber wir sollten gerüstet sein, wenn der Herzog Truppen schickt. Vielleicht lässt er sich den Aufmarsch ja nicht einfach so gefallen.«

»Vergiss nicht, Vollmar: Unser Herzog hat die Taschen auch deshalb leer, weil er zu gerne in den Krieg zieht, um Württemberg neue Gebiete einverleiben zu können. Dafür, dass er nun auch noch um seine alten Gebiete kämpfen muss, wird er nicht auch noch Geld ausgeben wollen. Und wen will er uns schicken, ohne dass er Geld für ausländische Söldner hat? Das Landesaufgebot?« Huetlin lachte kurz und freudlos. »Das sind wir ja selber!« Er blickte jeden am Tisch eindringlich an. »Männer, ich bin dafür, dass uns der Gaispeter anführt. Er hat als Söldner gekämpft, er …« Huetlin unterbrach sich und schaute zu Gais. »Welchen Rang hattest du inne?«

»Am Ende war ich Doppelsöldner.«

»Hm … und das heißt?«

»Ich hab den doppelten Sold bekommen.«

»Ach? Und warum das? Jetzt lass dir doch nicht jedes Wort einzeln aus der Nase ziehen!«

Gais zierte sich, dann brummte er: »In einem Gefecht bin ich mal als Anführer eingesprungen, nachdem mein Rottmeister tödlich getroffen wurde.«

Heinrich Huetlin warf einen triumphierenden Blick in die Runde.

»Na, also: Unser Gaispeter war als Söldner sogar ein Held!«

Die anderen nickten beifällig und sahen ihn respektvoll an.

»Hab ich also doch den Richtigen gefunden: ein Held mit militärischer Erfahrung, ein geachteter Mann, der gut zu reden versteht – und obendrein ein Tagelöhner, der besser als jeder andere den armen Konrad vertreten kann. Du musst zugeben, Gais, einen Mann mit all diesen Eigenschaften werden wir anderswo nicht so schnell finden.«

»Ich hab genug damit zu tun, meine Familie durchzubringen. Und wenn ich Streit anzettle und Ärger bekomme, riskiere ich womöglich noch, dass mein Hannes nirgendwo mehr Arbeit als Zimmermann bekommt.«

»Um Hannes mach dir mal keine Sorgen«, beruhigte ihn Huetlin. »Der war auf der Walz, sein Meister hat ihn mit Freuden wieder in den Dienst genommen und der Bau der Stiftskirche gibt ihm noch lange Lohn und Brot. Und wenn er sich als Meister im Ort niederlassen will – an mir soll's nicht scheitern!«

»Und deine Familie werden wir natürlich nach Kräften unterstützen«, versprach Keller. »Wenn du kein Geld verdienen kannst, weil du unterwegs bist und für unsere Rechte streitest, ist es ja nur recht und billig, dass wir deiner Anna und den Kindern etwas abgeben. Das gilt für alle Bauern im Flecken und sicher auch für die Gemeindekasse, nicht wahr, Meining?«

Der Gemeinderechner erschrak fast, als er so direkt angesprochen wurde. Er warf Huetlin einen schnellen Blick zu, und als der Zustimmung signalisierte, nickte er nur.

Gais dachte eine Weile nach, dann musterte er die anderen Männer am Tisch, und schließlich griff er nach seinem Becher. »Dann soll's so sein, von mir aus. Aber ihr macht alle mit, und jeder bekommt eine Aufgabe, ich kann nicht alles allein machen.«

Die anderen nickten.

»Vorerst muss alles heimlich geschehen, dann sehen wir, wie sich die Sache entwickelt.«

Erneutes Kopfnicken.

»Und du, Vollmar, reißt dich zusammen und hörst auf, vom Losschlagen und Kämpfen zu faseln!«

Hans Vollmar zögerte einen Augenblick lang, dann nickte auch er.

Gais sah ihn eine Weile an, dann zuckte er die Schultern. »Gut, dann mach ich das.«

Er hatte ein mulmiges Gefühl, aber vermutlich hatte Huetlin recht: Es musste gehandelt werden, und einer, der nicht von vornherein auf Kampf aus war, musste die Sache in die Hand nehmen. Vollmar schien seine Idee vom Kampf noch nicht ganz aufgegeben zu haben, aber es würde ihm, Keller, Huetlin und den anderen Vernünftigen unter ihnen schon gelingen, ihn im Zaum zu halten.

Die Männer hoben ihre Becher und prosteten sich zu. Sie verteilten die anstehenden Aufgaben und diskutierten zu reichlich Wein, welchen Namen oder welche Fahne man sich geben könne. Die Beutelsbacher wurde verworfen, weil man auch auf Verbündete in anderen Ortschaften hoffte. Es ging hin und her, und am nächsten Morgen hatten alle an der Runde Beteiligten zu viel Kopfweh, als dass sie sich noch daran erinnert hätten, wer denn nun den Vorschlag gemacht hatte, der angenommen wurde: Man wollte sich »Der Arme Konrad« nennen – weil es ja auch um die Rechte des armen Konrads, des einfachen Mannes, ging.

Und so waren sie alle fleißig unterwegs in den nächsten Tagen. Hans Vollmar warb erst unter den Bauern in den Nachbardörfern um Unterstützung. Er sprach die Leute in den Wirtshäusern an, in Heppach, Grunbach und Geradstetten, danach zog er Dorf um Dorf weiter die Rems hinauf. Schließlich riet ihm Huetlin, er solle andere so sehr für ihre Sache begeistern, dass die dann ebenfalls als Werber umherwandern konnten – denn wenn einer aus Beutelsbach plötzlich auch hinter Schorndorf auftauchte und mit den Leuten sprach, musste das irgendwann einmal der Obrigkeit auffallen.

Keller, Schreiner und Hohnecker besuchten Dorfrichter im ganzen Schorndorfer Amt – das war nicht ungewöhnlich, man hatte auch sonst das eine oder andere zu besprechen. Aber das Thema fiel aus der Reihe, deshalb tasteten sich die Beutelsbacher erst ganz vorsichtig an ihr Anliegen heran, loteten die Stimmung vor Ort aus und rückten erst dann mit der Sprache heraus, wenn sie sich der Sympathie der anderen für ihre Sache sicher sein konnten.

Auch die Handwerker wurden gezielt angesprochen, und wo es möglich war, kümmerte sich jeder um Kollegen seines eigenen Metiers. Jörg Butelin wanderte mit dem Muthans zusammen durch die Gegend und sprach mit Wagnern und Küfern,

Hannes Gais weihte zuerst Urban und Meister Buchner ein, dann teilten sie sich die Zimmerleute im Remstal auf, statteten den bekannten Baustellen in der Gegend ihren Besuch ab und zogen alle ins Vertrauen, von denen sie nicht fürchten mussten, an die Obrigkeit verraten zu werden.

Um die Stadt Schorndorf machten sie dabei einen Bogen, doch einige der Männer, mit denen die Dorfrichter, die Handwerker oder Vollmar hinter vorgehaltener Hand gesprochen hatten, erlegten sich selbst weniger Zurückhaltung auf, und so kam es auch in den Schankwirtschaften und auf den Straßen Schorndorfs bald zu hitzigen Diskussionen über die neuen Gewichte und das Umgeld, das der Herzog auf diesem Weg seinen Untertanen aus der Tasche ziehen wollte.

Den gefährlichsten Auftrag nahm Peter Gais auf sich. Er hielt Reden in den Dörfern des Amts, und je größer sein Publikum wurde, desto mehr Leute erreichte er – doch desto eher geriet er auch ins Visier der Obrigkeit. Und deshalb ging er schon nach zwei Tagen nicht mehr alleine aus dem Dorf: Meist begleiteten ihn sein Sohn Michel und einige Bauernknechte aus Beutelsbach, die ordentlich zupacken und ihren Nachbarn wirkungsvoll vor Schlägen beschützen konnten.

Doch die Auftritte von Peter Gais zeigten Wirkung, ohne dass ihn jemand angegangen wäre: Er redete einfach und verständlich, er zeigte Eifer für die Sache der einfachen Leute – und nicht selten würzte er seine Reden mit deftigen Scherzen, die ihm ordentlich Gelächter und Beifall einbrachten. Stets trug er dabei den Zimmermannshut, den ihm Hannes vor der Walz geschenkt hatte, und die Erscheinung des Mannes war insgesamt recht eindrucksvoll: Groß war er und schlaksig, ein Vollbart umrahmte das Gesicht, und beim Reden hatte er es sich zur Gewohnheit gemacht, mit den Armen zu fuchteln und die Augen aufzureißen, wann immer er zu einer besonders wichtigen Passage kam.

Die Woche nach Ostern war kaum vergangen, da war der Gaispeter, wie ihn inzwischen alle riefen, zu einer kleinen Berühmtheit zwischen Beutelsbach und Winterbach geworden.

Und wo immer er auftauchte, da bildete sich schnell eine ansehnliche Menge von Zuhörern um ihn. An manchen Tagen schickte er auch zwei seiner Begleiter auf dem Weg voraus, um die Kunde, dass er bald in der Ortsmitte sprechen werde, in den nächsten beiden Dörfern zu verbreiten, die er sich zu besuchen vorgenommen hatte.

Nach einigen Tagen wurden erstmals Männer aus der Schorndorfer Wachmannschaft in der Nähe von Gaispeter gesehen, doch die vielköpfige Zuschauermenge wogte wie ein schützender Wall um ihn her und verhinderte es, dass einer der Wächter auch nur in die Nähe des Redners gelangen konnte. Und als ein halbes Dutzend von ihnen in Urbach trotzdem versuchte, sich durch die Leute nach vorne zu drängeln, machte Gaispeter sein Publikum auf die Bewaffneten aufmerksam. Sofort drangen alle auf die sechs Männer ein, schoben sie zurück und bauten sich dicht an dicht so vor ihnen auf, dass den Wächtern nichts anderes übrig blieb, als unter dem höhnischen Johlen der Menge den Rückzug anzutreten. Von da an mischten sich nur noch unauffällige Spione der Obrigkeit unter das Publikum, die manchmal sogar mitklatschten, wenn gegen den Vogt gezetert wurde, nur um nicht aufzufallen in der allgemeinen Begeisterung.

Nun vibrierten die Dörfer im Amt Schorndorf förmlich vor Erregung, in allen Schankstuben überboten sich die Bewohner in den Schmähreden auf Herzog und Vogt, und mancher Wirt versah seinen Dienst nur noch mit einem ständigen ängstlichen Blick zur Tür, ob nicht gleich Männer hereingestürmt kämen, dem Ganzen ein Ende zu bereiten. Doch alles blieb still, es schien beinahe, als würden sich der Vogt und seine Leute absichtlich blind und taub stellen, um nur ja nicht die Lunte ans Pulverfass zu halten.

Wenn Metzger trotzdem mit den neuen Gewichten hantierten, wurde ihnen nicht selten mit wüsten Reden und erhobener Faust gedroht, bis sie wieder die alten Pfundsteine hervorholten und verkauften wie bisher.

Abends hockten Gaispeter, Huetlin, Vollmar, Schreiner und Keller beisammen, mal verstärkt um Butelin, mal um Meining und einige andere. Ab und zu gaben die Dorfrichter reihum einen Becher Wein aus, denn es galt ja, die Stimmung im Flecken gut und alle eifrigen Helfer bei Laune zu halten. Wer wusste schon, wann es dem Vogt zu bunt werden und er seine Männer auf sie loshetzen würde?

Doch bisher reihte sich eine Erfolgsmeldung an die andere. Inzwischen hatten sich einige andere den Gaispeter zum Vorbild genommen und hielten selbst Reden, aber aus vielen Orten bis hinauf in die Gegend um Gmünd kamen auch Boten, die den Gaispeter baten, doch auch einmal bei ihnen im Dorf zu reden. Inzwischen war er meist auf einem Karren unterwegs, um schneller von einem zum anderen Flecken zu kommen, und für weiter entfernte Dörfer wie Waldhausen, Straßdorf oder Mutlangen legte er Strecken fest, auf denen er möglichst viele Orte mit einer einzigen Reise erreichen konnte.

Hans Vollmar wiederum hatte Zusagen aus dem halben Amt, und die Männer, die für einen Marsch auf Schorndorf bereitstanden, bezifferte er mittlerweile auf einige hundert, wobei die Haufen aus den einzelnen Dörfern je nach ihrer Entfernung zu Schorndorf unterschiedlich früh oder spät zu einer Versammlung vor den Mauern der Amtsstadt eintreffen konnten – oder eben unterschiedlich früh über den Zeitpunkt des geplanten Treffens unterrichtet werden mussten.

Inzwischen waren ständig Boten unterwegs, das ganze Remstal war durchzogen von einem wahren Netz aus Männern, die Nachrichten zu Fuß, zu Pferde oder mit dem Karren verbreiteten und übermittelten. Ende April kam einer aus dem Amt Winnenden herüber, in den Schurwald hinauf, und zu den östlichen Dörfern des Amts Waiblingen gab es ebenfalls Kontakte. Und am ersten Tag im Mai 1514 stiegen zwei Reiter vor Gaispeters Haus ab, die dem Staub auf ihren Wämsern und den verdreckten Hosen und Strümpfen nach zu urteilen, einen deutlich weiteren Weg hinter sich hatten.

Wenig später gingen Peter Gais und Hannes mit den Fremden ins Gasthaus zum Ritter, wo sie die Männer Heinrich Huetlin vorstellten.

»Freut mich, Herr Schultes, wenn Ihr in dieser Angelegenheit auf der Seite des armen Konrad seid«, raunte der eine Huetlin zu und verbeugte sich. »Man nennt mich Hans Mercklin, ich bin aus Grüningen, und unser Stadtpfarrer schickt mich.«

»Doktor Gaißer«, erklärte Hannes Gais dem Schultes, der ihn daraufhin staunend ansah. »Grüningen war die letzte Stadt, in der ich während meiner Wanderschaft gearbeitet habe, und an die Predigten des Pfarrers dort werde ich mich wohl mein Lebtag lang erinnern. Er kam in die Stadt, kurz bevor ich meinen dortigen Meister verließ und nach Beutelsbach zurückkehrte.«

Mercklin und der zweite Mann lachten.

»Ja, mein lieber Oheim hinterlässt bei vielen einen bleibenden Eindruck«, sagte der andere nun und stellte sich als Wilhelm Gaißer vor, einen Neffen des Stadtpfarrers. »Vor allem unserem nicht allzu beliebten Vogt Volland klingeln die Ohren, wenn er sonntags auf der Kirchenbank sitzt und eigentlich Erbauliches hören möchte. Inzwischen hat er sich bei seinem Bruder Ambrosius Volland beschwert, einem einflussreichen Berater des Herzogs. Aber bisher hat noch keiner meinem Oheim den Mund verbieten können.«

Gaißer nickte Hannes lächelnd zu, und Mercklin ergriff wieder das Wort. »Unser Pfarrer lässt schöne Grüße an euch alle ausrichten, die ihr euch in Beutelsbach für das Recht des armen Konrad einsetzt. Und ich erlaube mir noch etwas anzufügen: Wenn ihr Hilfe braucht im Remstal, könnt ihr auf uns zählen. Ich bin schon länger der Meinung, dass die Familie Volland mit unserer schönen Stadt Schindluder treibt und die Geschicke eher nach ihrem eigenen Wohl führt als nach dem von uns allen.«

»Da ist Euer Volland nicht allein«, pflichtete ihm Huetlin bei.

»Wenn es nach mir gehen würde«, setzte Mercklin mit finsterer Miene hinzu, »wäre Volland die längste Zeit Vogt gewesen. Da gehört kurzer Prozess gemacht!«

Huetlin hob abwehrend die Hände. »Herr Mercklin, bitte mäßigt Euch. Und die Grüße Eures Stadtpfarrers muss ich beinahe zurückweisen. Ich freue mich, dass er sich in Grüningen so sehr für die einfachen Leute einsetzt – aber ich bin und bleibe Schultes von Beutelsbach, also Mittler zwischen der Obrigkeit in der Amtsstadt auf der einen und den Menschen hier im Dorf auf der anderen Seite.«

Mercklin nickte Huetlin lächelnd zu. »Macht das so, wenn Ihr Euch davon Erfolg versprecht, Herr Schultes. Vielleicht ist es kein schlechter Plan, auf diese Weise für Euer Dorf noch einen Fuß in der Vogtei zu haben. Aber die Hauptsache ist doch, wofür Euer Herz schlägt – und das, scheint mir, hat sich richtig entschieden.«

Sie tranken noch etwas Wein miteinander, und Huetlin ließ ein deftiges Abendbrot auftragen. Dann hieß er eine der Mägde zwei Zimmer für seine Gäste herzurichten. Schließlich schickte Huetlin nach Keller und Schreiner, und dann steckten sie die Köpfe zusammen und tauschten sich darüber aus, was als Nächstes den größten Erfolg versprach.

Peter Gais schlug vor, die neuen Gewichte in die Rems zu werfen, um der Obrigkeit auf diese Weise deutlich zu zeigen, was man von ihnen hielt. Das fanden alle am Tisch eine gute Idee, und Keller und Schreiner boten sich an, für den nächsten Abend die Leute im Dorf und in den benachbarten Ortschaften zur Remsbrücke zwischen Beutelsbach und Heppach zu bestellen, damit das Ganze wie in einer Zeremonie möglichst viel Aufsehen erregte. Mit diesem Plan gingen spätabends alle zu Bett. Als Letzte hatten Huetlin und die beiden Gäste aus Grüningen noch diskutiert, wie man dem Ganzen noch eine größere Wichtigkeit und eine zusätzliche Wirkung verschaffen könnte.

»Was würdet Ihr denn davon halten«, brachte Wilhelm Gaißer ins Gespräch, »wenn wir die Gewichte morgen Abend in einer Art Gottesurteil ins Wasser werfen würden? Schließlich herrscht Herzog Ulrich doch von Gottes Gnaden, also sollten auch die von ihm beschlossenen Gewichte gottgefällig sein. Ist alles rechtens, schwimmen sie oben auf der Rems – und sind sie nicht nach Gottes Willen, dann gehen sie unter.«

Mercklin lachte und klatschte dem jungen Gaißer auf die Schulter. Huetlin sah ihn erstaunt an.

»Und das von Euch als Neffe des Stadtpfarrers? Versündigt Euch nicht!«

»Ach was«, winkte Gaißer ab, »auch mein Oheim ist dafür, dass man Zeichen setzt, dass man den Leuten Symbole gibt und mit Gleichnissen arbeitet. Ihr solltet ihn predigen hören: kaum eine flammende Rede kommt da ohne Gleichnis aus – das hat auf die Leute eine durchschlagende Wirkung, glaubt mir.«

Als sich die Menschenmenge am nächsten Abend in Bewegung setzte, an der Spitze der Gaispeter mit seinem breitkrempigen Zimmermannshut und neuen Gewichten in beiden Händen, behielt Huetlin die beiden Gäste aus Grüningen genau im Blick. Er hatte ihnen nach dem Frühstück im Gasthaus noch einmal dringend geraten, die gestrige Idee vom Gottesurteil fallen zu lassen, um den Gaispeter nicht noch wegen Gotteslästerung in zusätzliche Schwierigkeiten zu bringen, aber so recht überzeugt hatten Mercklin und Gaißer nicht gewirkt.

Nun ging es johlend und jauchzend hinaus an die Rems, wo am jenseitigen Ufer schon eine beachtliche Menge Schaulustiger stand, die aus Heppach herangezogen waren. Gais marschierte schnurstracks auf die Brücke zu, stellte sich in ihre Mitte und baute sich breitbeinig dort auf, das Gesicht flussabwärts gerichtet und – wie mancher lachend ausrief – den Arsch hin zur Amtsstadt Schorndorf. Die Menge verschob sich ein Stück, damit alle Gaispeter von vorn sehen konnten. Er hatte die Gewichte bis auf eines auf der Brücke abgestellt und streckte nun die rechte Hand hoch, in der er das verbliebene Gewicht hielt.

»So, Leute«, schallte seine Stimme zu den Ufern, und schnell wurde es so still, dass man nur noch das Gluckern des Flusses hören konnte. »Ich habe hier ein Gewicht, wie es uns Herzog Ulrich als neue Maßgabe für das Fleisch gegeben hat, das wir bei unseren Metzgern kaufen.«

Die Gewichte hatte er aus der Metzig geholt, und Lukas Hohnecker, dem sie gehörten und der gerade im Schlachtraum werkelte, hatte so getan, als habe er von dem »Diebstahl« nichts bemerkt. Im Moment stand Hohnecker wie all die anderen am Ufer und schaute gespannt zu Gaispeter hin.

»Wir alle, ihr alle …« Gais machte Gesten zu sich und zu allen Umstehenden hin. »… haben diese Gewichte schon bös bemängelt, haben sie verteufelt und wollen nur unsere alten wieder haben. Dabei haben diese schönen neuen Gewichte einen großen Vorteil.«

Alle lauschten, was als Nächstes käme, denn eigentlich hatten sie erwartet, der Gaispeter würde die neuen Gewichte mit starken Worten verdammen.

»Diese Gewichte sind in einem Punkt besser als die alten«, rief er.

Die ersten Umstehenden murmelten ungnädig. Gais sah sich nach allen Seiten um, wartete einen Moment, dann breitete sich ein freches Grinsen auf seinem Gesicht aus.

»Man kann sie weiter werfen als die alten!«

In das erste Gelächter hinein schleuderte er das Gewichtsstück eine beachtliche Strecke weit flussabwärts, wo es platschend aufs Wasser schlug und sofort unterging. Nun nahm er das nächste Gewicht, holte wieder aus und rief: »Man kann die neuen Gewichte …?«

Er sah sein Publikum auffordernd an, die Ersten verstanden.

»Weiter werfen!«, brüllten sie.

Und Gais warf. Er nahm das nächste Gewicht, wieder erscholl der Ruf der Zuschauer, diesmal lauter als vorher, wieder warf er, und so ging es weiter, bis auch das letzte neue Gewicht von Metzger Hohnecker in den Fluten versunken war und bis auch der letzte Umstehende aus vollem Hals mitgeschrien hatte.

»Er ist gut, Euer Gaispeter«, sagte Mercklin, als sich die beiden Grüninger direkt nach dem Spektakel von Schultes Huetlin verabschiedeten. »Aber er hätte auf uns hören sollen. Die Geschichte mit dem Gottesurteil, die wir Euch vorgeschlagen haben, hätte stärker gewirkt als diese Weiter-werfen-Rufe.«

»Mir ist es lieber so«, antwortete Huetlin, »lassen wir Gott und die Kirche besser außen vor. Mit unseren Anliegen des Armen Konrad machen wir uns so schon genügend Feinde, glaubt mir.«

Sie gaben sich die Hände, Huetlin ging nach drinnen und die beiden anderen saßen auf.

»Ich reite weiter die Rems hinauf, wie besprochen«, fasste Wilhelm Gaißer noch einmal zusammen, was sie auf dem Rückweg vom Remsufer zum Gasthaus verabredet hatten, »und ich werde in allen Ortschaften unterwegs Rast machen, um den Leuten von Gaispeter und den Gewichten zu erzählen.«

»Und ich kehre nach Grüningen zurück«, fügte Mercklin hinzu, »und erzähle die Geschichte unterwegs auch bei jeder Gelegenheit.« Er grinste. »Und dann wollen wir doch mal sehen, ob sich die tolle Erzählung vom Gottesurteil und den abgetanen Gewichten nicht wie ein Lauffeuer im Land verbreitet.«

Am frühen Morgen polterte es an der Tür, noch bevor das Gasthaus zum Ritter überhaupt geöffnet war. Rose rannte zum Eingang und sah sich drei Männern gegenüber, die jeder ein Pferd am Zügel hielten und nicht sehr durstig oder hungrig, aber ziemlich grimmig wirkten. Sie drückten der Magd kurzerhand die Zügel in die Hand, schoben sie zur Seite und stapften in den Flur.

»Hol deinen Herrn, aber schnell«, herrschte einer Adelheid an, die durch den Tumult ebenfalls herbeigerufen worden war. »Wir haben Order für ihn vom Vogt zu Schorndorf!«

Heinrich Huetlin hatte den Lärm schon vernommen und kam nun mit wehendem Übermantel herbeigeeilt.

»Was fällt Euch ein, hier mitten in der Nacht einen solchen Aufruhr in meinem Haus zu veranstalten!«

Er hatte absichtlich einen sehr autoritären Ton angeschlagen, und zwei der Männer zuckten auch wirklich etwas zusammen. Doch der Dritte zeigte sich unbeeindruckt, griff in seine Tasche und streckte Huetlin ein versiegeltes Schreiben hin. Es war das Siegel des Schorndorfer Vogts, und Huetlin wollte es schon einstecken, um es sich später von Gemeinderechner Meining vorlesen zu lassen.

»Lest das Schreiben! Jetzt!«, kommandierte der Dritte, und Huetlin musste sich sehr beherrschen, dem Gesandten des Vogts nicht über den Mund zu fahren.

Stattdessen schickte er einen Knecht zu Meining und trat mit dem Brief vors Haus, wo das Licht der Morgendämmerung schon ausreichte, um die Botschaft aus der Amtsstadt zu lesen. Meining kam bald darauf herbeigelaufen, Huetlin erbrach das Siegel, und Meining las ihm vor, dass der Vogt von Gaispeters »schändlichem Umgang mit den neuen Gewichten«, wie er schrieb, Nachricht erhalten habe und dass er Schultes und Dorfgericht anweise, den Vorgang zu klären und »nötigenfalls angemessen zu ahnden«. Schließlich klappte Meining den Brief wieder sorgfältig zusammen und gab ihn Huetlin zurück.

Der sah kurz betreten zu Boden, dann riss er sich zusammen und baute sich vor dem Anführer der drei Männer auf. »Richtet Vogt Gaisberg aus, es wird erledigt, noch heute – und jetzt macht, dass Ihr aus meinem Flecken verschwindet, bevor ich *Euch* vor das Dorfgericht zitiere!«

Der Anführer lächelte dünn und ging dann betont langsam zu seinem Pferd. Rose, die fragend zu Huetlin hinsah und nicht mehr auf die Männer achtete, streifte er dabei wie zufällig übers Hinterteil. Die Magd fuhr herum und klatschte ihm, weil er weitergegangen war und nun bei seinem Pferd stand, die flache Hand ins Genick. Der Mann beschwerte sich lautstark und machte Anstalten, die Frau zu schlagen.

Huetlin kam herbei und fixierte ihn mit funkelnden Augen. »Nehmt das als Lehre, Mann! Uns greift so schnell keiner an den Arsch – und wenn doch, kann es einem schnell leidtun!«

Rose sah irritiert zwischen den Männern hin und her, denn damit konnte Huetlin unmöglich nur die Szene von eben meinen. Der Anführer nickte nur und schwang sich in den Sattel. Dann führte er sein Tier ganz nah an Huetlin heran.

»Soll ich das genau so dem Vogt ausrichten, Herr Schultes?«

»Das könnt Ihr halten, wie Ihr wollt!«

Der Anführer zwang sich zu einem aufgesetzten Lächeln, um das Gesicht vor seinen Männern zu wahren, dann preschte er ohne ein weiteres Wort davon.

Das Dorfgericht trat noch am Vormittag zusammen, Peter Gais war gleich am frühen Morgen informiert worden, und vor Beginn der Gerichtsverhandlung hatte Huetlin ihn noch beiseite genommen. »Gais, wir machen das jetzt dem Vogt zuliebe, und du hältst dein Maul. Und wenn du antwortest, dann sagst du nur, was ich dir jetzt vorgebe.« Er instruierte ihn, ließ ihn alles wiederholen, dann trennten sich ihre Wege, bis sie sich kurz darauf im Schankraum des Gasthauses gegenüberstanden.

»Peter Gais, Tagelöhner zu Beutelsbach, genannt Gaispeter«, leierte Huetlin die Personalien des Angeklagten herunter. »Seid Ihr das?«

Gais nickte, musste dabei aber grinsen, weil Huetlin so förmlich tat. Der Schultes hatte ihm zuvor angedeutet, dass während der Verhandlung alles ganz offiziell und korrekt zugehen müsse, weil der Schorndorfer Vogt ohne Zweifel Auge und Ohr im Publikum haben würde. Aber wenn man es persönlich erlebte, wie sich ein Nachbar plötzlich aufführte, als kenne er einen gar nicht, war das noch einmal eine andere Sache. Und was den Vogt betraf: Gais und Huetlin hatten sich die ganze Zeit hindurch umgesehen, aber außer Pfarrer Schefflen kam niemand als Spion der Obrigkeit in Betracht. Der im Schankraum abgetrennte Zuschauerbereich war rappelvoll, aber es war dort niemand zu sehen, der nicht aus Beutelsbach stammte.

Jost war am frühen Vormittag von Waiblingen hergekommen und hatte seinem Vater erzählt, er müsse für seinen Vorgesetzten ein Schriftstück zum Kloster Adelberg bringen. Dass er nun eine Pause einlegte, um die Verhandlung in seinem Heimatflecken zu verfolgen, war da nur natürlich. Und selbst für den Fall, dass Jost dem Waiblinger Vogt genau berichten und der womöglich seinem Schorndorfer Amtsbruder alles haarklein weitergeben würde, war ja nichts zu befürchten – solange sich alle an ihre Rolle hielten.

»Euch wird vorgeworfen, dass Ihr gestern Abend neue Gewichte, die unser Herzog Ulrich verordnete, in die Rems geworfen habt.«

Wieder nickte Gais, sagte aber nichts. Er bemühte sich um eine ernste Miene, obwohl alles in ihm lachen wollte und laut ausrufen: Was fragst du so dumm, du bist doch selbst dabei gewesen!

»Unserem Herrn Vogt Gaisberg ist in Schorndorf davon berichtet worden, und diesen Vorwurf sollen wir heute mit dieser Verhandlung klären. Du gibst also zu, die Gewichte in die Rems geworfen zu haben?« Huetlin fragte ihn, aber vor allem forderte ihn sein flehender Blick auf, nun genau das zu sagen, was sie vorhin verabredet hatten.

»Ja, das gebe ich zu, aber …«

Ein Raunen ging durch den Raum, und Huetlin hielt für einen Moment die Luft an.

»Aber das war alles nur ein Scherz, Herr Schultes.«

Huetlin atmete auf, und ein Seitenblick auf Schefflen zeigte ihm, dass der Pfarrer enttäuscht war. Also war er Auge und Ohr des Vogts – überraschen konnte Huetlin das nicht, denn sie hatten Schefflen nicht die ganze Zeit seit der Schlägerei im Ritter in Arrest halten können. Vermutlich war er ausgebüchst, sobald vor seiner Tür kein Bewacher mehr stand, hatte sich unter die Schaulustigen am Remsufer gemischt und war dann so schnell wie möglich nach Schorndorf geeilt. Nur eines passte nicht, aber das konnte Huetlin später klären – jetzt ging es erst einmal darum, Gaispeters Hals vollends aus der Schlinge zu ziehen. Und auf dem Weg dahin kam nun die schwierigste Phase.

»Dem Herrn Vogt wurde außerdem berichtet …« Huetlin ermahnte Gais mit einem intensiven Blick, jetzt nur bei der besprochenen Geschichte zu bleiben. »… dass du die Gewichte nicht einfach so in die Rems abgetan hast, sondern, dass du …« Er fixierte Gais mit seinen Augen, der schien ganz ruhig. »… dass du diese verwerfliche Prozedur als Gottesurteil inszeniert hast. Was hast du dazu zu sagen?«

Gais kämpfte kurz mit sich, aber er behielt die Fassung. Huetlin hatte ihm ja schon vorher alles gesagt. Und wie es wirklich gewesen war, wusste er – und wussten auch alle, die dabei gewesen waren. »Das stimmt nicht. Ich habe die Gewichte in den Fluss geworfen, und ich habe gesagt, dass man die neuen Gewichte weiter werfen kann. Sonst nichts.«

Einige im Publikum lachten. Gais entspannte sich ein wenig.

»Dem Vogt ist folgender Wortlaut zugetragen worden: …« Huetlin nickte Meining zu, der nun aus dem Schreiben zitierte: »Herzog Ulrich ist unser Herrscher von Gottes Gnaden, und die neuen Gewichte sind unsere Gewicht von des Herzogs Gnaden – demnach müssten sie also gottgefällig sein.«

Im Schankraum wurde Gemurmel laut, Gais schluckte und sah betreten zu Boden. Meining sprach schnell weiter, um die leidige Geschichte endlich hinter sich zu haben. »Und wenn die neuen Gewichte gottgefällig seien, würden sie oben auf dem Remswasser schwimmen – und wenn nicht, wenn die Bauern mit ihrer Kritik an diesen Gewichten recht haben, würden sie untergehen.«

Einzelne Zuschauer jauchzten vor Begeisterung, Jubel brandete auf und einer ließ den Gaispeter kreischend hochleben. Gais sah sich verwirrt um: Alle hier im Raum waren gestern dabei gewesen, warum führten sie sich dann so auf?

»Das habe ich nie gesagt, Herr Schultes.«

»Schade, Gaispeter!«, schrie einer, und sofort gab es zustimmende Rufe.

»Genau: ein Gottesurteil«, brüllte ein anderer, »und untergegangen sind sie! Das sagt doch alles!«

Huetlin rutschte unruhig auf seinem Platz herum, Schefflen gönnte sich ein hinterhältiges Grinsen, und Gais musste sich sehr beherrschen.

»Das stimmt so nicht«, rief er. »Ich habe die Gewichte einfach so in den Fluss geworfen!«

»Also kein Gottesurteil gegen die Gewichte, die uns der Herzog verordnet hat?«

»Nein, Herr Schultes. Das war alles nur …«

Gais schluckte, und Huetlin betete inständig, dass er sich nur noch ein einziges Mal überwinden konnte.

»Das war alles nur als Scherz gemeint. Weiter nichts.«

Huetlin kam gar nicht mehr zum Aufatmen, im ganzen Raum konnte man die aufbrandende Wut plötzlich mit Händen greifen.

»Hast du uns verraten, Gaispeter?« – »Sind dir die Sorgen des armen Konrad jetzt auf einmal gleichgültig?« – »Hat man dich gekauft?« – »Kriechst du dem Vogt in den Arsch?«

Die Protestrufe prasselten von allen Seiten auf Peter Gais ein, und er duckte sich unter ihnen wie unter Peitschenhieben. Irgendwann wurde es ihm zu viel. Er trat einen Schritt nach vorn, stellte sich breitbeinig vor Huetlin hin und hob den Kopf. »Nein, Herr Schultes: Das war kein Spaß! Mir war es ernst, und das ist es mir noch! Die neuen Gewichte sind unrecht, und unrecht ist es auch, dass der arme Konrad, wir alle, mit immer neuen Lasten und Verboten beladen werden! Dass keiner das alte Herkommen achtet! Dass die Obrigkeit sich nimmt, was immer sie will, und dass sie unsere Rechte und unsere Bedürfnisse, ja: dass sie unsere Not mit Füßen tritt und immer nur ihr eigenes Wohl im Sinn hat! Deshalb habe ich die Gewichte abgetan!« Gais war mit jedem Satz lauter geworden, und allmählich kippte die Stimmung im Raum wieder zu seinen Gunsten. »Aber ein Gottesurteil würde ich mir nie und nimmer anmaßen!«

Sein letzter Satz ging bereits in den Bravo-Rufen und allgemeinem Johlen und Schmähungen gegen Vogt und Herzog unter. Außer Gais selbst hatten ihn nur die Mitglieder des Dorfgerichts gehört. Huetlin nickte dem Angeklagten dankbar zu, dass er sich den Umständen entsprechend recht folgsam verhalten hatte. Er tauschte Blicke mit Schreiner und Keller, und als die beiden nickten, schlug er einige Male mit der geballten Faust auf die Tischplatte vor sich, bis wieder Ruhe einkehrte.

»Damit ergeht folgendes Urteil gegen Peter Gais, Tagelöhner zu Beutelsbach: Er wird sich bis auf Weiteres allen kritischen Äußerungen gegen die neuen Gewichte enthalten und überhaupt gegen die Obrigkeit und sich fortan nur noch um seine tägliche Arbeit kümmern.«

»Andernfalls?«, rief Pfarrer Schefflen aus seiner Ecke dazwischen, in seinem Tonfall schwang eine Mischung aus Wut und Spott mit. »Was blüht ihm denn, wenn er sich nicht an Eure väterliche Ermahnung hält, Herr Schultes?«

Einige Umstehende machten sich daran, den Pfarrer in die Enge zu treiben, sobald sie den Zwischenrufer erkannt hatten. Seit er im Ritter verprügelt worden war, hatte er im Flecken keinen guten Stand mehr.

»Lasst unseren Herrn Pfarrer!«, donnerte Huetlin, und tatsächlich wichen die wütenden Männer wieder ein wenig zurück.

»Das lasst die Sorge des weltlichen Gerichts sein«, fuhr er, an Schefflen gewandt, fort. »Ihr könnt einstweilen für Peter Gais beten. Und für uns alle.«

Hannes hatte die Gerichtsverhandlung miterlebt, und fürs Erste war er heilfroh, dass sein Vater zunächst ohne Bestrafung davongekommen war. Dass Huetlin besonders milde mit ihm verfahren war, lag natürlich darin begründet, dass der Schultes mindestens mit dem Aufruhr sympathisierte – auch wenn er die genaue Rolle von Heinrich Huetlin nicht kannte. Nun hoffte er, dass der Vogt, wenn ihm das Urteil gemeldet wurde, mit dem Ausgang des Verfahrens auch zufrieden war.

Die Zuschauer zerstreuten sich, Jost ging in die Küche, um sich ein Stück Brot zu holen. Die Mägde schoben die Wirtshaustische wieder an ihre angestammten Plätze, und Huetlin gab dem Pfarrer auf dessen Bitten hin zwei Dorfrichter als Geleitschutz zum Pfarrhaus hinüber mit. Keller, Schreiner und Vollmar hockten auf einen Becher Wein zusammen, und der Schultes nahm Peter Gais beiseite. Hannes wartete an der Tür, bis ihm sein Vater nach einer Weile zurief, er möge doch schon nach Hause gehen, er selbst komme später nach.

»Tut mir leid«, sagte Gais und sah sich dabei um, als befürchte er belauscht zu werden. »Wir hatten ja alles genau besprochen, aber wie die Leute hinter mir angefangen haben, mich zu beschimpfen, mir Verrat vorzuwerfen … da hab ich's nicht mehr ausgehalten.«

Huetlin nickte. »Ich kann dich verstehen, das war sicher nicht angenehm für dich. Aber so ist es jetzt ja auch glimpflich ausgegangen«, fügte er hinzu. »Zunächst einmal.«

»Wieso zunächst? Das Urteil ist gesprochen, das Verfahren beendet. Was kommt denn jetzt noch?«

»Ich muss das Urteil natürlich melden.« Huetlin machte eine Geste, die nach oben deutete. »Und weil Schefflen unter den Zuschauern war, werde ich da nichts beschönigen oder auslassen können. Immerhin kann ich das Gottesurteil aus meinem Bericht herauslassen. Du hast es ja abgestritten. Das haben in dem Tumult wenn überhaupt nur ganz wenige mitbekommen – aber ich hab's gehört, und alle Richter können es bestätigen. Deshalb erwähne ich es nicht in meinem Bericht – und gehe nur in einem Begleitbrief an den Vogt darauf ein. Wahrscheinlich ist der selbst froh, dass da nicht auch noch Gotteslästerung ins Spiel kommt. Der Vogt ist zwar ganz gewiss nicht auf unserer Seite, aber manchmal habe ich das Gefühl, der würde uns manches zugestehen, nur damit er endlich wieder seine Ruhe hat.«

»Darauf hoffen wir ja, denn eigentlich wollten wir der Obrigkeit nur Druck machen, damit sie uns mehr Rechte zugesteht – und das wollen wir auch immer noch, oder?«

»Wir schon«, pflichtete ihm Huetlin bei. »Aber du nicht mehr. Hast du mein Urteil nicht verstanden? Die Sache geht ohne dich weiter.« Huetlin legte ihm eine Hand auf die Schulter. »Und du hast auch schon genug dafür getan: Im ganzen Remstal hast du die Leute mit deinen Reden aufgerüttelt, hast die Gewichte ins Wasser geworfen – das alles wird uns sicher noch viel Zulauf bescheren.«

»Aber ich kann doch nicht daheim herumsitzen und nichts tun, während überall im Remstal die Leute gegen die Obrigkeit Sturm laufen! Was ist jetzt mit deiner Begründung, dass ihr mich braucht, weil ich gut reden kann und Erfahrung mit militärischer Organisation habe?«

Huetlin nahm die Hand wieder weg und zuckte mit den Schultern.

»Manchmal kommt es eben anders, als man sich das vorgestellt hat. Jetzt müssen andere ran, du hast deinen Teil getan.«

Gais wollte protestieren, aber Huetlin hielt ihn fest an beiden Oberarmen. Jost stand in der Küchentür, nun ging er ein wenig in Deckung, um die beiden belauschen zu können, ohne dabei von ihnen entdeckt zu werden.

»Hör auf, Gais! Ich hoffe, dass sich der Vogt mit meinem milden Urteil über dich zufrieden gibt. Und wenn er es anficht, werde ich wie ein Bär für dich kämpfen, glaub mir! Aber wenn du jetzt gegen meine Auflage verstößt, dich nicht mehr einzumischen und dich nicht mehr gegen die Obrigkeit zu wenden, kann ich nichts mehr für dich tun!«

»Das lass meine Sorge sein, Huetlin!«

»Nein, es ist eben nicht nur deine Sorge! Du bringst dich sonst in größte Gefahr. Und den Hannes auch!« Huetlin war sich im ersten Moment nicht sicher, ob er den letzten Satz wirklich ausgesprochen oder wie all die Jahre zuvor nur gedacht hatte. Als Gaispeters Miene sich verdunkelte und er ihn aus funkelnden Augen fragend ansah, verflog der Zweifel und er biss sich auf die Unterlippe.

»Den Hannes?«, fragte Gais mit einem drohenden Unterton. »Und warum nicht auch den Michel, den Lennert, die Klara?«

Huetlin senkte den Kopf und schwieg.

»Du meinst jenen Hannes, dem du geholfen hast, eine Lehrstelle zu finden? Dem du immer mit einem Rat zur Seite gestanden hast, wenn er einen gebraucht hat? Obwohl du der Schultes bist und er nur der Sohn eines Tagelöhners?« Gais lachte bitter auf. »Ist er denn der Sohn eines Tagelöhners?«

Huetlins Blick blieb fest auf den Holzboden der Schankstube geheftet. Dass Gais mit zitternden Lippen nickte, konnte er nicht sehen. Aber als nichts geschah und er nur noch die Gespräche von den Wirtshaustischen hörte, hob er den Kopf wieder. Gais stand starr vor ihm, seine Augen schimmerten feucht und er war ganz blass geworden.

»Dacht ich's mir!«, zischte er dann, wandte sich abrupt ab und stampfte hinaus auf die Straße.

In der Tür zur Schankstube stieß er mit Hannes zusammen, den die Mutter geschickt hatte, um Gais endlich zum Mittagstisch zu holen. Gaispeter sah nicht einmal auf, sondern stürmte an Hannes vorbei, als habe er einen furchtbaren Streit hinter sich, und drinnen sah er Heinrich Huetlin stehen, offenbar völlig am Ende.

Was hatten die beiden miteinander? Hatte der Schultes nicht besonders milde über den Vater geurteilt? Ging es dem Vater so sehr gegen den Strich, dass er sich nun von weiterem Aufruhr fernhalten sollte?

Einen Moment lang überlegte sich Hannes, ob er Huetlin nach dem Grund für den Zorn seines Vaters fragen sollte, aber der sah ihn so unendlich traurig an, dass er es dann doch bleiben ließ und nach Hause ging. Und so bemerkte er auch Jost nicht, der sich totenbleich aus seinem Versteck löste, wie betäubt durch die Küche, über den Flur und in seine Kammer tappte und sich dort weinend aufs Bett fallen ließ.

Hans Vollmar war Gais nachgeeilt, aber auf der Straße konnte er ihn nirgendwo mehr entdecken. Also streifte er durchs Dorf, und irgendwann fand er endlich den Mann, den er suchte: Peter Gais hockte oben auf dem Baugerüst, die Kirche zwischen sich und der Ortsmitte, den Blick über den Friedhof hinweg in die Ferne gerichtet.

Vollmar kletterte zu ihm hinauf, setzte sich neben ihn aufs grobe Holz und sah schweigend in dieselbe Richtung wie Gais. Der Wind zerzauste Gais die Haare, seinen breitkrempigen Hut hatte er neben sich aufs Gerüst gelegt. So saßen sie stumm beieinander und ließen die Beine über die Gerüstkante baumeln.

»Was willst du?«, fragte Gais nach einiger Zeit, sah Vollmar dabei aber nicht an.

»Dich fragen, was wir als Nächstes machen.«

Gais schnaubte. »Der Schultes hat es mir doch verboten, du hast es doch gehört.«

»Ach – und daran willst du dich halten?«

»Huetlin hat es mir vorhin im Gasthaus noch einmal eingeschärft. Er meinte, wenn ich überhaupt mit dem milden Urteil davonkomme, soll ich froh sein – und wenn ich jetzt noch einmal wider die Obrigkeit rede, kann er nichts mehr für mich tun.«

»Hasenfuß!«, zischte Vollmar und spuckte in die Tiefe.

Es verging wieder eine Weile.

»Und das soll es jetzt gewesen sein?«, fragte Vollmar schließlich. »Der ganze Aufwand umsonst und alles bleibt so schlecht, wie es zuletzt geworden ist? Oder wird noch schlechter?«

»Nein«, antwortete Gais mit resignierter Stimme, »ihr macht natürlich weiter, aber nun halt ohne mich.«

»Ohne unseren besten Redner? Ohne den Mann, der früher mal als Söldner ins Gefecht gezogen ist?« Vollmar war richtig wütend geworden. »Das kann doch nicht dein Ernst sein!«

Gais schwieg.

»Du bist der Gaispeter, Mann! Du bist selbst so etwas wie unsere Fahne, ein Symbol für unsere Anliegen, gewissermaßen unser Bundschuh! Einer, dem alle zuhören, dem alle folgen und der alle begeistern kann für unsere Sache! Das kannst du doch nicht einfach wegwerfen!«

»Huetlin meinte, wenn ich weitermache, bringe ich nur mich und … meine … Familie in Gefahr.«

Vollmar verstand nicht recht, warum die Stimme des anderen plötzlich etwas brüchiger klang, aber vielleicht, dachte er bei sich, war Gais nun etwas unsicher und er konnte ihn umstimmen.

»Aber bringst du deine Familie nicht noch viel mehr in Gefahr, wenn du nichts unternimmst, wenn du einfach hinnimmst, dass uns ständig mehr Rechte genommen und dafür immer neue Lasten und Abgaben und Umgelder auferlegt werden?«

Keine Antwort.

»Wenn wir jetzt nicht endlich aufstehen und der Obrigkeit deutlich zeigen, dass es so nicht weitergehen kann, werden sie die Daumenschrauben immer fester anziehen und werden es sich immer bequemer einrichten auf unser aller Rücken!«

Gais schwieg, aber Vollmar hörte seine Zähne knirschen.

»Und deine beiden großen Buben sind doch selbst mit Feuereifer dabei! Wenn du also jetzt nach Hause gehst und die Füße ans Feuer hältst, während deine Söhne für die gute Sache kämpfen – bringst du sie dann nicht noch eher in Gefahr?«

Auf Gaispeters Gesicht spiegelten sich die unterschiedlichsten Empfindungen wider, und Vollmar hakte noch einmal nach.

»Gais, denk an Michel, denk an Hannes – und nimm das zum Anlass, jetzt erst recht für den Armen Konrad einzustehen!«

Gais wandte ihm langsam das Gesicht zu. Tränen liefen ihm über das Gesicht, und Vollmar sah etwas angewidert zur Seite. Er spürte neben sich eine Bewegung, und für einen Moment hatte er Angst, Gais stürze sich nach vorne in die Tiefe. Doch er hatte nur seinen Hut zur Hand genommen und schleuderte ihn mit einer schnellen Bewegung von sich. Die breite Krempe ließ den Hut einen großen Bogen beschreiben, trudelnd glitt er ein Stück von der Kirche weg, stieß weiter unten mit der Kante gegen eine Mauer des Stiftshofs, bevor er mitten auf der Straße zu liegen kam.

Vollmar stand auf und kletterte schnell hinunter, Gais folgte ihm etwas langsamer. Und als beide unter dem Gerüst standen, hatte Vollmar den Hut in der Hand und klopfte den Staub ab. Dann hielt er Gais den Hut hin.

»Werf nicht deinen Hut weg, und werf nicht die Rolle weg, die der Herrgott dir in dieser schweren Zeit zugedacht hat«, sagte Vollmar mit bebender Stimme. »Du bist der Gaispeter, du bist unsere Stimme und unser Gesicht!« Vollmar grinste. »Und unser Hut! Bart, Hut und geschnürter Schuh – das bist du, und ohne das erkennt dich doch keiner. Kannst froh sein, dass du nicht im Nachthemd berühmt geworden bist.«

Nun musste Gais doch lachen und er klopfte dem anderen auf die Schulter.

»Du bist auch kein schlechter Redner, Hans Vollmar. Magst nicht du meine Rolle übernehmen?«

»Nein, meins ist eher der Kampf, das Draufhauen, glaube ich. Aber auch dazu brauche ich dich: Bring mir endlich bei, wie man einen Haufen ordentlich organisiert, anstatt hier heulend herumzustehen und mit dem Hut zu werfen!«

Gais wischte sich mit dem Ärmel über das Gesicht, dann nahm er nach kurzem Zögern den Hut wieder und setzte ihn sich auf. »Gut, dann soll's halt so sein.« Er legte Vollmar den Arm um die Schulter und zog ihn in Richtung Ortsmitte davon. »Rotte, Fähnlein und Regiment sind die ersten Begriffe, die du dir merken musst«, begann er zu erklären. Vollmar hörte aufmerksam zu und erwies sich als gelehriger Schüler.

Seit dem Nachmittag waren wieder Boten unterwegs und verbreiteten die Neuigkeit, dass der Gaispeter für den Abend wieder alle Unzufriedenen nach Beutelsbach rufe und dass er trotz seiner Verurteilung nicht vom Protest gegen das Umgeld auf Fleisch und Wein ablassen wolle. Außerdem gehe es nicht nur um die neuen Gewichte, sondern ganz allgemein um die Rechte des armen Konrad, der einfachen Leute aus Stadt und Dorf.

Huetlin schäumte vor Wut, als er davon erfuhr, und sofort marschierte er zu Gaispeters Haus, aber er war nicht zuhause. Anna Gais fragte ihn, ob er wisse, was ihren Mann seit der Gerichtsverhandlung so sehr verändert habe, dass er kein Wort mehr mit ihr rede und mit Hannes nur noch das Allernötigste. Huetlin wollte schon antworten, da überlegte er es sich doch noch anders. Sein Zögern war ihr Antwort genug, und traurig sah sie ihn an. Da hatten sie all die Jahre geschwiegen, und nun war es doch heraus … Er wich ihrem Blick aus und rettete sich in eine knappe Anweisung, die ihm barscher geriet, als er es wollte. »Sag deinem Mann, er soll sich sofort bei mir melden, wenn er wieder hier auftaucht!« Damit stürmte er hinaus und ließ die Tür krachend hinter sich ins Schloss fallen.

Gaispeter bekam er zum ersten Mal zu Gesicht, als sich im Flecken schon eine große Menge an Schaulustigen zusammengefunden hatte. Er trat aus Hans Vollmars Haus, und Vollmar begleitete ihn. Zu seinem Schrecken bemerkte er, dass Vollmar und einige andere Männer bewaffnet waren: Sie hatten sich Schwerter umgeschnallt oder trugen Messer im Gürtel. Sofort wollte Huetlin zu ihnen, um sie zur Vernunft zu bringen, aber die Menschen standen so eng beieinander, dass kein Durchkommen war.

»Leute!«

Die Stimme war laut genug, um das Gemurmel und Geschwätz rundum verstummen zu lassen. Und Huetlin musste sich nicht einmal strecken, um den Mann sehen zu können, zu dem sie gehörte: Gaispeter hatte einen Karren herbeischaffen lassen, nun stand er auf dem Kutschbock neben Vollmar, der die Zügel eines alten Gauls hielt.

»Ihr kennt mich alle: Ich bin der Gaispeter!«

»Ja!«, rief die Menge, und: »Geht's wieder zum Fluss?«

»Und ihr wisst alle, wofür ich stehe?«

»Für den Armen Konrad!«, brüllte einer, und die anderen johlten beifällig.

»Du sagst es«, antwortete Gaispeter. »Und der Arme Konrad will euch das alte Herkommen wieder erstreiten! Die hohen Herren in der Amtsstadt sollen endlich damit aufhören, uns Stück für Stück unsere Rechte zu nehmen. Sie sollen damit aufhören, uns immer neue Fesseln anzulegen! Und sie sollen uns nicht hungers verrecken lassen wie im vorigen Winter, während sie selbst nur das Problem haben, wie sie das Fett, das ihnen beim Fressen auf den Kittel tropft, wieder aus dem Stoff herausbekommen!«

Zu jedem Satz gab es Zustimmung und Jubelrufe aus der Menge, und Huetlin war hin und her gerissen: Würde die Stimmung im Volk, die Gais hier so geschickt anheizte, die Obrigkeit zum Zurückweichen bewegen – oder würde alles damit enden, dass der Herzog alle gefangennehmen und hinrichten ließ, um in einem fürchterlichen Blutgericht seine Herrschaft zu festigen?

Gaispeter hatte sich auf seinem Karren geradezu in Rage geredet, und immer neue Forderungen schleuderte er der aufgeregten Menge entgegen.

»Und das alles beginnt damit, dass wir die neuen Gewichte abtun!«, rief er schließlich und hielt zwei Pfundsteine hoch. »Nun hat nach dem Metzger Hohnecker auch der Wonnhart keine mehr!«

Gelächter und noch lauterer Beifall brandeten auf.

»Los!«, riefen einige schon. »Und jetzt wieder ab mit ihnen in die Rems!«

Tatsächlich setzte sich der Karren nun langsam in Bewegung, und Vollmar rumpelte mit dem Gefährt auf dem Weg durchs Dorf und in Richtung Heppach, während Gais sich nun setzte, um nicht vom Kutschbock zu purzeln. Dabei hielt er immer wieder eine Hand nach oben, um das Gewicht darin wie eine Trophäe herzuzeigen. Doch kurz nach dem Ortsrand blieb der Karren stehen. Die Menge teilte sich und bildete einen Halbkreis vor Gaispeter, der sich nun wieder aufgerichtet hatte und mit breiten Beinen auf dem Kutschbock stand.

»Macht Platz da vor mir auf dem Weg nach Heppach!«, rief er.

Die Leute, die dort gestanden hatten, wichen zur Seite aus oder gingen ein paar Schritte zurück.

»Macht ruhig noch mehr Platz! Ihr wisst ja, was das Gute an den neuen Gewichten ist: Man kann sie …«

Die Menge lachte, aber keiner brüllte die Worte, auf die Gaispeter spekuliert hatte. Er zuckte mit den Schultern, dann musste es halt ohne das Echo aus der Menge gehen.

»Hiermit«, deklamierte er und holte mit dem rechten Arm weit aus, »tue ich die neuen Gewichte ab!«

Und er warf den Pfundstein im hohen Bogen von sich. Mit einem dumpfen Schlag landete das Gewicht auf dem Weg, rollte noch etwas weiter und blieb dann im Staub liegen. Gewicht um Gewicht nahm nun denselben Weg, und schon vom zweiten Wurf an wurde die Prozedur mit bis zum Wurf anschwellenden und danach wieder verstummenden Rufen begleitet.

Gaispeter war's zufrieden, und auch Vollmar genoss den Zuspruch der Leute sehr. Als das letzte Gewicht im Staub gelandet war, mischte sich Vollmar unter die Menge und schwor sie darauf ein, nun auch selbst Widerstand gegen das Umgeld und die neuen Gewichte zu leisten.

»Ihr seid der Arme Konrad, nicht der Gaispeter oder ich. Ihr alle seid es! Und um eure Rechte, um euer Leben und das eurer Familien geht es!«

Er hatte mit den meisten leichtes Spiel, und die anderen Bauern, mit denen er sich den Nachmittag über besprochen hatte, taten es ihm gleich und überzeugten die Leute scharenweise. Schon eilten die Ersten hinaus zu den umliegenden Dörfern: die einen, um ebenfalls für die Sache des Armen Konrad zu werben – die anderen, um ihre Waffen zu holen und sich für einen Protestzug nach Schorndorf zu rüsten.

In den Dörfern rund um Beutelsbach ging es an diesem Abend zu wie im Bienenstock. Gaispeter hatte die alte Kiste aus ihrem Versteck geholt, in der er seine Waffen aufbewahrt hatte. Er gab Michel eine Lanze und einen groben Hammer, er selbst nahm sich ein Messer und eine Büchse. Hannes stand daneben, und als er protestierte, weil er keine Waffe bekommen hatte, zögerte der Vater kurz, dann reichte er ihm ein Schwert.

»Nimm das und pass auf deine Mutter, auf Klara und Lennert auf.«

»Und du?«

»Ich gehe hinauf zum Kappelberg, Michel wird mich begleiten.«

»Und was hast du vor?«

»Das wirst du früh genug erfahren, glaub mir.«

Damit hatte er recht. Kurz darauf wurde droben in der Nikolauskapelle der alten Burg Sturm geläutet, und Hans Vollmar lief durch die Straßen und brüllte in die Nacht: »Hört ihr die Glocke? Der Gaispeter läutet Sturm! Das ist das Signal, jetzt geht's los! Rüstet euch und kommt im Morgengrauen zur Straße nach Heppach, wir marschieren auf Schorndorf! Und so wie der Gaispeter das Glockenseil in die Hand genommen hat, so nehmen wir alle jetzt endlich unser Recht selbst in die Hand!«

Er rannte wie ein Büttel kreuz und quer durchs Dorf, und der Scharwächter hinderte ihn nicht an seinen wilden Reden, obwohl Schultes Huetlin ihn rot vor Zorn dazu aufforderte. In dieser Nacht schlief keiner, auch Pfarrer Schefflen war mit dem Kaplan, dem Vikar und dem Stiftspfleger auf den Beinen. Sie waren hinauf zur Kapelle geeilt, aber vier mit Spießen und Schwertern bewaffnete Bauern verwehrten ihnen den Zugang zur Burgruine. Gegen Mitternacht kehrten sie unverrichteter Dinge wieder zurück und berieten sich im Pfarrhaus. Einige Zeit später schlich sich Vikar Röhm hinaus, führte sein Pferd am Zügel heimlich um den Friedhof herum und ritt, als er außer Hörweite war, in scharfem Galopp in Richtung Schorndorf davon.

Als im Osten der Himmel etwas heller wurde, läutete es droben auf dem Kappelberg erneut Sturm. Aus allen Häusern strömten die Männer, manche bis an die Zähne mit den Waffen gerüstet, die sie besaßen, um dem Herzog in Notzeiten als Kämpfer des Landesaufgebots beizustehen, manche hatten sich stattdessen oder zusätzlich Dreschflegel, Sicheln und schwere Hämmer geschnappt. Und bald war ein Haufen zu allem entschlossener Männer auf der Straße. Vollmar rief ihnen einige Kommandos zu, die zwar weitgehend unbefolgt verhallten, aber immerhin überließen sie es ihm, den Zug anzuführen, und marschierten in wildem Durcheinander hinter ihm her aus dem Dorf.

Hannes hatte zunächst ebenfalls mitgehen wollen, weil er nicht daran dachte, daheim am Feuer zu sitzen, während alle anderen ein gefährliches Abenteuer erlebten – aber als er in die Gesichter der Leute blickte, die da schimpfend und schreiend am Haus vorbeizogen und sich zum Abmarsch versammelten, verstand er die Sorge des Vaters doch, und er fügte sich in seinen Auftrag, Haus und Familie vor besonders zügellosen Männern zu beschützen, die in ihrem Übereifer durchaus auch zu Übergriffen fähig waren, die nichts mit ihren laut gebrüllten Forderungen zu tun hatten.

Als es in Beutelsbach ruhiger geworden war und er Mutter, Lennert und Klara guten Gewissens allein lassen konnte, schärfte er seinem nun auch schon vierzehnjährigen Bruder ein, das Haus verriegelt zu lassen, was auch geschehe. Dann eilte er nach Schorndorf, wo er vor den verschlossenen Toren der Stadt eine Menge antraf, wie er sie so groß selten zuvor gesehen hatte.

Überall erleuchteten Lagerfeuer die Nacht, und Becher mit Wein und Platten mit Fleisch und Brot kreisten. Das Ganze hatte etwas von einem Fest, und Hannes musste schmunzeln, weil es doch eher die hohen Herrschaften waren, die ihre Jagdausflüge gerne für eine Brotzeit im Freien unterbrachen. Und obwohl überall die Lanzen und Büchsen zu Garben zusammengestellt waren, herrschte keine aggressive, sondern eher eine übermütige, ausgelassene Stimmung. An manchen Feuern wurde gesungen, an anderen fröhlich und frech geschwatzt.

Es dauerte eine Weile, bis Hannes Michel fand. Er ließ sich neben ihm auf dem Boden nieder, und kurz darauf hatte er einen gefüllten Becher in der Hand und jemand reichte ihm ein Stück Brot.

»Ihr lebt ja recht manierlich hier«, brachte Hannes mit vollem Mund hervor.

»Hat uns alles der Vogt spendiert«, rief einer.

Die Männer in der Runde prosteten sich zu und schwatzten weiter.

»Wie das?«, fragte Hannes seinen Bruder. »Ihr zieht auf Schorndorf, rebelliert dagegen, wie euch die Obrigkeit unterdrückt – und dafür gibt euch der Vogt, der ja immerhin die Obrigkeit in Schorndorf anführt, einen aus?«

»Vater meint, dass der Vogt uns damit besänftigen will. Er sagt: Jerg Gaisberg hat uns lieber kauend und trinkend vor den Toren der Stadt als wütend und scheppernd in ihren Straßen.«

Hannes sah sich um. »Er scheint recht zu haben. Das ist nicht mehr der maulende Haufen, der in Beutelsbach losgezogen ist.«

»Außerdem sind wir deutlich mehr geworden.«

»Das seh ich.«

»Ich kann kaum abschätzen, ob es nun einige hundert oder sogar über tausend Leute sind, aber die sind von überallher auf diese Wiese geströmt.«

Hannes nickte und sah sich weiter um. »Und wo ist der Vater?«, fragte er schließlich.

Michel beschrieb ihm den Weg zu dem Feuer, um das er vorher mit Vollmar und den anderen Wortführern des Armen Konrad zusammengesessen und das weitere Vorgehen besprochen hatte. Hannes stand auf und machte sich auf die Suche. Vollmar sprach gerade, und als er Hannes im äußersten Feuerschein erkannte, winkte er ihn heran und reichte ihm einen Becher. Peter Gais hatte seinen Sohn im Rücken, drehte sich um und wirkte seltsam abweisend, als er Hannes erkannte.

»Solltest du nicht im Haus bleiben?«, brummte er und trank einen Schluck.

»Lennert gibt acht, dass der Riegel vorgelegt bleibt, und im Flecken ist es jetzt ganz ruhig geworden.«

Vollmar sah aufmerksam zwischen Vater und Sohn hin und her, aber aus Gaispeters Verhalten wurde er so wenig schlau wie Hannes. Immerhin konnte Hannes hierbleiben, und so bekam er mit, wie sich die Geschichte inzwischen entwickelt hatte. Vollmar und einige andere waren zu Hauptleuten ernannt worden, es gab Fähnriche und Rottmeister, und es gab sie nicht nur unter den Beutelsbachern.

Boten kamen von Zeit zu Zeit herangeritten und brachten Nachrichten darüber, was sich im Amt Schorndorf tat, in den benachbarten Ämtern und in Stuttgart. Der Herzog war nicht in seinem Schloss, die Nachricht hatte ihn wohl erreicht, als er auf dem Rückweg von einem Besuch bei seinem Vetter im Hessischen war. Inzwischen, berichtete einer, frage Ulrich von Württemberg bereits bei Fürsten, die ihm wohlgesinnt waren, nach der Bereitstellung von Truppen, auch Reichsstädte hätten ihm schon ihre Unterstützung zugesagt. Und wirklich kam wenig später ein aufgeregter Bauer herangerannt, der aus Esslingen gehört hatte, dass dort eine Abteilung Bewaffneter zusammengestellt wurde.

Nun ging es hin und her, einige wie Hans Vollmar forderten, dass man die Schorndorfer Stadttore am besten sofort stürmen solle – Gaispeter dagegen hielt ihn zurück und wies ihn darauf hin, dass auch Hauptmann Vollmar diesen Vorschlag schon mit etwas schwerer Zunge gemacht habe und dass mit einer betrunkenen Truppe ja wohl kaum eine befestigte Stadt eingenommen werden könne.

Es dauerte eine Weile, dann packten die ersten ihre Waffen und wanderten nach Hause. Immer mehr brachen auf, und die vorher so ausgelassene Stimmung verflog. Ein Feuer ums andere wurde gelöscht, und bald machten sich auch Vollmar, Gaispeter und die anderen auf den Weg, um Beutelsbach noch im Schutz der Dunkelheit zu erreichen.

Vogt Gaisberg beobachtete vom Wehrgang aus den Abzug der Bauern mit großer Erleichterung, und erst im Morgengrauen fiel er todmüde ins Bett.

Der Zug auf Schorndorf hatte zunächst nur dazu geführt, dass sich die Beteiligten auf der Wiese vor der Stadt Wein und Fleisch und Brot hatten schmecken lassen. Doch ein völliger Fehlschlag schien die Unternehmung doch nicht gewesen zu sein, und in der Erinnerung kam es Hannes später so vor, als habe das Sturmläuten seines Vaters in der Nacht zum vierten Mai 1514 das ganze Land geweckt. Überall rotteten sich unzufriedene Bauern und Handwerker zusammen, und in manchen Orten hielten es auch die Schultheißen oder die Dorfrichter mit den Wütenden auf den Straßen. Nicht selten weigerten sich die Wachleute der Vögte, gegen ihre eigenen Nachbarn die Waffen zu erheben, und in Grüningen wetterte Stadtpfarrer Gaißer lauter und schärfer denn je gegen die Ungerechtigkeit, unter der das einfache Volk zu leiden habe.

Boten waren weiterhin unablässig im ganzen Land unterwegs, und sie berichteten nicht nur von den Protesten, sondern sie überbrachten auch Schmähgedichte und Flugblätter mit bösen Liedern auf Herzog, Vogt und Geistlichkeit. Und immer häufiger brachten sie aus den teils weit entfernten Ortschaften, zu denen sie geschickt worden waren, die Nachricht mit nach Hause, dass nun auch dort gegen die Obrigkeit aufgestanden werde: In Urach, Leonberg, Tübingen, Weinsberg, Brackenheim, Balingen und Blaubeuren – überall brach sich die Wut der einfachen Leute Bahn, und überall rechneten sich die Menschen, die auf den Straßen auf ihre althergebrachten Rechte pochten, dem Armen Konrad zu.

Auch in Beutelsbach trafen all diese Nachrichten ein, und aus Fellbach kamen ebenso Männer herbei, die Vollmar und dem Gaispeter ihre Unterstützung zusicherten, wie aus den Ämtern Waiblingen und Backnang. Aus dem Winnender Amt – wie Waiblingen der Herzogin Sabina als Wittum anvertraut – kamen drei Männer, darunter ein Stoffel Schilling, der wüste Reden führte und auch sonst ziemlich aggressiv wirkte, ein eher unscheinbarer Mann namens Mathis Grama aus Nellmersbach und der besonnene Anführer der drei, der sich als Jörg Beltz vorstellte – Hannes sprach ihn an, ob er der Onkel von Lukas Beltz sei, und dann unterhielten sie sich lange über den Berittenen, den er einmal hier in Beutelsbach und im vorigen Jahr dann an der Neckarfähre getroffen hatte.

In Schorndorf und Waiblingen bekamen die Beutelsbacher mit, dass ein Teil der Wachmannschaften ausgetauscht worden war – offenbar hatten die Vögte befürchtet, dass ihnen im Ernstfall nicht alle bisherigen Wachleute auch wirklich treu beistehen würden. Aber sonst geschah nichts weiter. Der Herzog schickte keine Truppen, und die Vögte klagten niemanden an.

Mancherorts ermunterte das die Leute. Aus Blaubeuren wurden Unruhen gemeldet, auch bei Leonberg und in der Gegend von Brackenheim wurden einige Männer handgreiflich. Die Reichsstadt Ulm wappnete sich sogar für einen drohenden Angriff der rebellierenden Bauern, weil irgendwer erzählt hatte, dass tausende von ihnen unter dem Banner des Armen Konrad durchs Land ziehen und bald wohl auch größere Städte bedrohen würden.

In Grüningen wurde es besonders arg: Bewaffnete Rebellen forderten, den städtischen Kornspeicher zu stürmen und den Vogt aus der Stadt zu jagen oder am besten gleich totzuschlagen. Aber dort war die Stimmung ohnehin gereizter als anderswo: Vogt Philipp Volland war zugleich Vorstand einer mächtigen Handelsfamilie, und er hatte trotz der Hungersnot der vorangegangenen Monate den städtischen Speicher bis unters Dach mit Korn gefüllt und daraus immer wieder einzelne Kontingente zu überhöhten Preisen verkauft. Und nicht wenige vermuteten, dass er das auf eigene Rechnung tat.

Dann kam die große Neuigkeit: Herzog Ulrich von Württemberg nahm das Umgeld auf Fleisch und Wein zurück, stellte aber die weitere Zusammenrottung unter dem Namen des Armen Konrad unter Strafe.

Hannes feierte mit den anderen im Gasthaus zum Ritter, aber nicht allen war so leicht zumute wie ihm. Gaispeter befürchtete noch immer, dass der Herzog zuschlagen würde, sobald sich die Bewegung zerstreut hatte. Und Vollmar hielt eine flammende Rede, die im Kern darauf hinauslief, dass man dem Herzog sicher noch mehr Zugeständnisse abtrotzen könnte, wenn er dem Druck des Armen Konrad so schnell nachgegeben hatte.

Huetlin appellierte an die Männer, sie sollten doch jetzt endlich Ruhe geben und mit dem Erreichten zufrieden sein, doch damit drang er nicht durch. Vollmar heizte die Stimmung immer weiter an, und so war der Schultes heilfroh, als Gaispeter schließlich aufstand, die Hand hob und das Wort ergriff.

»Unser Ziel haben wir erreicht«, sagte er, »das Umgeld ist abgeschafft, die alten Gewichte gelten wieder.«

Huetlin atmete auf und nickte Gais dankbar zu, aber der beachtete ihn gar nicht und sprach weiter.

»Aber wenn wir jetzt alle brav nach Hause gehen, wächst schnell Gras über alles, und eh ihr euch verseht, werden uns die nächsten Rechte genommen, und vielleicht wird dann auch das Umgeld auf andere Weise wieder eingeführt.«

»Und was willst du also machen?«, fragte einer.

»Wir müssen wachsam bleiben«, antwortete Gais. »Wir richten hier in Beutelsbach einen Ratschlag ein. In diese Versammlung wählen wir einige aus unserer Mitte, und diese Männer holen Nachrichten über den Stand in den anderen Gegenden ein und senden auch selbst welche aus. Wenn es uns gelingt, in jedem Dorf, in jeder Stadt, in jedem Amt solche regelmäßigen Versammlungen abzuhalten, bleibt der Arme Konrad bestehen – und gewissermaßen in Alarmbereitschaft für den Fall, dass sich alles wieder gegen uns einfache Leute wendet.«

Viele nickten oder murmelten Zustimmung.

»Dieser Ratschlag muss sich natürlich im Geheimen treffen, im Wohnhaus eines Mitglieds, und am besten wird der Treffpunkt immer wieder gewechselt.«

Schon riefen die ersten ihre Vorschläge in den Raum, wer zu diesem Ratschlag gehören sollte. Gaispeter hob die Hand, er war noch nicht fertig. »Außerdem sollen die Männer in diesem Ratschlag die Forderungen zusammenstellen, die wir an die Herrschaft haben. Das Umgeld ist weg, das stimmt schon, aber es gibt noch so vieles andere, womit uns die Obrigkeit das Leben schwer macht. Steht es denn in der Bibel geschrieben, dass ihr das Korn auf euren Feldern verfaulen lassen müsst, weil ihr für den Forstmeister Holz zu rücken habt? Dass ihr eben diesem Forstmeister noch Geld dafür bezahlen müsst, wenn ihr seine Jagdhunde dafür einsetzen wollt, dass sie das Wild aus eurem Getreide treiben? Genau jene Hunde, die ihr das Jahr über ohne Entgelt für den Forstmeister durchfüttert? Warum dürfen wir nicht jagen und fischen, warum kann uns eine herzogliche Jagdgesellschaft sogar aus dem Wald vertreiben, der zur Allmende der Gemeinde gehört, also euer aller gemeinsames Eigentum ist? Und warum müsst ihr immer häufiger ertragen, dass eure Schweine von gedankenlosen Hofschranzen aus dem Wald getrieben werden, wo sie sich nach altem Herkommen eigentlich in aller Ruhe an den Eicheln fett fressen dürfen? Fett fressen, damit ihr Wurst und Fleisch und Speck aus den Tieren machen könnt, um den nächsten Winter zu überleben!«

So ging es weiter, und für jeden neuen Satz, jede neue Klage erntete Gaispeter im Schankraum immer größeren Applaus.

»Wollt ihr womöglich schon wieder bewaffnet auf Schorndorf ziehen?«, rief nach einer Weile Huetlin dazwischen. »Ich glaube nicht, dass der Vogt auch die nächsten Male immer eine schöne Brotzeit herrichten lässt – ihr solltet damit rechnen, dass das nächste Fleisch auf dem Spieß euer eigenes sein wird, wenn ihr jetzt wieder die Waffen in die Hand nehmt!«

Empörte Rufe gingen jetzt durcheinander, und nicht nur einer bedachte den Schultes mit Schimpfworten.

»Beruhigt euch, Leute!«, brachte Gaispeter sie zum Schweigen. »Huetlin hat recht: Wir sollten nicht wieder zu den Waffen greifen. Schon vor Schorndorf ging die Nachricht um, dass Truppen gegen uns zusammengezogen worden sind – wahrscheinlich sind wir nur sehr knapp einem schlimmen Ende entgangen.«

Huetlin nickte.

»Aber wir haben auch eine Waffe«, fuhr Gais fort, »mit der wir dem Herzog drohen können, ohne dass wir jemanden verletzen.«

Er verstummte und wartete, bis die Ersten riefen, was er mit dieser Waffe meine.

»Euch meine ich damit«, sagte er. »Euch alle, wie ihr hier beisammen seid. Euch und die anderen, die sich vor Schorndorf in so großer Zahl versammelt haben. Und auch alle, die in Grüningen, Urach und all den anderen Städten und Dörfern gegen die Ungerechtigkeit aufstehen. Ihr alle, wir alle sind die größte Waffe, die wir haben: unsere schiere Zahl! Deshalb schlage ich vor, dass wir uns mit Haufen aus dem ganzen Land verabreden und an einem Platz zusammenkommen, um mit vielen tausend Köpfen dem Herzog zu zeigen, dass das Land hinter uns steht und dass unsere Stimme die seines Volkes ist, das er regiert und für das er sorgen soll!«

»Das wird in einem Blutbad enden«, gab Huetlin zu bedenken. »Ihr seid tausende, und der Herzog jagt Söldner kreuz und quer durch euch hindurch, bis ihr alle in Stücke liegt!«

»Nein, wir marschieren ja nicht als Gewalthaufen auf, sondern wir zeigen friedlich, was uns am Herzen liegt. Und dazu versammeln wir uns auch nicht einfach vor einer Stadt wie Schorndorf oder ziehen nach Stuttgart und stehen vor dem herzoglichen Schloss. Nein, wir nehmen ein Fest als Rahmen, eine fröhliche und friedliche Zusammenkunft, und dorthin gehen wir auch – zum Feiern, zum Essen und Trinken, und zum Verbreiten unserer Forderungen!«

Das gefiel den Leuten. Ein Aufruhr, der wie jüngst vor Schorndorf aus Plaudern und Essen und Trinken bestand und ganz nebenbei noch eine Plage wie das neue Umgeld wegfegte – besser konnte es nicht laufen.

»Unser junger Küfer Jörg Butelin hat mich auch auf eine Idee gebracht, wo wir diese Zusammenkunft, diese große Versammlung abhalten können. Butelin wandert einmal im Jahr hinüber nach Untertürkheim, wo er bisher noch nie die dortige Kirchweih versäumt hat. Stimmt's, Butelin?«

Der Küfer lachte und schwärmte lauthals von dem Fest.

»Seht ihr, Leute? Dahin wollen wir ziehen, und dahin wollen wir die Rebellen aus dem ganzen Land rufen. Untertürkheim liegt recht zentral für die meisten, es ist nicht allzu weit vom Schloss des Herzogs entfernt und doch nicht innerhalb der Stuttgarter Stadtmauern gelegen. Die Kirchweih findet in gut zwei Wochen statt, da bleibt uns noch genügend Zeit, um den Plan auch in den weiter entfernten Ämtern bekannt zu machen – und trotzdem wird sich der Herzog noch gut an die Unruhen wegen des Umgelds erinnern.«

Die Männer im Gasthaus ließen den Gaispeter für seinen Einfall hochleben, und selbst Schultes Huetlin war's zufrieden, dass wenigstens ein bewaffneter Marsch auf Schorndorf oder gar Stuttgart vom Tisch war.

Nun hatten die Boten für jeden ihrer Wege eine zusätzliche Nachricht, und immer dieselbe: Kommt alle zur Kirchweih nach Untertürkheim, wo dem Herzog alle unsere Forderungen vorgetragen werden sollen. Die Boten reisten, so schnell sie konnten, und es blieb nicht aus, dass irgendwann auch die Obrigkeit von dem heimlichen Plan Wind bekam.

Ob das an einem Verräter lag oder nur daran, dass der Grüninger Stadtpfarrer Gaißer in seiner Predigt zu Himmelfahrt von der Kanzel herab zur Teilnahme an der Untertürkheimer Kirchweih aufforderte, war einerlei – jedenfalls erließ Herzog

Ulrich schon tags darauf für alle, die nicht in Untertürkheim oder der direkten Nachbarschaft lebten, ein Verbot, dort die Kirchweih zu besuchen.

Das alles ereignete sich in zunehmend unruhiger werdenden Zeiten. Die Proteste flammten wieder stärker auf, in Backnang kam es zu Handgreiflichkeiten und Männer des Armen Konrad nahmen dem Vogt die Stadtschlüssel ab.

Dann hatte es den Anschein, als habe der Arme Konrad sein nächstes Ziel erreicht, ohne dass Untertürkheim zur Bühne offenen Protests geworden war: Zwei Tage vor der Kirchweih ließ Herzog Ulrich die Kunde verbreiten, für Ende Juni werde in Stuttgart ein Landtag einberufen, auf dem auch die Landstände und sogar einfache Leute aus den Städten und die Vertreter der Dorfgemeinden gehört werden sollten.

Den Beutelsbachern teilte das Jerg Gaisberg persönlich mit, er war mit einer Abteilung seiner Wachleute ins Dorf gekommen und hatte dem Schultes aufgetragen, die Dorfbewohner auf dem Platz vor dem Gasthaus zusammenzurufen.

»Mit dieser Nachricht«, schloss er seine Rede ab, »sollte sich euer Plan, in Untertürkheim für mehr Rechte zu streiten, erledigt haben, und ich fordere euch noch einmal auf: Folgt dem Verbot des Herzogs und setzt nicht jetzt noch das aufs Spiel, was ihr schon erreicht habt. Bedenkt, dass es seit etwa fünfzehn Jahren keinen Landtag mehr gegeben hat! Und jetzt ist einer für Stuttgart geplant und ihr könnt durch euren Schultes Huetlin dort eure Wünsche und Klagen vorbringen. Das ist mehr, als ihr je zu hoffen hattet – und ganz sicher mehr, als euch jeder andere Fürst gewährt hätte!«

Als Vogt Gaisberg sich wieder auf den Rückweg machte, hinterließ er eine weitgehend friedliche und zufriedene Menge, nur einzelne Männer wie Hans Vollmar und der Muthans stänkerten und versuchten die Befürchtung zu schüren, das werde alles verpuffen und der Herzog wolle nur den Armen Konrad spalten – aber sie fanden kein Gehör.

»Ich werd mir vom Herzog ganz sicher nicht verbieten lassen, zu meiner geliebten Kirchweih nach Untertürkheim zu wandern«, ließ sich zwar Jörg Butelin hören, aber er wollte dort feiern und nicht protestieren, und Muthans würde ihn wie in den vorangegangenen Jahren begleiten.

Die Kirchweih in Untertürkheim war ein rauschendes Fest wie alle Jahre, auch wenn diesmal ein Schatten auf dem Trubel lag. Der Herzog hatte Bewaffnete in der Gegend um den Ort postiert, die Reisende notfalls aufhalten sollten, aber Butelin kannte dort jeden Stein und jeden Pfad, und als er sich mit Muthans einer Gruppe von Uhlbachern anschloss, kamen sie unbehelligt nach Untertürkheim.

Die Rückreise wurde etwas heikler: Kaum hatten sie die Höhe des Schurwalds erreicht, da kreuzte ein kleiner Reitertrupp ihren Weg und stellte sie. Erst wollten sich die beiden Männer rausreden, dann kamen sie dem Anführer verdächtig vor und er ließ sie von seinen Kameraden und deren Pferden umzingeln. Butelin zog ein kleines Messer hervor, das er unter dem Hemd versteckt trug, und stach einem der Pferde damit in die Flanke. Das Tier ging durch, der Wall aus dampfenden Tierleibern öffnete sich, und noch bevor die Reiter auch nur ihre Pferde wieder unter Kontrolle hatten, waren Butelin und Muthans durchs Dickicht verschwunden.

Als sie reichlich außer Atem oberhalb von Stetten aus dem Wald herauskamen, ließ sich Butelin erschöpft ins Gras fallen. Muthans setzte sich neben ihn und deutete auf seinen linken Arm.

»Der tut dir weh, oder?«

»Ein bisschen. Mich muss einer von den Kerlen mit dem Schwert erwischt haben, als wir abgehauen sind. Er hat aber wohl nicht richtig getroffen.«

Muthans streifte den Ärmel hoch. Am Oberarm entdeckte er eine rot unterlaufene Stelle, aber offen war der Arm nicht und es war kein Blut zu sehen.

»Da hab ich noch einmal Glück gehabt. Sieht ganz danach aus, als habe er mich nur mit der Breitseite der Klinge getätschelt.«

»Das wär sonst auch blöd gewesen«, brummte der Muthans und grinste dazu. »Was will ich mit einem Gesellen, der nur noch einen Arm hat?«

Lachend wanderten sie weiter, hielten aber Abstand zu Stetten und Endersbach und sahen sich auf dem ganzen restlichen Weg bis Beutelsbach immer wieder um, ob ihnen nicht Reiter folgten. Aber niemand war zu sehen, und sie kamen ohne weitere Zwischenfälle nach Hause.

Butelin und Muthans mussten in den folgenden Tagen immer wieder von ihrem Erlebnis im Schurwald erzählen, aber auch von der Kirchweih in Untertürkheim: von den Anhängern des Armen Konrad, die trotzdem an den Neckar gekommen waren, von den Bewaffneten, die überall postiert waren, von den Amtsleuten aus dem Amt Cannstatt, die auf dem Fest patrouillierten und sich dabei nervös nach allen Seiten umsahen.

Überall im Land traten die Anhänger des Armen Konrad nun ans Licht, nur ihr Ratschlag tagte noch im Geheimen. In Schorndorf hatte sich ein Ratschlag zusammengefunden, der wohl die meisten Mitglieder von allen Amtsstädten hatte. Wortführer war Caspar Pregatzer, der zusammen mit seinen beiden Brüdern Jörg und Melchior zur Runde gehörte und die Versammlungen des Ratschlags in seinem Haus abhielt.

Die Boten brachten nun ganz unterschiedliche Nachrichten aus den verschiedenen württembergischen Gegenden. In Urach schien die Lage noch immer angespannt zu sein, und in Grüningen ließ Stadtpfarrer Gaißer nicht nach mit seinen Predigten gegen die Obrigkeit. In Brackenheim hatte der Arme Konrad dem herrschaftlichen Keller die Schlüssel zu den Stadttoren abgenommen, auch in Pfaffenhofen im Amt Güglingen rangen Aufständische dem Schultes ebenfalls die Schlüssel ab. In Winnenden kam es am fünften Juni ebenfalls zum Aufruhr und Stoffel Schilling, Jörg Beltz und die anderen vom dortigen Armen Konrad trafen sich, um die Stadttore zu besetzen – doch ihnen machte ein heftiges Unwetter einen Strich durch die Rechnung und die Sache wurde abgeblasen.

Der Schorndorfer Ratschlag trommelte am siebten Juni fast sechzig Männer zusammen, läutete die Sturmglocken und bedrängte Vogt Gaisberg und sein Amtsgericht, ihnen die Schlüssel der Stadt herauszugeben. Es ging eine Weile hin und her, und die ersten Rebellen wollten schon losschlagen, da konnten sich Obrigkeit und Armer Konrad doch noch einigen. Pregatzer und die Seinen benannten einige Vertrauensleute, und denen händigte Gaisberg die Hälfte der Stadtschlüssel aus.

In Marbach zeigten die Vertreter von mehr als einem Dutzend württembergischer Städte aus dem Norden des Landes, wie es friedlicher gehen konnte. Sie trafen sich Anfang Juni, um die Strategie für den anstehenden Landtag zu besprechen, und setzten 41 Punkte auf, in denen auch die Anliegen des Armen Konrad berücksichtigt wurden.

In der Zwischenzeit war Herzog Ulrich aus Stuttgart fortgeritten – die einen wähnten ihn beim Jagen in der Uracher Gegend, die anderen vermuteten eher, dass er sich die Unterstützung fremder Heere sicherte. Währenddessen gingen in Stuttgart Schreiben aus allen Teilen des Landes ein, darunter die Bitte des Schorndorfer Vogts Jerg Gaisberg, doch bitte so schnell wie möglich selbst ins Remstal zu kommen und sich vor Ort die Sorgen der Bevölkerung anzuhören. Die herzoglichen Räte, die natürlich genau wussten, wo ihr Herr war, schickten ein ums andere Mal ebenfalls die dringende Bitte nach Urach, wo sich Ulrich von Württemberg die Zeit mit Jagdausflügen vertrieb, er möge doch unbedingt umgehend wieder nach Stuttgart kommen und sich selbst um die Regierungsgeschäfte kümmern.

Doch weder kam der Herzog nach Stuttgart, noch gelangte eine Antwort von ihm nach Schorndorf. Vogt Gaisberg berief daraufhin eine Unterredung mit den Schultheißen seines Amts ein, und das Ergebnis besprach er anschließend mit den Leuten vom Armen Konrad: Wenn sie bis zum Landtag stillhalten und ihm auch die Stadtschlüssel wieder zurückgeben würden, werde er keinen der Rebellen namentlich dem Herzog melden. Er schlug sogar ein Bündnis fürs ganze Amt für den Fall vor, dass ausländische Kräfte das Remstal besetzen würden – eine Angst, die viele im Schorndorfer Ratschlag sehr umtrieb. Alle waren einverstanden, die Schlüssel gingen zurück an die Obrigkeit, und der Arme Konrad in der Amtsstadt und in den Dörfern versprach, den für Ende Juni in Stuttgart geplanten Landtag abzuwarten, bevor über etwaige weitere Schritte entschieden werde.

Doch es sollte keinen Landtag in Stuttgart geben, auf dem der Herzog seine Bauern anhören würde.

Erst kam es zu Protesten in der Residenzstadt selbst, dann meldete der Tübinger Vogt Konrad Breuning dem Herzog, dass im Gegensatz dazu in seiner Stadt aller Aufruhr niedergeschlagen und die Stadt nun ein sicherer Ort sei – und dass sich Tübingen deshalb als Ort für einen Landtag viel besser eigne als Stuttgart. Schließlich wurde der Landtag von Stuttgart nach Tübingen verlegt und sollte obendrein ohne die Vertretung der Dörfer beginnen. Diese wiederum sollten sich nicht am 26. Juni, sondern erst eine Woche später in Stuttgart treffen, wo sich Herzog Ulrich ihre Anliegen vortragen lassen würde.

Währenddessen gab es bereits die ersten Verhaftungen von Aufständischen – in Waiblingen etwa kamen drei Rebellen in Arrest, in Reichenbach im Amt Göppingen wurde sogar der Schultes Meißner, Huetlins Schwager, hinter Gitter gesteckt. Und als der Uracher Forstmeister um sein Leben fürchtete, weil ihm der Arme Konrad mit dem Strick gedroht hat, nahm er mit einigen Berittenen den örtlichen Anführer Singerhans und einen Mitstreiter fest, der dabei allerdings schwer verletzt wurde. In den folgenden Tagen sorgte das aber nur für noch mehr Unruhe, weil immer wieder Aufständische die Freilassung der beiden Gefangenen forderten.

Ende Juni machte sich Schultes Huetlin zusammen mit dem Heppacher Schultes Ellwanger und den anderen Schultheißen des Schorndorfer Amts auf den Weg zum Stuttgarter Bauernlandtag, und sie ließen sich von einigen Männern aus dem Dorf begleiten, darunter auch Hannes Gais, der sich von seiner Walz her ein wenig in Stuttgart auskannte, Gaispeter und die drei Pregatzer-Brüder vom Schorndorfer Ratschlag. Unterwegs kam es zum ersten Mal seit langer Zeit wieder zu einem Gespräch zwischen Hannes und dem Gaispeter, und als es ins Neckartal hinabging, war der Ton zwischen ihnen wieder freundlicher und offener geworden.

Die Gruppe kam spät am Nachmittag an und wandte sich gleich an das Heilig-Kreuz-Stift neben dem herzoglichen Schloss, um eine Bleibe zu bekommen. Auf Vermittlung des Stifts kamen sie auch tatsächlich in einer zugigen Ecke unter, wo sie sich auf Stroh und Erde lagerten. Für die milden Nächte Ende Juni reichte das aus, und tagsüber genossen sie das Gewusel in der großen Stadt. Sie tauschten sich rege mit den Vertretern anderer Ämter aus und ließen sich einige Spezereien schmecken, die überall in der Stadt an eilends aufgebauten Buden feilgeboten wurden.

Der Herzog dagegen wurde nicht gesehen.

Er hatte eine Delegation mit herzöglichen Räten, Prälaten und Abgeordneten der Landschaft nach Stuttgart geschickt, doch die Vertreter der Dörfer wollten mit dem Herzog direkt verhandeln – also ließ man sie eben warten. Immerhin bequemte sich Ulrich in der Zwischenzeit zu dem schriftlich übermittelten Versprechen, er werde den Bauernlandtag aufsuchen, sobald der Landtag in Tübingen beendet sei.

Die Unruhe in der Stadt wuchs, und am vierten Juli schlugen sich immer mehr Bürger auf die Seite des Armen Konrad und nahmen dem Stuttgarter Vogt Hans Gaisberg die Stadtschlüssel ab. Als vier Tage später ein Reiter von Tübingen her durch den Schönbuch und von den Fildern herunterpreschte und im Galopp in den Innenhof des Stuttgarter Schlosses stürmte, strömten die Menschen vor dem Schloss zusammen.

Die Tore öffneten sich und mehrere Abteilungen Wachleute kamen heraus und zeigten der Menge, dass sie bereit waren, den Sitz ihres Herrn gegen jede aufgebrachte Meute zu verteidigen. Nach einiger Zeit trat ein junger, prächtig ausstaffierter Mann vor die Leute und hielt ein Schriftstück hoch. So blieb er stehen, bis die Menge so ruhig geworden war, dass man ihn verstehen konnte.

»Hört mich an, Leute!«, rief er mit einer vollen, wohltönenden Stimme. »Ich bin Schreiber des herzoglichen Kanzlers Gregor Lamparter, und ich soll euch von ihm herzliche Grüße ausrichten lassen. Uns hat soeben ein Schreiben aus Tübingen erreicht und ich freue mich …« Er räusperte sich, nun schien er ein wenig unruhig zu werden. Doch vor ihm blieb alles still, und er hatte die Aufmerksamkeit aller Anwesenden. »Ich freue mich euch mitteilen zu können, dass es auf dem Landtag zu Tübingen eine Einigung gegeben hat. Es ist ein Vertrag aufgesetzt, in dem unser gnädiger Herzog Ulrich der Landschaft mehr Rechte einräumt. Der Vertrag wird bald bekanntgegeben, und danach könnt ihr auf die neue Vereinbarung zwischen Herr und Volk schwören, damit alles auch so in Kraft treten kann, wie es in Tübingen gemeinsam beschlossen wurde.«

Er verbeugte sich und machte dann, dass er zügig wieder ins Schloss kam.

Die Menge sah ihm ein wenig ratlos nach.

»Und woher will der Herzog wissen, was wir wollen, wenn er uns noch nicht einmal angehört hat?«, rief einer.

»Aber in Marbach und auch hier in Stuttgart haben die Vertreter der Städte doch auch Bauern oder zumindest Schultheißen zu den Vorberatungen dazugerufen«, wandte ein anderer ein, »das wird schon seine Richtigkeit haben!«

Doch so sahen das die wenigsten.

»Der Herzog soll kommen!«, riefen die Leute, und: »Ulrich soll uns anhören!«

Irgendwann zerstreute sich die Menge dann doch, aber die Stimmung in der Stadt blieb angespannt. Es kam hie und da zu Schlägereien, weil sich zwei Betrunkene nicht einig waren, wie die neue Situation einzuschätzen sei. Und bald patrouillierten Gruppen von Wachsoldaten durch die Straßen, und der eine oder andere wurde verhaftet, weil er allzu lautstark pöbelte.

Ein paar Tage später kam der Herzog zwar tatsächlich nach Stuttgart, aber den Bauern, Dorfrichtern und Schultheißen ließ er nur ausrichten, dass sie wieder nach Hause gehen und dort das Weitere abwarten sollten.

Entsprechend war die Stimmung im Land. Zu offenem Widerspruch kam es nun vor allem in Leonberg, wo die Stadt in der Hand des Armen Konrad war, in Urach, wo der Forstmeister durch sein Vorgehen Öl ins Feuer gegossen hatte – und im Remstal, wo der Arme Konrad enormen Zulauf bekam, weil keiner daran glauben wollte, dass in Tübingen tatsächlich auch die Interessen der Landbevölkerung berücksichtigt worden waren.

»Schnell herbei, er kommt!«

Einige Buben und Mädchen eilten rufend durchs Dorf. Die Nachricht, dass Herzog Ulrich heute in Schorndorf persönlich die Huldigung auf den neuen Vertrag entgegennehmen wollte, hatte viele der Beutelsbacher schon früh am Morgen auf den Schorndorfer Wasen gelockt. Die anderen, unter ihnen auch Hannes, waren noch in Beutelsbach geblieben, weil allgemein angenommen wurde, dass der Herzog den Weg über die Kaiserstraße nehmen und bei dieser Gelegenheit auch kurz Halt an der alten Burg seiner Vorfahren droben auf dem Kappelberg machen würde.

Es war jetzt Ende Juli, und ohne die Sorgen um das, was aus dem Armen Konrad und den Veränderungen im Land werden mochte, hätte es ein wunderschöner Sommer sein können. Doch die Lage war zu unruhig, um das Wetter wirklich genießen zu können. Seit Abschluss des Tübinger Vertrags reisten die Berater und Amtsleute des Herzogs durch Württemberg und ließen Amt um Amt auf den Vertrag als neue Grundlage des Rechts schwören oder huldigen, wie es offiziell hieß. Die meisten Ämter hatten das schon getan, nur in Leonberg stand noch ein regelrechtes Heer des Armen Konrad auf dem Engelberg und wollte sich nicht ohne weitere Zugeständnisse wieder auflösen, und im Amt Urach kam es ebenfalls immer wieder zu Zwischenfällen.

Die Obrigkeit in den Dörfern im Amt Schorndorf hatte dem neuen Vertrag schon gehuldigt. Schultes Huetlin hatte den Dorfbewohnern erklärt, dass die Vereinbarung durchaus auch

Verbesserungen für einfache Leute enthielte: So sollte in den kommenden zwanzig Jahren den Untertanen nach und nach das Recht gewährt werden, für einen Umzug innerhalb des Herzogtums keine Erlaubnis der Obrigkeit mehr zu benötigen; außerdem wurde jedem wegen eines Verbrechens Angeklagten ein ordentlicher Prozess zugesichert.

Der Arme Konrad im Remstal hielt dagegen herzlich wenig von all dem – Gaispeter, Vollmar und die Schorndorfer sahen keine einzige ihrer Forderungen im Tübinger Vertrag erfüllt. Und vor allem bestanden sie noch immer darauf, dass der Herzog direkt mit den einfachen Leuten verhandelte, als deren Vertreter sie sich noch immer betrachteten. Doch viele der Kleinbauern und Handwerker wollten inzwischen nur noch ihre Ruhe, und so war es dem Herzog gelungen, zwischen den Armen Konrad und die, die er vertreten wollte, einen Keil zu treiben.

Auch in Schorndorf war die Stimmung geteilt. Der Ratschlag des Armen Konrad warnte die Stadtoberen davor, auf den Vertrag zu schwören, doch die meisten wollten es dennoch tun. Damit, dass Herzog Ulrich die Huldigung der Amtsstadt Schorndorf persönlich entgegennehmen wollte, während er anderen Städten nur Räte schickte, schmeichelte er Vogt Gaisberg und seinen Amtsrichtern – und so fanden sich die Würdenträger der Stadt bereits am Vormittag auf dem Wasen vor der Stadt ein, um den Landesherrn gebührend zu empfangen.

Von den rufenden Kindern alarmiert, rannte Hannes nun aus dem Dorf und sah oben auf dem Kappelberg auch wirklich eine kleine Gruppe Reiter herankommen. Unterhalb der Burgruine hatten sich schon Frauen, Kinder und einige Männer versammelt, natürlich standen dort auch Schultes Huetlin und Pfarrer Schefflen mit Vikar und Stiftspfleger, und der Kaplan läutete dem Herzog zu Ehren die Glocke der Nikolauskapelle.

Als Hannes die anderen erreicht hatte, wendeten gerade zwei bewaffnete Reiter ihre Pferde und sprengten bergaufwärts davon. Sie hatten vermutlich erkundet, ob sich der Herzog auch gefahrlos nähern konnte, und tatsächlich ritt kurz darauf ein stattlicher Mann auf seinem Pferd heran, der so herrisch um sich blickte, dass es sich um den Herzog persönlich handeln musste. Hannes hatte ihn während der Feierlichkeiten zur Hochzeit mit Sabina von Bayern in Stuttgart zwei- oder dreimal kurz gesehen, aber immer nur aus der Ferne.

Der Herzog trug prächtige Kleider, als habe sein Land nie Not gelitten. In seinen dünnen Bart – an Wangen und Kinn dünn rasiert und auf der Oberlippe mit zwei lang gelassenen Enden – und sein kurzes Haupthaar hatten sich schon ein paar graue Strähnen geschlichen, die markante Nase wölbte sich über den Mund mit der schmalen Ober- und der etwas wulstigen Unterlippe, die wässrig schimmernden Augen schauten etwas lauernd unter dünnen Brauen und wimpernlosen Lidern hervor, darunter bildete die faltige Haut Tränensäcke.

Vor der Burg zügelte er sein Pferd, seine Berittenen hielten etwas Abstand zu ihrem Herrn. Herzog Ulrich nickte huldvoll dem einen oder anderen Schaulustigen zu, dann ritt er vollends vor das, was von der Burg seiner Vorväter noch übrig war. Er stieg ab, kniete nieder und senkte das Haupt. Nach einer Weile erhob er sich wieder, drehte sich, eine Hand auf dem Sattel und verlor ein paar Worte über die Schönheit des Remstals und über Beutelsbach als Wiege Württembergs. Dann stieg er wieder auf und ritt davon, begleitet von den Hurra-Rufen des Publikums.

Schultes Huetlin und einige andere, die unterhalb der Burgruine ihre Pferde an die Obstbäume gebunden hatten, schwangen sich ebenfalls in den Sattel und folgten dem Herzog in gebührendem Abstand. Hannes flitzte hinunter ins Dorf, wo Meister Buchner und Urban schon auf einem Karren warteten. Er war kaum zu ihnen hinaufgeklettert, als sich das Gefährt auch schon rumpelnd in Bewegung setzte. Ein Stück vor ihnen war der Herzog mit seinen Reitern in gemächlichem Trab unterwegs, dahinter die Gruppe der berittenen Beutelsbacher. Beinahe bis Winterbach konnten sich Hannes, Urban und Buchner in Sichtweite der beiden Trupps halten, doch als sie den Wasen vor Schorndorf erreicht hatten, auf der alle anderen auf den Herzog warteten, war vom Herzog und seinen Männern nichts mehr zu sehen.

»Die sind in die Stadt geritten«, sagte Jörg Butelin, den er nach einigem Suchen in der Menge entdeckte, »aber der Vogt hat uns vorher angekündigt, dass sie zur Huldigung wieder zu uns herauskommen wollen.«

Auf der Wiese, etwas entfernt von der Menschenansammlung, war ein hölzerner Kasten aufgebaut, zu dem drei Stufen hinaufführten und den vorne einige mit Blumen geschmückte Bretter begrenzten – von dort aus sollten nachher wohl Reden ans Volk gehalten werden. Und wirklich kam Herzog Ulrich an der Seite von Vogt Gaisberg nach einer Weile wieder durchs Stadttor geritten, gefolgt von seinen Berittenen sowie den Mitgliedern des Schorndorfer Amtsgerichts.

Der kleine Zug schwenkte auf das Holzpodest zu, da kam plötzlich an verschiedenen Stellen Bewegung in die Menge, und wenig später sah sich der Herzog von seinen Begleitern isoliert und umringt von einem Kreis wütender Männer, die auf ihn einredeten und dabei die Fäuste reckten.

Hannes konnte es von seiner Position aus nicht genau sehen, aber fast hatte er den Eindruck, einige der Männer versuchten sogar Hand an den Herzog zu legen. Jetzt drängten sich die Berittenen wieder zwischen den Herzog und die schimpfenden Männer, sie traten sie mit ihren Stiefeln zu Boden oder schoben sie mit ihren Pferden zurück. Hannes ging näher an den Tumult heran und konnte jetzt einzelne Rufe hören.

»Ihr redet nicht mit uns, Herr Ulrich, aber unser Geld wollt Ihr haben!«, schrie einer.

»Findet Ihr das recht?«, brüllte ein anderer. »Ihr lasst uns Bauern in Stuttgart schmoren, während Ihr mit der Obrigkeit in Tübingen unser verbliebenes Hab und Gut aufteilt!«

So ging das eine Weile hin und her, und die Miene des Herzogs schwankte zwischen Wut und Angst. Mal machte er Anstalten, sein Pferd zu dem Holzpodest zu lenken und die Menge mit einer Rede zu beruhigen, dann wieder ließ er seinen Hengst steigen, um die wütende Horde um ihn und seine Berittenen herum einzuschüchtern.

»Holt ihn runter!«, wurde irgendwann eine Stimme laut, und plötzlich drängten sich die Männer stärker heran und setzten die Berittenen unter Druck.

Schließlich ließ der Anführer der Soldaten sein Pferd einen Satz mitten hinein in die Aufrührer machen, schlug nach links und rechts, hinter ihm seine Kameraden, und so machten sie dem Herzog eine Gasse frei, durch die er flüchtete. In einer Staubwolke galoppierten die Stuttgarter auf der Straße flussabwärts davon, und hinterließen lautstark schimpfende Bauern und fassungslose Amtsrichter.

Hans Vollmar und die anderen Hauptleute des Armen Konrad feierten den Zwischenfall auf dem Schorndorfer Wasen als großen Erfolg. Andere wie der Gaispeter und Eberlin Schreiner waren dadurch eher nachdenklich geworden – denn dass es jetzt keine gütliche Einigung zwischen Herzog und dem Armen Konrad im Remstal mehr geben konnte, lag auf der Hand.

Vogt Gaisberg musste tatenlos zusehen, wie der Arme Konrad in Schorndorf die Herrschaft übernahm, Aufständische aus umliegenden Ortschaften wie Plüderhausen und Urbach besetzten die Tore, und als sich der Tumult wieder legte, war die Stadt fest in der Hand des Armen Konrad.

Wieder wurden Boten losgeschickt, und aus Leonberg kam die Nachricht, dass man selbstverständlich den Freunden im Remstal beistehen werde, sollte der Herzog Truppen schicken. Und während die Stadt Backnang dem Tübinger Vertrag huldigte, ließ man die Vertreter der Amtsdörfer vor dem verschlossenen Tor schmoren, obwohl auch sie hatten huldigen wollen. Wütend zogen die Männer daraufhin ab, und nicht wenige von ihnen machten sich auf den Weg ins Remstal, um sich dort dem Aufstand anzuschließen.

Herzog Ulrich berief das Landesaufgebot ein, und einige der Ämter, die auf den Vertrag gehuldigt hatten, schickten auch tatsächlich Bewaffnete auf den Weg. Waiblingen wurde als

Sammelpunkt für die Truppen bestimmt, und Jost Huetlin kam als Schreiber, Bote und zuständig für allerlei sonstige Handreichungen kaum mehr zum Schlafen.

Derweil herrschte in den Dörfern des Amts Schorndorf und in der Stadt selbst ein reges Kommen und Gehen. Boten brachten Neuigkeiten und machten sich schnell wieder auf den Weg, um ihre Botschaft weiterzutragen oder um Mitstreiter zu werben. Immer neue Männer hörten sich um, wer in der Stadt oder den Dörfern zum Armen Konrad hielt, und ließen sich von Pregatzer, Vollmar und den anderen Hauptleuten den einzelnen Rotten zuweisen, die überall im Remstal gebildet wurden.

Das größte Aufsehen erregte eine Besuchergruppe aus Grüningen. Gaispeter, Vollmar und Schultes Huetlin, vor dessen Gasthaus die Neuankömmlinge ihre Pferde zügelten, erkannten Hans Mercklin und Wilhelm Gaißer, die Anfang Mai schon in Beutelsbach gewesen waren, sofort wieder. Doch der dritte Reiter, der sich zwischen ihnen hielt und schräg auf seinem Pferd hing, als sei ihm nicht besonders wohl, war ihnen fremd. Hannes Gais dagegen kannte ihn und kam schnell herbei, als er ihn erblickte.

»Herr Pfarrer!«, rief er, half dem Fremden aus dem Sattel und drückte ihm erfreut die Hand. »Ihr habt eigens den weiten Weg zu uns her gemacht? Habt Ihr gute Nachrichten aus Grüningen?«

Dann erst fiel ihm auf, dass ihn sein Vater und Hans Vollmar unleidig ansahen.

»Oh, entschuldigt, ich habe euch noch gar nicht vorgestellt! Das, Herr Pfarrer, ist unser Schultes Heinrich Huetlin, das ist mein Vater Peter Gais, und das hier ist Hans Vollmar.«

Nun zeigte Hannes auf den Mann, den er als Pfarrer angesprochen hatte und der nun auf unsicheren Beinen neben ihm stand und sich den Hintern rieb.

»Und unser Besucher ist niemand Geringeres als Doktor Reinhard Gaißer, Stadtpfarrer zu Grüningen und unermüdlicher Kämpfer für die Rechte der einfachen Leute.«

Hannes verbeugte sich vor Gaißer.

»Schon recht, mein Freund«, sagte der und gab den anderen die Hand. »Mein Bruder hat mir schon berichtet, dass der junge Zimmermann, der im Grüninger Gasthaus immer so spannend von seiner Walz und seiner Heimat im Remstal erzählte, berühmte Verwandtschaft hat.« Er wandte sich an Hannes' Vater. »Der Gaispeter genießt auch bei uns in Grüningen einen Ruf wie Donnerhall, das darf ich Euch mit einigem Stolz berichten, Herr Gais. Und wie ich Euch mit Bart und breitkrempigem Hut so vor mir sehe, kann ich schon verstehen, dass Ihr ungemein Eindruck macht auf die Leute!«

Vollmar wirkte etwas genervt davon, dass so viel Aufhebens um Vater und Sohn Gais gemacht wurde, aber ihn bisher niemand beachtet hatte. Aus dem Augenwinkel hatte der Gaispeter das bemerkt, und nun beeilte er sich, Hans Vollmar dem Grüninger Pfarrer noch einmal als Anführer des Armen Konrad in Beutelsbach zu benennen.

»Mit Vollmar müsst Ihr Euch besprechen, Herr Pfarrer, er ist im Flecken der Hauptmann des Armen Konrad. Setzt Euch doch einstweilen mit ihm ins Gasthaus. Unser Schultes lässt Euch sicher etwas zu essen und zu trinken bringen, und ich komme dann später hinzu.«

Dann gab er Hannes ein kurzes Zeichen. Die beiden ließen Vollmar und Huetlin mit den Besuchern allein und kümmerten sich um einige Kleinigkeiten, bevor sie sich eine Weile später ebenfalls im Schankraum zu ihnen setzten. Vollmar schwärmte den Grüningern inzwischen von den Vorbereitungen vor, die sie im ganzen Remstal getroffen hatten, und von der Zahl der inzwischen zum Aufstand bereiten Männer. Und als Gaißer schließlich vom Stand der Dinge in Grüningen berichtete, vom Vogt Volland und der Stimmung unter den einfachen Leuten, war Vollmar offenbar zufrieden mit der Bedeutung, die ihm der Besucher mittlerweile zumaß.

Auch der Bote aus Leonberg, der vor dem Gasthaus zum Ritter von seinem klapprigen Gaul stieg, wurde mit großem Hallo empfangen, und sofort zogen sich Hans Vollmar, Gaispeter und einige andere mit ihm in eine leidlich ruhige Ecke des Schankraums zurück, um sich die Nachrichten anzuhören, die er mitbrachte. Als der Bote mit seinem Bericht fertig war, sahen sich Vollmar und Gaispeter lange nachdenklich an.

»Ihr verhandelt also mit dem Haushofmeister des Herzogs?«, fragte Vollmar den Leonberger schließlich.

»Im Moment nicht, aber einige Tage lang war Philipp von Nippenburg tatsächlich persönlich zu Verhandlungen bei uns auf dem Engelberg. Er kam mit einigen Bewaffneten und setzte sich mit unseren Rottmeistern zusammen. Es hat mächtig Eindruck gemacht, dass er all unsere Klagen in Ruhe anhörte. Ein Schreiber in seinem Gefolge hat notiert, was uns wichtig war, und dann ist Nippenburg nach Stuttgart zurückgekehrt, um sich mit dem Herzog zu besprechen.«

»Und was passiert jetzt weiter?«

»Wir haben auch noch einmal von einem Schreiber die Punkte zusammenfassen lassen, die uns am Tübinger Vertrag nicht gefallen – vor allem der Artikel über die Todesstrafe für Empörer macht uns Sorgen, wie Ihr Euch denken könnt. Und die Erstattung von Wildschäden muss besser geregelt werden, am besten muss uns erlaubt werden, uns überhaupt gegen solche Schäden zu schützen. Das Schriftstück soll heute oder morgen übergeben werden. Da hat sich Dietegen von Westerstetten angekündigt, der Hofmeister von Herzogin Sabina. Er soll die Verhandlungen weiterführen.« Der Leonberger unterbrach sich, dann sah er Vollmar an. »Und wer verhandelt mit Euch?«

»Mit uns?« Vollmar lachte freudlos auf. »Mit uns verhandelt niemand. Gut möglich, dass der Herzog erst die Aufstände anderswo beenden will, bevor er sich vollends uns widmet.«

Und Gaispeter fügte hinzu: »So sehr, wie wir ihn auf dem Schorndorfer Wasen blamiert haben, wird ihm der Sinn wohl nicht nach Verhandlungen stehen.«

Der Bote hatte schon von dem Zwischenfall gehört, aber zu einem weiteren Krug Wein ließ er sich gerne noch einmal alle Einzelheiten schildern, danach ließ ihm Huetlin eine Kammer herrichten, damit er sich am nächsten Morgen ausgeruht auf seinen weiteren Weg machen konnte.

Als sich der Leonberger, da schon etwas unsicher auf den Beinen, zurückgezogen hatte, saßen Vollmar und Huetlin sowie Gaispeter und Hannes noch zusammen und besprachen, was nun am besten zu tun sei. Vollmar war dafür, die Aufständischen zu den Waffen zu rufen und auf dem Kappelberg ein Feldlager einzurichten. Gaispeter wollte lieber erst herausfinden, wie sich die Sache in Leonberg weiter entwickelte. Und so gingen sie spät am Abend mit verteilten Aufgaben auseinander: Vollmar sollte den Armen Konrad im gesamten Amt in erhöhte Alarmbereitschaft versetzen und sich für das Anrücken herzoglicher Truppen wappnen – und Peter und Hannes Gais würden nach Leonberg ziehen, um die Entwicklung auf dem Engelberg beobachten zu können.

Die beiden Pferde, die Huetlin ihnen im Morgengrauen mitgeben wollte, lehnten sie ab.

»Ich sitze im Sattel sicher nicht eleganter als der Grüninger Pfarrer«, lachte Gaispeter, »dafür sind wir gut zu Fuß. Außerdem können wir uns ohne Pferde schneller in die Büsche schlagen, wenn es nottut. Und Hannes in voller Zimmermannskluft und ich als einfacher Mann – so werden wir am wenigsten auffallen.«

Wirklich brauchten sie weniger als den veranschlagten halben Tag, schon um die Mittagszeit sahen sie ihr Ziel vor sich. Der Engelberg erhob sich sanft, erst das letzte Stück ragte steiler empor. Und hätte den teils mit Obstbäumen bestandenen Hügel nicht die offene Ebene in Richtung Schwieberdingen und Enztal begrenzt, sie hätten sich gefühlt wie daheim im Remstal.

Der erste Posten hielt sie schon auf, als sie erst wenige Schritte den Hang hinauf gemacht hatten. Gaispeter gab sich zu erkennen, dann nannte er noch den Namen des Leonberger Boten, der sie in Beutelsbach besucht hatte, und der Wächter führte sie den Berg hinauf. Das Feldlager machte großen Eindruck auf Peter und Hannes. Auf großen Zelten flatterten Wimpel und kleine Fahnen, zahllose Büchsen und Lanzen waren zu Garben zusammengestellt. Riesige Kessel hingen über den

Lagerfeuern oder standen gleich direkt inmitten der Flammen, und überall hockten Männer beisammen und ließen sich Brei, Brot und Wein schmecken.

Vor einem kaum dreißig Fuß hohen Turm mit Schießscharten in halber Höhe und schmalen Fenstern unter dem Dach lagerte eine Gruppe von Männern, einem von ihnen meldete der Wächter die Ankunft der beiden Besucher aus dem Remstal. Der Mann stand auf und kam erfreut zu Gaispeter her.

»Das wird ja auch einmal höchste Zeit, dass der berühmte Gaispeter zu uns auf den Engelberg findet!«, rief er aus und schüttelte Gais die Hand. »Setzt Euch zu uns und erzählt, wie es im Remstal steht.«

Er scheuchte die anderen etwas zur Seite, damit neben ihm zwei Plätze im Gras frei wurden und bat Vater und Sohn sich zu setzen. Er ließ ihnen gefüllte Becher reichen und ermunterte sie von einem Brett zu nehmen, auf dem sich Fleisch- und Brotstücke türmten.

»Ich bin Georg Hagen, werde von den Leuten hier aber nur Gscheitlin genannt.« Er zuckte grinsend mit den Schultern. »Sie haben mich zu ihrem Hauptmann gewählt, und jetzt sieht es ganz so aus, als würden wir uns den Tübinger Vertrag ein wenig zurechtbiegen können.« Dann lachte er dröhnend, und die anderen fielen mit ein. Hagen drehte sich um und zog einige Blätter aus einer Tasche, die dort lag. »Da, schaut Euch das mal an.«

Hannes und sein Vater konnten nicht lesen, aber die Abbildung auf der ersten Seite ließ keinen Zweifel daran, worum es in der Schrift ging: Ein Bewaffneter mit Federhut, Rüstung und Lanze war darauf zu sehen, und ihm gegenüber stand ein Bauer in zerrissenen Kleidern, der seinen Rechen geschultert hatte. Aber die Haltung des einfachen Mannes war keineswegs demütig: Mit erhobener rechter Hand schien er dem anderen seine Forderungen aufzuzählen.

»Wer wissen will, wie die Sach stand«, begann Gscheitlin vorzulesen, »jetzt in dem Württemberger Land, der zu kaufen und lesen den Spruch hat: Er ist der Arme Konrad genannt!«

»Habt Ihr das gedichtet?«, fragte Gaispeter.

»Nein, nein, zum Dichten fehlt mir die Geduld – ich bin eher für ein schnelles, offenes Wort zu haben. Wir kennen den Namen des Verfassers nicht, und so, wie er für unsere Sache Partei ergreift, wird er ihn wohl auch nicht preisgeben wollen. Aber er scheint über die Anfänge bei Euch im Remstal gut Bescheid zu wissen. Ich kann's Euch gerne vorlesen.«

»Nein, dazu fehlt uns jetzt die Zeit. Euer Bote hat uns von den Verhandlungen mit dem Haushofmeister berichtet. Habt Ihr schon Antwort aus Stuttgart bekommen?«

»Nein, aber wir erwarten stündlich die Ankunft des Abgesandten.«

Lang und breit erzählte Gscheitlin von den bisherigen Verhandlungen, hob immer wieder hervor, wie wichtig der Herzog gerade den Aufstand der Leonberger nehmen müsse, wenn er doch stets hochrangige Gesandte schicke, und schwärmte von der militärischen Organisation der Aufständischen, die sich hier versammelt hatten. Gaispeter ließ das alles über sich ergehen, auch wenn Gscheitlin manchmal ein wenig ins Prahlerische geriet, aber Hannes erhob sich bald und sah sich im Lager um.

Gegen Abend war der Gesandte des Herzogs noch immer nicht eingetroffen. Gscheitlin war enttäuscht, dass ihm der große Auftritt als Verhandlungsführer vor dem berühmten Gaispeter bisher nicht vergönnt war, und in der Hoffnung, dass es am nächsten Morgen so weit sein könnte, überredete er seine Gäste, noch über Nacht zu bleiben.

Gscheitlin ließ ihnen Schlafplätze in einem der Zelte herrichten, und bis spätabends saßen Hannes und sein Vater bei den Leonbergern am Feuer. Die ließen es sich gut gehen und waren größtenteils guter Hoffnung, dass ihren Bedingungen entsprochen werden würde.

»Von hier werden wir nicht mehr lange Unterstützung erwarten dürfen«, raunte Gaispeter seinem Sohn zu, als sie sich im Zelt zum Schlafen legten. »Wenn der Herzog ihnen auch nur einen Teil ihrer Forderungen zugesteht, packen die ihre Waffen weg und gehen zufrieden nach Hause.«

Und wirklich meldeten Wachposten die herzogliche Gesandtschaft schon recht früh am Morgen. Gscheitlin schritt der Reitergruppe entgegen, die von bewaffneten Aufständischen eskortiert wurde, und stellte sich den Gästen als Hauptmann des Armen Konrad zu Leonberg vor. Gaispeter hatte sich mit Hannes in die zweite Reihe des Kreises gestellt, der sich schnell um die Neuankömmlinge und Gscheitlin gebildet hatte. Er kannte keinen aus der Gruppe, und dass ihn hier auf dem Engelberg jemand inmitten all der anderen Männer mit Hüten und Bärten als den Remstäler Gaispeter ausmachen würde, war recht unwahrscheinlich.

Einer der Reiter stieg von seinem Pferd und ging auf Gscheitlin zu. »Dietegen von Westerstetten«, stellte er sich vor, »Hofmeister Ihrer Hoheit, Sabina, Herzogin zu Württemberg!«

Gscheitlin nickte knapp, dann lud er Westerstetten ein, sich zu ihm vor den Turm zu setzen. Dort waren inzwischen Decken ausgebreitet worden und Wein und Brot standen bereit. Die anderen Reiter saßen ebenfalls ab, einige nahmen die Zügel der Tiere und ließen sich von Aufständischen zu einer Stelle führen, wo sie sie verpflegen konnten. Die anderen gesellten sich zu Westerstetten und Gscheitlin, auch einige Rottmeister des Armen Konrad ließen sich in der Runde nieder.

Wenig später wandte sich Gaispeter nachdenklich ab und holte seine Siebensachen aus dem Zelt, in dem er und Hannes übernachtet hatten. Ohne weiteren Abschied marschierten sie den Engelberg hinunter, die Worte Westerstettens noch im Ohr: Ja, der Herzog erwäge ernsthaft, die Forderungen der Leonberger zu bedenken und ihnen Straffreiheit zu gewähren, wenn sie nur ihrem liederlichen Aufruhr entsagen und wieder zu friedlichen und gottesfürchtigen Untertanen seiner Herrschaft würden.

Gscheitlins stolze Miene hatte Bände gesprochen.

Stumm wanderten Vater und Sohn nach Osten, manchmal mussten sie sich hinter Bäumen oder Büschen vor herzoglichen Reitern verstecken, aber die meiste Zeit kamen sie ungehindert voran. Eine Weile nach Mittag kamen sie über den Neckar und marschierten nach Cannstatt hinein. Erst fiel ihnen nur auf, dass an den Ecken einiger Gassen die Kinder standen und nach vorne starrten, dann sahen sie den Grund dafür: An die dreihundert Schritt vor ihnen stand eine bewaffnete Abteilung, deren Stärke sie aus ihrer Position heraus nicht gut einschätzen konnten. Die Männer hatten ihre Marschordnung aufgelöst und standen in losen Haufen beisammen. Ab und zu waren laute Rufe zu hören, als herrsche Streit unter ihren Anführern, aber sonst passierte nichts.

»Komm, Hannes, wir gehen denen lieber aus dem Weg.«

Damit wandte sich Gaispeter dem Fluss zu. Sie fanden das Ufer weitgehend menschenleer vor, setzten sich auf die Wiese und packten die Wegzehrung aus, die ihm einer der Rottmeister auf dem Engelberg noch mitgegeben hatte.

»Der Leonberger hat es aber gut mit uns gemeint«, sagte Hannes, als er sah, was ihnen alles in das Tuch eingeschlagen worden war. »Und hat er dir nicht in die Hand versprochen, seine Leute würden uns im Remstal beistehen, sobald am Engelberg eine Einigung erzielt sei?«

»Ja, das hat er versprochen. Aber darauf solltest du nicht allzu viel geben, Hannes. Wenn die sich mit diesem Westerstetten einig werden, gehen sie schön nach Hause und schauen darauf, dass sie sich nichts weiter zuschulden kommen lassen. Kann sein, dass das eine oder andere Dutzend wirklich zu uns herübermarschiert, vielleicht ist sogar der wackere Rottmeister mit dabei – aber die starken Truppen, die Vollmar erwartet, werden es wohl nicht sein. Dagegen sammelt der Herzog seine Männer in ganz Württemberg und darüber hinaus. Es würde mich nicht wundern, wenn die Gruppe, die wir vorhin drüben in der Stadt haben stehen sehen, zum Landesaufgebot gehört, das gegen uns …«

Er unterbrach sich mitten im Satz, packte eilig das Vesper zurück ins Tuch und trieb Hannes zur Eile an, sich mit ihm hinter dem dichten Gestrüpp zu verstecken, das ein paar Schritte entfernt die Wiese vom Fluss trennte. Sie hatten ihren Unterschlupf kaum erreicht, da kamen auch schon drei Männer die Wiese herunter. Zwei von ihnen stellten sich nebeneinander ans Ufer, nestelten ihre Beinkleider auf und erleichterten sich in den Neckar. Der Dritte sah sich nach einem halbwegs geschützten Ort um und hockte sich schließlich mit dem Rücken zu Gaispeter und Hannes vor den Busch nieder. Die beiden ersten waren schnell fertig und stellten sich zu ihrem hockenden Kameraden.

»Und jetzt?«, fragte der eine.

»Ich bin das Marschieren nicht mehr gewohnt«, ächzte der Mann in der Hocke. »Normalerweise habe ich jetzt gerade gemütlich zu Mittag gegessen, und meine Alte lässt mir für eine kleine Weile meine Ruhe. Aber mein Abort werde ich wohl für einige Tage nicht mehr sehen, muss es halt die Wiese tun.«

»Meinst du, wir marschieren heute noch weiter?«

»Keine Ahnung«, kam es gepresst zurück.

»Angeblich will der Herzog nachher noch persönlich bei uns zur Musterung vorbeischauen.«

Der Tonfall des dritten Mannes verriet Unsicherheit.

»Da scheiß ich drauf!«, brummte der Hockende.

»Wohl wahr!«

Die drei lachten, auch Hannes musste sich sehr beherrschen. Er konnte sich den Mund zuhalten und so ein Prusten verkneifen, aber er kam mit dem Arm gegen einen Ast, und das Rascheln machte die beiden stehenden Männer auf das Gebüsch aufmerksam.

»Ist da wer?«, rief einer von ihnen, machte einen Schritt zur Seite und versuchte zu erkennen, ob dort jemand versteckt war.

Gaispeter zögerte nur kurz, dann kam er heraus und trat neben die Männer. Hannes folgte ihm.

»Scheiße!«, entfuhr es dem Hockenden, und er machte Anstalten, sich zu erheben.

»Bleibt nur immer unten«, wies ihn Gaispeter an, und seine kräftige Statur, der wilde Blick und der muskulöse Körper seines jungen Begleiters machten ordentlich Eindruck auf die drei eher schmächtigen Männer. »Gehört Ihr zu den Männern, die drüben in der Stadt stehen?«

»Ja. Und wer seid Ihr?«

»Wir sind auf der Durchreise, unsere Namen werden Euch nichts sagen. Und wohin führt Euch Euer Weg?«

Die beiden stehenden Männer tauschten einen schnellen Blick, dann zuckte der eine mit den Schultern und antwortete: »Wir gehören zum Stuttgarter Landesaufgebot, das der Herzog einberufen hat, und ob uns der Weg heute noch irgendwohin führt, muss sich erst noch weisen.«

»Ach?«

»Wir sollen ins Remstal marschieren, wo uns Herzog Ulrich gegen die Aufständischen schicken will. Aber viele von uns haben keine Lust, die Waffen gegen Landsleute zu richten. Ich hab miterlebt, wie Ulrich die Bauern hat warten lassen, als er sie vor drei Wochen zum Landtag in die Stadt bestellt hat und sich dann nicht hat blicken lassen. Das war nicht recht, und das stößt noch immer vielen von uns sauer auf.«

»Euch beiden auch?«

»Uns beiden auch, sehr sogar. Der Ärger darüber macht auch unseren Rottmeistern zu schaffen, der Hauptmann hat seine liebe Not mit ihnen, und in Cannstatt haben wir unseren Marsch jetzt fürs Erste unterbrochen.«

Gaispeter sah kurz zu Hannes hin, dann streckte er den beiden Männern die Hand hin.

»Es wäre mir sehr angenehm, wenn Ihr gar nicht mehr nach Waiblingen ziehen würdet«, sagte er und nickte den beiden aufmunternd zu. »Mir und allen anderen, die sich für den Armen Konrad einsetzen.«

Hannes behielt die Männer im Blick, bereit sich auf sie zu werfen, falls sie Anstalten machten, gegen sie vorzugehen oder sie mit lauten Rufen an ihre Kameraden zu verraten. Doch die beiden Männer vor ihnen drückten die ausgestreckte Hand und sahen ebenfalls ganz freundlich drein.

»Ich werde Gaispeter genannt«, fuhr der Vater nun fort. »Vielleicht habt Ihr den Namen doch schon einmal gehört. Und das ist mein Sohn Hannes.«

Nun machten die beiden Männer große Augen, und der Dritte rappelte sich mühsam hoch und zog seine Hose zurecht.

Als auch er Gaispeter die Hand geben wollte, schaute der erst streng auf die Finger des Mannes. Da hielt er grinsend die Linke hoch, wo noch ein paar Grashalme zwischen den Fingern klebten, und schüttelte Gaispeters Hand mit der Rechten.

»Kommt mit uns, Gaispeter«, bat ihn einer der anderen. »Noch ist die Stimmung in unserer Abteilung gespalten, und wer weiß, wohin sie kippt, wenn nachher der Herzog zur Musterung kommt. Ihr sollt ein begnadeter Redner sein – vielleicht könnt Ihr erreichen, dass wir wieder nach Hause können, anstatt uns gegen Eure Leute auf dem Kappelberg zu wenden.«

Gaispeter zögerte einen Moment.

»Bitte, Herr Gaispeter! Wir sind an die zweihundert Mann – da würdet Ihr nicht nur uns friedliebenden Städtern einen Gefallen tun, sondern sicher auch Euren wackeren Mitstreitern!«

Hannes war nicht wohl dabei, aber sein Vater ließ sich überreden und hielt eine flammende Rede zu den Männern des Stuttgarter Landesaufgebots. Immer wieder wurden seine Appelle von Hurra-Rufen unterbrochen, und nach einer Weile gab es unter den Bewaffneten keinen mehr, vor dem sich Hannes und sein Vater hätten fürchten müssen. Selbst der Hauptmann war nachdenklich geworden. Er stand neben Gaispeter und ließ den Blick über seine Männer schweifen, die dem Fürsprecher des Armen Konrad zujubelten, statt ihn mit ihren Waffen anzugreifen.

Ein kleiner Junge kam aus einer Seitengasse herangeflitzt und stand vor dem Hauptmann stramm, so gut er es vermochte.

»Ihro Gnaden«, stammelte der Bub und keuchte nach seinem rasanten Lauf, »wage zu melden: Der Herzog kommt, er wurde gerade drüben auf der Neckarbrücke gesehen.«

»Danke, mein Kleiner«, antwortete der Hauptmann und strich ihm lächelnd über den wirren Haarschopf. Dann zog er einen Kanten Hartwurst aus der Hosentasche, gab ihn dem Jungen und scheuchte ihn zurück in seine Gasse. Schließlich winkte er seine Rottmeister heran.

»Seht zu, dass dieser Sauhaufen einigermaßen Aufstellung nimmt! Ich will nicht blamiert sein vor meinem obersten Herrn! Auf geht's!«

Die Rottmeister riefen Befehle, und die Männer begannen sich ordentlicher hinzustellen.

»Und Ihr«, wandte sich der Hauptmann an Gaispeter und Hannes, »schaut jetzt lieber, dass Ihr aus Cannstatt herauskommt. Wir alle würden lieber wieder nach Hause gehen, und ich persönlich wünsche Euch alles Gute für Eure Sache – aber dem Herzog und seinen bewaffneten Begleitern solltet Ihr hier lieber nicht begegnen!«

Als Hannes und Peter Gais am späten Nachmittag in Beutelsbach ankamen, setzten sie sich sogleich mit Hans Vollmar, Heinrich Huetlin und einigen anderen zusammen, um ihnen von den Verhandlungen auf dem Engelberg und von ihrem Zusammentreffen mit dem Stuttgarter Landesaufgebot zu berichten. In die Besprechung im Gasthaus platzte ein berittener Bote aus Leonberg: Der herzogliche Gesandte habe die Forderungen der Aufständischen mit nach Stuttgart genommen und schon vorab zugesichert, dass alles ernsthaft geprüft werde. Inzwischen sei auch Nachricht aus der Stadtburg auf dem Engelberg eingetroffen: Es stehe gut um die Leonberger, und der Herzog werde noch heute oder morgen persönlich im Lager von Gscheitlin und seinen Leuten erscheinen, Zugeständnisse machen und die Huldigung auf die neue Vereinbarung entgegennehmen.

»Inzwischen sollen schon Karren mit Wein in Richtung Engelberg unterwegs sein, damit die friedliche Einigung zwischen Herzog Ulrich und dem Armen Konrad begossen werden kann, wie das in solchen Fällen üblich ist.«

Der Leonberger war vor Freude über das Erreichte ganz außer sich, und Huetlin ließ dem jungen Mann noch einen Krug Wein bringen, bevor er sich auf den Weg weiter hinauf ins Remstal machen würde. Doch den Beutelsbachern war es nicht zum Feiern zumute: Ihnen liefen nicht nur die Verbündeten weg, sondern auch die Zeit. In Waiblingen trafen immer mehr Bewaffnete ein, und in Baden und der Kurpfalz hatte die dortige Herrschaft hunderte Reiter und etwa tausend Fußsoldaten in Marsch gesetzt.

Caspar Pregatzer beriet sich mit einigen Hauptleuten aus der Stadt und den Dörfern, dann lockten sie unter dem Vorwand, sie wollten ihre Waffen inspizieren, die Schorndorfer aus der Stadt, begeisterten viele von ihnen mit flammenden Reden auf dem Wasen und schafften es tatsächlich, mit mehr als fünfhundert Männern vom Schorndorfer Wasen aus in Richtung Beutelsbach zu ziehen.

Dort marschierten sie schnurstracks zur Burgruine auf den Kappelberg hinauf und richteten sich auf ein längeres Lager ein. Herzog Ulrichs Haushofmeister Philipp von Nippenburg, der ins Remstal gekommen war, um in Schorndorf noch einmal die Huldigung auf den Tübinger Vertrag einzufordern, konnte das lediglich beobachten, weil er nur eine Handvoll Berittener bei sich hatte, mit denen er gegen hunderte wütender Bauern nicht viel ausrichten konnte.

Am Abend schritt Hans Vollmar droben auf dem Kappelberg wie ein Feldherr durch die Reihen, und immer wieder redete er zu den Männern, die in Gruppen beisammensaßen, um sie aufzumuntern. Die Feuer, die rund um die alte Burg entzündet waren, leuchteten weit hinaus ins Land, und Vollmar hoffte, dass das mächtig Eindruck auf die Herzöglichen machte, die den Kappelberg von den Waiblinger Türmen aus gut sehen konnten.

Hannes und Michel hatten sich als Wächter gemeldet, und sie lagen am Hang des Kappelbergs verborgen und behielten den Weg vom Dorf herauf im Blick. Nach einiger Zeit war dort Bewegung auszumachen: Einige Reiter kamen langsam heran, vorneweg ging Schultes Huetlin.

»Halt, Herr Schultes!«, rief ihn Michel an, ohne sein Versteck neben dem Weg zu verlassen.

Huetlin verharrte mitten im Schritt, und auch die Reiter blieben stehen. Aber keiner von ihnen zog eine Waffe. Michel wartete noch einen Moment, dann stand er auf, die Lanze in der Hand, und trat auf die Straße. Hannes kam ebenfalls aus seinem Versteck, hielt sich mit seinem Schwert aber etwas neben dem Weg.

»Herr Schultes, wen bringt Ihr uns da?«, fragte Michel.

»Das sind Abgesandte des Herzogs. Sie wollen mit dem Hauptmann der Männer reden, die dort oben bei der Burg lagern.«

»Ich darf Euch nicht durchlassen, tut mir leid.«

Einer der Reiter lenkte sein Tier etwas auf Michel zu, der sofort seine Lanze senkte.

»Junger Mann«, begann er, »heb deine Lanze wieder, wir wollen euch nichts tun. Wir sind zu Verhandlungen hier, und ihr wärt gut beraten, mit uns zu reden – denn drüben in Waiblingen sammelt sich eine Streitmacht, die euch von diesem Berg jagt, dass ihr euer blaues Wunder erlebt!«

Trotzig blieb Michel stehen, ohne die Lanze zu heben.

Der Fremde lachte. »Na, wenn euer Armer Konrad lauter so wackere Streiter hat, dann müssen wir wohl noch mehr Kämpfer herbeirufen, was?« Er stieg ab, drückte Michels Lanze zur Seite und stellte sich direkt vor ihn hin. »Ich bin Hans Gaisberg, Vogt der Stadt Stuttgart. Und ich will jetzt mit den Anführern eures Haufens sprechen!«

»Ich kann Euch nicht durchlassen«, wiederholte Michel.

»Dann geh hinauf zu dieser Burg und hol mir die Anführer herunter. Ich kann mit ihnen hier unten genauso gut reden wie droben. Aber beeil dich, ich mag nicht lange warten müssen!«

Michel überlegte kurz, dann hob er die Lanze und machte, dass er schnell zur Ruine hinaufkam. Hannes blieb stehen, das Schwert in der Hand, und ließ keinen von Huetlins Begleitern aus den Augen.

Von oben kamen schließlich Hans Vollmar, Gaispeter, Caspar Pregatzer und einige andere herunter. Der Vogt stellte sich auch ihnen vor, und dann suchten sie sich einen Platz, an dem sich alle auf dem Gras niederlassen konnten. Vollmar gab Hannes ein Zeichen, dass er zurück auf seinen Posten solle, und auch Michel war wiedergekommen, legte sich nieder und beobachtete aufmerksam die Wiesen und den Weg vor sich.

Nach einer Weile gingen die Männer auseinander, und als Michel und Hannes auf ihren Posten abgelöst wurden, ließen sie sich von ihrem Vater alles berichten, was in der Verhandlung unten am Fuß des Kappelbergs zur Sprache gekommen war.

»Herr Vogt?«

Jost Huetlin trat in die Schreibstube und wartete, bis sein Vorgesetzter von dem Brief aufsah, den er gerade studierte.

»Herr Vogt, der Herzog sammelt doch bei uns in der Stadt die Truppen, die gegen den Armen Konrad losschlagen sollen.«

»Ja, Huetlin, aber ob sie dann auch wirklich losschlagen werden, muss sich erst noch zeigen. Mein Stuttgarter Amtskollege ist vorhin zu ersten Verhandlungen aufgebrochen, er will versuchen, ob sich das Ganze auch ohne Waffengewalt regeln lässt – in Leonberg hat es ja auch geklappt. Vogt Gaisberg müsste jeden Augenblick zurück sein. Hören wir uns erst einmal an, ob er etwas erreicht hat.«

Damit beugte sich der Waiblinger Vogt wieder über sein Schreiben. Als ihm auffiel, dass sein Schreiber den Raum noch nicht verlassen hatte, sah er wieder auf und musterte den jungen Mann. Jost Huetlin war nicht dumm und er war ein guter Schreiber. Etwas unangenehm war sein großer Ehrgeiz, manchmal hatte der Vogt das Gefühl, sein junger Helfer würde ihn jederzeit ans Messer liefern, wenn er dafür selbst eine Stufe nach oben gelangen könnte.

»Was ist denn noch, Huetlin?«

»Nun, Herr Vogt … Gesetzt den Fall, die Truppen unseres Herzogs schlagen wirklich los und greifen die Aufständischen an, dann werden die Leute vom Armen Konrad sich ja kaum in einer offenen Feldschlacht stellen, nicht wahr?«

»Das ist nicht anzunehmen, da hast du recht. Und?«

»Also müssen unsere Truppen hinauf auf den Kappelberg und die Aufständischen dort überwältigen.«

»Auch das stimmt, aber es sollte nicht allzu schwer sein. Eure Burg dort droben ist in keinem besonders guten Zustand mehr, lange unbewohnt und größtenteils zerfallen. Wenn ich recht unterrichtet bin, ist eigentlich nur noch die Burgkapelle in Benutzung.«

»Das schon, aber trotzdem kann man sich zwischen den Resten der Burgmauer gut verschanzen, und wenn man weiß, dass der Feind die Straße von Beutelsbach heraufkommen muss oder allenfalls eine Umfassungsbewegung über Schnait oder Grunbach versuchen kann …«

Der Vogt sah ihn gespannt an. Er wusste ja, dass Jost Huetlin aus Beutelsbach stammte und dort vermutlich jeden noch so versteckten Pfad kannte. Wollte er sich womöglich als Führer anbieten? Gegen seine früheren Nachbarn? Was ging in diesem jungen Mann vor?

Jost Huetlin wusste das genau, und der Grund hatte mit dem Armen Konrad nichts zu tun.

Tag für Tag traf sich eine Abordnung des Armen Konrad zwischen der Burgruine und dem Dorf Beutelsbach mit dem Stuttgarter Vogt und seinen Begleitern. Sie verhandelten über die Bedingungen des Armen Konrad, die erfüllt werden mussten, bevor der Haufen abziehen würde. Vor allem ging es um Straffreiheit für die Aufrührer, aber sie stritten auch für das Recht Wildschweine zu erlegen, die gut Fleisch geben würden und lebendig großen Schaden auf den bestellten Feldern anrichteten, und um vieles mehr.

Es gab kleine Annäherungen, aber die Hauptleute der Aufständischen waren nicht damit zufrieden. Unterdessen fanden sich immer mehr Bewaffnete auf dem Kappelberg ein, einige Ämter schickten Verpflegung ins Lager, und aus Backnang kamen hundert Mann, die reichlich Proviant und obendrein den waffenstrotzenden Raiswagen der Stadt mit sich führten. Von überall her kam Verstärkung, auch Heinrich Huetlins Schwager Meißner, der Schultes von Reichenbach an der Fils, war mit einigen Männern seines Dorfes eingetroffen, und Gaispeter und einige andere wanderten in der Region umher, um noch weitere Städte und Flecken für ihre Sache zu begeistern. In Winnenden etwa standen schon ein Rat und ein Vogt bereit, um die Huldigung der Stadt auf den Tübinger Vertrag entgegenzunehmen – Gaispeter und seine Begleiter gingen dazwischen und forderten die Winnender auf, keine Huldigung zu leisten und sich stattdessen ihrer Streitmacht auf dem Kappelberg anzuschließen.

Auch das herzogliche Lager zählte immer mehr Köpfe. Aus dem Breisgau marschierten Truppen des Markgrafen von Baden heran, und das Landesaufgebot wurde auch durch Zugänge aus den Ämtern verstärkt, allein Tübingen stellte 500 Mann.

Vollmar blieb dennoch bester Dinge – denn auf dem Kappelberg hatten sich mittlerweile mehr als tausend Mann versammelt. Und aus dem Raum Urach hatten ihm zwei Männer aus Dettingen an der Erms die Nachricht gebracht, dass mehrere Orte auf und an der Alb einen gemeinsamen Zug von Rebellen organisierten und damit die Kräfte auf dem Kappelberg verstärken wollten.

Zusammen mit den anderen Hauptleuten beriet Hans Vollmar das weitere Vorgehen, und irgendwann stand der Plan, den Kappelberg zu verlassen und zunächst direkt auf die Stadt Waiblingen loszugehen. Erst vor ein paar Tagen waren hundert Waiblinger in ihre Heimat zurückgekehrt und hatten dort angekündigt, sie würden ihre Stadt demnächst dem Armen Konrad übergeben. Wäre Waiblingen erst einmal genommen, würde es über Fellbach direkt auf Stuttgart zu gehen.

Die Hauptleute waren sich ihrer Sache sicher, aber den Bauern, denen sie es erklärten, wurde es doch etwas mulmig, wenn sie an die bevorstehenden Gefechte dachten. Fast alle hatten sie Büchsen und Lanzen, Schwerter ohnehin, aber Waffen und Wut allein machten aus einem friedfertigen Bauern noch keinen Landsknecht.

Gaispeter hatte dafür gesorgt, dass alle Männer auf dem Kappelberg regelmäßig mit ihren Waffen übten, und die meisten von ihnen machten auch recht gute Fortschritte, aber ein schlagkräftiges Heer waren die Aufständischen deshalb noch lange nicht. Vor allem die Moral der Männer ließ zu wünschen übrig, und je mehr sie über die in Waiblingen versammelten herzoglichen Truppen hörten, desto schlechter wurde sie.

Und so waren die meisten von ihnen froh, als Hans Vollmar am letzten Tag im Juli einige Zeit nach Mittag zur Burgruine heraufkam und alle im Lager zusammenrief.

»Hört zu, Männer«, setzte er an. »Drunten in Waiblingen sind nun die Truppen beisammen, die uns entgegentreten sollen. An eine Einnahme der Stadt ist bis auf Weiteres nicht mehr zu denken. Der Stuttgarter Vogt, mit dem ich in den vergangenen Tagen verhandelt habe, will uns keine weiteren Zugeständnisse zusagen. Ich hoffe, dass alle, die jetzt aufgeben, ähnlich behandelt werden wie der Arme Konrad zu Leonberg – dort wurde den Aufständischen Straffreiheit gewährt. Ich fürchte, mehr haben auch wir nicht zu erwarten.« Er sah in die Runde. »Wenn es nach mir geht, nehmen wir unsere Waffen und verschanzen uns hier oben auf dem Kappelberg. Wir sind inzwischen weit mehr als tausend Leute, und auch wenn der Herzog unten bestens ausgebildete Einheiten hat, so müssen auch die erst einmal einen so wehrhaften Berg einnehmen!«

Die Männer unterhielten sich aufgeregt.

»Wann wollen sie denn kommen?«, fragte einer.

»Vogt Gaisberg sagt, sie sind abmarschbereit und können schon heute am Nachmittag hier sein. Aber lasst euch nicht Bange machen: Wir haben gute Chancen hier oben auszuharren!«

»Ja«, meinte ein anderer, »und dann treffen immer mehr Truppen ein, die der Herzog doch sicher schon überall zusammentrommelt, und am Ende hauen sie diejenigen, die bis dahin überlebt haben, in Stücke.«

»Wir sind Bauern, keine Landsknechte!«, rief ein Dritter, und bald herrschte helle Aufregung unter allen.

Hans Vollmar hatte sich das offensichtlich anders vorgestellt. Die schnell um sich greifende Bereitschaft, die Waffen niederzulegen und sich lieber der Gnade des Herzogs auszuliefern, als den Tod im Kampf zu riskieren, verhagelte ihm die Laune, und nach ein paar vergeblichen Versuchen, die Umstehenden noch einmal für den Aufstand zu begeistern, schleuderte er seine Büchse mit einer theatralischen Geste zu Boden und stampfte den Berg hinauf, wo er sich schmollend am Waldrand niederließ und in die Ferne stierte.

»Hört mir zu, Leute!«, meldete sich nun Gaispeter zu Wort. Er hob Vollmars Büchse auf und lehnte sie gegen einen Mauerstein, dabei sah er unter seinem breitkrempigen Hut finster in die Runde, bis er auch die Aufmerksamkeit des Letzten hatte. »Es steht jedem von euch frei, die Waffen niederzulegen und nach Hause zu gehen«, rief er dann. »Vollmar hat euch ja schon gesagt, dass die Aufständischen in Leonberg straffrei ausgingen. Vielleicht wird das hier bei uns genauso gehandhabt. Aber tut allen, die hier oben auf dem Kappelberg bleiben wollen, einen letzten Gefallen: Geht nicht jetzt, sondern erst im Schutz der Dunkelheit hinunter ins Tal.«

Einige murmelten beifällig, aber ein Metzger aus Grunbach gab zu bedenken, dass der Sturm der herzoglichen Truppen jeden Moment beginnen konnte und es dann zu spät für einen Rückzug war.

»Dummes Zeug!«, donnerte Gaispeter. »Die werden sich nicht jetzt am späten Nachmittag auf diesen Berg trauen, wo uns die einbrechende Dunkelheit schon bald einen unschätzbaren Vorteil bieten wird. Wenn sie kommen, dann frühestens morgen, glaubt mir!«

Der Grunbacher zuckte mit den Schultern und gab sich fürs Erste zufrieden.

»Schleicht euch heute Abend, sobald es dunkel geworden ist, durch den Wald und zwischen den Reben und Obstbäumen hindurch in eure Dörfer, und achtet darauf, dass euch die Männer des Herzogs nicht sehen. Kehrt ihr nur immer in euer friedliches Leben zurück und hofft darauf, dass wir anderen es für euch richten werden – aber fallt uns nicht auch noch dadurch in den Rücken, dass ihr bei Tageslicht von hier abzieht und jedem schon von Ferne zeigt, dass unserer Sache schon die Ersten von der Fahne gehen!«

Jetzt gab es keine Widerworte mehr. Gaispeters flammender Appell hatte Wirkung gezeigt, und der eine oder andere schien sich auch bereits für seine Feigheit zu schämen.

»Entzündet die Feuer, und dann holt euch drüben Wein und Brot. Alle, die heute den letzten Abend hier oben sind, sollen sich im Guten von uns und allen Kameraden verabschieden.«

Gaispeter schlug jetzt einen versöhnlicheren Ton an. Es hatte keinen Sinn, diejenigen zu beschämen, die nach Hause wollten – da konnten sie genauso gut noch den Abend miteinander gemütlich am Lagerfeuer verbringen. Er blickte in dankbare Gesichter, und als die Dämmerung hereinbrach, saßen gut tausend Männer im Schein der hoch auflodernden Feuer und prosteten sich zu.

In den ersten Stunden nach der Dämmerung saßen die Männer noch recht fidel beisammen und tranken sich Mut und Trost zu, dann verabschiedeten sich die Ersten, und gegen Mitternacht hatte ein ständiges Verabschieden und Davonschleichen eingesetzt. Hans Vollmar saß neben Peter Gais und seinen beiden ältesten Söhnen, und ab und zu sah er mit feuchten Augen denen nach, die sich mit ihren Waffen trollten.

Irgendwann rollte er sich in seine Decke ein, drehte sich mit dem Rücken zum Feuer und schnarchte schon wenig später. Als Gaispeter es ihm gleichtat, war es weit nach Mitternacht, die Reihen um die Feuer hatten sich schon sehr gelichtet und noch immer klopften sich Männer zum Abschied auf die Schultern und schlugen sich in die Büsche.

Der Waiblinger Vogt Jacob von Bernhausen hatte den herzoglichen Haushofmeister Philipp von Nippenburg auf die Aussichtsplattform des Hochwachtturms geführt, dort standen die beiden Männer nun schwer atmend und sahen in die Nacht hinaus. In Richtung Osten lag der Beutelsbacher Kappelberg eineinhalb Wegstunden entfernt, und selbst von hier aus war zu sehen, dass die ganze Umgebung der Burgruine in das unruhige Licht zahlreicher Lagerfeuer getaucht war.

»Mehr als tausend Mann sollen dort oben liegen«, knurrte Nippenburg und stützte sich schwer auf die Mauer vor sich. »Das wird kein leichter Gang werden.«

»Wann wollt Ihr losschlagen?«, fragte Bernhausen.

»Am liebsten gar nicht. Wir verhandeln ja noch, auch wenn wir zuletzt nicht mehr recht vorankamen. Ich habe eigens einen Boten durchs Remstal geschickt, dass er Eurem Kollegen in Schorndorf berichtet, dass wir jetzt bereit seien zum Losschlagen.« Nippenburg lachte heiser. »Eure Remstäler haben dem Burschen wie erhofft zwischen Heppach und Grunbach aufgelauert und haben die Botschaft aus ihm herausgeprügelt. Er ist ganz zerschunden nach Waiblingen zurückgekommen, aber immerhin sollte den Männern auf dem Kappelberg der Ernst der Lage jetzt bewusst sein. Nur leider …« Er seufzte. »Leider haben mir meine Späher bisher noch nicht berichten können, dass Aufständische von der Burgruine abgezogen wären. Heute Nacht warte ich noch ab, dann machen wir uns ein Bild von der Lage, und dann …« Nippenburg verstummte mitten im Satz und sah nachdenklich in die Nacht hinaus.

Vogt Bernhausen sah den Befehlshaber der in und um Waiblingen stationierten Truppen an. Allzu kampflustig wirkte Philipp von Nippenburg nicht, stattdessen hatten sich tiefe Sorgenfalten in seine Stirn gegraben, und als der leichte Abendwind ein wenig auffrischte, zog er seinen Mantel enger um sich zusammen. In diesem Moment wirkte der Haushofmeister des Herzogs wie ein gebrechlicher alter Mann – sogar noch älter, als er mit seinen 56 Jahren ja ohnehin schon war.

»Macht Ihr Euch Sorgen um den Erfolg Eurer Truppen?«, fragte Bernhausen vorsichtig. Dabei behielt er den anderen im Auge, ob Nippenburg womöglich aufbrausen oder sich gegen den zweifelnden Ton des Vogts verwahren wollte. Doch der Haushofmeister schüttelte nur langsam den Kopf.

»Nein«, sagte er dann so leise, dass der Vogt genau hinhören musste, »daran ist nicht zu zweifeln. Wir haben genügend Männer und Waffen, und wenn wir sie vom Tal her angreifen und gleichzeitig vom Schurwald herunter auf sie dringen, sollten sie uns trotz ihrer günstigen Lage nicht widerstehen können.«

Bernhausen war erleichtert – schließlich gab es nichts Ärgeres als einen Befehlshaber, der am eigenen Sieg zweifelte.

»Aber«, fuhr Nippenburg nach einer kurzen Pause fort, »es häuft nicht gerade Ruhm auf die Häupter meiner Männer, wenn sie gegen die eigenen Landsleute ziehen. Württemberger im Visier württembergischer Büchsen – das schmeckt mir nicht besonders, selbst wenn es so Lumpen sind wie dieses gottlose Gesindel dort drüben bei Beutelsbach, das seinem rechtmäßigen Herrn die Gefolgschaft aufgekündigt und ihn in wilder Raserei beinahe vom Pferd gezerrt und weiß Gott was alles noch mit ihm angestellt hätte, wenn er sich nicht rechtzeitig in Sicherheit hätte bringen können.« Die Augen des Haushofmeisters funkelten vor Zorn, und er presste seine Fingerspitzen so fest gegen den Stein der Mauerkrone, dass die Knöchel weiß hervortraten.

»Es gibt vielleicht eine Möglichkeit, wie wir den Kappelberg nehmen können, ohne dass es zu einem richtigen Gefecht kommt.«

Philipp von Nippenburg stutzte, dann wandte er dem Vogt langsam den Kopf zu und hob eine Augenbraue.

»Mein Schreiber stammt aus Beutelsbach«, erklärte Bernhausen. »Jost Huetlin heißt er, und sein Vater ist der Schultheiß in dem Flecken. Er hat mir angeboten, Eure Männer auf Schleichpfaden hinauf zur Burgruine zu führen.«

Nippenburg musterte den Waiblinger Vogt. »So?«, sagte er schließlich. »Und ist der Kerl vertrauenswürdig? Ich meine: Er würde uns immerhin gegen seine eigenen Leute helfen! Nach allem, was ich so höre, würde ich an Herzog Ulrichs Stelle auch für diesen Schultes Huetlin nicht die Hand ins Feuer legen.« Der Haushofmeister lachte bitter auf, aber Bernhausen ließ sich nicht beirren.

»Ich vertraue ihm. Ich weiß nicht, was ihm so zu schaffen macht – aber genau der Umstand, dass er uns gegen seine Leute helfen würde, scheint ihn zu beflügeln. Vielleicht hat er noch mit jemandem eine Rechnung offen, den er oben auf dem Kappelberg vermutet.« Der Vogt zuckte mit den Schultern. »Wär das nicht ein Versuch wert? Was riskiert Ihr schon?«

»Männer«, beschied ihm Nippenburg knapp, »aber das steht uns eh bevor.« Er nickte und wandte sich der Turmtür zu. »Gut, dann schickt mir diesen jungen Kerl. Ich werde ihm einige erfahrene Kämpfer unter der Leitung eines meiner besten Männer mitgeben.«

Jost Huetlin wurde am frühen Morgen zusammen mit einer Abteilung Reiter zum Kappelberg geschickt. Fünfzehn Mann unter der Führung von Lorenz Beltz brachte er über enge, versteckte Waldpfade in den Rücken der Burgruine, und Jörg Butelin, der oben neben der alten Kaiserstraße hinter einem Busch die Wache hatte, überwältigten sie schnell. Ein Berittener blieb bei dem bewusstlos geschlagenen Küfer zurück, die anderen schlichen sich weiter durch den Wald auf die Ruine zu.

Bald konnten sie die Männer hören, die dort gelagert hatten. Es war eine ansehnliche Menge, mehrere hundert gewiss, aber offenbar längst nicht die gut tausend Mann, von denen berichtet worden war. Die Aufständischen schienen gut ausgestattet mit Waffen und Proviant. Beltz schickte einen Mann zurück, damit er in Waiblingen über die genaue Position des Lagers und die Ausrüstung des Armen Konrad berichtete. Er solle seinen Kameraden bei dem ohnmächtigen Butelin lassen, weil er noch nicht wisse, was mit dem Wachposten geschehen solle. Mit den anderen Männern und mit Schreiber Huetlin wartete er im dichten Unterholz auf die weitere Entwicklung.

Aus ihrem Versteck heraus bemerkten sie, dass sich immer wieder Männer verabschiedeten, die das Lager der Aufrührer verließen und ins Tal hinuntergingen. Beltz atmete auf. Wenn der Aufstand so endete, war es ihm am liebsten – er hatte wenig Lust, wackere Bauern in Stück zu hauen, nur weil sie sich über ihre schlimme Lage beschwerten. Jost Huetlin aber wurde zunehmend unruhig, und als gegen Mittag nur noch etwa zwanzig Männer an der Burgruine standen und sich berieten, zog er sein Schwert und stürmte auf eine Gruppe zu, die in der Nähe des eingestürzten Burgtors stand.

Der erste Vormittag im August verlief deprimierend. Und sie konnten nur zusehen, wie immer mehr Leute das Lager verließen, wie es um sie herum einsamer wurde. Hans Vollmar saß auf einem Mauerrest der Burgruine, neben ihm barg Muthans sein Gesicht in den Händen und murmelte, dass sie jetzt verloren seien, dass alles umsonst gewesen sei, wo sie doch so viel gewagt hatten. Gaispeter stand mit seinen beiden Söhnen vor dem Burgtor und redete mit Engelszungen auf sie ein, dass sie endlich machen sollten, dass sie von hier wegkamen.

»Nichts da, Vater«, sagte Hannes, »wir bleiben. Erst wenn du gehst, gehen wir auch, nicht wahr, Michel?«

»Ja, so ist es, Vater!«

»Ihr seid rechte Dickschädel, ihr beiden!«, schimpfte Gaispeter, aber er wirkte stolz darüber.

»Na, von wem werden wir das wohl haben?«, versuchte Hannes einen Scherz.

Als sich das Gesicht seines Vaters sofort verdunkelte, tat ihm die Bemerkung schon leid, auch wenn er nicht verstand, was er jetzt schon wieder Falsches gesagt hatte. Gerade wollte er seinen Vater geradeheraus fragen, da brachen am Waldrand einige Äste und Schritte näherten sich ihnen schnell. Hannes fuhr herum und zog in derselben Bewegung sein Schwert, doch er brauchte einen Moment, bis er begriff, wer da auf ihn losstürmte.

Jost Huetlin rannte auf ihn zu, das Schwert zum Angriff erhoben und das Gesicht zu einer furchterregenden Maske verzerrt. Er sah kurz zu seinem Vater hin, der ebenso starr stand wie er, dann machte er im letzten Moment einen Schritt zur Seite und ließ Jost ins Leere laufen. Doch der war sofort wieder bereit und drang erneut auf Hannes ein. Laut krachend schlugen die Klingen der beiden gegeneinander, und für einen Moment war es Hannes, als seien sie wieder die kleinen Buben, die sich hier rund um die Ruine so manches Duell geliefert hatten. Aber die Schwerter waren diesmal nicht aus Holz, sondern tödliche Waffen aus hartem Metall.

Michel packte seine Lanze und wollte seinem Bruder beistehen, da brach rund ein Dutzend Bewaffneter aus dem Gehölz und bedrohten die verbliebenen Aufständischen mit ihren Waffen.

»Keine Bewegung mehr«, rief Beltz, »sonst seid ihr des Todes!«

Alle standen still, auch Jost und Hannes hatten ihren Kampf unterbrochen, und als sich der Muthans leise von der Mauer abrollte und sich davonschleichen wollte, wurde er schon nach wenigen Schritten von einem Bewaffneten gestellt. Daraufhin ließ Beltz alle Männer des Armen Konrad zusammentreiben, den kampfeslustigen Schreiber packte er ohne große Umstände am Oberarm und schubste ihn so heftig zur Seite, dass Jost erst nach ein paar gestolperten Schritten wieder einen festen Stand bekam.

»Seid Ihr von Sinnen, Schreiber?«, herrschte Beltz ihn an. »Hier sieht alles danach aus, als würden die Aufrührer aufgeben, als würde alles mit Ach und Krach ein unblutiges Ende nehmen – und da fällt Euch nichts Besseres ein, als mit dem Schwert auf einen von ihnen loszugehen?« Er sah Jost mit funkelnden Augen an. »Ihr scheint mir hier ein ganz anderes Anliegen zu haben, als dass wieder Frieden in diesem schönen Tal einkehrt, stimmt's?«

Jost Huetlin schwieg und warf Hannes, der bei seinem Bruder stand, einen finsteren Blick zu.

»Ihr haltet jetzt die Füße still, sonst lass ich Euch niederschlagen und wir schaffen Euch bewusstlos nach Waiblingen, wo Ihr diesen ganzen Unfug hier dem Vogt erklären könnt! Verstanden?«

Jost senkte den Kopf und ließ den Schwertarm baumeln. Lorenz Beltz musterte den Heißsporn noch einmal, dann kam er zu dem Schluss, dass von dem Schreiber erst einmal nichts mehr zu befürchten war, und er ging zu den umzingelten Aufständischen. »Wer hat hier das Sagen?«, fragte er.

»Ich!«, antworteten Hans Vollmar und Gaispeter gleichzeitig.

Beltz grinste. »Das ist immer so eine Sache mit dem Aufruhr, was?«, sagte er, und es klang nicht unfreundlich. »Da wollen viele Mäuler das letzte Wort haben.« Er sah zwischen den beiden Männern hin und her. »Sagt Ihr mir Eure Namen?«

»Und wenn nicht?«, trotzte Vollmar.

Beltz zuckte mit den Schultern. »Dann nicht. Ich habe keine Order, hier jemanden festzunehmen oder zu vernehmen. Wir lagen drüben im Wald auf der Lauer, für den Fall, dass wir Euer Nest mit Gewalt nehmen müssen. Aber es sieht ja ganz danach aus, als hätte sich das erledigt. Euer Aufruhr scheint beendet, richtig?«

Vollmar sah ihn wütend an, sagte aber nichts.

»Hört zu, Leute, geht doch einfach nach Hause, ich werde euch nicht dran hindern. Meine Männer sind genauso froh, wenn kein Blut fließt, wie eure, die schon heimgekehrt sind und ihre Waffen wieder eingemottet haben. Drunten im Tal steht eine Übermacht, mit der ihr schon in eurer vollen Stärke nicht fertig geworden wärt – und jetzt zählt ihr hier keine zwei Dutzend mehr. Da wird sich der Aufstand des Armen Konrad ja wohl erledigt haben, oder?« Er sah die anderen an, keiner sprach ein Wort.

»Oder?«, wiederholte er.

Der eine oder andere nickte.

»So, ihr beiden Anführer«, wandte sich Beltz leutselig an Vollmar und Gaispeter. »Seid Ihr schon zu einem Urteil über mich gekommen?«

»Ihr seid ein Mann des Herzogs«, sagte Gaispeter.

»Das stimmt. Und mein Onkel Jörg Beltz wurde in Winnenden vom Armen Konrad zum Schultes ernannt.«

Vollmar riss die Augen auf. »Jörg Beltz ist Euer Onkel?«

»Ja, und ein guter noch dazu. Die Risse, die diesem Land zu schaffen machen, gehen quer durch die Familien. Das ist nicht gut, und das muss ein Ende haben. So oder so?«

»Und was habt Ihr mit uns vor?«

»Mal sehen«, gab Beltz zurück und tat, als müsse er lange nachdenken. »Einstweilen muss ich Euch umzingelt halten, weil ich noch nicht weiß, ob Ihr andernfalls mit Euren Waffen auf meine Männer losgeht. Ihr habt zwar keine Chance gegen uns, aber den einen oder anderen aus unserer Abteilung mag es schon das Leben oder einen Arm kosten.« Er wiegte den Kopf.

»Wenn ich zu dem Schluss komme, dass Ihr uns nichts Böses wollt, dann … tja, dann würde ich Euch die Waffen abnehmen und Ihr trollt Euch in Euer Dorf.«

»Und wenn wir nicht auf unsere Waffen verzichten wollen?«

»Na, dann lasst Ihr sie fallen und wir lassen sie liegen, damit Ihr sie morgen wieder holen könnt. Aber bewaffnet kann ich Euch nicht ins Tal hinunterlassen. Schon aus Eurem Interesse nicht: Dort unten stehen vielleicht schon die ersten Truppen, die für den Herzog kämpfen wollen – Bauern lassen die wahrscheinlich passieren, aber mit bewaffneten Männern werden sie nicht viel Federlesens machen.«

Gaispeter nickte, und dann flüsterte er Hans Vollmar ins Ohr. Von oben kamen zwei Bewaffnete herunter, die zwischen sich den immer noch ohnmächtigen Jörg Butelin trugen. Gaispeter und Vollmar sahen zu, wie die beiden Träger den Bewusstlosen vorsichtig ins Gras betteten und zur Seite traten.

»Ihr seht: Wir sind nicht die blutrünstigen Bestien, für die Ihr uns haltet«, sagte Beltz und lächelte die Männer vor ihm an. »Also: Wie sollen wir Euch behandeln? Sagt Ihr es mir.«

Gaispeter ließ sein Schwert als Erster fallen, andere folgten seinem Beispiel, auch Hannes und Michel warfen ihre Waffen zu Boden, und schließlich gab sich auch Vollmar einen Ruck und legte sein Schwert vor sich ins Gras. Beltz nickte zufrieden, er wirkte erleichtert.

»Tretet beiseite!«, befahl er seinen Männern, dann beugte er für einen Moment den Kopf vor den entwaffneten Aufständischen. »Es war mir eine Ehre, so mutige Männer kennenzulernen«, sagte er.

Vollmar forschte in seiner Miene, aber Beltz schien es ernst zu meinen.

»Und es war mir eine Freude, nicht gegen Euch kämpfen zu müssen.« Nun grinste Beltz doch, und er gab allen Aufständischen, als sie an ihm vorbei von der Ruine weggingen, die Hand. Es war ein trauriger Zug von frustrierten Männern, der sich da aufs Tal zu bewegte. Der Gaispeter war bei den Letzten, die Lorenz Beltz passierten.

»Ihr seid der Gaispeter, nicht wahr?«, fragte er ihn.

Gais sah ihn erstaunt an.

»Na, Ihr seid eine richtige Berühmtheit im Remstal. Der große Gaispeter! Ihr mit Eurem Bart und dem breitkrempigen Hut. Ich wünsche Euch eine gute Zukunft, Herr Gais. Und dankt Gott dafür, dass Ihr so prächtige Söhne habt. Persönlich kennenlernen durfte ich nur Euren Hannes, aber der zeigt, dass er von einem guten Schlag ist.«

Peter Gais schluckte. Dann nickte er schnell und schaute, dass er wegkam. Michel sah erst überrascht zu seinem Bruder hin, dann gab er dem Beltz die Hand, wie alle anderen vor ihm, und ging weiter dem Vater nach, der schon ein Stück Vorsprung hatte. Die Hand von Hannes ließ Lorenz Beltz nicht gleich wieder los.

»Ich hab dir doch gesagt, du sollst auf deine Familie aufpassen«, sagte er und lächelte. »Allerdings hatte ich damals an der Neckarfähre keine Ahnung, wie wichtig das eigentlich gewesen wäre. Was wird jetzt aus euch werden?«

»Keine Ahnung«, gab Hannes zu. »Viel hängt davon ab, was mit den Anführern des Armen Konrad geschieht. Was wird der Herzog mit den Aufständischen machen?«

Beltz zuckte mit den Schultern. »In Leonberg hat er allen Straffreiheit zugesagt. Vielleicht läuft es hier genauso. Aber versprechen kann ich es dir nicht – ihr habt den Herzog wohl ziemlich geärgert. Wenn ich recht gehört habe, wurde er vor Schorndorf tätlich angegriffen. Stimmt das?«

Nun zuckte Hannes mit den Schultern.

»Na ja, vielleicht wären zumindest eure Hauptleute gut beraten, beizeiten zu verschwinden. Es ist vielleicht etwas riskant, sich hier auf die Gnade …«

Ein Aufschrei ließ ihn verstummen. Das Nächste, das Beltz und Hannes sahen, war Michel, wie er sich fünfzehn, zwanzig Schritte von ihnen entfernt mit dem Rücken zu ihnen krümmte. Er schien beide Hände vor dem Bauch zu halten, dann schüttelte etwas seinen Körper. Erst jetzt fiel den beiden auf, dass aus Michels Rücken die Spitze einer Klinge ragte. Dann kippte Michel nach hinten und blieb ohne weitere Regung rücklings im Gras liegen. Seine Augen waren offen, aber es war kein Leben mehr in ihnen, und aus seinen Mundwinkeln lief ein dünnes Rinnsal Blut. Hinter ihm war nun Jost zu sehen, der breitbeinig dastand, das blutige Schwert in beiden Händen.

Hannes war einen Moment wie gelähmt, dann rannte er zu seinem Schwert, hob die Waffe auf und stürmte auf Jost zu.

Die Bewaffneten sahen Beltz an, ob sie eingreifen sollten, aber der bedeutete ihnen mit einer knappen Geste, dass sie vorerst warten sollten, und so hielten sie Abstand zu den beiden jungen Männern, die nun derart ungestüm aufeinander eindrangen, dass das Klirren der Klingen bis nach Beutelsbach zu hören sein musste.

Lorenz Beltz beobachtete die Kontrahenten und hielt sich mit der Waffe in der Hand bereit einzugreifen, falls Jost Huetlin womöglich die Oberhand gewinnen sollte. Er kannte die wahren Absichten des Schreibers nicht, der sie auf Schleichwegen hier heraufgeführt hatte – aber seine Sympathie war so deutlich auf der Seite von Hannes, dass er sicher war, dass der Schreiber keine redlichen Absichten für seine Attacken haben konnte.

Eine Weile war der Kampf einigermaßen ausgeglichen, wenn auch mit leichten Vorteilen für Hannes Gais. Nach einer Weile legten die beiden eine Pause ein. Ihre Schwertspitzen lagen auf dem Grasboden auf, und sie keuchten schwer.

»Was willst du eigentlich von mir?«, brachte Hannes schließlich hervor.

Statt einer Antwort begann Jost einen neuen Angriff, den Hannes aber gut abwehren konnte, und wenig später belauerten sie sich wieder.

»Und?«, fasste Hannes nach.

»Dich hätte es nie geben dürfen!«, zischte Jost.

Dann ging er sofort wieder auf seinen früheren Freund los. Er stieß mit dem Schwert zu, und Hannes konnte zwar ausweichen, aber er stolperte dabei über einen Stein, der aus der Wiese ragte, und schlug der Länge nach hin. Schon war Jost über ihm und setzte ihm die Spitze seiner Schwertklinge auf die Brust.

»Hätte es dich nicht gegeben, dann wäre Katharina mit mir zusammen gewesen, mit dem Sohn des Schultes, mit dem hoffnungsvollen Schreiber, und nicht mit dem Sohn eines Tagelöhners!« Er lachte bitter, dann wurde er wieder ernst. »Wobei … sie war ja mit dem Sohn des Schultes zusammen.«

Hannes sah ihn erschrocken an. Würde er ihm nun irgendeine Gemeinheit über Katharina erzählen? »Lass Katharina aus dem Spiel, du Hund!«, rief er aus.

Jost lachte und drückte die Schwertspitze noch etwas fester auf das Wams seines Widersachers.

»Kann ich einstweilen gerne machen. Und trotzdem war sie mit dem Sohn des Schultes zusammen – aber nicht mit mir.«

Ein bitterer Zug spielte um Josts Mund. Hannes verstand kein Wort.

»Hat es dir der Gaispeter nie gesagt? Und deine Mutter auch nicht, diese Hure?«

»Meine Mutter ist keine …«

Hannes begehrte auf und versuchte sich aufzurichten, dabei drückte er seinen Oberkörper fester gegen das Schwert, und auf seinem Wams breitete sich ein Blutfleck aus. Beltz ging einen Schritt auf die beiden zu – jetzt war es gut.

»Mein Vater hat deine Mutter geschwängert, als meine Mutter mich unter ihrem Herzen trug. Der alte Bock ist dein Vater, Hannes! Heinrich Huetlin – und nicht der Gaispeter!«

»Das ist nicht …«

Hinter Jost war lautlos Peter Gais getreten. Weder Jost noch Beltz hatten es bemerkt. Gais war leichenblass, und er nickte stumm. Hannes wich alle Farbe aus dem Gesicht.

Josts Miene verzog sich zu einem höhnischen Grinsen. »Katharina hat dich geliebt, was?«

Hannes litt entsetzlich, und die Tränen liefen über sein Gesicht. Jost schien das zu genießen.

»Und doch hatte nur ich sie. Du hast ja immer gewartet, bis sie es eines Tages zulassen würde – ich habe sie mir einfach genommen.« Er nickte hinüber zur Burgruine. »Dort drüben habe ich sie gepackt und habe ihr gezeigt, wie ein richtiger Mann das macht. Du Waschlappen hast es ja nicht fertiggebracht!« Er lachte höhnisch, es hallte gespenstisch von den Mauerresten zurück. Dann hob er das Schwert mit beiden Händen und machte sich fertig, es Hannes in die Brust zu stoßen.

»Zugeritten hab ich sie dir, die kleine Schlampe, und dann geht sie ins Wasser, statt sich bei mir …« Er brach mitten im Satz ab und sah erstaunt nach unten. Links von seiner Mitte war eine Klinge zu sehen, und drum herum rann Blut auf sein Wams. Einen letzten verwunderten Blick konnte er noch auf Hannes werfen, dann gaben seine Beine nach. Erst fiel er auf die Knie, dann kippte er nach vorn und blieb liegen wie tot.

Hinter ihm stand Peter Gais mit dem blutverschmierten Schwert. Beltz machte sich bereit, sich gegen einen Angriff zu verteidigen, aber der andere blieb stehen, wo er war.

»Ich musste meinen Sohn rächen«, sagte Gais mit brüchiger Stimme. »Und meinen anderen Sohn retten.« Er lächelte Hannes unsicher an und streckte eine Hand zu ihm hin, um ihm aufzuhelfen.

Hannes zögerte einen Moment, dann ergriff er die Hand und zog sich an Peter Gais hoch. »Danke … Vater.«

Gaispeter schluckte, dann nickte er Hannes zu. »Und den Hut darf ich behalten?«

»Natürlich, Vater.«

Dann standen sie stumm und sahen einander an.

»Ich unterbreche Euch ja ungern, aber Ihr solltet vielleicht langsam mal zusehen, dass Ihr zurück ins Tal kommt. Und Ihr, Gaispeter, solltet Euch vielleicht überlegen, ob Ihr nicht lieber das Weite sucht. Ihr seid so berühmt geworden, fast schon ein Symbol für den Widerstand gegen unseren Herzog – ich kann mir eigentlich nicht vorstellen, dass er Euch wirklich einfach so laufen lassen kann, wenn er sein Gesicht nicht verlieren will. Außerdem …« Er nickte zu dem Schreiber hin, der vor ihm lag. »Außerdem kann ich einen Mordversuch bezeugen, den Ihr vor meinen Augen begangen habt, am Schreiber des Waiblinger Vogts. Wenn Ihr mich fragt: Das sieht nicht gut aus für Euch.«

Dann wies er zwei Männer an, den bewegungslos daliegenden Jost Huetlin auf sein Pferd zu packen und dafür zu sorgen, dass er auf dem Weg zurück nach Waiblingen nicht herunterrutschte. Wenig später waren Beltz und seine Abteilung auf dem Weg hinunter nach Beutelsbach verschwunden. Hannes und Peter Gais standen sich stumm gegenüber und sahen sich an.

»Geh hinauf in den Wald«, sagte Hannes schließlich, »und versteck dich dort. Ich komm gleich nachher wieder und bring dir, was du noch für die Reise brauchst.«

»Nein, geh du zur Mutter, grüß sie von mir und bleib bei ihr. Ich habe schon alles Nötige hier oben. Gleich jetzt werde ich fortgehen und irgendwo Schutz suchen, bis das Ärgste vorüber ist.«

Hannes nickte, und Peter Gais griff ihm an die Schulter.

»Versprichst du mir, dass du in Beutelsbach bleibst und immer auf deine Mutter und deine Geschwister achtest?«

»Mach ich, Vater.«

»Du musst mich nicht mehr Vater nennen, Hannes. Jost hatte recht: Dein leiblicher Vater ist Heinrich Huetlin.«

»Das ändert nichts, Vater«, sagte Hannes und lächelte.

Peter Gais lächelte auch, dann gab er ihm seinen alten Hut. »Den würde ich gerne behalten, aber wenn ich mich verstecken muss, wäre es nicht besonders klug, wenn ich in meiner normalen Aufmachung unterwegs wäre.«

»Ich werde ihn in Ehren halten und für deine Rückkehr aufbewahren, Vater.«

»Gut.« Gais sah zu dem toten Michel hinüber. »Begräbst du ihn?«

»Natürlich, Vater. Ich nehme ihn mit ins Dorf und werde alles in die Wege leiten.«

Peter Gais nickte, dann drückte er Hannes die Hand und eilte den Berg hinauf.

»Und du kommst zurück, sobald keine Gefahr mehr besteht?«, rief ihm Hannes hinterher.

Peter Gais kraxelte weiter und hob nur kurz die Hand zum Zeichen, dass er es genau so halten würde.

Die folgenden Tage vergingen wie im Flug, und Hannes erlebte manches nur wie durch einen dichten Schleier. Die Mutter weinte viel und versuchte vergeblich, ihre Tränen vor ihren Kindern zu verbergen. Und immer wieder stand Hannes droben auf dem Kappelberg, wo er den Vater zum einstweilen letzten Mal gesehen hatte, und wünschte sich, er hätte ihn zum Abschied noch einmal in den Arm genommen.

Auch einige andere Anführer des Armen Konrad flohen vor dem Zugriff des Herzogs, darunter die Gebrüder Pregatzer. Die meisten hatten sich als Ziel die Reichsstädte oder Staatsgebiete außerhalb Württembergs ausgesucht, viele von ihnen zogen in Richtung Süden der Eidgenossenschaft zu, Peter Gais hatte sich noch nicht festgelegt, aber unter anderem war eine mögliche Wanderung nach Nordwesten ins Limpurgische zur Sprache gekommen.

Die Aufständischen, die im Land blieben, gaben ihre Waffen ab und gingen nach Hause. Doch damit war die Sache nicht ausgestanden. Bald begann Haushofmeister von Nippenburg als oberster Befehlshaber in Waiblingen, namentlich bekannte Rebellen festnehmen und einkerkern zu lassen. Man hörte von peinlichen Verhören, also von Befragungen unter Folter – und als der zusammengeströmten Menge am zweiten Augusttag auf dem Schorndorfer Wasen verkündet wurde, was die herzogtreuen Ämter und Städte am letzten Julitag auf einem weiteren Landtag beschlossen hatten, gefror vielen das Blut in den Adern. Für die Aufrührer des Armen Konrad im Remstal gelte uneingeschränkt die Empörerordnung aus Artikel IV des Tübinger Vertrags – dort wurde Aufruhr und Empörung als Landfriedensbruch eingestuft, und darauf stand die Anwendung der unterschiedlichsten Todesstrafen, der Einzug des Vermögens und die Bestrafung auch der Familien der Verurteilten.

Allen war klar, dass Herzog Ulrich von Württemberg mit den in Schorndorf geplanten Verfahren dem ganzen Land ein Beispiel dafür geben wollte, wie es künftig allen ergehen werde, die sich gegen ihn und seine Herrschaft stellten. Und natürlich spielte bei dem als jähzornig und ehrenkäsig geltenden

Herrscher auch der Zwischenfall vom Juli eine Rolle, wo ihn die aufdringlichen Bauern schmählich in die Flucht geschlagen hatten. Gnade durfte also keiner erwarten, der jetzt in Schorndorf eingesperrt war.

Und als Herzog Ulrich mit seinem Heer und seinen Beratern auf dem Schorndorfer Wasen eintraf, drängten sich weit mehr als tausend Bewohner der Stadt und der umliegenden Dörfer um den von Wachleuten freigehaltenen freien Platz in der Mitte. Angeführt von ihrem Schultes, durften nun alle Umstehenden in Gruppen nach Dorf geordnet vor den Herzog treten, untertänigst um Gnade bitten und auf den Tübinger Vertrag huldigen. Es war ein langatmiges Schauspiel, und während Ulrich die Demütigung der Remstäler offensichtlich sehr genoss, beugte mancher nur zähneknirschend die Knie vor ihm.

Dann begann der erste Prozess. Nacheinander wurden drei Männer zu Anführern des Aufstands erklärt und zum Tode verurteilt, unter ihnen Hans Vollmar, dem die erlittenen Folterqualen deutlich anzusehen waren. Gleich nach der Verurteilung wurde die Strafe vollstreckt. Nacheinander mussten sich die Männer auf den Boden knien, die Augen verbunden und das Wams ein Stück weit über die Schulter heruntergezogen. Dann stellte sich der Henker mit seinem Richtschwert hinter den Verurteilten und trennte mit einem schwungvollen Hieb den Kopf vom Körper.

Vollmar kam als Letzter an die Reihe, und er hielt sich wacker, als er neben die leblosen Körper der beiden anderen niederknien musste. Den Kopf hielt er erhoben, seine Lippen zusammengepresst, und als sein Schädel mit leisem, dumpfem Poltern über den festgestampften Boden kullerte, ging ein Aufschrei durch die Menge.

Die Prozesse gingen am nächsten Tag weiter, und nachdem das letzte Todesurteil vollstreckt war, kamen die Beschuldigten an die Reihe, die mit Geld- und Ehrenstrafen zu rechnen hatten. Schließlich wurde noch verfügt, dass das Haus des geflohenen Caspar Pregatzer, in dem der Schorndorfer Ratschlag getagt hatte, dem Erdboden gleichgemacht würde.

Hannes hatte all das gemeinsam mit seinem Bruder Lennert mit angesehen, dabei hatten sie sich im Hintergrund gehalten, die Köpfe meistens gesenkt, um nicht als Söhne des Gaispeters erkannt und womöglich auch noch verhaftet zu werden. Unter den Männern des Herzogs, die in vorderer Reihe den Prozessen beiwohnten, entdeckte Hannes auch Lorenz Beltz. Er stand mit versteinerter Miene auf seinem Platz, und die harten Urteile und ihre Vollstreckung schienen ihm sehr zuzusetzen.

In Beutelsbach herrschte danach eine sehr gedrückte Stimmung. Aus Stuttgart wurde bekannt, dass dort ebenfalls Todesurteile gefällt und vollstreckt worden waren. Und in der Folge der unter Folter erpressten Aussagen der Gefangenen wurden noch immer einzelne Männer festgenommen, die dem Armen Konrad zugerechnet wurden. Eines Abends riet Anna Gais Hannes, wie der Vater für einige Zeit außer Landes zu gehen.

»Wer sagt dir, dass nicht schon morgen der Vogt seine Männer schickt und dich abholen lässt? Wenn du gefoltert oder gar hingerichtet würdest … das würde ich bei dir ebenso wenig verwinden wie bei eurem Vater.«

Erst wollte Hannes nichts davon wissen, wollte die Mutter nicht mit den beiden Jüngsten allein lassen, aber Anna Gais ließ nicht mit sich reden, und schließlich packte er sein Bündel und bereitete seine Abreise vor. Er besuchte noch einmal alle im Flecken, die ihm wichtig waren. Er hatte gleich drei schwere Gänge.

Rupert Buchner und Urban bedauerten es sehr, künftig ohne ihn an der Stiftskirche weiterzubauen, aber sie wünschten ihm alles Gute – und der Meister versprach, ihn jederzeit wieder in den Dienst zu nehmen, wenn er nach Beutelsbach zurückkehrte.

Im Gasthaus zum Ritter hatte Hannes ein längeres Gespräch mit Heinrich Huetlin. Er schilderte den Kampf mit Jost oben auf dem Kappelberg und er bat den Schultes seinem Sohn, der in Waiblingen nach der tiefen Verletzung an der linken Hüfte noch immer um sein Leben kämpfte, gute Besserung auszurichten. Heikel wurde es, als er Huetlin sagte, dass ihm Jost verraten hatte, wer sein leiblicher Vater war. Erst stritt der Schultes alles ab, dann gab er es zu, nickte traurig und fragte nur noch knapp: »Hat es Gaispeter …?«

Hannes verstand ihn falsch und fiel ihm gleich ins Wort. »Er weiß es längst, Herr Huetlin. Er hat es mit angehört, als Jost mir die Wahrheit sagte.«

Der Schultes sah Hannes traurig an. »Vater wirst du mich nie nennen, oder?«

»Nein, Herr Huetlin, das wäre nicht recht. Mein Vater war immer Peter Gais, und er wird es bleiben.«

Huetlin nickte, dann drückte er dem jungen Mann zum Abschied die Hand und sah ihm mit feuchten Augen hinterher. Hannes war froh, dass er ihm nichts von dem Verbrechen erzählt hatte, das Jost an Katharina verübt hatte.

Noch trauriger ging es im Haus der Schreiners zu. Eberlin und Hedwig umarmten ihn stumm, und Elisabeth stand erst etwas kühl dabei, bis sie dann doch herbeikam und Hannes ebenfalls drückte.

Dann ging er nach Hause, packte sein Bündel, küsste und umarmte seine Mutter und seine Schwester. Lennert stand stocksteif da, ihm ersparte er die Umarmung, die er sicher peinlich gefunden hätte, und schüttelte ihm beide Hände, bis der Junge fast den sicheren Stand verlor und lachen musste.

Nachdem er die Tür hinter sich geschlossen hatte, wandte er sich Richtung Burgruine und stieg zügig den Berg hinauf. Oben angekommen drehte er sich um und sog den Ausblick in sich ein, als würde er dieses Panorama nie wieder sehen. Er sah den bewaldeten Hügel links von sich, dann die Ebene auf Fellbach zu, das trutzige Waiblingen mit seinen Türmen, die Dörfer im Remstal und die Hänge mit Wald und Wengert gegenüber, dann weiter hinten zu seiner Rechten die Stadt Schorndorf, die so vielen von ihnen zum Schicksal geworden war. Irgendwo dort hinten auf dem mittleren Stadtturm wehten die Haare von Jacob Dautel aus Schlechtbach im Sommerwind, dessen Kopf zur Abschreckung auf die Turmspitze gesteckt worden war.

Eine gespenstische Ruhe lag über dem Tal, und Hannes kamen noch einmal die Ereignisse der vergangenen Wochen, Monate und Jahre in den Sinn. Er spürte einen Kloß im Hals, wenn er daran dachte, wie schön er sich seine Zukunft hier im Remstal vorgestellt hatte. Die Kinder, die er mit Katharina haben wollte, den Beruf, mit dem er seine Familie hatte ernähren wollen.

Als er den Kopf nach Beutelsbach wandte, um noch einmal die Baustelle der Stiftskirche zu betrachten, die ihm so viel Hoffnung gegeben hatte, sah er eine junge Frau vom Dorf heraufkommen. Es dauerte einen Moment, bis er sie erkannte, und kurz darauf hatte Elisabeth ihn auch schon erreicht. Sie trug ein kleines Bündel bei sich, das sie ihm jetzt hinstreckte. »Da, Hannes, da ist noch etwas Wegzehrung für dich.«

»Danke, Elisabeth.«

Ihre dunklen Haare wehten jetzt offen im Wind und wirbelten um ihr schönes Gesicht. Ab und zu musste sie sich eine Strähne aus den Augen wischen, und diese Geste erinnerte ihn schmerzhaft an ihre ältere Schwester, die er so geliebt hatte.

»Du denkst wieder an sie, stimmt's?«, fragte Elisabeth.

Hannes zuckte mit den Schultern.

»Ihr wart ein schönes Paar«, sagte sie nach einer kurzen Pause. »Und ich war furchtbar eifersüchtig.« Sie lächelte wehmütig. »Ich war mir so sicher, dass ich die Richtige für dich bin, und du hast mich nicht einmal angesehen, damals.«

Hannes schluckte.

»Jedenfalls nicht so, wie jetzt«, fügte sie hinzu und senkte für einen Augenblick die Lider mit den langen, geschwungenen Wimpern.

Hannes räusperte sich. »Und was wird jetzt mit dir?«, sagte er dann schnell. »Bist du noch mit Jörg zusammen?«

»Na ja …« Sie schaute ihn lange an. »Elisabeth Butelin, Mutter vieler Kinder – so wird's wohl kommen.«

»Habt ihr noch Strafe zu befürchten?«

»Eher nicht. Jörg ist zwar namentlich als Teilnehmer des Armen Konrad notiert, aber hinter seinem Namen steht der Vermerk: ›Vermögen: nichts‹ – bei ihm ist nichts zu holen.«

»Seid froh, und er ist ein guter Küfer, er wird euch schon ernähren können, dich und deine vielen Kinder.«

Er versuchte ein Lächeln, aber es geriet ihm nicht besonders fröhlich. Da beugte sie sich vor, nahm seinen Kopf in beide Hände, zog ihn zu sich heran und küsste ihn lange und innig. Hannes war ganz benommen, als sie wieder einen Schritt zurücktrat. Einen Moment lang sah sie ihn ängstlich an, als fürchte sie, er könne ablehnend reagieren. Dann lächelten sie sich beide an, und Elisabeth wirkte sehr erleichtert.

»Also, Hannes Gais, dann mach dich jetzt auf deinen Weg!«, sagte sie. »Und komm wieder zurück!«

1554

Und jetzt packt euch! Schlurft endlich nach Hause, helft euren Eltern und lasst mir meine Ruhe!

Ich bin schon ganz heiser von der vielen Erzählerei, und ihr haltet noch immer Maulaffen feil! Wollt immer mehr und noch mehr hören?

Pah!

Wer will und wer sich traut, kann mir hinaufhelfen zu meiner kleinen Hütte. Kann mich stützen, damit mir die morschen Knochen nicht mit jedem Schritt wehtun, als steckten mir tausend Klingen in der Hüfte, in den Knien und im Rücken. Ihr könnt mir einen Eimer Wasser bringen und ein paar Kräuter, gerne auch einen Kanten Brot und etwas Milch, damit ich das Brot darin aufweichen kann.

Wie? Was wollt ihr wissen?

Ob er wiedergekommen ist, der Hannes? Ob er seinen Vater gefunden hat?

Das … das ist eine andere Geschichte.

Ach, der Hannes …

Was ist denn jetzt schon wieder? Was grient ihr so blöd? Darf sich eine alte Frau nicht auch einmal lächelnd an schöne Zeiten erinnern? Wenn ihr's doch nicht versteht, dann lasst mir doch meine Ruhe! Aber dann, wenn morgen oder nächsten Monat eurem Vater die Brust sticht oder euch die Würmer aus dem Arsch kriechen … dann kommt ihr wieder herauf zu mir in meine windschiefe Hütte und wollt meine Kräuter und Salben und Aufgüsse!

Na, immerhin wisst ihr jetzt, wer dort vor mir als Heilerin gelebt hat. Und wie die Dora bin ich alt geworden vor der Zeit, bin herausgefallen aus eurem Dorf und werde schief angesehen, wenn ihr mich nicht gerade braucht.

Dabei könntet ihr so viel lernen von mir … wie ich's auch erst habe lernen müssen …

Ach, was waren wir einfältig damals!

So froh war mir ums Herz, als er da so kräftig ausschritt, als er da so jung und schön den Kappelberg hinaufmarschierte. Wie er sich noch einmal lächelnd umdrehte und zum Abschied ein letztes Mal winkte. Alles, alles hab ich damals auf die Hoffnung ausgerichtet, dass nur der Hannes wiederkehrte.

Wie dumm ich war!

Wie dumm wir alle waren!

Keiner von uns ahnte, was noch alles kommen würde. Was uns noch bevorstand, wer noch alles sterben musste, welches Leid wir noch auszuhalten hatten, wie tief das ganze Land noch umgepflügt werden und wer dabei noch alles unter die Räder kommen würde …

Aber wie gesagt: Das ist eine andere Geschichte.

Einstweilen hört endlich auf, mich Muhme zu nennen.

Muhme! Ruft mich mit meinem richtigen Namen: Elisabeth heiße ich.

Elisabeth!

ENDE

Nachwort und Dank

500 Jahre ist es nun her, dass das Rems- und das Neckartal, das Hecken- und das Strohgäu, der Albrand und der Schönbuch, ja: eigentlich ganz Württemberg von den Unruhen durchgeschüttelt wurden, die heute unter dem Begriff »Der Arme Konrad« zusammengefasst werden. Eine lange Zeit, in der sich vieles geändert hat: Gott sei Dank die Lebensumstände, aber auch die Sprache, die alltäglichen Gewohnheiten und Verrichtungen, die Namen von Menschen und Ortschaften, ob grundsätzlich oder nur in ihrer Schreibweise. Deshalb ist es immer eine Gratwanderung, was man für einen Roman über diese Zeit nach damaliger Gepflogenheit benennt und was nach der heutigen.

Die Beschreibung der damaligen Lebensumstände, soweit sie verbürgt sind, ist dabei noch das Einfachste. Kartoffelschnitz und Spätzle fallen für den Samstagstisch aus, weil es die Kartoffeln damals noch nicht über den Atlantik ins Remstal geschafft hatten, und weil es im sechzehnten Jahrhundert im Württembergischen wohl schon so etwas wie Knöpfle gab, aber noch keine Spätzle im heutigen Sinn.

Mit der Sprache ist es schon etwas schwieriger. So ist der Wortlaut etwa einer Predigt des Grüninger Pfarrers Dr. Gaißer überliefert, in der es unter anderem heißt: »Das sy ain unselig Hiert, so er sehen, das sein Schäff stecken in ainem Sumpf und sy daruff fallen und es gar hin in trucken und in in kainer Nötten Hilff bewysen!« Das ist authentisch und in dieser Form wichtig für das Hauptstaatsarchiv und für wissenschaftliche Arbeiten – für einen historischen Unterhaltungsroman möchte ich den Lesern eine solche Mühe aber nicht aufladen. Deshalb habe ich mich für das heute übliche Deutsch entschieden, weil es vertrauter wirkt als das damalige, das ohnehin mehr ein gesprochenes als ein nach festen Regeln geschriebenes war.

Mit den Namen von Personen und Orten verhält es sich noch kniffliger. Würden Sie mit Figuren namens Schriner oder Schryner warm werden, die mit dieser Schreibweise in den alten Unterlagen verzeichnet sind – aber doch im täglichen Umgang von den Nachbarn und Freunden vermutlich eher mit »Schreiner« angesprochen wurden? Und was machen wir mit den drei Schorndorfer Brüdern Pregatzer, die in alten Akten mal Bregenzer und dann wieder Pregizer genannt werden? Da habe ich mir die Freiheit genommen, die Namen von historisch verbürgten Personen hier und da an die heutige Schreibweise anzupassen – und meine fiktiven Figuren, die ich ihnen an die Seite stelle, habe ich auf ähnliche Art so benannt, dass es ihre Namen so ähnlich hätte geben können. Für Ortschaften habe ich mich für eine Mischung entschieden: Beutelsbach und Schorndorf heißen noch heute so, aber Bretten war um 1500 noch Alt-Brettheim, und Markgröningen wurde erst vom achtzehnten Jahrhundert an offiziell so genannt, um 1514 herum sprachen die meisten noch von Grüningen. In beiden Fällen habe ich die zeitgenössischen Bezeichnungen gewählt. Im Fall von Württemberg (damals war noch »Wirtemberg« üblich) und Bayern (»Baiern«) habe ich mich wiederum nach der heutigen Schreibweise gerichtet.

Ich hoffe, Sie finden die Mischung für sich in Ordnung, und ich hoffe, Sie nehmen es mir nicht übel, dass ich historisch verbürgten Figuren, wo deren nur teilweise oder auch gar nicht überlieferte Biografie Raum dafür ließ, noch einige Erlebnisse und Eigenschaften angedichtet habe. In einem Fall habe ich außerdem einen fiktiven Namen gewählt, obwohl der wirkliche bekannt ist – weil ich der Romanfigur des Schultes von Beutelsbach einen Charakter mitgab, den ich niemandem in die Familienhistorie schreiben möchte, auch nicht den Nachfahren des echten damaligen Schultheißen Mannschreck.

Für die Fakten und vielen Hintergründe bedanke ich mich hiermit bei allen, die mir mit Informationen und ihrem Fachwissen die damaligen Lebensumstände versucht haben, anschaulich zu machen. Neben anderen danke ich hier vor allem

Dr. Bernd Breyvogel vom Stadtarchiv Weinstadt, der für mich viele Details aus der damaligen Zeit hat lebendig werden lassen und der mir auch seltsame Fragen geduldig beantwortet hat, obwohl er selbst mit den Vorbereitungen für das 500-Jahr-Jubiläum des Armen Konrads genug zu tun hatte. Ein herzliches Dankeschön gilt auch Edith Holzer-Böhm und Doris Beck vom Stadtarchiv Schorndorf, die mir stapelweise wunderbares Material zum Armen Konrad und zu vielem anderen rund um das Jahr 1500 überlassen haben. Und schließlich war mir das Team des Silberburg-Verlags die bewährte, gute Hilfe – diesmal besonders in Person von Lektorin Kerstin Jaworski, die dieses Buch auch mit Fragen zu den unterschiedlichsten Themen und Anregungen bis ins kleinste, nur scheinbar unbedeutende Detail voranbrachte.

Wer sich durch meinen Roman ermuntert fühlt, tiefer in die damaligen Umstände und Ereignisse einzutauchen, kann das in wunderbaren Museen tun (wie unter anderem in Beutelsbach oder Böblingen) und kann dort auch viele Schriften zu ganz unterschiedlichen Facetten des Lebens im Württemberg des frühen sechzehnten Jahrhunderts für sich entdecken.

Unter den Fachbüchern gilt vor allem eines als Standardwerk: »Württemberg im Aufstand. Der Arme Konrad« von Andreas Schmauder. Es erschien 1998, ist inzwischen vergriffen und auch antiquarisch nur noch schwer zu finden. Davon, dass es sich bei dem Buch um eine Dissertation handelt, sollte sich niemand abschrecken lassen: Der Text ist fundiert und unterhaltsam zugleich geschrieben.

Romane, die bisher die Ereignisse des Armen Konrad zentral oder eher am Rande thematisieren, gibt es ebenfalls, wenn auch nicht allzu viele. Wilhelm Hauffs schöne Abenteuergeschichte »Lichtenstein« ist natürlich nach wie vor empfehlenswert, auch wenn sich der Autor sehr bemüht, dem in Wirklichkeit wohl nicht übertrieben sympathischen Herzog Ulrich von Württemberg ein positiveres Image zu verpassen. Während ich mit dem 1827 verstorbenen Wilhelm Hauff aus naheliegenden Gründen nicht mehr reden konnte, hatte ich mit meiner geschätzten Kollegin Astrid Fritz sehr netten Kontakt für diesen Roman – und bekam von ihr auch sehr nützliche Literaturtipps für die Recherche. Nicht nur deshalb möchte ich Ihnen hier unbedingt auch »Das Mädchen und die Herzogin« ans Herz legen, in dem Astrid Fritz 2007 die damalige Zeit sehr lebendig werden ließ und vor allem die unglückliche Ehe von Herzog Ulrich von Württemberg und Sabina von Bayern in den Mittelpunkt einer spannenden und lebensprallen Geschichte rückte.

Wenn ich Ihnen mit meiner aus Sicht der einfachen Leute erzählten Geschichte die Jahre um 1500 ein bisschen näherbringen konnte, würde ich mich freuen. Es waren spannende Zeiten damals, auch wenn es den Beutelsbachern, den Remstälern und den Württembergern überhaupt vermutlich nur insoweit bewusst war, als es ihre alltäglichen Lebensumstände betraf. Dass sie eine »Kleine Eiszeit« mit verhältnismäßig kühlen Sommern und strengen Wintern erlebten, war ihnen vermutlich nicht klar – weil sie es ja nicht anders kannten.

Anderes änderte sehr wohl spürbar innerhalb eines Menschenalters das Leben der einfachen Leute, des »Armen Konrad«, wie man damals sagte. Die Reformation, medizinische Fortschritte, ein die ganze bekannte Welt umspannender Handel, die Umordnung der Gesellschaft, der Niedergang der Ritter, der Aufstieg der städtischen Ehrbarkeit, das Entstehen von Flächenstaaten, wie wir sie heute für selbstverständlich halten, der »Tübinger Vertrag« als früher Vorläufer einer Landesverfassung und vieles mehr: Der Übergang vom Mittelalter zur Neuzeit brachte den Menschen damals binnen weniger Jahrzehnte eine ähnlich große, womöglich sogar eine größere Umwälzung, als wir selbst sie gerade miterleben.

Auch die Jahre nach 1514 blieben spannend in Württemberg, brachten Leid und Hoffnung, Schmerz und Freude, Ende und Neuanfang.

Aber das ist eine andere Geschichte.

Jürgen Seibold
Frühjahr 2014

Die Personen

Mit * gekennzeichnet sind die Figuren, deren Namen historisch verbürgt sind. Da von den meisten einfachen Leuten kaum biografische Details überliefert sind, sind auch die Lebensgeschichten dieser realen Personen größtenteils fiktiv. Und um nicht mit noch mehr handelnden Personen zu verwirren, habe ich in den Städten auf die Unterscheidung in Ober- und Untervögte verzichtet, sondern jeweils den Obervogt als Vogt benannt.

Amt Schorndorf

Beutelsbach

Peter Gais (Gaispeter)* (geb. 1466): Tagelöhner
Anna Gais (geb. 1468): seine Frau
Michel Gais (geb. 1489): ihr ältester Sohn
Hannes Gais (geb. 24. 4. 1491): ihr zweitältester Sohn
Elsbeth Gais (1493 bis 1499): ihre Tochter
Klara Gais (geb. 1497): ihre Tochter
Agnes Gais (geb. 1498): ihre Tochter
Lennert Gais (geb. 1500): ihr Sohn
Heinrich Huetlin (geb. 1464): Gastwirt, betreibt das Gasthaus zum Ritter und ist ab 1498 Schultheiß von Beutelsbach
Erna Huetlin (geb. 11. 1. 1467): Frau von Heinrich Huetlin, geb. Meißner, stammt aus Reichenbach an der Fils, wo ihr Bruder Hans Schultes ist
Jost Huetlin (geb. 20. 2. 1491): ihr einziger Sohn
Bertha (geb. 1454): Magd im Hause Huetlin
Linda (geb. 1477): Magd im Hause Huetlin
Rose (geb. 1490): Magd im Hause Huetlin
Ruth (geb. 1491): Magd im Hause Huetlin

Adelheid (geb. 1493): Magd im Hause Huetlin

Balthus (geb. 1479): Knecht im Hause Huetlin

Philipp Keller (geb. 1469): wohlhabendster Bauer im Dorf, betreibt den früheren Fronhof (das Fronwesen existiert damals schon nicht mehr, aber der Hof bewirtschaftet wegen seiner Vorgeschichte den größten Grundbesitz im Flecken)

Johann Keller (geb. 1444): Philipp Kellers Vater

Christoph Meining: Gemeinderechner (diese Funktion wurde auch Bürgermeister genannt, was ich aber wegen der Verwechslungsgefahr mit dem Schultes bzw. Schultheiß nicht verwendet habe)

Franziska (geb. 1460): Hebamme in Beutelsbach, zieht 1492 aus Beutelsbach weg

Dora (geb. 1447): heilkundige Kräuterfrau, wohnt in einer Hütte am Kappelberg, nicht weit von der Burgruine entfernt

Eberlin Schreiner* (geb. 1465): Wengerter, wohlhabend (und in historischen Schriften als Eberlin Schriner bzw. Schryner genannt)

Hedwig Schreiner: Frau von Eberlin Schreiner, geb. Schilling, stammt aus Heppach

Katharina Schreiner (geb. 7. 11. 1491): ihre älteste Tochter

Elisabeth Schreiner (geb. 1493): ihre jüngere Tochter

Muthans* (geb. 1474): Wagner, verwitwet

Jörg Butelin* (geb. 1489): Küfer aus Uhlbach, der später nach Beutelsbach zieht

Jerg Beder* (geb. 1481): Bauer

Margarete Beder (geb. 1484): seine Frau (seit Mai 1506), stammt aus Grunbach (geb. Bayer)

Rotraud Beder (geb. 1447): Jerg Beders Mutter

Hans Vollmar* (geb. 1481): Bauer, ledig

Vincenz Vollmar (geb. 1451): Hans Vollmars Vater

Edda: Magd im Hause Vollmar

Bernhard Schefflen: Pfarrer der Stiftskirche

Adalbert Rummel: Stiftspfleger

Lukas Röhm: Vikar

Martin Heinsberger: Kaplan der Nikolauskapelle

Jakob Hohnecker*: wohlhabend, Dorfrichter und Feuerbeschauer
Lukas Hohnecker: wird 1506 als Nachfolger seines Vaters Metzger, Vetter von Jakob Hohnecker
Paul Hohnecker: Metzger, Vater von Lukas Hohnecker
Walther Wonnhart (geb. 1480): wird 1508 zum zweiten Metzger in Beutelsbach
Ursula Wonnhart (geb. 1486): seine Frau

Winterbach

Rupert Buchner (geb. 1465): Zimmermann, zieht 1505 von Ravensburg nach Winterbach und übernimmt dort die Werkstatt des kinderlosen Zimmermanns Leonhard Rapp
Elsbeth Buchner (geb. 1470): seine Frau
Urban Heß* (geb. 1488): Geselle von Rupert Buchner
Hedi (geb. 1493): Magd im Hause Buchner
Leonhard Rapp (geb. 1441): Zimmermann, Witwer, kinderlos

Heppach

Nikodemus Ellwanger*: Wengerter und um 1514 herum Schultes

Schlechtbach

Jacob Dautel*: Aufständischer und vermutlich Bote des Armen Konrad

Schorndorf

Caspar Pregatzer*: Bürger mit eigenem Haus in der Stadt
Jörg Pregatzer*: sein Bruder
Melchior Pregatzer*: sein Bruder
Jerg Gaisberg*: Vogt in Schorndorf, verwandt mit den Vögten Hans (Stuttgart) und Heinrich Gaisberg (Winnenden)

Andere Ämter

Winnenden

Jörg Beltz* (geb. 1469): Schuhmacher, wird 1514 vom Armen Konrad als Schultheiß von Winnenden eingesetzt, Onkel von Lorenz Beltz

Lorenz Beltz (geb. 1480): Berittener des Herzogs, Neffe von Jörg Beltz

Stoffel Schilling*: Hauptmann Armer Konrad

Heinrich Gaisberg*: Vogt in Winnenden, verwandt mit den Vögten Jerg (Schorndorf) und Hans Gaisberg (Stuttgart)

Nellmersbach

Mathis Grama*: Aufständischer aus Nellmersbach

Grüningen (heute: Markgröningen)

Dr. Reinhard Gaißer* (geb. ca. 1474): stammt aus Fellbach, von 1513 bis mindestens 1521 Stadtpfarrer von Grüningen, zuvor Theologe in Tübingen und mit seinem dortigen kirchenkritischen Gesprächskreis beeinflusste er auch einen gewissen Martin Luther

Wilhelm Gaißer*: Neffe von Reinhard, als Helfer seines Onkels angestellt und für ihn oft als Bote unterwegs

Hans Mercklin*: Maler, Aufständischer in Grüningen

Philipp Volland* (geb. 1472): ist 1501 bis 1519 Vogt in Grüningen, jüngerer Bruder des herzoglichen Rats und späteren Kanzlers Ambrosius Volland

Waiblingen

Jacob von Bernhausen*: Vogt in Waiblingen

Sonstige

Jakob Fritz (geb. ca. 1458): Landsknecht bzw Söldner, Onkel von Joß Fritz

Jodocus »Joß« Fritz* (geb. ca. 1470): stammt aus Untergrumbach bei Bruchsal, Landsknecht bzw. Söldner von 1488 bis 1496, heiratet um 1510 in Nenzingen bei Stockach die Bauerntochter Else Schmid, organisierte mehrfach Aufstände unter der Bundschuhfahne

Georg Hagen, genannt Gscheitlin*: Hauptmann des Armen Konrad in Leonberg

Stoffel von Freiburg*: geboren als Stoffel oder Christoffel Veltlin in Freiburg, Kamerad von Joß Fritz in der Bundschuhbewegung

Der Herzog und die Herrschenden

Ulrich von Württemberg* (8.2.1487 bis 6.11.1550): Herzog von Württemberg von 1498 bis 1519 und 1534 bis 1550

Sabina von Bayern* (24.4.1492 bis 30.8.1564): Tochter des bayrischen Herzogs Albrecht IV. und Nichte des späteren Kaisers Maximilian I., wurde als Sechsjährige mit Ulrich von Württemberg verlobt, die Hochzeit fand 1511 mit großem Pomp statt

Philipp von Nippenburg* (geb. 1458): seit 1501 Haushofmeister von Herzog Ulrich

Dietegen von Westerstetten*: Hofmeister von Herzogin Sabina

Gregor Lamparter* (ca. 1463 bis 25.3.1523): Sohn eines Biberacher Ratsherrn, von Februar 1496 bis November 1516 Kanzler von Württemberg

Ambrosius Volland* (1469/72 bis 4.6.1551): Jurist, Mitglied der mächtigen Grüninger Handelsfamilie Volland, mindestens seit 1505 herzoglicher Rat zu Stuttgart, ab November 1516 Kanzler von Herzog Ulrich, älterer Bruder des Grüninger Vogts Philipp Volland

Hans Gaisberg*: Vogt in Stuttgart, verwandt mit den Vögten Jerg (Schorndorf) und Heinrich Gaisberg (Winnenden)

Zeittafel

Was war in der damals bekannten Welt los? Achtung: Es gilt noch der Julianische Kalender!

Jahrestage allgemein

2.2. Lichtmess

18.4. Frühlingsvollmond

24.8. St. Bartholomä, an diesem Tag wurde in Grüningen (heute: Markgröningen) die Kirchweih der Bartholomäuskirche und ein Treffen der Wanderschäfer gefeiert, das als Markt um 1527 die Bedeutung der Frankfurter Messe erreichte und wohl schon um 1500 überregional bekannt war.

11.11. Martini

1487

8.2. Der spätere Herzog Ulrich von Württemberg wird in Reichenweier, Elsass (heute: Riquewihr), geboren.

1489

6.4. Der Züricher Bürgermeister Hans Waldmann wird nach einem Schnellverfahren hingerichtet. Nachdem er wildernde Hunde von Bauern töten ließ, war es zu einem Aufruhr der Landbevölkerung gekommen.

28. 7. In Rorschach (am Schweizer Bodenseeufer) überfallen St. Gallener, Rheintaler und Appenzeller die Baustelle des neuen Klosters und lösen damit den Sankt-Galler-Krieg (bis Frühjahr 1490) aus.

Wunder von Altötting: Ein vermeintlich ertrunkener Dreijähriger wird von der Mutter auf den Altar der Maria geweihten Kapelle gelegt und erwacht nach Gebeten der Mutter und anderer Gläubiger wieder zum Leben.

1490

18.–29. 8. Der deutsch-römische König Maximilian belagert Wien, die Stadt kapituliert.

27. 9. Eitel Friedrich der Jüngere von Zollern stirbt als holländischer Admiral.

um 1490 Hieronymus Bosch malt das Triptychon »Der Heuwagen«.

In Südtirol wird der spätere Bauernführer (ab 1524) Michael Gaismair geboren.

1491

20. 2. Der Komet C/1491 B1 nähert sich bis auf etwa 1,5 Millionen Kilometer an die Erde an und war sehr wahrscheinlich auf der Nordhalbkugel gut sichtbar.

7. 11. In Ensisheim (Elsass) geht ein Meteorit nieder.

Bauernprotest in Kempten.

Der Zürichsee ist völlig zugefroren (Seegfrörni).

Die Wallfahrtskirche in Heiligenblut (Großglockner) wird geweiht.

1492

24.4. Sabina von Bayern wird in München geboren.

25.7. Papst Innozenz VIII. stirbt, Bußprediger Girolamo Savonarola hat das Datum vorhergesagt und wird zur Berühmtheit.

2.9. Der Esslinger Vertrag regelt zwischen Herzog Eberhard I. und dem späteren Herzog Eberhard II., dass nach dem Tod von Eberhard I. gemäß dem Vertrag von Münsingen (1482) ganz Württemberg an Eberhard II. fällt, dass aber ein ständischer Regimentsrat (d. h. ein Haushofmeister und zwölf Räte) die Regentschaft von Eberhard II. kontrollieren solle.

Ende der Reconquista (Rückeroberung Spaniens durch christliche Heere) mit dem Fall von Granada.

Kolumbus entdeckt »Indien« (und erfährt zeitlebens nicht mehr, dass er versehentlich in Amerika angekommen war).

Alexander VI. (Borgia) wird durch Bestechung Papst.

Noch immer Bauernprotest in Kempten

1493

19.8. Kaiser Friedrich III. stirbt in Linz.

Bundschuh zu Schlettstadt (heute: Celestat), der Aufstand gilt als Beginn der Bundschuh-Bewegung.

Die Schedelsche Weltchronik erscheint in Nürnberg in deutscher und lateinischer Sprache, das Buch wird aber verlegerisch ein Flop.

Der Hochaltar im Kloster Blaubeuren wird fertiggestellt.

Der spätere Herzog Wilhelm IV. von Bayern wird geboren.

Jörg Amann (damals Stadtarzt in Ravensburg) veröffentlicht sein Buch »Das Pestbüchlein« in deutscher Sprache, die Stadt Esslingen beginnt, mit ihm über Amanns Wechsel auf die Stelle des Esslinger Stadtarztes zu verhandeln – u. a. Georg Truchsess zu Waldburg engagiert sich für Amanns Verbleib in Ravensburg.

1494

Der Italiener Luca Pacioli schreibt ein viel beachtetes Buch über die »doppelte Buchführung«.

Sebastian Brant veröffentlicht sein »Narrenschiff«.

Konrad von Boyneburg (Landsknechtführer unter Herzog Ulrich) wird geboren.

1495

Das erste Buch über die »Französische Krankheit« (Syphilis) erscheint.

März Der Reichstag zu Worms beginnt.

21.7. Die Grafschaft Württemberg wird auf dem Reichstag zu Worms zum Herzogtum erhoben, aus Graf Eberhard V. (im Bart) wird Herzog Eberhard I.

7. 8. Auf dem Reichstag zu Worms wird der »Ewige Landfriede« erklärt, mit dem das bisherige Fehderecht aufgehoben und Fehden verboten werden. Zur Rechtssprechung wird die Gründung des Reichskammergerichts beschlossen.

31. 10. Das Reichskammergericht (1495 bis 1497 in Frankfurt/Main) wird vom römisch-deutschen König Maximilian persönlich eröffnet, erster Kammerrichter (= Präsident) wird der mit dem Kaiser befreundete Eitel Friedrich II. Graf von Hohenzollern.

1496

12. 2. Sebastian Schertlin von Burtenbach (später ein berühmter Landsknechtführer) wird in Schorndorf geboren.

25. 2. Als Nachfolger des verstorbenen Eberhard I. (aus der Linie Württemberg-Urach) wird Eberhard II. (aus der Linie Württemberg-Stuttgart) Herzog von Württemberg.

16. 4. Der siebenjährige Herzog Karl II. von Savoyen stirbt in Moncalieri (Piemont) durch einen Sturz aus seinem Bett.

Jörg Amann verlässt Ravensburg und tritt seine Stelle als Esslinger Stadtarzt an.

Der Esslinger Vertrag wird zunächst nicht angewandt.

1497

7. 2. Der Prediger Savonarola veranstaltet in Florenz eine Bücherverbrennung.

1. 6. Ein lateinischer Nachdruck von Brants »Narrenschiff« (Original: 1494) macht die Schrift von Straßburg aus schnell international bekannt.

8.7. Vasco da Gama läuft zu seiner Seereise aus, auf der er Afrika südlich umsegelt und Indien erreicht (1498).

Das Reichskammergericht verlegt seinen Sitz nach Worms und bleibt dort bis 1499.

1498

Februar Der römisch-deutsche König Maximilian beruft einen Reichstag in Freiburg ein.

13.2. Der römisch-deutsche König Maximilian gründet den Reichshofrat (als Konkurrenz zum Reichskammergericht, das er damit schwächen will).

30.3. Der Esslinger Vertrag wird in Kraft gesetzt, die Landstände setzen Herzog Eberhard II. von Württemberg ab. Eberhard II. flieht nach Ulm.

20.5. Vasco da Gama erreicht als erster Europäer Indien auf der Südroute.

23.5. Savonarola (von Alexander VI. exkommuniziert) wird in Florenz hingerichtet.

28.5. Der römisch-deutsche König Maximilian nimmt Eberhard II. das Land Württemberg ab.

10.6. Durch den Horber Schiedsspruch dankt Eberhard II. gegen eine Rente von 6000 Gulden jährlich ab, neuer Herzog wird sein elfjähriger Neffe Ulrich (der ursprünglich Eitel Heinrich hieß). Unter Leitung von Konrad Thumb von Neuburg, Erbmarschall und Burgvogt auf Hohenneuffen, übernehmen die Landstände die Vormundschaft Ulrichs. Ulrich wird mit Maximilians Nichte Sabina von Bayern verlobt.

30. 6. Der römisch-deutsche König Maximilian gründet die Wiener Sängerknaben.

Jakob Fugger heiratet in das Augsburger Großbürgertum ein.

Albrecht Dürer in Nürnberg und Leonardo da Vinci in der Toskana und in Mailand sind geachtete und berühmte Künstler.

1499

Schwabenkrieg (Januar bis September) zwischen dem römisch-deutschen König Maximilian und dem Schwäbischen Bund.

In Portugal wird bekannt, dass Vasco da Gama Indien erreicht hat.

1500

Heiliges Jahr

Das Reichskammergericht hat seinen Sitz für ein Jahr in Augsburg.

Das Bauernheer der Bauernrepublik Dithmarschen besiegt bei Hemmingstedt eine dänisch-holsteinische Übermacht.

Die größten Städte Europas sind Paris (300 000 Einwohner), Venedig (200 000), Neapel (150 000), London (125 000) und Mailand (100 000).

1501

Das Reichskammergericht hat seinen Sitz für ein Jahr in Nürnberg.

Juli Ein verheerendes Hochwasser an Donau, Elbe und Oder dauert bis in den August hinein und ist wohl eines der vier schlimmsten des Jahrtausends.

1502

Das Reichskammergericht hat seinen Sitz für ein Jahr erneut in Augsburg.

Bundschuh zu Untergrombach (bei Bruchsal) unter Joß Fritz, einem ehemaligen Landsknecht

Bauernprotest im Kloster Ochsenhausen

1503

18. 8. Papst Alexander VI. stirbt vermutlich an Malaria, aber es gibt Gerüchte um einen Giftmord.

22. 9. Das Konklave wählt einen neuen Papst, Pius III. stirbt nach 26 Tagen Amtszeit am 18. Oktober.

Oktober Leonardo da Vinci malt in Florenz eine Frau namens Lisa del Giocondo, das dabei entstehende Porträt ist möglicherweise heute als »Mona Lisa« bekannt.

1. 11. Das Konklave wählt einen neuen Papst, der kunstbegeisterte Julius II. wird am 26. November inthronisiert.

1. 12. Herzog Georg von Bayern-Landshut stirbt, was zum Landshuter Erbfolgekrieg führt.

Herzog Ulrich von Württemberg wird für volljährig erklärt.

Das Reichskammergericht verlegt seinen Sitz nach Regensburg (bleibt dort bis 1509).

1504

13.7. Im Landshuter Erbfolgekrieg kommt es bei Altdorf zum ersten größeren Gefecht, Götz von Berlichingen verliert dabei seine rechte Hand.

Herzog Ulrich belagert Alt-Brettheim (Bretten) mit 30 000 Mann, muss aber erfolglos wieder abziehen. Dafür erobert er die Grafschaft Löwenstein.

8.9. In Florenz wird Michelangelos »David« nach dreijähriger Arbeit feierlich enthüllt.

In Nürnberg baut Peter Henlein als einer der Ersten einen Federantrieb in eine tragbare Uhr ein.

1505

28.1. In Venedig brennt die deutsche Handelsniederlassung Fondaco dei Tedeschi (erbaut ca. 1220–1228) nieder.

30.7. Reichstag in Köln, der römisch-deutsche König Maximilian entscheidet den Landshuter Erbfolgekrieg.

27.10. In Moskau stirbt Iwan III. der Große.

Götz von Berlichingen lässt sich seine erste eiserne Handprothese anfertigen (belegt nur vage für die Zeit zwischen 1504 und 1510).

Martin Waldseemüller und Matthias Ringmann erstellen eine Weltkarte, auf der die von Kolumbus und anderen erreichten Landmassen erstmals als »Amerika« (nach Amerigo Vespucci) benannt werden.

1506

22.1. Die ersten Söldner der Schweizergarde treten ihren Dienst im Vatikan an.

18.4. Der Grundstein für die Peterskirche in Rom wird gelegt.

8.7. Herzog Albrecht IV. von Bayern bestimmt die Unteilbarkeit des Herzogtums.

1507

8.8. Der römisch-deutsche König Maximilian übergibt auf dem Reichstag in Konstanz Kurfürst Friedrich III. von Sachsen die Generalstatthalterwürde für die Zeit bis zu seiner Kaiserkrönung, die für 1508 geplant ist.

1508

4.2. Der römisch-deutsche König Maximilian wird zum römischen Kaiser gekrönt (in Trient, weil Venedig die Durchreise Maximilians nach Rom verweigert) und er nennt sich anders als seine Vorgänger »Erwählter römischer Kaiser«.

28.2. Ludwig V. wird nach dem Tod seines Vaters Pfalzgraf und Kurfürst von der Pfalz.

18.3. Wilhelm IV. wird nach dem Tod seines Vaters neuer Herzog von Bayern (zunächst unter Vormundschaft seines Onkels Wolfgang).

6. 6. Maximilian I. wird im Friaul von Venedigs Truppen besiegt.

10. 12. Die Liga von Cambrai wird gegründet: Maximilian I. verbündet sich mit Papst Julius II., 1509 auch mit Heinrich VIII. von England und anderen gegen die Republik Venedig.

Albrecht Dürer zeichnet seine »Betenden Hände« als Studie für ein geplantes Bild.

1509

Frühjahr Hans Baldung, Dürers Lieblingsschüler, wandert (vermutlich von Württemberg aus) von Halle an der Saale (wo er am Dombau beteiligt war) nach Straßburg.

21. 4. Heinrich VII. von England stirbt, sein Sohn Heinrich VIII. wird englischer König.

14. 5. Das Heer Venedigs wird nahe Mailand von der Liga von Cambrai vernichtend geschlagen.

Juni Albrecht Dürer kauft dem Kaufmann und Astronom Bernard Walther das spätere Dürer-Haus in der Nürnberger Altstadt für 275 Gulden ab.

Das Reichskammergericht verlegt den Sitz nach Worms (bleibt dort bis 1513).

14. 9. Ein Erdbeben zerstört Konstantinopel und fordert 13 000 Todesopfer.

26. 9. Verheerende Sturmflut an der Nordsee

1510

24. 2. Die Liga von Cambrai zerbricht, der Kirchenbann gegen Venedig wird aufgehoben.

19. 7. Wegen angeblicher Hostienschändung werden vor dem Berliner Georgentor 38 Juden auf einem mehrstöckigen Scheiterhaufen verbrannt.

5./6. 9. Schwere Sturmflut an der Nordsee

1. 11. Erneut eine schwere Sturmflut an der Nordsee

Der Reichstag zu Augsburg findet im Stadtpalast von Jakob Fugger statt, der in diesem Jahr die alleinige Leitung des Handelshauses Fugger übernimmt. Auf diesem Reichstag wird Hamburg zur Freien Reichsstadt ernannt.

In Pforzheim erscheint das »Liber vagatorum« (verfasst wohl von Spitalmeister Mathias Hütlin).

Der Pforzheimer Humanist Johannes Reuchlin streitet in Schriften mit dem zum Christentum konvertierten Juden Johannes Pfefferkorn, der in Schriften gegen Juden wettert.

1511

16. 1. Erneut eine schwere Sturmflut an der Nordsee

2. 3. Herzog Ulrich heiratet mit großem Pomp Sabina von Bayern.

26. 3. Ein starkes Erdbeben auf dem Balkan hat Auswirkungen bis Oberitalien und fordert mindestens 6000 Menschenleben.

4. 10. Papst Julius II. verbündet sich unter anderem mit Kaiser Maximilian gegen König Ludwig XII. von Frankreich.

Missernte in Württemberg

In England kommen Pferderennen auf.

1512

11. 4. Entscheidungsschlacht bei Ravenna zwischen Habsburgern (Heilige Liga) und Franzosen; die Franzosen gewinnen, müssen sich in der Folge aber doch aus Norditalien zurückziehen.

Juni Der Heilige Rock in Trier wird erstmals auch der Öffentlichkeit gezeigt.

18. 6. Eitel Friedrich III. wird nach dem Tod seines Vaters Eitel Friedrich II. Graf von Hohenzollern.

Joß Fritz trifft in Lehen bei Freiburg ein und sammelt Mitstreiter für den Bundschuh.

Kaiser Maximilian I. teilt für eine leichtere Verwaltung das Reich auf dem Reichstag in Trier in nun insgesamt zehn Reichskreise ein, Württemberg zählt zum Schwäbischen Kreis, Bayern zum Bayerischen Kreis (die beide wie vier weitere bereits seit 1500 bestehen).

1513

21. 2. Papst Julius II. stirbt.

9./11. 3. Leo X. (Medici) wird zum neuen Papst gewählt.

16. 8. Kaiser Maximilian I. und Heinrich VIII. von England besiegen bei Guinegate (Picardie) eine französische Streitmacht.

Missernte in Württemberg

Bundschuh zu Lehen (bei Freiburg)

Das Reichskammergericht verlegt den Sitz nach Speyer (bleibt dort bis 1514).

6.10. Der Bundschuh zu Lehen wird niedergeschlagen, die Rädelsführer werden verhaftet und hingerichtet, Joß Fritz und Stoffel von Freiburg können entkommen.

25.10 Herzog Ulrich befiehlt, alles Vermögen aufzuschreiben, weil er eine Vermögenssteuer plant, um seinen mit gut 900 000 Gulden überschuldeten Haushalt auszugleichen. Nach Protesten der Vermögenden lässt der Herzog die Vermögenssteuer fallen, stattdessen sollen nun Verbrauchssteuern erhoben werden.

1514

Bauernaufstand in Ungarn

Das Reichskammergericht verlegt den Sitz nach Worms (bleibt dort bis 1520).

In Augsburg beginnt der Bau der Fuggerei.

Der Humanist Ulrich von Hutten kehrt nach Deutschland zurück.

April Ende des Monats beginnt die Verteilung der neuen (leichteren) Gewichte in Württemberg, die ab Mai gelten sollen.

2./3.5. Der Beutelsbacher Tagelöhner Gaispeter tut an zwei Tagen hintereinander die neuen Gewichte ab, am Abend des zweiten Tages läutet er verbotenerweise die Glocke der Nikolauskapelle auf dem Beutelsbacher Kappelberg – das gilt allgemein als Auftakt des Aufstand des Armen Konrad.

Mai Herzog Ulrich hebt das Umgeld für Fleisch und Wein wieder auf. Er beruft für den 26. Juni einen Allgemeinen Landtag in Stuttgart ein. Der Landbevölkerung wird Mitsprache versprochen.

28.5. Kirchweih in Untertürkheim, das geplante große Treffen des Armen Konrad kommt nicht zustande.

11.6. In seiner Predigt zu Trinitatis kritisiert der Grüninger Stadtpfarrer Dr. Gaißer die wirtschaftlich-sozialen und politischen Verhältnisse noch stärker als bisher. Neben Missernten hatten auch Spekulationen mit Lebensmitteln durch den Grüninger Vogt Philipp Volland für eine Hungersnot gesorgt.

11.6. Der Tübinger Vogt Konrad Breuning meldet Herzog Ulrich seine Stadt als von Unruhen befreit und schlägt vor, den geplanten Landtag vom unruhigen Stuttgart in seine Stadt zu verlegen. Der Landtag wird nach Tübingen verlegt, die Vertreter der Dörfer sollen sich eine Woche nach Beginn des Tübinger Landtags gesondert in Stuttgart einfinden.

17.6. Der Uracher Forstmeister Stefan Weiler nimmt mit einigen Berittenen die Aufständischen Singerhans und Peter Schwertlin (er wird schwer verletzt) fest, die den Forstmeister wohl hatten hängen lassen wollen.

18.6. Herzog Ulrich trifft in Tübingen ein.

1.7. Herzog Ulrich versichert den in Stuttgart wartenden Vertretern der Dörfer, er werde nach dem Ende des Landtags in Tübingen auch zum Landtag nach Stuttgart kommen.

2.7. Der Bauernlandtag in Stuttgart beginnt ohne den Herzog.

4.7. Stuttgarter Bürger treten auf die Seite der Bauern, Stadtvogt Hans (von) Gaisberg muss die Schlüssel der Stadt übergeben.

8.7. Der Tübinger Vertrag wird geschlossen.

10.7. Stuttgarter Räte und Statthalter befürchten nach Bekanntwerden des Tübinger Vertrags Unruhen. Herzog Ulrich versichert ihnen in einer Botschaft, er habe sich in Tübingen unter Vermittlung kaiserlicher und fürstlicher Gesandter mit der Landschaft »vertragen«, die Stuttgarter sollten die in der Stadt wartenden Abgesandten davon unterrichten, von Verhandlungen ist im Schreiben nicht die Rede.

13.7. Herzog Ulrich trifft in Begleitung seiner Räte in Stuttgart ein, zu Verhandlungen mit den wartenden Abgeordneten der Ämter kommt es nicht. Weitere über den Tübinger Vertrag hinausgehende Forderungen, so verfügt Ulrich, sollen aus Kosten- und Zeitgründen durch herzogliche Räte und Vertreter der Landschaft direkt in den Ämtern verhandelt werden. Der Stuttgarter Bauernlandtag endet damit abrupt.

Beauftragte des Herzogs beginnen, die Ämter zu besuchen und die Huldigung auf den Tübinger Vertrag einzufordern.

18. 7. Herzog Ulrich beginnt in Baden und der Kurpfalz, beim Adel und den Hochstiften Würzburg und Konstanz um militärische Unterstützung zu werben, die fast unverzüglich in Marsch gesetzt wird (hunderte Reiter, etwa 1000 Fußsoldaten, Kosten für Ulrich: 50 000 Gulden).

19./20. 7. Herzog Ulrich beruft in allen Ämtern, die ihm schon gehuldigt haben, das Landesaufgebot ein.

ca. 20. 7. Herzog Ulrich kommt nach Schorndorf, um die Huldigung der Amtsstadt persönlich entgegenzunehmen. Die Stadtbewohner haben sich auf dem Wasen versammelt, dort gerät Herzog Ulrich in tumultartige Szenen, angeblich wird der Herzog auch persönlich bedroht. Wütend und enttäuscht zieht der Herzog ohne Huldigung ab.

22. 7. Das Landesaufgebot Stuttgarts (200 Mann) erreicht Cannstatt und weigert sich, weiter ins Remstal zu ziehen.

Philipp von Nippenburg erreicht als designierter Führer des Landesaufgebots die Stadt Waiblingen. Es gibt Überlegungen, ihn nicht einzulassen, aber es kommt dann doch nicht dazu.

Die Aufständischen in Leonberg und die herzoglichen Räte erreichen eine Vereinbarung.

23./24. 7. Herzog Ulrich kommt auf den Engelberg bei Leonberg, hält eine Ansprache, verspricht Straffreiheit und Zugeständnisse, bekommt seine Huldigung und spendiert allen Wein, wie bei solchen Huldigungen üblich.

23. 7. Der Arme Konrad lockt die Schorndorfer Stadtbewohner unter einem Vorwand mit ihren Waffen auf den

Wasen und wirbt dort für einen Zug auf den Beutelsbacher Kappelberg. Tatsächlich ziehen daraufhin 500 bis 600 Leute los und versammeln sich in und um die Burgruine. Haushofmeister Philipp von Nippenburg beobachtet den Zug, hat aber nicht genug Soldaten bei sich, um einzugreifen. Am Abend stehen 1500 Bauern auf dem Kappelberg etwa 200 herzoglichen Soldaten bei Waiblingen gegenüber. Noch am Abend gibt es unterhalb des Kappelbergs ein erstes Treffen zwischen Armem Konrad und dem Stuttgarter Stadtvogt Hans Gaisberg und anderen Gesandten der Landschaft.

24.7. Gaisberg und die Gesandten nehmen die Verhandlungen mit Hauptleuten und Sprechern des Armen Konrad auf.

Herzog Ulrich bittet Markgraf Philipp von Baden dringend um die Zusendung von weiteren 2000 Mann. Er schreibt an 33 Adlige, dass sie ihn im etwaigen Kampf gegen die Aufständischen unterstützen sollen. Außerdem lässt er die Besatzungen der landesherrlichen Schlösser und Festungen verstärken, u. a. auf Burg Württemberg auf dem Rotenberg.

Herzog Ulrich beruft für den 30. Juli einen Landtag in Stuttgart ein. Eingeladen sind je ein Vertreter von Gericht und »Gemeinde« aus den 24 Amtsstädten, die bis dahin dem Tübinger Vertrag gehuldigt haben.

25.7. Ein erster Teil des Landesaufgebots erreicht Waiblingen. Fußtruppen des Markgrafen von Baden, angeführt von 80 Berittenen, marschieren aus dem Breisgau auf Württemberg zu.

100 Waiblinger ziehen auf den Kappelberg und schließen sich dem Armen Konrad an. Sie kehren zurück

nach Waiblingen und kündigen an, die Stadt dem Armen Konrad übergeben zu wollen. Daraufhin fordert Nippenburg vom Herzog nachdrücklich militärische Unterstützung an.

100 Aufständische (vom Armen Konrad teils unter Drohungen beigepresst) erzwingen in Backnang vom Vogt Proviant und den Backnanger Raiswagen. Damit ziehen sie auf den Kappelberg und schließen sich der dortigen Schar an.

26.7. Herzog Ulrich erweitert das Mandat der Gesandten für den Stuttgarter Landtag am 30. Juli, nun soll dort auch über das Schicksal der Kappelberger entschieden werden. In einer Stellungnahme verteidigt er der Landschaft gegenüber sein bisheriges Vorgehen.

27.7. Der Uracher Obervogt berichtet dem Herzog von der Bedrohlichkeit des Uracher Armen Konrad und von den Plänen der Aufständischen, zum Kappelberg zu ziehen.

Die Stadt Ulm schlägt den Geislinger Aufstand nieder.

28.7. Herzog Ulrich weist per Brief den Uracher Obervogt an, mit dem Armen Konrad zu verhandeln, auf Forderungen einzugehen und so die Lage zu beruhigen.

29.7. Der Weinsberger Vogt meldet Herzog Ulrich die Ankunft von 300 bischöflich-fränkischen Reitern.

30.7. Landtag in Stuttgart

Ein umfangreiches Landesaufgebot (vor allem aus der Landschaft Tübingen und Stuttgart sowie aus Kirchheim und Balingen) trifft in Waiblingen ein. Der Haushofmeister übernimmt das Kommando.

31.7. Der Landtag in Stuttgart beschließt einstimmig: Stadt und Amt Schorndorf müssen huldigen, die Aufständischen dort fallen trotz bisher ausgebliebener Huldigung unter die Strafartikel des Tübinger Vertrags.

Um 14 Uhr berichtet der Haushofmeister dem Herzog, dass die Drohung der angerückten Streitmacht wirke und dass man notfalls kurzen Prozess mit den Aufständischen machen werde. Der Widerstand in Urach und im Remstal bricht schnell zusammen.

1.8. Als der Widerstand bröckelt, fliehen die führenden Figuren des Armen Konrad vom Kappelberg: erst in Reichsstädte wie Esslingen, Schwäbisch Hall und Schwäbisch Gmünd, später (als der Druck aus Württemberg auf diese Städte wächst) in die Pfalz, ins Territorium der Schenken von Limpurg und in die Eidgenossenschaft.

Die meisten Bewaffneten des »gemeinen Mannes« ergeben sich den in Waiblingen stationierten Truppen und händigen die Waffen aus.

2.8. Dem Armen Konrad wird auf dem Wasen vor Schorndorf durch die Vermittler zwischen Rebellen und Herrschaft der Schiedspruch des Stuttgarter Teillandtags mitgeteilt. Namentlich bekannte Mitglieder des Armen Konrad im Remstal werden vom Haushofmeister gezielt festgenommen. Es wird verhört, auch unter Folter.

3.8. Graf Georg von Waldburg meldet Herzog Ulrich sein Eintreffen mit 80 Berittenen in Urach. Daraufhin bricht auch der Widerstand im Amt Urach zusammen.

6.8. Ein Protokoll benennt die Aussagen von elf Angehörigen des Armen Konrad aus der Amtsstadt Schorndorf und von neun Personen aus den Amtsdörfern.

7. 8. Noch am Morgen gibt es die letzten Verhöre.

Herzog Ulrich marschiert mit seinem Heer und seinen Beratern auf dem Wasen vor Schorndorf auf. Fast 1700 Menschen aus Amt und Amtsstadt erscheinen unter Führung ihrer Schultheißen auf dem Wasen, bitten um Gnade und huldigen auf den Tübinger Vertrag.

Auf dem Schorndorfer Wasen werden Hans Vollmar (als Hauptmann bezeichnet), dazu der Sohn von Bastian Schwartzhansen (als Waibel bezeichnet) und Jörg Kremer zu Hauptverantwortlichen des Aufstands erklärt und vor Publikum enthauptet.

bis 7. 8. Die Dörfer und Städte im Amt Urach huldigen auf den Tübinger Vertrag. Ihnen werden dieselben Zugeständnisse wie den Leonbergern gemacht, auch überall sonst wird nun vollends auf den Tübinger Vertrag gehuldigt.

8. 8. Vor Schorndorf werden weitere Urteile (Enthauptung, Verbannung, Geld- und Ehrenstrafen) verhängt und vollstreckt.

9. 8. Herzog Ulrich kehrt nach Stuttgart zurück und lässt sechs Männer aus dem Amt Stuttgart durch die Vertreter der Landschaft zum Tode verurteilen und öffentlich enthaupten, weil sie den Aufruhr auf dem Kappelberg unterstützt hätten. Die Köpfe von zwei Delinquenten werden an zwei Stadttoren aufgesteckt.

Herzog Ulrich gibt seinen Verbündeten das Ende des Aufstands bekannt.

11. 8. Für diesen Tag hat Herzog Ulrich zahlreiche geflohene Anhänger des Armen Konrad vor das Gericht nach Stuttgart zitiert, nur acht der Geladenen erscheinen.

Über alle nicht Erschienenen werden in Abwesenheit empfindliche Geldstrafen oder die Todesstrafe verhängt, die in Kraft treten sollen, sobald sie wieder württembergischen Boden betreten.

14. 8. Herzog Ulrich befiehlt Vögten im ganzen Land, Namenslisten der am Armen Konrad Beteiligten zu erstellen.

16. 8. In Tübingen wird ein Ausschreiben von Herzog und Vertretern der Landschaft (Ehrbarkeit) gedruckt, in dem die Verbrauchssteuer verteidigt, der Aufstand des gemeinen Mannes gerügt, aber verziehen wird – die Umtriebe des Armen Konrad dagegen werden scharf verurteilt.

25. 8. Das Tübinger Ausschreiben vom 16. August erreicht auch Kaiser Maximilian, im Begleitschreiben bittet Herzog Ulrich um Reichsacht für die flüchtigen Aufständischen.

19. 9. Kaiser Maximilian kommt Ulrichs Bitte nach und verhängt unter namentlicher Nennung per gedrucktem Ausschreiben die Reichsacht über die flüchtigen Aufständischen.